LE SECRET DU ROI

★

Diplômé de l'Institut d'études politiques et licencié en droit, Gilles Perrault, né en 1931, reste cinq ans au barreau de Paris avant de se tourner vers l'écriture.
En 1964, Le Secret du Jour J, *couronné par le Comité d'Action de la Résistance, devient un best-seller international.*
L'Orchestre rouge *(1967),* Dossier 51 *(1969),* Le Pull-Over rouge *(1978),* Le Dérapage *(1987) connaîtront également de vifs succès et seront d'ailleurs adaptés à l'écran.*
Gilles Perrault est aussi l'auteur de nouvelles, Les Sanglots longs *(1970), d'un livre consacré à l'affaire Rousseau,* L'Erreur *(1971);* Le Grand Jour, *sur l'histoire du Débarquement;* La Longue Traque *(1975) sur la mort de Roland Farjon ;* Les Gens d'ici *(1981),* Un homme à part *(1984),* Paris sous l'Occupation *(1987),* Le Soldat perdu *(1988) et* Notre ami le roi *(1990).*

Trente ans durant, de par la volonté de Louis XV et sous la direction du prince de Conti, puis du comte de Broglie, un service secret – le Secret du Roi – fonctionne à l'insu des ministres et de la cour. Son objectif? Asseoir Conti sur le trône de Pologne, seul trône électif en Europe. Dans un deuxième temps, après le désastreux traité de Paris qui conclut la guerre de Sept Ans, il s'agit d'organiser la revanche contre l'Angleterre, notamment en préparant un débarquement sur la côte anglaise.
Si l'on s'intéresse à l'Histoire, et aux affaires secrètes, comment ne pas se passionner pour ce réseau clandestin dont quelques agents s'appellent Vergennes, d'Eon, Breteuil, autour duquel gravitent un Beaumarchais ou un Dumouriez, et qui aura pour adversaires acharnés la marquise de Pompadour et Choiseul ? Techniquement, le Secret du Roi fait entrer la France dans l'ère du renseignement moderne : réseau nombreux, strictement cloisonné, à vocation européenne, poursuivant des objectifs à long terme. Nous sommes loin des missions ponctuelles confiées, par exemple, à l'excellent agent que fut Voltaire. Aussi bien les péripéties qui scandent l'histoire du Secret sont-elles de même sorte que celles qui ébranlent nos services contemporains : lutte toujours recommencée entre chiffreurs et casseurs de codes adverses, morts suspectes, défections imprévisibles, retournements d'agents, avec, pour les chefs du Secret, la hantise permanente – hélas ! trop souvent justifiée... – d'être « lâchés » par l'autorité suprême, en l'occurrence Louis XV.

(Suite au verso.)

Il n'était pas aisé d'écrire une histoire, imbriquée à ce point dans la grande Histoire : comment raconter l'action souterraine du comte de Broglie et de ses agents sans évoquer la politique française officielle, qu'ils avaient le plus souvent mission de neutraliser, voire de contrecarrer ? En revanche, la chronique mouvementée du Secret est plus facile à reconstituer que celle de n'importe quel autre service passé ou présent, car tout était écrit (ordres de Louis XV, directives de Broglie, rapports des agents), et les archives, à quelques déficits près, nous sont parvenues intactes.

Voués de leur vivant à l'obscurité, les hommes des services en sont rarement tirés par la postérité. On a tenté de faire revivre ici les figures de quelques personnages remarquables par le courage, l'intelligence et le dévouement, qui tentèrent, en s'y brisant le plus souvent, de modifier le cours de l'Histoire.

G.P.

Paru dans Le Livre de Poche :

LE PULL-OVER ROUGE.

UN HOMME À PART *(2 vol.)*.

GILLES PERRAULT

Le Secret du Roi

*

FAYARD

à Isabelle et Rémi

AVANT-PROPOS

Je ne suis pas historien et ne prétendrai jamais l'être.

Pour achever de me discréditer, j'avouerai être entré dans le XVIIIe siècle, pour n'en plus sortir qu'à regret, voilà à peu près quarante ans, dans le sillage de l'aventureux Casanova. Les casanovistes savent que le Vénitien ne vaut pas seulement par le récit de ses prouesses amoureuses. L'accueil favorable qu'ils voulurent bien me réserver, lorsque j'écrivis sur lui, fut mon premier bonheur professionnel ; il demeure intact si longtemps après.

Au hasard de vastes lectures, il était inévitable de rencontrer le Secret du Roi. Mais les meilleures plumes ne l'évoquaient que de manière allusive, souvent contradictoire, et presque toujours avec cette espèce de dégoût discret qu'on réserve aux affaires secrètes. Comme j'ai pour elles une inclination décidée, je ne pouvais qu'essayer d'aller plus avant.

Edgar Boutaric avait publié en 1866 la correspondance secrète de Louis XV ; ce n'était qu'une partie de l'iceberg. Douze ans après lui, le duc de Broglie donna son *Secret du Roi*, qui allait rester pour longtemps le seul récit cohérent de l'affaire. Puis Michel Antoine et Didier Ozanam publièrent en deux volumes (1956 et 1961) la correspondance du comte de Broglie avec Louis XV. Il ne s'agissait que de l'édition des lettres d'un agent du Secret, mais elle s'ouvrait par une introduction d'une centaine de pages, synthèse magistrale de l'affaire, qui, malgré la réserve historienne de rigueur, suscitait l'enthousiasme du lecteur pour des personnages extraordinaires animés par une grande passion ; elle s'accompagnait aussi d'un appareil de notes d'une érudition enivrante : toutes les sources — et les déficits — étaient inventoriées ; les pistes, indiquées ; les problèmes, évoqués sinon résolus.

Le travail de MM. Antoine et Ozanam, sans retirer au

livre du duc de Broglie son mérite fondateur et le plaisir qu'on prend à sa lecture, marquait aussi ses limites. Le duc s'était principalement attaché à restituer la figure de son arrière-grand-oncle, le comte de Broglie, et n'avait utilisé qu'une partie de la documentation disponible. « L'histoire du Secret reste donc à faire », concluaient nos savants auteurs. Il me semblait évident qu'ils s'en chargeraient : ne venaient-ils pas d'en tracer minutieusement le chantier ? J'ai attendu longtemps. Qu'aucun de leurs collègues n'ait choisi de traiter un pareil sujet ne saurait, au fond, étonner : les historiens abhorrent aujourd'hui l'événementiel — et rien de plus événementiel qu'une affaire de service secret. Faute de pouvoir la lire, il ne me restait donc qu'à tenter d'écrire l'histoire du Secret.

Parmi tant de handicaps trop évidents, un atout me réconfortait. Une longue familiarité avec plusieurs services secrets, dont certains relevant d'États aujourd'hui disparus, me mettait en mesure d'entrer avec aisance dans cette histoire et d'en appréhender les mécanismes. Sans doute les techniques ont-elles évolué (moins qu'on ne le croit au demeurant), mais les ressorts humains restent inchangés. Il serait facile de nommer quelques homologues contemporains du comte de Broglie, de Tercier ou du chevalier d'Éon, dont la carrière a connu une trajectoire identique à celle de leurs aînés. Les péripéties elles-mêmes obéissent à une logique immuable, tant il est vrai que le jeu ne change pas et que la violation de ses règles entraîne systématiquement les mêmes sanctions. Pour le reste, la documentation ayant été si bien inventoriée et localisée, il ne s'agissait que de la traiter avec rigueur et respect des faits. L'écriture de quelques ouvrages portant sur des affaires récentes, mettant en jeu l'honneur de personnes vivantes, m'avait dressé à cette discipline.

Bien entendu, comme tout service de cette nature, le Secret était trop intriqué dans son époque pour qu'on pût s'abstenir d'évoquer quelque cinquante années qui comptent parmi les plus passionnantes de l'histoire de France. Mais si le Secret ne saurait être compris que réinséré dans son temps, il permet sans doute de le mieux comprendre. Tout service est un microcosme qui reproduit en les exagérant les caractéristiques de l'époque. Par plus d'un aspect, le Secret, même s'il subit les lois du genre, ne pouvait appartenir qu'au XVIIIe siècle.

Je suis heureux que ce livre soit publié par Claude Durand, qui m'a encouragé dès la première heure à me lancer dans l'entreprise. J'ai sous les yeux le contrat qu'il m'a signé le 18 octobre 1976, à un moment où il était à lui seul sa maison d'édition. Lui aussi a attendu longtemps. Qu'il soit remercié de sa patience !

Mme Monique Constant, conservateur en chef au ministère des Affaires étrangères, m'a réservé le plus aimable accueil, et ses adjoints m'ont aidé dans mes recherches avec une parfaite disponibilité. Je leur en exprime ma profonde gratitude.

Tous mes remerciements aussi à Géraldine Peyroles pour son excellent travail de documentaliste.

Un mot peut-être à l'intention des nombreux éditeurs qui me tarabustent depuis seize ans pour que j'écrive un livre sur l'affaire de Broglie : qu'ils veuillent bien considérer que c'est fait.

Gilles PERRAULT

PREMIÈRE PARTIE

LA PASSION POLONAISE

I

Le 20 août 1733, le bruit courut dans Paris que les relais de poste avaient reçu l'ordre de refuser des chevaux à qui que ce fût ; c'était signe d'événement.

Le même jour, à Versailles, Stanislas Leszczynski prend congé de Louis XV. Il gagne Sceaux, puis Berny, où il est l'hôte du cardinal de Bissy. De là, il se met en route vers la Bretagne. Voyageant la nuit et dormant le jour, il rejoint Brest en six étapes et s'embarque au son du canon dans la nuit du 26 au 27 août sur le vaisseau de guerre mis à sa disposition par le roi de France. La flotte chargée de le conduire à Dantzig, sous le commandement de l'amiral de La Luzerne, lève l'ancre aussitôt.

L'expédition était hasardeuse. On savait que les escadres russes croisaient dans la Baltique avec mission d'intercepter Stanislas pour l'empêcher de se présenter à Varsovie devant la diète chargée d'élire le nouveau roi de Pologne. Mais l'empereur du Saint-Empire romain germanique — l'Allemagne —, lui aussi adversaire déclaré de Stanislas, avait pris toutes dispositions pour lui interdire l'accès de la Pologne. La route terrestre ainsi bloquée, on avait jugé préférable de tenter l'aventure par la mer dans la pensée que le vaisseau de Stanislas avait quelque chance de se faufiler entre les croisières russes alors qu'une voiture n'en aurait eu aucune d'échapper aux soldats de l'empereur.

Face à un avenir chargé d'incertitudes et de périls, Stanislas restait serein comme à l'ordinaire. On savait l'une de ses maximes favorites : « La gaieté est la santé de l'âme, la tristesse en est le poison. » À cinquante-cinq ans, c'est d'un cœur inentamé que le roi déchu de Pologne repartait à la conquête de son trône.

*
* *

Il est vrai que ce cœur était bronzé par l'épreuve. Quinze ans plus tôt, à l'âge où la plupart des hommes affûtent encore leur ambition, Stanislas avait déjà parcouru la trajectoire menant au zénith pour retomber au nadir. Il était né le 20 octobre 1677 à Lwow, de Raphaël, staroste de Frauenstadt, palatin de Kalisz, puis de Poznanie, grand trésorier de la couronne, et d'Anna Jablonowska, fille d'un général fameux par ses victoires sur les Suédois et les Cosaques. Son éducation fut excellente. Assez chétif en son premier âge, l'exercice physique lui fit acquérir force et endurance, et l'une des santés les plus éclatantes du siècle. Il apprit évidemment le latin mais aussi l'allemand et l'italien ; le français allait de soi. À dix-huit ans, il fit son tour d'Europe, ce qui, banal pour un Anglais de distinction, restait exceptionnel pour un jeune noble polonais. On sait qu'il descendit à Paris à l'hôtel Saint-Paul, rue Jacob, mais c'est à peu près tout. De retour au pays, la mort du roi Jean Sobieski le projeta sur la scène publique.

Le destin de la Pologne est d'être une plaine ouverte à toutes les invasions. L'Empire ottoman depuis longtemps, la Suède encore, l'Autriche déjà et la Russie sans cesse davantage, menaçaient ses frontières. Un pays si convoité aurait dû s'organiser d'autant plus énergiquement, mais l'histoire et le génie de la nation aggravaient les infirmités de la géographie. L'habitude s'était prise depuis un siècle et demi d'élire le roi de Pologne. Soixante mille nobles se réunissaient à cet effet dans la plaine de Wola, près de Varsovie, à cheval et tout armés, ce qui formait un collège électoral pittoresque mais turbulent et sujet aux soubresauts les plus déconcertants. Ainsi la Pologne présentait-elle la singularité unique au monde d'une république monarchique dont les seuls citoyens actifs étaient les nobles, la bourgeoisie n'ayant guère d'existence et la paysannerie consistant en une masse amorphe, abrutie de misère, propriété servile de ses seigneurs et maîtres.

Stanislas, poussé par un père dont un diplomate français atteste « l'ambition démesurée », fut élu à la diète de convocation, destinée à préparer celle qui élirait le successeur de Jean Sobieski. Candidat à la dignité de maréchal de la diète, il recueillit la majorité des suffrages, mais un tumulte s'éleva en faveur de ses deux concurrents et il préféra se retirer. Au moins lui confia-t-on l'honneur de présenter les condoléances de l'assemblée à la veuve du roi. Il y fit merveille. Sans doute l'éloge du défunt n'était-il point difficile, car Jean Sobieski, treize ans avant sa mort, était devenu le héros de l'Europe en la sauvant de l'invasion ottomane : il avait écrasé l'armée turque sous les murs de Vienne. Mais le jeune âge de l'orateur (il n'avait pas encore dix-neuf ans), sa prestance et surtout son éloquence étonnèrent la Pologne. André-Chrysostome Zaluski, grand chancelier, ne mesura pas ses louanges : « Une heureuse facilité de mœurs qui éclate dans ses discours et dans ses manières lui soumet généralement tous les cœurs. Je ne doute point qu'il ne soit né pour la gloire de son siècle, du moins est-il dès à présent la joie de sa nation... Tout est grand en lui : son caractère, son génie, ses sentiments et jusqu'à l'espoir qu'il donne à nos peuples des avantages qu'il peut leur procurer. » Même un père à l'ambition démesurée ne pouvait rêver pour son rejeton début plus éclatant.

Jacques Sobieski était candidat à la succession de son père mais rencontrait de fortes oppositions. Lorsque les querelles entre grandes familles polonaises empêchaient tout accord, la solution consistait à se rabattre sur un candidat étranger. Même si l'instinct de conservation le plus élémentaire conduisait à éliminer tout postulant issu d'un État prédateur, la nation polonaise faisait plus qu'inciter l'étranger à se mêler de ses affaires, puisqu'elle le mettait tout bonnement sur le trône.

Les députés décidèrent que le nouveau roi serait un prince venu d'ailleurs. Jacques Sobieski maintint cependant sa candidature, soutenu par plusieurs grandes familles, dont les Leszczynski. Un important parti français lui opposait le prince de Conti. Ce dernier remporta l'élection, le 15 juin 1697, mais ce fut un troisième larron qui monta sur le trône : Frédéric-Auguste, déjà Électeur de Saxe, qui possédait l'avantage de disposer de troupes à proximité. Se ralliant les partisans de Sobieski, il se fit couronner à Cracovie et contraignit Conti à repartir pour la France.

Un an plus tard, Stanislas, palatin de Poznanie après son

père, épousait Catherine Opalinska. Elle lui apportait en dot soixante bourgs et près de cent cinquante villages, puisque c'est ainsi qu'on comptait en Pologne.

*

* *

La Suède, puissance considérable, en possession notamment de la Finlande et de la plus grande partie des actuels États baltes, semblait dans le moment de subir une éclipse car la couronne était échue à un prince de quinze ans, Charles XII. Auguste II, Électeur de Saxe et désormais roi de Pologne, Frédéric IV, roi de Danemark, et Pierre le Grand, czar de Russie, jugèrent l'occasion bonne pour se partager les dépouilles du roi adolescent, et firent alliance contre lui.

Charles XII, « l'homme le plus extraordinaire peut-être qui ait jamais été sur la terre », selon Voltaire, son éblouissant biographe ébloui, était en tout cas un homme terrible. La guerre fut son unique passion. Il l'aimait pour elle-même et non pas pour les conquêtes qu'elle pouvait rapporter. Obsédé par la saga des Vikings, d'une frugalité extrême, rompu à l'exercice des armes, s'entraînant à coucher dans la neige, enroulé dans son manteau, par des températures polaires, d'un sang-froid absolu au feu, inaccessible au doute comme au découragement, étranger à l'amour, insensible au plaisir (les femmes étaient pour lui comme si elles n'existaient pas ; ainsi, aimant les échecs à la passion, appelait-il les reines des maréchaux), capable pourtant d'amitié, souvent généreux dans la victoire, ce roi peu ordinaire traversa le ciel d'Europe comme une comète et fit monter la Suède au firmament de la gloire guerrière avant que de la laisser retomber, exsangue et dégoûtée pour des siècles de l'aventure militaire.

Prenant le commandement de son armée à l'âge de dix-huit ans, il bat d'abord les Danois, contraint ensuite Auguste II à lever le siège de Riga, et marche enfin contre son adversaire le plus redoutable, Pierre le Grand, qui s'avance à la tête d'une armée cinq fois plus nombreuse que la sienne. La bataille est donnée à Narva par une violente tempête de neige. Les Russes ont plus de vingt mille morts ; les Suédois, moins de six cents. Charles XII défait enfin l'armée saxonne d'Auguste II sur la Dvina, près de Riga, puis la bat une seconde fois au cœur de la Pologne.

Auguste II n'avait guère réussi sur son nouveau trône. Il avait offusqué la fierté de la nation en faisant entrer dans le pays les régiments saxons dans le dessein de conquérir la Livonie, les actuelles Lettonie et Estonie. Surtout, après ses premiers échecs, il avait appelé le czar à la rescousse et les Polonais savaient déjà, par expérience jamais démentie depuis lors, que la présence de l'allié russe pouvait être aussi dévastatrice que celle de l'ennemi.

La Pologne se déchirait de plus belle entre factions hostiles tandis que Charles XII entreprenait sa conquête. Le roi de Suède voulait l'abdication d'Auguste II pour mettre sur le trône Jacques Sobieski, candidat malheureux à l'élection précédente. Une diète réunie à Varsovie déclara « Auguste, Électeur de Saxe, inhabile à porter la couronne de Pologne ». Là-dessus, Auguste II fit enlever Jacques Sobieski et son frère Constantin. Un commando de trente cavaliers saxons les captura au cours d'une partie de chasse. Transférés à Leipzig, ils furent soumis à une détention rigoureuse. Ce coup de force indigna la Pologne. La nécessité s'imposait de rechercher avec Charles XII une solution de rechange. On craignait que le roi de Suède victorieux ne démembrât le pays ou qu'il lui imposât des indemnités exorbitantes. La diète désigna Stanislas pour cette négociation délicate. Elle se déroulerait en latin, car Charles XII, qui savait bien entendu le français, comme tout ce qui comptait en Europe, refusait de l'utiliser sans qu'on en sût jamais la raison.

« Stanislas, écrit Voltaire, qui recueillit longtemps après ses souvenirs, avait une physionomie heureuse, pleine de hardiesse et de douceur, avec un air de probité et de franchise qui, de tous les avantages extérieurs, est le plus grand, et qui donne plus de poids aux paroles que l'éloquence même. » C'était un homme qu'on avait envie d'aimer. Charles XII fut séduit par son approche réfléchie des difficultés inextricables où s'enfonçait son pays. Il apprécia sa finesse diplomatique. Surtout, il se renseigna sur lui et sut son courage physique, la simplicité de ses mœurs (il dormait sur une simple paillasse), son sens de l'amitié, une tempérance enfin qui eût suffi à elle seule à en faire l'oiseau rare de la noblesse polonaise. La fureur guerrière en moins, Charles XII découvrait un autre lui-même. Selon Voltaire : « Il dit après la conférence : "Voilà un homme qui sera toujours mon ami", et on s'aperçut bientôt que ces mots signifiaient : "Voilà un homme qui sera roi." »

Jacques Sobieski captif à Leipzig avec son cadet Constantin ; Alexandre, le troisième frère, refusant la couronne pour ne pas profiter du malheur de son aîné : le choix de Charles XII tombe en effet sur Stanislas. Le cardinal primat de Pologne accourt pour marquer son désaccord : « Mais qu'avez-vous à alléguer contre Stanislas Leszczynski ? » demande le roi. « Sire, il est trop jeune. » L'argument était maladroit : « Le roi répliqua sèchement : "Il est à peu près de mon âge", tourna le dos au prélat, et aussitôt envoya le comte de Horn signifier à l'assemblée de Varsovie qu'il fallait élire un roi dans les cinq jours, et qu'il fallait élire Stanislas Leszczynski. »

Auguste II ne désarme pas. Six semaines ne se sont pas écoulées depuis l'élection que, par une marche rapide, il surprend Varsovie, évacuée par Charles XII, et manque de peu la capture de son rival. La panique est telle qu'on perd la deuxième fille de Stanislas, âgée d'un an ; on la retrouve dans un village voisin où sa nourrice l'avait oubliée dans une auge d'étable. Mais Charles XII finit par disperser les dernières troupes d'Auguste II et l'ex-roi de Pologne doit se rencogner dans son électorat de Saxe où l'autre ne va pas tarder à entrer pour l'obliger à signer son abdication. Le sacre de Stanislas eut lieu le 4 octobre 1705 à Varsovie. Le roi de Suède assista incognito à la cérémonie.

Les ultimes soubresauts occupèrent une année, puis Charles XII resta encore un an en Saxe. Voltaire décrit ainsi ses « délices de la Saxe » : « Il montait à cheval trois fois par jour, se levait à quatre heures du matin, s'habillait seul, ne buvait point de vin, ne restait à table qu'un quart d'heure, exerçait ses troupes tous les jours, et ne connaissait d'autre plaisir que de faire trembler l'Europe. » Il appelait ses soldats « mes garçons bleus » à cause de la couleur de leur uniforme.

Las de ce farniente, il se met à la tête de son armée de quarante-trois mille hommes et, le premier d'un trio de conquérants enivrés de leurs victoires, prend en septembre 1707 la route de Moscou avec le dessein d'en finir avec la puissance russe. Il avait fait préparer ses cartes mais, de peur qu'on ne devinât ses projets, avait demandé les itinéraires menant de Leipzig à toutes les capitales d'Europe. Son chef d'état-major lui apporta les dossiers. Le premier portait en lettres capitales : « Route de Leipzig à Stockholm ». Charles XII sourit et dit : « Monsieur le maréchal, je vois bien où vous voudriez me mener ; mais nous ne retournerons pas à Stockholm sitôt. » Il y avait sept ans que lui-même et ses soldats n'avaient revu la Suède.

*
* *

On ne redira pas la grandiose et funeste aventure : les premières victoires, toujours plus cher payées car Pierre le Grand, comme il l'avait prédit à Narva, apprenait de chacune de ses défaites ; la décision du roi de se détourner de Moscou pour s'enfoncer en Ukraine, où Mazeppa devait lui apporter le renfort des Cosaques — espoir largement déçu ; l'hiver effroyable de 1709, célèbre dans toute l'Europe par sa rigueur, durant lequel l'armée suédoise, affamée et malade, manqua périr tout entière. Charles XII, surhumain ou inhumain, imposa aux soldats son énergie démentielle, leur infligeant par une température mortelle des marches exténuantes ; on dit qu'au cours de l'une d'elles deux mille hommes tombèrent morts de froid sous ses yeux impassibles. Mais ce fut peut-être ce qui sauva l'armée du désespoir. Le 1er février 1709, il se remet en marche vers Moscou à la tête de dix-huit mille survivants en guenilles. Une dizaine de milliers d'autochtones mal entraînés suivent ce squelette d'armée.

Le 7 juillet 1709, il est touché devant Poltava par une balle qui lui brise le talon. Il reste encore dix heures à cheval, puis consent à se laisser opérer, tenant lui-même sa jambe à deux mains et exhortant le chirurgien à « tailler hardiment ». L'opération à peine terminée, une estafette lui annonça l'arrivée du czar à la tête de soixante-dix mille hommes. Le roi donna l'ordre d'attaquer le lendemain.

Ce fut la bataille de Poltava, qui brisa pour jamais la

puissance suédoise. Les officiers de Charles XII galvanisaient leurs hommes en leur rappelant Narva, où, à huit mille, ils avaient vaincu une armée russe de quarante mille hommes bien retranchés. D'abord, la cavalerie suédoise paraît l'emporter. Le czar fait donner son artillerie ; il disposait de soixante-douze canons ; Charles n'en a plus que quatre. La bataille reprend le lendemain matin. Pierre le Grand fait des prodiges de valeur. Le roi de Suède, porté sur un brancard, mène son infanterie. Le canon russe emporta la décision. Sur les vingt-quatre soldats qui se relayaient pour porter le brancard du roi, vingt et un tombèrent foudroyés, et le brancard fut à la fin mis en pièces. Écrasée sous les boulets, l'infanterie suédoise plia, puis se débanda.

Si Charles XII échappa à la capture, il le dut au dévouement, à l'intelligence et au courage du comte polonais Stanislas Poniatowski, ami de Leszczynski, colonel de sa garde, que son attachement au roi de Suède l'avait fait suivre jusqu'au cœur de l'Ukraine. Le Polonais mit à cheval le blessé suffoquant de douleur, rallia cinq cents cavaliers, perça à travers les régiments russes. Le roi eut son cheval tué sous lui. Un mourant lui donna le sien. On lui annonça la capture de ses généraux et la reddition des restes de l'armée. « Prisonniers des Russes ? dit-il en haussant les épaules. Allons plutôt chez les Turcs. » Il avait le même visage dans la défaite que dans la victoire. Échappant aux escadrons russes qui avaient ordre de prendre à tout prix le formidable fugitif, la petite troupe atteignit, au terme d'une marche exténuante, par une température cette fois caniculaire, la frontière de l'Empire ottoman. Charles XII allait y rester cinq ans.

*
* *

Stanislas, roi de Pologne par la grâce du roi de Suède, ne pouvait espérer se maintenir après la ruine de son protecteur. Les armées russe et saxonne avançaient déjà pour encercler Varsovie. Stanislas s'échappa de justesse et rejoignit sa famille à Stettin, ville de souveraineté suédoise. Il écrivit aussitôt à Charles XII qu'il ne voyait d'autre issue que l'abdication. L'avance ennemie obligea à reprendre la fuite : l'île de Ruegen d'abord, puis le palais royal de Stockholm. C'est là qu'il reçut la réponse de Charles XII. Elle était vive. Le roi vaincu ne comprenait pas la pusillanimité de Stanislas. Il fallait tenir en attendant des jours meilleurs, qui ne sauraient tarder. Et cet avertissement : « Si mon ami refuse d'être roi, je saurai bien en faire un autre. »

Quoique son humeur habituelle lui fît poser sur le monde un regard heureux, Stanislas n'avait pas reçu en partage l'optimisme fanatique de son protecteur. Il savait apprécier une situation pour ce qu'elle était. Politiquement, un refus d'abdiquer ne pouvait que perpétuer les malheurs de la Pologne en justifiant l'occupation russe. Le pays était si ruiné que les paysans mangeaient l'écorce des arbres. Personnellement, il avait tout perdu : les biens considérables hérités de son père étaient confisqués par Auguste II, tout comme la dot de sa femme. Il n'était plus qu'un roi déchu réfugié en terre étrangère et vivant de la charité de ses hôtes. C'est probablement à cette époque qu'il fit sienne sa deuxième maxime favorite : « On ne monte à la fortune que par degrés, il n'en faut qu'un pour en descendre. »

Il envoie à Charles XII un émissaire chargé de le convaincre de la nécessité de l'abdication. Sans réponse, il décide de partir lui-même pour la Turquie. Le voyage est périlleux. Il lui faudra traverser une Europe hostile, et l'empereur, que Charles XII avait irrité en le contraignant notamment à accorder quelque liberté aux sujets luthériens gémissant sous sa férule, ne serait que trop aise de livrer à Auguste II son rival malheureux.

Stanislas se déguise en officier français et, avec deux fidèles, prend la route de Turquie à travers les neiges et les glaces de l'hiver 1713. Les passeports du trio trompent tous les contrôles. Celui de Stanislas est au nom de Haran, un officier français passé au service de la Suède.

Il parvient enfin en Moldavie, alors sous souveraineté turque. À Jassy, le gouverneur le presse de questions. Stanislas, dont le seul but était de rejoindre Charles XII, maintient qu'il est Haran, officier français au service de la Suède. Le gouverneur lui demande son grade dans l'armée suédoise. « *Major sum* », répond Stanislas (car la conversation se tenait en latin). « *Imo maximus es*[1] », dit le gouverneur en lui avançant un fauteuil. Toute l'Europe savait que le souverain déchu de Pologne avait disparu depuis plusieurs semaines.

Stanislas fut donc traité en roi, mais un roi surveillé. L'ordre arriva enfin de le conduire à Bender, où résidait Charles XII. En route, il rencontre un émissaire dépêché par le roi de Suède. Celui-ci exhortait son ami à ne jamais traiter avec Auguste et l'assurait que leurs affaires ne tarderaient pas à prendre un tour plus favorable. Il est probable que Stanislas dut soupçonner son protecteur d'être tombé en démence, car les nouvelles données par l'émissaire indiquaient que sa situation n'avait jamais été pire depuis le désastre de Poltava.

Charles XII, traité honorablement à Bender, mais lui aussi en roi captif, avait dès l'abord conçu le projet de faire soutenir par la Turquie sa querelle contre le czar. Ce n'eût pas été la première guerre entre les deux empires, ni la dernière, car les conflits de frontières étaient incessants. Son agent à Constantinople était l'infatigable Poniatowski, qui remuait le sérail de ses intrigues et s'ingéniait à attiser le parti de la guerre. Cette activité n'était point sans risque, car le Polonais, dépourvu de tout caractère officiel, pouvait à tout moment se retrouver le lacet au cou. Il ne s'habillait plus qu'à la turque et répandait à bon escient les subsides fournis par l'ambassadeur de France et l'or que le roi avait emprunté aux marchands de Constantinople.

Deux années passèrent avant que ses intrigues fussent couronnées de succès. Il se trouva enfin un grand vizir — sorte de Premier ministre du sultan — pour prêter l'oreille aux suggestions de Poniatowski. Une armée de cent cinquante mille hommes s'ébranla vers le nord. Cela faisait beaucoup de monde, mais le militaire turc était tombé si bas qu'une pareille multitude ne devait pas désespérer Pierre le Grand, qui descendait au sud à la tête de quatre-vingt mille soldats. La mauvaise réputation des Russes fit la décision : les Moldaves, qui préféraient de beaucoup la domination

1. « Tu es le plus grand. » Jeu de mots sur *major*, qui désigne un grade dans l'armée et signifie en latin « plus grand », et *maximus*, « le plus grand ».

débonnaire du sultan au joug impitoyable des czars, affamèrent systématiquement l'armée russe, que les désertions réduisirent bientôt à moins de trente mille hommes. Pierre le Grand se retrouva encerclé par une armée cinq fois supérieure en nombre et qui n'avait quant à elle aucun problème de subsistances ; il compara lui-même sa situation à celle de son « frère Charles » à la veille de Poltava. Poniatowski, naturellement en première ligne, envoya un courrier à Bender pour avertir Charles XII qu'il lui fallait se hâter s'il ne voulait pas être privé du plaisir de la bataille. Le roi de Suède fit diligence et apprit au débotté la nouvelle la plus inattendue : le grand vizir, qui tenait Pierre le Grand dans son poing fermé, l'avait laissé filer moyennant la restitution d'Azov, la destruction de quelques places fortes, l'évacuation de la Pologne par ses troupes, et le versement d'un subside aux Tartares, alliés des Turcs. Le traité ne mentionnait Charles XII que pour stipuler qu'il pourrait rentrer dans son pays sans que le czar s'y opposât. Encore cet article ne figurait-il que grâce à l'insistance de Poniatowski.

La colère de Charles fut terrible et vaine.

Cette paix inattendue rendait sa situation intenable. Trois pachas, mandés par le grand vizir, vinrent lui signifier qu'il devait retourner dans son pays. L'empereur s'était engagé à lui laisser libre passage. Charles XII, pour toute réponse, menaça de faire pendre les pachas. Un nouvel émissaire vint lui tenir de la part du sultan lui-même un langage plus menaçant. Charles XII accepta de partir, mais avec une escorte de cent mille hommes, et pour retourner en Pologne. Enfin, après maintes péripéties, et devant l'entêtement de son hôte importun (les Turcs l'appelaient, non sans admiration, « Tête de fer »), le sultan se résigna à l'expulser de force. Vingt-cinq mille hommes encerclèrent le petit camp où s'étaient retranchés Charles XII et ses deux cents Suédois. Les officiers turcs étaient navrés de devoir combattre dans des conditions aussi abracadabrantes un homme qu'ils estimaient, d'autant que le sultan avait ordonné de passer au fil de l'épée tout ce qui résisterait, et le roi lui-même. Quant aux principaux officiers suédois, ils montrèrent à leur souverain leur corps couvert de vieilles cicatrices et suggérèrent que, tant qu'à lui sacrifier leur vie, ils préféreraient le faire dans une occasion plus opportune.

Charles XII resta inflexible. L'assaut donné, les soldats suédois furent bientôt pris. Charles XII se retrancha dans sa maison avec quelques officiers et quarante domestiques. Il résista à toutes les attaques, tuant de sa propre main plusieurs adversaires. Les Turcs exaspérés mirent le feu à la maison et attendirent la reddition ; au lieu de quoi ils virent surgir Charles XII, l'épée au poing, à la tête de ses fidèles. Au terme d'une mêlée furieuse, le roi s'embarrassa dans ses éperons, tomba et fut maîtrisé.

Stanislas arrive au moment où son protecteur captif est conduit en chariot sur le chemin d'Andrinople. Lui-même échappe de peu à la relégation sur une île perdue. Le sultan se contente de l'assigner à résidence à Bender, avec une pension convenable et quelques domestiques. Sans se laisser chagriner par l'événement, il occupa ses loisirs à l'étude de l'architecture turque.

Là-bas, au nord, la situation de la Suède s'aggravait. Le czar avait conquis la Finlande et les provinces baltes. La Prusse, le Danemark, la Saxe et l'Électeur de Hanovre, roi d'Angleterre, se lançaient à la curée. À Stockholm, le Sénat, décidé à faire la paix à tout prix, empiétait sur la régence d'Ulrique-Éléonore, sœur du roi. Charles XII, enfermé dans la forteresse de Demotica, comprit qu'il lui fallait repartir s'il ne voulait pas perdre jusqu'à son royaume. Le 1er octobre 1714, après cinq ans d'un exil mouvementé, il quittait enfin la Turquie.

Stanislas reprit lui aussi le chemin du nord. Aucune de ses objurgations n'avait pu convaincre Charles XII de la nécessité d'abdiquer. La situation de la Pologne l'exigeait pourtant, car Pierre le Grand, violant l'engagement pris envers la Porte, comme on disait alors pour désigner le gouvernement de la Turquie, continuait de l'inonder de troupes. Enfin, en échange de sa renonciation à une couronne si hypothéquée, Stanislas pouvait espérer se réconcilier avec Auguste II et recouvrer ses domaines confisqués.

Charles XII, inflexible mais généreux, accorda à son protégé la jouissance du duché des Deux-Ponts, en Allemagne, alors sous souveraineté suédoise, pour qu'il y attende l'occasion de reconquérir son royaume.

Voyageant toujours sous fausse identité, Stanislas quitte Bender le 23 mai 1714. Son passeport est au nom du comte de Cronstein. Accompagné du fidèle Stanislas Poniatowski, il remonte jusqu'à Vienne et passe dans le duché de Lorraine. À Lunéville, il est reconnu : « Le roi Stanislas est passé dans cette ville, écrivit le conseiller ducal Joseph Le Bègue. Il a toujours gardé l'incognito sous le nom de comte de Cronstein, sans vouloir de logement au château. Il est dans une dure nécessité. Il avait mis en gage ses bijoux pour les vendre secrètement ; M. de Beauvau les a vus ; il l'a deviné et en a instruit Son Altesse. Le jeune de Lenoncourt a été chargé de les retirer et de porter au comte les bijoux et leur prix, sous la condition du plus grand secret. Le roi a accepté et, en partant, a laissé une lettre ouverte à l'aubergiste de *La Croix de Lorraine*, avec ordre de la porter le soir à M. de Beauvau, en la laissant lire à qui voudrait la voir. » D'évidence, les finances étaient basses.

Le 4 juillet 1714, Stanislas fait son entrée à Deux-Ponts, dont il est devenu « duc par délégation ». Ce n'est pas la Pologne, ni même les immenses domaines qu'il y avait possédés. Un vieux château vétuste surplombe la ville. Le revenu du duché est estimé à soixante-dix mille écus. Une garnison de quatre cents Suédois en mange une bonne part. Mais il fallait faire bon cœur contre mauvaise fortune, et Stanislas était l'homme le plus apte à cet exercice difficile. Il accueillit trois mois plus tard sa mère, sa femme Catherine et leurs deux filles, arrivées sans un sou vaillant. Et la vie s'organisa.

Stanislas, en un temps où ce n'était pas forcément la mode, éprouvait de l'amour pour ses filles. Le cours des événements ne laissant guère prévoir pour Anne et Marie des mariages bien brillants, il voulut du moins leur donner une éducation accomplie qui, plus tard, compenserait par des bonheurs privés la probable faillite de leur vie sociale. Les deux filles, âgées de quinze et onze ans, reçurent d'excellents précepteurs des cours de littérature, de sciences, d'histoire et de géographie. Musique et lecture occupaient les soirées. Stanislas lui-même se passionna pour la philosophie et assistait volontiers à l'enseignement dispensé à ses filles. Après tant de rudes péripéties, c'était une existence quiète et heureuse, assombrie pourtant par l'humeur grincheuse de la reine Catherine, qui ne possédait pas la merveilleuse faculté d'adaptation de son époux.

Trois ans plus tard, le 20 juin 1717, Anne, la fille aînée, mourut subitement, au désespoir de ses parents. Elle était de loin la plus belle des deux. Seule Marie demeurait, sage et discrète.

L'horizon, pourtant, semblait s'éclaircir. Pierre le Grand était mécontent d'Auguste II. Charles XII avait pris langue avec le czar et plaidait pour le retour de Stanislas. Un accord n'était pas inconcevable.

Auguste II réagit comme il avait fait pour Jacques Sobieski. Deux mois après la mort d'Anne, Stanislas, qui se rendait à Grafenthal, échappa à une embuscade tendue par un commando dirigé par un officier français. Sa mission était d'enlever le roi exilé et de le conduire à Dresde, capitale d'Auguste II. Le chef et deux de ses hommes furent capturés, puis condamnés à mort. Non seulement Stanislas les gracia, mais, leur accordant la liberté, il leur remit avec une générosité rare un viatique pour qu'ils pussent quitter à l'aise son duché.

L'avertissement devait être pris au sérieux. Les mois suivants, Stanislas et sa famille changent souvent de résidence. Puis des tracasseries s'élèvent avec le gouverneur suédois Strahlenheim, luthérien convaincu, qu'exaspérait le catholicisme fervent de Stanislas. Charles XII, toujours complaisant avec son ami, remplaça Strahlenheim par Stanislas Poniatowski.

Le 11 décembre 1718, le roi de Suède était tué par balle au siège de Fredrikshald, en Norvège.

*

* *

Depuis son retour de Turquie, quatre ans plus tôt, Charles XII n'avait cessé de guerroyer pour défendre ce qui restait de l'empire suédois, ne s'accordant même pas le loisir de revoir Stockholm, sa capitale, quittée quatorze ans plus tôt. Contre lui s'étaient coalisés la Russie, la Saxe, le Hanovre et le Danemark. Les dissensions classiques entre alliés firent autant que son génie militaire et son incroyable bravoure pour sauver la Suède d'une invasion qui paraissait inévitable. En 1715, au siège de Stralsund, lors d'une sortie sur l'île de Ruegen, démonté, son épée prise et lui-même déjà empoigné aux cheveux par un officier danois qui voulait avoir l'honneur de le capturer, il abat cet officier d'un coup de pistolet mais, aussitôt enveloppé, blessé à la poitrine par un coup de fusil, il était immanquablement perdu sans l'irruption de l'extraordinaire Poniatowski qui, renouvelant Poltava, lui sauva la vie une deuxième fois. Il était décidément bon d'avoir le Polonais avec soi.

L'invasion provisoirement évitée, Charles XII enfourcha derechef ses rêves vertigineux. Il avait confié sa diplomatie à une sorte d'aventurier génial, le baron de Goertz, qui finira sur un échafaud suédois après la mort du roi. Ils étaient faits pour s'entendre : Goertz reproduisait dans le champ diplomatique le goût de l'extraordinaire que Charles XII appliquait au militaire. Son dessein consistait à se réconcilier avec le czar pour entreprendre, d'accord avec lui, un complet bouleversement de l'Europe. L'un des pions royaux de cette folle partie d'échecs était Stanislas, qu'on replacerait sur le trône de Pologne à la place d'Auguste II. Le prétendant catholique devait lui aussi remonter sur le trône d'Angleterre après un débarquement de Charles XII financé par l'Espagne. Les flibustiers, réfugiés à Madagascar après avoir été chassés de l'Atlantique, avaient donné leur accord pour fournir un appoint mercenaire aux forces suédoises...

Mais, à la stupéfaction de l'Europe qui le croyait arcbouté sur son royaume, Charles XII commence par envahir la Norvège, possession danoise. Il met le siège devant Fredrikshald. On ouvre la tranchée. Le 11 décembre 1718, vers neuf heures du soir, il inspecte l'ouvrage. Deux officiers français sont avec lui à la pointe du boyau : Siquier, son aide de camp, qui lui est attaché depuis la Turquie, et Mégret, officier du génie. Le roi est mécontent de l'avancement des travaux. Mégret l'assure que la ville sera prise dans huit jours. « Nous verrons », grommelle le roi. Il est exposé à mi-corps à une batterie adverse qui tire à cartouche. Soudain, le roi s'affaisse sur le parapet avec un grand soupir. Une balle l'a atteint à la tempe droite. Son œil gauche est crevé ; le droit, exorbité. Dans un ultime réflexe, il a saisi la poignée de son épée. Il était âgé de trente-six ans.

Siquier fut soupçonné d'avoir assassiné le roi. Il y prêta le flanc, car, retourné à Stockholm, il s'accusa du crime et, ouvrant une fenêtre, implora publiquement le pardon des Suédois. Mais il était malade, enfiévré, et, revenu de son accès, s'étonna d'avoir pu déparler si follement : sa fidélité au roi l'aurait plutôt conduit à se faire tuer pour lui. Au reste, il mourut fort pauvre, ce qui n'eût pas été le cas si quelque puissance avait armé son bras. Le chapeau de Charles XII, conservé à Stockholm, pose pourtant problème : le trou fait par le projectile meurtrier est si étroit qu'on est conduit à penser qu'il fut tiré par un pistolet. Les historiens s'accordent pour écrire que Charles XII mourut « dans des circonstances douteuses ».

Michelet rêva sur son portrait accroché à Versailles : « Avec ses gants de buffle, son habit grossier de drap bleu, ce grand corps sec, nerveux, semble d'abord un dur soldat. Puis on voit davantage ; on retrouve, on comprend l'indestructible, qui prenait son plaisir à jeûner plusieurs jours, à dormir par terre sans abri dans les hivers de Suède. Il a tel trait plus que sauvage, le dirai-je ? bestial, qui fait penser à un terrible orang-outan. Ses yeux, d'un azur cru, ne se retrouveraient ni chez l'homme, ni chez l'animal. Il tient fort du satyre mais (tout au contraire du satyre) sa peau tannée est en dessous riche d'un sang très pur, implacablement virginal (j'entends, des vierges de Tauride). Nulle amitié. Nul amour. Buveur d'eau. Un seul sens, le péril, le meurtre. »

Il était bien un peu étrange de comparer à un orang-outang un homme à qui la barbe ne poussait guère et dont la calvitie fut précoce, mais c'était la manière du grand romancier visionnaire de l'histoire. Voltaire, bien loin de voir à Charles XII des yeux ni humains ni même animaux, les lui trouvait « remplis de douceur ». Il fallait encore un Michelet pour comparer cet homme si peu abandonné aux sens à un satyre (à son contraire aussi, il est vrai, de par la pureté de son sang « implacablement virginal »). Charles XII fut assurément un homme excessif mais son physique ne le proclamait pas. Simplement, de nature taciturne, il ne répondait souvent que par un rire sec tenant du ricanement, et qui faisait peur.

On peut préférer l'épitaphe que lui composa Voltaire : « C'est peut-être le seul de tous les hommes, et jusqu'ici le seul de tous les rois, qui ait vécu sans faiblesses ; il a porté toutes les vertus des héros à un excès où elles sont aussi dangereuses que les vices opposés... Ses grandes qualités, dont une seule eût pu immortaliser un autre prince, ont fait le malheur de son pays. » Et de conclure : « Homme unique plutôt que grand homme, admirable plutôt qu'à imiter. » Saint-Simon exprime la même chose en moins de mots, qui écrivit que la balle fatale « enleva un héros à l'Europe, et à la Suède un fléau ».

*

* *

Il fallut donc faire ses malles, une fois de plus, et quitter le duché des Deux-Ponts.

La famille se réfugia à Wissembourg, en Alsace française, par la grâce du duc d'Orléans, régent de France pendant la minorité de Louis XV. Selon son ami Saint-Simon, le Régent était « touché de l'état fugitif de ce malheureux roi, qui n'était en sûreté nulle part ». Auguste II, implacable, protesta à Paris. Le Régent répondit à son envoyé : « Monsieur, mandez au roi, votre maître, que la France a toujours été l'asile des rois malheureux. »

Stanislas et les siens s'installent dans une maison de construction récente appartenant à la famille Weber. Les fonds manquent. Un prêt de trente mille livres du duc de Lorraine est vite dépensé. Le Régent accorde quatre mille livres par mois ; encore ce secours n'est-il pas régulièrement payé. Stanislas écrit lettre sur lettre pour demander l'aumône aux puissants. Auguste II ne répondit même pas à sa proposition de renoncer pour toujours à la couronne moyennant la restitution des domaines confisqués. Bientôt, les bijoux de la reine Catherine sont mis en gage chez les usuriers de Francfort, avec peu d'espérance de les pouvoir retirer un jour.

L'apparence de cour qui subsistait encore dans le duché des Deux-Ponts se réduit à une pitoyable caricature : les fidèles découragés s'étaient à la fin dispersés. Il ne reste plus que trois prêtres, un baron qui promène dans les pièces de la maison Weber son titre de grand maréchal du palais, quelques chambellans désœuvrés et un ancien domestique promu secrétaire du roi.

La reine Catherine se partageait entre la dévotion et le ronchonnement. Elle ne témoignait pas à sa cadette la même affection qu'à l'aînée, de sorte que Marie se rapprochait de sa grand-mère paternelle, Anne Jablonowska, qu'on appelait Madame Royale et dont l'occupation principale était de manger. Dès qu'elle avait eu dix-huit ans, Stanislas s'était efforcé de caser sa deuxième fille, mais le parti était si évidemment désavantageux que ses propositions avaient été repoussées. Un marquis de Courtanvaux se mit sur les rangs ; Stanislas voulait que le roi de France le fît duc et pair ; on en resta là. Selon toute apparence, Marie était destinée à finir vieille fille.

Stanislas conservait cependant son égalité d'humeur. Il avait une liaison heureuse avec une dame d'Andlau, épouse d'un officier français servant à l'armée du Rhin ; ensemble, ils faisaient aussi de la musique. Et puis il philosophait assidûment, chassait, écrivait force lettres susceptibles d'émouvoir la générosité de prêteurs fortunés, allait se promener dans la forêt alsacienne, pipe au bec. À considérer ce prince bonhomme si peu fait pour le fracas de l'histoire, si apte au contraire à jouir des plaisirs tranquilles de la vie, comment se déprendre du sentiment qu'un malentendu lui avait fait accrocher son char à l'étoile d'un roi qui, depuis la première année du siècle, avait étonné le monde par sa furieuse démesure ?

La troisième maxime favorite de Stanislas était : « Celui qui possède beaucoup n'est pas le plus heureux : c'est celui qui désire peu et qui sait jouir de ce qu'il a. »

Quand même, l'avenir est triste.

II

Louis XV allait sur ses quinze ans quand s'imposa l'urgence de le marier. Encore fallait-il d'abord rompre ses fiançailles avec l'infante d'Espagne, une enfant de six ans qui ne pourrait avant longtemps donner un héritier au trône de France.

L'idée de ces fiançailles baroques était venue de Madrid. Philippe V, petit-fils de Louis XIV, avait suggéré au Régent une double union propre à resserrer les liens entre les deux couronnes : son fils aîné, le prince des Asturies, épouserait une fille du Régent, et l'infante, sa fille unique, convolerait avec Louis XV.

La proposition était trop avantageuse pour que le Régent hésitât une seule seconde à l'accepter. Il était beau pour sa propre famille, les d'Orléans, d'avoir une fille reine d'Espagne. Sur le plan politique, l'offre de Madrid écartait pour l'avenir les revendications de la branche espagnole des Bourbons sur le trône de France. Trois ans plus tôt, défait par la France et l'Angleterre au terme d'une courte campagne, Philippe V avait renoncé à toute prétention sur la couronne de son grand-père Louis XIV : le double hymen scellerait la réconciliation entre Paris et Madrid.

Louis XV devint tout rouge et commença à pleurer à chaudes larmes lorsque le Régent, fort embarrassé, lui annonça le projet de fiançailles. Il avait onze ans ; sa future fiancée en avait trois. Le vieux maréchal de Villeroy, son gouverneur, M. de Fleury, évêque de Fréjus, son précepteur, le duc de Bourbon, son cousin, le Régent lui-même, son grand-oncle, s'ingénièrent à lui parler raison d'État. C'est un langage qu'on entend mal à onze ans. Le roi pleurait toujours. Ce fut M. de Fleury, l'homme qu'il aimait le plus au monde, qui lui arracha enfin un acquiescement. Mais le roi devait le répéter devant le conseil de régence, et il refusait d'y assister. Nouvelles objurgations. Il se laissa traîner au conseil, les yeux gonflés, et redit son acceptation du ton d'un enfant injustement puni.

L'infante fut conduite à Paris avec tout le faste protocolaire, harangues à chaque étape, festivités et liesses populaires, *Te Deum* à Notre-Dame de Paris. Louis XV la reçut au Louvre et lui offrit une poupée. Lui-même continuerait d'habiter aux Tuileries.

C'était une naine vive et drôle dont la gaieté faisait contraste avec la mine maussade qu'arborait presque toujours le roi adolescent. Elle remplissait le Louvre de ses mots et de ses rires quand, aux Tuileries, chaque phrase tombée en public des lèvres avares du fiancé était reçue comme un événement. Louis XV ne lui accordait d'ailleurs aucune espèce d'intérêt, et même ne lui parlait pas, de sorte qu'on avait cru bon d'expliquer à l'infante que ce mutisme était en vérité preuve d'affection. La pauvrette, voyant que le roi recevait en silence le maréchal de Villeroy, revenu d'une disgrâce, lança au vieux courtisan : « Il faut que le roi vous aime bien, car il ne vous a rien dit. »

Mais le Régent était mort, le duc de Bourbon lui avait succédé, et tout était changé. Le Régent pouvait laisser le temps au temps et ne point précipiter le jeune roi dans un mariage précoce : si, par malheur, la maladie venait à enlever l'ultime descendant de Louis XIV, c'est lui, duc d'Orléans, qui ceindrait la couronne. Parvenu aux affaires, le duc de Bourbon, ou M. le Duc, comme on disait à la cour, devait penser différemment : si le roi mourait, c'est le fils du Régent qui monterait sur le trône. Ce garçon un peu niais allait faire rire tout Paris par ses exagérations de bigoterie. Surtout, les maisons de Bourbon et d'Orléans se vouaient une haine vigilante et M. le Duc répugnait à l'idée de devenir le sujet d'un prince de la maison rivale. Si le Régent ne voyait aucun inconvénient à l'âge tendre de l'infante, qui écartait pour longtemps la possibilité d'une progéniture royale, M. le Duc lui en trouvait beaucoup.

Pouvait-on renvoyer l'infante ?

La mort fit une ouverture. Philippe V, roi d'Espagne, que le duc de Saint-Simon avait trouvé si changé lorsqu'il était allé lui demander à Madrid la main de sa fille pour Louis XV, et que Michelet explique tout entier par son asservissement sexuel à sa femme, qui se prêtait à certaine complaisance réprouvée par l'Église — Philippe V, sombrant dans une neurasthénie mystique, avait fini par abdiquer au profit de son fils ; mais celui-ci étant bientôt mort de la petite vérole, le père avait repris la couronne et renvoyé sa veuve en France. Que l'une des branches du double mariage fût ainsi brisée devait donner à penser que l'autre pouvait l'être aussi. Mais, dans un cas, c'était la mort qui avait tranché ; dans l'autre, il s'agirait de la volonté des hommes. La réaction espagnole serait forcément vive, peut-être brutale : pourquoi pas la guerre ?

Comme on croyait alors qu'un adolescent vigoureux

pouvait mourir de fatigue, les chasses forcenées auxquelles s'adonnait Louis inquiétaient son entourage. Elles lui constitueront un corps d'athlète qui résistera longtemps aux services excessifs exigés dans d'autres domaines. En revanche, le roi mangeait beaucoup et se donnait fréquemment des indigestions. À la moindre alerte, M. le Duc entrait en transes. Comment oublier l'effroyable hécatombe qui avait presque anéanti la famille royale et enlevé en quelques mois au futur Louis XV son grand-père, son père et sa mère, son unique frère, faisant d'un enfant de deux ans destiné au trône l'orphelin le plus esseulé de la cour la plus peuplée et la plus puissante d'Europe ?

L'été 1724, M. le Duc évoqua le problème avec Pâris-Duverney, principal financier du régime, et le maréchal de Villars. M. de Fleury, précepteur du roi, refusa de prendre part aux conversations. La religion avait pourtant son mot à dire. Trois ans plus tôt, au réveil, Louis XV avait confié à ses valets qu'il avait éprouvé pendant la nuit « un mal fort plaisant et qu'il n'avait point encore senti ». Toute la cour avait ri du « mal du roi », lequel n'avait pu que prospérer depuis lors. Et comme le maréchal de Villars constatait avec une verdeur militaire que « les dames sont toujours prêtes » et que l'on ne pouvait plus dire que le roi ne l'était pas, ce serait exposer le bel adolescent à toutes les intrigues et à tous les scandales que de l'obliger à attendre que l'infante fût en âge de partager sa couche. Mais la question essentielle restait la postérité dynastique.

Le compte de Morville, secrétaire d'État des Affaires étrangères, fut chargé de dresser la liste des princesses susceptibles, par leur naissance, leur position et leur agrément, d'épouser le roi.

Au mois de février 1725, Louis XV eut encore une indigestion et dut s'aliter, portant à son comble l'inquiétude de M. le Duc. Hors de lui, il rôdait autour de la chambre royale, harcelait les médecins, et on l'entendait grommeler : « Que deviendrai-je ? Je n'y serai pas repris. S'il en réchappe, il faut le marier. »

M. de Fleury lui-même avait admis la nécessité de renvoyer l'infante. Elle partit dès le 1er mars sans que son fiancé se donnât la peine d'un adieu. On avait fait croire à la petite fille que ses parents souhaitaient la revoir, mais qu'elle reviendrait aussitôt après à Versailles, où la cour, quittant Paris, était désormais installée. L'Espagne prit feu et flammes, rompit les relations diplomatiques, puis les choses se tassèrent.

Le comte de Morville et ses services avaient dressé une liste de quatre-vingt-dix-neuf princesses à marier, dont vingt-cinq catholiques, trois anglicanes, treize calvinistes, cinquante-cinq luthériennes et trois orthodoxes. Un premier tri en élimina quatre-vingt-deux, soit qu'elles fussent par trop laides, soit que leur attachement présumé à leur religion d'origine fît empêchement — une reine de France devait être catholique —, soit enfin que la position sociale trop modeste de leur famille annulât les avantages de leur naissance.

Le Conseil d'En-Haut, instance délibérative suprême du royaume, se réunit pour trancher entre les dix-sept candidates rescapées. Le roi de quinze ans présidait aux délibérations des graves personnages chargés de choisir la femme qui entrerait dans son lit.

Les deux sœurs de M. le Duc restaient sur les rangs, mais on les écarta vite : le roi ne pouvait épouser l'une de ses sujettes et c'eût été trop élever une maison de princes du sang.

La princesse Élisabeth, fille aînée du duc de Lorraine, fut écartée pour la même raison : sa mère était une d'Orléans.

Marie-Barbe-Josèphe, fille du roi du Portugal, était d'une santé fragile et sa famille passait pour avoir l'esprit un peu égaré. L'Espagne aurait d'ailleurs reçu ce choix comme un camouflet.

Élisabeth, fille du czar, avait une mère sortie de rien.

Anne, fille du prince de Galles, héritier du trône d'Angleterre, eût été un excellent parti. Elle avait été charmée par un portrait de Louis XV envoyé à Londres. Mais elle était luthérienne et sa conversion paraissait peu envisageable puisque c'était précisément la religion qui avait permis à sa famille, issue du Hanovre, de renverser les catholiques Stuarts. Même si une conversion du bout des lèvres était obtenue, comment ne pas craindre que la future reine de France ne protégeât secrètement les protestants du royaume ?

Plusieurs autres princesses, dont celles de Danemark et de Prusse, furent éliminées pour la même raison de religion. Marie, fille du roi Stanislas, ne présentait pas cet inconvénient, mais était-il besoin d'insister sur la situation plus que médiocre de sa famille ?

*
* *

En fait, M. le Duc, qui était veuf, envisageait d'épouser lui-même Marie, mais ses approches restaient si discrètes et si peu suivies que Stanislas n'osait trop croire à une union qui lui semblait inespérée après tant de vaines tentatives. Non pas que M. le Duc fût homme à faire rêver les filles : à trente-trois ans, la voix rauque, il promenait sur des jambes d'échassier une maigre carcasse bossue sommée par une figure laide à faire peur, et borgne. Sa bêtise était proverbiale. Mais un prince du sang, Premier ministre, et point sot en matière d'argent puisqu'il avait su réaliser de faramineux bénéfices sur le système de Law, faisant retirer de la banque de l'or à pleines charrettes juste avant l'effondrement des actions. Il était entièrement dominé par sa maîtresse, la marquise de Prie, fille d'un munitionnaire aux armées, aussi belle qu'il était laid, aussi intelligente qu'il était borné, ambitieuse pour deux, amie et protectrice des artistes et des écrivains — déjà une Pompadour. Le marquis d'Argenson, qui la vit de très près mais résista à la tentation — c'était la seule résistance qui restât à lever —, en laisse dans ses Mémoires un portrait ébloui.

Mme de Prie jugeait que Marie Leszczynska ferait une excellente épouse pour M. le Duc : sa beauté modeste ni son caractère réservé ne porteraient ombrage à la maîtresse en titre.

Stanislas estima avec bonheur que la grande affaire avançait soudain bon train quand débarqua à Wissembourg, le 24 février 1725, le peintre Pierre Gobert, portraitiste des grands de ce monde. Il était envoyé par la marquise de Prie pour faire en hâte le portrait de Marie. Pour Stanislas, nul doute que M. le Duc voulait savoir à quoi ressemblait sa future épouse, qu'il n'avait jamais rencontrée. La marquise fit connaître ensuite que le portrait avait été apprécié.

Le 2 avril, lundi de Pâques, un courrier apporte à Wissembourg une lettre au cachet de M. le Duc. Stanislas l'ouvre et lit que le duc de Bourbon lui demande la main de sa fille, non pas pour lui, mais pour le roi Louis XV. Il tombe évanoui.

Le roi annonça lui-même son mariage, le 27 mai, à son petit lever. La déception fut générale. Le chroniqueur Marais écrit : « Nous verrons les suites de ce mariage avec un roi qui n'est plus roi, qui l'a été par une élection faite en conquête, qui cesse de l'être par la même conquête et qui est d'une nation tout à fait étrangère à la nôtre. » Quant à Barbier, avocat au Parlement, écho fidèle des réactions parisiennes, il note dans son journal : « Ce mariage étonne tout le monde. Il ne convient en effet en aucune façon au roi de France, d'autant que la maison de Leszczynski n'est pas une des quatre grandes noblesses de la Pologne ; cela fait de simples gentilshommes. » Dans les familles princières, notamment chez les d'Orléans, la surprise de se voir préférer une fiancée si peu considérable tourna vite à la haine. On affirmait que Marie avait les pieds palmés. À l'étranger, la maison de Lorraine fit courir le bruit qu'elle était épileptique. Cette calomnie effraya si fort les ministres qu'ils firent examiner secrètement la malheureuse par des médecins. Pour tout le monde, le mariage était l'œuvre de M. le Duc et de Mme de Prie, trop heureux de donner au roi une obscure princesse qui, leur devant entièrement sa fabuleuse ascension, serait docile à leurs volontés. Des vers circulaient où, parodiant *L'École des femmes*, la marquise de Prie disait à la future reine :

Notre roi vous épouse et, cent fois la journée
Vous devez bénir l'heur de votre destinée.
Contemplez la bassesse où vous avez été
Et du prince qui m'aime admirez la bonté
Qui de l'état obscur de simple demoiselle
Sur le trône des lys par mon choix vous appelle...

Cela sentait la vengeance de cour. Mais Paris bruissait tout autant d'aigres chansons :

On dit qu'elle est hideuse,
Mais cela ne fait rien,
Car elle est vertueuse,
Et très fille de bien.

En somme, pour sa cour et pour son peuple, l'arrière-petit-fils de Louis XIV se mésalliait. La nation s'éprouvait vexée. Bien sûr, nul ne s'inquiétait de l'opinion des intéressés, très secondaire dans une affaire d'État (ainsi Marais daube-t-il sur « ce mariage avec un roi qui n'est plus roi », comme si Louis XV épousait Stanislas !). Marie, qui aimait ses parents, était naturellement heureuse du coup de fortune qui les arrachait à leur royale misère, mais son cœur battait déjà pour son futur mari, que les estampes lui avaient révélé. Et comment ne pas être amoureuse ? Louis XV, qu'on appellerait jusque dans sa maturité « le plus bel homme du royaume », était alors le plus séduisant des adolescents.

Louis XV, quant à lui, ne dissimulait pas sa joie. Le portrait de Marie l'avait satisfait. Elle n'était ni belle ni jolie mais elle avait le teint frais, les yeux animés, une silhouette assez gracieuse. Cultivée, sachant les arts d'agrément, elle tiendrait sa place à la cour. Ceux qui l'avaient approchée ne tarissaient pas d'éloges sur la douceur de son caractère et sur une bonté qu'elle tenait sans doute de son père. Le plus gênant était son âge : vingt-deux ans, soit sept de plus que le roi. Cette différence risquait de poser problème dans l'avenir. On n'en était pas là.

Le présent ne manquait d'ailleurs pas de périls. Barbier note au mois d'août : « M. le duc d'Antin a donné un bal dans lequel on a arrêté huit hommes masqués, savoir : quatre Polonais et quatre Français. Il y avait apparemment quelque conspiration contre le roi Stanislas, parce que cette grande alliance fait ombrage au roi de Pologne. » Auguste II ne désarme pas et un complot succède à l'autre. Comme l'exilé aimait à fumer la pipe, on tenta même de le faire mourir en lui faisant prendre du tabac d'Orient empoisonné[1]...

1. Le Congrès des États-Unis eut la surprise d'apprendre en 1975, lors d'auditions consacrées à la C.I.A., que l'agence américaine avait

Revenu de son évanouissement, Stanislas avait aussitôt écrit une lettre de remerciements à M. le Duc : « Que puis-je dire à Votre Altesse Sérénissime pour répondre à une lettre qui, me saisissant le cœur et m'ôtant la parole, me mettrait dans toute l'insuffisance de lui exprimer mes sentiments s'ils étaient nouveaux et encore inconnus à Votre Altesse Sérénissime ?... Je vous cède mon droit de père sur ma fille en remplaçant celui d'époux qui vous était destiné... » Il s'empressa d'emprunter treize mille livres au gouvernement de Strasbourg, qui les lui accorda volontiers, pour retirer les bijoux de la reine Catherine des griffes des usuriers de Francfort.

Conformément à l'usage, le mariage fut célébré par procuration à Strasbourg, le 15 août, le duc d'Orléans tenant le rôle du roi. Puis, en un long cortège de carrosses, de gardes du corps, de Suisses, de chariots à bagages — le tout défilant sur quatre kilomètres —, on prend la route de Fontainebleau, où se tient la cour. Stanislas et Catherine, qui ont assisté au mariage par procuration, restent à Strasbourg. Comme pour l'infante, harangues, députations, festivités. Mais, contrairement à l'infante, Marie trouve à chaque étape un messager porteur d'une lettre ou d'un présent du roi.

Cette marche devait être une apothéose mais, comme si un sort s'acharnait à faire de tout voyage des Leszczynski une aventure, elle fut apocalyptique. « Je n'oublierai jamais, écrit d'Argenson, l'horreur des calamités qu'on souffrit en France quand la reine Marie Leszczynska y arriva. » Il pleut depuis trois mois ; les récoltes pourrissent ; la famine sévit. À Paris, où éclatent de brèves mais violentes émeutes du pain, on sort en procession la châsse de sainte Geneviève, « l'une des cérémonies les plus solennelles du royaume », pour implorer la clémence du ciel. En Champagne, le cortège royal rencontre des terres transformées en boue liquide, des chemins effondrés ou si noyés d'eau que carrosses et chariots s'y enlisent à chaque instant. À dix lieues à la ronde, les paysans sont réquisitionnés pour réparer la route ; leurs chevaux déjà étiques, qui parfois

vainement tenté d'assassiner Fidel Castro en empoisonnant ses cigares, traités à la toxine botulique.

n'ont rien mangé de trois jours, renforcent les équipages : on attelle à dix au lieu de quatre. Des carrosses versent, et « Sa Majesté, écrit d'Argenson, pensa souvent se noyer ; on la retirait de son carrosse à force de bras, comme on pouvait ». Les duchesses en grands atours, couvertes de bijoux, sont forcées de mettre pied à terre et marchent fardées de boue. Marie distribuait des aumônes aux paysans et la bonne humeur était générale.

Une éclaircie bienveillante régnait sur Froidefontaine, où Louis XV était venu avec la cour accueillir la reine. Des tapis avaient été jetés sur le sol spongieux. Marie fléchit le genou devant le roi ; il la releva aussitôt et, l'embrassant sur les deux joues, lui dit son bonheur de l'accueillir.

Le mariage fut célébré avec tout le faste imaginable le lendemain, 5 septembre, dans la chapelle du château de Fontainebleau. Marie portait le grand manteau royal semé de fleurs de lis et une couronne de diamants. Le soir, le roi brusqua quelque peu le cérémonial pour se retirer plus tôt avec la reine. Le lendemain, M. le Duc écrivit à Stanislas : « Le Roi s'est allé coucher avec la Reine, et lui a donné, pendant la nuit, sept preuves de tendresse. C'est le Roi lui-même qui a envoyé un homme de sa confiance pour me le dire, et me l'a répété. »

Ainsi l'enfant oubliée naguère par sa nourrice dans une auge d'étable, quand il avait fallu fuir pour la première fois Varsovie, était-elle devenue reine de France. Le roman de la vie pouvait avoir un épilogue heureux. Stanislas avait perdu le trône de Pologne mais répétait autour de lui, le visage rayonnant de bonheur, que son futur petit-fils monterait sur le trône de France.

*

* *

Après Deux-Ponts et Wissembourg, ce fut Chambord. M. le Duc avait choisi le prestigieux château pour résidence des beaux-parents du roi. On déménagea le mobilier de la maison Weber, mais il n'était certes pas à l'échelle de Chambord : beaucoup de pièces restèrent vides. Quant à la pension versée par Louis XV, elle n'autorisait pas les travaux d'aménagement indispensables dans un château désert depuis quarante ans. Stanislas pouvait écrire mélancoliquement : « La grande cherté, qui est toujours excessive, me tient en garde sur l'économie, science qui m'est devenue favorite. » Des douves du château montaient des miasmes méphitiques qui donnaient la fièvre, contraignant parfois à demander asile dans le voisinage.

Chaque année, un voyage à Versailles pour l'accouchement de la reine. On espérait un dauphin. Le 14 août 1727, deux ans après son mariage, Marie donna naissance à des jumelles. Louis XV plaisanta sur ses capacités de géniteur. Onze mois plus tard naquit encore une fille. Déception et inquiétude. Marie alla à Notre-Dame de Paris prier le Ciel de lui accorder la grâce d'un garçon. Il naquit l'année suivante, le 4 septembre 1729. Ce fut une explosion de joie dans tout le royaume. Un an encore et Marie accouchait d'un second garçon. La postérité royale était assurée. Cinq filles allaient suivre implacablement, une par an ou presque, jusqu'à Louise-Marie, née en 1737.

La vie à Chambord ressemble beaucoup à celle de Wissembourg. La mère de Stanislas, Madame Royale, continue de s'empiffrer de fortes nourritures et de boire énormément, ce qui lui procure de sévères crises de goutte, à l'indignation de son fils qui plaide en vain pour un régime sérieux. La reine Catherine s'abîme dans ses exercices de dévotion. Quant à Stanislas, il lit, écrit, chasse, et se promène dans la forêt de Chambord, sa longue pipe allemande à la bouche, comme il avait aimé marcher sous les sapins d'Alsace. À le voir bavarder avec les paysans, bouffarde au bec, loin des tumultes du monde, on pouvait penser que cet homme paisible avait touché au port. Il écrit en 1729, cinq ans après le mariage de Marie : « D'ailleurs nous vivons dans une grande tranquillité qui fait la douceur de ma vie. »

La mort reste le seul événement. Madame Royale décède le 30 août 1727, à soixante-sept ans, victime de sa gloutonnerie. Quelques mois plus tard disparaît le comte Michel Tarlo de Szczekarzewice, que les Français avaient pris le parti d'appeler comte de Tarlo, cousin de la reine Catherine mais surtout l'un des fidèles parmi les fidèles. Stanislas Poniatowski s'en était depuis longtemps retourné au pays. Ceux qui demeurent autour du roi déchu sont résignés à mourir sur les bords de la Loire.

Mais Stanislas pensait toujours à la Pologne. On l'avait entendu dire, lorsque Marie avait été choisie, qu'il avait fait une croix sur le trône, mais n'était-ce pas pour rassurer ceux qui craignaient que la France ne fût obligée d'épouser son ambition en même temps que le roi sa fille ? En 1727, un juriste de quarante-huit ans, Louis Chauvelin, avait été nommé aux Affaires étrangères. Hautain, violent, cassant, mais grand travailleur et dominant ses dossiers, il voulait que le beau-père du roi de France retrouvât son trône. L'opinion, tant à la cour qu'à la ville, était derrière lui. Alors serait effacée l'espèce d'humiliation que le pays avait ressentie en apprenant le choix de la « demoiselle polonaise ».

M. de Fleury, aussitôt élevé à la dignité de cardinal, était devenu Premier ministre de fait après le renvoi de M. le Duc, dont trois ans d'exercice du pouvoir avaient démontré l'incapacité. L'ancien précepteur de Louis XV avait alors soixante-treize ans, un âge qui n'est plus celui de l'aventure. Il aimait autant la paix qu'il détestait Stanislas. Il modéra Chauvelin. Aussi longtemps que vivrait Auguste II, la France resterait coite.

Auguste II meurt de gangrène le 1er février 1733.

Les candidats à sa succession se multiplient aussitôt dans les familles régnantes d'Europe, pour lesquelles cette monarchie élective, échappant au carcan héréditaire, offre beaucoup d'attraits. Frédéric-Auguste, fils du défunt, Électeur de Saxe depuis sa mort, prétend lui succéder aussi sur le trône de Pologne. Plusieurs candidatures enfin dans la noblesse polonaise, dont celle de Stanislas Poniatowski.

La France avait pour ambassadeur à Varsovie le marquis de Monti, un Italien entré à son service, ce qui, à l'époque, était assez banal. Soldat passé à la diplomatie, Monti avait reçu le 5 mai 1729, avant son départ, des instructions précises : « Sa Majesté est bien persuadée que, dans le cas de la mort du roi de Pologne, les choses entières, le marquis Monti ne négligera rien pour faire réussir ses vues en faveur du roi Stanislas. Le succès en est à la vérité très difficile, autant par le caractère qui réside en la personne du roi Stanislas que par le génie des Polonais. » Le caractère signifie ici la dignité royale dont Stanislas se trouve investi, même si la force l'a contraint à quitter le trône : un souverain déjà sacré peut-il accepter de se soumettre de nouveau aux suffrages ? « Le génie des Polonais » évoque les appétits déclenchés par toute nouvelle élection chez les grandes familles du pays, qui ont tant à gagner à pousser l'un des leurs sur le trône. Les instructions poursuivaient : « Il n'est pas nécessaire d'avertir le marquis Monti qu'il doit être extrêmement attentif à ne rien laisser pénétrer d'avance à personne des ordres que S.M.[1] lui donne par rapport au roi Stanislas. Tout le monde est persuadé qu'elle portera ce prince ; mais il y a bien de la différence entre laisser subsister des opinions que l'on ne pourrait pas détruire ou les confirmer par un aveu formel. » Stanislas confia à l'ambassadeur un blanc-seing lui donnant pleins pouvoirs et un projet de manifeste rédigé en polonais avec une traduction en latin.

Monti est homme d'action. Ses dépêches sont admirables d'énergie, de lucidité, de précision. Il néglige les prudences de langage et va droit au fait. Il a préparé le terrain pour Stanislas, ce qui signifie qu'il a dépensé beaucoup d'argent. Car la couronne de Pologne était une couronne à l'encan. L'or ne suffisait pas pour faire une élection, mais aucune élection ne se faisait sans or. Maint Électeur de la diète se vend au plus offrant, et souvent plusieurs fois, aussi les instructions de Monti lui recommandaient-elles d'attendre, autant que possible, le dernier moment pour acheter les votes, « car telle est la coutume de plusieurs seigneurs polonais qu'ils ne se font point de scrupule de vendre à différents prétendants des espérances frivoles, se réservant à faire encore acheter le suffrage qu'ils donnent souvent à un autre ».

Le sentiment de l'intérêt national ne restait pourtant pas absent de la joute électorale, et il allait jouer cette fois en faveur de Stanislas. L'intérêt national, c'était l'indépendance du pays, la liberté d'une nation que tant de voisins menaçaient. Ceux qu'on appelait « les patriotes » avaient équitablement partagé leur mépris entre Stanislas, marionnette du roi de Suède, et Auguste II, créature du czar. Ils s'étaient désintéressés du duel entre les deux hommes, puisque la victoire de l'un ou de l'autre eût été celle d'un maître

1. Pour « Sa Majesté ».

étranger. Aussi bien Stanislas et Auguste II avaient-ils tous deux échoué à rassembler des forces appréciables pour venir au secours de leurs tuteurs respectifs.

Cette fois, Stanislas serait le candidat de la France, donc du parti patriote. Son éloignement géographique garantissait assez que la France n'aurait jamais la moindre prétention à dominer la Pologne, au contraire des voisins autrichien, russe, bientôt prussien. La politique française, qui ne changera pas jusqu'à la Seconde Guerre mondiale, consistait dans une alliance étroite avec une Pologne indépendante et forte, de manière à installer une menace sur les arrières de ses séculaires adversaires, les Habsbourg, c'est-à-dire l'Autriche et l'Allemagne. La Pologne, la Suède et la Turquie étaient les instruments classiques de ce qu'on nommait les diversions orientales. Stanislas se présenterait par conséquent devant la diète d'élection en candidat soutenu par une puissance garante de l'indépendance de la Pologne et redoutable à ses seuls ennemis. De son côté, l'ambassadeur Monti, en répandant judicieusement les quatre millions — somme énorme ! — que le grand financier Samuel Bernard avait investis dans l'opération pour le compte de Versailles, faisait plus que mettre du baume sur le snobisme français offensé : il concourait à remettre en place un pilier essentiel de l'équilibre européen.

La partie serait rude. Un an avant la mort d'Auguste II, l'empereur, Charles VI, la czarine Anna Ivanovna, successeur de Pierre le Grand, et le roi de Prusse avaient signé un traité secret excluant de la couronne aussi bien le futur Électeur de Saxe que Stanislas Leszczynski. Ce pacte dit « des Trois Aigles noirs » annonçait pour la Pologne les vols de rapaces qui la déchiquetteraient avant la fin du siècle. Mais Frédéric-Auguste, fils d'Auguste II, réussit à faire lever l'interdit posé sur son nom. Le veto des Trois Aigles noirs ne s'exerçait plus que contre Stanislas.

Le marquis de Monti mobilisa efficacement les patriotes polonais. Dans les premiers jours du mois de mars 1733, il fit proposer à la diète de convocation d'exclure à l'avance tous les candidats étrangers. Les évêques, fort puissants en Pologne, renâclaient. Ils penchaient pour l'Électeur de Saxe. Mais la proposition passa ; chaque nonce, c'est-à-dire chaque député à la diète d'élection, dut prononcer ce serment : « Je nommerai et j'élirai un roi polonais de naissance. » Frédéric-Auguste se trouvait en principe écarté, mais l'élection de Stanislas restait à faire.

Charles VI fit savoir au primat de Pologne, qui assurait l'interrègne, qu'il n'accepterait pas l'élection d'un candidat qui fût allié d'une tête couronnée. Souverain d'Autriche, de Hongrie, des Pays-Bas autrichiens, qui sont l'actuelle Belgique, du Milanais et de Parme, Charles VI était au surplus empereur — dignité immense dans son principe mais assez creuse dans sa réalité — de par le vote des princes Électeurs régnant sur le puzzle allemand. Plus clairement encore, la czarine annonça son opposition à Stanislas. Chauvelin convoqua immédiatement à Versailles les ambassadeurs des deux puissances et leur déclara sèchement que le roi de France, surpris de ces procédés, les recevait comme autant de marques d'hostilité à son égard et qu'il soutiendrait de toutes ses forces la liberté polonaise.

Monti, à chaque courrier, plaidait pour une venue rapide de son candidat à Varsovie. Chaque semaine, des émissaires du parti patriote arrivaient à francs étriers à Chambord pour supplier Stanislas de retourner en Pologne, où sa présence galvaniserait ses troupes. Le temps passe et Stanislas ne bouge pas. Monti s'impatiente. Sa dépêche du 13 juin 1733 pose la question avec sa vigueur habituelle : « Le voyage du roi Stanislas étant un coup de partie décisif, j'espère qu'on ne balancera plus à le faire partir. » Il indique « qu'arrive ce qu'il voudra », la gloire de Stanislas souffrirait beaucoup s'il restait à Chambord.

Stanislas hésitait. Sa quatrième maxime favorite était : « Le public est un écho qui ne répond pas toujours fidèlement à notre voix. » Il sentait bien que l'opinion polonaise tournait en sa faveur, mais se méfiait des feux de paille. « Je connais les Polonais, disait-il, je suis sûr qu'ils me nommeront, mais je suis sûr aussi qu'ils ne me soutiendront pas, de sorte que je me trouverai bientôt près de mes ennemis et loin de mes amis. »

Était-il sincère ? D'un courage moral et physique incontestable, admirable dans l'adversité, ce prince débonnaire manquait sans doute de la volonté farouche nécessaire pour forcer le succès. Mais il était lucide. Si Chauvelin le soutenait de toutes ses forces, Fleury répugnait à une opération qui, pour un profit secondaire, risquait de précipiter la France dans une guerre européenne. Et Fleury, Premier ministre, jouissait de la confiance absolue du roi. Stanislas ne voulait partir qu'assuré d'un soutien suffisant pour écarter de son trône les griffes des Aigles noirs.

Il exaspéra Chauvelin et Monti en refusant de poser sa candidature au motif qu'un roi régulièrement élu en 1704 n'avait pas à se présenter aux suffrages trente ans après. Un émissaire de Chauvelin, Hulin, lui remontra avec patience qu'un réalisme élémentaire ne permettait pas de soutenir pareilles arguties. Sa candidature fut officielle. Stanislas Poniatowski retira la sienne.

Il se décida enfin à partir. Le 20 août 1733, il fit ses adieux à Versailles. Marie était bourrelée d'angoisse de le voir retourner au danger. Ce fut la route de l'ouest, puis l'embarquement à Brest sur le vaisseau du roi, avec l'espoir de se faufiler entre les escadres russes croisant dans la Baltique pour l'intercepter.

*

* *

Aucune voile française en vue sur la mer Baltique. L'escadre chargée de conduire Stanislas s'était arrêtée à Copenhague. On savait que la czarine avait fait des représentations diplomatiques auprès de la cour de Danemark pour qu'elle empêchât le candidat importun de poursuivre sa route. De même le sénat de Dantzig, où Stanislas devait débarquer, avait-il reçu de Saint-Pétersbourg la pressante suggestion de fermer son port aux vaisseaux français. Dantzig relevait de la souveraineté polonaise, mais jouissait d'une large autonomie ; l'oligarchie marchande qui la gouvernait chérissait une tranquillité propice aux affaires.

On avait peu vu Stanislas pendant la traversée de Brest à Copenhague. Les jeunes officiers de l'amiral de La Luzerne, marris d'une réserve peu conforme à la réputation de sociabilité joviale de Stanislas, avaient irrévérencieusement surnommé le roi « la Redingote » ; c'était tout ce qu'ils avaient aperçu de lui : une redingote qui montait prendre l'air sur le pont.

La flotte restait à l'ancre et le jour de l'élection approchait.

Cependant, un jeune commerçant allemand, Georg Bawer, voyageait pour ses affaires à travers l'Allemagne, accompagné de son commis, Ernst Bramback, un homme corpulent, proche de la soixantaine. Le diligent Bramback commandait chambres et repas dans les auberges, veillait à ce que les chevaux fussent pansés, faisait effectuer les réparations nécessaires sur la voiture, réglait enfin les notes. La douane berlinoise, réputée sourcilleuse, demanda à Bawer de justifier de sa qualité de marchand. Bramback produisit aussitôt une liasse de factures en bonne et due forme, propres à rassurer le gabelou le plus soupçonneux. On les laissa passer.

Ils entrent en Pologne et prennent la route de Varsovie. Arrivés de nuit dans la capitale, ils se dirigent vers l'ambassade de France. Elle est installée dans le palais du prince Radziwill, rue Miodowa, à côté de l'église et du couvent des pères capucins. Mais plutôt que de se présenter à l'entrée principale, les deux voyageurs frappent à une porte dérobée donnant sur le jardin. Un jeune homme leur ouvre. C'est Jean-Pierre Tercier, secrétaire du marquis de Monti. Il s'incline profondément devant le roi Stanislas, alias Ernst Bramback, commis, qui ôte avec soulagement la grosse perruque blonde dont il est affublé depuis le départ de Berny. C'est la nuit du 8 septembre ; l'élection aura lieu le 11.

Ainsi la magistrale mystification avait-elle réussi. Monti l'avait imaginée, puis proposée dans une longue dépêche du 17 juin. Tandis que Stanislas, accompagné du jeune chevalier d'Andlau, quittait subrepticement la maison du cardinal de Bissy, à Berny, pour son aventureuse traversée de l'Europe — une de plus ! —, le chevalier de Thyange, de même corpulence que Stanislas, ceint du cordon bleu de l'ordre du Saint-Esprit, montait dans une chaise de poste et prenait la route de Brest. On comprenait à présent pourquoi le voyageur préférait rouler de nuit, et pourquoi il avait embarqué de nuit encore sur le navire de l'amiral de La Luzerne. Les organisateurs de l'affaire avaient poussé la prudence jusqu'à vérifier qu'aucun membre de l'équipage ne connaissait de vue Stanislas. Thyange, à peu près séquestré dans sa cabine, n'en était sorti que pour faire prendre l'air du large à sa redingote. Seul La Luzerne était dans le secret. Le comte de Plélo, ambassadeur de France à Copenhague, qui avait le cœur compatissant mais l'esprit pointu, écrivit à un ami, à propos de Thyange : « Je ne sais si la cour aura senti toute l'étendue du sacrifice qu'il lui a fait : être pendant un mois à ne voir que la mer et M. de La Luzerne, il faut avoir pratiqué l'un et l'autre pour concevoir l'ennui d'une pareille situation [1]. »

Stanislas resta cloîtré dans la chambre de Jean-Pierre Tercier, seul membre de l'ambassade mis dans le secret par Monti. Pour empêcher toute indiscrétion, Tercier prétendit être malade. Un valet apportait dans sa chambre dîner et souper que le jeune secrétaire servait à son hôte royal.

Monti donna les dernières nouvelles. La diète d'élection — soixante mille nobles à cheval — s'était réunie dans le champ électoral de Wola. L'élection du maréchal de la diète à peine faite, le bruit s'était répandu que les troupes russes étaient entrées en Pologne ; il avait suscité de violents affrontements verbaux. Plusieurs centaines de nonces partisans des Russes (autant dire achetés par eux) avaient passé la Vistule pour les rallier. L'élection s'annonçait mouvementée. L'ambassadeur l'avait prévu. Le 31 juillet, il écrivait à Chauvelin : « Nous sommes, Monseigneur, à la veille d'un grand événement ; on ne peut jamais dans la vie aller à coup sûr, il faut donner quelque chose au hasard après avoir prévu tous les cas et pris toutes les mesures. »

Le 4 septembre, quatre jours avant l'arrivée de Stanislas,

1. Les services britanniques rééditèrent cette brillante opération d'intoxication pendant la Seconde Guerre mondiale. À la veille du débarquement de Normandie, ils envoyèrent à Gibraltar, où il fut reçu avec des honneurs spectaculaires, un sosie du maréchal Montgomery, commandant des forces britanniques en Europe. Il s'agissait d'un acteur de second ordre, Clifton James, dont la ressemblance avec Montgomery était parfaite, à un doigt près, car James avait été amputé du majeur de la main droite (les services lui fabriquèrent un doigt postiche). Le plus difficile avait été d'astreindre le sosie à une totale abstinence : il différait absolument de son modèle sur ce point. Son voyage à Gibraltar, que les agents allemands sur place signalèrent évidemment à leurs chefs, devait convaincre le grand état-major allemand que si Montgomery faisait une tournée en Méditerranée le débarquement attendu en France n'aurait certainement pas lieu dans les jours ni dans les semaines à venir. Clifton James mourut d'une cirrhose du foie.

la diète avait fulminé un violent anathème, tout rempli de citations latines et d'envolées mystiques, vouant à l'exécration publique ceux qui avaient appelé l'étranger sur le sol de la patrie. Monti, pour exalter le courage des patriotes, que l'irruption russe risquait d'entamer, annonça solennellement que si Stanislas était élu, « le roi de France maintiendrait son élection avec toutes les forces que Dieu lui avait données ». On ne pouvait être plus clair : la France était derrière Stanislas et derrière la Pologne.

Le 10 septembre, veille de l'élection, Stanislas s'habille à la polonaise et sort de l'ambassade pour assister à la messe dans la petite église du couvent des capucins. Son apparition bouleverse la population. Personne n'y croyait plus, ni ses partisans, désespérés par sa carence, ni les tenants du parti russe, convaincus qu'il n'avait osé s'aventurer dans la Baltique. Monti rendit compte à Versailles : « Aussitôt, bien des seigneurs vinrent au-devant de lui ; je les lui présentai ; on lui baisa la main ; il eut bien de la peine à entrer dans le chœur de l'église. Plusieurs dames s'y rendirent et chacun s'empressa de lui témoigner sa joie. Il y eut un vivat général, après quoi il revint chez moi et la foule fut si grande qu'elle ne discontinua pas de tout le jour. »

Le lendemain, le maréchal de la diète, Radziewski, mit huit heures à parcourir le champ électoral pour recueillir les suffrages. La règle de l'élection était l'unanimité. Elle paraissait acquise. Puis un homme s'avança et dit son opposition. Il y fallait du courage, car la vivacité polonaise entraînait parfois à sabrer sur place les nonces rétifs au consensus. L'ambiance est telle qu'on se borne à supplier le dissident de ne point rompre une si belle harmonie. Il se rend. Stanislas est élu à l'unanimité moins trois abstentions. Mais cinq mille seigneurs polonais ont déjà passé la Vistule et se déclarent contre lui.

Les régiments russes arrivent. La diète est dispersée. Sans troupes (il n'y a pas d'armée polonaise régulière digne de ce nom), Stanislas livre deux combats victorieux à la tête de ses fidèles, puis doit céder au nombre. Le 22 septembre, onze jours après sa triomphale élection, le roi de Pologne abandonne une fois de plus Varsovie et gagne Dantzig pour y attendre les secours promis par la France.

III

François-Marie, comte de Broglie, accueillit la guerre avec sérénité : c'était son vrai métier.

Il était rentré depuis deux ans de son ambassade à Londres, où, à peine installé, il avait connu coup sur coup échec et succès. Sa première mission consistait à négocier le mariage de Louis XV avec la fille du prince de Galles. Broglie, pressentant que la nécessaire conversion de la princesse élèverait un obstacle insurmontable, avait mené son affaire avec prudence afin d'éviter que la France, déjà brouillée avec l'Espagne pour un mariage rompu, n'allât se fâcher avec l'Angleterre pour un mariage refusé. M. le Duc, navré de l'insuccès, écrivit cependant à son ambassadeur : « J'ai réservé pour ce billet séparé, Monsieur, les assurances de l'ultime satisfaction que j'ai de la manière dont vous vous êtes conduit dans l'importante affaire que je vous ai confiée... Puisque l'affaire en vos mains n'a pu réussir, c'est qu'elle était sans doute impossible... Faites en sorte cependant que le roi d'Angleterre et ceux de ses ministres qui ont eu part à ce secret le gardent. » Mais le roi d'Angleterre avait trop intérêt à démontrer à ses sujets sa fermeté protestante pour que le pas de clerc français restât confidentiel.

Le succès suivit de près l'échec. L'Espagne, humiliée par le renvoi de l'infante, s'était alliée avec l'Autriche, vieil adversaire de la France. Un rééquilibrage s'imposait. Ce fut la ligue de Hanovre, alliance défensive regroupant la France, l'Angleterre et la Prusse, que rejoindraient bientôt les Pays-Bas, la Suède et le Danemark. Le comte de Broglie, effaçant la déconvenue matrimoniale, signa le traité le 3 septembre 1725.

Il resta encore six ans en poste à Londres, menant le train convenable à son état. Il était prestigieux d'être l'ambassadeur du roi de France, mais on s'y ruinait aisément. Broglie avait débarqué en Angleterre avec sa famille, ses domestiques, ses carrosses et son équipage de chasse à courre. Ce furent des années paisibles, attristées pourtant par le climat, auquel l'ambassadeur ne s'habituait pas, lors même qu'il était accoutumé au crachin normand. À lire la correspondance des diplomates français de ce siècle en poste à Londres, on a souvent le sentiment qu'ils écrivent d'une lointaine Terre de Feu ou de quelque Groenland perdu dans les glaces : ce ne sont que plaintes sur les migraines tapageuses, les articulations cadenassées, les poumons rongés par le brouillard, la goutte décuplée, la santé détruite... Peut-être François-Marie de Broglie souffrait-il essentiellement d'ennui. C'était un homme de guerre. Entré dans la carrière des armes à quinze ans, il avait servi sans interruption dans la trop longue série de conflits déclenchés ou subis par Louis XIV. À cheval toujours : l'un des plus brillants cavaliers de l'armée française. Et chanceux souvent, ce qui compte à la guerre. Trois passages du Rhin sous le feu de l'ennemi. On l'avait vu charger à Malplaquet, bataille funeste, et à Denain, où la fortune avait recommencé de sourire aux armes françaises. Louis XIV lui fit savoir « qu'il ne se passait rien d'heureux où il n'eût part ; qu'il était très heureux de son zèle et [que] quoique toutes les actions qu'il avait eues lui fussent fort agréables, il le croyait capable de plus grandes choses encore ». Cornette du régiment Royal-Cravates à seize ans, il était lieutenant général[1] à trente-neuf et directeur de la cavalerie bientôt après. Les chasses à courre anglaises n'offraient qu'un pâle exutoire à ce cavalier forcené.

Sa rusticité militaire lui fit-elle commettre quelque impair ? Le chroniqueur Mathieu Marais écrit au président Bouhier, le 21 janvier 1727 : « Il se répand je ne sais quel bruit contre M. de Broglie, ambassadeur d'Angleterre [*sic*], qui n'est pas bien à cette cour-là. On en dit une cause que je ne puis croire vraie ; il était à table avec des seigneurs ; à la fin, on but aux maîtresses et on nomma une dame ; un mylord dit : "Fi ! elle a la gale" ; on prétend que l'ambassadeur dit : "C'est donc la princesse de Galles." Sur quoi, les Anglais furieux insultèrent Son Excellence qui n'eut que le

1. Général de division.

temps de se retirer avec son mauvais mot. Pour moi, je crois qu'un de ses pages n'aurait pas dit cela, et que ses ennemis font courir ce bruit. » Nous aurons loisir de vérifier que les Broglie ne connaîtront jamais pénurie d'ennemis.

En 1731, ambassadeur, famille, domestiques, carrosses et équipage de chasse repassèrent la Manche. Le comte de Broglie fut fait chevalier du Saint-Esprit en récompense de ses services diplomatiques et prit avec les siens le chemin du château de Chambrais pour épanouir dans les brumes normandes ses poumons sinistrés par le brouillard anglais.

Deux ans plus tard, l'équipée de Stanislas Leszczynski embrase l'Europe et rappelle François-Marie aux armées. Mais les troupes qu'on lui confie n'iront pas soutenir le roi de Pologne assiégé dans la lointaine Dantzig : elles vont s'en prendre aux impériaux dans la proche Italie.

Pour un Broglie, c'était un retour aux sources.

*
* *

La famille avait ses racines dans la république de Chieri, près de Turin, dans le Piémont, qu'elle aurait fondée avec six autres familles prépondérantes. La généalogie certaine des Broglia commence avec un sénateur du conseil de Chieri, en 1254, mais l'officieuse, à la vérité plus fragile, remonterait à 950. Nous avouons grimper avec prudence dans cet arbre généalogique dont quelques branches possèdent le charme et la fragilité de la légende. Mais convenons que 1254 reste une date d'une ancienneté digne de considération, pour qui attache de l'importance à ces choses, et notons la singularité de cette cité de Chieri, appelée « la ville aux cent tours », car chaque famille noble y avait édifié sa petite forteresse, et où l'on compta jusqu'à vingt-deux chevaliers de Malte y vivant dans le même temps. En 1347, la république fit soumission aux princes de Savoie et abdiqua son indépendance.

Toujours est-il que lorsque le premier Broglia décida d'entrer au service de la France, l'arbre familial, sans doute chêne auguste à Chieri, se réduisit de l'autre côté des Alpes aux proportions d'un chétif arbuste, et que ce François-

Marie — déjà — dut comprendre assez vite qu'il valait mieux ne point trop s'étendre sur la formidable physionomie qu'offrait sa « ville aux cent tours » : Paris avait assez bon bec pour ne faire qu'une bouchée de ces forteresses-là. La rumeur courut aussitôt que les Broglia sentaient le bourgeois.

Le premier François-Marie arrivait au surplus à l'appel de Mazarin, de sorte qu'on le confondait avec les trop nombreux intrigants, courtisans et profiteurs venus à Paris dans le sillage de l'ecclésiastique. Mépris immérité, car il n'avait à offrir que son épée, et ses moyens de plaire étaient la bravoure et la fidélité. Au plus fort de la Fronde, quand les allégeances les plus sûres chancelaient, il fut du dernier carré. C'est à lui que Condé confia le jeune roi. C'est lui qui servira de garde du corps à Mazarin lorsqu'il devra fuir Paris insurgé. Puis il combattit dans les Flandres, obtint sa naturalisation et fut nommé chevalier de l'ordre du Saint-Esprit. Pour être reçu dans l'ordre, il fallait cependant fournir ses preuves de noblesse. Broglia les transmit au chancelier mais, deux ans après, il n'était toujours pas reçu au chapitre. Les rumeurs prospérèrent. Il continuait de se battre. Une blessure grave devant Arras, où ses qualités de stratège lui valurent du roi promesse d'un bâton de maréchal, puis la mort au siège de Valence, en Italie. Il périt, comme Charles XII, d'une balle en plein front alors qu'il s'était avancé à l'extrême pointe de la tranchée pour observer la place investie. Bien qu'il n'eût pas été admis dans les formes chevalier du Saint-Esprit, le roi accorda à sa veuve le droit d'en placer les insignes sur ses armoiries. Il paraît que Mazarin versa des larmes, lui qui n'avait jamais pleuré que pour la mort de sa nièce.

Victor-Maurice, son fils, chargea avec la fougue paternelle à la tête de ses cavaliers. On lasserait à égrener ses faits d'armes, ses blessures, les chevaux tués sous lui. Lieutenant général à quarante et un ans. Mais la même année — 1688 —, alors que commence ce que François Bluche appelle « la guerre de dix ans », avec pratiquement toute l'Europe coalisée contre la France, Broglie, « le cavalier essentiel », est retiré des armées et envoyé en Languedoc pour y mater les protestants. Son beau-frère, le sinistre Basville, est intendant de la province. Ce fut à la vérité un entracte dans les dragonnades (Villars viendrait plus tard), mais la répression s'exerçait dans le détail avec une atroce minutie. Triste besogne, accomplie aux applaudissements de la France catholique, toutes classes réunies. Aussi bien le nom de Broglie ne fut-il pas terni par elle, mais éclaboussé de ridicule par une aventure galante. Le prince héritier de Danemark vint visiter la province. Il eut la bonté de trouver aimable la maîtresse de Broglie, laquelle jugea de son côté que le voyageur ne manquait pas de charme. Broglie s'en piqua et s'oublia jusqu'à menacer publiquement son éminent rival. Aussitôt suspendu de ses fonctions par Louis XIV, il dut présenter des excuses au galant Danois, qui, bon prince, sollicita et obtint l'annulation de la sanction.

L'incident n'explique pourtant pas la disgrâce qui suivit ses quatre années en Languedoc. Aucune justification ostensible. La France luttait à outrance contre l'invasion et ce soldat magnifique restait privé de commandement. Un quart de siècle à se morfondre dans ses terres. Et, du fond de son exil, une démarche qui fait rire toute la cour : il sollicite le bâton de maréchal. Il avait soixante-douze ans. Saint-Simon ironise hargneusement sur le ridicule d'une pareille ambition chez un vieillard : maréchal de France à l'ancienneté ! Cela ne s'était encore jamais vu. (Le petit duc, tout comme Mme de Sévigné, écrit Broglio et non plus Broglia.) Et de commenter avec dépit : « Mais le rare est que ce qui lui attira la dérision publique alors le fit maréchal de France cinq ans après ; il est vrai que la dérision fut pareille, mais il le fut. » Pourquoi cette sotte démarche ? « Par cette qualité, Broglio voulait comme que ce fût illustrer sa famille dans l'avenir, laquelle, en effet, en avait grand besoin »...

Le commentaire est significatif. La greffe Broglie n'a toujours pas pris. En ce temps où la naissance compte plus que tout, on plaisante — innombrables bons mots, couplets railleurs, etc. — les parvenus sortis d'une obscure bourgade piémontaise pour venir cueillir à la pointe de l'épée distinctions, pensions et domaines. Leur courage ne suffit pas à les débourber, car c'est alors vertu banale. La noblesse paie vraiment le prix du sang, seule justification de ses privilèges. Tandis que Victor-Maurice traque les malheureux protestants, on voit, à Steinkerque, face aux Espagnols, Anglais, Hollandais et Allemands, les troupes françaises charger « l'épée à la main et les princes du sang à leur tête » ; à Neerwinden, c'est encore la fleur de la noblesse française (M. le Duc, le prince de Conti, d'Orléans, le futur Régent) qui force la victoire en menant l'armée à l'assaut. Que les Broglie fussent vaillants était nécessaire mais point suffisant. Et même si la famille avait été équipée pour opposer un front serein à la raillerie, nul doute que cette incessante guérilla mondaine aurait requis une exceptionnelle égalité d'humeur. Or, il faut l'écrire dès à présent sans crainte d'être démenti : les Broglie, toujours vifs et mordants lorsqu'il s'agit de brocarder autrui, sont absolument dénués de sens de l'humour quand ils servent de cible. Une plaisanterie les blesse plus grièvement qu'un coup de sabre ou une balle de mousquet. De là ce caractère ombrageux, inquiet, toujours sur le qui-vive ; cette mobilisation permanente pour débusquer la lueur d'ironie dans la prunelle de l'interlocuteur, l'allusion perfide, la raillerie sournoise ; et si l'attaque survient, souvent réelle, parfois imaginaire, branle-bas de combat contre l'impudent, rangé à jamais parmi les offenseurs à qui l'honneur de la tribu exige de faire rendre raison.

Physiquement, la famille s'était pourtant fondue dans le paysage humain français. François-Marie, l'homme de Mazarin, est tout italien : mince, le visage étroit, l'œil et le poil noirs, la moustache effilée — un chat maigre. Son fils, Victor-Maurice, le maréchal à l'ancienneté, né pourtant d'une mère également piémontaise, a les joues pleines et le teint fleuri. Il épousa Marie de Lamoignon, fille du premier président du parlement de Paris. Leur fils François-Marie, notre ambassadeur à Londres, est tout français, et même tout normand : ôtez-lui sa lourde perruque et il serait à sa place sur un champ de foire, costaud et débonnaire, la bouche disposée au sourire, l'œil gai (il a oublié devant le peintre le tombereau d'avanies essuyées par son vieux maréchal de père...).

Il avait épousé à quarante-cinq ans Thérèse Gilette Locquet de Grandville. C'était un nom bien long pour une famille un peu courte : les parents étaient armateurs à Saint-Malo. Dans la stratégie d'ascension familiale, un pas en arrière, sinon deux. Mais la demoiselle était riche et sa dot de cent mille écus d'or allait permettre d'acquérir le château de Chambrais, en Normandie. N'empêche qu'on plaisanta de plus belle une union peu reluisante selon les critères du temps. Thérèse y prêtait le flanc par une bonhomie sans façons, un réalisme inaltérable. Les railleries la laissaient de marbre. Et même, comme son mari épiloguait devant elle sur le pauvre avenir promis à leurs filles, privées par une naissance trop obscure de l'espoir de forcer les portes de la grande aristocratie, cette maîtresse femme répliqua : « Si je leur ai fermé des portes, ce sont celles de l'hôpital ! » Elle ne s'en laissait pas imposer. La Varende raconte drôlement une prise de bec qui l'opposa au colonel suisse Diesbach, dont la famille fournissait traditionnellement des officiers à la garde suisse du roi. Comme Diesbach la plaisantait une fois de plus sur les dogues qui défendaient sa ville natale de Saint-Malo, et dont les mollets de M. Dumollet avaient beaucoup souffert, « elle répondit, agacée, avec son accent traînant de la Rance : "Pouquoi v'lez-vous que Saint-Malo ne fût point gardé par des kiens, le Roué est bien gardé par leu Suisses..." ». Elle possédait le sens de l'économie et, joueuse enragée, fit assez vite comprendre à ses invités qu'il serait de mauvais goût de gagner contre elle ; on se résigna. Son mari, qui l'appelait « ma Minette », l'aimait beaucoup ; leur correspondance témoigne d'une entente profonde. Il savait pouvoir compter sur son jugement. Il l'informait de tout, même de ses décisions stratégiques. C'était aussi mesure de précaution. Quand, du fond de la Bohême, il lui rendra compte de chaque mouvement de ses régiments, il voudra se constituer un dossier propre à servir à sa justification si la malveillance venait à l'y obliger. Malgré l'aïeul tué à l'ennemi avant d'avoir reçu le bâton promis, en dépit du père devenu maréchal, fût-ce à l'ancienneté, les Broglie restent en France une famille neuve, dépourvue de la sécurité qu'apporte une grande fortune, et surtout isolée au milieu de la cour, à l'écart des clans et des réseaux de solidarité qui propulsent ou protègent des familles gravitant autour du soleil royal depuis des décennies, voire des siècles. Un Noailles, un Rohan peut trébucher sans dommage : son innombrable parentèle viendra à la rescousse. Nul tocsin ne sonnerait pour la chute d'un Broglie.

Nombreuse progéniture, mais la série commence par un coup du sort totalement imprévisible : le premier garçon, Victor-François, est un nain. C'est inédit chez les Broglie, où la stature des hommes les faisait plutôt cuirassiers que hussards. Enfin, presque un nain, une miniature. À l'âge d'homme, une taille d'enfant et des mains de fille. Cavalier comme ses aïeux, il choisira des montures gigantesques pour se hisser au niveau des centaures ordinaires, mais aura toujours l'air d'un gamin posé pour rire sur un percheron. Dix mois plus tard naît un deuxième garçon, Charles [1], et la récidive accable : il culminera à peu près à la même altitude que son aîné. Victor-François et Charles, ces presque jumeaux que nous allons suivre tout au long de leur existence remplie d'événements, coups de théâtre, drames, et qui parcourront ce chemin tourmenté, heurs et malheurs, unis comme les deux doigts d'une même main, sans que rien puisse jamais traverser leur amour fraternel : il faudra toujours garder en mémoire cette taille vraiment trop courte, l'obligation enrageante de regarder le monde et les autres de bas en haut, quand l'époque aime tant à toiser de haut en bas, cette calamiteuse plaisanterie de la nature qui, aggravant chez eux l'ombrageux caractère Broglie, en fera du berceau à la mort deux petits coqs de combat sans cesse dressés sur leurs ergots, la crête vite empourprée de rage, et donnant furieusement du bec contre qui, croient-ils, veut leur manquer, c'est-à-dire à peu près l'humanité entière.

1. La plupart des historiens donnent à Charles son véritable prénom, Charles-François. Cela paraît d'autant plus justifié que le quatrième fils Broglie, qui entra dans l'Église et devint évêque de Noyon, se prénommait Charles. La tradition familiale indique cependant que le deuxième fils était lui aussi appelé Charles, et non Charles-François. Cela ressort de l'arbre généalogique établi par Charles-Édouard de Broglie, et surtout de l'ouvrage très fouillé consacré à sa famille par Dominique de Broglie, publié en 1972. Sans doute l'habitude s'en était-elle prise du fait que « Charles-François » n'est pas des plus aisés à prononcer. On note aussi que le diplôme de prince du Saint-Empire décerné à Victor-François en 1759 évoque son cadet sous le seul prénom de Charles. Nous nous rallions à l'usage familial.

*

* *

Donc, l'Italie.

Le vieux et sage Fleury, qui eût volontiers laissé Stanislas à Chambord et l'Électeur de Saxe sur le trône de Pologne, n'avait pu s'opposer au parti de la guerre conduit par Chauvelin. Du moins voulut-il que cette guerre n'entraînât point la France dans une aventure sans issue et sans profit. Expédier une armée au secours de Stanislas à travers l'Allemagne hostile ? Il n'y fallait pas songer. Trop loin. Trop hasardeux. La France, volontiers garante de la liberté polonaise, éprouverait plus d'une fois au cours des siècles la difficulté de transformer sa garantie verbale en soutien actif. Embarquer un corps expéditionnaire et le lâcher dans Dantzig assiégée par les Russes ? L'Angleterre et la Hollande n'aimaient guère voir les flottes françaises remonter la Manche, et Fleury avait besoin de leur neutralité. Faute de pouvoir frapper les Russes en Pologne, la seule opportunité restait de s'en prendre à leur complice, l'empereur Charles VI. Une campagne diplomatique aboutit à la signature de deux traités aux termes desquels la France, associée au roi de Sardaigne et à l'Espagne, s'engageait à remettre au premier le Milanais, à conquérir ensemble sur les Habsbourg, et à la seconde le royaume de Naples, destiné à don Carlos. Pour prix de ses peines, la France recevrait du roi de Sardaigne le duché de Savoie. Une seconde armée française opérerait sur la frontière allemande pour empêcher l'empereur de jeter toutes ses forces en Italie. Le 10 octobre 1733, alors que Stanislas se réfugiait à Dantzig, Louis XV déclarait la guerre au motif que « l'injure que l'empereur venait de lui faire en la personne du roi de Pologne, son beau-père, intéressait trop Sa Majesté et la gloire de sa couronne pour ne pas employer les forces que Dieu lui avait confiées à en tirer une juste vengeance ».

Broglie décida d'emmener ses deux aînés à la guerre. Ils n'avaient que quinze et quatorze ans, mais leur père avait lui-même commencé de servir à cet âge et c'était chose banale que de voir sur le champ de bataille des garçons à peine pubères. L'adolescence, alors, n'était pas considérée comme un passage critique justifiant toutes les ouates pour amortir le traumatisme. Nulle préparation particulière à cette plongée dans le chaudron de la guerre, sinon l'équitation et la pratique des armes. Victor-François et Charles avaient grandi à Chambrais, puis à Londres, et fait de solides humanités sous la férule d'un précepteur ecclésiastique. Ils apprendraient leur métier sur le tas, comme leurs aïeux. Un métier où l'on débutait jeune et que l'on pouvait exercer longtemps, puisque l'armée française envoyée en Italie serait commandée par un glorieux vétéran des guerres de Louis XIV, l'octogénaire maréchal de Villars. Broglie et Coigny, lieutenants généraux expérimentés, étaient désignés pour servir sous Villars.

L'armée passa le col du Mont-Cenis, descendit dans la plaine lombarde et se joignit aux troupes sardes. Pavie, Novare, Milan et Pizzighetone tombèrent successivement. Le Milanais, Mantoue exceptée, était conquis en moins de trois mois.

Le 14 juin 1734, au milieu de cette brillante campagne, le comte de Broglie était élevé à la dignité de maréchal de France. Si l'on considère comme acquis le bâton promis au premier du nom à servir dans l'armée française, empêché par la mort de le recevoir, le bâton de François-Marie était le troisième à honorer une famille qui n'avait pas un siècle d'existence en France.

Le 7 juillet, Villars mourut. Il succombait aux fatigues de la guerre, selon les chroniques du temps, mais sans doute un peu de vieillesse aussi. Lequel de ses adjoints, Broglie ou Coigny, élevés tous deux au maréchalat, recevrait le commandement de l'armée ? Versailles inaugura une funeste politique, grosse d'insuccès pour tout le règne de Louis XV, en choisissant de ne pas choisir. Alors que l'histoire ressasse à satiété l'exemple de puissantes coalitions battues par défaut d'unité de commandement, le ministère français inoculait à son armée ce mal mortel. Napoléon dira de la guerre qu'elle est « un art simple et tout d'exécution ». Versailles la compliquait comme à plaisir.

La mésaventure de Guastalla en fut-elle la première démonstration ?

Broglie avait étrenné son bâton de maréchal en prenant Parme le 27 juin. Le 5 juillet, il investit Guastalla et capture sa garnison. Une accalmie succède à cette série de succès.

L'armée française campe le long de la rivière Secchia. Ses postes sont étirés, car la cavalerie a été envoyée se refaire à l'arrière. Nombreux sont les officiers bénéficiant d'une permission. Broglie s'est installé dans une maison au bord de la Secchia. Coigny voulait y mettre des troupes, mais son collègue, la trouvant agréable, se l'est réservée. En face, une grande et belle abbaye. La rivière pour se délasser les pieds. Tout est calme, tranquille. Le repos du guerrier.

Ce que personne n'avait vérifié, c'est si la Secchia était guéable. Elle l'était, et juste en face du quartier général de Broglie. Le 18 septembre, à six heures du matin, plusieurs milliers d'impériaux franchissent le gué, fondent sur le corps de garde — trente à quarante hommes — et le passent au fil de l'épée. Broglie, en chemise de nuit, n'a que le temps de sauter par une fenêtre, le petit Charles autour du cou et Victor-François dans son sillage. Des officiers français accourus à la rescousse sont massacrés ; on achève les blessés à coups de crosse. L'alerte est donnée, mais les cantonnements sont si espacés que la défense s'organise mal. Il faut décamper dans un indescriptible désordre. Les troupes se regroupent sous le canon protecteur de Guastalla mais deux régiments, l'un français, l'autre piémontais, sont oubliés dans la panique et capturés par l'ennemi. Plusieurs unités ont dû abandonner leurs équipages : affaires personnelles, tentes, vivres, munitions — tout est pillé. Pendant trois jours, on ne vivra que de raisin et d'eau-de-vie.

Les moines de l'abbaye furent soupçonnés. Certains les accusaient d'avoir caché trois mille Allemands ; d'autres affirmaient que leurs sonneries de cloches renseignaient l'ennemi selon un code préétabli. Rien de prouvé, mais il est vraisemblable qu'ils espionnaient pour le compte de l'adversaire. On raconta aussi que le maréchal de Broglie avait offert un grand souper, la veille au soir, et que l'irruption allemande l'avait surpris dans les brumes de l'alcool. De bons amis du maréchal rétorquèrent que c'était impossible, car il ne donnait *jamais* à souper (entendez : il est trop pingre). L'évidence demeurait que le grand homme de guerre s'était laissé surprendre comme un caporal étourdi.

Le plus grave n'était pas les morts, les blessés, le moral des troupes entamé, les bagages pillés, mais la chemise de nuit.

On se tromperait en croyant que l'éloignement et la lenteur des communications tenaient l'opinion française à l'écart des événements ; les nouvelles allaient vite et étaient reçues avec un intérêt passionné. Paradoxalement, on savait mieux qu'aujourd'hui le détail d'une bataille, car nulle censure ne s'exerçait sur la correspondance militaire, et plus d'un officier écrivait comme une Sévigné. Les courriers, estafettes, permissionnaires, emportaient des paquets de lettres aussitôt répandus. À Versailles, les divers clans de la cour les disséquaient avec alacrité. À Paris, on les lisait à haute voix dans les cafés, commentait dans les salons, recopiait à maints exemplaires pour l'édification des provinces. Ainsi le théâtre des opérations méritait-il doublement ce nom : chaque régiment, chaque officier affrontait le feu de l'ennemi mais aussi un public qui, pour être lointain et invisible, n'en sanctionnait pas moins, parfois injustement, la tenue des uns et des autres. La pâleur mortelle de tel colonel au moment de la charge, en Allemagne ou en Italie, était aussi commentée à Versailles que la fraîcheur du teint de Sa Majesté à son petit lever.

C'est dire si la chemise de nuit du père Broglie fit fortune.

Voici une chanson aussitôt fleurie sur le pavé de Paris. Elle se chantait sur l'air de *Eh vite ! eh vite ! eh vite ! apportez du coco ! Voici venir Margot à la tête des crocs !*, qui est aujourd'hui un peu oublié. C'est le maréchal qui parle :

Messieurs les Allemands, je ne le croyais pas,
Quoi qu'en dît la chanson, que vous fussiez ingrats !
Mais hélas ! à mon dam, m'en voilà convaincu,
Puisque vous me forcez à vous montrer le cul.

Vous êtes bien pressés, messieurs les Allemands !
De prendre ma culotte, ah ! donnez-moi le temps !
Par Noé, vous savez qu'il n'est pas bienséant
De montrer ce qu'on porte à messieurs ses enfants.

Amis, si vous voulez, emportez mon bâton.
Il ne m'est pas si cher que ce sac de doublons
Ah ! mon papa, partons, s'écrient ses enfants,

Tous les trois en chemise, alors les eussiez vus,
Sans honte et sans pudeur, fuir et montrer le cul.

Il y a treize couplets de cette veine...

Autre chanson dont chaque mot est une goutte d'acide sur les cœurs brogliens :

Messieurs les Allemands, vous vous moquez des gens,
De venir à minuit faire charivari.
Si l'on eût averti monseigneur de Broglie
Vous ne l'auriez, mordi, point trouvé dans son lit !

Et celle-ci encore :

Broglie sans aucune escorte
Court au quartier de Coigny
Portant à la chèvre morte[1]
Le plus jeune de ses fils
En montrant son landerirette
En montrant son landeriri

Coigny, en grande colère,
Dit : « Mordieu, que vois-je ici !
« Il ne fallait pas tant boire,
« Vous n'eussiez pas tant dormi
« Peste soit du landerirette
« Peste soit du landeriri ! »

Il se trouva heureusement un abbé Pellegrin, qui tenait à Paris un « bureau d'esprit et de littérature », pour tirer de la mésaventure une morale relevant l'honneur national, sinon familial :

Que de nos fastes on retranche
Un jour de sommeil et d'erreur !
Mais non ! d'un beau réveil il est l'avant-coureur,
Et dans les champs de Mars une prompte revanche
Doit apprendre à nos ennemis
Qu'ils ne vaincront jamais les Français qu'endormis !

1. Enroulé autour de son cou.

Pellegrin était meilleur devin que poète. Quatre jours après la surprise de la Secchia, les impériaux attaquaient en force les armées française et sarde. C'était trois jours trop tard. La panique surmontée, l'ordre de bataille restauré, les Français, mortifiés par le ridicule, exaspérés par la perte de leurs bagages, conscients enfin que le sort de la campagne se jouait sur cette plaine de Guastalla, se battirent comme des enragés, les deux maréchaux à leur tête. La bataille dura cinq heures. La cavalerie française fit reculer les cuirassiers et uhlans adverses, réputés pourtant supérieurs. Michelet : « Les Autrichiens, qui ont des corps merveilleux pour l'attaque, la charge hongroise aveugle, la rage en manteau rouge des Croates altérés de sang, avec cet enfer militaire qui trouble l'imagination, n'émurent en rien les nôtres. Ils reçurent à merveille tous les généraux ennemis qui venaient un à un se faire tuer en menant ces charges. » Victor-François, l'aîné du maréchal, fut de ceux qui soutinrent l'assaut à la tête de sa compagnie du Régiment Dauphin. Les feux d'infanterie furent meurtriers. Au soir de la bataille, cinq mille tués et blessés dans le camp français, douze mille chez l'ennemi. Mais la victoire était complète : les impériaux fuyaient, abandonnant sur le champ de bataille étendards et canons.

Pour l'armée française, cette campagne d'Italie était son baptême du feu. Michelet encore : « Aux batailles furieuses de Parme, de Guastalla, il fut constaté que la France, sans avoir jamais vu la guerre, était toujours la France de Malplaquet et de Denain. »

L'honneur de porter à Versailles l'annonce de ce succès échut au jeune Victor-François, qui s'était si bien battu. La distinction était recherchée car, traditionnellement, le roi accordait une grâce au porteur de bonne nouvelle. Arrivé à francs étriers à Versailles, où l'on riait encore de ces Broglie qui avaient montré leur cul à l'ennemi, le jeune officier fut reçu avec bienveillance par Louis XV, qui lui octroya le grade de colonel et le commandement du régiment de Luxembourg ; Victor-François avait seize ans.

C'est le prince de Montauban, un Rohan, qui eut l'honneur de porter au roi les étendards ennemis pris à Guastalla. Un mot de cet excellent prince pour nous garder des encens guerriers qui ont tôt fait de monter aux têtes les plus pacifiques. Montauban étonnait, car, dans la brûlure de l'été italien, on le voyait toujours chapeau sur la tête et redingote étroitement boutonnée. Un curieux découvrit qu'il portait une calotte métallique sous son chapeau et une cuirasse sous sa redingote. On ne l'appela plus que « le capitaine des cuirassiers ». L'avocat Barbier commente avec bon sens : « Dans ce métier-là, on ne se passe rien, et il faut se faire tuer noblement. C'est la folie militaire. Cependant, à Parme, à la noblesse près, la calotte ne fut pas de trop, car M. de Montauban reçut une balle dans son chapeau, qui l'aurait tué sans sa précaution. Il reçut une autre balle au petit doigt de la main, qui déchaussa sa bague et lui écorcha le doigt. Il crut cela suffisant pour se retirer du combat, et il alla à Parme pour se faire panser. » Mais le prince était un brave homme sans prétention, un peu niais, que personne ne parvenait à détester ; on lui pardonna aisément cuirasse et calotte.

Voyez au contraire le duc de La Trémoille, illustre rejeton d'une des plus vieilles familles militaires de France. À Parme, il charge à la tête de son régiment de Champagne, peut-être le meilleur de l'armée française après Picardie, mais tombe dans un fossé. Cinquante soldats lui passent sur le corps. Il se relève meurtri et contusionné, reprend sa place et s'y tient avec honneur pendant trois heures. Quelques officiers écrivent que sa chute était bien opportune. Paris le surnomme aussitôt « duc du fossé », conspue sa lâcheté, murmure qu'on va l'obliger à démissionner. Le régiment de Champagne, dont la morgue était célèbre, signe une lettre collective attestant la bravoure de son chef et sous-entendant que si lui, Champagne, le trouve digne de le commander, toute critique devient déplacée. Rien n'y fait. La rumeur continue de courir. C'est que La Trémoille, jeune et beau garçon, bourreau des cœurs, le caractère très haut, ami du roi, vit entouré de jalousies : « Dans ce métier-là, on ne se passe rien... »

La Trémoille oubliera — c'est dans son caractère ; les Broglie n'oublieront jamais : c'est leur nature.

Contrairement à la tradition, l'hiver n'arrêta pas les opérations. Les impériaux tentèrent une nouvelle surprise sur Guastalla. Broglie était cette fois sur ses gardes. Il assuma seul le commandement, Coigny étant rentré à Paris, puis

Versailles désigna le maréchal de Noailles, son ancien, pour diriger la campagne suivante. Elle fut morne, dépourvue d'imagination stratégique, échoua à prendre Mantoue, mais conserva le reste du Milanais.

En Allemagne, l'armée française avait pris Kehl et Philippsbourg.

En Pologne, où tout se jouait en principe, le tableau n'avait pas les mêmes couleurs.

IV

On disait à Paris que Frédéric-Auguste, Électeur de Saxe, avait été élu roi de Pologne à la sauvette, « dans une auberge, sur une route, au milieu des bois, par un petit nombre de gentilshommes dont quelques-uns y furent conduits enchaînés ». En réalité, le rival de Stanislas avait pour corps électoral une armée de quarante mille Russes qui avançait en brûlant tout sur son passage. Cet argument, auquel le roi du parti patriote n'avait pas de troupes suffisantes à opposer, valut au candidat du parti russe d'être sacré à Varsovic, le 5 octobre 1733, sous le nom d'Auguste III.

Le ministère français ne donnait aucune information sur le sort de Stanislas, et Paris chantonnait (sur l'air de *Où vont-ils ces gais bergers ?)* :

Est-il roi ? Ne l'est-il pas,
Ce prince qu'on déplore ?
Fuit-il ? Va-t-il au combat ?
C'est ce que l'on ignore !
Où est-il ce pauvre Stanislas ?
Le verrons-nous encore ?

Il était arrivé à Dantzig trois jours avant le sacre de son rival. Il avait avec lui ses fidèles, dont le primat de Pologne, Stanislas Poniatowski, les princes Czartoryski, le duc Ossolinski. Il avait aussi une jeune cousine qui, quoique mariée au duc Ossolinski, consentit à adoucir la rigueur de ces jours difficiles. Au cœur de la Pologne, des partisans menaient vaillamment des opérations de guérilla contre les troupes russes, et Stanislas s'efforçait de les galvaniser en lançant manifeste sur manifeste contre l'usurpateur saxon, roi fantoche de l'envahisseur russe, mais que pourrait le courage polonais sans les secours français ?

L'ambassadeur Monti et son secrétaire Jean-Pierre Tercier avaient suivi Stanislas à Dantzig. À cette époque déjà, les diplomates français n'hésitaient pas à prendre des risques physiques. On citait volontiers le mot du comte de Guiscard, notre ministre auprès du redoutable Charles XII : comme le roi de Suède descendait de son navire dans une chaloupe pour débarquer sur la côte danoise, défendue par un tir nourri — son baptême du feu —, il dit (en latin) au diplomate, parlant des balles qui sifflaient autour d'eux : « Je n'aurai plus désormais d'autre musique », puis il ajouta : « Monsieur l'ambassadeur, vous n'avez rien à démêler avec les Danois, vous n'irez pas plus loin, s'il vous plaît. — Sire, lui répondit (en français) Guiscard, le roi mon maître m'a ordonné de résider auprès de Votre Majesté, je me flatte que vous ne me chasserez pas aujourd'hui de votre cour, qui n'a jamais été si brillante. » Monti était de cette trempe, mais bien loin de borner son devoir à suivre le roi de Pologne, il était décidé à tout faire pour le ramener sur le trône, quitte à outrepasser allègrement son rôle de diplomate. Le jeune Tercier brûlait du même zèle.

La flotte de La Luzerne, qui avait conduit au Danemark le chevalier de Thyange, dit « la Redingote », était forte de neuf vaisseaux. Le 20 septembre, jour même où l'on apprit à Copenhague l'élection de Stanislas, six navires français arrivèrent en renfort. À défaut de troupes de débarquement, cela faisait du canon pour soutenir Dantzig. Mais, à la stupeur du comte de Plélo, ambassadeur de France à Copenhague, La Luzerne annonce qu'il rentre à Brest. Louis de Plélo se jette dans un canot pour aller le supplier de n'en rien faire. L'amiral, vieux et timoré, se retranche derrière ses instructions — « Un Duguay-Trouin m'aurait secondé autrement ! » écrivit Plélo à La Chétardie, notre futur ambassadeur à Saint-Pétersbourg (qui, lui aussi, paiera hardiment de sa personne en devenant l'amant de la czarine

Élisabeth). Plélo annonce l'avenir qu'implique une telle dérobade : Dantzig bloquée par les Russes, le roi Stanislas livré ou capturé à la face de l'Europe, l'honneur français avili... La Luzerne ne bronche pas. Plélo obtient la tenue d'un conseil réunissant les principaux officiers de l'escadre. Il plaide avec passion pour qu'on mette à la voile vers Dantzig, répétant inlassablement que les instructions données à La Luzerne ne pouvaient prévoir le coup de force russe, la retraite du roi Stanislas, l'extrême danger où il se trouvait à présent. « J'offris, écrivit-il à Versailles, de prendre sur moi, au péril de ma tête, tout le crime qu'on pourrait leur faire d'une semblable résolution, les assurant d'ailleurs que S.M. ne trouverait pas mauvais que l'on aimât mieux hasarder quelque chose pour le service et peut-être pour le salut du roi, son beau-père, que de suivre aveuglément des ordres qu'Elle avait donnés avant d'avoir pu être instruite de l'extrémité où ce prince était réduit. »

La Luzerne appareille pour Brest le 14 octobre, laissant en rade de Copenhague trois frégates, l'*Astrée*, la *Méduse* et l'*Argonaute*. Quelques jours plus tard, les frégates partent à leur tour sur ordre formel de la cour. Avec leurs instructions était arrivée une lettre de Chauvelin pour Plélo. Le secrétaire d'État des Affaires étrangères tançait vertement son ambassadeur : ses efforts véhéments pour expédier La Luzerne à Dantzig avaient produit le plus mauvais effet à Versailles, où l'on en avait déduit que la situation de Stanislas était si désespérée qu'il songeait à s'embarquer ; un tel défaitisme ne pouvait que gêner ceux qui s'efforçaient de secourir le roi de Pologne.

Le moral de Versailles était une chose, la situation en Pologne une autre. Le 20 octobre, Monti écrivait à Plélo, dont il connaissait les sentiments, une lettre qui ne fardait point la réalité. Quarante mille Russes et vingt mille Saxons opéraient en Pologne. Une armée de trente-six mille hommes s'apprêtait à marcher sur Dantzig. Les Russes, affichant une détermination sauvage, menaçaient de tout brûler. Or Dantzig, ville commerçante, n'avait que des forces infimes à sa solde. Les magistrats s'apprêtaient à lever douze cents hommes. « De mon côté, concluait bravement l'ambassadeur devenu sergent-recruteur, je lève le plus d'hommes que je puis pour n'avoir rien à nous reprocher. »

Louis de Plélo écrivit de son côté à Chauvelin, le 7 novembre : « Quelque bonne volonté que montrent les Dantzigois, vous vous figurez aisément le fond que l'on peut faire sur un peuple de marchands à qui la première fusée qu'on jettera sur les toits fera peur, et qui livreront vingt rois plutôt que de laisser brûler une seule de leurs maisons. »

Louis XV adressa au « peuple de marchands » une missive réconfortante : « Chers et bons amis... Plusieurs puissances donnent déjà des marques de l'intérêt qu'elles prennent à votre conservation ; mais aucune ne pourra porter les témoignages si loin que Nous désirons le faire, puisque Nous considérons vos intérêts comme les nôtres propres, et que Nous Nous proposons de ne rien négliger de ce qui peut dépendre de notre puissance et bienveillance. » Si le roi de France pensait ce qu'il écrivait, Dantzig était sauvée.

Plélo, passionné au point de n'en plus dormir, bombardait Chauvelin de plans décisifs. L'un consistait à lancer l'armée française opérant en Allemagne sur la Saxe, dégarnie de troupes puisqu'elles se trouvaient en Pologne. Un autre prévoyait une alliance avec l'Électeur de Bavière, de manière à créer au sud une diversion contrariant le dessein russe de marcher sur Dantzig. Un troisième mettait en branle la Suède, qu'on renforcerait de quinze navires et de sept à huit mille hommes à débarquer. Bombardements de Riga et de Revel, descentes en Livonie et en Courlande, et en même temps irruption suédoise en Finlande : le Russe, pris sur ses arrières, serait bien obligé de desserrer son emprise sur Dantzig.

Plélo envoyait copie de chaque projet à Monti, lequel approuvait dès l'instant qu'il s'agissait d'action. Mais Fleury restait inébranlable. Il répondait à tout : « L'Angleterre ! » C'était sa hantise : ne rien faire qui risquât de ranger l'Angleterre dans le camp adverse. Une intervention impliquait l'envoi d'une puissante flotte française dans la Baltique, et Londres, croyait-il, ne le supporterait pas. Quant à lancer la Suède dans l'aventure, il n'y fallait pas songer ; le comte de Plélo, à Copenhague, était mieux placé que quiconque pour savoir que le Danemark n'accepterait jamais de laisser à la Suède les mains libres en Livonie.

Duguay-Trouin, exaspéré par les vaisseaux anglais qui le narguent devant Brest, guette l'ordre qui lâchera son escadre sur Dantzig. À trop attendre, on se cassera le nez sur les glaces qui ne tarderont plus à bloquer la Baltique.

Louis de Plélo se consume d'impatience et d'angoisse.

*

* *

Parvenu à l'âge de trente-trois ans, le comte de Plélo avait derrière lui un parcours absolument classique pour un jeune noble, et jusqu'à la caricature, mais il l'avait truffé de tant de variations incidentes qu'avant même d'entrer dans l'histoire il échappait à la banalité.

Il était né en Bretagne en 1699 et se trouvait fort bien apparenté : petit-neveu de Mme de Sévigné, il avait épousé à vingt-trois ans la fille du secrétaire d'État Saint-Florentin et se retrouvait beau-frère d'un autre secrétaire d'État, Maurepas, mari de la sœur de sa femme. Avant ce mariage, une jeunesse frivole, des dettes énormes, des « espérances » encore plus énormes, puisqu'elles dépassaient le million de livres. Au contraire des dettes, les espérances s'évanouiront — « un peu par ma faute », reconnaîtra-t-il lui-même ; entendons que sa dissipation découragea les legs salvateurs. En 1720, ses finances sont si basses qu'il accepte avec reconnaissance l'hospitalité offerte à Paris par le marquis de Monti, « gentilhomme italien naturalisé en France ». Plélo avait néanmoins réuni assez d'argent pour acheter une sous-lieutenance aux gendarmes flamands [1].

Sa femme, Louise Phelypeaux de La Vrillière, avait tout juste quatorze ans et ne les faisait pas. Ses parents, comme il arrivait souvent lorsque la jeune épousée n'était pas nubile, ou l'était à peine, décidèrent de loger le jeune couple chez eux en lui imposant de faire chambre à part. Un événement inattendu dérangea le programme : le mari tomba amoureux de sa femme, et réciproquement. Un amour fou. Ainsi vit-on — spectacle rare — le premier

1. Les gendarmes de ce temps ne doivent pas être confondus avec notre actuelle maréchaussée : ils formaient une troupe d'élite servant à la guerre.

soudoyer la duègne qui veillait sur la seconde pour qu'elle lui ouvrît à la nuit la porte de sa chambre. Époux devant Dieu et devant la loi, Louis et Louise avaient en sus le privilège de s'aimer à la furtive comme des amants.

Il revendit à perte sa sous-lieutenance et acheta un régiment de dragons, qu'il devait revendre encore à perte quatre ans plus tard. Ce garçon n'avait pas le sens des affaires. Sa réputation de paresse était solidement établie. Il aimait pourtant la lecture, la spéculation philosophique, la réflexion sur l'avenir. Aussi devint-il membre du club de l'Entresol. C'était « un café d'honnêtes gens » où l'on se réunissait chaque samedi pour commenter les gazettes étrangères, échanger des idées, lire des mémoires sur des problèmes de droit, d'économie ou de politique étrangère. L'abbé de Saint-Pierre et le marquis d'Argenson comptaient parmi les habitués. Louis de Plélo et sa femme se passionnaient aussi pour la physique et la chimie. Ils s'étaient installé un laboratoire et multipliaient les expériences — qui rataient presque toujours. Ils se redressaient, le visage noirci, les sourcils brûlés, éclataient de rire et tombaient dans les bras l'un de l'autre.

Les dettes prospéraient. En 1727, elles atteignaient quatre cent cinquante mille livres. Après la vente de son régiment, Louis devait encore trois cent vingt mille livres. Son père, d'une dureté inentamable, était en partie cause de cette catastrophe, car il le laissait absolument sans ressources. On ne sait pourquoi il détestait son fils à ce point. Louis, aux abois, décida de se retirer en Normandie avec sa femme et leurs enfants ; ils y vivraient heureux entre la lecture, la chimie et l'amour.

Son beau-frère Maurepas le détourna avec peine de ces projets de retraite pour lui faire accepter l'ambassade de Copenhague. Plélo céda parce que c'était la possibilité de régler ses dettes et d'en finir avec la meute de créanciers qui l'aurait poursuivi jusqu'en Normandie. Il consacra l'année 1728 à l'étude de la diplomatie, et partit pour Copenhague, le 12 février 1729, avec sa femme chérie et leurs enfants.

L'arrivée, deux mois plus tard, fut triste : Copenhague venait d'être ravagée par un incendie...

Il présenta ses lettres de créance au roi de Danemark,

qu'il décrivit ainsi à Maurepas : « Figurez-vous un chou qui veut contrefaire les cèdres du Liban ; joignez à cela une bosse, un cordon bleu, le visage et la perruque de mon père, et vous avez le portrait au naturel de Sa Majesté danoise. » On conçoit que le cardinal Fleury ait trouvé son ambassadeur « trop vif et trop étendu dans ses idées ». Il réussit pourtant et se fit apprécier à Copenhague comme à Versailles.

Mais il s'ennuyait à mourir. Son seul réconfort était *le chat* — surnom qu'il donnait à sa femme. Guère de lettres à ses amis où il ne leur parle du *chat* que pour vanter ses charmes, son esprit, le réconfort de sa présence. Ils étaient amoureux comme au premier jour et continuaient de rater en riant leurs expériences de chimie. Louis se consacrait aussi à des travaux érudits : traductions, recherches philologiques, établissement d'un dictionnaire danois, rédaction de savants mémoires pour l'Académie des sciences. Sa bibliomanie profita à sa patrie : sept cents livres scandinaves enrichirent grâce à lui la bibliothèque royale de Versailles.

Tout cela, qui faisait leur bonheur, pourquoi ne pas le vivre sans l'embarras des affaires et du protocole d'une ambassade ? En 1733, année de la seconde élection de Stanislas, il demanda à Versailles son rappel. Il était décidé à démissionner plutôt que de rester à Copenhague.

Ce Plélo était un homme courtaud, large d'épaules, au teint basané. Il se surnommait lui-même « Armoricain le trapu ».

*

* *

Les quatre forts qui défendaient Dantzig furent remis en état et renforcés par des palissades. Des inondations ingénieusement ménagées noyèrent la campagne alentour. Une petite garnison tenait les remparts de la ville. Tout cela réuni ne pouvait guère intimider trente-six mille assaillants.

L'armée ennemie, commandée par le général Lacy, se présenta au début de février. Le 20, Lacy avait achevé l'investissement de la ville, coupé les ruisseaux l'approvisionnant en eau, rasé l'unique moulin à farine. Le même jour, à huit heures du soir, Monti écrivit à Plélo : « Un parti de Moscovites paraît à la première barrière ; on bat la générale, et toute la garnison prend les armes. Cela n'aura certainement aucune suite, mais je ne suis pas fâché de toutes ces alarmes pour voir la disposition de la ville. Elle est bonne, mais il faut des secours, et ma maison ne désemplit pas pour en demander. »

Une Polonaise nommée Masalska monta sur le rempart pour tirer le premier coup de canon sur les assaillants : le geste voulait déterminer la bourgeoisie dantzigoise « à une défense généreuse ». Les premières tentatives russes furent aisément contenues. Dans la nuit du 18 au 19 mars, le colonel Haneman, gendre de Lacy, fut tué par les défenseurs.

Mais Muennich arrivait avec des renforts pour remplacer Lacy. C'était un général de grande réputation, et un homme implacable. Il lança à Dantzig un ultimatum préfigurant le fameux manifeste de Brunswick qui, à la fin du siècle, menacera le Paris révolutionnaire d'une « exécution militaire », avec les conséquences que l'on sait — point celles prévues par son auteur. Le général Muennich sommait Dantzig de se rendre, de reconnaître Auguste III et de livrer Stanislas ; « si la ville persistait dans son opiniâtreté, les enfants et les petits-enfants porteraient la peine du péché de leurs pères » ; et il menaçait de « faire pendre les bandits sur les remparts ».

Le « peuple de marchands » rejeta l'ultimatum.

Le bombardement commença. Ce furent d'abord de petites bombes de quinze livres qui tombèrent sur la ville. Contrairement au sombre pronostic de Plélo, Dantzig ne préféra pas « livrer vingt rois » plutôt que de voir brûler une seule de ses maisons.

L'artillerie lourde des Russes était cependant en chemin.

Tenaillé par les maux d'estomac, affligé d'une « insomnie continuelle », Louis de Plélo était en transes. Il se relayait avec Monti pour submerger Fleury et Chauvelin d'exhortations à agir. Plélo, pour donner plus de poids à ses conseils militaires, les attribuait « à un vieux général de mes amis ». « Armoricain le trapu » se désignait maintenant comme une nouvelle Cassandre et ne cessait d'annoncer le pire si rien n'était fait.

« Le cardinal de Fleury, écrit Voltaire, qui ménageait

l'Angleterre, ne voulait ni avoir la honte d'abandonner entièrement Stanislas, ni hasarder de grandes forces pour le soutenir. » Le Premier ministre annonça à Monti l'envoi de deux frégates françaises. Monti écrivit aussitôt à Plélo : « C'est dix frégates qu'il aurait fallu envoyer ! » Et Plélo, le 24 avril, de renchérir auprès de Chauvelin : « Ce sont des occasions où il faut vaincre ou mourir... Quelle honte si nos gens, trop faibles pour secourir Dantzig, n'arrivent que pour participer à la chute, ou pour en être les témoins. » Le 1er mai, nouvelle lettre à Chauvelin ; il réclame l'envoi de Duguay-Trouin : « Son nom seul vaut une escadre. » Avec une flotte de vingt à vingt-cinq vaisseaux, et un corps expéditionnaire de quinze à vingt mille hommes, le trône de Stanislas était assuré.

Parallèlement, Plélo négociait avec la cour de Danemark pour tenter de lever son veto à une intervention suédoise ; vaines palabres. Il battait aussi le rappel de ses parents, amis, anciens camarades de régiment, pour les convaincre de s'engager sous la bannière de Stanislas. Monti avait obtenu que tout officier français servant le roi de Pologne serait considéré comme au service du roi de France, ce qui assurait les promotions et les pensions.

L'opinion publique se passionnait pour Dantzig et le nom de Duguay-Trouin était partout cité. On le disait sur le point d'appareiller de Brest avec vingt à trente vaisseaux et un corps de débarquement. Son prestige était tel que sa seule apparition devait suffire à faire basculer la victoire... Mais tandis que les ulcères dévoraient Plélo à Copenhague, le grand marin se rongeait les sangs à Brest, épuisait ses hommes à des exercices de débarquement, et désespérait de recevoir l'ordre libérateur. Il en mourra de chagrin, comme on disait alors.

Le 13 avril partirent donc de Brest l'*Achille* et la *Gloire*, sous le commandement de l'amiral du Barailh. Les deux vaisseaux de guerre escortaient trois navires transportant trois bataillons de six cent cinquante hommes chacun, placés sous les ordres du brigadier Lamotte de La Pérouze, vieux soldat blanchi sous le harnois, cinquante ans de service et vingt campagnes.

La petite flotte touche Copenhague le 22 avril. Plélo, stupéfait, indigné, enragé, découvre quel cas Fleury fait de la cause polonaise : les soldats, dépourvus de vivres, se nourrissent de pain noir et de biscuit ; un quart d'entre eux n'ont pas de pierre à fusil ; l'ensemble dispose de sept cartouches par homme.

Sept cartouches par homme !

Plélo se démena pour pallier cette incurie proche du sabotage. Il fit charger à bord des vivres frais et trouva des munitions. Quand la flotte remit à la voile pour Dantzig, le 8 mai, chaque soldat avait vingt balles dans sa cartouchière. C'était mieux ; ce n'était rien. L'ambassadeur accompagna la flotte à une demi-lieue de Copenhague et regarda les voiles disparaître vers l'est ; pour lui, elles portaient l'honneur du nom français et l'espoir de la Pologne.

Les dés étaient lancés. Misérablement, mais ils l'étaient. Que faire de plus ? Tirer sur Versailles une nouvelle salve de lettres ? Elle n'aurait pas plus d'effet que les précédentes. Et le comte de Plélo avait quelque raison de se méfier de sa correspondance : à cause d'elle il était en situation délicate avec ses supérieurs. Il écrivait beaucoup, d'une plume acérée. Il savait griffer et ridiculiser. En novembre, déjà, la timidité ou la sottise d'un de ses domestiques, qu'il avait envoyé à Paris pour y porter des lettres, l'avait fâché avec Chauvelin. Le secrétaire d'État, voyant le courrier chercher la lettre à lui destinée parmi plusieurs autres, lui dit de laisser le tout, et qu'il ferait distribuer à leurs destinataires les autres lettres. Elles le furent, mais après avoir été ouvertes, et l'une surtout, adressée à un certain Raymond, alias le Grec, du Palais-Royal, disait plus de mal du pouvoir qu'il ne convient à un ambassadeur. En février, nouvelle interception de lettres féroces ne laissant aucun doute au ministère sur les sentiments de Plélo à son endroit. On le savait vif dans le cours des jours ordinaires ; l'événement le rendait virulent.

Quelle importance ? Les lettres les plus fleuries n'auraient rien changé à cette réalité : l'espoir de sauver Stanislas reposait sur les épaules chenues du vieux briscard Lamotte et de ses mille neuf cent cinquante braves, avec leurs vingt coups à tirer.

*
* *

Le 1er mai, l'artillerie lourde russe arriva. Les bombardements changèrent de nature. Un seul faubourg, Langarten, restait à l'abri. Il fut bientôt surpeuplé. Monti convainquit Stanislas de s'y réfugier ; il l'installa chez sa tendre cousine Ossolinska. L'ambassadeur, retourné à son premier métier de soldat, était l'âme de la résistance. Exaltant les énergies, veillant à tout, il ne confiait qu'à Versailles ses inquiétudes sur la santé de Stanislas : « Le roi de Pologne est toujours fort incommodé des hémorroïdes qui me font craindre la fistule. C'est pourquoi je souhaite d'avoir promptement un habile chirurgien pour le visiter. » Les royales hémorroïdes reviennent souvent dans les dépêches.

Le 9 mai, le général Muennich offrit un banquet à son état-major et aux meilleurs de ses officiers. Après le dessert, il procéda au tirage d'une loterie bien particulière : au lieu de gagner un lot, chaque officier tirait son ordre d'attaque. Objectif : le Hagelsberg, une position clef dominant Dantzig. Heure H : dix heures. Chacun vida son verre et s'en fut. À la nuit tombée, six mille Russes, équipés de fascines pour combler les fossés et d'échelles pour escalader les murailles, attaquent le Hagelsberg. Quelques milliers d'autres assurent des diversions.

Mais la surprise est manquée. À Dantzig, le tocsin donne l'alarme, les tambours battent la générale, les bourgeois montent aux remparts. Les femmes et les enfants, massés dans les églises, chantent et prient pour la victoire. Une prodigieuse exaltation soulève cette population si rassise, si éloignée par nature et par goût des ivresses guerrières. L'ultimatum peut-être, l'agacement d'être considéré par les traîneurs de sabre comme une sous-humanité tout juste bonne à se coucher sur un signe du doigt. Et une incontestable sympathie pour Stanislas et ce qu'il incarne à présent : une Pologne libre. Il est là, Stanislas, sorti de son refuge de Langarten ; il se jette à genoux au milieu des habitants et prie avec eux pour que Dieu les assiste...

Pris entre plusieurs feux, déconcertés par cette manière d'insurrection d'une population qu'ils croyaient assommée par le matraquage d'artillerie, les Russes refluent. Muennich, furieux, avouera plus de quatre mille morts et trois mille blessés.

Le plus bête, c'est que la petite flotte de du Barailh se pointe au large de Dantzig précisément pendant cette nuit du 10 mai ! Monti, amer, songe qu'à quelques heures près, le débarquement du corps de Lamotte, coordonné avec une sortie des défenseurs victorieux, aurait pu contraindre Muennich à lever le siège.

Le pire reste à venir.

Littéralement, Plélo n'en croit pas ses yeux : la flotte française est de retour à Copenhague. Il avait su le débarquement de Lamotte sur la côte baltique, à proximité de la ville assiégée, et croyait les opérations engagées. Mais non. Cinq voiles en rade de Copenhague. Les deux frégates, les trois transports de troupe.

Il saute dans un canot et rallie l'*Achille*, frégate amirale. Du Barailh est hors de lui. Il a débarqué sans problème le corps de Lamotte le 12 mai et l'a vu rappliquer dans la nuit du 14 au 15. Personne ne l'a consulté. Retour à la case départ. Que pouvait-il faire d'autre ? Attendre, avec ses deux frégates, d'avoir sur le dos une escadre russe ? Le marin prononce des mots graves : « Honte de la nation... » Il décrit l'état de panique dans lequel il a vu refluer les officiers et les hommes de Lamotte. Incompréhensible. Ces soldats de métier se sont déshonorés sous les yeux des bourgeois de Dantzig.

Lettre de Monti à Plélo : « Le roi de Pologne est plongé dans la plus vive affliction : jugez de la mienne. Toute la ville est dans les larmes. Un secours si longtemps attendu, qui faisait tant d'honneur au roi... Il ne part de France que pour devenir la risée de toute l'Europe... Jamais la Vistule n'avait vu de drapeaux français ; il faut qu'ils ne viennent que pour fuir. » À Paris, l'avocat Barbier et le poète Voltaire auront le même mot pour stigmatiser la conduite française devant Dantzig : cacade[1].

Plélo, au désespoir, ravagé par la honte, rencontre Lamotte et ses officiers. Il trouve à qui parler. Les officiers

1. « Cacade : décharge de ventre. Au figuré : fuite, retraite honteuse, ruine causée par la couardise » *(Dictionnaire Littré)*.

hurlent qu'on les a envoyés au massacre : moins de deux mille hommes contre trente-six mille Russes bien retranchés ! Les plus calmes protestent qu'on ne leur demandait — c'est l'évidence — qu'une simple démonstration : ils l'ont faite. Lamotte, dont le courage physique ne peut être mis en doute, affirme qu'« il n'avait pas cru que sa commission fût sérieuse ». Au fond, ils ont raison. Ils ne sont que la poudre aux yeux jetée négligemment par le vieux Fleury pour donner à croire qu'il n'abandonne pas tout à fait le beau-père du roi de France, une saignée sacrificielle consentie aux convenances...

Plélo parle d'honneur ; ils répondent bon sens. À la fin, Lamotte s'énerve. Avec ses vingt campagnes, il n'est pas homme à se laisser donner la leçon par un blanc-bec qui n'a jamais connu que le feu des discussions philosophiques du club de l'Entresol : « Il est facile, Monsieur, de faire dans un cabinet le plan d'une entreprise ; il est moins facile de l'exécuter. » Plélo se tait, considère l'assemblée, puis, d'une voix blanche : « Je vous en ferai voir la possibilité. Au nom du roi, votre maître et le mien, dont je tiens ici la place, je vous ordonne de me suivre. »

On retourne à Dantzig.

Le coup de folie, mais imparable : l'ambassadeur est réellement le représentant du roi à Copenhague — il est le roi parlant à Copenhague. Un officier qui désobéirait serait justiciable de la sanction capitale.

Pure démence. On n'a jamais vu — jamais ! — un ambassadeur quitter son poste de son propre chef, sans en référer à Versailles, sans même solliciter son congé du souverain auprès duquel il est accrédité.

Salve de lettres. Deux à Louis XV pour se justifier : « Je sais tout ce qu'il y a à dire sur un pareil parti qui n'a point d'exemple. Votre Majesté m'a chargé de veiller à ses intérêts, et le plus considérable de tous est de ne point laisser déshonorer la nation qui vous obéit. »

À Chauvelin : « La honte et l'infamie de ce qui est arrivé ne peut s'effacer que par une pleine victoire ou par tout notre sang. »

Au roi du Danemark, pour demander son pardon de l'inconcevable grossièreté d'un départ si extraordinaire. Il s'avoue sans excuse, si ce n'est « le service du roi mon maître ». Il promet de rentrer à Copenhague dès qu'il aura fait passer ses troupes à Dantzig. Car telle est la mission qu'il s'est assignée : jeter dans la ville assiégée ce renfort pour le roi Stanislas.

Il écrivit aussi au *chat*, à sa Louise bien-aimée, car il ne trouva pas le courage de lui dire adieu de vive voix. Elle était enceinte de sept mois. « Je sens aussi vivement que vous tout ce que mon voyage va vous coûter de chagrin et d'alarme, mais il est indispensable que je marche ; mon autorité et mon exemple peuvent seuls ranimer le courage à demi éteint de nos troupes. Je serais indigne du nom de Français et de votre amour si je ne faisais ce que je dois en cette occasion. » Et ces phrases apaisantes : « Il ne s'agit que de faire passer mes gens à Dantzig ; je n'y prévois pas de grandes difficultés. De là je viens vous retrouver pour ne plus vous quitter de ma vie. »

Louise rédigea une réponse qui ne fut pas envoyée, faute de moyens d'acheminement : « Quelques maux que vous me fassiez souffrir, mon cher amour, je ne blâme point ce que vous avez fait : il me suffit que vous l'ayez cru nécessaire ; mais songez à n'en pas trop faire... Adieu, mon cher amant, revenez bientôt ; soyez persuadé que mon sort est attaché au vôtre et que je me porterai bien dès que je pourrai vous embrasser et vous dire moi-même que je vous adore et vous adorerai jusqu'au dernier moment de ma vie. »

*

* *

Le second débarquement s'effectua sans plus de difficulté que le premier, le 23 mai, dans l'île de Fahwasser, entre deux canaux de la Vistule et la mer. Plélo décida avec du Barailh d'attaquer les retranchements russes bloquant le fort de Weichselmuende, et combina avec Monti un assaut pour le 27 au matin ; une sortie de la garnison assiégée occuperait au moins une partie des Russes.

La colonne française démarre à sept heures du matin. En tête marche le porte-drapeau du régiment de Blaisois ; Plélo, l'épée à la main, va à ses côtés, exhortant la troupe.

On traverse un marais, de l'eau jusqu'à la ceinture. Les

canons russes tirent de flanc. Puis on aborde un bois sous un violent tir de mousqueterie. Le canon redouble. Les fortifications ennemies sont en vue : double retranchement, avec avant-fossé et une haute palissade de troncs d'arbres plantés en terre. Plélo lance l'assaut. D'abord la palissade. Les sabres s'émoussent sur le bois dur. Il faut que les grenadiers écartent les troncs à force de bras ou les escaladent. Les Russes tirent à feu roulant, creusant des coupes claires dans la colonne. La barricade est démantibulée, submergée. Les grenadiers passent, Plélo en tête. Il ordonne l'assaut sur le retranchement, baïonnette au canon. Il est blessé, couvert de sang, mais il va. Les Russes tirent à présent de trois côtés. Une première fois, les Français refluent. Il les ramène à la charge. Les balles sifflent, blessent, tuent. Trop c'est trop. Nouveau reflux. Il repart à l'assaut. Le vieux Lamotte, son uniforme percé d'une balle, rameute les fuyards et se replie avec eux.

Les Russes rendirent le corps de Louis de Plélo le surlendemain. Il avait la jambe gauche cassée par un coup de fusil, le visage balafré par un coup de sabre, quinze ou seize coups de baïonnette dans le ventre.

Sa mort embarrassait Versailles. Il avait été un reproche vivant ; son cadavre criait encore plus fort contre les hypocrisies et les faux-semblants. Aussi voulut-on ensevelir son sacrifice dans le médiocre. On rappela qu'il avait demandé l'ambassade de Hollande, puis celle d'Espagne, et qu'elles lui avaient été refusées. On murmura que, perdu dans l'esprit des ministres par ses lettres imprudentes, il avait voulu tenter un coup de fortune pour se rétablir : s'il survivait à sa folle équipée, sa carrière était faite. Après que son départ pour Dantzig eut été connu de Versailles, la reine Marie Leszczynska avait dit de lui le plus grand bien ; à quoi le cardinal de Fleury avait rétorqué sèchement qu'il hasardait sa vie et sa fortune ; et la reine de répliquer que « pour ce qui était de sa fortune, elle en répondait, quelque succès qu'il eût ».

Mourir pour une ambassade, ce n'était pas le genre de Plélo, lui qui aimait, était aimé, et goûtait par-dessus tout les livres, l'étude ; lui que nous avons vu aller à Copenhague poussé par Maurepas, contraint par ses créanciers, et tout prêt à quitter la carrière. Enfin, si cet homme intelligent avait été animé par l'ambition, n'aurait-il pas vu que le meilleur moyen de plaire consistait à rester coi en abandonnant Stanislas et la Pologne à leur sort ? Même un niais eût compris, en voyant arriver les deux frégates et la minable cohorte de Lamotte, que le tout-puissant Fleury se désintéressait de Dantzig. La mise en jeu de sa vie par Plélo était le pire réquisitoire contre un pouvoir qui ne consentait à miser que deux frégates et trois bataillons.

On raconta aussi qu'il avait été achevé par ses hommes. « Il est sûr, explique d'Argenson, que nos soldats étaient enragés d'aller à une si mauvaise besogne par son fait. » Pourquoi pas ? Plélo avait peut-être l'obscure prescience que son sacrifice, célébré par le premier écrivain de son temps (Voltaire : « Un ministre, un guerrier digne d'être comparé aux Grecs et aux Romains »), continuerait de remuer quelques âmes au fil des siècles, et l'homme est ainsi fait que cela aide à mourir. Mais les pauvres diables lancés sur les fusils russes, qu'avaient-ils à gagner dans cette sinistre boucherie pour l'honneur ? L'histoire retiendrait seulement qu'ils n'étaient pas deux mille, avec vingt cartouches par homme, et cette insuffisance serait leur seule épitaphe... Il faut pourtant n'avoir jamais entendu une balle siffler à ses oreilles pour croire à l'assassinat de Plélo par ses hommes. C'est avant le retranchement russe qu'il fallait le tuer. Il avait fait sa besogne de chef de guerre en traînant ses hommes dans cette zone obscure, dont parle si bien Tolstoï, où la mort fauche à grands coups. Là, aucun ordre, aucune exhortation ne condamne ni d'ailleurs ne préserve. Tout est hasard. Et même, ce fou grandiose, sanglant et vociférant, ne pouvait qu'attirer sur lui les coups de fusil, de sabre, de baïonnette. Aussi longtemps qu'il vivait, Plélo restait la cible privilégiée des Russes.

La czarine fut meilleur juge, qui accrocha son portrait dans sa chambre. Il était dans l'histoire le premier officier français à tomber sous les balles russes.

Laissons-lui sa mort : il l'a bien méritée.

*

* *

L'annonce de sa fin désespéra sa malheureuse femme. Elle fut cinq jours dans les convulsions nerveuses et tenta de se suicider. Elle vit mourir ses deux jumelles, nées posthumes, puis son fils cadet. La mort vint la prendre le 3 mars 1737, trois ans après Louis. « Elle expira les yeux sur le portrait de celui qu'elle désirait depuis si longtemps rejoindre. » Son fils aîné mourut l'année suivante. Seule subsistait une fille, Louise-Félicité, que nous retrouverons dans trente-cinq ans.

Un adieu à Louis de Plélo, premier personnage de cette histoire à mourir de passion polonaise.

V

L'espoir est inlassable : Stanislas et Dantzig continuaient d'attendre Duguay-Trouin. Après les promesses sans équivoque de Louis XV, il leur paraissait inimaginable qu'on les abandonnât sans recours aux sauvageries annoncées par Muennich. Le 14 juin, trois semaines après l'échec de Plélo, la ville se croit sauvée : une quarantaine de voiles apparaissent dans l'embouchure de la Vistule. C'est une escadre russe. Mieux valait être soutenu par la czarine que par le roi de France.

Le 19 juin, deux officiers français eurent la disgrâce d'annoncer à Stanislas que Lamotte ne croyait plus pouvoir continuer le combat. Le roi de Pologne en fut si bouleversé qu'il versa des larmes. L'indignation succéda à la douleur. Ni l'une ni l'autre n'empêchèrent Lamotte de signer sa capitulation le 24 juin. Les Russes lui accordèrent les honneurs de la guerre ; sans doute songeaient-ils à Plélo. Ses hommes, d'abord parqués dans un camp, furent rapatriés à la fin de l'année, mais ils avaient été décimés par les épidémies.

Tandis que Lamotte se rendait, le fort de Weichselmuende était livré à l'ennemi par son commandant, soucieux de rallier à temps le camp du futur vainqueur. La route de Dantzig à la mer était coupée. La défaite désormais certaine, les magistrats de Dantzig devaient songer à abréger le martyre d'une population soumise nuit et jour au bombardement russe. Plus de quatre mille bombes s'étaient abattues sur la ville.

Stanislas devenait un fardeau. Muennich avait fait de sa livraison la condition d'un arrêt des hostilités. Si le roi de Pologne voulait éviter à ses hôtes la prolongation de leur calvaire et la honte de le livrer, il ne lui restait qu'à tenter de fuir. Il envoya son plus fidèle compagnon, le comte Poniatowski, annoncer sa résolution aux magistrats. Poniatowski leur dit avec son éloquence coutumière que le roi les remerciait tendrement de leur zèle pour sa cause mais que les circonstances l'obligeaient à les relever de leur serment et qu'ils ne devaient plus s'occuper que du salut de la ville. Un magistrat, bouleversé, se lève et s'écrie : « Oh Dieu, notre roi nous quitte donc ? Que va-t-il devenir lui-même ? » Et le pauvre homme de tomber mort, foudroyé par l'apoplexie, aux pieds de Poniatowski. Le dénouement s'annonçait lugubre.

Comment fuir ? Les Russes encerclaient la ville. Les Cosaques grouillaient dans la campagne alentour. Stanislas, Monti et Tercier eurent vite fait le tour des possibilités. Les fidèles du roi proposaient de l'entourer d'une troupe de cent cavaliers résolus à percer ou à périr. Cette solution à la Plélo, satisfaisante pour la fougue polonaise, fut écartée au motif que les chevaux s'empêtreraient dans les marais et échoueraient à sauter les tranchées russes. « Il faut du moins une route au courage, écrira joliment Stanislas, et le hasard même n'en offrait point. »

La comtesse Czapska, palatine de Poméranie, qui parlait allemand, proposa de s'habiller en paysanne et d'accompagner le roi, lui-même déguisé, en le faisant passer pour son mari ; un ami de la comtesse, connaissant parfaitement le pays, leur servirait de guide. Mais le subterfuge suffirait-il à tromper la vigilance des Russes ?

La proposition de Monti l'emporta. Elle consistait à gagner le territoire prussien en se faufilant entre les postes ennemis grâce à des autochtones aptes à se reconnaître dans le lacis de canaux et de rivières qui faisait de la campagne dantzigoise le règne de l'amphibie.

Le secret était crucial. Monti feignit de tomber malade. Stanislas lui rendit visite, le dimanche 27 juin, et annonça à sa suite qu'il passerait la nuit à l'ambassade pour veiller son ami. On le laissa seul avec les Français.

Jean-Pierre Tercier avait trouvé pour le roi un habit usé, une chemise de toile grossière, un bonnet, un gros bâton mal équarri enfilé d'un lacet de cuir. Les bottes posaient problème. Tous les paysans en portaient. Il était aisé d'en acheter une paire chez un marchand, mais des bottes neuves attireraient l'attention des Cosaques. Pendant deux jours, Monti et Tercier avaient examiné d'un œil torve les jambes des officiers de la garnison, à la recherche d'une paire de bottes assez moche pour chausser un paysan. Un officier français se présenta avec cette rareté aux pieds. Comment l'obtenir ? Conciliabule entre Monti et Tercier. Demander carrément ses bottes à leur propriétaire, c'était s'exposer aux soupçons. Les deux hommes décidèrent de convaincre un domestique de l'ambassade de les faire voler, moyennant bon prix, par le valet de l'officier. Monti, selon Stanislas : « Fertile en expédients et en ressources, il est presque toujours sûr dans le choix de ses moyens. » Quant à Tercier, nous pourrons vérifier, au long des trente années à venir, qu'il savait le service secret fait de grands desseins et de petits moyens.

Jean-Pierre Tercier avait alors trente-trois ans. Personne, cinq ans plus tôt, n'eût imaginé que ce garçon studieux, fort tranquille, dont les journées les plus délicieuses étaient celles qu'il passait à lire dans son fauteuil, courrait un jour à travers une ville à feu et à sang pour dégotter les hardes qui déguiseraient un vieux roi devenu lui-même un quasi-professionnel de l'évasion. Les Tercier étaient d'origine suisse, mais Jean-Pierre naquit à Paris le 7 octobre 1704. Après des études classiques au collège des Grassins, il étudie le droit civil et entre au cabinet d'un célèbre avocat au Conseil, Baizé. Baizé le présente à Monti, qui, en instance de départ pour Varsovie, cherche un secrétaire. Si Tercier lui plut d'emblée, ce fut peut-être par sa discrétion. « Il lui était aussi facile de bien parler que de se taire. » Une mémoire infaillible, de l'imagination, un dévouement sans faille : les superlatifs s'imposent pour qualifier Jean-Pierre Tercier, mais la plume hésite à s'y abandonner car il les décourage par une réserve absolue. Rien de plus ordinaire que cet être extraordinaire. Animé par la passion, il l'habillait de gris ; maître artisan de l'une des machines les plus complexes du temps, il n'offrira jamais à ses contemporains que le spectacle ennuyeux d'un fonctionnaire exact à sa routine. Il était vraiment l'homme du secret. Chez lui, seul le polyglotte étonnait : « Outre le latin et le grec, il entendait l'arabe et le turc ; il parlait l'allemand et le polonais ; il possédait parfaitement l'italien, l'espagnol et l'anglais. »

Les bottes volées à l'officier français arrivèrent à l'ambassade une heure avant le départ de Stanislas. Catastrophe : il ne peut pas les enfiler... Le temps presse. Dix heures vont sonner. Il faut profiter de la nuit pour prendre le large ; le jour se lève à trois heures. Monti est accablé. Et puis un petit miracle : on trouve dans la chambre d'un domestique de l'ambassade une paire de vieilles bottes qui semblent faites sur mesure pour le roi. Stanislas plaisante l'ambassadeur : c'était bien la peine de se faire voleur...

La séparation est peu protocolaire ; on s'étreint les larmes aux yeux. Monti sait trop les risques encourus pour ne pas penser qu'il ne reverra peut-être jamais le roi. Dès la porte refermée sur Stanislas, qui quitte la maison par un escalier dérobé, l'ambassadeur se jette à genoux pour une prière. Bruits de pas. On frappe à la porte. Monti se décide à ouvrir. C'est Stanislas. « Qu'est-ce donc, Sire ? Aurais-je oublié quelque chose ? — Oui, monsieur : une chose très importante et très nécessaire, vous n'avez pas songé qu'il me fallait mon cordon bleu. Est-il de la bienséance que je néglige de le mettre dans une occasion comme celle-ci ? » Le roi est-il devenu fou ? Il éclate de rire et étreint Monti : « Je viens vous embrasser de nouveau et vous prier de vous résigner, autant que je le fais, à la Providence, à laquelle je remets entièrement mon sort. » Sacré Stanislas !

Jean-Pierre Tercier l'escorte jusqu'au point de rendez-vous fixé avec le général suédois Steinflicht, qui va courir l'aventure avec Stanislas. Steinflicht est lui aussi déguisé en paysan. Tercier fait ses adieux au roi. Stanislas l'embrasse chaleureusement et lui dit : « Adieu, mon cher, priez pour moi. » Il lui laisse deux lettres, l'une pour le primat de Pologne, l'autre pour le sénat de Dantzig.

Stanislas et Steinflicht rejoignent le major de la place — encore un Suédois —, chargé de leur faire passer sans encombre les postes de sentinelles. Ils trouvent au pied du rempart deux petites barques pour traverser le fossé. Près des barques, trois autochtones qui serviront de guides ; avec eux, un quatrième personnage ; de l'autre côté du fossé, quelques soldats de la garnison commandés par un sous-officier. Le major suédois s'avance pour se faire reconnaître. Éclats de voix. Stanislas s'approche à son tour. Il voit le sous-officier mettre en joue le major, qui braque lui-même un petit pistolet de poche. S'il abat le sous-officier, les soldats ouvriront le feu. Le major, après une hésitation, décide de jouer le tout pour le tout : il fait reconnaître Stanislas. Le sous-officier s'incline et ouvre le passage. Stanislas trouve ce début déprimant : comment espérer que le secret de sa fuite sera préservé ?

La petite troupe s'entasse dans une barque et progresse dans la campagne inondée. Il s'agit de franchir avant l'aube les ultimes postes ennemis et la Vistule. Mais, après un kilomètre de navigation hasardeuse, les guides font descendre Stanislas et Steinflicht, et les mènent à une cabane perdue dans le marais. Selon eux, il est trop tard pour passer le fleuve ; on va attendre dans la baraque la nuit suivante. Stanislas s'insurge contre cette folie qui le laisse à la merci de ses ennemis, mais il se fait remettre vertement à sa place. Il était prévu que les guides, pour ne pas donner l'éveil, traiteraient le roi comme un paysan. Stanislas juge qu'ils poussent le jeu un peu loin.

La nervosité l'a empêché de dormir la nuit précédente. L'angoisse lui fera passer une nuit blanche dans la cabane. Il a cinquante-six ans ; il est roi de Pologne, beau-père du monarque le plus puissant d'Europe, et il gît dans une cabane pourrie, allongé sous un banc, au milieu d'inconnus au comportement inquiétant, enveloppé par une armée ennemie qui a pour premier objectif de le capturer. Il ne s'agit plus de conserver ou de reconquérir le trône de Pologne, mais de sauver sa peau. Stanislas ne se fait aucune illusion : ceux qui ont si souvent tenté de l'assassiner voudront en finir une bonne fois avec le gêneur qui les contrarie depuis trente ans.

*

* *

Le lendemain matin, les nobles polonais se présentèrent à l'ambassade de France pour y retrouver Stanislas, qui était censé avoir veillé Monti alité. Ils trouvèrent l'ambassadeur dispos, mais point de roi de Pologne. Monti leur dit qu'il n'était pas encore réveillé, ce qui surprit, car on savait que Stanislas se levait dès cinq heures. Monti affirma qu'il s'était couché tard et demanda aux Polonais de ne pas faire trop de bruit pour respecter son repos. Mais un fracas de tonnerre résonna soudain, qui aurait réveillé un mort : les canons de la flotte et de l'artillerie russes tiraient une salve. Monti pensa qu'elle saluait un événement heureux. Il pâlit et murmura : « Ô Dieu, le roi est donc pris. » Chacun sut alors le départ de Stanislas ; la nouvelle allait se répandre jusque dans le camp ennemi.

La canonnade terrifia la population, qui crut à un assaut général. On ne voyait dans les rues que femmes échevelées et hommes ne sachant s'il fallait encore combattre ou attendre la mort chez soi. Les plus sages reconnurent qu'il s'agissait d'une salve d'honneur, tirée peut-être en souvenir de la célèbre bataille de Poltava remportée par les Russes sur Charles XII, dont c'était le jour anniversaire. D'autres crurent que les canons saluaient l'arrivée d'Auguste III, le roi fantoche, dont la venue était annoncée depuis longtemps.

En réalité, les magistrats avaient envoyé à Muennich une députation pour annoncer que la ville reconnaissait Auguste III et demander une suspension d'armes. Le général accepta avec plaisir et fit tirer cette salve d'honneur, prolongée par des feux de mousqueterie. Lorsqu'il apprit que Stanislas, dont la capture était pour lui un objectif primordial, avait quitté Dantzig, sa colère fut terrible. Il fit reprendre immédiatement le bombardement, taxa la ville à deux millions cinq cent mille livres, exigea enfin la livraison du primat et de l'ambassadeur de France. Quant à Stanislas, il mit sa tête à prix : forte récompense à qui le ramènerait, mort ou vif.

C'est donc sous les bombes que Jean-Pierre Tercier traversa la ville pour remettre à leurs destinataires les lettres confiées par Stanislas.

La première était adressée « à mon cher primat et aux seigneurs polonais » : « La douleur que j'ai de me séparer de vous, mes chers et véritables amis, parle assez pour vous faire comprendre tout ce que je ressens dans ce cruel moment ; la résolution forcée que je prends n'est fondée que sur l'inutilité de mon sacrifice, ainsi que vous l'avez jugé vous-même ; je vous embrasse tous bien tendrement, en commençant par M. le primat, et je vous conjure par vous-mêmes, et par conséquent par ce que j'ai de plus cher, de vous unir plus que jamais pour soutenir autant qu'il se peut les intérêts de la chère patrie, qui n'a d'autre appui que vous seuls. Les larmes qui effacent mon écriture m'obligent de finir. Puissiez-vous du moins lire au fond de mon cœur les sentiments que votre amour pour moi y a fait naître et qu'il y a gravés pour jamais.

« Je suis de cœur et d'âme
« Stanislas, roi. »

La seconde lettre était un « Avis à ma bonne ville de Dantzig » : « Je pars au moment que je ne puis rester avec vous et jouir plus longtemps des témoignages d'un amour et d'une fidélité sans exemple. J'emporte, avec le regret de vos souffrances, la reconnaissance que je vous dois et dont je m'acquitterai en tout temps, par tous les moyens qui pourront vous convaincre. Je vous souhaite le bonheur que vous méritez, il soulagera le chagrin que j'ai de m'arracher de vos bras.

« Je suis et serai toujours et partout
votre très affectionné roi
« Stanislas, roi. »

Monti et Tercier avaient prévu de ne communiquer les adieux officiels du roi qu'au moment où celui-ci serait de l'autre côté de la Vistule. Tel était le plan. Mais Muennich savait que sa proie lui avait provisoirement échappé, et Stanislas, bien loin d'être en sûreté sur la bonne rive de la Vistule, se consumait d'anxiété dans un marais sillonné par les Cosaques.

*
* *

Il était sorti de la cabane en entendant la salve russe. Il pensa qu'elle saluait l'annonce de la reddition de Dantzig.

À midi, Steinflicht lui proposa un dîner[1] frugal, auquel il ne toucha pas. Il avait passé la nuit à étudier ses guides, et l'examen n'était pas réconfortant. Le chef jouait les fiers-à-bras mais témoignait d'une immense sottise, et surtout d'une méconnaissance totale de l'implantation des postes ennemis. Il ne marchait que pour l'argent versé par Monti. Ses deux acolytes arboraient des mines de brigand. Pis encore : un quatrième personnage, qui n'était pas prévu, s'était joint au petit groupe au pied du rempart. Ce commerçant avoua sans ambages qu'il fuyait une banqueroute frauduleuse. L'idée ne lui viendrait-elle pas qu'en livrant Stanislas aux Russes il rétablirait d'un seul coup ses affaires ?

On se rembarqua à la nuit tombée. La barque progressait malaisément à travers un hérissement compact de roseaux qu'elle couchait sous elle, de sorte que ce sillage resterait inscrit quand le jour se lèverait, trahissant l'itinéraire du roi fugitif. Souvent, l'embarcation talonnait dans la vase et il fallait descendre, de l'eau jusqu'à mi-corps, pour l'extraire de sa gangue à force de bras.

Vers minuit, une rivière apparut. La Vistule ? Les guides délibérèrent. Ils décidèrent que leur chef, Steinflicht et le banqueroutier partiraient à pied sur la berge, tandis que les deux autres conduiraient le roi par le marais. Pourquoi cette séparation ? Il ne fut pas possible de la discuter. Stanislas était convaincu qu'il ne reverrait jamais Steinflicht.

Quand le jour se leva, la barque était perdue dans l'immensité du marais. Il fallait trouver une cachette. Les guides parvinrent à retrouver la maison d'un homme de leur connaissance. Ils lui demandèrent si des Russes logeaient chez lui, comme dans la plupart des habitations. « Pas en ce moment, répondit-il, mais ils passent assez souvent. » On n'avait pas le choix. Stanislas s'installa dans le grenier.

Trempé, il passa sa troisième nuit blanche d'affilée étendu sur une botte de paille.

À l'aube, il mit la tête à la lucarne. Un officier russe se promenait dans la prairie, semblant méditer de noirs desseins. Près de lui, deux soldats en armes faisaient paître

1. Rappelons que, à l'époque, le déjeuner était notre petit déjeuner, le dîner, notre déjeuner, et le souper, notre dîner.

leurs chevaux. Stanislas avouera qu'à ce spectacle il faillit perdre toute espérance. Puis une bande de Cosaques arrivent au galop, mettent pied à terre et entrent dans la maison. Cette fois, c'en est fait. Mais les Cosaques ne veulent que déjeuner. Ils s'empiffrent pendant deux heures. Stanislas, de sa cachette, les entend se vanter bruyamment de leurs sinistres exploits en Pologne. L'hôtesse monte et demande pourquoi il ne se joint pas à la fête. Il biaise de son mieux. Par bonheur, le grenier est sombre et la femme ne le reconnaît pas. Elle comprend pourtant qu'il a peur des Russes, et, craignant pour sa maison, qui risque d'être brûlée, elle exige son départ. Longue discussion pour la convaincre de ne pas le mettre à la porte.

Ce qui tue Stanislas, c'est de se savoir dans le plus extrême péril sans pouvoir rien faire pour s'en préserver. Crucifiante inertie.

À la brune, il descend rejoindre ses lascars. Ils annoncent qu'ils ont un bateau pour passer la Vistule, où les rejoindra le groupe de Steinflicht, mais ils doutent de pouvoir réussir l'opération : le vent souffle en tempête. « Allons toujours, décide Stanislas. Je ne vois pas de plus grand danger que de rester plus longtemps où nous sommes. » Il a meilleure confiance dans ses gens : après tout, ils ont descendu force bière avec les Cosaques sans le vendre.

À un kilomètre de la maison, ils retrouvent la terre ferme et abandonnent la barque. Terre ferme est beaucoup dire : plusieurs heures de marche à travers une vase où l'on enfonce parfois jusqu'aux genoux ; il faut sans cesse s'entraider pour échapper à l'enlisement. On arrive enfin à la Vistule. Point de bateau. Un guide va aux nouvelles. Il revient au bout d'une heure. Selon toute apparence, les Russes ont enlevé l'embarcation. L'aube approche. La nécessité d'une nouvelle cachette s'impose. On rentre dans le marais. Une maison. La porte s'ouvre. Et le paysan de s'exclamer en apercevant Stanislas : « Que vois-je ? » L'un des guides intervient : « Tu vois un de nos camarades. Que lui trouves-tu dans son air de si extraordinaire ? — Vraiment, je ne me trompe point, c'est le roi Stanislas. » À quoi bon nier ? L'homme se montre d'ailleurs tout disposé à donner asile au fugitif et à l'aider à passer la Vistule.

Stanislas ne parvient toujours pas à fermer l'œil.

Le lendemain, réapparition du chef des guides. Son groupe est tombé sur un parti de Cosaques. Sauve-qui-peut. Il a perdu Steinflicht et le banqueroutier. Le soir, les perspectives s'assombrissent encore. Le bon paysan rentre d'une reconnaissance. Les Cosaques sont partout, perquisitionnant dans les maisons, arrêtant et fouillant les passants. Ils ont le signalement du roi. Aucun espoir de leur échapper. Stanislas décide de ne pas bouger pendant vingt-quatre heures. D'ici là, la traque se sera peut-être relâchée. Cette nuit, le roi peut enfin dormir.

Le jour qui suit est morose. Les guides, abattus, renâclent à tenter le passage de la Vistule. Stanislas ranime leur courage avec force rasades d'eau-de-vie. Le soir, le paysan rapporte une bonne nouvelle : les Cosaques ont disparu et le bateau est prêt.

Le paysan, à cheval, part en tête. Stanislas, également monté, le suit à cinquante pas. Les trois guides vont à pied. Les chevaux s'abattent à chaque instant dans la vase. Partout dans la nuit, les feux des postes russes. Au moins signalent-ils les dangers. On approche du fleuve. Le paysan se détache pour reconnaître les lieux. Il revient presque aussitôt, tremblant d'émotion : il est tombé sur les Cosaques qui grouillent dans les parages et n'a pu se dépêtrer qu'en leur faisant croire qu'il était à la recherche de chevaux perdus.

Les guides, assommés par la nouvelle, veulent renoncer. Cette fois, Stanislas s'insurge. Il sait qu'il joue son va-tout. À ses compagnons effarés, il propose de s'armer de bâtons et de passer en force. Refus à l'unanimité. Il suggère d'user du même stratagème que le paysan : recherche de chevaux égarés. Rejet unanime. Le bon paysan décide alors de partir en quête d'un chemin plus sûr. Il disparaît dans la nuit. Aussitôt, insurrection des trois guides, qui veulent s'enfuir. Seule la menace de Stanislas d'appeler lui-même les Cosaques (quitte à être pendus, on le sera tous ensemble) les cloue sur place. Le roi craint que si les chenapans déguerpissent et tombent sur un parti ennemi ils ne le livrent avec empressement pour se dédouaner.

Le paysan revient. Il a trouvé un passage. On repart. Après une rencontre avec un chariot russe escorté par trois soldats, heureusement aperçus à temps, on arrive à la rivière. Le paysan amène le bateau. On s'embarque. À l'approche de la rive opposée, Stanislas tire de sa poche une poignée de ducats d'or et les offre à son sauveur. L'homme résiste, puis accepte, pour en finir, deux ducats. « Ce noble désintéressement, écrira Stanislas, me charma d'autant plus que je n'avais pas lieu de l'attendre d'un homme de son espèce. » Foutu roi ! Mais c'est l'esprit du temps. Honneur et désintéressement sont apanages aristocratiques. Si un manant risque la corde pour rien quand le très noble seigneur polonais commandant le fort de Weichselmuende le livre pour ménager son avenir, ce sont forcément exceptions à la règle régissant les « espèces ».

*

* *

La Vistule franchie, rien n'est joué : les Russes ont encore quelques postes de ce côté-là et leurs Cosaques patrouillent la campagne. Stanislas et ses trois lascars entrent dans un village. Tandis que le roi s'attarde dans les rues, le patibulaire trio court à l'auberge. Stanislas les retrouve ronflant dans un lit. Réveillé, l'un des guides part à la recherche d'une voiture. Il revient deux heures plus tard, ivre à tomber par terre, accompagné d'un homme qui a chez lui des chevaux et une voiture chargée de marchandises, le tout confié par un tiers. Il veut bien les louer à condition de recevoir le prix des marchandises, qui pourraient bien être pillées par les Cosaques. Marché conclu pour vingt-cinq ducats. L'ivrogne, voyant l'or, s'excite, rappelle les risques, les sacrifices, appelle le roi le roi et réclame un supplément à la somme versée par Monti. Une petite assemblée de paysans assistait aux tractations. Elle écoute l'ivrogne avec attention, examine Stanislas avec intérêt. « De tous les dangers que j'avais courus jusqu'alors, écrira Stanislas, c'était peut-être le plus grand. » Il redoute l'intervention du fier-à-bras, chef de ses lascars. Elle a lieu mais — ô miracle ! — c'est en faveur de Stanislas : il morigène son camarade et affirme aux paysans que les fumées de l'alcool lui font voir des rois partout.

On repart à trois ; Stanislas a renvoyé l'un de ses guides à Dantzig avec un mot annonçant à Monti l'heureux passage de la Vistule. Le fier-à-bras conduit l'attelage. Le roi est sur le chariot, tenant l'ivrogne enlacé pour l'empêcher de tomber ; impossible de laisser derrière soi ce bavard. L'équipage traverse sans encombres plusieurs villages occupés par des Russes ou par des Saxons. La chaleur est accablante et les chevaux s'épuisent. Voici heureusement une rivière, le Nogat, la dernière à passer avant le salut, et, providentiellement, voici un bateau tiré sur la berge. Déjà, les guides le poussent à l'eau quand survient un paysan à qui Stanislas demande par acquit de conscience si c'est bien là le Nogat. « Le Nogat ? Mais non, c'est la Vistule. » Une fois de plus perdus, ils retournaient au péril... Le moral en prend un coup. Sortira-t-on jamais de cet infernal labyrinthe aquatique ? Dans une auberge, on leur déclare qu'il est impossible de passer le Nogat : les Russes ont raflé tous les bateaux. Les guides sont si découragés qu'ils veulent carrément franchir la rivière par le pont de Magdeburg, ce qui reviendrait à se jeter dans la gueule de l'ours. Stanislas doit évoquer le gibet pour redresser les énergies.

Ils parviennent enfin à un village, près du Nogat. Stanislas frappe à la porte d'une maison où l'on parle polonais. À la femme qui lui ouvre, il se présente comme un marchand désireux d'acheter du bétail de l'autre côté de la rivière. La femme répond qu'il est inutile d'aller si loin : elle a justement des bêtes à vendre ! Stanislas, pris de court, invente qu'il doit récupérer une créance sur l'autre rive. Bref, on finit par se mettre d'accord : le fils de la maison conduira l'acheteur de bétail jusqu'à la maison d'un pêcheur qui a caché chez lui son bateau.

Cette fois, point de contretemps. Parvenu en sécurité, Stanislas congédie ses guides en leur remettant un billet pour Monti. Il comporte deux mots en chiffre annonçant à l'ambassadeur qu'il est tiré d'affaire. Puis le roi de Pologne achète un chariot tiré par deux chevaux et prend la route de la ville prussienne de Marienwerder.

La première nuit de son aventure, gêné par les ducats d'or qui alourdissaient ses poches, il avait voulu les confier à Steinflicht. Le général s'était récrié. On avait transigé : Stanislas avait conservé la moitié des ducats. Que serait-il devenu si Steinflicht, pour le soulager, avait pris la totalité du viatique ?

Juché sur son chariot, il arriva enfin à Marienwerder. « L'entrée que j'y fis, écrit-il, n'était point magnifique, mais un vain éclat n'aurait pas augmenté la joie que je ressentais en ce moment. Je portais avec moi la justice de ma cause, l'amour de mes sujets, le repos de ma conscience et sans doute l'estime même de mes ennemis. Quel plus grand motif d'oublier ma disgrâce ? Ce n'est qu'à ceux qui ont mérité leur infortune, ou qui n'ont pas pu la soutenir avec courage, qu'il est permis de se la rappeler avec douleur. »

C'était le 3 juillet 1734. Il était en fuite depuis six jours. De tous ses voyages hasardeux à travers l'Europe, celui-ci avait été le plus difficile.

*
* *

Dantzig, à bout de forces, fit sa reddition le 9 juillet, après un siège de cent trente-cinq jours. Stanislas Poniatowski rallia aussitôt Auguste III et devint l'un de ses plus fervents courtisans. Ce ne pouvait être arrivisme banal ou lâcheté, car cet homme de fer, quand il servait Stanislas de Varsovie en Turquie et des Deux-Ponts à Dantzig, lui sacrifiant ses biens et dignités, avait prouvé la qualité de son attachement. Sa volte-face résultait d'une profonde déception. Il avait fait confiance à la parole de la France, et cette confiance s'était trouvée trahie.

Pourtant, une poignée de Français n'avaient pas failli. L'un d'eux, Solignac, rédacteur attitré des manifestes dont Stanislas inondait la Pologne, réussit à s'enfuir et le rejoignit en Prusse. Les autres semblaient promis au pire. Deux jours après la disparition de Stanislas, Monti, chevaleresque jusqu'au bout, s'était efforcé de détourner de Dantzig la colère des Russes en publiant une attestation solennelle : « Je déclare en honneur et en conscience que les seigneurs polonais et MM. les magistrats et ordres de la ville de Dantzig et pas le moindre bourgeois n'ont eu aucune part ni connaissance de la retraite du roi de Pologne. » C'était attirer sur lui les foudres de Muennich. Le général exigea de Dantzig la livraison de Monti, « avec toutes les personnes qui sont auprès de lui, tous ses domestiques et toutes ses lettres ». Sentant bien la difficulté créée par la fonction officielle de Monti, Muennich ne l'appelait que « le ci-devant ambassadeur de France ». Monti protesta hautement : « Je ne me serais jamais imaginé que Votre Excellence, ministre et général d'une si vaste monarchie et d'une si grande puissance, ignore ce qui est dû au caractère sublime dont j'ai l'honneur d'être revêtu, caractère respecté dans les lieux les plus reculés et chez les nations les plus barbares. » Deux lettres suivirent en vain. Pour épargner à Dantzig des brutalités supplémentaires, Monti décida alors de se rendre volontairement aux mains des Russes, non sans un ultime message : « Je proteste devant tous les princes de l'Europe de la violence qu'on fait à mon caractère. »

Muennich, dans sa rage, avait promis la mort. Ce fut une dure détention. Monti, Tercier et le jeune d'Andlau, qui avait accompagné Stanislas dans son voyage clandestin de Versailles à Varsovie, furent incarcérés à Elbing, puis dans un château proche de Marienburg. On les transféra enfin à Torun. Le primat de Pologne partageait leur triste sort. Aux protestations officielles françaises, les Russes répondirent que « puisque la France avait des ambassadeurs qui se battaient, elle ne devait pas se plaindre de les voir traiter avec la rigueur des lois de la guerre ».

Jean-Pierre Tercier, comme ses compagnons d'infortune, était enfermé à Torun dans une cellule étroite, humide, surveillé nuit et jour par des sentinelles baïonnette au canon. Son isolement était absolu. Il ne pouvait ni écrire ni recevoir des lettres. La confession même lui était interdite. Il trouva pourtant le moyen de communiquer avec l'extérieur.

Cela dura dix-huit mois.

Le pire était l'humidité des cellules. Si Monti mourut deux ans après son retour en France, sa captivité en fut sans doute la cause. Quant à Jean-Pierre Tercier, il sortit de Torun avec une santé ruinée, au point qu'on craignit longtemps pour sa vie. Mais il en sortit avec la Pologne au cœur, et pour jamais.

VI

S'il faisait mal la guerre, le cardinal de Fleury sut faire la paix. Grâce à son talent diplomatique, la France, qui avait perdu un peu de son honneur à Dantzig, se trouva être la grande bénéficiaire du conflit au terme d'une étonnante partie de billard où les boules valaient couronnes royales ou ducales.

L'empereur Charles VI, battu en Allemagne et en Italie, attendait son rétablissement de l'Angleterre, à laquelle le liait un traité d'alliance. Le ministère anglais se déroba, ce qu'il n'eût sans doute pas fait si Fleury avait envoyé Duguay-Trouin dans la Baltique. De son côté, la czarine ne se hâta point d'envoyer des renforts qui arrivèrent trop tard en Italie pour bouter l'armée franco-sarde hors du Milanais. L'empereur, esseulé, était disposé à la négociation, et il avait plus à négocier que tout autre souverain en Europe. Rien de plus étranger à nos esprits férus d'autodétermination que les tortueuses intrigues au moyen desquelles une poignée de familles s'efforçaient, dans le plus parfait mépris des peuples concernés, de perpétuer ou d'agrandir leur pouvoir dynastique.

Charles VI avait une obsession : la pragmatique sanction. Par cet acte solennel, il avait désigné pour lui succéder sa fille Marie-Thérèse. Ce qui posait problème n'était pas qu'elle fût fille, mais qu'il existât une descendance, également féminine, du précédent empereur régnant, Joseph Ier, frère aîné de Charles VI : en bonne logique, la couronne devait, à la mort de Charles VI, revenir à la fille aînée de Joseph Ier, et c'est à quoi voulait parer la pragmatique sanction.

Or le fils du duc de Lorraine et de Bar, François, avait été accueilli dès ses quinze ans à la cour de Vienne. Éduqué à l'autrichienne, il devint duc de Lorraine à la mort de son père, en 1729, mais, peu désireux de séjourner parmi ses sujets, il confia la régence à sa mère, Élisabeth-Charlotte. Nommé vice-roi de Hongrie, il était destiné à épouser la fille de Charles VI, Marie-Thérèse.

La France ne pouvait accepter cette perspective. François, époux de l'archiduchesse d'Autriche et reine de Hongrie, serait sans aucun doute candidat à la couronne impériale d'Allemagne. En tout cas, il apportait dans le giron des Habsbourg son duché de Lorraine. Or la Lorraine était une épine fichée dans la France : elle séparait l'Alsace du reste du royaume. Louis XIII et Louis XIV l'avaient systématiquement occupée lors des guerres toujours recommencées contre les Habsbourg, et la dernière occupation avait duré dix-sept ans, mais chaque paix obligeait à l'évacuation en vertu du principe de légitimité ; la maison de Lorraine, l'une des plus anciennes d'Europe, régnait depuis huit siècles. Si une Lorraine indépendante n'était que gênante, une Lorraine impériale serait un pistolet braqué sur le cœur de la France.

Fleury négocia à l'insu du secrétaire d'État des Affaires étrangères, le belliqueux Chauvelin, qu'il ne portait pas dans son cœur. Mais lorsque les pourparlers devinrent officiels, le cardinal sut découpler à propos son dogue Chauvelin, dont la brutalité balayait à merveille les tergiversations adverses. « Nous ne souffrirons jamais la Lorraine et la couronne impériale dans la même maison », répétait Chauvelin. La Baune, chargé par Fleury des négociations avec Vienne, renchérissait : « Ou la France n'existera plus en corps de nation, ou jamais un empereur d'Allemagne ne sera duc de Lorraine et de Bar. »

Le roi de Prusse, qui avait recueilli Stanislas au terme de son aventure dantzigoise, lança comme une boutade qu'on devrait bien l'installer en Lorraine. L'idée fit son chemin ; elle débloquait le jeu diplomatique. Le 3 octobre 1735, au terme de négociations tendues, était signé un accord préliminaire dont la mise au point occuperait encore près de deux ans mais qui réglait l'essentiel. Stanislas, tout en conservant le titre honorifique de roi de Pologne, devenait duc de Lorraine et de Bar ; à sa mort, les duchés passeraient sous souveraineté française. La France restituait le Milanais à l'Autriche (au grand dam de la maison de Savoie, à qui elle l'avait promis...). François, futur époux de Marie-Thérèse, recevrait en échange de la Lorraine le grand-duché de Toscane, dont il prendrait possession à la mort du grand-duc régnant. L'Autriche abandonnait le royaume de Naples à don Carlos mais récupérait Parme et Plaisance. Enfin —

et c'était essentiel pour Charles VI — la France apportait sa garantie à la pragmatique sanction.

Malgré les supplications des émissaires du parti patriote à Versailles, la Pologne était abandonnée au Saxon Auguste III, désormais reconnu par toutes les puissances.

*

* *

Stanislas ne se résigna pas aisément. Il résidait au château de Koenigsberg, où le roi de Prusse lui avait accordé une garde d'honneur et une pension convenable. Le Français Solignac, échappé lui aussi de Dantzig, rédigeait ses manifestes enflammés. Le dernier carré des fidèles se battait toujours en Pologne. On continuait d'espérer en un secours français. Le pape, sollicité pour Stanislas, se contenta d'exprimer sa pitié. À travers l'Europe, pamphlets et chansons ridiculisaient le roi grotesque toujours élu et toujours détrôné qui savait si mal choisir ses protecteurs. La malheureuse Marie Leszczynska, à Versailles, était la spectatrice affligée de cette dérision envers un homme, son père, qui avait au moins témoigné d'un courage dans l'adversité qu'on eût cherché en vain chez tant d'autres princes. Tout au long de l'agonie de Dantzig, le ministère français avait eu la triste ingéniosité de faire imprimer de fausses gazettes, dont l'exemplaire unique était destiné à la reine de France, pour lui dissimuler les dangers courus par son père abandonné. La réalité prenait sa revanche.

Au printemps 1735, Auguste III en avait terminé avec les derniers foyers de guérilla. Le 27 janvier 1736, Stanislas, harcelé par Versailles, convaincu que la partie était perdue, mais le cœur désolé, signa son abdication définitive. Marie l'y avait encouragé, sachant mieux que personne que si son père laissait passer l'occasion il resterait à jamais un « souverain sans trône ». Et puis la Lorraine n'était pas si éloignée de Versailles et ils pourraient se voir souvent. Stanislas lui avait répondu : « Je conviens avec vous qu'au défaut de la Pologne, la Lorraine est la seule chose qui conviendrait de toute façon. » Ces gens parlaient de royaumes comme nous faisons d'un appartement. Deux semaines plus tard était célébré à Vienne le mariage de François de

Lorraine avec Marie-Thérèse. Devenu gendre de l'empereur, François commença de traîner les pieds pour exécuter les accords ; il n'acceptait pas de bon cœur de renoncer pour sa famille à une possession lorraine pluriséculaire. Le dogue Chauvelin aboya à propos. Et comme il restait à caser la mère de François, la régente Élisabeth-Charlotte, qui écrivait à Fleury qu'elle « s'ennuyait d'être ballottée », on lui donna la principauté de Commercy.

Chauvelin, qui intriguait pour supplanter Fleury, avait rempli son office ; il fut exilé par le roi et disparut définitivement de la scène politique.

Quant à Stanislas, rentré en France, il attendait avec fébrilité au château de Meudon sa prise de possession de la Lorraine. Pourtant recru d'épreuves, abreuvé de déceptions, il abordait les rives de la soixantaine avec une fraîcheur d'âme intacte et envisageait son nouvel état avec un enthousiasme de jeune homme. Phénix, une fois de plus, renaissait de ses cendres. Il rêvait même de faire ériger la Lorraine en royaume. Versailles le ramena sèchement sur terre. La convention de Meudon, qu'on l'obligea à signer, déclarait avec une doucereuse hypocrisie que Sa Majesté polonaise, ne se souciant pas de se « charger des embarras des arrangements qui regardent l'administration des finances et revenus des duchés de Bar et de Lorraine », en abandonnait le souci au roi de France. Point de levée d'impôts, par conséquent, mais une simple liste civile — il est vrai confortable : deux millions de livres par an. Un intendant, auquel Stanislas donnerait tel titre qui lui conviendrait, gérerait le duché comme n'importe quelle autre province française. Ce sera La Galaizière, un homme à poigne, qui aura le titre de chancelier. En somme, Stanislas régnerait sans gouverner. La France ne lui concédait la Lorraine qu'à titre viager et mettait en place, de son vivant même, les instruments de sa souveraineté. Il prit la chose avec bonhomie. Son problème, mais aussi le secret de son enthousiasme à vivre, était de n'avoir jamais été un véritable homme de pouvoir. Il était créé pour le bonheur, qui n'est toujours pas une catégorie politique.

Le peuple lorrain, tenu naturellement à l'écart de la partie où s'était joué son sort, étonna la France et l'Europe en manifestant hautement sa douleur de se voir abandonner par ses maîtres, comme on disait alors. Tandis que les habitants du duché de Bar acceptaient avec indifférence le changement de souveraineté (« Ce sont là de bien mauvais sujets », écrivit à son fils l'ex-régente), les Lorrains se désespéraient. Ils aimaient leur famille régnante et n'avaient aucune envie de devenir français. Le départ de Lunéville d'Élisabeth-Charlotte déclencha un raz de marée émotionnel. Un témoin raconte : « Les pleurs et les gémissements de la cour étaient affreux, et les cris et les hurlements du peuple passent l'imagination. » Autre témoin : « Ce serait tenter l'impossible que de vouloir dépeindre la consternation, les regrets, les sanglots et tous les symptômes de désespoir auxquels le peuple se livra, à l'aspect d'une scène qu'il regardait comme les derniers soupirs de la Patrie. Il est presque inconcevable que des centaines de personnes n'aient pas été écrasées sous les roues des carrosses, ou foulées sous les pieds des chevaux, en se jetant aveuglément, comme elles firent, à travers les équipages, pour en retarder le départ. Pendant que les clameurs, les lamentations, l'horreur et la confusion régnaient à Lunéville, les habitants de la campagne accouraient en foule sur la route par où la famille royale devait passer, et, prosternés à genoux, ils lui tendaient les bras et la conjuraient de ne pas les abandonner[1]. »

On ne peut pas dire que Stanislas était vraiment désiré.

Sa bonne humeur n'en fut point diminuée. Même les adieux protocolaires de son gendre, Louis XV, qui se montra particulièrement maussade, n'altérèrent pas son allégresse. Il quitta Meudon en chaise de poste à l'aube du 1er avril 1737, avec une escorte d'honneur, et brûla le pavé à un train d'enfer, prenant à peine le temps de dormir ; selon son valet de chambre Henri Bacus : « [Il] ne se possède pas d'aise, et nous avons laissé en route trois pages sur le flanc, tant nous courions roide. » On eût cru qu'il était attendu comme le Messie. Dès le 3 avril, le nouveau duc de Lorraine et de Bar faisait son entrée à Lunéville.

Sa femme, la revêche Catherine Opalinska, suivait à petites étapes. Sa mauvaise humeur trouva matière à s'exhaler.

1. *Cf.* l'excellent ouvrage de Guy Cabourdin, *Quand Stanislas régnait en Lorraine*, Fayard.

Le château de Lunéville était inhabitable ; ceux de Bar et de Ligny avaient été entièrement démeublés par le duc François. On campa dans l'hôtel particulier de Marc-Antoine de Beauvau (ce même Beauvau qui, vingt-trois ans plus tôt, avait fait restituer les bijoux que Stanislas, alias le comte de Cronstein, avait dû engager à son retour de Turquie...). Catherine s'y enferma d'abord hermétiquement, car on lui avait dit pis que pendre du climat lorrain. Quant à Stanislas, il remuait son monde pour remettre le château en état. Le 2 mai, La Galaizière écrivait : « Le roi est dans un mouvement perpétuel et la reine commence à entrouvrir sa fenêtre. »

Qui eût prédit que le Polonais sexagénaire, si peu souhaité par ses nouveaux sujets, régnerait sur eux vingt-neuf ans et qu'il mourrait chéri de tous en laissant dans les cœurs lorrains un souvenir ineffaçable ?

*
* *

La paix signée, le maréchal de Broglie avait obtenu le commandement de l'Alsace. C'était l'un des emplois militaires les plus honorables ; l'un des plus lucratifs aussi. Le duc de Luynes note dans son journal : « M. de Broglie a trente-six mille livres d'appointements du Roi comme commandant, trente-six mille livres de fourrages en argent et six mille livres que la ville de Strasbourg donne au commandant ; outre cela, les fourrages en nature pour ses chevaux et ce que l'on appelle ustensiles, bois, bougie, chandelle, meubles de toutes espèces et linges ; le tout passe quatre-vingt-dix mille livres. Outre cela, M. de Broglie a vingt-deux mille livres du gouvernement de Bergues, quatre mille d'une ancienne pension, douze mille ou treize mille au moins comme maréchal de France et les mille écus de l'Ordre. » Cette énumération, à laquelle Luynes n'eût pas songé, s'agissant d'un Rohan ou d'un Noailles, indique assez que la jalousie n'avait pas désarmé.

La famille, réunie à Strasbourg, s'était augmentée d'une bru, la charmante Anne-Marie du Bois de Villiers, épousée au retour d'Italie par le fils aîné du maréchal, Victor-François. Il convolait à dix-neuf ans quand son père avait attendu quarante-cinq ans pour aller chercher à Saint-Malo sa chère Minette. Anne-Marie sortait d'une famille de robe sans éclat particulier, ce qui n'avançait guère le pion Broglie sur le damier social, mais elle était belle, enjouée, coquette. Un peu trop, peut-être. C'était l'avis de sa redoutable belle-mère. Le tout petit mari était souvent parti pour des exercices, manœuvres, missions, et la belle périssait d'ennui dans le grand palais solennel entre son vieux beau-père, diminué par les crises d'apoplexie, et la tonitruante maréchale. Elle admit à sa toilette, pour lui faire la chronique de ses malheurs, le marquis de Valfons, officier de son état et bourreau des cœurs en toute garnison. Le portrait de Valfons offre un visage agréable, un peu fat, assez mièvre, les yeux à fleur de tête, la lèvre bien ourlée : on dirait d'un abbé de cour ; mais le portrait trompe, car Charles de Valfons fut un fameux guerrier. Il admirait à la toilette d'Anne-Marie « le plus beau teint du monde » et écoutait ses doléances. Elle se consumait de ne pas être à Paris. « Ils disent que c'est si cher de vivre à Paris ! se plaignait-elle. Je consens à ne leur coûter que quatre sous par jour : un cervelas et un petit pain : en faut-il davantage ? » Valfons, joueur renommé, recherché comme partenaire par tous ses camarades de régiment, était régulièrement étrillé aux cartes par la maréchale, et ses amis mis sur le sable. Peut-être voulut-il se revancher sur la bru. Son assiduité fit bientôt jaser, car, comme il l'écrit avec bon sens dans ses Mémoires : « L'habitude a l'air de l'affection, et l'affection suivie ressemble fort à l'amour aux yeux du public. » Ces galanteries agaçaient la belle-mère, et surtout les fous rires complices que les deux jeunes gens étouffaient mal aux grands soupers, où ils se retrouvaient comme par hasard toujours assis côte à côte. La maréchale, pour les mieux surveiller, fit enlever par le maître d'hôtel un grand surtout trônant au milieu de la table et qui l'empêchait de les voir. Il convenait de les tenir à l'œil, car Victor-François était parti à la tête de son régiment ramener à l'obéissance les citoyens de Porrentruy, en querelle avec leur évêque. (Au contraire de la suivante, cette génération de Broglie sera toujours ardente à faire rentrer les sujets dans le devoir.) Valfons convainquit le maître d'hôtel de disposer, pour la belle ordonnance de la table, quelques grosses pièces de pâté à la place du surtout. Ainsi fut fait. Mais il arriva que les convives taillèrent allègrement dans les pâtés protecteurs, blessant au vif le célèbre sens de l'économie de la maréchale. Elle préféra remettre en place le surtout. Alerté par on ne sait qui (un ami officier ou une maman maréchale...), Victor-François accourut dare-dare faire rentrer sa femme dans le devoir et inscrire le marquis de Valfons sur la liste noire broglienne, où seule la mort effacerait son nom.

Il fit quatre enfants en quatre ans à Anne-Marie, mais s'ils s'aimaient peut-être, ils ne s'entendaient pas.

Dans cette fastidieuse vie de garnison, la visite de Frédéric II fit événement. À vingt-huit ans, Frédéric venait de succéder à son père, Frédéric-Guillaume, le Roi-Sergent, et après avoir rendu visite à sa sœur, la margrave de Bayreuth, il lui prit fantaisie de pousser une pointe jusqu'à Strasbourg. Il voulait une visite incognito. Elle commence mal : on l'arrête à Kehl pour défaut de passeport. Il s'en fait fabriquer un au nom de comte Dufour et le scelle lui-même aux armes de Prusse. Descendu à Strasbourg à la célèbre auberge du Corbeau avec François Algarotti, poète italien qu'il a fait comte et chambellan, et le comte de Varte-Leben, son favori, il y trouve notre marquis de Valfons en train de faire la partie d'une belle voyageuse, Mme de Schonberg. On cause agréablement, mais le comte Dufour se prenant à éternuer, Valfons a la surprise de voir ses deux compagnons de voyage se lever respectueusement. Tant de révérence pour un simple comte, et Dufour par-dessus le marché ? Bizarre. Puis Tech, patron de l'auberge, glisse à Valfons : « Monsieur, ce comte Dufour est le prince royal de Prusse, qui voyage incognito avec deux de ses courtisans. » Sur ces entrefaites arrivent trois officiers français, l'air aussi peu respectueux que possible. Frédéric, en débarquant à l'auberge, avait demandé au patron d'envoyer chercher dans un café des officiers pour qu'il bavarde avec eux. Valfons constate avec inquiétude que ses trois camarades ont bien bu et qu'ils accourent, persuadés que quelque putain nouvellement débarquée recrute sa clientèle. Il se retire prudemment avec Mme de Schonberg.

Au lieu de la gueuse espérée, les trois officiers, qui appartiennent au régiment de Piémont, trouvent donc un jeune homme de physionomie agréable, au visage un peu poupin organisé autour d'un nez long et fin, le regard bleu et gai, pétillant d'intelligence, une bague à chaque doigt ou presque, les mains en mouvement dès qu'il parle. Et il parle bien, drôlement, poussant même le couplet grivois avec ses invités. Le ton monte pourtant à la fin du souper lorsque le comte Dufour s'aventure à plaisanter sur la valeur de l'armée française. L'un des convives le prend de haut ; les deux autres réussissent à le calmer avant qu'on en vienne aux extrémités.

Valfons avait filé prévenir le maréchal. Celui-ci montre de la perplexité. Ce comte Dufour est-il un aventurier insolent ou le roi de Prusse ? Dans le doute, et non sans balourdise, il envoie, en fin de soirée, un neveu de sa femme au Corbeau pour offrir au voyageur un logement digne de lui. Frédéric, sur le point de se mettre au lit, renvoie avec humeur le messager. Il sent bien que son incognito branle. Le lendemain matin, il monte au clocher de la cathédrale de Strasbourg avec l'un de ses trois convives de la veille. À la descente, un Strasbourgeois se précipite sur lui et le supplie de rendre la liberté à son fils, enlevé au cours d'un voyage en Allemagne et incorporé de force dans le régiment prussien des géants. C'était une manie du Roi-Sergent, son obsession : il aimait les géants et s'en était offert un régiment. Dans toute l'Europe, des rabatteurs lui indiquaient leurs trouvailles. S'il ne pouvait les acheter, il les faisait enlever. La perle de sa collection était un Norvégien de 2,65 mètres. Il mariait d'autorité ses géants avec des géantes et s'étonnait si les bébés n'étaient pas géants aussi. Un homme à marottes. Frédéric, de moins en moins incognito, s'éclipse après avoir promis au père éploré de lui restituer son grand fils.

Tandis qu'il visite l'arsenal, le maréchal de Broglie délibère avec l'intendant d'Alsace s'il ne conviendrait pas de donner au mystérieux comte Dufour une escorte de grenadiers, sous prétexte de garde d'honneur, en vérité pour s'assurer de lui le temps de vérifier son identité...

De retour à l'auberge du Corbeau, Frédéric est reconnu par deux déserteurs prussiens que la police a placés là pour l'identifier. Broglie réexpédie aussitôt son neveu au Corbeau pour inviter le roi de Prusse au palais du gouverneur, à moins qu'il ne préfère recevoir son hommage à l'auberge.

Frédéric promet de passer vers trois heures. S'il est excédé par les importunités du maréchal, comment ne sentirait-il pas la gaminerie de son excursion en terre française ? Le voyage incognito d'un roi ne s'improvise pas.

La réception est catastrophique. Broglie n'a pas compris que le seul moyen de se tirer élégamment d'une aventure si mal engagée consistait à la traiter avec légèreté, comme une royale plaisanterie, de manière à laisser le beau rôle à Frédéric. Au lieu de quoi il l'accueille par un pesant : « À qui ai-je l'honneur de parler, est-ce au comte Dufour ou au roi ? — Au comte Dufour, répond l'autre, exaspéré. — Veut-il me permettre de lui présenter ma femme et ma belle-fille ? — Comme vous voudrez. » Frédéric trouve les femmes toujours superflues. Il regarde à peine la pauvre Minette et la gentille Anne-Marie, écoute avec impatience les sonorités protocolaires du maréchal, puis, n'y tenant plus, prend congé et plante là ses hôtes. Valfons le voit sortir « comme un jeune lion inquiet de n'être pas en liberté ». Le soir, alors que Broglie a improvisé une fête en son honneur, il quitte Strasbourg sans tambour ni trompette en laissant un billet d'adieu d'une sécheresse confinant à la grossièreté.

De Wesel, son étape suivante, il écrivit à Voltaire une lettre où étaient férocement moqués la France en général et Broglie en particulier. L'épisode de la Secchia, bien sûr, n'était pas oublié :

Ce général toujours surpris
Qu'à regret le jeune Louis
Vit sans culotte, en Italie,
Courir pour dérober sa vie
Aux Germains, guerriers impolis.

Et Frédéric de moquer les cheveux blancs, la barbe grise et « l'air décrépit » du maréchal,

Qui, de sa grandeur enivré,
Déclina son nom et ses titres,
Et son pouvoir à rien borné.
Il me cita tous les registres,
Où son nom est enregistré.

Il ne pardonna jamais à Broglie le ridicule de son équipée strasbourgeoise. D'Argenson, entre autres : « Le roi de Prusse haïssait personnellement le maréchal de Broglie pour en avoir été mal reçu à Strasbourg. » De même que le marquis de Valfons était inscrit sur la liste noire des Broglie, les Broglie le seraient sur celle de Frédéric II. L'innocence du premier reste plausible (il écrit galamment d'Anne-Marie qu'elle « était sage ») ; le maréchal n'avait été que balourd ; les deux condamnations, d'égale sévérité, étaient évidemment de conséquences peu comparables.

Pour Frédéric, l'heure n'est pas au règlement de comptes ; quoique grelottant d'une mauvaise fièvre quarte, il s'apprête à recevoir au château de Meuse, près de Clèves, l'homme qui possède à ses yeux « l'éloquence de Cicéron, la douceur de Pline et la sagesse d'Agrippa » : Voltaire.

VII

Nous prenons les grands hommes par le mauvais bout, c'est-à-dire par la fin. Considérée de la sorte, leur existence s'en trouve rétroactivement illuminée par la gloire posthume ; les accidents, même dramatiques, ne sont plus que traverses provisoires ; leurs ennemis les plus redoutables, qui ont parfois terrorisé leur vie, mais dont la postérité ne conserve le nom que parce qu'il est lié au génie qu'ils opprimaient, se trouvent réduits au rôle de faire-valoir. Qui se souviendrait de Gui-Auguste de Rohan-Chabot s'il n'avait croisé la vie de Voltaire ?

En 1726, Voltaire a trente-deux ans. Il n'a pas encore écrit une seule des œuvres qui le rendront immortel, mais ce qu'il a déjà publié ou fait jouer suffit pour que ses contemporains voient en lui le meilleur poète du temps et le successeur de Racine. Il est aussi l'une des personnalités les plus fracassantes de la scène mondaine. Joli parcours pour le fils du sieur Arouet, notaire au Châtelet, puis receveur des épices, lui-même issu d'une lignée tenacement laborieuse qui s'était élevée en un siècle de la condition de tanneur en Vendée à cette position de notaire et d'homme de confiance de quelques grands seigneurs.

François-Marie, futur Voltaire, étudie au collège Louis-le-Grand. Il y brille comme il brillera partout. Parmi ses condisciples et amis, Fronsac, futur duc de Richelieu, et les frères d'Argenson. (D'Argenson le cadet, écrivant ses souvenirs de collège, ne mentionnera pas Voltaire, mais uniquement les nobles de sa caste.) Son confesseur note : « Cet enfant est dévoré par la soif de la célébrité. » À seize ans, il annonce sa vocation : homme de lettres. Conflit avec le père, qui juge raisonnablement que « c'est l'état d'un homme qui veut être inutile à la société, à charge à ses parents, et qui veut mourir de faim ». Il oblige le garçon à des études de droit, le menacera d'une déportation aux Amériques, l'exilera à Caen, puis à La Haye, le poussera même chez un notaire ; vains efforts, on n'enferme pas le vif-argent.

Entrée dans le monde par la porte du Temple, quartier général des mécréants et des libertins ; ducs et duchesses, madrigaux d'un château l'autre ; deux poèmes, *Le Bourbier* et *L'Anti-giton*, qui ne font pas plaisir au receveur des épices ; quelques amours (mais une jolie maîtresse, avant d'autres, lui trouve un solide coadjuteur, car elle le juge par trop « amant à la neige ») ; des opérations financières avisées ; un exil en province pour des vers où il dit comme tout le monde que le Régent couche avec sa fille ; un séjour de onze mois à la Bastille pour un libelle sanglant qu'il n'a pas écrit mais dont il endosse volontiers la paternité parce qu'il est bien tourné ; la composition en cellule de *La Henriade*, poème épique que toute l'Europe lira ; un triomphe sur la scène avec *Œdipe* (le grand genre, pour l'époque, est la tragédie en cinq actes ; on eût abasourdi et accablé Voltaire en lui annonçant que tout son théâtre tomberait aux oubliettes ; comme ses contemporains, il était persuadé que c'était son passeport pour la postérité) ; un échec avec *Artémire* ; un nouvel exil en province pour un pamphlet qui n'est pas de lui ; un deuxième échec au théâtre avec *Mariamne* ; un succès avec *L'Indiscret* ; des querelles tapageuses ; les premières salves d'une correspondance inégalable : cette carrière cahotique ira ainsi pendant des décennies.

Tous les malheurs n'ont pas la même portée. Le pire est une pièce sifflée ; la chute de *Mariamne* l'envoie au lit, malade à crever. Les défaites amoureuses justifient une salubre mais courte colère quand il trouve un ami dans le lit de l'objet aimé. La Bastille ? Les exils ? Les exils sont occasion de fêtes dans des châteaux de province trop heureux d'accueillir celui qui est à soi seul Paris. La Bastille peut être une horreur. À la mort de Louis XIV, on a trouvé dans une cellule un pauvre diable oublié là depuis trente-cinq ans. Venant d'Italie, il avait été arrêté le jour même de son arrivée à Paris et conduit à la Bastille. Il n'avait jamais été interrogé, de sorte qu'il ignorait ce qu'on pouvait lui reprocher. Comme la liberté ne signifiait plus rien pour le pauvre homme, il obtint de rester nourri et logé jusqu'à sa mort dans la prison. Mais ensevelit-on un Voltaire dans une oubliette ? Personne n'y songe. Pour un homme de lettres, la Bastille vaut brevet d'insolence et elle ne déshonore pas plus Voltaire qu'elle n'entache son condisciple et ami Richelieu, qui, marié à treize ans, s'y trouve enfermé à quinze pour avoir fait une cour trop vigoureuse à la duchesse de Bourgogne, dauphine de France. Le Régent lui-même, harcelé par les épigrammes de Voltaire (si tel libelle ou pamphlet n'était pas de lui, il disait pis encore dans maintes conversations rapportées par la police), l'exilera, le rappellera, l'embastillera, le pensionnera, lui offrira après *Œdipe* une belle médaille d'or avec la chaîne de même métal pour l'attacher à son cou (et à l'orfèvre venu lui demander quelle sorte de chaîne il voulait, Voltaire de répondre : « Une chaîne de puits »). Redouté, admiré, jalousé, cet homme est toujours regardé : la meilleure pièce de Voltaire, celle-là inoubliable, c'est Voltaire lui-même, son esprit, sa conversation éblouissante, ses mots qui font le tour de Paris avant de voyager à travers l'Europe, son habileté à truffer de bombes incendiaires les vers d'apparence innocente, son art de faire rire ceux qui devraient le haïr, et de se faire détester par ceux à qui il veut du bien, et surtout son infernal culot. Il est l'insolence incarnée. Après avoir fait les délices du château de Villars, il lui inflige la punition de son absence (la maréchale lui a préféré un abbé, « mauvais prêtre et bel amant ») et éconduit le maréchal venu, sur instruction de sa femme, le supplier de revenir. Villars ! Le vainqueur de Denain, la gloire des armes françaises ! Au prince de Conti qui lui envoie un poème pour le féliciter d'*Œdipe*, il répond : « Monseigneur, vous serez un grand poète et je vous ferai donner une pension par le Roi. » On n'a jamais vu un fils de notaire écrire sur ce ton à un prince du sang.

*
* *

Ce soir-là, Voltaire passe à la Comédie et trouve le chevalier de Rohan-Chabot dans la loge d'Adrienne Lecouvreur. L'auteur et la comédienne ont eu une brève liaison dont le souvenir leur reste tendre. Rohan-Chabot est un homme peu considéré, réputé couard, quoique maréchal de camp[1], soupçonné de pratiquer l'usure. Mais il appartient à la puissante tribu des Rohan, qui prétendent descendre de la maison souveraine de Bretagne et vont dans le monde précédés de leur orgueilleuse devise : « Roi ne puis ; Prince ne daigne ; Rohan suis ». Sottement, le chevalier s'irrite de l'attention que prête Adrienne au nouveau venu. Elle est pourtant bien explicable, même sans référence aux amours passées : comment la plus célèbre comédienne de son temps ne porterait-elle pas intérêt au nouveau Racine ? Mais que pèse un Racine auprès d'un Rohan ? Le chevalier s'efforce à l'esprit, s'essaie à trouver des pointes, et finit par lancer : « Arouet ? Voltaire ? Enfin, avez-vous un nom ? » La réplique fuse : « Voltaire ! Je commence mon nom et vous finissez le vôtre. »

Peu de temps après, Voltaire soupe chez le duc de Sully, son ami depuis le Temple, qui lui a donné à l'occasion d'exils une délicieuse hospitalité dans son château des bords de Loire. Il était reçu, nous dit le président Hénault, « comme l'enfant de la maison ». Au cours du repas, un domestique vient avertir Voltaire qu'un commissionnaire le demande à la porte de l'hôtel particulier. Il descend. Deux voitures stationnent dans la rue. On le prie d'aller à la pre-

1. Général de division.

mière, où quelqu'un veut lui parler. Il s'approche. Les portes de la voiture s'ouvrent sur une volée de tape-dur armés de bâtons. Il est battu à tours de bras. Tapi dans la deuxième voiture, Rohan-Chabot crie : « Ne frappez pas sur la tête, il peut encore en sortir quelque chose de bon. » Plus tard, il dira : « Je commandais les travailleurs. » Des badauds regardent la scène en riant.

Voltaire s'échappe et, meurtri, les vêtements en désordre, remonte quatre à quatre dans la salle à manger de Sully. On regarde avec ahurissement cet épouvantail qui s'agite comme un fou. Il raconte sa querelle avec Rohan-Chabot, la bastonnade qu'il vient de subir, et demande justice à Sully. C'est sur le seuil de sa maison qu'on vient d'outrager son ami : que le duc l'accompagne chez le commissaire pour conforter sa plainte. Sully refuse. Il ne bougera pas. Les convives ont le nez dans leur assiette. Pas un mot, même pas un regard de condoléances. Moment terrible où une vie se fend en deux. Voltaire comprend qu'il n'est rien pour ces gens qui, naguère — il y a un quart d'heure —, étaient suspendus à ses lèvres. Plus rien dès l'instant qu'un Rohan est dans la balance.

Dévoré d'humiliation, hors de lui, il court à l'Opéra où il trouve Mme de Prie, maîtresse de M. le Duc, Premier ministre à qui nous avons vu faire le mariage de Louis XV et de Marie Leszczynska, célébré l'année précédente. Mme de Prie l'écoute, montre de l'apitoiement (elle est fille de roture), mais ne bougera pas. Il supplie le duc d'Orléans, fils du feu Régent : « Monseigneur, je vous demande justice ! — Mais on vous l'a déjà faite », répond l'autre ; on rit. Le prince de Conti, interrogé sur les coups de bâton, laisse tomber « qu'ils avaient été bien reçus mais mal donnés » ; on rit. Partout, un mur de mépris enjoué. Le chroniqueur Marais écrit : « Le pauvre battu se montre le plus souvent qu'il peut à la cour, à la ville, mais personne ne le plaint et ceux qu'il croyait ses amis lui ont tourné le dos. » C'est bien là le pire : les « amis ». Il n'était donc que leur bouffon, un amuseur, une attraction pour leurs soupers.

Encore cinquante-cinq ans et un autre génie vivra la même transe suppliciante, le même sentiment de tomber dans un gouffre : Mozart, en 1781, déjà célèbre dans toute l'Europe, quand le comte Karl Arco, gentilhomme du prince-archevêque de Salzbourg, le chasse d'un formidable coup de pied au cul de l'antichambre où il attendait de présenter sa démission. « J'ai dû rentrer à la maison pour me mettre au lit, car j'étais tout en fièvre, je tremblais de tous mes membres et je titubais dans la rue comme un homme ivre... Je ne suis pas un comte, mais j'ai peut-être plus d'honneur au cœur que bien des comtes, et, valet ou comte, du moment qu'il m'outrage, c'est une canaille. » On croirait du Beaumarchais. Et ce que Voltaire a lancé dans la loge de la Lecouvreur, c'est bien le cri de Beaumarchais qui retentira en coup de tonnerre un demi-siècle plus tard : « Vous ne vous êtes donné que la peine de naître. » Mots impardonnables, qui coûtent à l'un sa bastonnade, qui vaudront à l'autre l'humiliation de la prison de Bicêtre, où l'on commençait par fesser les arrivants, car ils niaient une société fondée sur la naissance. « Je commence mon nom et vous finissez le vôtre » ? Sacrilège social. La roture, les « hommes à talents » peuvent bien se faire un nom (Saint-Simon écrivant de Voltaire qu'il est « devenu une manière de personnage dans un certain milieu »), mais un noble ne commence ni ne finit son nom ; il possède son sang, qui ne s'achèvera qu'avec l'extinction physique de sa race, et sa différence n'a pas besoin d'être attestée par ses actions, puisqu'elle existe dès l'instant qu'il est « né ». Aucun inconvénient si le fils infiniment doué d'un notaire se faufile dans la familiarité des seigneurs et les crible des traits de son insolence, puisque cela ne remet pas en question la différence *essentielle* qui les sépare. Car un noble peut prostituer sa femme pour une pension, aller au feu avec une cuirasse sous sa redingote, se conduire comme le plus niais ou le plus odieux des hommes : il ne peut empêcher de couler dans ses veines un sang différent de celui des autres[1]. Cette distinction, article de foi pour le duc et pair comme pour le plus médiocre hobereau de village, consubstantielle à l'ensemble du corps aristocratique, rend inévitable la levée de boucliers contre celui qui a osé enfreindre le tabou. Un Conti, un Sully, un d'Argenson qui,

1. Lorsque le bourreau de Paris, soucieux de renouveler sa garde-robe, choisit un habit bleu, un veto immédiat l'empêche de le porter, car ce serait outrager le sang bleu...

avant l'affaire, auraient ri aux larmes des railleries sanglantes d'un Voltaire contre le minable Rohan-Chabot, doivent serrer les rangs autour du chevalier, puisque le fondement même de leur caste est en cause. Réaction viscérale dont la théorisation ne tardera pas. Le duc de Boulainvilliers va publier dans six ans son *Essai sur la noblesse*, best-seller de l'aristocratie, où il prétendra établir que les nobles descendent des Francs vainqueurs de la Gaule et que leur supériorité résulte du droit de conquête sur un peuple asservi ; Montesquieu défendra la même thèse raciale dans *L'Esprit des lois* ; La Roque écrira bientôt dans son *Traité de la noblesse* : « Il y a dans les semences je ne sais quelle force et je ne sais quel principe qui transmet aux enfants les vertus de leurs parents. » Voltaire peut bien devenir Voltaire, il ne sera jamais que le produit de la semence Arouet.

*
* *

Rapport du lieutenant de police [1] Hérault au ministre, en date du 16 avril 1726 : « Il [Hérault] vient d'être informé par voie sûre que le sieur de Voltaire médite d'insulter incessamment et avec éclat M. le chevalier de Rohan. Il a changé plusieurs fois, depuis six semaines, de demeures et de quartiers. On a avis qu'il est actuellement chez un nommé Leymault, maître en fait d'armes, rue Saint-Martin, où il vit en très mauvaise compagnie. On prétend qu'il est en relation avec des soldats aux gardes, que plusieurs bretteurs fréquentent chez lui, mais, quoi qu'il en soit de ces faits, il est toujours constant qu'il a de très mauvais desseins, et il est sûr qu'il a fait venir de province un de ses parents qui doit l'accompagner dans ce combat. Ce parent est homme plus modéré que M. de Voltaire, et voudrait bien le calmer ; mais il ne lui est pas possible d'en venir à bout. Il est plus irrité et plus furieux que jamais dans sa conduite et dans ses discours. Tous ces éclaircissements déterminent le lieutenant de police à faire mettre, dès cette nuit, s'il est possible, les ordres du roi contre le sieur de Voltaire à

1. Notre actuel préfet de police de Paris.

exécution, jugeant qu'il est de son devoir de prévenir le désordre dont il est averti positivement. »

Voltaire a plongé des hauteurs de la société dans ses bas-fonds. On le voit errer dans les bouges de Paris, traîner avec des coupe-jarrets. Lui qui se montrera jusqu'à son dernier jour d'une extrême coquetterie, avec un souci de propreté tenant de la manie, il est sale, mal rasé, sans perruque. Une épave hantée par le désir de venger son humiliation dans le sang. Il veut se battre avec Rohan-Chabot. Cela en surprend beaucoup, et par exemple son ami de collège d'Argenson, qui n'a pas levé le petit doigt pour le défendre. « Il y a longtemps qu'on a distingué le courage de l'esprit de celui du corps. On les trouve rarement réunis. Voltaire m'en est un exemple. Il a dans l'âme un courage digne de Turenne, de Moïse, de Gustave-Adolf ; il voit de haut, il entreprend, il ne s'étonne de rien ; mais il craint les moindres dangers pour son corps, et est poltron avéré. » Le portrait n'est pas faux, mais le poltron veut pourtant la peau de son insulteur. Plus habile avec la plume qu'avec l'épée, il se fait donner des leçons d'escrime par un maître d'armes et loue les services de spadassins censés lui enseigner leur botte secrète. Lâché par tous, il recrute un garçon du café Procope et l'envoie porter un cartel à Rohan-Chabot. Selon Charles Fournel, Rohan accepta et fixa rendez-vous le lendemain matin à la porte Saint-Martin ; mais ne vint pas. Thiériot, ami intime de Voltaire depuis l'époque où ils s'exténuaient d'ennui dans une étude de notaire, raconte qu'embusqué derrière une porte il a entendu Voltaire, qui avait surpris Rohan dans la loge d'Adrienne Lecouvreur, lui réclamer réparation par les armes. Le chevalier feignit d'accepter et courut demander qu'on le débarrassât de ce fou. Car c'était folie que de croire qu'un Rohan croiserait le fer avec un Arouet. Un noble ne se commet pas à se battre avec un roturier ; ce serait déroger. Seul le sang bleu peut faire couler le sang bleu. Un policier du guet file en permanence Voltaire, de peur de « quelque coup d'étourdi », comme écrit le lieutenant de police. On compte pour le calmer sur le parent qu'il a fait venir de province afin qu'il lui serve de second. Mais le 17 avril, M. le Duc, cédant aux instances de Rohan-Chabot et alarmé par le rapport de Hérault, signe l'ordre d'incarcération de Voltaire à la Bastille. Agressé, bâtonné, « assassiné », comme on disait à l'époque, c'est Voltaire qui est arrêté (on trouve sur lui deux pistolets) et mis en prison. Hérault écrit cependant au gouverneur de la Bastille : « Le sieur de Voltaire est d'un génie à avoir besoin de ménagements. Son Altesse Royale a trouvé bon que j'écrivisse que l'intention du Roi est que vous lui procuriez toutes les douceurs et la liberté de la Bastille qui ne seront point contraires à la sécurité de sa détention. »

« La liberté de la Bastille » est une de ces perles qui ne se trouvent que sous les plumes policières.

*

* *

Il y restera moins de quinze jours, négociant son élargissement avec le ministre Maurepas, moyennant un départ pour l'Angleterre. « Je remontre très humblement que j'ai été assassiné par le brave chevalier de Rohan assisté de six coupe-jarrets derrière lesquels il était hardiment posté. J'ai toujours cherché depuis ce temps-là à réparer, non mon honneur, mais le sien, ce qui était trop difficile... Je demande avec encore plus d'insistance la permission d'aller incessamment en Angleterre ; si on doute de mon départ, on peut m'envoyer avec un exempt[1] jusqu'à Calais. »

Il sort de la Bastille le 3 mai, arrive à Calais le 5 en compagnie d'un policier nommé Condé, s'embarque pour l'Angleterre. Est-ce la fin de l'affaire ? Cet homme qui vit dans l'instant, toujours rebondissant, et pour qui une journée est plus chargée d'événements qu'un mois chez un autre, va-t-il tourner la page ? L'humiliation est trop forte. Elle le ronge comme un acide. En août, le « poltron avéré » repasse clandestinement en France, au risque d'être arrêté et embastillé pour longtemps, et se met en quête de Rohan-Chabot. Si le chevalier refuse encore de se battre, il le tuera sans façon. Il échoue à le retrouver et retourne en Angleterre. Lettre à Thiériot : « Je ne cherchais qu'un seul homme que l'instinct de sa poltronnerie a caché de moi, comme s'il avait deviné que je fusse à sa piste... Je n'ai

1. Un policier.

plus que deux choses à faire dans ma vie, l'une de la hasarder avec honneur dès que je le pourrai, et l'autre de la finir dans l'obscurité d'une retraite qui convient à ma façon de penser, à mes malheurs et à la connaissance que j'ai des hommes. » Autre lettre : « Je suis fatigué des cours, mon cher Thiériot. Tout ce qui est roi ou dépend d'un roi épouvante ma philosophie républicaine... Je ne crains ni n'espère rien de votre pays. »

Trois ans d'exil en Angleterre. Les historiens qualifieront souvent avec désinvolture l'affaire Rohan-Chabot : « fâcheuse aventure », « péripétie », « mésaventure ». Ils évoquent la vie du roi Voltaire et s'agacent de devoir perdre un paragraphe avec un personnage aussi plat que Rohan, mouche venue se poser sur la statue du grand homme. Quelques biographes traiteront même l'affaire dans la veine comique, comme un épisode guignolesque dont la victime avait trop d'esprit pour s'attrister (« La vie de Voltaire est un ballet », etc.).

Sa correspondance, dans le moment, révèle pourtant la gravité de la blessure. Les coups du sort lui seront à l'avenir d'autant moins épargnés qu'il les provoquera avec une inlassable ténacité, mais ses lettres, dans les pires convulsions, étincelleront d'énergie ; toujours son malheur restera éloquent. Lors de l'affaire Rohan-Chabot, sa correspondance est comme affaissée. Elle sonne un glas crépusculaire. Elle est d'un humilié.

Il n'oubliera jamais. S'il en était tenté, on ne lui permettrait pas. Bâtonner se dit désormais « voltairiser ». À sa réception à l'Académie française, vingt ans plus tard, des libelles surgiront pour rappeler les coups de bâton.

*
* *

Dix ans passèrent. Triomphes et échecs à la scène ; l'*Histoire de Charles XII* saisie par la police ; les *Lettres philosophiques* brûlées de la main du bourreau ; des fuites précipitées pour éviter une nouvelle Bastille ; des empoignades féroces avec des confrères ; le poème sur *La Mort de Mademoiselle Lecouvreur*, dont le clergé a fait jeter le cadavre à la voirie parce qu'elle était comédienne. La rencontre, surtout, avec Émilie du Châtelet, née Breteuil, grande dame et femme merveilleuse, séduisante quoique un peu chevaline, et intelligente, cultivée, passionnée pour les sciences, introductrice de Newton en France, rien du bas-bleu ni de la femme savante, mais une liberté d'esprit et d'allure au contraire éclatante ; autant digne de Voltaire qu'il l'est d'elle.

Datée du 8 août 1736, une lettre d'admirateur : « Monsieur, quoique je n'aie pas la satisfaction de vous connaître personnellement, vous ne m'en êtes pas moins connu par vos ouvrages. Ce sont des trésors d'esprit, si l'on peut s'exprimer ainsi, et des pièces travaillées avec tant de goût, de délicatesse et d'art, etc. » En conclusion de plusieurs pages d'éloges dithyrambiques, une modeste proposition d'entrer en correspondance, et cette formule finale : « Je suis avec toute l'estime et la considération dues à ceux qui, suivant pour guide le flambeau de la vérité, consacrent leurs travaux au bien du public, Monsieur, votre très affectionné ami. » C'est signé Frédéric, prince royal de Prusse.

Stupeur générale à Paris et à Versailles où Voltaire, bien évidemment, fait circuler la lettre. Admiré, jalousé, largement méprisé, l'homme qui avance en funambule entre les feux de la rampe et l'obscurité des cachots a pour « très affectionné ami » l'héritier du trône de Prusse ! Le duc de Luynes, qui ne voyait pas de raison d'admettre Voltaire aux honneurs de son journal, tout fourmillant de nobles, l'y fait entrer avec la lettre royale pour sésame.

De la correspondance qui s'ensuivit, Pierre Gaxotte a relevé avec son esprit coutumier le caractère hyperbolique. « Jamais on n'échangea en prose et en vers pareille quantité de douceurs. Pour Voltaire, Frédéric est Marc Aurèle, Titus, Antonin, César, Julien, Alcibiade, le Salomon du Nord, un esprit sublime, un corps aimable, une âme héroïque et tendre. Il pense comme Trajan et il écrit comme Pline... » Les réponses de Frédéric ne sont pas en reste : « Sous sa plume, Voltaire devient tour à tour Cicéron, Démosthène, Socrate, Platon, Virgile, Aristote, Anacréon, Thucydide, Térence, Quintillien, Salluste, à l'occasion Apollon et Jupiter. Devant lui, ni Corneille, ni Racine ne sauraient se soutenir. Il les dépasse de cent coudées. Ses épîtres sont des ouvrages tissés par la main des grâces... "Il n'y a qu'un Dieu ou quelque chose de divin qui puisse rassembler dans une même personne toutes les perfections que vous possédez..." »

Lequel des deux avait le plus besoin de ce baume sur le cœur ?

On ne voit pas, au moins dans ce siècle, un fils de roi qui ait eu une jeunesse aussi misérable que celle de Frédéric. Son père, Frédéric-Guillaume, le Roi-Sergent, gros mangeur, grand buveur, la panse énorme, le visage rustaud, avare comme cent Harpagons, toujours furieux, despotique et brutal, organisa méticuleusement le calvaire de son fils. Son goût pour la lecture l'exaspérait, et aussi ses manières, qu'il jugeait efféminées. Il s'épouvantait à l'idée qu'un si pitoyable rejeton lui succéderait sur un trône encore mal assuré. Car les historiens accordent à Frédéric-Guillaume le sens de l'État et une conscience aiguë de la fragilité du sien. Encore devrait-on mettre le mot au pluriel. Ses domaines s'étiraient du Niémen au Rhin, mais sans aucune continuité. À l'est, la Prusse, dont il était roi, formait enclave au milieu des terres polonaises. Au centre, son électorat de Brandebourg, avec Berlin pour capitale. À l'ouest, des miettes de territoires encastrées dans la mosaïque allemande. Lorsqu'il visitait ses États, Frédéric-Guillaume devait sans cesse traverser des frontières étrangères. Le tout ne représentait qu'un peu plus de deux millions d'habitants ; la France, en 1740, en avait à peu près vingt-cinq.

Une enfance martyre. Son père le roue de coups publiquement, l'oblige après ces raclées à lui baiser les pieds, le tire par les cheveux, lui répète : « Moi, si j'avais été traité ainsi par mon père, je me serais tué », de sorte que la cour pense qu'il veut pousser Frédéric au suicide. Chaque occasion de l'humilier en public est saisie avec acharnement. Les brimades ne cessent pas. Si un précepteur s'attache au prince royal, il est aussitôt chassé et celui qui lui succède reçoit des pages d'instructions minutieuses pour mieux courber et briser.

Frédéric, à bout de résistance, décida de s'enfuir en Angleterre. Deux jeunes gens de ses amis étaient dans le secret, Keith et Katte. Le projet fut éventé. Keith parvint à s'échapper, mais Frédéric et Katte furent pris et soumis dans la forteresse de Kuestrin à une sévère détention.

L'enquête révélant que Frédéric avait noué une amourette toute platonique avec la fille d'un recteur, Frédéric-Guillaume condamna la gamine à être fouettée sur plusieurs places de Berlin avant d'être emprisonnée à vie ; elle avait seize ans. Seules les multiples intercessions venues des cours européennes, surtout protestantes, empêchèrent Frédéric-Guillaume de faire exécuter son fils. Il lui restait Katte. Par deux fois, les membres du conseil de guerre refusèrent de le condamner à mort. Le roi passa outre. Par un raffinement de cruauté, l'exécution eut lieu sous la fenêtre de la cellule de Frédéric. Le 6 novembre 1730, à sept heures du matin, le prince royal vit apparaître au milieu d'une escorte Johann Hermann von Katte, qu'il aimait tendrement. Les larmes aux yeux, il lui cria en français : « Mon cher Katte, je vous demande mille pardons. Au nom de Dieu, pardon, pardon ! » Puis il lui adressa un baiser. Katte salua et répondit : « Point de pardon, mon prince, je meurs avec mille plaisirs pour vous. » Lorsque la hache du bourreau trancha la tête, Frédéric tomba évanoui ; il avait dix-huit ans.

Il apprit l'hypocrisie. Puisque son père voulait faire de lui un « vrai Prussien », il en prendrait les manières ostensibles. Il accepta l'apprentissage délibérément humiliant que lui infligea le roi, occupa ici et là des fonctions subalternes, toujours épié, toujours soupçonné, à la merci d'un rapport dénonciateur. À vingt et un ans, mariage forcé avec une princesse de Brunswick-Bevern que Frédéric, qui ne se sent décidément pas fait pour le bonheur des dames, appelle avec indignation *la marchandise, l'engeance, le corps du délit, l'abominable objet de mes désirs*, et à qui il promet la plus misérable des vies conjugales — la promesse sera tenue. L'année suivante, le père semble à la dernière extrémité et le fils, se croyant déjà sur le trône, multiplie les démarches imprudentes. Le malade rétabli, Frédéric est expédié en Prusse ; « C'est un peu plus honnête qu'en Sibérie, mais pas beaucoup. » Il s'y console par une frénésie de lecture et l'exercice assidu de la flûte, qu'il pratique en amateur très doué. Il rencontre aussi plusieurs fois Stanislas, dont le courage et la dignité lui font une impression profonde. L'*Histoire de Charles XII* est l'un de ses livres de chevet. Mais Voltaire est omniprésent à la petite cour que s'est constituée Frédéric à Rheinsberg : on y joue ses pièces, on le lit, on commente à perte de soirée les péripéties de sa vie caracolante. Au plafond de la bibliothèque du château, une Minerve peinte présente un livre ouvert sur les pages duquel sont inscrits deux noms : Horace, Voltaire.

Quelle revanche et quelle douceur, pour le fils de roi jusqu'ici abreuvé des pires humiliations, que d'être comparé à Jupiter ou à Apollon par celui qui est en train d'établir sa primauté spirituelle sur l'Europe...

L'intérêt conforte une admiration très sincère. Frédéric l'écrira sans ambages à Voltaire : « Nous autres princes, nous avons tous l'âme intéressée et nous ne faisons jamais de connaissances que nous n'ayons quelques vues particulières en même temps et qui regardent directement notre profit. » Et pour être sûr de se faire bien entendre : « Qui saurait qu'Alexandre le Grand exista jadis, si Quinte-Curce et quelques fameux historiens n'eussent pris soin de nous transmettre l'histoire de sa vie ? » Frédéric, qui éclipsera Charles XII sur les champs de bataille, est le prince de ce siècle qui a le mieux compris le rôle que l'opinion publique va jouer dans les affaires du monde. Admirant Voltaire, désireux de devenir son ami, il veut aussi s'attacher celui en qui il devine le plus efficace des faiseurs d'opinion, comme on dirait aujourd'hui.

*

* *

Pour Voltaire, gibier ordinaire du lieutenant de police, vivant toujours avec sur sa tête l'épée de Damoclès d'une lettre de cachet, terré présentement au château de Cirey, chez Émilie du Châtelet, à la frontière de la Lorraine encore indépendante, pour échapper à la persécution d'un ministre furieux de la publication des *Lettres philosophiques* où l'exaltation des libertés anglaises faisait soupçonner une vengeance des coups de bâton — pour Voltaire aussi, l'amitié du prince royal de Prusse représente beaucoup plus qu'une éclatante revanche sur les Rohan-Chabot et consorts. Il ne suffit pas à cet homme d'être Voltaire, il veut encore, et depuis toujours, « être quelque chose ».

Si Gustave Desnoiresterres, quoique écrivant au mitan

du siècle dernier, reste à ce jour son meilleur biographe, effrontément plagié au demeurant par ses successeurs, y compris des plus récents, c'est qu'il n'est pas obnubilé par l'ultime Voltaire gouvernant l'Europe intelligente depuis son royaume de Ferney, mais qu'il le suit patiemment, année après année — huit volumes ! —, sans jamais l'extirper de la société dans laquelle il vivait ; le titre de son ouvrage : *Voltaire et la société au* XVIII*e siècle*. Même s'il fit bouger l'époque en s'inscrivant d'une certaine manière contre elle, Voltaire était trop de son temps pour échapper d'emblée à son système de références et à ses hiérarchies.

Un an avant sa première rencontre avec Frédéric, il écrit à d'Argenson : « Comme j'avais peu de bien quand j'entrai dans le monde, j'eus l'insolence de penser que j'aurais eu une charge comme un autre, s'il avait fallu l'acquérir par le travail et la bonne volonté. Je me jetai du côté des beaux-arts, qui portent toujours avec eux un certain air d'avilissement, attendu qu'ils ne font point un homme conseiller du roi en ses conseils. On est maître des requêtes avec de l'argent, mais avec de l'argent on ne fait point un poème épique, et j'en fis un. » Il a fait *La Henriade*. Il est l'auteur d'*Œdipe*, de *Zaïre*, et ne doutons pas qu'acclamé par le public au soir de la première son bonheur est absolu, de même que son malheur à la chute de *Mariamne*. L'homme de lettres qu'il a voulu devenir ne le définit pourtant pas tout entier. D'Alembert l'appelait lumineusement : « M. le Multiforme ».

Que sa vocation portât avec elle « un certain air d'avilissement », le père Arouet n'était pas seul à le penser. Le fils écrira lui-même que « l'état d'homme de lettres à Paris est immédiatement au-dessus de celui d'un bateleur ». Les écrivains restent des marginaux. Ils n'ont point d'état fixé dans une société où une vétilleuse réglementation régit la moindre corporation. Le droit moral de l'auteur sur son œuvre n'existe pas. Les libraires-éditeurs volent les auteurs comme au coin d'un bois ; et vice versa. Une censure vigilante oblige à des scapinades. Pour y échapper, beaucoup d'œuvres sont publiées à la sauvette, sous des noms de fantaisie, de sorte que le plagiat prospère, déclenchant de féroces empoignades où tous les coups sont bons, les meilleurs étant les plus bas. Comme une société reproduit fidèlement dans toutes ses classes le système de valeurs de l'élite, la polémique vise de préférence le géniteur de l'adversaire ; Voltaire, en d'interminables et crasseuses bagarres, accusera ses confrères d'être fils de laquais et trépignera de rage contre « les excréments de la littérature » quand ils prétendront que son notaire de père était lui-même portier ou paysan. Ces mêlées fétides n'exaltaient pas le prestige des antagonistes. L'admiration vouée à l'œuvre de tel écrivain n'empêchait pas un mépris discret mais décidé d'envelopper sa personne comme l'ensemble de la profession. Cette distance existait chez ceux-là même qui s'honoraient de protéger les lettres. Telle grande dame tenant salon littéraire offrait une culotte chaque année à ses humbles protégés ; ils peuplent aujourd'hui les manuels de littérature. Un grand seigneur écrivait à un ami : « Venez dîner demain chez moi ; c'est le jour des coquins et vous vous divertirez » ; par coquins, il entendait les écrivains.

Si l'on n'est pas « né » et si l'on éprouve peu d'attraits pour une carrière dans l'Église, un seul emploi fait accéder à la distinction : le service du roi. La filière classique consiste, au terme d'études de droit, à acheter une charge de maître des requêtes ; on peut finir intendant, lieutenant général de police de Paris, voire secrétaire d'État. D'autres approches sont certes concevables, mais plus lentes et plus besogneuses ; nous verrons Jean-Pierre Tercier, héros du siège de Dantzig, accéder aux fonctions enviées de premier commis des Affaires étrangères. Ces démarches ne sont guère envisageables quand on s'appelle Voltaire et qu'on veut être *aussi* le premier poète de son temps. Une solution demeure alors pour court-circuiter les longues filières : le service secret, la mission diplomatique officieuse.

Voltaire en fut entêté très jeune. Entre deux exils en province, il fréquente à Paris le baron de Goertz, cet aventurier diplomate qui rêva, avec Charles XII, de refaire la carte de l'Europe avant de finir sur l'échafaud de Stockholm ; Goertz voulut même se l'attacher comme secrétaire. Il s'introduit dans l'entourage du baron Hogguers, de nationalité indécise, qui mène grand train dans son domaine de Châtillon, et, toujours au bord de l'expulsion, tient boutique de secrets d'État. Il découvre enfin un certain Salomon Lévi dont on ne sait trop s'il fut agent triple ou simplement double, en tout cas espion de haute volée, et assez habile ou chanceux pour mourir dans son lit après avoir trahi successivement tous ses employeurs. Ce Lévi prétend avoir prise sur un secrétaire particulier de l'empereur, Willar. Voltaire s'enflamme. Voilà l'occasion de devenir enfin *quelque chose*, et le cardinal Dubois, Premier ministre de fait du Régent, sera l'instrument de son ascension.

Ce Dubois, sorti de rien, c'est-à-dire d'un apothicaire de Brive, professait son mépris du préjugé aristocratique : « Conformément à la routine de ces messieurs, on me reproche de ne pas être fils d'un duc et pair ; ce qu'ils appellent être né dans la boue. » Pour réconcilier la France avec l'Angleterre, il n'a pas hésité à employer un poète comique, Destouches, auteur du *Dissipateur*, envoyé à Londres en mission secrète, et qui y réussit fort bien. Voltaire le flatte, en bon connaisseur de l'âme humaine (savoir aller toujours trop loin), en l'assurant que sa gloire éclipse celle du cardinal de Richelieu, et lui adresse un *Mémoire touchant Salomon Lévi*, accompagné d'une lettre d'offre de service. Il peut passer sans problème en Allemagne sous le prétexte de rencontrer le prince Eugène, qui lui a fait l'honneur de l'inviter à le voir. Ce serait l'occasion de prendre contact avec ce Willar de qui l'on pourrait apprendre les secrets de l'empereur. Grâce à Lévi, il peut aussi approcher Oppenhemer et Vertembourg, fournisseurs des armées de l'empereur. Mais le temps presse (et l'excitation fait que Voltaire s'emberlificote un peu le style) : « Willar vient d'écrire une lettre à Salomon, qui exige une prompte réponse, attendu ces paroles de la lettre : “Donnez-moi un rendez-vous, tandis que nous sommes encore libres.” » Le candidat agent de conclure : « Si ces considérations pouvaient engager Votre Éminence à m'employer à quelque chose, je la supplie de croire qu'elle ne serait pas mécontente de moi et que j'aurais une reconnaissance éternelle de m'avoir permis de la servir. »

Cela n'aura pas le prestige discret d'une mission diplomatique officieuse ; ce ne peut être au mieux que la reprise sous contrôle d'un vieil agent aux jambes usées sur tous les trottoirs du renseignement ; ce serait déjà *quelque chose*.

Las ! Son Éminence ne donna pas suite.

*
* *

Avec Frédéric sur le trône de Prusse, l'espérance reflambe. Elle ne s'était jamais éteinte et l'exil en Angleterre n'avait fait que la soutenir par des comparaisons mélancoliques. Lavisse : « Il admira que des poètes fussent employés au service de l'État, comme Prior, poète et philosophe, qui reçut une mission diplomatique en France. » Étant Voltaire, il mit ce Prior en vers :

Paris qui m'a vu naître
Me laisse sans éclat
Et ma manie est d'être
Un ministre d'État
Des finances le maître
Au moins ambassadeur
Comme feu Prior.

Il est désormais sur le tremplin. Frédéric, devenu roi, lui écrit qu'il est « dégoûté des grandeurs humaines » ; il demande : « Ne voyez en moi, je vous prie, qu'un citoyen zélé, un philosophe un peu sceptique, mais un ami véritablement fidèle. Par Dieu, ne m'écrivez qu'en homme, et méprisez avec moi les noms et tout l'éclat extérieur. » Cette lettre, judicieusement diffusée par son destinataire, crée une stupeur incrédule : a-t-on jamais vu un roi tenir un langage aussi insolite ? Voltaire répond en remplaçant « Votre Majesté » par « Votre Humanité ». On murmure à Versailles qu'il sera Premier ministre de Prusse.

Les exilés de Cirey obtiennent permission d'un voyage à Paris. Voltaire est reçu par Fleury, Premier ministre de Louis XV, dans sa maison d'Issy, dont le vieux cardinal n'ouvrait que rarement la porte. Nous ne savons rien de leur conversation, mais il est clair qu'il ne pouvait s'agir d'évoquer une mission déterminée. Le Salomon du Nord n'est pas un Salomon Lévi. En revanche, son ami Voltaire peut avoir avec lui des conversations éclairantes et devenir, si l'harmonie persiste, un efficace agent d'influence. Toujours est-il que l'ambassadeur de France à Berlin, Valori, reçoit instruction de réserver le meilleur accueil à Voltaire lorsqu'il rendra visite à Frédéric.

« Son Humanité » est alors l'énigme de l'Europe. Jeune, fou de littérature, de musique, de philosophie, versificateur exécrable mais fanatique, entouré d'une cour à nulle autre pareille où se mêlent aventuriers, exilés, savants, gens d'esprit, Frédéric est aussi à la tête d'un État que son père a fait redoutable. Car le Roi-Sergent ne saurait se réduire à ses mangeries, beuveries et tabagies, ni à ses terribles outrances de père indigne. Il a organisé son État d'une main de fer. On moquait son avarice : il laisse à son fils un trésor rempli à ras bord. Toute l'Europe riait de son armée, objet de ses soins maniaques, qu'il n'osa jamais risquer sur un champ de bataille de peur de l'abîmer : Frédéric hérite de cet outil formidable. Il a quatre-vingt-trois mille hommes bien entraînés à sa disposition. La France, dix fois plus peuplée, n'en a que cent soixante mille, et l'Autriche moins de cent mille. Doté de pareils atouts, quel rôle le roi philosophe, « dégoûté des grandeurs humaines » mais admirateur de Charles XII, compte-t-il jouer sur la scène européenne ?

La première rencontre n'eut pas lieu à Berlin, mais à deux lieues de Clèves, au château de Meuse, où Frédéric s'était alité, tout grelottant de fièvre quarte, après sa fâcheuse équipée à Strasbourg. Pour un Voltaire qui connaissait Versailles et l'appareil majestueux entourant le roi de France, la cour, même ambulante, du roi de Prusse ne laissait pas d'étonner. Une sentinelle unique à la porte. « Le conseiller privé Rambonet, ministre d'État, se promenait dans la cour en soufflant dans ses doigts. Il portait de grandes manchettes de toile, sales, un chapeau troué, une vieille perruque de magistrat, dont un côté entrait dans une de ses poches et l'autre passait à peine l'épaule. On me dit que cet homme était chargé d'une affaire d'État importante ; et cela était vrai. Je fus conduit dans l'appartement de Sa Majesté. Il n'y avait que les quatre murailles. J'aperçus dans un cabinet, à la lueur d'une bougie, un petit grabat de deux pieds et demi de large, sur lequel était un petit homme affublé d'une robe de chambre de gros drap bleu : c'était le roi, qui suait et qui tremblait sous une méchante couverture, dans un accès de fièvre violent. » Voltaire s'assied sans façons sur le royal grabat et prend le pouls du malade. L'accès passé, on se met à table pour un souper « où l'on traita à fond de l'immortalité de l'âme, de la liberté, et des androgynes de Platon ».

Cependant, le ministre d'État Rambonet chevauchait un bidet de louage pour aller signifier à l'évêque de Liège que s'il ne laissait pas le roi de Prusse percevoir les impôts qu'il estimait lui être dus par le faubourg de Herstal, douze compagnies de soldats lui feraient entendre raison. Le Roi-Sergent, dans sa tombe, devait commencer d'estimer son fils. Voltaire eut la faiblesse, qu'il se reprocha par la suite, de rédiger un manifeste à l'appui des prétentions de Frédéric.

On se quitta les meilleurs amis du monde.

Voltaire gagna aussitôt La Haye pour régler le problème de l'*Anti-Machiavel*. C'était un manuscrit dont Frédéric lui avait confié la correction, ainsi que le soin de le faire publier. Chaque page ruisselait de bons sentiments. Mais l'ouvrage avait été rédigé par le prince royal, et le roi de Prusse craignait de se trouver quelque peu contrarié dans sa démarche par les excellents principes dont il faisait profession avant d'accéder au trône — encore que Voltaire fît très justement observer que « si Machiavel avait eu un prince pour disciple, la première chose qu'il lui eût recommandée aurait été d'écrire contre lui ». Il fallait donc retirer le manuscrit des griffes du libraire-éditeur, Van Duren. Celui-ci, assuré de tenir un succès, exigea des sommes si importantes pour le dédit que Frédéric, décidément vrai fils de son père, préféra renoncer. Voltaire, qui avait l'usage des éditeurs, tenta de rendre le livre inintelligible par de prétendues corrections. Van Duren rétablit le texte original et le publia. Tout ce que Voltaire put obtenir fut une seconde édition quelque peu expurgée. Frédéric, inquiet comme roi, vexé comme auteur, renia en bloc les deux éditions. Cette rage de ne vouloir plus être l'Anti-Machiavel était en soi une information quelque peu sinistre.

*

* *

Le 20 octobre 1740, cinq semaines après l'entrevue de Clèves, l'empereur Charles VI mourut. Il n'avait que cinquante-cinq ans. Sa mélancolie maladive s'était aggravée après une sévère défaite militaire que les Turcs, à l'étonnement général, avaient infligée à l'armée autrichienne. Son héritière était sa fille Marie-Thérèse, vingt-trois ans, épouse du grand-duc de Toscane, François, ex-duc de Lorraine et de Bar. Encore fallait-il que les puissances qui avaient apporté leur garantie à la pragmatique sanction du vivant du père ne changeassent point d'attitude à présent qu'il était au tombeau.

Dans cette conjoncture lourde de périls, Voltaire s'apprête à partir pour Berlin, où Frédéric a d'autre soucis que les androgynes de Platon. Sachant les réserves de Fleury à son égard (contrairement à Dubois, Fleury est un cardinal qui croit en Dieu et que les saillies anticléricales exaspèrent), Voltaire lui fait écrire par l'ambassadeur de France à La Haye : « Il [Voltaire] a cru que je pourrais contribuer à lui attirer créance dans votre esprit, Monseigneur, si je voulais me rendre garant de sa sincérité et de son dégagement de toute vue intéressée en les faisant. Il m'a demandé de le représenter comme quelqu'un *qui portera à Berlin un cœur véritablement français* et passionné d'en donner des preuves sans aspirer à d'autres avantages que d'être compté par Votre Éminence au rang de ses admirateurs les plus attachés, etc. » C'est une nouvelle offre de service. Fleury répond par une lettre paternelle qui passe l'éponge sur le passé : « ... mais vous avez été jeune, et peut-être trop longtemps. » (Voltaire a quarante-six ans !) Deux jours avant de partir pour la Prusse, l'écrivain récidive avec l'envoi au cardinal d'un exemplaire de l'*Anti-Machiavel*. Quel que soit le signataire de cet ouvrage, « si Votre Éminence daignait me marquer qu'elle l'approuve, je suis sûr que l'auteur, qui est déjà plein d'estime pour votre personne, y joindrait l'amitié, et chérirait encore plus la nation dont vous faites la félicité ».

Le voyage est atroce. Son carrosse verse et se brise peu avant Hertford. Il arrive dans la ville monté sur une mauvaise bique, en culotte de velours et bas de soie ; à la sentinelle qui lui demande son identité, il répond : « Don Quichotte. » Il est à Berlin le 19 novembre et repart aussitôt pour Rheinsberg, où l'attend Frédéric.

Délicieuses retrouvailles. Concerts, bals, conversations

infinies sur les sujets les plus divers. Frédéric joue de la flûte pour son ami, qui corrige à tour de bras les vers royaux.

Voltaire reçoit sous couvert de l'ambassade de France à Berlin la réponse de Fleury à l'envoi de l'*Anti-Machiavel.* La lettre a été méditée, car elle est bien entendu destinée à être montrée à Frédéric. Le cardinal estime que le roi de Prusse devrait bien lire un ouvrage rempli de si bons principes. Il insiste sur le respect dû aux engagements souscrits. Voltaire répond aussitôt : « J'ai obéi aux ordres que Votre Éminence ne m'a point donnés ; j'ai montré votre lettre au roi de Prusse. »

Un peu d'aigreur entache la fin du séjour. D'abord, Voltaire l'écourte, car la possessive Émilie se désespère de son absence. Surtout, il a le mauvais goût de demander au roi le remboursement de ses frais de voyage. Avarice ? Voltaire, très avisé quant à ses finances, savait perdre de l'argent avec munificence. Question de principe : les rois, princes et grands seigneurs doivent connaître qu'on ne peut pas l'avoir pour rien.

On se sépare donc en échangeant des vers un peu surprenants. Voltaire écrit :

Non, malgré vos vertus, non malgré vos appas
Mon âme n'est point satisfaite :
Non, vous n'êtes qu'une coquette
Qui subjugue les cœurs et ne vous donnez pas.

À quoi le roi de Prusse répond sur les mêmes rimes :

Mon âme sent le prix de vos divins appas
Mais ne présumez pas qu'elle soit satisfaite
Traître, vous me quittez pour suivre une coquette
Moi, je ne vous quitterai pas.

Douze jours après le départ de Voltaire, Frédéric donne un bal à Rheinsberg. Il y paraît tranquille, à son ordinaire. Mais, à la fin de la fête, il appelle ses aides de camp : « Graissez vos bottes, nous partons. » Deux jours plus tard, à la tête de ses régiments, il envahit la Silésie, possession autrichienne.

VIII

Louis XV avait trente ans. Aussitôt après la mort de l'empereur Charles VI, et comme on parlait devant lui du remue-ménage qu'elle allait susciter en Allemagne, il dit avec détachement : « Nous n'avons qu'une chose à faire, c'est de rester sur le mont Pagnote. » Image de chasseur : le mont Pagnote, en forêt de Chantilly, est une butte d'où l'on regardait s'exécuter la curée ; s'y tenir, c'était se placer au-dessus de la mêlée. Un courtisan, le marquis de Souvré, rétorqua vertement : « Votre Majesté y aura froid, car ses ancêtres n'y ont pas bâti. »

Pour le roi comme pour son Premier ministre Fleury, la longue et épuisante querelle entre Habsbourg et Bourbons était achevée. Louis XIV, en plaçant son petit-fils sur le trône d'Espagne, avait brisé la tenaille dont l'une des branches était à Vienne, l'autre à Madrid, et qui avait si rudement mâché la France. Avec l'acquisition de la Lorraine, le royaumc était accompli. À quoi bon continuer la lutte contre une puissance désormais maîtrisée ? La compétition à venir était entre la France et l'Angleterre, sur mer et dans les lointaines colonies. Aux Indes, en Amérique, aux Antilles, une rivalité incessante, grosse de conflits, opposait marins, marchands et colons des deux nations. Qu'avions-nous à gagner à nous mêler des affaires d'Allemagne ? Quelle importance si le titre assez vain d'empereur revenait, selon une tradition pluriséculaire, à la maison d'Autriche ? Jamais dans son histoire la France n'avait joui d'une assise aussi sûre. Frédéric II disait qu'elle était l'arbitre de l'Europe. Voltaire écrivait : « Aucun voisin n'avait à se plaindre d'elle et toutes les nations la regardaient comme leur médiatrice et leur mère commune. »

Peu de monarques ont été aussi méconnus de leur vivant et diffamés après leur mort que Louis XV. Éducation négligée, instruction nulle, cruauté précoce, hypocrisie, désintérêt souverain pour les affaires de l'État, passion exclusive pour la chasse et les femmes, perversions sexuelles diverses : tout a été dit et écrit pour donner du roi une image détestable. Le grand Michelet fut ici bien petit. La réhabilitation, bellement entamée avec Pierre Gaxotte, vient d'être menée à son terme par Michel Antoine, et avec une telle constance dans l'admiration que l'on se demande parfois si l'éloge n'est pas aussi excessif que jadis la médisance. Mais ces historiens s'appuient sur des documents et des faits inconnus ou méconnus de leurs prédécesseurs. Les cahiers d'étude du royal écolier attestent le sérieux de son instruction ; son goût pour les sciences ne s'est jamais démenti ; les correspondances secrètes qu'il entretint avec tel ou tel démontrent son souci des affaires de l'État. Au moment même où la cour stigmatisait sa frivolité, il écrivait au maréchal de Noailles des lettres informées et réfléchies sur les problèmes de l'heure.

De son vivant, ses détracteurs même, à la notable exception de Choiseul, lui reconnaissaient intelligence et jugement. D'Argenson, censeur vigilant, lui accorde « l'esprit prompt et juste ». Le duc de Croÿ lui trouve mémoire, connaissance et capacité de jugement : « Personne dans son royaume n'était aussi instruit que lui, et comme il avait l'esprit très juste, il aurait été à désirer qu'il se fût conduit d'après ses idées propres. » Le duc d'Aiguillon, son ministre à la fin du règne, le retrouve sur ce point inchangé : « Louis XV avait un jugement droit et une telle habitude des affaires qu'il voyait ordinairement très juste. » Mais ce roi si souvent dépeint en despote doutait de lui-même. « La modestie, écrit de Croÿ, était une qualité qui fut poussée au vice chez lui. Voyant plus juste que les autres, il croyait toujours avoir tort. Je lui ai souvent entendu dire : "J'aurais fait cela (et il avait raison) mais on dit le contraire, donc je me suis trompé !" » Et le duc de lui reprocher de prendre « plutôt le parti qu'on lui suggérait que le sien propre, qui eût été le meilleur ». Au Conseil d'En-Haut [1], où se

1. Le Conseil d'En-Haut, appelé aussi Conseil d'État, instance délibérative suprême du royaume, était composé de ministres d'État désignés par le roi. Sous Louis XV, leur nombre oscilla entre quatre et sept. Le gouvernement au sens où nous l'entendons aujourd'hui était exercé par quatre secrétaires d'État — Affaires étrangères, Guerre,

réglaient les grandes affaires de l'État et où il pouvait trancher en maître, il s'inclinait devant l'opinion majoritaire, fût-il convaincu qu'elle menait à une impasse. Saint-Priest : « Le Roi y parlait quelquefois, et même avec assez de justesse, mais ne faisait jamais prévaloir son avis. » De Croÿ lui voit « mille qualités », mais sans « le nerf qui les fait valoir », et d'Argenson corrobore en constatant que « son esprit est paresseux quand il s'agit d'aller à la résolution et à l'action ».

Le roi souhaitait rester sur le mont Pagnote et son Premier ministre répugnait à une aventure où la France n'avait rien à gagner, mais l'opinion publique voulait la guerre. Fernand Braudel appelait « prisons de longue durée » les cadres mentaux, les structures psychologiques déterminant une société dans ses profondeurs. La France de 1740 restait incarcérée dans une passion anti-autrichienne que les faits ne justifiaient plus. C'était surtout vrai de la noblesse, qui affrontait depuis si longtemps l'armée des Habsbourg sur le champ de bataille. Mais, à Paris, un avocat aussi paisible que Barbier souhaitait voir la France participer à la curée : « Pour nous, il y a des morceaux bien tentants... » Chauvelin indisponible pour cause d'exil, le parti belliciste élut pour chef le comte de Belle-Isle, petit-fils du surintendant Fouquet que Louis XIV avait laissé mourir dans la prison de Pignerol. Acharné à relever sa famille, intelligent, hardi, séduisant, bien secondé par un frère aussi ambitieux que lui, Belle-Isle sut transformer un mouvement d'opinion en un courant politique puissant et majoritaire jusque dans le Conseil d'En-Haut.

Louis XV douta et flancha. Ce fut la première faute politique de son règne, et l'une des plus lourdes de conséquences. La position de Fleury s'en trouva affaiblie. Il fallut composer avec le parti belliciste. Marie-Thérèse resterait archiduchesse d'Autriche, reine de Bohême et de Hongrie,

Marine, et un département plus fluctuant regroupant, selon les époques, la maison du roi, le clergé et la ville de Paris. Seul le secrétaire d'État des Affaires étrangères était de règle ministre d'État. Les autres entraient éventuellement au Conseil selon la volonté du roi. Le contrôleur général des finances jouait bien entendu un rôle essentiel. En sus de ses responsabilités financières, il avait la direction des intendants. Le roi, presque toujours, le faisait entrer au Conseil.

mais son mari François, ex-duc de Lorraine, grand-duc de Toscane, n'aurait pas la couronne impériale. La France soutiendrait la candidature de l'Électeur de Bavière, parent de Louis XV.

Belle-Isle partit pour Francfort avec la dignité de maréchal de France et le titre d'ambassadeur à la diète d'élection. Il fit une entrée magnifique : devant lui, douze voitures à quatre chevaux parées de couvertures portant ses armes et son tout neuf bâton de maréchal, cent cinquante valets de pied en livrée, vingt-cinq grands seigneurs ; lui-même montait un cheval dont le harnais rutilait d'or et de pierreries. Il jeta par les fenêtres un million de livres en un an. On était loin des petites avarices du cardinal de Fleury.

La curée était bel et bien lancée. L'Électeur de Bavière, outre la couronne impériale, voulait la Bohême. L'Électeur de Saxe et roi de Pologne revendiquait la Moravie. Le roi d'Espagne avait des prétentions sur Parme et Plaisance ; celui de Sardaigne se trouvait des droits sur le Milanais. Quant au roi de Prusse, qui s'était servi avant tout le monde, il digérait la Silésie.

Le fastueux Belle-Isle outrepassa ses instructions, qui se bornaient à assurer la couronne impériale à Charles-Albert de Bavière. Il eut des discussions avec Frédéric II, qui voulait garder sa proie et craignait des représailles. Le 5 juin 1741, il signa avec lui un traité qui engageait la France dans la guerre, revint sans ordre à Versailles pour s'expliquer, parla six heures dans un conseil qui en dura neuf, finit par imposer ses vues.

Il repartit à la tête d'une armée de quarante mille hommes. La liaison faite avec les Bavarois, on avança sur Linz, en Autriche, qui fut prise le 10 septembre. Vienne n'était qu'à trois jours de marche. La situation de Marie-Thérèse semblait désespérée. Mais, inexplicablement, Belle-Isle tourna le dos à Vienne et lança l'armée sur Prague, en Bohême.

*

* *

La mort de l'empereur Charles VI avait été occasion de chagrin pour nos Broglie. Non point qu'ils fussent vraiment affligés par son décès, mais celui-ci fit resurgir l'affaire du gué de la Secchia, vieille de sept ans, et la trop célèbre fuite en chemise ; le cruel Pâris racontait que le maréchal avait fait opposition au testament de l'empereur pour récupérer ses culottes, barbotées par les impériaux dans la nuit fatale...

Tandis que le père restait provisoirement à Strasbourg, ses deux premiers fils, Victor-François et Charles, servaient dans l'armée qui marchait sur Prague. Elle était placée sous le commandement de Maurice de Saxe, bâtard du précédent roi de Pologne, passé au service de la France, que cette guerre, dite de Succession d'Autriche, allait élever à la gloire militaire. C'était un géant jovial, généreux, aimant les filles et la bonne chère. Il avait eu une vraie passion pour la comédienne Adrienne Lecouvreur.

Sous les murs de Prague, la situation de l'armée n'est pas heureuse. Loin de ses bases, sans vivres, à l'orée d'un hiver dont la rigueur gênera les opérations, il lui faut emporter la place par une victoire rapide ou se résigner à une retraite périlleuse et humiliante. Prague est défendue par une garnison de trois mille hommes. Le grand-duc François, époux de Marie-Thérèse, arrive à marches forcées avec trente mille hommes pour secourir la ville.

Maurice de Saxe décida d'enlever la place par escalade. Cela ne se faisait plus guère. Trop d'expériences malheureuses avaient démontré qu'un assaut de vive force coûtait infiniment de sang pour un résultat fort aléatoire.

Dans la nuit du 25 novembre, alors que le grand-duc François n'est plus qu'à vingt kilomètres, les Franco-Bavarois opèrent une diversion, avec force tirs d'artillerie, sur un côté de la place ; la garnison s'y porte aussitôt. Pendant ce temps, dans le plus grand silence, une troupe d'assaut pose ses échelles contre le rempart opposé. Elle est aux ordres du jeune colonel de Broglie, mais un vieux soldat, François Chevert, lieutenant-colonel du régiment de Beauce, participe à la tentative.

On grimpe aux échelles. Le rempart est désert. À quelques pas, une sentinelle ; on la maîtrise. Maurice de Saxe fait monter des renforts. Les assaillants se répandent dans la ville. La garnison de trois mille hommes, démoralisée par cette irruption, se rend sans coup férir.

L'Europe fut étonnée. Une armée hasardée au cœur du continent avait, d'un coup d'audace, renversé une situation qui semblait la livrer à la merci de l'ennemi. L'Électeur de Bavière accourut à Prague et s'y fit couronner roi de Bohême. Un mois plus tard, il recevait la couronne impériale à Francfort et prenait le nom de Charles VII. Le succès de Prague n'avait pas peu contribué à son élection.

Chevert fut nommé brigadier[1] ; Broglie resta colonel.

Le 2 décembre, une semaine après son exploit, Victor-François écrit une lettre qu'il faut citer, car, d'un intérêt médiocre quant à son objet, elle éclaire la personnalité des deux frères Broglie, inséparables ici comme ailleurs. Charles, d'esprit plus délié, tenait d'ailleurs souvent la plume pour son aîné. La missive est adressée à un ministre (probablement le maréchal Töring) de l'Électeur de Bavière, chef nominal de l'armée franco-bavaroise :

« Monsieur,

« ... C'est avec le chagrin le plus cuisant que j'ai appris, il y a quelques jours, que M. Chevert, lieutenant-colonel du régiment de Beauce, qui était à mes ordres le jour de l'escalade de la ville de Prague, profitant du temps que je restais à mon poste avec les troupes que je commandais, avait su persuader S.A.S.[2] Électorale qu'il avait eu seul toute la part dans cette entreprise, et qu'en conséquence la relation que S.A.S. Électorale a envoyée à la Cour de France lui en attribuait l'honneur, en demandant pour lui dans les termes les plus forts toutes les grâces dont il est susceptible.

« Si j'avais voulu parler de cette action avec la même emphase que M. Chevert, il m'aurait été aisé de prouver à S.A.S. Électorale que j'ai eu autant de part que lui à cet heureux événement. J'avais sur lui l'avantage de le commander. Il a monté neuvième à son échelle, j'ai monté quatrième à la mienne : j'étais avec lui quand on a ouvert la porte ; j'ai partagé le peu de risque qu'on a couru. S.A.S. Électorale m'a fait l'honneur de me dire, quand j'eus celui de lui être présenté, qu'Elle était entièrement satisfaite de ma conduite.

1. Général de brigade.
2. Pour « Son Altesse Sérénissime ».

« Je consens que je suis trop payé du peu que j'ai fait par l'estime que S.A.S. Électorale m'a assuré qu'elle voulait bien m'accorder. Mais je désirerais qu'Elle eût la bonté de m'en accorder un témoignage public, en demandant pour moi la même chose qu'Elle a bien voulu faire pour M. Chevert, ne pouvant que m'être désagréable si on avance le lieutenant-colonel qui était à mes ordres et qu'il ne fût point fait mention de moi.

« ... Une lettre de S.A.S. Électorale peut réparer tout ce qui est déjà fait. J'ose vous prier de bien vouloir l'engager à écrire au Roi mon maître, etc. »

Nous lisons la relation de l'escalade de Prague par le colonel comte Rutowski et nous n'y voyons pas mention de Broglie. Nous prenons celle du duc de Chevreuse et nous ne l'y trouvons pas davantage, alors que Chevert est cité. Voltaire fait monter Chevert le premier, et Broglie derrière lui, mais il ne parle que d'une seule échelle alors qu'il y en avait d'évidence plusieurs. Est-ce à dire que notre petit homme ment ? Il en est incapable. Simplement, il ne voit pas qu'on ne l'a pas vu, chacun trouvant assez naturel qu'un colonel de vingt-trois ans grimpe comme un singe aux échelles alors que la chose est plus rare chez un lieutenant-colonel de quarante-six ans entré dans la carrière des armes comme simple soldat et blanchi par les campagnes. Au reste, tout roturier qu'il fût, et seulement lieutenant-colonel, c'était de Chevert que Maurice de Saxe s'était fait accompagner pour reconnaître si la place était susceptible d'escalade.

Tels sont ces Broglie, tels ils demeureront. La nuit obscure, la muraille lisse du rempart, là-haut peut-être des fusils prêts à tirer, les échelles si faciles à culbuter : rien n'empêche Victor-François d'avoir l'œil sur Chevert et de prendre le temps de compter : « Il a monté neuvième à son échelle, j'ai monté quatrième à la mienne. » Un autre se réjouirait de pouvoir dire : « J'étais à Prague. » Pas lui, ni le frérot. Toujours cette conspiration universelle pour humilier les Broglie et piétiner leur bon droit. Fichus caractères. La belle Anne-Marie devait avoir ses raisons pour convoquer Valfons à sa toilette.

On n'en restera pas là. Mis au fait du scandale, le clan Broglie s'ébranle et le « vieux abbé » entre en campagne.

*
* *

Charles-Maurice de Broglie était le frère du maréchal. On l'appelait le « vieux abbé », ou le « grand abbé ». Long, maigre, toujours attifé comme l'as de pique, le rabat sale, il faisait virevolter sa soutane du matin au soir dans les couloirs de Versailles, les anti-chambres des ministres, les salons des dames influentes. Cet abbé de comédie était un personnage considérable. De 1710 à 1720, il avait été l'agent général du clergé de France — en quelque sorte son ministre des Finances. L'Église, immensément riche, ne payait pas d'impôt, mais la tradition s'était établie qu'elle offrît chaque année au roi un « don gratuit » qui, malgré son nom, était âprement négocié entre l'agent général du clergé et le contrôleur des finances. Charles-Maurice avait accumulé au fil des ans les nominations fructueuses : abbé des Vaux-de-Cernay en 1712, de l'abbaye de Beaume-les-Moines en 1714, du Mont-Saint-Michel en 1721. Ces bénéfices lui assuraient un revenu très confortable de cinquante-cinq mille livres par an. Il en distribuait la plus grande part en aumônes.

Il avait bon bec, comme toute la famille, mais avec cette différence que ses traits les plus mordants faisaient rire au lieu de faire grincer des dents. Sa liberté de ton était célèbre à Versailles. Elle n'épargnait personne. Comme le Régent professait devant lui son scepticisme absolu sur l'honnêteté des hommes, le vieux abbé lui accorda que la chose était naturelle, vu la qualité de ses fréquentations depuis sa jeunesse. C'est précisément au Régent qu'il arracha le gras bénéfice du Mont-Saint-Michel. D'Orléans affichait un principe cynique : « Tout à la faveur, rien au mérite. — Ne m'oubliez pas sur votre liste, répondait l'abbé ; je suis un bon diable. — Je suis tourmenté par des diables plus méchants que vous. — Donnez-moi huit jours et je serai plus méchant qu'eux. » Là-dessus, il vanta un vin que l'autre ne connaissait pas, malgré l'étendue de sa science dans ce domaine. Le Régent lui fit promettre de lui en envoyer une bouteille, en reçut trois cents, demanda une facture. L'abbé la fit détaillée : tant pour le vin, pour les bouteilles, les bouchons, la ficelle, la cire d'Espagne, les paniers, le port ; et il écrivit au bas de l'addition : « Total :

l'abbaye du Mont-Saint-Michel. » Le Régent n'y résista pas, mais Mathieu Marais nota : « Les mécontents disent que les bénéfices n'appartiennent qu'aux diseurs de bons mots et aux faiseurs de bons tours. »

Le vieux abbé réussissait même à faire rire Louis XV. Au fait de toutes les intrigues de la cour, utilisé par un parti contre l'autre, il les trahissait tous en les moquant devant le roi. La rumeur courait qu'il lui remettait chaque semaine une sorte de journal satirique où les plus grands personnages se trouvaient vivement épinglés. Cette intimité supposée faisait sa soutane intimidante.

S'il égayait le roi, il désennuyait la reine. Marie Leszczynska, délaissée, tenait une petite cour tout à l'envers de celle de son mari : tranquille, dévote, monotone. Elle mangeait trop, comme naguère sa grand-mère. Après avoir dû garder la chambre pour cause de gloutonnerie, elle écrivit au duc de Luynes : « J'avais mérité tout cela ; mais que faire quand on s'ennuie ? Il faut bien se donner des indigestions ; cela fait toujours de l'occupation... » C'était son seul péché. On s'étonna de voir le vieux abbé forcer la porte de ce cénacle austère où ses saillies et ses histoires lestes devaient scandaliser. Elles y mettaient un délicieux piment et, même s'il sentait un peu le soufre, on le trouvait pour le coup bon diable, puisqu'il était abbé. Au reste, le président Hénault, principal personnage du cercle de la reine, nous assure qu'« il était intrigant sans ambition et indécent sans que l'on accusât ses mœurs ». Il faut cette langue de vipère de d'Argenson pour insinuer qu'il aurait été l'amant de la duchesse de Mazarin, une femme percluse de dettes, mère remariée de la malheureuse Louise qui avait épousé notre comte de Plélo.

Quant à l'ambition, Hénault ne se trompe point : le vieux abbé n'en avait aucune. La seule chose qu'il ait désirée pour lui fut le Mont-Saint-Michel. Il aurait pu être évêque et ne le voulut pas. Ses intrigues, sa courtisanerie effrénée, ses démarches incessantes n'avaient qu'un seul but : servir les siens. L'ancien agent général du clergé s'était fait à Versailles l'agent particulier de la famille Broglie. Sa prédilection allait au deuxième de ses neveux, Charles, dont la tête lui semblait mieux faite que celle de l'aîné, Victor-François, à qui il trouvait la nuque raide.

Mais puisque Victor-François s'estime bafoué, l'oncle abbé monte au créneau versaillais comme le neveu au rempart de Prague.

Lettre à Philibert Orry, contrôleur général des finances, du 13 janvier 1742 : « Considérez que le Roi a fait brigadier le lieutenant-colonel qui était sous les ordres de mon neveu, le comte de Broglie, à l'escalade de Prague, quoique mon neveu précédât le lieutenant-colonel, non seulement parce qu'il commandait, mais encore parce que mon neveu a pris un convoi depuis, a battu les houzards qui avaient d'abord eu l'avantage et rétabli l'action à l'avantage du nom français. De plus, ce même neveu n'était qu'un sot ; il n'écrit qu'à son oncle, il n'a point de trompette à la cour ; aussi n'a-t-il eu qu'un remerciement de M. de Breteuil [ministre de la Guerre], et c'est à mon avis la plus petite des récompenses... »

Lettre du 13 décembre à l'offensé : « M. de Châtillon [gouverneur du dauphin] a fait valoir au Roi et au ministre que vous êtes entré à Prague le quatrième... Nous avons en lui un ami bien vif et bien respectable. C'est un homme qui sait parler et se taire à propos. Je parie que vous êtes assez ingrat pour ne pas me remercier que vous avez l'obligation d'avoir si bien escaladé. Si je ne vous avais fait répéter votre leçon sur mon échelle double au bout de mon jardin, vous ne vous en seriez pas si bien acquitté... »

Seconde missive à Victor-François : « Votre lettre est bien écrite et modeste : j'en ai fait usage et je demande fortement par les protections que j'ai conservées que vous soyez fait brigadier... J'ai encore trouvé quelques amis qui feront valoir vos services. Tout reclus que je suis, j'ai trouvé moyen de faire lire votre lettre au Roi. Je vous manderai ce qu'il aura dit, aussi bien que le cardinal, qui la verra aussi. »

Et de frapper à toutes les portes, d'accabler ses puissantes relations du récit de l'escalade, qui tourne vite à la scie, d'exiger réparation de la scandaleuse injustice... Victor-François, quelle qu'ait été sa place sur l'échelle, comptait parmi la poignée de héros qui avaient subjugué Prague : le voici faisant figure à Versailles de quémandeur assommant, cherchant une mauvaise querelle à un vieux soldat jouissant de l'estime de tous. Ne soyons pas injuste : c'était la règle du jeu. Le mérite comptait peu si la faveur manquait. Tout

— honneurs, nominations, pensions — était suspendu au bon plaisir du roi, du cardinal, des ministres. Le meilleur sujet du royaume risquait de rester en rade s'il n'était activement poussé, chaudement recommandé, inlassablement célébré. C'était le vrai métier du courtisan et il suffit de lire les Mémoires du duc de Croÿ pour en mesurer les épines. Avec une énergie stupéfiante, de Croÿ sollicite sans cesse pour lui, pour un fils, pour quelque parent ; échafaude des stratégies complexes ; encaisse sans broncher rebuffades et affronts ; revient inlassablement à la charge. Or il est millionnaire (gros actionnaire des mines d'Anzin — « mon Pérou »), et l'un des plus honnêtes hommes de la cour. Marie Leszczynska soupirait : « Si les courtisans sollicitaient les grâces du ciel comme celles de la cour, ils seraient de grands saints. »

Le vieux abbé, qui n'avait point l'ambition de la sainteté, échoua à satisfaire celle de son neveu, qui était d'être fait brigadier. Il dut écrire à la maréchale : « M. Orry me marque que le cardinal a résisté pour la brigade du comte de Broglie... Il le trouve trop jeune, et moi je trouve le cardinal trop vieux ; d'autres par vengeance souhaiteraient qu'il fût plus vieux encore. Mais je sacrifie ma petite colère au bien de l'État. » L'abbé d'expédier cependant au ministre une lettre furibonde rappelant les états de service de son neveu : « ... Il est assez vieux pour tout cela, mais il est trop jeune pour être brigadier !... Grands dieux ! est-ce le moyen de former des sujets ? Que deviendra l'émulation qu'on affuble d'un monstrueux éteignoir ? »

Patience, les honneurs ne vont plus tarder.

*
* *

Belle-Isle cloué à Francfort par la maladie, le commandement de l'armée échut au maréchal de Broglie. Frédéric II écrira que ce choix devait tout à la proximité : « Se trouvant à Strasbourg, dont il était gouverneur, il parut celui de tous les généraux qui pourraient rejoindre le plus vite l'armée de Bohême. » Le roi de Prusse cultivait la rancune. Il n'omet pas de signaler que le maréchal était affaibli par deux apoplexies. Le cardinal de Fleury faisait écrire quant à lui à Broglie de se hâter d'aller prendre le commandement de l'armée, car « il ne la croirait en sûreté que lorsqu'il apprendrait qu'il l'avait jointe ».

La situation n'était pas brillante. Le grand-duc François marchait sur Pissek avec quarante mille hommes. Broglie se porta à sa rencontre avec douze mille soldats, repoussa un assaut sur la ville et manœuvra si bien qu'il bloqua son adversaire. L'hiver arrêta les opérations.

Ses trois fils, dont le plus jeune portait le titre de comte de Revel, servaient avec lui. On disait à l'armée qu'il avait un état-major d'enfants, mais peut-être pensait-on autant à la taille qu'à l'âge. Les lettres des fils à leur mère indiquent que le maréchal menait son petit monde d'une poigne vigoureuse : « Il m'est impossible, ma très chère mère, de vous mander rien de détaillé. J'ai fini hier d'écrire pour mon père jusqu'à minuit, et ce matin, à cinq heures, je suis déjà dans sa chambre. » La famille était aimée de la troupe, et cette popularité ne la quittera plus. Si Paris avait méchamment chansonné les Broglie, on chantait à l'armée de Bohême (sur l'air de *Tiens, voilà ma pipe)* :

J'aimons le Broglie de tout notre cœur
Car c'est un drôle, morgué, qui n'a pas peur
La peste, le canon, bombes et coups de fusils
Ce sont des bagatelles pour lui et pour ses fils.

Toute cette race, ce sont de bonnes gens
Et nos camarades, morgué, en naissant
Je les voyons partout, à pied, à cheval
À la mousquetade y aller comme au bal.

S'il avait la troupe avec lui, le maréchal n'éprouvait que tracasseries de la part de la haute hiérarchie. Frédéric II, notre allié, lui faisait payer Strasbourg. Belle-Isle prétendait tout régenter depuis son lit de malade. Les officiers généraux regimbaient et obéissaient en traînant les pieds. Querelles épuisantes avec Polastron, Séchelles, Maillebois. Le pire est que ces conflits, peut-être inévitables, se trouvent répercutés à Versailles, où tout se décide, par maintes pétitions et lettres. Chaque officier possédant un parent ou ami à la cour se croit autorisé à critiquer dans de copieux mémoires la moindre démarche du maréchal. Il y a à Versailles un parti Belle-Isle et un parti Broglie dont la guerre ne connaît point d'hivernage. On murmure que le maréchal a beaucoup baissé. Beauvau dit au cardinal de Fleury qu'« il était valeureux, et qu'il avait été brillant, mais qu'il n'était plus le même qu'en Italie ; que les différentes attaques d'apoplexie avaient entièrement changé son humeur et son caractère ». Si c'était vrai, pourquoi le maintenir à ce commandement essentiel ? Si c'est faux, comment peut-on l'abandonner à la meute qui le paralyse ? Il manque une poigne, un chef — un roi. Louis XIV n'eût jamais admis que la stratégie de ses généraux fût mise à l'encan sur les parquets de Versailles, entre un menuet et un rondeau. Le mot terrible, mais qui dit tout, de Frédéric II sur Louis XV : « Il n'avait de défaut que celui d'être roi. »

Le maréchal se protégeait en envoyant à sa femme copie de toute sa correspondance, registre du mouvement de ses troupes, mémoires sur ses projets stratégiques. Cette correspondance ne laisse pas d'étonner car, du fond de la Bohême, son expéditeur ne pouvait avoir certitude absolue qu'elle ne serait pas interceptée par l'ennemi. Mais que de temps perdu ! Broglie fait moins figure de chef de guerre que d'accusé préparant le dossier de sa défense.

Les opérations reprirent au printemps. Le 20 avril 1742, le maréchal lança Maurice de Saxe sur Egra et choisit naturellement son aîné pour porter en France la nouvelle de la prise de la ville. Victor-François galopa six jours d'affilée, mais fut récompensé par l'accueil qu'il trouva à Fontainebleau, où résidait la cour. Luynes note dans son journal, le 26 avril : « Le Roi a reçu M. le comte de Broglie avec beaucoup de bonté et a paru très content du compte qu'il lui a rendu ; il lui a dit : “Je vous fais brigadier.” » L'insulte de Prague était vengée.

Le tout neuf brigadier repartit dare-dare pour le champ de bataille. Le 26 mai, une balle lui cassa le bras à la bataille de Sahay, remportée par son père sur le prince Lobkowitz. Le 1er août, sur la Moldau, il sera une nouvelle fois blessé à la jambe, mais sans fracture. Un homme qui offrait si peu de superficie au tir ennemi devait beaucoup s'exposer pour se trouver si souvent atteint...

Entre les deux blessures, la grâce la plus substantielle

était venue irradier le maréchal, fait duc héréditaire. « Le Roi, pour reconnaître tant de grands, importants et honorables services que Sa Majesté et les Rois ses prédécesseurs avaient reçus de la maison de Broglie, et singulièrement de ce maréchal, et répandre sur sa postérité un accroissement d'honneur, crut ne pouvoir faire d'une manière plus glorieuse qu'en lui conférant pour lui et l'aîné des mâles, nés et à naître de lui, en légitime mariage, le titre, qualité et honneur de ducs héréditaires, et en attachant ce titre à une terre de son nom, qui le portât à perpétuité ; ce qu'il fit par ses lettres du mois de juin 1742, etc. » En un peu moins d'un siècle, les immigrés piémontais étaient parvenus au sommet de l'échelle sociale ; le titre de duc ne se trouvait surpassé que par la qualité de prince du sang.

Versailles attribua cette distinction à la faveur de la reine. Elle avait eu pour chevalier d'honneur le maréchal de Nangis. Sa mort la plongea dans une affliction si profonde et si durable qu'on jasa un peu. Or Broglie était l'ami très proche de Nangis et le vieux abbé avait d'une certaine manière pris la place du défunt : la reine le voyait tous les jours, et l'envoyait chercher s'il manquait à se présenter. Cette intimité nouvelle ne pouvait certes pas nuire à l'ascension de la famille. Quel qu'ait été son poids dans la faveur du maréchal, le fait est que les Broglie seront désormais du côté de la reine et de son fils le dauphin. La reine, c'était le parti dévot, le soutien aux jésuites contre les jansénistes, une totale allergie aux idées nouvelles ; c'était aussi la Pologne.

Le 11 juin, Frédéric II trahissait l'alliance et faisait sa paix avec Marie-Thérèse.

*

* *

Prince héritier, il avait écrit vertueusement : « En un mot, c'est un opprobre et une ignominie de perdre ses États, et c'est une injustice et une rapacité criminelles de conquérir ceux sur lesquels on n'a aucun droit légitime. » Devenu roi, il corrigera : « Quant à ce nom si terrible d'agresseur, c'était un vain épouvantail, qui ne pouvait en imposer qu'à des esprits timides. » Vainqueur, il conclura qu'on prend ce qu'on peut et qu'on garde ce qu'on a.

Son irruption en Silésie, si elle consterna les chancelleries, n'avait nullement ébréché sa réputation dans l'opinion publique européenne. La mort de l'empereur avait déclenché chez les princes voisins des claquements de mâchoires si assourdissants qu'on ne pouvait guère reprocher à Frédéric que d'avoir avancé la gueule le premier. Conquête au demeurant aisée que celle de la Silésie. D'abord, elle était presque vide de troupes autrichiennes ; surtout, la population, dans sa majorité, voyait dans l'agresseur un libérateur. Les Silésiens, presque tous protestants, subissaient avec impatience le joug tatillon de la très catholique Autriche. Lorsque Frédéric arriva devant Breslau, la capitale, un savetier, Doeblin, souleva la population et fit ouvrir les portes de la ville. Les soldats prussiens croulèrent sous les victuailles offertes et la bière coula à flots. Les premiers mots du vainqueur furent pour rassurer la minorité catholique sur le libre exercice de son culte.

La première bataille contre les Autrichiens est livrée à Mollwitz. Elle laisse mal augurer de l'avenir militaire de Frédéric. La cavalerie autrichienne charge avec une telle efficacité que le vieux général prussien Schwerin, sa ligne enfoncée, supplie le roi de se mettre à l'abri. Il s'enfuit avec quelques compagnons, semant la panique sur son passage. Tandis qu'il se lamente sur son destin brisé en buvant du café dans une maison de Loerven, un lieutenant arrive avec la nouvelle que Schwerin, après avoir rallié les troupes, a remporté la bataille. Frédéric saute à cheval en jurant et retourne à ses soldats. Cette belle victoire ne favorisa pas la carrière de Schwerin. Il n'est dit mot de l'épisode dans les Mémoires du roi de Prusse.

Voltaire, ignorant ces pénibles détails, sut seulement que son ami avait gagné une bataille contre les Autrichiens. La nouvelle lui parvint à Lille, où il donnait la première de son *Mahomet*. Il fit interrompre la représentation, s'avança sur la scène et, applaudi à tout rompre, annonça le succès prussien. Pourquoi pas ? C'était autant de pris sur l'ennemi héréditaire et Belle-Isle n'allait plus tarder à négocier l'entrée de la France dans la guerre.

Autre chanson quand, un an et quelques batailles plus tard (il s'y était révélé grand capitaine), Frédéric rompt sans crier gare son alliance avec la France. Il s'en est expliqué sans ambages (comme toujours dans ses Mémoires, il parle de lui à la troisième personne) : « Le but de la guerre que le roi avait entreprise était de conquérir la Silésie : s'il prit des engagements avec la Bavière et la France, ce n'était que pour remplir ce grand objet ; mais la France et ses alliés visaient à des fins toutes différentes. » Lesquelles ? Abattre définitivement l'Autriche. « Mais si le roi s'était rendu l'instrument servile de la politique française, il aurait préparé lui-même le joug qu'il se serait imposé ; il aurait tout fait pour la France et rien pour lui-même... Puisqu'il faut tout dire, si le roi avait secondé avec trop de chaleur les opérations des troupes françaises, leur fortune excessive l'aurait subjugué ; d'allié il serait devenu sujet. » Toute la politique de Frédéric consistait donc à tenir la balance égale entre la France et l'Autriche. Machiavel n'eût pas désavoué l'auteur de l'*Anti-Machiavel.*

Paris et Versailles ne pensaient pas comme Machiavel. La défection du roi de Prusse intervenait dans une conjoncture où la balance n'était pas vraiment égale entre la France et l'Autriche. Broglie, après son succès d'Egra, harcelé par une population hostile qui interdisait un approvisionnement suffisant, avait dû se replier sous les murs de Prague avec les restes de son armée décimée par la maladie et les désertions. L'Angleterre se préparait à entrer en guerre, la Hollande à ses côtés. Le spectre renaissait de la grande coalition qui avait manqué de peu terrasser la France de Louis XIV.

C'est le moment que choisit Voltaire pour adresser à Frédéric, en réponse à une poésie très mauvaise et un peu inattendue sous la plume du roi de Prusse (« *Ô Paix ! heureuse paix, répare sur la terre/Tous les maux que lui fait la destructive guerre*, etc. »), un compliment sans trop de nuances sur sa façon de quitter la partie les poches pleines : « Sire, j'ai reçu des vers, et de très jolis vers, de mon adorable Roi, dans le temps que nous pensions que Votre Majesté ne songeait qu'à délivrer d'inquiétude le maréchal de Broglie, votre ancien ami de Strasbourg... J'ai appris que Votre Majesté avait fait un très bon traité, très bon pour vous sans doute, car vous avez formé votre esprit vertueux à être grand politique. Mais si ce traité est bon pour nous autres Français, c'est ce dont on doute dans Paris. La moitié du monde crie que vous abandonnez nos gens à la discrétion du dieu des armées ; l'autre moitié crie aussi, et ne sait ce dont il s'agit. Quelques abbés de Saint-Pierre vous bénissent au milieu. Je suis un de ces philosophes, je crois que vous forcerez toutes les puissances à faire la paix, et que le héros du siècle sera le pacificateur de l'Allemagne et de l'Europe. » Et, après avoir affirmé que Frédéric n'a fait que prendre de vitesse Fleury (« le bon vieillard ») dans la course à la paix séparée, Voltaire de conclure gaiement : « Vous n'êtes donc plus notre allié, Sire ? mais vous serez celui du genre humain. Ayez un bon opéra, une bonne comédie, et puissé-je être témoin à Berlin de vos plaisirs, et de votre gloire ! »

Des copies de la lettre sont, on ne sait comment, répandues à travers l'Europe. Elles stupéfient Paris. Lettre du président Hénault à Mme du Deffand : « Savez-vous la pièce qui court ? C'est une lettre de Voltaire au roi de Prusse, la plus folle qu'on puisse imaginer. » Versailles est indigné. La favorite du moment exige du roi une sanction exemplaire. Voltaire, comprenant qu'il s'est mis dans un cas pendable, jure que la lettre n'est pas de lui. Personne ne le croit. On attend la foudre, mais elle tarde à s'abattre.

Voltaire n'avait pas le sentiment de trahir. Tout en protestant publiquement de ses sentiments patriotiques, il adressa, trois semaines après la première, une deuxième lettre à Frédéric, où, lui renouvelant son compliment, il terminait ainsi : « Dieu et le diable savent ce qu'est devenue la lettre que j'écrivis à Votre Majesté sur ce beau sujet, vers la fin du mois de juin, et comment elle est parvenue en d'autres mains. Je suis fait, moi, pour ignorer le dessous des cartes. Mais j'ai essuyé une des plus illustres tracasseries de ce monde. Mais je suis si bon cosmopolite que je me réjouirai de tout. »

Cosmopolite ? On dirait aujourd'hui internationaliste. Il y eut en ce siècle une internationale des hommes de lettres dont le soutien à Frédéric, hormis quelques fâcheries privées, ne se démentit jamais. Plus largement, l'opinion éclairée lui est acquise. Si la postérité retiendra de lui le grand capitaine, l'homme qui fit triompher la volonté sur l'adversité, ses contemporains n'avaient pas attendu les prodigieux exploits du « vieux Fritz » pour l'admirer, pas plus qu'ils n'avaient attaché d'importance aux intentions édifiantes proclamées par le prince héritier. Ce sont les premiers mois de son règne qui le nimbent de l'éclat des Lumières. Ses rapacités de souverain n'y changeront rien, ou bien peu de chose : il faisait comme les autres, mieux que les autres. Vingt édits, pris dès sa montée sur le trône, lui attachent pour toujours les esprits éclairés d'Europe. Il abolit la torture. Elle ne le sera en France que quarante ans plus tard ; encore continuera-t-on jusqu'en 1789 de torturer les condamnés à mort pour qu'ils dénoncent leurs complices. Il interdit dans son armée les brimades pratiquées dans toutes les autres. Il adoucit les peines frappant les filles mères infanticides. En France comme dans tous les pays catholiques, elles étaient mises à mort. Il supprime l'obligation d'une dispense religieuse pour les mariages entre parents éloignés. Il ouvre des magasins d'État pour donner du pain à bas prix aux miséreux. Surtout, il annonce par une déclaration solennelle la chose la plus extraordinaire, la plus inattendue, la plus bouleversante pour cette Europe où les Églises de toute obédience tiennent les âmes et les corps dans un impitoyable carcan : *chacun, dans ses États, est libre de faire son salut comme il l'entend*. En France, les protestants n'ont pas d'état civil ; leurs mariages sont en principe dénués d'existence ; leurs enfants, appelés bâtards, peuvent être mis de force dans des institutions catholiques ; on pend les pasteurs découverts (on les pendra jusqu'à la veille de la Révolution) ; les derniers galériens de « religion prétendument réformée » ne seront relâchés que dans trente ans, en 1770 ; dans vingt-deux ans, on assassinera légalement Jean Calas ; dans vingt-cinq ans, on suppliciera le chevalier de La Barre. En Espagne, en Autriche, le tableau serait identique, sinon pire. Même dans l'Angleterre tant vantée par Voltaire pour son libéralisme, les catholiques sont persécutés. François Bluche écrit : « Le régime prussien est sans doute, par le fait du monarque, le plus tolérant d'Europe. »

Liberté à chacun de faire son salut comme il l'entend : c'est une révolution qui annonce la Révolution. Qu'importe, auprès de cela, la couleur du drapeau qui flotte sur la Silésie ! Mieux : quel esprit éclairé se chagrinera de voir cette ancienne province autrichienne arrachée à l'étouffante bigoterie de Marie-Thérèse ?

Beaucoup d'historiens ne pardonnent pourtant pas à Voltaire sa « trahison » (« Français d'esprit sans doute, mais non de cœur, etc. »). Ce sont les mêmes qui ne trouveront que compréhension affectueuse pour la désertion massive de la noblesse française en direction de Coblence et son enrôlement dans une armée qui menaçait de raser Paris. Liberté à chacun de choisir son internationale.

Tout de même, mieux valait pour Voltaire ne pas songer à aller monter *Mahomet* à Prague.

IX

Fleury n'envoya pas Voltaire à la potence ni ne l'enferma dans quelque prison-oubliette, mais l'expédia à Aix-la-Chapelle où séjournait Frédéric.

L'initiative vint encore de M. le Multiforme. Ses sentiments pour l'humanité en général et Son Humanité en particulier ne l'empêchaient pas de ressentir vivement la nécessité de sortir du mauvais pas où il s'était fourré, pas plus qu'ils n'éteignaient sa rage d'être quelque chose de plus que Voltaire. L'amitié du roi de Prusse, cause de son malheur, pouvait servir à son salut immédiat et à son ascension future. Le cardinal de Fleury, assuré par Voltaire de « son amour extrême pour sa patrie », le reçut et lui donna ses instructions. Même si elles restèrent secrètes, on peut aisément les concevoir : apprendre quelles raisons avaient déterminé Frédéric à sortir de l'alliance et, si possible, découvrir ses projets d'avenir. Le ministère français redoutait fort qu'un pas de plus le conduisît dans les bras de Marie-Thérèse.

Voltaire séjourna quelques jours auprès du roi de Prusse, puis rejoignit à Bruxelles Émilie du Châtelet, qui y soutenait depuis des années un procès aussi important qu'interminable. Le 10 septembre, il écrivit à Fleury : « Je vais à présent, Monseigneur, vous rendre compte de mon voyage à Aix-la-Chapelle, croyant en cela remplir les devoirs d'un sujet, et d'un bon citoyen, sans manquer à ce que je dois de reconnaissance au roi de Prusse. » Le numéro d'équilibriste était en effet délicat...

Un problème épineux : Bruxelles est de souveraineté autrichienne, comme toute l'actuelle Belgique, qu'on nommait Pays-Bas autrichiens. À cette époque, une guerre n'empêchait pas les ressortissants d'un pays ennemi de circuler à leur aise pourvu qu'ils s'en tiennent à leurs affaires privées, mais Voltaire doit prévoir que sa correspondance risque d'être ouverte. Aussi la lettre envoyée au cardinal est-elle moins compromettante que son brouillon. Informant Fleury que le roi a conversé avec lui, dans sa chambre, deux fois quatre heures d'affilée en deux jours, Voltaire écrit d'abord : « J'eus tout le temps de parler avec beaucoup de liberté sur tout ce que Votre Éminence m'avait prescrit... » Cette phrase sera omise dans la lettre expédiée à Versailles.

Les huit heures de conversation ont été fructueuses. Frédéric s'est inquiété « des réactions en France à sa sortie de l'alliance » (« Je répondis qu'en effet tous les Français avaient ressenti avec indignation [*sic*], etc. »). Quant à ses raisons, elles ne tiennent pas aux prétendus efforts du cardinal pour signer de son côté une paix séparée, mais « sont si singulières que je doute qu'on en soit informé en France, et que je n'ose pourtant les confier à cette lettre, sentant combien il me siérait peu de toucher à des choses si délicates ». Quoi qu'il en soit, Voltaire peut rassurer le cardinal : Frédéric soutient toujours l'empereur élu et ne cède pas aux « propositions pressantes » des Anglais. Ce sont eux qui l'ont convaincu que la France était « épuisée d'hommes et d'argent, et entièrement découragée ». Voltaire s'est récrié : le numéraire ne manque pas, les recrues affluent, « jamais la nation n'a marqué plus de bonne volonté ». Les émissaires anglais s'efforcent toujours d'attirer Frédéric dans leur camp, sans succès apparent. « Cependant, le 26 août, l'adjudant général Schmettau, qui accompagne le roi de Prusse, fit venir cinq exemplaires de toutes les cartes de la Moselle, des Trois-Évêchés, de la Flandre et de la Picardie. » Le brouillon continue : « Si ma lettre est jugée digne de votre attention, je vous supplie, Monseigneur, de ne la regarder que comme le simple témoignage de mon zèle pour le roi et pour la patrie. La confiance avec laquelle le roi de Prusse daigne me parler me mettrait quelquefois en état de rendre ce zèle moins inutile, et je croirais ne pouvoir jamais mieux répondre à ses bontés qu'en cultivant le goût naturel qu'il a pour la France. » Dans la lettre expédiée, toute référence à la confiance du roi de Prusse sera supprimée.

La réponse de Fleury est la plus chaleureuse que Voltaire ait jamais reçue de lui : « Vous avez parlé d'or, Monsieur, et agi de même. Je vous rends mille grâces de votre attention à me faire part de votre conversation avec le roi de Prusse, et je vois que vous ne réussissez pas moins en prose qu'en vers. » Voltaire peut compter « sur mon estime, sur mon amitié et sur tous les autres sentiments que vous méritez pour ne pas y mettre de cérémonie ». Bien sûr, le cardinal relève l'évocation par Voltaire des raisons « si singulières » qu'il n'a osé les confier à une lettre : « Vous piquez ma curiosité en me parlant de ses motifs secrets, et si vous pouvez m'en dire quelque chose sans vous commettre, vous n'aurez qu'à mettre sur votre lettre, pour moi seul. »

Hélas, Son Éminence vieillit — quatre-vingt-neuf ans : ce n'est pas à l'arrivée, à Versailles, qu'une interception est à redouter, mais au départ, à Bruxelles, et la mention « pour lui seul », mise sur l'enveloppe destinée au cardinal, n'en ferait qu'augmenter les risques. Voltaire répond le 24 septembre : « Si je n'avais craint le sort que les lettres ont quelquefois sur les frontières, surtout dans un temps aussi orageux que celui-ci, j'aurais pris un peu plus de liberté, et je profiterais aujourd'hui de celle que Votre Éminence me donne de lui parler des raisons secrètes qui ont précipité la paix du roi de Prusse. » Que Fleury s'adresse donc à Valori, notre ambassadeur à Berlin. L'affaire s'exécutera sans risque, Valori « ayant un caractère qui le met à l'abri de tout reproche, et un chiffre qui assurera du secret ». Mais Voltaire insiste ; le véritable motif de la désertion de Frédéric, c'est sa certitude de la faiblesse de la France : « S'il vous eût cru plus puissant, il vous eût été plus fidèle. » Voltaire a bien évidemment raison (les preuves ne manquent pas), mais Frédéric était décidément un allié incommode. Selon ses propres principes, il ne fallait pas que la France fût trop forte, et si elle devenait trop faible il la plantait là avec la Silésie dans sa besace.

Les conversations d'Aix-la-Chapelle indiquaient au moins que le roi de Prusse n'envisageait pas pour l'instant de rallier le camp adverse. C'était un mince réconfort.

*

* *

L'hiver 1742-1743 fut effroyable.

Les restes de notre armée étaient depuis l'été assiégés dans Prague. Broglie commandait, avec Belle-Isle comme conseiller. Singulière organisation qui plaçait l'auteur véritable de la guerre sous les ordres d'un acteur. Mais Belle-Isle avait beaucoup perdu dans l'opinion ; on voyait trop bien où s'abîmaient ses glorieuses illusions. En juillet, deux mois avant la mission de Voltaire à Aix, Fleury avait envoyé au général autrichien Koenigsek une lettre destinée à être montrée à Marie-Thérèse. Elle n'était qu'un long gémissement sénile : « Bien des gens savent combien j'ai été opposé aux résolutions que nous avons prises, et que j'ai été en quelque façon forcé d'y consentir. Votre Excellence est trop instruite de tout ce qui se passe pour ne pas deviner celui qui mit tout en œuvre pour déterminer le Roi à entrer dans une ligue qui était si contraire à mon goût et à mes principes. » C'était clairement désigner Belle-Isle. Marie-Thérèse fit publier la lettre, ce qui ridiculisa Fleury. Le cardinal, décidément bien baissé, protesta à Koenigsek qu'il ne lui écrirait plus ce qu'il pensait. Derechef, Marie-Thérèse imprima la lettre. Elle ne pardonnait pas aux Français les heures d'angoisse où son empire semblait se dérober sous ses pieds.

Le moral de la garnison de Prague restait pourtant bon. Plusieurs sorties vigoureuses éprouvèrent les Autrichiens. Une armée de secours arrivait. Maillebois, son chef, s'avança sur le haut Eger. Il croyait que Broglie et Belle-Isle iraient à sa rencontre. Ne voyant rien venir, il se replia sur la Bavière et fut disgracié. Broglie, nommé à sa place, trouva l'armée de secours sous la tente, décimée par les maladies.

Marie-Thérèse exigeait de Prague une reddition sans conditions. C'était la captivité assurée. Belle-Isle voyait bien que la faim aurait raison de ses troupes. Cet homme absolument décrié, renié par son propre gouvernement, trouva en lui la ressource de parapher d'un trait héroïque la longue liste des malheurs où il avait enfoncé sa patrie. Dans la nuit glaciale du 16 décembre, il rassemble les hommes valides — onze mille fantassins, trois mille cavaliers — et sort de Prague avec trois cents chariots et six mille mulets. Il laisse sur place François Chevert, le héros de l'escalade (enfin, l'un des deux héros...), avec quatre mille malades et l'ordre de tenir coûte que coûte pour fixer le maximum d'ennemis.

La retraite fut un sommet du courage militaire. On marchait de nuit, dès le lever de la lune, à travers neiges et glaces. Traînards et blessés étaient abandonnés à la mort. Le jour, on se battait contre les cavaliers ennemis dont les essaims tourbillonnants enveloppaient la colonne. Un homme, l'artilleur Vallière, sauva l'armée. Il avait trente canons. Ces trente canons étaient partout. On n'avait jamais vu une artillerie si véloce. Elle contraignit les cavaliers hongrois et croates à la réflexion. La nuit tombée, on repartait pour une marche épuisante. Vauvenargues, qui en était, y ruina sa santé. Belle-Isle atteignit enfin Egra avec les survivants. Il avait perdu tous ses chariots, mais Vallière gardait ses trente canons.

Le grand Chevert tenait toujours dans Prague avec sa cohorte de grabataires. Aux assiégeants qui le menaçaient d'un assaut général, il répondit qu'il mettrait le feu à la ville. La famine sévissait. On mangea les chevaux, les chiens, les chats. Quand on en fut aux rats, Chevert consentit à négocier. L'ennemi étonné lui accorda les honneurs de la guerre et la liberté pour lui et ses compagnons. Il paraît que, quand il sortit à la tête de sa garnison de spectres, les Autrichiens pleuraient.

C'était le 2 janvier 1743. Vingt-sept jours plus tard, la vie se résignait à abandonner l'opiniâtre carcasse du cardinal de Fleury.

*
* *

La suite est triste. Tout héroïque qu'elle fût, la retraite de Prague n'en signait pas moins un désastre. L'avocat Barbier écrivait avec bon sens : « Ce n'était pas la peine d'aller si loin pour en sortir de la sorte. » Quant à Frédéric, toujours économe de louanges envers ses collègues militaires, il s'étonnait qu'on ne ressentît pas à Paris le poids de la défaite : « En pareille occasion, on aurait jeûné à Londres, exposé le saint sacrement à Rome, coupé des têtes à Vienne... »

Le retour en France des rescapés de Prague laissait le maréchal de Broglie et ses troupes isolés au cœur de l'Allemagne. Noailles mettait bien sur pied une nouvelle armée, mais elle était destinée à s'opposer aux Anglais, dont la menace se précisait au nord. Versailles ordonnait gaiement de passer à l'offensive. Luynes note qu'aucun militaire n'était consulté. Broglie doutait d'avoir assez de troupes pour une défensive efficace. Le 9 mai 1743, les Autrichiens franchirent l'Inn et encerclèrent dans Braunau la moitié des troupes de Charles VII, qui, avec le titre d'empereur, en était réduit à lutter pour sauver son électorat de Bavière. Broglie demanda des renforts. On lui détacha douze bataillons et dix escadrons qui prirent la route en traînant les pieds, au bord de la mutinerie. Le moral flanchait. Versailles renonça à exiger l'offensive mais ordonna de se maintenir en Bavière. Politiquement, c'était raisonnable : la France, entrée en guerre pour faire de son Électeur un empereur, devait pour le moins s'employer à lui conserver son État. Mais les raisons politiques et les réalités militaires ne s'accordent pas toujours. Broglie devait garder un front s'étirant de Munich à Ratisbonne, le long du Danube et de l'Isar. Le 6 juin, les Autrichiens franchirent le Danube. Le maréchal opéra une retraite parfaite sur Ingolstadt et Donauwoerth. Sa hantise était de sauver son armée. Il envoya jusqu'à douze courriers de suite à Versailles pour rendre compte de sa situation et demander des ordres. L'un de ces courriers fut son fils, mais comme il ne s'agissait plus d'annoncer des victoires, le maréchal envoya son cadet Charles, qu'on appelait le chevalier de Broglie. Le roi le traita très froidement mais il reçut meilleur accueil chez la reine, à laquelle il fut présenté.

Sans doute le maréchal n'était-il plus le même. Il avait soixante-douze ans. Si sa filiale jeune garde continuait de donner à Strasbourg des nouvelles rassurantes, ses amis lui trouvaient de l'humeur, des colères éruptives. Ses rapports avec l'empereur et ses entours avaient été depuis le début exécrables ; il leur reprochait de sacrifier l'intérêt général à leurs visées particulières. De son côté, l'empereur, qui le voyait obsédé de sa seule armée et non de la Bavière, remuait Versailles de ses récriminations — Versailles où la grande affaire du moment était de savoir si la nouvelle maîtresse de Louis XV réussirait à éliminer complètement la précédente, qui n'était autre que sa propre sœur. Broglie voyait depuis si longtemps se succéder ordres et contre-ordres qu'il crut peut-être pouvoir continuer à jouer sa partie. Mais on approchait en Allemagne de la fin de partie et tout se raidissait. Il reçut l'ordre de tenir. Sans attendre d'être pressé par l'ennemi, il abandonna Ingolstadt, puis Donauwoerth, et se replia sur le Rhin, abandonnant la Bavière à son sort. Sa retraite fut parfaite — un modèle du genre. Il traînait avec lui son artillerie de siège, dont il ne perdit pas un canon. Mais ce chef-d'œuvre militaire était désobéissance. L'empereur, chassé de son propre État, réfugié à Francfort sans troupes et sans un sou, fulminait des anathèmes. Avec la partie, la France perdait la face.

Le malheur s'entêtait. Le 27 juin, jour où Broglie évacuait Donauwoerth, Noailles affrontait les Anglais à Dettingen. Ses dispositions étaient excellentes ; Frédéric écrira qu'elles étaient dignes « du plus grand capitaine ». Le roi d'Angleterre, la tête dans le sac, n'aurait de choix qu'entre la capitulation et une retraite périlleuse où il risquait de perdre son armée. Tout fut rompu par l'insubordination du duc de Gramont, neveu de Noailles, qui commandait l'aile gauche. Décimés par le canon français (Vallière encore !), les Anglais refluaient en désordre. Gramont, qui avait instruction de ne pas bouger, lança ses gardes françaises. Le mouvement, masquant les canons de Vallière, permit à l'ennemi de se ressaisir. Des pertes à peu près égales des deux côtés auraient pu faire conclure à un coup nul, mais les Anglais restèrent seuls sur le champ de bataille, ce qui les faisait victorieux. Le roi d'Angleterre avait frôlé de si près la catastrophe qu'il fit chanter à Bruxelles un *Te Deum* composé par Haendel. Le pire était peut-être la piètre conduite des meilleures unités de Noailles. Les gardes françaises avaient carrément fui. Même les corps de la maison du roi — gendarmes, mousquetaires, gardes du corps —, dont la bravoure ne se discutait plus, avaient un moment montré le dos à l'ennemi. À Voltaire qui lui écrivait : « Malgré les nobles retraites de votre ami de Strasbourg, et malgré la faute faite à Dettingen, il paraît que les Français n'ont pas manqué de courage », Frédéric répondit : « Vous me direz tout ce qu'il vous plaira, une armée qui fuit trois ans de suite, et qui est battue partout où elle se présente, n'est pas assurément une troupe de Césars ni d'Alexandres. »

Par un hasard malheureux, au soir de Dettingen et de l'évacuation par son frère de Donauwoerth, le vieux abbé donnait un très brillant souper réunissant ses plus hautes relations à la cour. L'effet fut déplorable.

Désobéissance de Broglie, insubordination de Gramont, affaissement du moral des troupes ; nos armées, qui prétendaient donner la loi à l'Europe, repliées en Alsace, et dans une position si menacée que le bon Stanislas, une fois de plus, va devoir faire ses bagages et quitter Lunéville : une reprise en main s'imposait. En arrivant à Wimpfen, Broglie trouva l'ordre de remettre le commandement de l'armée à Maurice de Saxe et de rejoindre Strasbourg. À Strasbourg, il sut que sa disgrâce était complète : ordre de se rendre à sa terre de Chambrais sans passer par Paris ni Versailles. C'était l'exil. À ce niveau, on n'en revenait pas. Encore Louis XV, furieux d'avoir été désobéi, se jugeait-il magnanime : « Vous savez que je n'aime pas les grandes punitions », écrivit-il au maréchal de Noailles, qui avait demandé une sanction exemplaire pour son collègue malheureux.

Le vieux abbé trouva judicieux de faire retraite dans son abbaye des Vaux-de-Cernay.

L'opinion publique ne comprit pas bien la disgrâce. Après tout, le maréchal avait ramené son armée intacte. Elle servirait à la défense du territoire, alors que si elle s'était vainement incrustée en Bavière elle eût été bientôt coupée de tout, comme les Anglais en formaient le projet. On estimait que Broglie se trouvait sacrifié sur l'autel de l'empereur, à qui Versailles devait bien une tête en compensation de son État perdu. Mais Louis XV écrivit à Richelieu : « Non assurément, M. de Broglie n'avait point ordre de quitter la Bavière, et s'il est martyr de la politique, je vous promets que la politique l'est bien de lui. »

À Chambrais, appelé Broglie depuis son érection en duché, une attaque d'apoplexie terrassa le maréchal. Paralysé, il se prépara à la mort.

*

* *

Voltaire est à La Haye, en exil lui aussi, mais volontaire. Il a quitté Paris abreuvé de rebuffades et d'affronts. Il n'en peut plus. D'abord, un échec sanglant à l'Académie française. Il avait posé sa candidature au fauteuil du cardinal de Fleury. Pourquoi pas ? Ne s'était-il pas réconcilié avec Son Éminence ? Et qui eût été plus apte que lui à faire l'éloge funèbre de l'homme d'État qui avait gouverné la France pendant dix-sept ans ? Sa candidature, approuvée par le roi et sa maîtresse, semblait devoir passer comme lettre à la poste. C'était compter sans le parti dévot, mobilisé autour de l'ancien évêque de Mirepoix, Boyer, précepteur du dauphin et titulaire de la feuille des bénéfices, qui lui donnait la direction temporelle du clergé. Ils en ont tant fait — un mécréant succédant au cardinal ! — que Louis XV a retiré son appui. C'est l'évêque de Bayeux qui a été élu à l'unanimité des voix (quelle claque pour Voltaire !), tout surpris de ce fauteuil auquel il ne songeait pas. Bagage littéraire nul, pas une ligne publiée. Voltaire en est pour ses frais ; il avait écrit à Boyer une lettre assez pitoyable (« Je suis bon citoyen et vrai catholique ») qui consterne ses amis et enchante les autres.

Puis sa tragédie *La Mort de César*, donnée une première fois huit ans plus tôt au collège d'Harcourt, rejouée sans problème sur un théâtre privé, que la Comédie-Française avait inscrite à son répertoire, répétée, et que la police interdit la veille de la première... C'en est trop, il part, la Hollande sera sa première étape. Il ira ensuite s'établir à la cour de Frédéric II, un roi capable d'apprécier les poètes. Lettre amère à l'ami Thiériot : « J'ai une récompense bien singulière et bien triste de trente années de travail. Ce n'est pas tant *Jules César* que moi qu'on proscrit. » Vers désabusés à l'ami Cideville : « Non, terminons en paix mon obscure carrière... » Lettre de coquette au « monarque charmant », à « ma plus grande passion » : « Je n'y puis plus tenir ; le côté de votre aimant m'attire trop fort, tandis que le côté de l'aimant de la France me repousse. » Émilie du Châtelet, restée à Paris, annonce *urbi et orbi* la définitive rupture : « ... M. de Voltaire, très mécontent déjà de tout ce qui s'était passé au sujet de l'Académie, a été si révolté du refus que l'on fait de laisser jouer la tragédie de *Jules César* qu'il s'en est allé en Hollande, d'où il ira vraisemblablement en Prusse... »

Barbier note dans son journal : « On ne dit rien de nouveau, si ce n'est que Voltaire, notre fameux poète, est encore exilé, on n'en sait pas précisément la raison. On dit que c'est peut-être pour avoir fait une critique un peu hardie de l'oraison funèbre du cardinal de Fleury. »

Bon début : l'opération d'intoxication, première phase de la mission, a réussi. L'échec à l'Académie n'était certes pas programmé, mais a été bien utile pour accréditer l'image d'un Voltaire révolté par l'injustice du pouvoir. L'interdiction de *La Mort de Jules César* a été délibérée (Amelot, secrétaire d'État des Affaires étrangères, l'écrit explicitement à Valori, notre ambassadeur à Berlin). Ainsi Voltaire quitte-t-il Paris avec la « couverture » d'un homme dégoûté de Paris, écœuré par Versailles, qui n'a d'autre issue que de se jeter dans les bras de son « adorable monarque ».

Cette fois, la mission a le sceau officiel. Les quatre secrétaires d'État l'ont organisée ; le roi l'a approuvée. La coalition qui se noue contre la France apparaît si menaçante qu'il serait fou de se priver de l'atout Voltaire. On lui remboursera ses frais. Amelot lui a confié un code secret qui mettra sa correspondance à l'abri des yeux indiscrets. Le code, d'une robuste simplicité, est basé sur une méthode d'équivalences directes : un groupe de chiffres représente un mot ou une phrase convenus d'avance ; ainsi le groupe chiffré 0631 représente-t-il la Prusse. Le comte d'Argenson, condisciple de Voltaire à Louis-le-Grand, est secrétaire d'État de la Guerre. Son aîné, le marquis d'Argenson, prendra bientôt la place d'Amelot. Avec cette nouvelle génération — la sienne — qui arrive aux affaires, c'en est fini des réticences décourageantes du vieux Fleury ; Voltaire va enfin pouvoir devenir quelque chose.

Un embarras : Émilie du Châtelet, jalouse du roi de Prusse qui veut lui voler son poète, s'est si fort opposée au voyage qu'on s'est résigné à la mettre dans le secret. On s'en repentira.

Frédéric voyageant sans cesse pour passer ses troupes en revue ou surveiller des travaux de fortification en Silésie, Voltaire s'installe à La Haye dans ce qu'il nommera pour ses amis « le palais royal du roi de Prusse », en fait l'ambassade prussienne, une vieille bâtisse hantée par les rats. Il y attend la convocation du roi. Mais comme il est Voltaire et qu'il brûle de briller dans son nouvel emploi, il étend d'autorité sa mission à l'espionnage de la Hollande. Le ministère français avait les yeux fixés sur ce pays, qui avait promis son alliance à l'Angleterre mais hésitait à passer à l'acte, redoutant l'éventualité — elle se vérifiera — d'une offensive française contre les Pays-Bas autrichiens qui eût dangereusement rapproché la guerre de ses frontières. Toute information sur la Hollande valait son pesant d'or.

Voltaire les apporta par brassées. En trois mois, cet homme de génie fit la démonstration éblouissante qu'il était aussi un génial agent de renseignement. L'histoire des services secrets offre peu d'exemples d'une telle rapidité dans la détection des sources, d'une pareille diversité dans l'information, d'une recherche aussi minutieuse du détail signifiant. Esprit universel, exemplaire de ce siècle où l'on survolait tout avec l'ambition de tout apprendre, Voltaire avait compris d'emblée que le renseignement n'est fait que de détails. Point d'aigles dans ce métier, mais des moineaux picoreurs. Les plus grands sont les plus modestes. Il sut être modeste, ce qui lui était la chose peut-être la plus difficile au monde. Nous le savions depuis sa précédente mission, quand nous l'avions vu avec étonnement identifier les cartes géographiques achetées à Aix-la-Chapelle par un aide de camp de Frédéric.

Il commence par un coup de maître. L'ambassadeur de

Prusse à La Haye, le jeune comte Podewils, avait pour maîtresse la femme d'un homme d'État hollandais. Elle lui donnait copie de toutes les décisions gouvernementales. Voltaire s'en procura les doubles et les fit passer à Versailles. Ce ne fut certes pas sa seule source. Il écrivait dès le 6 juin à Amelot : « Je suis en liaison intime avec quelques étrangers qui me font part de toutes les affaires et qui me mettront en état de le [Frédéric] brouiller avec l'Angleterre. »

Le 15 juillet, un véritable exploit : il envoie au comte d'Argenson, ministre de la Guerre, l'état détaillé des forces militaires hollandaises, soit un total de quatre-vingt-quatre mille hommes subdivisés en sept mille sept cents cavaliers, soixante-deux mille fantassins, trois mille cinq cents dragons, neuf mille six cents Suisses, mille deux cents artilleurs. Il y ajoute le budget ordinaire de la guerre (10 098 156 florins) et le budget extraordinaire (5 774 561 florins). Il indique que la dette hollandaise se monte pour l'année en cours à 32 852 665 florins, dont l'intérêt annuel est de 1 478 694 florins. Versailles possède ainsi, à l'unité près, le tableau complet de la puissance militaire et financière de cet ennemi potentiel. Voltaire, un peu ému par l'importance de ces renseignements et par le risque qu'il court, demande à d'Argenson de lui accuser réception de l'envoi (conformément aux dispositions prises, il a été expédié à l'adresse d'Émilie du Châtelet, qui fait office de boîte à lettres), « sans quoi j'aurais ici beaucoup d'inquiétudes ».

Il annonce que La Haye a décidé de faire marcher quatorze mille six cents hommes, destinés à rejoindre la coalition contre la France. Mais il ajoute : « Vous pouvez être sûr que les Hollandais ne vous feront pas grand mal. Il est actuellement huit heures du soir, 15 juillet. À sept heures, le général Hompèche, qui attendait l'ordre de partir, a reçu un ordre nouveau de faire mettre petit à petit, ces quinze jours-ci jusqu'au 1er août, les chevaux à la pâture. Les gardes à pied n'auront les ordres pour la marche que le 24 juillet. Il est évident qu'on cherche à ne plus obéir aux Anglais, sans leur manquer ouvertement de parole. » Le 18, il confirme : « L'ordre de mettre les chevaux au vert est exécuté et subsiste pour dix ou douze jours au moins. Les gardes à pied partent le 24 ou le 23 au plus tôt. Deux régiments sont en marche actuellement aux environs de Maastricht. On dit hier en ma présence au comte Maurice de Nassau, général de l'infanterie : Vous ne serez pas avant deux mois au rendez-vous. Il en convint. »

Le 19 juillet, il écrit à Amelot sur Van Haren, ennemi décidé de la France, qui avait convaincu le gouvernement hollandais de rallier la coalition et de lui fournir vingt mille hommes. Contrairement à l'image qu'on en a à Versailles, Voltaire estime que cet adversaire devrait être approché. « Je souhaiterais qu'un homme de ce caractère pût être attaché à Sa Majesté, et je ne crois pas qu'il soit impossible d'y réussir. » Voltaire est par ailleurs en contact permanent avec l'ambassadeur d'Angleterre et l'envoyé du Hanovre, c'est-à-dire les représentants des puissances ennemies. Leurs propos sont inquiétants. La coalition a pour objectif d'arracher l'Alsace et la Lorraine à la France. Ils ne se méfient nullement de Voltaire : « On me parle familièrement, et si j'étais dans le camp du roi d'Angleterre, j'ai lieu de croire qu'on ne se déguiserait pas davantage, tant on me croit peu à portée, par mon caractère et par ma situation, de profiter de cette franchise. » La couverture est étanche.

Dans la même lettre, une information considérable : Frédéric emprunte quatre cent mille florins à Amsterdam. « Cette nouvelle est aussi vraie qu'étonnante. » Le trésor laissé par le Roi-Sergent n'était donc pas inépuisable. Si le nerf de la guerre vient à manquer, cela ouvre des perspectives. Ne conviendrait-il pas d'offrir des subsides à Frédéric ? Ces subsides ne pourraient-ils être affectés à l'achat de ravitaillement en Allemagne, ce qui aurait l'intérêt d'affamer les armées de la coalition ? Voltaire attend l'accord de Versailles pour s'en ouvrir au roi de Prusse. D'autre part, il rend compte des nombreuses visites que lui fait lord Stairs, commandant de l'armée anglaise, qu'il connaît depuis vingt-cinq ans. « Si mes liaisons, et le bonheur que j'ai d'être reçu partout avec bonté et sans défiance, peuvent être de la moindre utilité, il n'y a rien que je ne sois prêt de faire. » Mais il attendra le feu vert ministériel pour aller plus loin avec Stairs.

Le 1er août, il envoie au comte d'Argenson l'analyse hollandaise de la bataille de Dettingen, annonce le départ des gardes à cheval, et ajoute : « Les meilleures têtes de la Hollande avouent qu'elles ne seraient pas peu embarrassées si vous envoyez un corps sur la Meuse. »

Le même jour, il donne à Amelot des détails sur l'emprunt de Frédéric. Il annonce surtout qu'il a informé le roi de Prusse, « par une voie très secrète », que les Hollandais faisaient remonter le Rhin à des transports de munitions destinés à la coalition, et qui traverseraient des territoires de sa souveraineté. Frédéric a accepté de bloquer les transports aussi longtemps qu'il pourra, mais exige que l'ambassadeur de France ne soit pas mis dans le secret : « On ne veut point paraître lié avec vous. On veut vous servir sous main, en ménageant la République. Je tâcherai de faire fermenter ce petit levain. » Il y revient le lendemain et confirme que, selon Frédéric, l'envoi d'un corps d'armée sur la Meuse renforcerait puissamment le parti pacifiste en Hollande. Au ministère d'en décider : « Je n'ai d'autre avantage que celui de mettre les partis différents et les ministres étrangers à portée de me parler librement. Je me borne et bornerai à vous rendre un compte simple et fidèle de tout. »

Le 6 août, il écrit à Amelot sur Van Haren, l'adversaire déclaré de la France. Voltaire estime qu'il « serait très sensible à l'espérance de pouvoir être ambassadeur, mais le temps n'est pas convenable ». Il communique au secrétaire d'État copie de la dernière dépêche envoyée à La Haye par Van Hoy, ambassadeur de Hollande en France. Il annonce que la ville de Nimègue refuse de payer sa part des subsides promis à Marie-Thérèse. « Un des hommes les mieux instruits » lui a appris que les Anglais « font au roi de Prusse les propositions les plus fortes. Il m'a promis de m'en donner copie mais je doute de l'exécution de sa promesse. »

Le 8, il prévient que « les troupes hollandaises ne pourront certainement joindre les alliés que le 15 ou le 16 septembre ». Le parti pacifiste est toujours aussi fort. Une démonstration française de fermeté neutraliserait définitivement la Hollande.

Le 13 août, à Amelot, « une pièce très secrète » dont nous ne savons rien ; mais « je ne crois pas que rien puisse mieux faire connaître l'état présent de ce pays ». Il confirme que Podewils, ambassadeur de Prusse, s'active pour la paix. C'est un homme qu'il faut absolument s'attacher. Le 16 août, au même Amelot, sur Van Haren (Ah ! cet homme capital, cet adversaire, est aussi grand poète. « Je suis bien aise, écrit Voltaire au marquis d'Argenson, pour l'honneur de la poésie, que ce soit un poète qui ait contribué ici à procurer des secours à la reine de Hongrie, et que la trompette de la guerre ait été la très humble servante de la lyre d'Apollon. »). Ce Van Haren, donc, « il faut le regarder comme un homme incorruptible ; mais il peut aimer la gloire et les ambassades ». Voltaire est convaincu que « l'espérance d'être nommé par la faveur même de la France à une ambassade (dont il semble exclu par l'usage, étant né frison) pourrait flatter son amour-propre, et le déterminer à servir le parti de la justice, de la raison et de la paix. Mais ce ne peut être que l'ouvrage du temps, et même d'une liaison intime et secrète avec lui ». Sagace Voltaire ! Comme il connaît son monde et quel agent recruteur il eût fait ! Les annales des services secrets le démontrent à satiété : là où l'argent ne réussit pas toujours, car les incorruptibles sont plus fréquents qu'on ne croit, la vanité échoue rarement. Elle est l'arme absolue pour recruter ou retourner un homme (non pas une femme, beaucoup moins vulnérable à ces pauvretés).

Toujours le 16 août, l'affaire du blocus des munitions va bien et les armées de la coalition ne sont pas près de les recevoir. Podewils, dûment chapitré, écrit à Frédéric dans un sens favorable à la France (mais il ne veut surtout pas d'une brouille entre Prusse et Hollande, car cela le contraindrait à quitter sa maîtresse...). Bonne nouvelle : Voltaire, qui a accès aux dépêches envoyées à La Haye par l'ambassadeur de Hollande à Saint-Pétersbourg, peut assurer que Frédéric refuse un traité défensif proposé par l'Angleterre et la Russie. Voltaire s'autorise à signaler à Amelot (qui l'informe régulièrement de l'évolution diplomatique en Europe) que, contrairement à ce que lui affirme son propre ambassadeur à Pétersbourg, « le ministère russe paraît entièrement autrichien ». Il lui envoie, à titre de preuve, copie de la dépêche hollandaise. À propos d'ambassadeur, il s'est déjà pourvu de lettres de recommandations pour mylord Hyndford, ministre anglais à Berlin : « Je tâcherai même de me lier avec lui, et de faire tourner à votre avantage l'heureuse obscurité à l'abri de laquelle je peux être admis partout avec familiarité. » Il termine en évoquant les dépêches décevantes de l'ambassadeur de Hollande à Versailles, Van Hoy, dont il a également connaissance.

L'affaire des munitions continue d'aller bien, puisque les transports n'avancent pas. Voltaire donne le 19 août la liste complète du matériel (1 290 boulets de canons de 3 livres de balles, 29 600 balles de mousquet, 36 714 pierres à fusil, etc.).

La deuxième semaine d'août, il se met en route pour Berlin où l'attend le roi de Prusse.

*
* *

Il est de tradition, chez les historiens, de traiter sur le ton de la comédie la rencontre de Berlin. Au mieux, Voltaire est montré en grand écrivain s'égarant dans un domaine qui n'est pas le sien et où il était trop léger, virevoltant, pirouettant — voltairien — pour ne pas échouer. Le plus souvent, c'est un Voltaire enivré de vanité, atteint de mégalomanie galopante, qui s'avance vers Berlin avec la certitude de régler le sort de l'Europe en trois conversations.

Rien de plus faux. Nous venons de le voir trop appliqué aux minuties pour lui croire la tête dans les nuages ; ce poète avait les pieds sur terre. Il a parfaitement compris — ses lettres de La Haye ne cessent de le répéter — qu'il doit son efficacité d'agent non point tant à sa célébrité qu'à son efficace couverture d'écrivain persécuté dans son pays et contraint à l'exil. Quant à sa prétendue présomption, il faut ne l'avoir point lu pour la soutenir. Comment cet homme dont l'intelligence survole le siècle aurait-il été si sot que de croire au pouvoir magique de sa séduction dans une affaire aussi grave ? Comment aurait-il méconnu que Frédéric ne reprendrait les armes que si l'alliance avec la France lui paraissait sûre et profitable ? Bien loin de partir gonflé de suffisance, Voltaire n'avait cessé de modérer les espérances de Versailles. Le 2 août, il insiste sur la mauvaise opinion qu'a Frédéric de la France : « J'ose vous supplier, ajoutait-il, de m'envoyer quelques couleurs avec lesquelles je puisse faire un tableau qui le frappe quand je lui ferai ma cour... » Le 13 août : « Je voudrais que vous fussiez content de mon zèle, mais les choses sont à présent dans une situation qui me fait craindre que ce zèle ne soit inutile, et qui me fait prendre la liberté de vous demander quelques instructions qui m'empêchent de faire un faux pas. » Le 16 août : « Je suis bien loin d'oser me promettre un succès qu'on doive à mes soins, je ne réponds que du zèle le plus ardent. » Le 27 août, en route pour Berlin : « Je crois jusqu'à présent n'avoir point donné de faux avis. Je ne veux pas non plus donner de fausses espérances... » Le moins qu'on puisse dire est qu'il a claire conscience des difficultés et qu'il ne se berce point d'illusions.

Chez ses biographes les mieux disposés, l'épisode reste embrumé de gêne. Ils souffrent de voir le héraut de la tolérance, le défenseur de Calas et de Sirven, l'homme des Lumières, s'abaisser à ces besognes. Ils déplorent de le voir trahir la confiance de son hôte — tant d'odes dithyrambiques au Salomon du Nord pour finir par l'espionner... Que répondre ? Voltaire va dans un pays qui professera bientôt que « le renseignement est métier de seigneurs », mais la formule, à ce jour, n'a pas vraiment convaincu. Peut-être devrait-on mieux voir que ces deux hommes — le roi Voltaire et le roi de Prusse — traitent de puissance à puissance et que leurs rapports n'ont pas la simplicité des relations ordinaires. Ils s'admirent sûrement ; ils s'aiment peut-être ; ils sont aussi des monstres froids. Frédéric veut absolument fixer Voltaire à Berlin pour donner à sa cour l'éclat qui lui manque, et tous les moyens lui sont bons. Voltaire voit dans le roi de Prusse l'incomparable joker qui le sauve des situations délicates et peut assurer sa promotion. Dans la longue partie qu'ils jouent l'un avec l'autre — l'un contre l'autre —, Frédéric n'est d'ailleurs pas le dernier à ruser et à trahir. On aurait tort de le confondre avec Stanislas Leszczynski. En avance sur tous les chefs d'État, il avait deviné l'importance à venir du renseignement, tout comme la puissance nouvelle de l'opinion publique. Aucun souverain ne s'ingénia autant que lui à être exactement renseigné. Voltaire s'était trop démasqué pour ne point lui faire dresser l'oreille. Cette lettre, par exemple, qui vantait le courage français malgré Dettingen et malgré les replis de « l'ami de Strasbourg », comment le roi de Prusse ne l'eût-il pas trouvée singulière sous la plume d'un écrivain absolument disgracié, réduit à l'exil, et qui, même en faveur à la cour, ne se fût pas privé de brocarder les seigneurs pleins de morgue qui avaient fui devant les fusils anglais ? Il y avait anguille sous roche. Frédéric s'employa à soulever la roche.

Après sa candidature avortée à l'Académie, le poète avait envoyé à Berlin des lettres où Boyer, responsable de son échec, était allègrement moqué. Voltaire prétendait ainsi que le prélat signait toujours en abrégé « l'anc. évêque de Mirepoix » mais que son écriture était si mauvaise qu'on lisait : « l'âne évêque de Mirepoix ». Frédéric, machiavélique, écrivit à Rottenbourg, son agent à Paris : « Voici un morceau d'une lettre de Voltaire que je vous prie de faire tenir à l'évêque de Mirepoix par un canal détourné, sans que vous et moi paraissions dans cette affaire. » L'objectif était double. D'abord, brouiller définitivement Voltaire avec la France pour le contraindre à venir s'installer à Berlin ; mais aussi observer la réaction de Versailles. Si aucune poursuite n'était engagée contre Voltaire, preuve serait faite que, bien loin de le proscrire, le ministère français le protégeait. Pour faire bonne mesure, Frédéric, peu regardant sur les moyens, avait greffé sur une strophe de Voltaire un vers de sa composition où Louis XV était appelé « le plus stupide des rois ». Il n'y eut pas de réaction. Voltaire, d'ailleurs, découvrit la perfidie. Lettre de Frédéric II à son agent : « À propos de baladins, Voltaire a déniché je ne sais comment la petite trahison que nous lui avons faite, et il en est étrangement piqué ; il se défâchera, j'espère... » Voltaire se défâcha vite et il n'y eut que l'âne de Mirepoix pour rester piqué. Selon Voltaire, le prélat s'étant plaint à Louis XV de passer pour un sot à la face de l'Europe, « le roi lui répondit que c'était une chose dont on était convenu, et qu'il ne fallait pas qu'il y prît garde ». Voltaire prête au roi un esprit voltairien qu'on ne lui vit jamais.

Le secret semblait en tout cas éventé. L'imprudence d'Émilie du Châtelet devait y avoir eu sa part : elle avait parlé et écrit à tort et à travers, notamment à Mme de Tencin, redoutable personne, sœur du cardinal de Tencin, dont tout le monde tenait pour établi qu'elle couchait avec lui. Mme de Tencin écrivait dès le 18 juin : « On a publié que Voltaire était exilé, ou du moins que sur la crainte de l'être, il avait pris la fuite ; mais la vérité est qu'Amelot et Maurepas l'ont envoyé en Prusse pour sonder les intentions du roi de Prusse à notre égard. » Puis l'activisme de Voltaire à La Haye, singulier de la part d'un homme soi-disant blessé, qui prétendait ne plus aspirer qu'au recueillement, pouvait susciter des interrogations. L'ambassadeur de France à La Haye, jaloux, comme tout diplomate de carrière, de la concurrence d'un amateur, écrit à Versailles le 20 août, dix jours avant l'arrivée de Voltaire à Berlin : « En même temps, Monseigneur, que je me fais un devoir de rendre témoignage du zèle de M. de Voltaire, à son envie de devenir utile au service du Roi et au désir extraordinaire qu'il a de mériter votre approbation, je ne dois pas vous dissimuler que le motif de son voyage auprès du roi de Prusse n'est plus un secret. »

Quelle importance ? La mission avait évolué, ne seraitce qu'en raison de l'excellence des renseignements transmis par Voltaire, qui faisaient découvrir aux ministres, sous le baladin pour eux extravagant, l'instrument possible d'une politique. On ne lui avait d'abord demandé que de tenter de percer à jour les intentions de Frédéric ; on espéra bientôt qu'il aurait le talent de le ramener dans l'alliance avec la France. Mais la couverture inventée pour le protéger, efficace pour donner à Voltaire les apparences d'un écrivain exilé à qui Frédéric s'ouvrirait sans méfiance, devenait un handicap dès l'instant que la mission, cessant de se limiter au renseignement, devenait mission d'influence : pourquoi le roi de Prusse aurait-il accordé crédit politique à un Français que la France rejetait ? Voltaire le sentait si bien qu'il demanda à Maurepas une lettre à montrer à Frédéric. Le ministre lui fit tenir par Émilie une belle épître l'assurant qu'il avait eu tort de se croire en défaveur et qu'on comptait sur son rapide retour en France.

Tout était en place pour la pièce berlinoise.

*
* *

Si les historiens la traitent en comédie, les deux acteurs n'y sont pas pour rien. Voltaire l'évoque brièvement dans ses Mémoires, mais il écrivit ce très court récit seize ans après son voyage, en un temps où les vicissitudes avaient détrompé son ambition et où il était trop devenu quelqu'un pour vouloir encore être quelque chose. Son texte, l'un des plus vifs qu'il ait écrits, dont le mouvement irrésistible a traversé les siècles, est d'un homme posant sur le passé un regard amusé. Quant à Frédéric, dans l'*Histoire de mon temps*, il est d'une brièveté désinvolte : « Sur ces entrefaites, Voltaire vint à Berlin. Comme il avait quelques protecteurs à Versailles, il crut que cela était suffisant pour se donner des airs de négociateur ; son imagination brillante s'élançait sans retenue dans le vaste champ de la politique : il n'avait point de créditif, et sa mission devint un jeu, une simple plaisanterie. » Ces lignes, écrites elles aussi longtemps après, alors qu'une brouille sévère l'opposait à Voltaire, trahissent la volonté de dénigrer. Elles sont aussi contradictoires : qu'est-ce qu'un homme qui veut « se donner des airs de négociateur » et qui est par ailleurs chargé d'une « mission » ? Quant à l'« imagination brillante s'élançant sans retenue dans le vaste champ de la politique », nous savons que Voltaire était au contraire persuadé de la difficulté de sa tâche, et décidé à s'avancer à pas menus.

Le « questionnaire » acheva de donner à l'épisode le ton d'une saynète. Célèbre questionnaire, toujours cité, devenu référence essentielle, sinon unique[1] ! Voltaire, entre deux conversations avec le roi, imagina de l'interroger par écrit. Il avait aligné ses questions sur la moitié gauche de la feuille, laissant la partie droite pour les réponses. C'était évidemment une erreur ; l'écrit met du plomb dans une négociation où les mots doivent voler. Comme Frédéric avait de l'esprit, il résolut de faire le Voltaire et donna des réponses parfois sérieuses, souvent farceuses. Ainsi, à la question concernant la Silésie, dont Voltaire affirmait à juste titre que l'Autriche n'avait pas renoncé à la reconquérir, il répondit en détournant une chanson en vogue : « *On les y recevra, Biribi, à la façon de Barbarie, mon ami.* » La façon outrageante dont on parlait de lui à Londres et à

1. Il fut retrouvé et publié beaucoup plus tard par Beaumarchais, que nous ne tarderons pas à rencontrer puisqu'il est un personnage important de notre histoire.

La Haye ? « Je me soucie fort peu de ce que les Hollandais et Anglais disent, d'autant que je n'entends point leur patois. » Et cette réponse finale à propos de la France : « Cette monarchie est un corps très fort, sans âme et sans nerf. »

Toute la difficulté tenait dans cet ultime constat. Frédéric craignait d'être trahi après avoir lui-même trahi, mais la politique française lui inspirait surtout trop peu d'estime pour qu'il n'hésitât pas à s'allier à tant de faiblesse. L'une de ses têtes de Turcs favorites était « l'ami de Strasbourg », le maréchal de Broglie, qu'il n'appelait plus que « le quadruple Xénophon », puisqu'il avait fait retraite à la tête de quarante mille hommes...[1] Voltaire s'employa à lui démontrer qu'il avait tort et que seule l'alliance française pouvait lui conserver la Silésie. Curieuse négociation, qui progressait, selon Voltaire, « au milieu des fêtes, des opéras et des soupers ». Valori, ambassadeur de France à Berlin, confirme : « Il a été reçu avec toutes les grâces qu'on peut imaginer, et telles que non seulement aucun particulier n'a éprouvé mais j'ose dire encore aucun prince. » Frédéric allait pourtant relancer son hôte jusque dans sa chambre pour reprendre une conversation interrompue par un concert où Son Humanité faisait à Voltaire l'honneur de tenir la flûte.

Les traverses ne manquaient pas. Valori reçut des lettres l'avertissant que la mission de Voltaire allait rapetisser son personnage d'ambassadeur ; Voltaire l'apaisa en lui affirmant qu'il n'aspirait qu'à être son « secrétaire » et que, si succès il y avait, tout le mérite lui en reviendrait. Le plus inattendu vint de Frédéric. Il reçut lui aussi de charitables avis dénonçant le véritable objet de la visite de Voltaire. Sa réaction fut si vive qu'elle ne laisse aucun doute sur son ignorance antérieure. Ce ne serait pas la première fois dans l'histoire, ni la dernière, qu'un secret que toute personne sensée devait croire absolument éventé se révélerait ignoré du principal intéressé. Sous le feu des reproches, l'intelligent Voltaire (on pardonnera le pléonasme) comprit que

1. Xénophon est célèbre pour avoir conduit, avec quatre autres généraux, la fameuse retraite des « Dix Mille » qu'il a racontée dans l'*Anabase*.

mieux valait ne pas jouer au plus fin : il admit avec bonhomie qu'avant son départ pour La Haye Amelot lui avait suggéré de cultiver « les sentiments de l'estime réciproque et l'intelligence qui subsiste encore entre les deux monarques ». Mais l'amertume de Frédéric n'en fut pas apaisée, et nous comprenons mieux le ton acerbe dont il usera dans ses Mémoires pour diminuer un Voltaire qui l'avait dupé. Comme il allait rendre visite à sa sœur, la margrave de Bayreuth — avec sa mère, la seule femme qu'il ait aimée —, il décida d'oublier le traître à Berlin. « Ma situation commence à être très épineuse, écrivit Voltaire à Amelot, on a donné des ombrages. » Il sollicita d'être du voyage. On lui conseilla de ménager sa santé. Il répondit qu'elle n'avait jamais été meilleure. Bref, il partit sans avoir été vraiment invité. La margrave l'aimait ; la princesse Ulrique, future reine de Suède, l'adorait. Voltaire écrivit à Ulrique un madrigal où il avouait lui avoir fait l'amour en songe. En France, c'eût été la Bastille. Ulrique lui donna son portrait. Bonne Allemagne...

Après ces bagatelles, les conversations politiques reprirent. Leur bilan se trouve, non pas dans les facétieuses réponses au questionnaire, mais dans les lettres de Voltaire à Amelot des 3 et 13 septembre, aussi longues que des dépêches diplomatiques, et dans celles des 3 et 8 octobre. Chacune dit la disponibilité de Frédéric, mais aussi son hésitation. Voltaire commente : « Le roi de Prusse veut beaucoup de mal au roi d'Angleterre, mais il ne lui en fera que quand il y trouvera sécurité, et profit. » Lorsque le poète, sur le point de quitter Berlin, écrit un dernier billet à Frédéric, il lui confie avec une parfaite hypocrisie : « Je n'ambitionne point du tout d'être chargé d'affaires comme Destouches et Prior, deux poètes qui ont fait deux paix entre la France et l'Angleterre », mais lui demande en grâce « de m'écrire un mot que je puisse montrer au roi de France... que vous êtes bien résolu à vous lier avec un prince aussi sage et aussi ferme que lui ». Il n'aura pas une ligne écrite, mais rapporte un message oral plus éloquent qu'un long mémoire : « Que la France déclare la guerre à l'Angleterre, et je marche. » Voltaire conclut : « Je n'en voulais pas davantage. Je retournai vite à la cour de France : je rendis compte de mon voyage. Je lui donnai l'espérance qu'on m'avait donnée à Berlin. Elle ne fut point trompeuse... »

La France était officiellement en paix avec l'Angleterre. À Dettingen, elle s'était battue dans la seule qualité d'auxiliaire de l'empereur Charles VII contre des troupes anglaises auxiliaires de Marie-Thérèse. Frédéric voulait que la guerre fût déclarée, car il voyait dans un conflit généralisé l'assurance que Versailles ne pourrait plus négocier avec Vienne une paix séparée du même type que la sienne.

Voltaire quitte Berlin le 12 octobre 1743. Le 15 mars 1744, la France déclare la guerre à l'Angleterre. Le 2 juin, un traité d'alliance entre la France et la Prusse est signé à Versailles. Le 17 août, Frédéric prend l'offensive avec quatre-vingt mille hommes.

*
* *

Assurément, Voltaire n'avait été qu'un pion sur l'échiquier diplomatique, mais il reçut les dividendes de ses efforts. À son retour de Berlin, la cour lui passa commande d'un divertissement, mi-opéra mi-ballet, destiné à être donné à Versailles pour le mariage du dauphin avec l'infante d'Espagne, Marie-Thérèse. Il écrivit *La Princesse de Navarre*, tout en continuant de communiquer à Amelot les renseignements que lui envoyaient ses sources hollandaises, dont les copies des dépêches expédiées à La Haye par l'ambassadeur de Hollande en France. L'auteur dont les pièces ont été tant de fois interdites par la police est joué devant Louis XV et sa cour. Un mois plus tard, il est nommé historiographe du roi, comme Racine naguère. L'année suivante, l'Académie française l'accueille et il est fait gentilhomme ordinaire de la chambre du roi. Bien sûr, quelques circonstances non négligeables aideront à cette accession fulgurante : son grand poème célébrant la victoire de Fontenoy, qui plaira beaucoup au roi, puis l'amitié de Mme de Pompadour. Mais l'impulsion première était venue de La Haye et de Berlin, où il avait témoigné de ces qualités qui plaisent aux ministres et presque égalé ses deux illustres modèles, Prior et Destouches.

Quelque chose, enfin !

X

Dix ans avaient passé depuis la cacade de Dantzig. En Pologne, Auguste III, le roi saxon, régnait sans contestation. Le parti patriote avait perdu sa cohérence en même temps que l'espérance ; le roi de France n'était plus représenté à Varsovie. On affectait dans les bureaux de Versailles de tenir la Pologne pour une nullité vouée à l'anarchie, que le réalisme le plus élémentaire commandait d'abandonner à son mauvais sort. Auguste III, conscient de sa position de force, travaillait à rendre la couronne de Pologne héréditaire dans sa famille.

Une diète devait se tenir à Varsovie en décembre 1744. Louis XV décida d'y envoyer un ambassadeur extraordinaire qui renouerait le fil diplomatique rompu depuis la dure captivité imposée à Monti, notre dernier représentant à Varsovie, ainsi qu'à son secrétaire Jean-Pierre Tercier. Le hasard voulut que le diplomate choisi fût, comme Monti, d'origine étrangère. Le comte de Saint-Séverin d'Aragon, âgé de trente-neuf ans à son départ pour Varsovie, avait représenté le duc de Parme à la cour de France pendant dix ans, puis avait obtenu la nationalité française et, la même année 1736, s'était retrouvé ambassadeur de France à Stockholm. On ne peut pas dire qu'un chauvinisme étriqué régissait alors la carrière diplomatique. Les instructions données à Saint-Séverin, en date du 1er août 1744, lui prescrivaient de s'informer et de tâter le terrain. S'il ne pouvait convaincre la Pologne d'entrer dans la coalition contre Marie-Thérèse, du moins devait-il s'efforcer d'obtenir sa neutralité.

Il ne résida que deux mois à Varsovie, mais ce lui fut suffisant pour constater que l'image de la France, quoique bien ternie par l'épisode dantzigois, restait imprimée dans les cœurs polonais. Au reste, à quel autre protecteur les patriotes eussent-ils pu s'adresser ? L'état de santé d'Auguste III relançait les spéculations ; on lui voyait aux jambes des ulcères ouverts que les médecins ne parvenaient pas à guérir, et son père était mort du même mal. Le clan Czartoryski, inféodé aux Russes, se mettait déjà en ordre de bataille pour la succession. La noblesse polonaise dans son ensemble répugnait à l'idée d'une monarchie héréditaire qui l'eût privée du privilège d'élire son roi. Elle nommait liberté ce que l'Europe appelait anarchie. Saint-Séverin jugea avec bon sens que la France ne pouvait rester simple spectatrice des événements, ne serait-ce qu'à cause de la personnalité du comte Brühl, Premier ministre d'Auguste III, maître de l'esprit du roi et tout autrichien. Rentré en France, il rendit compte qu'« il croyait de l'intérêt de S.M. qu'il y eût quelqu'un de sa part en Pologne, tant pour être informé de ce qui s'y passe que pour ne pas laisser penser à la nation polonaise que S.M. l'abandonnait entièrement ».

Le nouveau secrétaire d'État des Affaires étrangères, le marquis d'Argenson, resta sourd à ces recommandations. Pour le distinguer de son frère cadet, le ministre de la Guerre, Versailles l'appelait d'Argenson la Bête. Son passionnant journal fait justice du sobriquet, mais enfin le marquis, idéaliste, voire chimérique, n'était pas fait pour le ministère. S'il avait la tête pleine de plans de paix pour l'Europe, la Pologne comptait peu à ce moment dans son puzzle personnel. Il se borna à exprimer le souhait de recevoir des informations sur l'évolution des affaires polonaises. L'habile Saint-Séverin ne manqua pas d'exploiter cette mince ouverture. Il avait rencontré à Varsovie Louis-Adrien Duperron de Castéra, qui lui avait fait excellente impression. Auteur de quelques pièces, embastillé un temps comme tout écrivain un peu insolent, Castéra avait été engagé comme précepteur du jeune prince Czartoryski et était devenu en quatre ans la coqueluche de la bonne société varsovienne. Il servit de poisson pilote à Saint-Séverin dans les méandres compliqués de la politique polonaise. Le diplomate proposa au ministre de nommer Castéra — « intelligent, aimé et estimé en Pologne » — résident de France à Varsovie. Un résident était beaucoup moins qu'un ambassadeur mais plus qu'un chargé d'affaires. Une désignation pour Varsovie se justifiait d'autant plus qu'Auguste III, comme son père, préférait le séjour de Dresde, capitale de l'électorat de Saxe, à celui de Varsovie, et que l'ambassadeur de France en Pologne, attaché à la personne du roi, se devait de résider dans la même ville que lui. D'Argenson refusa de nommer Castéra. Saint-Séverin confia alors au précepteur une mission d'information et lui demanda d'en rendre compte à d'Argenson.

Le 12 mars 1745, Castéra est à Paris. En un temps où une sage lenteur règle les démarches diplomatiques, il convient d'apprécier la rapidité des initiatives de Saint-Séverin : trois mois et trois jours se sont écoulés depuis qu'il a pour la première fois de sa vie mis le pied en Pologne. Reçu par d'Argenson, Castéra lui remet une missive du comte Bielinki, grand-maréchal de Pologne. Bielinki, reprenant la proposition de Saint-Séverin, suggérait de nommer Castéra résident de France à Varsovie. Le ministre ne donne pas suite. Officiellement, l'affaire est close.

Mais il reste à Castéra à accomplir sa mission officieuse, de loin la plus importante. Il obtient audience du prince de Conti et, sous le sceau du secret le plus absolu, lui révèle que trois seigneurs polonais de première importance, dont le grand-maréchal, l'ont chargé de l'approcher pour l'informer des menaces que faisait peser sur les libertés polonaises la volonté d'Auguste III de rendre héréditaire la couronne de Pologne. Le mauvais état de santé du monarque laissait prévoir une ouverture prochaine de sa succession. Dans ces conditions, les trois seigneurs, porte-parole des restes du parti patriote, « avaient jeté les yeux sur le prince de Conti, tant par l'attachement qu'ils avaient pour son grand-père que par estime pour lui ». Écrivain de si modeste envergure qu'il eût été inconvenant de le comparer à Voltaire, le précepteur endosse un rôle de messager de l'histoire qui eût enchanté le grand poète : il vient tout bonnement proposer à Conti de monter sur le trône de Pologne.

*
* *

S'agissant de la France et de la Pologne, l'histoire se répète, mais son bégaiement avait été immédiat. Louis-François de Bourbon, prince de Conti, était en effet le troisième prince du sang français invité par les Polonais à devenir leur souverain.

Le premier fut Henri, duc d'Anjou, fils de Catherine de Médicis, laquelle partagera avec la future bru de Louis XV le douteux privilège de donner à la France trois rois chacune, dont le dernier achèverait une dynastie — les Valois pour la première, les Bourbons pour la seconde.

Sigismond-Auguste était mort le 7 juillet 1552. Avec lui finissaient les Jagellons, qui se succédaient depuis deux siècles sur le trône de Pologne. Pour la première fois, le roi de Pologne serait élu par la noblesse du pays. L'empereur proposa la candidature de son fils. Le roi de Suède et Albert-Frédéric de Brandebourg se mirent également sur les rangs. Le czar de Russie, Ivan le Terrible, eut le culot de se présenter, mais, comme l'écrit drôlement Pierre Chevallier, « le seul atout qu'il pouvait faire valoir était de ne plus attaquer la Pologne s'il en devenait le souverain ».

Catherine de Médicis avait l'obsession de caser ses fils, et surtout Henri, son « mieux aimé ». Pour lui, elle avait inlassablement prospecté, envisageant tour à tour un mariage avec Élisabeth d'Angleterre, de dix-huit ans son aînée, avec une princesse du Portugal ou la fille du duc de Saxe ; explorant la possibilité de l'asseoir sur un trône à Alger, en Corse ou à Chypre. Rien n'avait abouti. La Pologne offrait une chance inespérée. Catherine déploya ses incontestables talents dans une campagne diplomatique de grande envergure visant à promouvoir la candidature de son troisième fils. Le premier, François II, avait régné un an ; à sa mort, la couronne de France était passée au deuxième, Charles IX.

Si les Français considéraient la Pologne comme un pays perdu dans les glaces du Nord et peuplé par une nation encore empêtrée de barbarie, l'évidence s'impose que la civilisation, au mitan du XVIe siècle, régnait davantage sur les rives de la Vistule que sur celles de la Seine. La Pologne, majoritairement catholique, comportait d'importantes minorités protestante, orthodoxe et juive, bénéficiant de la liberté du culte et vivant en bonne harmonie. La Seine était encore rouge du sang de la Saint-Barthélemy. Ainsi le prétendant français au trône de Pologne offrait-il à ses sujets potentiels un palmarès redoutable. À dix-neuf ans, il était pour les catholiques le héros de Jarnac et de Moncontour, batailles conduites par des chefs militaires expérimentés mais gagnées sous son autorité nominale. À Jarnac, Henri avait lui-même profané la dépouille mortelle du prince de Condé, assassiné de sang-froid. Au soir de Moncontour, dans le brouillard qui descendait sur le champ de bataille, ses hommes avaient égorgé au couteau dix-neuf mille prisonniers. Il était, avec sa mère Catherine, l'instigateur et l'organisateur du massacre de la Saint-Barthélemy. Un homme pareil n'allait-il pas mettre la Pologne à feu et à sang ?

Jean de Monluc, évêque de Valence, agent électoral dépêché par Catherine de Médicis en Pologne, fit une efficace besogne de désinformation. D'abord accablé (il écrivait à Paris : « Le malheureux vent qui est venu de France [la nouvelle de la Saint-Barthélemy] a coulé le navire que nous avions déjà conduit à l'entrée du port »), il rédigea et répandit en Pologne un récit lénifiant du massacre. C'était une simple émeute de la populace parisienne, qui avait fait quarante morts et non pas plus de trois mille. Henri, qui n'y avait eu aucune part, en restait consterné, et entendait même réhabiliter les victimes. L'évêque était plus véridique lorsqu'il vantait l'intelligence du duc d'Anjou, sa prestance à la cour et son courage à la guerre. Il dénonça véhémentement les insinuations répandues sur les mœurs de son candidat, dont la passion pour les parfums, la toilette et les bijoux formait à la vérité contraste avec la virilité sans compromis affichée par la noblesse polonaise ; c'est à l'occasion de cette campagne électorale que la rumeur de l'homosexualité d'Henri, répandue en Pologne, fut colportée jusqu'en France, où elle devait prospérer alors même que ses passions pour quelques femmes défrayaient la chronique. L'éloquence du prélat fit enfin merveille à la diète. Les discours s'y tenaient obligatoirement en latin, que Monluc maniait superbement. Un cri monta de la foule des quarante mille nobles électeurs : « *Gallum ! Gallum !* » (« le Français ! le Français ! »)

La nouvelle de son élection tira Henri d'un mauvais pas. Il échouait à enlever La Rochelle, défendue avec un héroïsme inconcevable par les huguenots. Il s'empressa d'accorder la liberté du culte aux Rochellais et partit pour Paris, où l'on attendait une délégation polonaise.

Le badaud parisien s'esbaudit au spectacle exotique des seigneurs enveloppés d'épaisses fourrures, barbus comme des Moïse, le carquois rempli de flèches en bandoulière et le cimeterre au côté. Pour la cour de France, ce fut un autre étonnement : ces gens parlaient plusieurs langues, avaient beaucoup lu (la noblesse française se tenait à l'écart des livres), et maniaient le latin comme autant de docteurs en Sorbonne. Henri comprit vite qu'un roi de Pologne ne serait guère comparable à un roi de France. Ses sujets, que sa courte mais sanglante carrière inquiétait, avait mis à son pouvoir d'étroites limites. L'une d'elles était la suppression de la succession héréditaire. La liberté du culte était expressément spécifiée. Le vainqueur de Jarnac et de Moncontour, l'organisateur de la Saint-Barthélemy, refusa d'abord de faire serment de protéger cette liberté qui lui répugnait. Jean Zborowski s'avança et lança d'une voix tonnante : « *Jurabis aut non regnabis !* » (« Tu jureras ou tu ne régneras pas ! ») Son goût bizarre pour la lecture n'entamait pas la robuste vitalité de la noblesse polonaise. Henri jura.

Il tarda à partir. Sa mère, qui avait pleuré de joie à la nouvelle de l'élection, voyait son deuxième fils, le roi Charles IX, s'acheminer vers une fin précoce et trouvait dommage que son « mieux aimé » quittât la France au moment où un trône plus substantiel que celui de Pologne risquait de devenir disponible. Quant à Henri, que la rumeur allait faire entrer dans l'histoire comme l'amant des « mignons », il était amoureux fou de la très belle Marie de Clèves et se désespérait de son mariage avec un Condé. Charles IX, jaloux depuis l'enfance de ce frère infiniment préféré, le poussa littéralement sur le chemin de la Pologne.

Le couronnement eut lieu à Cracovie, où se tenait la cour, le 21 février 1574. Il devait faire date, car personne n'y fut tué ; par la suite, quelque faction frustrée par l'élection choisirait le jour du couronnement pour apurer ses comptes. Mais, quatre jours plus tard, une querelle entraînait mort d'homme. À la différence des duels en France, ces affaires mobilisaient des clans entiers et risquaient de dégénérer en guerre privée. Henri rendit un jugement de Salomon qui mécontenta les deux parties. Il s'ennuya vite, éprouvant chaque jour la vanité d'une royauté privée du droit de lever l'impôt, de légiférer ou de déclarer la guerre, et dont un conseil de contrôle vérifiait la moindre décision. Et puis les jeunes seigneurs français de sa suite ne se mélangeaient pas avec les Polonais ; ils trouvaient les lits fort durs et n'appréciaient pas la bière, boisson nationale. Un embarras supplémentaire venait de ce qu'un mariage était en principe prévu avec Anna, sœur du feu roi de Pologne. C'était une solide vierge de quarante-huit ans, à la laideur exemplaire. Comment son visage ingrat n'eût-il pas symbolisé la Pologne aux yeux du jeune roi de vingt-trois ans dont le cœur brûlait toujours pour Marie de Clèves ? « Il portait cette couronne comme un rocher sur sa tête, écrira un contemporain. En cette langueur de son exil, Henri n'avait d'autre contentement qu'à écrire en France. » Il expédiait les lettres par paquets de quarante ou cinquante ; certaines étaient écrites avec son sang.

Les courriers de Paris annonçaient le déclin accéléré de Charles IX. Henri s'habilla à la polonaise, but polonais, dansa polonais, multiplia fêtes et banquets, combla la noblesse de ses prodigalités et alla jusqu'à courtiser Anna. Pour le plus soupçonneux de ses sujets, la greffe avait pris. Ce n'était qu'artifice. Le 14 juin 1574, un messager apprit à Henri la mort de son frère. Quatre jours plus tard, il s'enfuit du château de Cracovie avec ses fidèles. L'évasion avait été préparée par le percement de la muraille de sa chambre, pour éviter les sentinelles polonaises postées devant la porte. Après quelques péripéties éprouvantes, Henri et sa troupe prirent le large au grand galop de leurs chevaux.

Le chef de cuisine du château avait vu le roi se hâter vers une porte dérobée. L'alarme donnée, le comte Tenczynski, grand chambellan, se lança avec une poignée d'hommes à la poursuite de son roi. Henri et sa troupe avaient cinq heures d'avance. Ils furent rejoints à Oswiecim (que les Allemands appelleront Auschwitz). Les Français passèrent un pont de bois, qu'ils détruisirent derrière eux. Le staroste d'Oswiecim, éperdu, se jeta à l'eau et, apercevant le roi sur l'autre rive, lui cria tout en nageant : « *Serenissima Majestas, cur fugis ?* » (« Sérénissime Majesté, pourquoi fuis-tu ? ») Henri et ses hommes éclatèrent de rire. L'usage du latin leur restait insolite, surtout dans ces circonstances. Ils tournèrent bride. Le comte Tenczynski les rattrapa à Ples, bourgade de souveraineté autrichienne. Henri, sous la protection de ses gardes, lui permit d'approcher. Le Polonais, au désespoir, tenta de convaincre son roi de ne point abandonner la Pologne. « Comte, mon ami, répondit Henri, en prenant ce que Dieu me donne par succession, je ne quitte pas ce qu'il m'a acquis par élection, car j'ai, Dieu merci, les épaules assez fortes pour soutenir l'une et l'autre couronne. » Paroles altières mais dépourvues de sens. Et comme Tenczynski insistait, Henri changea de langage : « Monsieur le comte, j'ai fait trop de chemin pour retourner. Quand toutes les forces de Pologne seraient ici, je ne le ferais point et je donnerais de la dague dans les reins du premier qui sera si hardi que de m'en parler. » En larmes, le grand chambellan s'ouvrit une veine de la pointe de son poignard, recueillit son sang dans sa paume et le but. C'était en Pologne le gage d'une fidélité indéfectible. Puis il offrit au roi son bracelet. On lui donna en échange un diamant. Le comte Tenczynski, toujours pleurant, reprit avec sa troupe la route de Cracovie tandis qu'Henri prenait celle qui le menait au trône de France. En chemin, il écrivit à sa mère : « France et vous valent mieux que Pologne. » Son règne avait duré cent quarante-six jours.

Marie de Clèves mourut en couches avant l'arrivée d'Henri à Paris. Son désespoir fut effrayant ; « il demeura plus de huit jours aux cris et aux soupirs », et fit broder sur ses habits de funèbres têtes de mort. Mais il en aima bientôt une autre et la prit pour femme.

C'était à la Pentecôte de 1573 qu'il avait été élu roi de Pologne ; à celle de 1574 il était devenu roi de France sous le nom d'Henri III. En 1578, pour perpétuer ces deux dates mémorables, il créa l'ordre du Saint-Esprit. Jusqu'à la Révolution, le cordon bleu de l'ordre serait, pour la noblesse, la distinction la plus recherchée ; aucune n'approcherait ensuite son prestige, sinon l'ordre de la Libération.

*
* *

L'expérience était fâcheuse d'un roi venu de France et prenant la poudre d'escampette à la barbe de ses sujets en leur laissant pour tout souvenir un diamant. Elle ne découragea pas la bonne volonté polonaise. En 1696 s'ouvrait la succession du roi-héros Jean Sobieski. Nous avons vu Stanislas Leszczynski faire à cette occasion des débuts remarqués sur la scène politique. L'un des compétiteurs — et, si l'on veut, le vainqueur — était le prince de Conti.

Rien de commun entre ce Conti et le duc d'Anjou, futur Henri III, mais leurs équipées polonaises se ressemblent assez. Henri avait été poussé hors du royaume par son frère Charles IX : Conti fut expédié par un Louis XIV qui ne l'aimait pas ; le prince avait servi sans la permission royale en Hongrie et s'y était couvert de gloire ; l'armée française l'espérait pour chef quand le roi voulait lui imposer son bâtard, Vendôme. Un prélat, Monluc, avait fait l'élection d'Henri ; l'abbé de Polignac, ambassadeur en Pologne, fut l'agent électoral de Conti, épaulé bientôt par un abbé de Châteauneuf dont Voltaire affirmait parfois être le bâtard. Enfin, comme s'il fallait qu'une passion d'amour se mît toujours entre les deux nations les plus romanesques d'Europe, François-Louis, prince de Conti, était aussi désespéré de quitter sa maîtresse, la duchesse de Bourbon, qu'Henri, duc d'Anjou, l'avait été d'abandonner Marie de Clèves.

Le compétiteur de Conti, l'Électeur de Saxe Frédéric-Auguste, avait pour l'occasion abjuré la foi protestante, promettait de l'argent et des troupes contre les Turcs, offrait enfin d'apporter la Silésie à la Pologne. L'ensemble formait une jolie dot. Pour le cas où la séduction ne suffirait point, Frédéric-Auguste borda de troupes la frontière polonaise.

Le 27 juin 1697, la diète d'élection se déchira. Les chefs de l'armée et les Électeurs de quatre palatinats, entraînés par l'évêque de Cracovie, proclamèrent Frédéric-Auguste et entonnèrent le *Te Deum*. Le primat de Pologne et vingt-huit palatinats élurent Conti. Le prince Radziwill eut l'un de ces gestes très polonais qui faisaient le charme de la vie politique locale. Le palatinat de Mazovie, où il possédait des vassaux, avait opiné pour Frédéric-Auguste. Radziwill s'avança vers les nobles de Mazovie. On lui cria qu'on le tuerait s'il ne s'arrêtait pas. Il persévéra et, saisissant l'enseigne plantée à leur tête, hurla qu'il fallait le tuer ou le suivre. Sous le charme de la bravoure, on le suivit de bon cœur. La noble foule marcha jusqu'à la cathédrale de Varsovie où Conti fut proclamé dans les formes roi de Pologne.

Louis XIV voulut aussitôt traiter son cousin en roi, mais l'autre le supplia de n'en rien faire avant que son trône fût assuré. Cette modestie ne trompa personne. Conti n'avait aucune envie de quitter la France et ses amours, fût-ce pour ceindre une couronne. « Pour lui, écrit Saint-Simon, noyé dans la douleur la plus profonde, à bout d'obstacles, de difficultés, de délais, il faut avouer qu'il soutint mal un si brillant choix, et qu'il ne put cacher ni son désir ni son espérance qu'à la fin il ne réussirait pas. » La cour déplorait son départ, car Conti faisait ses délices ; l'armée le regrettait amèrement ; la duchesse de Bourbon s'affligeait ; son mari était partagé entre le dépit d'une pareille ascension et le soulagement bien naturel chez un mari trompé de voir son rival en partance pour l'autre bout de l'Europe.

Frédéric-Auguste entrait cependant en Pologne à la tête de ses régiments. Le parti patriote tenait bon pour son roi français. Il fallut faire ses bagages. Saint-Simon vit sortir Conti les larmes aux yeux du cabinet où Louis XIV lui avait donné ses derniers avis. Étrange fatalité qui faisait partir en traînant les pieds les princes français destinés à s'asseoir sur un trône de Pologne dont la vacance déchaînait en Europe les plus âpres ambitions !

Conti prit la route de Dunkerque et perdit en chemin, à cause d'un coffre mal fermé, deux mille louis du trésor confié par Louis XIV. L'affaire s'engageait mal. Jean Bart l'attendait à Dunkerque, avec une flotte anglaise en embuscade devant le port. Le marin, au faîte de sa gloire, promit au royal voyageur de le conduire à bon port. Ses cinq frégates semèrent neuf vaisseaux anglais. La flottille toucha sans problème Dantzig, qui s'était déclarée pour l'Électeur de Saxe. Frédéric-Auguste tenait déjà Cracovie avec ses troupes saxonnes et ses partisans polonais.

Conti refusant de débarquer, ses propres partisans vinrent lui rendre hommage sur sa frégate. Leurs façons vigoureuses froissèrent les sensibilités françaises. L'un des gentilshommes de la suite de Conti, qui relevait d'une grave maladie, s'excusa de ne point vider sa coupe au rythme polonais. Conti lui-même insista pour qu'on le laissât en paix. Les Polonais hurlèrent en chœur : « *Bibat, et moriatur !* » (« Qu'il boive, et qu'il meure ! »), et ils lui vidèrent de force sa coupe dans la gorge. Ces manières n'étaient pas faites pour mettre du baume sur le cœur mélancolique d'un prince amoureux.

Un coup d'audace n'eût peut-être pas réussi, mais, sans lui, l'échec était certain. Il fallait débarquer et rallier ses partisans ; faire comme Radziwill à la diète, ou Jean Bart sur une mer hérissée de voiles hostiles. Conti, qui ne cherchait que des raisons de rentrer, les trouva en suffisance. L'abbé de Polignac avait tant promis qu'il était impossible de tout tenir. Dantzig restait hostile. Les cavaliers saxons couraient la campagne. L'armée de Lituanie, qui devait accourir à son secours, ne se montrait pas. Quarante-deux jours après son arrivée, Conti ordonna à Jean Bart de lever l'ancre. Le record de brièveté d'Henri d'Anjou était largement battu. Le roi élu de Pologne n'avait même pas osé poser le pied sur le sol de son royaume. Ce fut en somme la première cacade de Dantzig, ville funeste au nom français.

Saint-Simon, qui lui vouait une admiration pour une fois sans mélange, conclut : « Ce prince, qui n'avait pu cacher sa douleur à son départ, ne put empêcher à son retour qu'on ne démêlât son contentement extrême. » Apparemment, nul ne s'inquiétait de l'opinion des Polonais.

*

* *

Louis-Armand, prince de Conti, fils de ce roi météorique, affligé comme lui de la bosse héréditaire, offre une figure énigmatique. Lorsqu'il mourut prématurément à l'âge de trente-deux ans, l'avocat Barbier, qui le connaissait bien, nota : « C'était pour ainsi dire le seul prince qui avait de l'esprit et des lumières, qui s'appliquait aux affaires, et sur lequel on pouvait compter dans le Conseil. » En même temps, un fou furieux. La mère du Régent écrit en février 1720 qu'au bal de l'Opéra « il prit de force une pauvre fille récemment arrivée de la province et toute jeune. Il l'arracha d'à côté de sa mère, la plaça entre ses jambes, et, tandis qu'il la tenait, d'un bras, il lui appliqua cent soufflets et des chiquenaudes qui lui firent sortir du sang du nez et de la bouche. La jeune fille, qui ne le connaissait même pas, pleura à chaudes larmes, mais il se mit à rire et dit : “Ne sais-je pas bien donner des chiquenaudes ?” Tous ceux qui ont vu cela ont eu pitié. Cependant on n'a pas osé venir au secours de la pauvre petite, car on craint d'avoir affaire à ce fou, il est si violent, il fait les grimaces les plus affreuses et parle tout haut. »

Fou, il l'était en tout cas de jalousie. Trompant abondamment sa femme, une Condé, sœur du duc de Bourbon, il ne supporta pas qu'elle lui rendît la pareille. Saint-Simon rapporte que la princesse aimait à répéter à son mari, avec vérité mais imprudence, « qu'il ne pouvait pas faire un prince du sang sans elle, au lieu qu'elle en pouvait faire sans lui ». Les violences du bossu cocu nécessitèrent deux fois l'intervention d'un chirurgien. Après une scène particulièrement sévère, la malheureuse, enceinte de sept mois, se sauva du domicile conjugal pour s'aller réfugier chez sa mère, puis dans un couvent. Le mari fit rire tout Paris en mobilisant le Parlement pour récupérer son épouse, laquelle déclarait hautement que si les huissiers venaient elle se mettrait toute nue et qu'on verrait bien s'ils oseraient porter la main sur elle. Ces extravagances amusèrent le public pendant trois ans avant que la princesse ne consentît à regagner le domicile conjugal, où elle cohabita avec son furieux époux durant les deux dernières années de la courte vie de celui-ci.

Mais la folie du prince finissait où commençait l'argent. « Plus avide que pas un des siens, et que n'est-ce point dire ! » écrit Saint-Simon, qui a laissé un inoubliable portrait de sa rapacité. Il fut, avec son cousin, M. le Duc, l'un des grands profiteurs du système de Law, qu'il contribua ensuite à jeter à bas en retirant des caisses de la banque trois fourgons d'or juste avant que les coupons ne valent plus que le prix du papier.

Si une vie familiale agitée avait assombri l'enfance de son fils, Louis-François, à qui le parti patriote tendait la couronne de Pologne, elle ne le dégoûta pas du mariage : à quatorze ans, il épousa la fille du Régent, un peu plus âgée que lui. Les familles hésitaient à les mettre aussitôt dans le même lit, mais le jeune marié n'admit aucun délai ; « Il est, constate Barbier, déjà fort à l'aise avec les femmes. » Son extérieur séduisant annonçait l'une des plus éclatantes carrières amoureuses du siècle. Une bonne fortune (et comment ne pas songer à l'agaçante mais si juste réflexion de sa mère ?) lui avait épargné la bosse familiale.

À quinze ans, déjà orphelin de père, il perdit sa mère ; elle lui laissait quatre cent mille livres de rentes. Un an plus tard, il part en grand équipage faire la guerre déclenchée par la seconde élection de Stanislas au trône de Pologne. Il sert en Allemagne, où on le voit s'exposer bellement à la pointe de la tranchée et où il se gagne le cœur du soldat en mangeant sa soupe et en couchant comme lui sur les chariots. Un soir, il tire d'un mauvais cas Voltaire, venu en visite à l'armée, que les sentinelles prennent pour un espion : « Le prince, leur colonel, vint à passer et me pria à souper au lieu de me faire pendre. » Son gouverneur, Adam, ne supporta pas une campagne si rude : il périt d'épuisement, premier et dernier membre de l'Académie française, à notre connaissance, à mourir aux armées.

Neuf ans plus tard, lorsque éclate la guerre de Succession d'Autriche, on oublie de lui confier un commandement. Renouvelant le geste de son grand-père, parti combattre en Hongrie sans la permission de Louis XIV, il s'en va en chaise de poste, accompagné de deux domestiques, et rallie l'armée d'Allemagne. Une première lettre de Louis XV le fait mettre aux arrêts trois jours ; une seconde missive royale recommande de le bien traiter. Il s'illustre au cours des campagnes dont nous avons retracé le cours malheureux. C'est en Italie, en 1744, qu'il devait trouver la gloire militaire.

Après la retraite de Broglie devant les Autrichiens et la défaite de Noailles, battu à Dettingen par les Anglais, la France se trouvait en situation délicate. Marie-Thérèse, au bord du gouffre trois ans plus tôt, avait à présent pour alliés le roi d'Angleterre, le roi de Sardaigne et l'Électeur de Saxe. Les quatre souverains ambitionnaient d'ôter la couronne impériale à Charles VII, de reprendre la Silésie à Frédéric, et de dépecer la France en lui arrachant l'Alsace, la Lorraine et les Trois-Évêchés. Noailles convainquit Louis XV de ne plus s'engager dans la funeste Allemagne. Une armée se bornerait à protéger l'Alsace. (Cette stratégie strictement défensive accablait Frédéric, qui, rentré dans l'alliance avec la France, avait envahi la Bohême et menaçait Vienne. Les Autrichiens auront loisir de concentrer leurs forces contre lui. Frédéric évacuera la Bohême et se repliera sur la Saxe, poursuivi par l'ennemi, en maudissant la traîtreuse inertie de son allié...) L'effort de guerre français porterait sur les Pays-Bas autrichiens. Parallèlement, une diversion serait opérée en Angleterre, véritable et principal adversaire de la France, grâce à une descente effectuée par le fils du prétendant catholique. Et comme la France en péril s'était rapprochée de l'Espagne, une campagne serait menée en Italie contre l'Autriche et son allié, le roi de Sardaigne. Non sans légèreté, le cabinet français s'était engagé à conquérir le Milanais pour un fils d'Élisabeth Farnèse, reine d'Espagne, qui, comme jadis Catherine de Médicis, vivait dans l'obsession d'asseoir ses enfants sur un trône.

Louis-François reçoit le commandement de l'armée d'Italie conjointement avec l'infant don Philippe. Il s'empare aisément de Nice, puis enlève Villefranche en capturant cinq bataillons et du canon. Le plus difficile reste à faire : forcer le passage vers l'Italie à travers la montagne. Un système de forts et de retranchements, qu'on appelait les Barricades, formait un obstacle que la plupart des stratèges jugeaient infranchissable. Conti lance ses hommes sur les escarpements du Château-Dauphin, nid d'aigle défendu par le roi de Sardaigne en personne. L'artillerie ennemie fauche les grenadiers qui sautent de rocher en rocher. Le prince, l'épée à la main, mène ses soldats au corps à corps. Chevert, le héros de Prague, est encore l'un des premiers à l'escalade. Faute de dégagement, les Français doivent passer par l'embrasure même des canons, dans le moment de leur recul, pour s'introduire dans la place. Elle est emportée, ouvrant la route du Piémont. Conti écrivit à Louis XV : « Cette journée est une des plus vives et des plus brillantes qui se soient jamais passées. Les troupes y ont montré une valeur au-dessus de l'humanité. La brigade de Poitou, ayant M. d'Agénois à sa tête, s'est couverte de gloire. La bravoure et la présence d'esprit de M. de Chevert ont principalement décidé l'avantage. » Le roi fit chanter un *Te Deum* à Notre-Dame. Au cours d'un grand banquet donné à Metz, où il faisait étape avant de rejoindre l'armée d'Alsace, attaquée par les Autrichiens, il but à la santé « de mon cousin le grand Conti ». L'hommage était rare.

Conti et don Philippe mirent ensuite le siège devant Coni. Le roi de Sardaigne accourut pour secourir la ville. Battu à plate couture, il fut contraint à la retraite. Conti eut deux chevaux tués sous lui et reçut plusieurs balles dans sa cuirasse. Cette défaite ne découragea pas Coni, surnommée Coni la Pucelle parce que les généraux les plus illustres s'étaient vainement échinés sur sa muraille. En 1641, pourtant, François-Marie de Broglie, le premier à servir la France, avait dû la rendre, mais au terme d'un siège de trois mois et après une défaite si valeureuse qu'elle lui valut plus de gloire qu'au vainqueur. Cette fois-ci, la virginité recouvrée de Coni tint bon. En octobre, les inondations obligèrent à lever le siège. Sans guère de vivres et avec l'arrivée prochaine de la neige, l'armée ne pouvait se soutenir. Cet échec jeta une ombre sur la campagne sans faire oublier pour autant l'héroïque *furia francese* qui avait emporté les Barricades.

Les campagnes suivantes furent plus tristes, mais Conti n'en était plus : Versailles l'avait rappelé pour lui confier le commandement de l'armée d'Allemagne.

*
* *

Conformément à la stratégie définie par Noailles, cette armée d'Allemagne n'aurait qu'un rôle limité ; l'offensive française serait lancée aux Pays-Bas autrichiens, et, pour la première fois, elle aurait le roi à sa tête. Une femme n'était pas étrangère à cet événement ; la même femme tenait un rôle dans les ambitions de Conti.

Louis XV était resté huit années fidèle à Marie Leszczynska. Rares sont, en tout temps, les maris qui peuvent se prévaloir d'une telle constance ; pour l'époque, c'était exceptionnel. Mais la bonne Marie, de sept ans et demi plus âgée que Louis, avait été fatiguée par ses grossesses à répétition au point de paraître une femme mûre quand le roi brillait encore de tout l'éclat de la jeunesse. Son tempérament n'était point de feu. On lui prête un mot, probablement apocryphe : « Eh quoi ! toujours coucher, toujours grosse, toujours accoucher ! » Dix enfants en dix ans. Elle était toute pleine de vertus, mais, comme le note Talleyrand, ces vertus étaient tristes. Elle ennuyait son mari à jouer du clavecin et peignait des petites choses d'une pauvreté accablante. Frileuse, elle se couvrait la nuit d'édredons sous lesquels le roi suffoquait. Elle avait peur des fantômes, se relevait dix fois la nuit pour chercher sa petite chienne. Elle détestait l'haleine avinée du roi lorsqu'il la rejoignait au sortir de ses soupers intimes.

Le roi, à qui les plus séduisantes femmes de la cour s'offraient sans façons, choisit étrangement de se constituer un harem des cinq filles du marquis de Nesles, qui ne comptaient même pas parmi les plus belles. Cet exclusivisme ne laissa pas d'étonner, et demeure un mystère. Les cinq sœurs partageaient-elles quelque charme secret dont s'affolaient les sens du roi ? Peut-être l'immense timidité du monarque se rassura-t-elle d'œuvrer dans une même famille où, la première brèche faite, la suite allait de soi, comme en pays familier. L'habitude dut jouer son rôle. Elle exerçait sur le roi un empire absolu. Fleury, grâce à elle, gouverna le royaume jusqu'à son dernier souffle. Louis XV gardera des ministres au-delà du raisonnable pour cette unique raison. Tous les Mémoires de l'époque insistent sur ce trait : le roi est « tout habitude », « fort d'habitude », « absolument d'habitude ». Son aversion pour les visages nouveaux, renforcée par sa timidité, le déterminait à des comportements déroutants. Il resta trois ans avant d'adresser la parole à l'abbé de Bernis, qu'il rencontrait chaque soir dans le salon de la Pompadour. Le duc de Croÿ, courtisan du cercle intime, qui avait chassé dix-huit ans avec lui, s'étant absenté sept mois de la cour, trouva à son retour un roi « qui ne put se résoudre à me dire un mot » : l'habitude s'était rompue. Louis XV finit par demander à plusieurs reprises, comme si le duc était un parfait étranger, « mon âge et celui de mes enfants ». La mémoire royale ne peut être mise en cause : elle étonne la cour par sa précision. Quand le chevalier de Saint-Priest rentre à Versailles après avoir servi trois ans sur les galères de Malte, Louis XV le reconnaît parfaitement mais se borne à une observation déconcertante : « Vous n'êtes pas embelli. » Saint-Priest, courtisan averti, note sans s'émouvoir : « Cette remarque était une grâce : elle supposait un souvenir. »

La première des filles de Nesles à laquelle il jeta le mouchoir fut l'aînée, la comtesse de Mailly, une grande fille à grande bouche et à grosse voix, la figure assez plate, mais l'œil vif, de la drôlerie et ne craignant personne le verre à la main. Louis XV, doté d'une sensualité expéditive qui lui faisait éviter les lents itinéraires de la carte du Tendre, fut séduit par ses manières dépourvues de complication. Pour sa sœur, la marquise de Vintimille, il éprouva une vraie passion. Elle était franchement laide, d'une taille gigantesque, mais avec du caractère, beaucoup d'esprit, et la volonté de sortir le roi de son apathie. Elle lui écrivit deux mille lettres en deux ans. Elle le fatiguait de ses exhortations et le touchait par l'intérêt ardent qu'elle prenait à la grandeur de son règne. Elle mourut en accouchant d'un fils que le marquis, son mari, ne considéra jamais comme le sien. Louis XV en resta prostré des mois durant. Ce fut probablement le plus grand amour de sa vie ; peut-être le seul. Mais la troisième sœur, veuve récente du marquis de La Tournelle, monte à son tour au créneau. C'est la plus belle du lot : un teint magnifique, un visage d'une beauté altière, une démarche souveraine. Décidée à conquérir le roi, elle prend pour mentor le duc de Richelieu, dont le charme et la vaillance amoureuse (« J'ai longtemps cru que c'était un os », confiera-t-il au soir de sa vie) avaient fait le don Juan du temps ; pour qualifier un grand séducteur, on disait : « C'est un Richelieu. » Le duc rédigeait les lettres d'amour de sa protégée et conseillait son ambition. Car la reddition de Marie-Anne de Nesles, veuve La Tournelle, fut négociée aussi âprement que celle d'une place forte. Elle exigea le renvoi de sa sœur aînée Mailly, à laquelle le roi tenait par habitude. Cette grande affaire mobilisa Versailles dans le moment où le maréchal de Broglie, empêtré en Bavière, s'exaspérait de recevoir des ordres impossibles à exécuter. Pour décider le roi, Marie-Anne lui procura sa sœur, Diane de Lauraguais, une grosse fille courte sur pattes, très vilaine, mais drôle, cynique, d'une verdeur distrayante (Louis l'appelait « la rue des mauvaises paroles »). Quatrième de la famille à entrer dans le lit du roi, elle n'y fit que des séjours brefs et sans conséquence. Mme de

Mailly reçut son congé, prit un appartement et un confesseur à Paris, et vécut dans la dévotion. La Nesles triomphante exigeait encore un duché. Il lui fut accordé avec éclat. Par lettres patentes criées dans les rues de Paris, enregistrées au Parlement, elle devint duchesse de Châteauroux. Parmi les motifs exposés dans le préambule des lettres patentes figurait celui-ci, qu'on pouvait trouver dépourvu de délicatesse : « L'attachement personnel de la dame et les services qu'elle rend à la reine. »

Le scandale fut énorme à la cour comme à Paris. Le roi aurait pu prendre vingt maîtresses à la file sans qu'on s'en offusquât, mais cette concentration familiale faisait crier à l'inceste. D'Argenson s'en trouvait si choqué qu'il refusa d'abord d'y croire. L'honnête duc de Croÿ déplore « le terrible scandale » des amours du roi. À Paris circulaient ces vers sur les cinq sœurs :

L'une est presque en oubli, l'autre presque en poussière ;
La troisième est en pied ; la quatrième attend
Pour faire place à la dernière.
Choisir une famille entière
Est-ce être infidèle ou constant ?

Comme sa défunte sœur Vintimille, la plus aimée, Mme de Châteauroux a de l'ambition pour son royal amant. Elle veut en faire le plus puissant monarque de la terre. Elle l'excite à agir, à régner, à sortir enfin de cette neurasthénie où s'anémient ses qualités. « Vous me tuez, Madame », soupirait le roi. « Tant mieux, répliquait-elle : il faut qu'un roi ressuscite. » Elle contribue puissamment à faire confier à Voltaire sa mission auprès de Frédéric II. Elle exhorte le roi à se mettre à la tête de ses armées. « Les troupes françaises, écrit Frédéric de Prusse, n'avaient point vu de roi à leur tête depuis que Louis XIV avait cessé d'y paraître. Quelques campagnes malheureuses avaient découragé les armées : on crut que la présence du maître serait le seul aiguillon capable de réveiller dans les troupes l'instinct de l'honneur et de la gloire qui ne se trouvait plus. Une femme, par amour de la patrie, entreprit de tirer Louis XV de la vie oisive qu'il menait, pour l'envoyer commander ses armées : elle sacrifia à la France les intérêts de son cœur et de sa fortune ; c'était Mme de Châteauroux. Elle parla avec tant de force, elle l'exhorta, elle pressa si vivement le roi, que le voyage de Flandre fut résolu. Une action aussi généreuse et même héroïque mérite d'autant plus d'être insérée dans les fastes de l'histoire que les maîtresses qui l'ont précédée n'ont employé leur crédit que pour le malheur du royaume. » Jamais plus Frédéric, dont les Mémoires fourmillent de capitaines mais restent laconiques sur le beau sexe, n'exaltera une femme dans des termes aussi lyriques et sans la moindre réserve. Injuste envers Vintimille, qui s'était employée la première à secouer le roi, on peut le soupçonner de ne vanter Châteauroux que pour mieux rabaisser Louis XV. Or celui-ci souhaitait se montrer à la tête de ses troupes, mais le moyen manquait : jusqu'à la déclaration de guerre à l'Angleterre, la France ne combattait que comme auxiliaire de l'Électeur de Bavière, élu empereur par ses soins, et il n'était pas possible que le roi de France servît sous l'autorité, fût-elle nominale, d'un souverain étranger. Cet empêchement n'existe plus.

Louis XV part donc pour la frontière du nord, met le siège devant Menin, se montre à la tranchée, conquiert la troupe par sa gaieté, sa tranquillité au feu, son attention pour les blessés. L'arrivée de la Châteauroux, moins portée à sacrifier « les intérêts de son cœur et de sa fortune » que ne le croit Frédéric, jette un grand froid. Elle amène dans son carrosse la grosse Lauraguais, distraction du guerrier. Les soldats raillent les « putains du roi ». Puis la caravane met le cap sur l'Alsace, où les Autrichiens attaquent. On fait étape à Metz. Pour plus de commodité, une galerie de bois est construite entre la résidence du roi et celle des deux sœurs. Au lendemain de ce grand banquet où il avait bu à la santé de son cousin « le grand Conti », qui s'illustrait au même moment en enfonçant les Barricades, le roi tombe malade. On craint bientôt pour sa vie. Richelieu et les deux sœurs montent une garde vigilante à son chevet : il s'agit d'empêcher à tout prix les prêtres de proposer une confession qui aurait pour conséquence le renvoi de la maîtresse.

Débauché autant qu'on voudra, le roi restait bon chrétien. Respectueux des formes plus que soucieux du fond, soumis à la hiérarchie, hérissé par le jansénisme, tranquillement implacable envers les protestants, indigné par la vague d'anticléricalisme qui commençait de lever, il avait la foi du charbonnier. La peur de l'enfer le hantait. Elle ne le quittera qu'avec la vie. Quand la plupart de ses sujets prenaient des accommodements avec les règles religieuses, il se révélait incapable d'hypocrisie, et, enfoncé dans l'adultère, se résigna à ne plus se confesser et à ne point recevoir la communion. C'était si scandaleux de la part du roi de France que les gens sensés s'étonnaient qu'il n'eût pas demandé au pape une dispense lui permettant de faire ses pâques sans passer par le confessionnal.

A Metz, le mal empirant, les dévots forcent à la fin la porte du roi qui se croit mourant. À leur tête, le premier aumônier, duc de Fitz-James, évêque de Soissons, un homme roide et altier. Il contraint Louis XV à une confession publique devant la cour et les bourgeois de Metz. Le malade demande pardon d'avoir scandalisé son peuple, s'avoue indigne de porter le nom de très-chrétien et annonce sa soumission complète. Cela sera lu en chaire par tous les curés du royaume. Bien sûr, les deux sœurs doivent partir. On les fourre dans un carrosse, stores baissés. La population les hue. De village en village, on leur jette de la boue, on les lapide. La Lauraguais ne comptant guère, c'est sur Châteauroux que se concentre la haine populaire. On chante avec une joie mauvaise :

La paille au cul
Vous partez donc, grande duchesse,
La paille au cul !
Qui de nous l'aurait jamais cru
Que Louis rempli de tendresse
Renverrait un jour sa maîtresse
La paille au cul !

Sauvé de la mort, Louis n'oubliera jamais ce qu'il appelait « les scènes de Metz », qui, sous prétexte de son salut, avaient vu l'humiliation publique du roi de France par un clergé soucieux d'affirmer sa toute-puissance. Son dépit s'augmentait du chagrin d'avoir vu le dauphin accourir à Metz, malgré ses ordres formels, comme si son fils ne se tenait pas d'impatience de l'enterrer. La maladie a bouleversé la France. On dit des messes à travers le royaume pour le salut du roi. Louis devient « le Bien-Aimé ». Il n'a jamais été si populaire. L'amour de ses sujets connaîtra son apogée neuf mois plus tard, à Fontenoy, première et dernière bataille rangée donnée en sa présence. C'est Maurice de Saxe qui commande, mais le roi est là, et se tient bien. Il ne bronche pas lorsqu'une colonne anglaise de vingt mille hommes enfonce les lignes françaises. Il refuse de se retirer quand les boulets tombent autour de lui. L'artillerie française, une fois de plus, emporte la décision. Le roi, parcourant le champ de bataille, acclamé par la troupe, dit au dauphin en lui montrant les amas de cadavres et les blessés à l'agonie : « Voyez ce que coûte une victoire. Le sang de nos ennemis est toujours le sang des hommes. La vraie gloire, c'est de l'épargner. » Il ne parle pas pour la galerie ou pour la postérité : jamais il n'aima la guerre.

Mme de Châteauroux, rappelée par Louis après son rétablissement, n'eut pas le temps de jouir de sa revanche. Elle mourut si subitement qu'on la crut empoisonnée. Avec elle, le prince de Conti perdait plus qu'une amie. Cette femme énergique l'aimait pour son ambition affichée, dont il semblait posséder les moyens. Elle lui avait ouvert la porte du cabinet du roi pour des entretiens en tête à tête — privilège rarissime pour qui n'exerçait pas de fonction dans l'État. Elle l'aurait secondé de toute son influence. La mort de cette puissante alliée allait rendre plus difficile la conquête du trône de Pologne.

XI

Conti avait vingt-huit ans. Beau, riche, intelligent, éloquent, d'un abord aisé et cordial, courageux à la guerre, fort écouté au Parlement où il siégeait de droit en qualité de prince du sang, il paraissait fait pour tous les bonheurs.

Si son domaine de L'Isle-Adam le cédait en magnificence au Chantilly de ses cousins Condé, il possédait hôtel particulier à Paris, et, grand prieur de France de l'ordre de

Malte, régnera bientôt sur le Temple. Ce vaste enclos, dont il ne reste qu'un toponyme, est alors un territoire de cent vingt-cinq hectares incrusté au cœur de Paris, ceint de murailles, et possédant, avec les privilèges d'un port franc d'aujourd'hui, une manière de statut d'extraterritorialité. Avant de passer aux chevaliers de Malte, l'ensemble appartenait aux Templiers ; le donjon abritant leur fameux trésor, détruit après la Révolution, domine les hôtels particuliers, boutiques et échoppes d'artisans enchevêtrés autour de l'église. Quatre mille personnes vivent là qui échappent dans une large mesure aux lois du royaume. Le pouvoir des corporations s'arrête aux murs du Temple : artisans et commerçants peuvent y travailler sans se soucier des réglementations d'une minutie tracassière encadrant ailleurs leurs activités, et l'exemption des taxes ordinaires leur permet de fournir les Parisiens à des prix sans concurrence. Si un assassin ne doit pas espérer trouver asile au Temple, les insolvables menacés de la prison pour dettes y sont accueillis, tout comme l'auteur d'un pamphlet antigouvernemental un peu vif, soucieux d'éviter un séjour à la Bastille. On dirait aujourd'hui que le Temple offrait en plein Paris un espace de liberté.

Conti va régner avec bonhomie sur cette curieuse principauté, rassemblant autour de lui une compagnie choisie, bien différente de celle qu'avait fréquentée Voltaire dans sa jeunesse, au temps où le grand prieur était Philippe de Bourbon-Vendôme, petit-fils d'Henri IV et de Gabrielle d'Estrée, dont Saint-Simon écrit qu'il y avait « quarante ans qu'il ne s'était couché qu'ivre et qu'il n'avait cessé publiquement d'entretenir des maîtresses et de tenir des propos continuels d'impiété et d'irréligion ». Athéisme et anticléricalisme étaient de tradition au Temple, et Conti n'y faillira pas, mais sans les assortir des monstrueuses beuveries et débauches de Bourbon-Vendôme, ni céder au prosélytisme. Sinon, verrait-on dans son salon Charles de Broglie, le pieux fils cadet du maréchal, à la moralité impeccable, et le jeune chevalier d'Éon, que les dames ne passionnent pas ?

Prématurément veuf, Conti a pris pour maîtresse la comtesse de Boufflers. Très belle, très bonne, cultivée, d'une élégance et d'un charme éblouissants, celle que les familiers du Temple appellent « l'Idole » sera en vérité beaucoup plus qu'une maîtresse : « L'amie de tous les jours et des derniers instants. » Elle supporte avec patience les infidélités du prince, inlassable collectionneur de femmes, avec une attirance un peu crapuleuse pour les beautés mercenaires. Quand l'âge viendra, et avec lui l'enfer du séducteur, il soupirera : « Allons, il est temps que je me retire ; autrefois mes simples politesses étaient prises pour des déclarations ; à présent, mes déclarations ne sont plus prises que pour des politesses. »

Il pourrait s'abandonner à cette vie délicieuse, jouir des avantages de la puissance sans éprouver les tracas du pouvoir, écrire entre deux conquêtes amoureuses des poèmes que la postérité miséricordieuse oubliera, commander une armée le temps d'une campagne, comme il sied à un prince du sang, briller au Parlement, où il est, nous dit le président Hénault, « l'oracle des opinions », mais l'ambition le hante. Il aspire à une souveraineté plus substantielle que celle qu'il exerce sur le Temple.

Il avait d'abord rêvé, à vingt-quatre ans, d'un mariage avec la grande-duchesse Élisabeth, fille de Pierre le Grand ; elle lui aurait apporté en dot le duché de Courlande. Élisabeth, qui avait rêvé quant à elle d'épouser Louis XV, pour qui elle gardait une dilection vivace, repoussa la demande, et la repoussa derechef lorsque Conti la renouvela après qu'elle fut montée sur le trône des czars. Sa belle campagne d'Italie est venue à point pour faire oublier au prince sa déception. C'est sans doute à l'occasion de ce projet de mariage, encouragé par Mme de Châteauroux, qu'il a commencé de rencontrer Louis XV pour le tenir informé de ses démarches. Le roi, qui l'estimait, écrivit au maréchal de Noailles, le 19 juillet 1743 : « M. le prince de Conti m'a demandé conseil sur ce qu'il allait devenir... Il a certainement une grande volonté et un désir extrême de parvenir. » Dufort de Cheverny, l'introducteur des ambassadeurs à Versailles, note également son ambition : « M. le prince de Conti, le plus bel homme possible, avait beaucoup d'esprit, mais le jugement le plus faux. Plein de projets, une imagination ardente, voulant jouer un rôle. » L'étonnante proposition transmise par Castéra en mars 1745 ne pouvait mieux tomber.

Aussitôt mis au courant, Louis XV donna son accord. La duchesse de Châteauroux était au tombeau depuis trois mois et le roi, plongé dans l'affliction, se souvenait de l'appui constant qu'elle avait apporté aux ambitions de Conti. De puissantes raisons politiques confortaient la motivation sentimentale : l'intérêt pour la France d'avoir un prince de son sang à la tête d'un pays qui restait une pièce essentielle de son système diplomatique, et la perception aiguë du puissant facteur de déséquilibre qu'allait devenir à court terme la Russie, projetée par Pierre le Grand sur la scène européenne. Louis XV voulait l'endiguer avant qu'il ne fût trop tard, et la Pologne se trouvait naturellement aux avant-postes.

Mais la conjoncture était défavorable à Conti. L'empereur Charles VII venait de mourir, pour qui la France était censée combattre depuis quatre ans. François de Lorraine, grand-duc de Toscane, époux de Marie-Thérèse, présenterait bien entendu sa candidature à la succession. En s'y ralliant, la France aurait terminé une guerre où quelques beaux éclats parsemaient une longue suite de déboires. D'Argenson, obstiné à la contrecarrer, enverra à la diète d'élection de Francfort, en qualité de ministre plénipotentiaire, un Saint-Séverin furieux de cette mission impossible. Au moment précis où les Polonais proposaient le trône à Conti, la France s'efforçait de convaincre Auguste III, Électeur de Saxe et roi de Pologne, de se porter candidat contre François de Lorraine. Louis XV, tout en donnant son approbation à son cousin, demande donc qu'elle reste confidentielle.

Le prince renvoie aussitôt Castéra en Pologne avec un copieux questionnaire à soumettre à ses partisans. De quelles forces disposent-ils ? Quels moyens d'action attendent-ils de lui ? Quels ménagements prendre avec la Russie et la Prusse ? Le chirurgien français du grand-maréchal de Pologne lui apporte la réponse à son quartier général de l'armée d'Allemagne. Après un bilan réconfortant de leurs forces, les patriotes formulent leurs demandes, dont la plus étonnante est celle-ci : le roi de France leur apportera son appui, s'engagera à les protéger, *mais aucun de ses ministres ne sera informé de l'affaire*. Dès le départ, le secret est donc une exigence polonaise, et non pas la conséquence du goût très réel de Louis XV pour la dissimulation et les démarches souterraines. Exigence bien naturelle. Ce sont les patriotes qui ont le plus à craindre si leur roi découvre qu'ils travaillent à empêcher que la couronne ne devienne héréditaire dans sa famille. Les Polonais demandent aussi que Castéra, initiateur du projet, soit nommé résident à Varsovie. Souhait raisonnable, car le caractère officiel donné au précepteur facilitera les liaisons entre les Polonais, le roi et Conti. La France, enfin, leur versera un subside de trois mille ducats par an jusqu'à l'ouverture de la succession d'Auguste III.

Le prince de Conti fait rapport du tout à Louis XV et développe sa réflexion dans un mémoire. Pour lui, son accession au trône de Pologne, évidemment souhaitable pour la France, ne pourra s'opérer que si l'ensemble de la diplomatie française « dans le Nord » (notre Est actuel) converge vers le même but : « Il serait nécessaire que S.M. dirigeât ses vues politiques dans toutes les cours du Nord sur un plan analogue à ce point de vue, en même temps que l'on travaillerait secrètement en Pologne sur un objet fixe, afin de ne point faire de fausses démarches. »

La diplomatie française encaissait au même moment un sérieux échec à Francfort, où François de Lorraine l'emportait haut la main. Frédéric ne s'y était pas opposé. Il avait quitté une nouvelle fois l'alliance avec la France et avait signé avec Marie-Thérèse une paix conservant l'ensemble de la Silésie à l'anti-Machiavel de Berlin. La France se retrouvait isolée.

Saint-Séverin, rentré fort amer de Francfort, d'où il n'a pas cessé de correspondre avec Conti, insiste de nouveau auprès de son ministre d'Argenson, qu'il méprise beaucoup, pour que l'on utilise Castéra, même si cela doit se faire sans caractère officiel. Il pourra au moins informer sur l'évolution de la situation. Cette fois, d'Argenson en parle au roi, qui, informé par Conti du rôle capital du précepteur, juge l'idée excellente et insiste même pour que Castéra soit investi d'une fonction officielle. Castéra, revenu à Paris en février 1746 pour une affaire de famille, en repart en mai « chargé d'affaires de Sa Majesté près le roi et la république de Pologne ».

Comme tout ambassadeur, résident ou chargé d'affaires

en partance pour son poste, il a reçu les instructions du secrétaire d'État des Affaires étrangères. D'Argenson les a faites aussi banales que possible. Castéra devra écouter, s'informer, notamment sur les perspectives qu'ouvrirait la disparition d'Auguste III, mais se garder par-dessus tout d'entrer dans les combinaisons politiques extravagantes qu'affectionne l'imagination polonaise. Il doit être tout oreille et très peu langue. « Le sieur de Castéra, écrivait d'Argenson, connaît par lui-même la défiance qui règne entre les Polonais en général, et combien ils sont peu capables de garder le secret qu'ils se promettent les uns aux autres ; ces inconvénients, qui résultent du caractère de cette nation, rendent sa mission extrêmement délicate ; car il n'arrive que trop fréquemment parmi eux que des projets formés avec chaleur manquent d'être suivis et soutenus avec la fermeté convenable. »

Ses instructions secrètes, rédigées par Conti, sont d'une tout autre envergure. Elles donnent aux chefs du parti patriote les apaisements souhaités sur l'engagement personnel de Louis XV : « Sa Majesté, sensible à la façon de penser que ces seigneurs ont pour sa couronne, pour son sang et pour Elle, adopte le projet proposé et a dessein d'y concourir avec vigueur et suite. En conséquence, le Roi ne prendra aucun engagement qui puisse être contraire aux vues qui lui sont agréables et qu'il souhaite que l'on suive avec activité. » Afin de garantir la discrétion exigée par les Polonais, Castéra « devra compte au secrétaire d'État des Affaires étrangères du courant des affaires, mais Sa Majesté approuve, vu le secret nécessaire, et désire qu'il ne s'ouvre de celle-ci à qui que ce soit et qu'il n'en parle qu'à M. le prince de Conti, que Sa Majesté charge de suivre et de lui rendre compte de cette affaire ». Enfin, le parti patriote recevra ses trois mille ducats par an.

Porteur de ces bonnes nouvelles, Castéra partit pour Varsovie en mai 1746. L'affaire était engagée. Elle ne concernait encore, côté français, qu'un prince ambitieux et un chargé d'affaires d'occasion, même s'ils étaient couverts par le roi, et l'histoire récente n'était pas avare d'initiatives du même genre.

Tout se complique avec la nomination d'un ambassadeur.

*
* *

Quelques jours avant le départ de Castéra pour Varsovie, d'Argenson avait acheté la neutralité d'Auguste III, l'arrachant à l'alliance autrichienne. L'amélioration des relations avec l'heureux rival de Stanislas rendait souhaitable la nomination d'un successeur à Monti après un vide de douze années. D'Argenson choisit le marquis des Issarts, novice en matière diplomatique, mais très vivement recommandé par un ami d'enfance qui n'était autre que le prince de Conti...

Les instructions de d'Argenson à des Issarts ne pèchent nullement par le caractère chimérique si souvent reproché au ministre. Son journal témoigne qu'il avait beaucoup réfléchi à la question polonaise. Comme chacun, il appréciait l'importance pour la France d'une Pologne indépendante et forte. Or, raisonne-t-il, nos immixtions renouvelées dans les élections polonaises n'ont jamais abouti qu'à un accroissement de la puissance russe, dont les régiments viennent régulièrement défaire ce que l'argent français a fait. Le principe même de l'élection du roi est le talon d'Achille de cette malheureuse nation. Le seul moyen d'ôter à l'étranger la capacité d'intervenir dans ses affaires à chaque décès du monarque régnant, c'est de rendre la couronne héréditaire. On la mettrait hors de portée des grands prédateurs en la fixant dans la maison de Saxe, peu suspecte d'ambitions hégémoniques et si bien disposée envers la France que d'Argenson travaillait à un remariage du dauphin, veuf de sa première épouse, Marie-Thérèse d'Espagne, avec une princesse de Saxe.

Des Issarts partit donc pour Varsovie avec mission d'apporter l'appui de la France au projet d'Auguste III de modifier les règles constitutionnelles polonaises. Assuré de conserver la couronne dans sa famille, le roi de Pologne se détacherait des Russes qui l'avaient mis sur le trône. Le succès de l'opération impliquait une réconciliation entre Frédéric II et Auguste III. Ce ne serait pas chose aisée, puisque le roi de Prusse avait envahi la Saxe l'année précédente et imposé un traité de paix de sa façon. L'ambassadeur y pourvoirait de son mieux.

Conti, au même moment, se couvrait de ridicule devant l'opinion publique. Il était passé de l'armée d'Allemagne à celle qui opérait dans les Pays-Bas autrichiens sous le commandement de Maurice de Saxe. Le vainqueur de Fontenoy avait fait la campagne avec un tel brio qu'on l'égalait à Turenne : Gand, Bruges, Ostende, Bruxelles, Anvers étaient tombées. À la tête d'une armée détachée, Conti s'emparait de Mons et de Charleroi. Mais ses troupes devant ensuite rejoindre celles de Maurice de Saxe, il déclara hautement que sa qualité de prince du sang lui interdisait de servir en subordonné ; il quitta son commandement et rentra à Paris. « Tout le monde, écrit Barbier, blâme fort M. le prince de Conti, qui, dans cette occasion, aurait dû s'instruire dans l'art militaire sous un homme tel que M. le maréchal de Saxe, qui, depuis trois ans, a fait ses preuves d'une grande expérience, d'une sage conduite et des grands talents d'un général, et il serait très imprudent de confier à un prince de vingt-neuf ans le commandement d'une armée aussi nombreuse. » C'était l'opinion unanime. Conti, qui jouissait d'une réelle popularité, prenait figure de freluquet prétentieux contestant la supériorité de celui qui, pour n'être que le bâtard du feu roi de Pologne, relevait la gloire des armes françaises.

Les preuves manquent, mais les dates sont éloquentes. D'Argenson remet le 31 juillet à des Issarts des instructions qui traversent absolument l'ambition de Conti. L'ambassadeur part pour Varsovie dans la première semaine d'août. Conti arrive à Paris le 14 août et se présente dès le lendemain à Versailles. Il est évident que des Issarts, son ami intime, lui a fait part des instructions ministérielles. Plutôt que par orgueil mal placé, c'est très probablement poussé par l'urgence de redresser la barre que Conti abandonne l'armée sous un faux prétexte, quitte à passer pour un fat, et se rue à Versailles. Le 16 août, présent au lever du roi, il en est fort bien reçu, ce qui n'eût pas été le cas si la seule raison de son départ de l'armée avait été une pique de vanité avec l'homme que Louis XV avait embrassé sur les deux joues au soir de Fontenoy. Dans les jours qui suivent, des Issarts, en route vers Varsovie, a la surprise de recevoir du prince, au nom du roi, des instructions secrètes en parfaite contradiction avec celles données par son ministre. Il lui est signifié que « l'intention du Roi est qu'il ne fasse rien qui puisse en aucune manière préjudicier au projet, qu'il agrée, de porter le prince de Conti au trône de Pologne ». Pour le surplus, on le renvoie aux instructions reçues par Castéra. Il ne doit « rendre compte de cette affaire qu'à M. le prince de Conti » et « agir de concert avec le sieur de Castéra, auteur du projet et à qui partie de l'exécution est confiée ». Il est formellement prescrit que tout doit se faire « sans que le ministre des Affaires étrangères puisse en avoir aucune connaissance ».

On peut imaginer la stupeur de des Issarts. Le chargé d'affaires à Varsovie, cette quantité négligeable, l'obscur Castéra, ex-précepteur aux gages d'une famille polonaise, a conçu un projet de dimension historique auquel Louis XV apporte sa caution. Lui-même, des Issarts, ambassadeur de France, est invité à s'éclairer plus amplement auprès de ce Castéra, vrai maître du jeu. Les instructions qu'il recevra seront d'évidence en totale opposition avec celles données par son ministre. Pour couronner le tout, Conti lui enjoint de tromper sans vergogne ce ministre, son supérieur hiérarchique, le chef de la diplomatie française, qui le croira occupé à exécuter sa politique alors que la volonté royale lui en impose une autre — son contraire... Les annales diplomatiques, pourtant riches en manœuvres subreptices, double ou triple jeu et autres artifices, ignoraient encore cet original cas de figure.

Le Secret du Roi est né.

*
* *

Il frôla de près une mort prématurée.

Des Issarts roule vers Varsovie quand un noble polonais, le comte Blendowski, demande, en faisant beaucoup de mystère, audience à d'Argenson. D'Argenson se renseigne. Ce Blendowski, vieil agent de la France depuis la Régence, récompensé par un brevet de colonel du Royal-Allemand, a été réemployé par le cardinal de Fleury, qui l'appréciait beaucoup, lors de la seconde élection de Stanislas ; c'est un vétéran de Dantzig. D'Argenson le reçoit — de nuit, conformément à l'exigence de Blendowski —, et, stupéfait, apprend de sa bouche les menées de Saint-Séverin et l'ambition de Conti. Prévoyant l'incrédulité du ministre, son visiteur nocturne a apporté une liasse de documents, mémoires et lettres qui ne laissent aucun doute sur la véracité de ses révélations.

Pourquoi ce déballage ? Le Polonais raconte que, convoqué en France par Conti, qui s'est montré assez ladre sur le remboursement des frais de voyage, il a été caché au château de L'Isle-Adam, où il a eu plusieurs conférences clandestines avec le prince. S'il a trouvé à celui-ci « quelques qualités éblouissantes », certains de ses défauts l'ont laissé sceptique sur ses chances de ceindre la couronne de Pologne. Surtout, il a été surpris de découvrir que l'affaire se jouait à l'insu du secrétaire d'État des Affaires étrangères. On ne lui avait pas annoncé cela en Pologne. Il s'est informé à Paris sur une éventuelle menace de disgrâce pesant sur d'Argenson : rien de tel. Comment croire qu'une si grande opération pût s'effectuer à l'écart du responsable de la diplomatie française ? Entre un ministre en place et un prince beau parleur mais léger, Blendowski, conscient de la fragilité de sa position, a fait son choix, alors même que Conti lui avait fait jurer d'observer un secret rigoureux, spécialement à l'égard du ministre...

D'évidence, Blendowski ment. S'il appartenait vraiment au petit groupe de seigneurs polonais qui ont lancé l'affaire, il saurait que l'exigence du secret vis-à-vis du ministre est, depuis le début, une exigence polonaise. Mais où et comment l'agent s'est-il procuré les documents confidentiels qu'il présente à d'Argenson ? Peut-être sa déception n'est-elle pas feinte. Convaincu que le prince n'avait pas les moyens de son ambition, il a choisi de tirer quelques bénéfices immédiats de l'affaire en la dévoilant au ministre.

Pour d'Argenson, le coup est rude. On le roule dans la farine. Et pour mener quelle politique ? D'Argenson ne croit pas en Conti. Nous le savons économe de son admiration, mais, pour le prince, le mépris s'épanche : « Une confusion de beaucoup d'idées qui se croisent sans plans et sans principes ; un pédant libertin, un ambitieux misanthrope. La présomption a rivé le mérite. Amateur de toutes connaissances, il ne prend que les plus communes. Il est la dupe de tous ceux qui lui parlent avec suffisance. Il flotte entre les différents partis qui se présentent, à la guerre ou en politique. Son savoir et son esprit valent moins que l'ignorance et la faiblesse. Il est tout, et n'est rien. » Un tel homme peut-il devenir roi de Pologne ? Ce Conti-là ne fera pas mieux que son grand-père, dont le trône se résuma à un fauteuil sur le bateau de Jean Bart.

D'Argenson ne comprend pas. Le roi a approuvé ses instructions à des Issarts, favorables à la maison de Saxe. Peut-il conduire en sous-main une politique exactement contraire ? Il note dans son journal : « Nous dépensons déjà deux millions par an pour nous assurer l'amitié du roi [*sic*] de Saxe ; dépenserons-nous plusieurs autres millions en Pologne pour détruire notre propre ouvrage ? » À quoi bon le mariage entre le dauphin et une princesse de Saxe si la folle ambition d'un prince du sang vient jeter à bas tout l'édifice ? Il ajoute : « Le système que je recommandais nous épargnera bien des maux et bien des frais, s'il est suivi après moi. Il désespère déjà la Russie et la cour de Vienne ; si nous continuons ces sages ménagements, nous ferons perdre à la Russie une grande partie de son crédit dans le Nord. Nous travaillerons nous-mêmes au bonheur des Polonais : car la royauté, devenant héréditaire de fait dans la maison de Saxe, sera exempte de tyrannie tant qu'elle sera notre amie et appuyée par nous. » Il a peine à croire que le roi mine secrètement ce plan raisonnable. La faveur de Conti est pourtant indéniable : « Cependant, le roi l'écoute souvent et longuement, on ne sait pourquoi. »

Que veut donc Blendowski ? Que d'Argenson parle au roi pour s'assurer qu'il soutient réellement la candidature de Conti. Car le Polonais, malgré les assurances données avec faconde par le prince, doute de cet appui. Pour nous qui connaissons les instructions secrètes données à Castéra — elles ne laissent aucune équivoque sur l'engagement royal —, le doute exprimé par le Polonais achève de le convaincre d'imposture. Le chargé d'affaires est arrivé à Varsovie en juin ; Blendowski n'a quitté qu'au mois d'août la capitale polonaise : s'il était réellement initié au Secret, il n'ignorerait pas les assurances apportées par le chargé d'affaires. Mais il ne sait rien du rôle de Castéra et de celui de des Issarts : il ne connaît que Saint-Séverin et Conti.

Parler au roi... Si son surnom — la Bête — définissait

tout entier d'Argenson, il se précipiterait dans le cabinet royal, parlerait haut et fort, exigerait les explications que mérite sa fonction, sinon sa personne, et il lancerait sa démission à la tête du monarque. C'en serait fini du Secret. Mais l'homme n'est point que rudesse triviale ; un portefeuille ministériel et le désir de le conserver incitent aussi à mesurer ses démarches. D'Argenson s'ouvre du problème à son frère le comte, ministre de la Guerre, son cadet et son contraire : souple, fin, ondoyant, sachant son métier de courtisan sur le bout du doigt. « Après avoir beaucoup réfléchi, il m'avoua qu'il y avait bien quelque chose de tout cela dans l'esprit du Roi ; que je prisse garde à ce que je dirais à Sa Majesté, que l'affaire était délicate. » Autrement dit, il convient, dans le doute, d'éviter de prendre le roi la main dans le sac.

Notre d'Argenson se borne donc à rédiger pour Louis XV un résumé de sa conversation avec Blendowski. Il expose les raisons qui militent contre une candidature de Conti, dont la première est « l'inconvenance qu'il y aurait envers le roi Auguste à paraître disposer de sa couronne tandis qu'il se portait bien ». Il s'abstient soigneusement d'évoquer une quelconque participation du roi à l'affaire. Louis XV ne bronche pas et se borne à ordonner « que M. des Issarts entretienne et augmente nos amis en Pologne ». D'Argenson s'en trouve rasséréné.

Il recevra plusieurs fois Blendowski — toujours de nuit — mais les bizarreries du personnage, le flot de mémoires dont il l'accable, achèvent de le déconsidérer. Le Polonais finira par demander une pension — sa démarche avait-elle un autre but ? — et l'obtiendra grâce à l'intervention de Marie Leszczynska, toujours secourable envers ses compatriotes. Il s'agitera encore quelques semaines à Paris, puis retournera à Varsovie où il mourra deux ans plus tard. Le Secret était sauvé.

Deux mois après le départ de Blendowski, le marquis d'Argenson était disgracié. Une coïncidence voulut qu'il quittât les Affaires étrangères le jour même où était célébré à Dresde le mariage du dauphin et de la princesse Marie-Josèphe de Saxe, l'un des rares succès de son ministère. Sans doute ce mariage acheva-t-il de le convaincre que le roi ne pouvait soutenir l'ambition de Conti, dont le succès nous eût brouillés avec la maison de Saxe. C'était sous-estimer la duplicité de Louis XV : satisfait du mariage, conquis par le charme de sa bru, il n'en continuera pas moins de faciliter les visées de son cousin. Mais le secret s'imposait d'autant plus, car qu'eussent dit Marie-Josèphe et son oncle, Maurice de Saxe, s'ils avaient appris que le roi de France conspirait contre leur père et demi-frère, le roi de Pologne ?

Pour le reste, le bilan de d'Argenson était pitoyable. Sa diplomatie maladroite avait mis un si grand désordre en Italie que même l'Espagne, unique alliée de la France, avait pensé l'abandonner. Ses tergiversations envers la Hollande avaient paralysé l'armée française. Alors que Marie-Thérèse, obsédée par la Silésie, offrait à la France une partie des Pays-Bas autrichiens, où caracolait Maurice de Saxe, pour prix de la paix, d'Argenson, entêté dans sa haine de l'Autriche, avait refusé cette chance inouïe, moyennant quoi c'était avec Frédéric II que l'impératrice-reine, comme on l'appelait désormais, s'était résignée à signer la paix.

En France sévissait une misère noire. Le Parlement refusait de voter les impôts et le Trésor vivait d'expédients. Toute l'Europe gémissait d'une guerre dont on ne se rappelait plus pourquoi on l'avait déclarée. Les belligérants étaient épuisés. Il fallait en finir.

*

* *

On fit la paix à Aix-la-Chapelle, le 17 octobre 1748. Saint-Séverin d'Aragon représentait la France au congrès. Il déclara d'emblée que Louis XV « venait faire la paix non pas en marchand mais en roi ». Cette grandeur d'âme parut si insolite que l'ennemi la reçut d'abord avec goguenardise. La suite dissipa ses doutes. Le roi de France n'exigeait rien et restituait généreusement les Pays-Bas autrichiens et les places fortes hollandaises conquis par Maurice de Saxe, qui assiégeait Maastricht. On s'était entre-tué au Canada, aux Antilles, aux Indes, sur tous les champs de bataille d'Europe, et l'effusion de sang n'aboutissait qu'à remettre les choses dans l'état où elles se trouvaient au déclenchement de la guerre. Combien de centaines de milliers d'hommes tués pour rien ? Car les pertes avaient été lourdes. « Guerre en dentelles » : l'expression fera fortune, caractérisant pour la postérité les conflits de l'époque. Elle n'a pas plus de sens qu'une image d'Épinal. La guerre de siège, telle que menée en Flandre, obéissait, il est vrai, à un sage protocole. On rendait une place après avoir fourni une défense honorable. Mais les batailles en rase campagne répandaient le sang à grands flots. À quoi bon l'héroïsme de la retraite de Prague, les amas de cadavres de Fontenoy, les meurtrières batailles de Raucoux et de Lawfeld, notre marine détruite par l'Angleterre ? Louis XV écrivit au roi d'Espagne : « Les restitutions que je fais et le peu d'avantage que je me procure par cette paix feront suffisamment connaître à Votre Majesté que la pitié pour mes peuples et la religion m'ont bien plus conduit en cette occasion que l'esprit d'agrandissement. » Belles phrases en vérité, et d'une sincérité insoupçonnable, qu'il est bien dommage que tant de morts pour rien n'aient pas eu la consolation d'entendre. Il eût mieux valu rester sur le mont Pagnote.

Saint-Séverin avait pour secrétaire un revenant sur la scène diplomatique : Jean-Pierre Tercier, l'ancien bras droit de Monti. Il avait mis longtemps à restaurer une santé ruinée par les rigueurs de la prison russe. Chaque année, il allait prendre les revigorantes eaux de Plombières. Sa conduite à Varsovie et à Dantzig lui valait l'amitié indéfectible de Stanislas, qui le recevait volontiers à sa cour de Lunéville, et la protection de Marie Leszczynska. À quarante-quatre ans, Tercier réunissait en lui les qualités d'un homme réfléchi, cultivé, habile à conduire des affaires complexes, et les vertus de celui qui, à Dantzig, avait démontré sa capacité à prendre des risques.

Sa santé à peu près rétablie, on l'avait employé à des besognes sur lesquelles ses futurs collègues de l'Académie des inscriptions et belles-lettres éviteraient de s'appesantir. « Différentes affaires de confiance »... Il s'agissait du Cabinet noir, service de l'intendance générale des postes, dont les six commis, triés sur le volet, dits les *intercepts*, ouvraient les correspondances et prenaient copie des passages jugés dignes d'être mis sous les yeux du roi. Les intercepts utilisaient un fil rougi au feu qu'ils passaient horizontalement dans l'épaisseur de la cire des cachets ;

après lecture, le cachet était reconstitué en replaçant sa surface intacte, de sorte que l'effraction restait imperceptible. Le viol des correspondances est aussi vieux que le pouvoir, et durera autant que lui, mais les souverains en usaient selon leurs goûts et leurs dégoûts. Louis XV en raffolait. Il exigeait d'être informé sur les affaires privées — sexe, argent — tout autant que sur les publiques, qui justifiaient en principe l'inquisition postale par le souci de déjouer à temps un éventuel complot contre l'État. Dix jours après la signature du traité d'Aix-la-Chapelle, la cour bruit d'une tout autre affaire et d'Argenson note dans son journal : « On est fort occupé de la mort de M. Dufor, intendant des postes, et de celui qui va le remplacer. On dit que le Roi marque trop par là quelle espèce d'administration est celle-ci ; qu'il ne s'occupe que de savoir tout ce qui se dit par lettres, tant au-dehors qu'au-dedans du royaume. C'est ainsi qu'en parlait hier un homme d'esprit (mon frère), ajoutant qu'il n'avait jamais été du secret. Il disait encore que le Roi était plus curieux qu'un autre, et aimait beaucoup ces sortes de décèlements de secrets. » Le comte d'Argenson, s'il niait toute participation au viol des correspondances, avouait en tout cas renseigner le roi, « qui a de malheureuses dispositions pour ce goût d'espionnage », sur les dossiers de Paris, avec une préférence marquée pour les histoires d'alcôves et de bordels — « les secrets des pâles humains » : « Il entre chez le Roi dès qu'il est réveillé. Il a des espions partout, parmi la plus haute magistrature comme dans le plus bas étage ».

Voici donc Tercier revenu à la diplomatie, et sous la houlette de Saint-Séverin, passionné comme lui pour la Pologne. Évoquant à la troisième personne son rôle personnel, Tercier écrira : « Pendant le cours de cette négociation, il eut la confiance de tous les ministres du congrès pour ce qui regarde la forme de tous les actes, sur laquelle ils s'en rapportaient entièrement à lui... La vivacité qu'il y mit abrégea peut-être de plusieurs mois la durée de cette assemblée. » On peut en croire un homme ennemi de la présomption. Saint-Séverin lui confia d'ailleurs l'honneur d'aller porter à Versailles les préliminaires de paix signés le 30 avril. Tel un officier récompensé d'avoir apporté au roi la nouvelle d'une victoire, il reçut une gratification extraordinaire de deux mille livres. Il retourna aussitôt à Aix-la-Chapelle pour la mise au point du traité définitif. Son ascension, freinée par la catastrophe de Dantzig, repart superbement : un an après la paix, il sera nommé à la fonction considérable de premier commis des Affaires étrangères. Un an encore et le fidèle Stanislas l'anoblira. Cette noblesse inopinée ne semble pas avoir beaucoup ému Tercier qui, demandant à Louis XV, comme il se devait, l'autorisation d'accepter une grâce accordée par un souverain étranger, indiquait que « ce titre, qui n'est d'aucune conséquence, sera la seule [pour "seulement la"] marque que les services qu'il a eu le bonheur de rendre en Pologne à ce prince, relativement au Roi, ont été agréables ». À ces honneurs publics s'ajoute le bonheur privé d'épouser Marie-Marthe Baizé, petite-fille du célèbre avocat au Conseil, son premier employeur, grâce à qui il avait été recruté par Monti.

Donc, une paix toute bête, chacun rendant ce qu'il a pris et récupérant ce qu'il a perdu. Marie-Thérèse retrouve ses Pays-Bas ; les Hollandais rentrent à Berg-Op-Zoom, si brillamment enlevée par Lowendal, et à Maastricht, conquise par Maurice de Saxe ; le roi de Sardaigne recouvre la Savoie et le comté de Nice ; les Anglais récupèrent Madras ; la France se retrouve en possession de Louisbourg et de l'île de Cap-Breton, au Canada. Sans doute l'Autriche cède-t-elle à l'infant don Philippe les duchés de Parme et de Plaisance, mais le grand bénéficiaire de la guerre reste Frédéric II, qui conserve la Silésie.

En France, on était si las d'un conflit interminable, aux buts de moins en moins perceptibles, cause de tant de morts et de misères, que l'annonce de la paix fut d'abord accueillie avec soulagement. Quand l'opinion connut les termes du traité, sa colère éclata. On disait que la France s'était battue pour le roi de Prusse, et l'expression, devenue proverbiale, traversera les siècles. Pour caractériser une énorme stupidité, une sottise confondante, on disait : « bête comme la paix ».

L'expulsion de Charles-Édouard Stuart, fils du prétendant catholique au trône d'Angleterre, fit flamber l'indignation. Courageux, un peu exalté, émouvant de par la somme de malheurs qui s'étaient abattus sur sa famille, ce jeune homme avait bien failli faire basculer l'histoire. Conformément au plan de diversion imaginé par Noailles, on l'avait lâché sur la côte écossaise en 1745. Il avait sept officiers avec lui, douze cents fusils et dix-huit sabres dans la cale ; mais une folie héroïque en tête — sa mère était polonaise. Il rallie quelques milliers d'hommes, s'empare d'Édimbourg, se fait reconnaître par toute l'Écosse, bat une armée anglaise à Prester-Pans, descend vers le sud, vers Londres. Ces succès inattendus convainquent enfin Versailles de l'aider. Des troupes sont rassemblées, qui doivent passer la Manche sous le commandement du duc de Richelieu, lequel obtient de son ami Voltaire un manifeste pour le peuple anglais ; mais le secret est éventé (on incrimine les bavardages inconsidérés de Richelieu) et le projet est abandonné. Charles-Édouard l'emporte encore à Falkirk. Le roi d'Angleterre, aux abois, fait revenir de Flandre des régiments qui manqueront à Fontenoy. Fort de trente mille hommes de troupes réglées, il refoule Charles-Édouard, parvenu à trente lieues de Londres, jusqu'en Écosse, et l'écrase définitivement à Culloden. Tandis que ses partisans subissent une effroyable répression, qu'on les pend et qu'on leur arrache le cœur, Charles-Édouard, sa tête mise à prix, pourchassé pendant cinq mois, se rembarque miraculeusement après avoir couru mille aventures auprès desquelles l'évasion de Stanislas à travers les lignes russes prend figure de paisible promenade dominicale.

Tel est le héros dont l'Angleterre a exigé l'expulsion de France, faute de quoi elle ne signerait pas la paix. Louis XV y consentit. Avant le départ du prétendant pour son héroïque aventure, le roi lui avait écrit une lettre l'assurant qu'en cas de malheur il trouverait dans le royaume de France un asile inviolable. De nobles émissaires expliquèrent au réfugié que la raison d'État exigeait son départ. Il refusa avec hauteur. Toujours entouré de quelques gentilshommes anglais dévoués à sa cause et fort bien armés, il se montrait volontiers dans Paris, où sa popularité était immense. Le remords y contribuait : on savait qu'un renfort français de dix mille hommes lui eût probablement donné la victoire. Lorsqu'il entrait à la Comédie-Française ou à l'Opéra, toute la salle se levait. Le ministère se résolut à des mesures extrêmes.

On pourrait agir en catimini, comme il est raisonnable

pour perpétrer un mauvais coup. On va préparer une opération quasi militaire et l'exécuter comme une provocation. Le 10 décembre 1748, le régiment des gardes françaises quadrille Paris et boucle l'Opéra, où doit venir comme à l'accoutumée Charles-Édouard. À peine descend-il de son carrosse que six sergents en civil le mettent à terre, le ligotent, le jettent dans une voiture qui démarre au galop en direction du château de Vincennes, escortée par des cavaliers et des fantassins baïonnette au canon. Le prétendant hurlait qu'on ne lui aurait pas infligé pareil outrage au Maroc. (Déjà !) Il criait : « Comment ! traiter ainsi le petit-fils d'Henri IV ! » Rien n'y fit. Il est vrai qu'on trouva deux pistolets sur lui et que, selon le duc de Croÿ, il avait proclamé qu'il abattrait celui qui voudrait l'arrêter avant de se tuer lui-même ; mais Charles-Édouard allait nier farouchement avoir tenu ces propos homicido-suicidaires.

L'émotion fut à la mesure de la balourdise d'un roi décidément incapable d'anticiper les réactions de son peuple, muré dans sa tour d'ivoire versaillaise, au fait de toutes les coucheries mais aveugle et sourd aux ébranlements de l'opinion publique. En mettant quatre sœurs dans son lit, il avait aboli sept années de fidélité conjugale et s'était gagné une réputation de débauche encore imméritée. En se débarrassant de Charles-Édouard de si brutale et mesquine manière, il donnait à penser que la paix était encore moins stupide que honteuse. La police, imbécile, interdit de parler de l'affaire dans les cafés. On ne l'en évoqua que davantage. Des vers circulaient dans Paris où l'on moquait les gardes françaises, les fuyards de Dettingen, qui avaient enfin réussi à capturer un Anglais. Sur les murs de Versailles, des mains anonymes écrivaient à l'adresse de Louis XV : « Il est roi dans les fers ; qu'êtes-vous sur le trône ? » Un poème circulait dans Paris commençant par : « Réveillez-vous, mânes de Ravaillac ! » ; l'auteur échappa aux recherches intensives de la police. Un jeune homme, Jean-Baptiste Desforges, clerc de notaire, qui avait assisté au rapt, composa un autre poème qui courut non seulement Paris, mais la France entière :

Peuple jadis si fier, aujourd'hui si servile,
Des princes malheureux vous n'êtes plus l'asile.

Vos ennemis vaincus aux champs de Fontenoy,
À leurs propres vainqueurs ont imposé la loi
Et cette indigne paix qu'Aragon vous procure
Est pour eux un triomphe et pour vous une injure.

Desforges, arrêté, resta à la Bastille neuf mois, puis fut transféré à l'abbaye du Mont-Saint-Michel, dont le vieux abbé de Broglie avait obtenu le bénéfice de si plaisante manière. C'était aussi l'une des plus sévères prisons du royaume. On enferma Desforges dans la cage de fer. Très étroite, faite de barreaux de bois renforcés par des ceintures de fer, elle était suspendue au plafond, de sorte qu'elle oscillait au moindre mouvement du prisonnier. Le malheureux Desforges y resta trois ans, puis le vieux abbé obtint qu'il ait l'abbaye tout entière pour prison. Nous l'en verrons sortir et réussir sa réinsertion par la grâce des Broglie, et pour leur malheur.

De retour à Berlin fourbu mais vainqueur, Frédéric II nota benoîtement : « Ainsi, en appréciant les choses à leur juste valeur, on est obligé de convenir qu'à certains égards cette guerre causa une effusion de sang inutile, et qu'un enchaînement de victoires ne servit uniquement qu'à conserver la Prusse dans la possession de la Silésie. » Il pouvait être satisfait, ce roi qui professait que « la force véritable d'un État réside dans le nombre de ses sujets ». Avec la Silésie, il doublait presque la population soumise à sa loi, et le revenu fiscal faisait encore mieux. Acquise au prix du sang, la province deviendrait le socle de la nouvelle puissance prussienne.

Le moment était venu de passer à l'annexion suivante : Voltaire.

XII

Jamais homme ne fut si peu fait pour être quelque chose. Académicien, historiographe du roi, gentilhomme ordinaire de la chambre : irrésistible ascension ! Savoureuse revanche sur les coups de bâton de Rohan ! Il signe ses lettres « Voltaire, historiographe de France », et s'est doté d'un blason portant d'azur à trois flammes d'or. Il paie comptant, met l'étouffoir sur son insolence, émousse sa plume pour la faire courtisane. Un poème pour célébrer la guérison du roi à Metz. Un autre pour immortaliser Fontenoy, et qui s'allonge, qui s'allonge, car les vainqueurs de bonne famille entendent bien être tous cités — « la tête me tourne, écrit Voltaire, je ne sais comment faire avec les dames qui veulent que je loue leurs cousins et leurs greluchons » ; ce n'est plus un poème, mais un annuaire en alexandrins ; il faut même publier des éditions successives ; enfin, cela plaît au roi. (Mais un « excrément de la littérature » réjouit Paris en publiant une parodie — « Camarades soldats, je ne chante que vous » — célébrant la gloire modeste des Fanfan la Tulipe et autres Joli-Cœur...) Un poème encore, mais bref, où le roi est comparé à César, et Pompadour, la nouvelle maîtresse, à Cléopâtre. Une pièce de théâtre, enfin, *Le Temple de la Gloire*, où Louis XV, qui porte cette fois la toge de l'empereur romain Trajan, fait ruisseler sur l'humanité ses incomparables vertus.

Ici, le faux pas. À la fin de la représentation, Voltaire s'approche du roi et, désinvolte, lui lance : « Trajan est-il content ? » Pour Louis XV, c'est l'horreur absolue. Là où Frédéric répliquerait instantanément par une citation latine ou un mot d'esprit, le roi de France reste coi. Toute prise de parole publique lui est difficile, au contraire de son bisaïeul Louis XIV. Il ne s'exprime à l'aise que dans le cadre étroit de ceux qu'il admet dans son intimité, et ils sont tous de grande noblesse. Qu'un homme sorti de rien — cet Arouet — s'adresse si familièrement au roi de France relève de la lèse-majesté pour les intégristes du protocole, de la déplorable faute de goût pour les autres. Tel est Voltaire, inapte à comprendre que les rois, les princes et les nobles appartiennent à une espèce différente de l'humanité ordinaire. Ce qu'on nomme son insolence n'a point d'autre ressort. Inconscient de sa hardiesse, il attend un sourire, un mot aimable. Louis XV, décontenancé par ce qu'il reçoit comme une agression verbale inouïe, fixe un œil glacial sur le poète, puis lui tourne le dos.

L'incident au jeu de la reine est plus grave. Émilie du Châtelet, point riche, fort avare dans son intérieur, avait la passion du jeu. À Fontainebleau, où le roi tient sa cour, elle prend place à la table de la reine où jouent à la cavagnole princes du sang, ducs et duchesses. La chance contraire dissipe bientôt son capital de départ. Voltaire lui donne deux cents louis. Ils se volatilisent. Elle emprunte aussitôt à un taux usuraire, perd encore, perd toujours. Elle joue sur parole. La malchance s'obstine. Elle finit par perdre la très considérable somme de trois cent mille livres. Voltaire, debout derrière elle, et qui déteste le jeu, observe attentivement les mouvements des joueurs. Soudain, il lance à mi-voix à Émilie : « Vous ne voyez donc pas que vous jouez avec des fripons ? » Il l'a dit en anglais, mais quelqu'un a compris et traduit. Houle d'indignation. Des fripons ! Cette fois, même les plus tolérants crieront à la lèse-majesté. Des fripons au jeu de la reine !

Au jeu du roi, à celui de la reine, à toutes les tables de ce tripot ambulant qu'est aussi la cour, les fripons opèrent. Les Mémoires du temps sont pleins d'histoires de tricheries, voleries, escroqueries commises sous le nez du roi. « On continue de voler beaucoup à Versailles », note sans s'émouvoir le duc de Luynes. L'art de « corriger la fortune », comme disaient élégamment les « Grecs », les tricheurs professionnels, avait ses adeptes parmi duchesses et marquises. Mais c'est une chose de noter ces friponneries dans un journal intime, une autre de les dénoncer à la face des tricheurs. Voltaire et Émilie s'enfuient du salon sans demander leur reste — comme des voleurs — et sautent dans la première chaise de poste venue. Elle se rompt. Un charron la répare. Ils n'ont plus un sou pour le payer. L'homme les retient. Horribles transes. Leur compte est bon si des gardes ont été envoyés à leur poursuite pour venger l'insulte. En dépit de son caractère énergique, la panique d'Émilie doit égaler celle de son émotif amant, car sa naissance lui permet de mieux apprécier la gravité de l'outrage. Émancipée assurément, cultivée comme peu de femmes en son siècle, elle reste aristocrate jusqu'au bout des ongles : son bain, elle le prend sans façons devant son valet de chambre Longchamp, n'imaginant pas que le regard d'un domestique pût davantage compromettre sa pudeur que celui d'un animal (le pauvre Longchamp, qui n'était pas de bois, écrira : « Tout mon individu n'était ni plus ni moins à ses yeux que la bouilloire que je tenais à la main ». De la somme d'humiliations de cette sorte, infligées sans malveillance, le plus naturellement du monde, naîtra *aussi* la Révolution). Enfin, un voyageur passe, qui reconnaît le poète et règle la réparation. Ils peuvent repartir. Voltaire obtient asile chez la duchesse du Maine, qui règne sur sa petite cour du château de Sceaux. Née Condé, elle est veuve du duc du Maine, bâtard de Louis XIV. Pas plus grande qu'une enfant de dix ans, mais de beaucoup d'esprit, elle avait collectionné les amants, avec une préférence marquée pour le cardinal de Polignac.

Elle cache Voltaire sous les combles du château. Il ne quitte son galetas qu'à deux heures du matin pour un médianoche en tête à tête avec la duchesse ; seul un valet de confiance est dans le secret. Pour remercier sa bienfaitrice, il lui écrit dans la journée des petits riens, des contes pour rire, parmi lesquels *Micromégas* et *Zadig*... Deux mois plus tard, le danger passé, il sort de son trou. En fait, point de danger réel, ni poursuites officielles ni sanctions officieuses ; simplement un accroc de plus dans sa carrière de courtisan.

Il rebondit. Le cercle intime de Louis XV joue son *Enfant prodigue* dans les Cabinets, c'est-à-dire dans les petits appartements où, loin d'un protocole exténuant, le roi, débarrassé de sa gangue de timidité, se montre au naturel devant ses familiers. Voltaire n'a pas été invité mais sa puissante protectrice, Jeanne-Antoinette Poisson, marquise de Pompadour, lui assure qu'il le sera la prochaine fois. En remerciement, Voltaire lui envoie ce madrigal :

Pompadour vous embellissez
La cour, le Parnasse et Cithère
Charme de tous les cœurs, trésor d'un seul mortel

Qu'un sort si beau soit éternel !
Que la paix dans nos champs revienne avec Louis
Soyez tous deux sans ennemis
Et tous deux gardez vos conquêtes.

Ces vers, pour nous bien anodins, déclenchent un esclandre. Un poète ose conseiller au roi de garder ses conquêtes dans le moment même où il les brade généreusement à Aix-la-Chapelle. Il insinue hardiment que Louis XV aurait été conquis par sa maîtresse et il ose mettre en parallèle les succès de la France en Flandre et ceux de la Pompadour sur le cœur du roi... La famille est scandalisée. La reine s'émeut de voir son infortune proclamée, non plus dans des couplets anonymes courant les rues de Paris, mais par l'historiographe du roi, gentilhomme ordinaire de sa chambre. Le dauphin, la dauphine, la ribambelle des filles de France (qui n'appellent la Pompadour que « notre maman putain ») sont aux cent coups. Voltaire, cette fois, a fait plus qu'entamer son crédit déjà bien ébréché : il compromet la favorite, dont c'est le premier embarras sérieux.

Il faut filer, et beaucoup plus loin que Sceaux. Sa gloire européenne sera évidemment son viatique. Pour ses contemporains, une autre raison, plus substantielle, le sépare du lamentable troupeau des écrivains sentant le soufre qui courent les chemins d'Europe, vivant d'expédients ou de charités : il est riche, très riche. Ceux qui ont fait sa fortune sont les mêmes qui ont mis la Pompadour dans le lit du roi.

*
* *

Saint-Simon raconte dans le détail le début de la faramineuse ascension des frères Pâris, dont le père tenait, à l'enseigne *À la Montagne*, une petite auberge dans le Dauphiné, au pied des Alpes. Les quatre garçons, grands et forts, servaient à boire, pansaient les chevaux, faisaient le service des chambres. En 1690, à la suite d'une rivalité amoureuse entre l'intendant de Grenoble et le commis aux vivres de l'armée envoyée par Louis XIV en Italie, cette armée ne reçoit plus son ravitaillement. Le commis, désespéré, s'arrête à La Montagne, boit un coup et confie au patron son angoissant problème : comment faire passer aux troupes affamées un convoi de vivres ? Le patron conseille d'attendre le retour de ses fils, partis aux champs. Ils reviennent, prennent l'affaire en main, font passer les mulets par des sentiers escarpés, d'eux seuls connus, sauvent l'armée de la famine. Ce coup d'éclat des quatre gaillards leur met le pied à l'étrier. Trente ans après, Saint-Simon dresse le bilan provisoire de leur carrière : ils « ont acquis des biens immenses, fait et défait des ministres et d'autres fortunes, et ont vu la cour à leurs pieds, la ville et les provinces ».

Saint-Simon, c'est Versailles et la cour. L'avocat Barbier, exact interprète de la bourgeoisie parisienne, précise que l'auberge se trouvait à Moras et que Joseph, le plus jeune, le plus talentueux et le plus célèbre des quatre frères, s'appelle Pâris-Duvernet *(sic)* à cause de son habileté à rincer les verres au comptoir paternel. Un autre auteur, Luchet, qui publie en 1776, après la disparition du quatuor, un ouvrage hagiographique, situe l'auberge à Moirans et ajoute qu'Antoine, l'aîné, alors âgé de dix-neuf ans, ne se contenta pas de mener le convoi par des chemins confidentiels, mais courut d'abord à Lyon et convainquit la municipalité de le laisser prendre six mille sacs de blé dans ses entrepôts, à charge pour lui de reconstituer le stock à brève échéance, puis fila dans le Vivarais acheter mille mulets pour porter le blé.

Les trois aînés montent en Flandre, où la guerre fait rage. Ils démontrent une virtuosité sans égale dans le ravitaillement des armées. La tâche est rendue délicate par la grande détresse des finances royales ; non seulement faut-il trouver des vivres dans des régions ravagées, mais encore doit-on souvent faire l'avance des fonds. Les intérêts, prohibitifs, ont de quoi charmer — quand ils sont payés. Lorsque le péril est passé, qui conduit à faire feu de tout bois, le pouvoir considère d'un œil sourcilleux les bénéfices engrangés par ceux qui ont nourri ses soldats.

Ainsi les trois frères Pâris, bientôt rejoints par le benjamin, Pâris-Duverney, de seize ans plus jeune que l'aîné, éprouvent-ils leurs premiers soucis après la mort de Louis XIV. Le Régent crée une chambre de justice chargée d'examiner les comptes du dernier quart de siècle et de faire entrer dans les coffres de l'État les bénéfices injustifiés. La chambre de justice torture, embastille, condamne à mort ; les suicides se multiplient ; des financiers voient tous leurs biens confisqués ; d'autres doivent rembourser des millions. Les Pâris s'en tirèrent sans grand dommage.

En deux décennies, ils ont parcouru un chemin prodigieux. L'aîné, Antoine, a été nommé receveur général des finances de la généralité de Grenoble. Il sera garde du trésor royal, le plus haut poste de la finance, et conseiller d'État. Claude, appelé « la Montagne » en mémoire de l'auberge paternelle, est trésorier de l'armée des Flandres et secrétaire du roi. Jean, appelé Pâris de Montmartel, commissaire des guerres, puis trésorier des ponts et chaussées, succédera à Antoine dans la fonction de garde du trésor royal ; il sera aussi secrétaire du roi. Le dernier, Joseph Pâris-Duverney, d'abord soldat aux gardes françaises, devient secrétaire du roi, secrétaire des commandements et finances de la reine, conseiller d'État, commissaire général des vivres [1].

Ils se mobilisent contre Law, dont ils contribuent à ruiner le système. L'Écossais ne leur a-t-il pas retiré le bail des fermes générales, source de juteux profits ? Plutôt que de percevoir elle-même les impôts indirects, la chétive administration royale les affermait à une association de quarante financiers, moyennant une somme forfaitaire convenue à l'avance — la différence, souvent énorme, avec les rentrées réelles, restant dans la poche des fermiers. Law, excédé par les manœuvres souterraines des frères, obtient leur exil en Dauphiné. Barbier commente que les Pâris « sont de grands fripons, mais qui ont de l'esprit infiniment ».

Law tombé, Pâris-Duverney réapparaît. Le Régent le charge du *Visa*, opération terrible destinée à trier dans l'amas de ruines laissées par l'Écossais. Il s'agit de rabattre les fortunes scandaleuses édifiées sur la spéculation et, en fin de compte, de remettre les choses dans l'état où elles se trouvaient avant Law. « Sorte de dictateur, maître absolu des biens et des fortunes », Pâris-Duverney dirige une

1. Le fameux général Pâris de Bollardière, héros de la France libre, qui préféra quitter l'armée française plutôt que de couvrir la torture en Algérie, puis milita pour le pacifisme, était un descendant de ces Pâris.

armée de huit conseillers d'État, vingt-cinq maîtres des requêtes et deux mille commis. Les comptes de plus de cinq cent mille Français sont examinés à la loupe. Les ruines furent aussi retentissantes que l'avaient été les fortunes, et si des spéculateurs perdirent leur bien mal acquis, beaucoup de braves gens se retrouvèrent sur la paille pour avoir misé sur un système prôné par le roi. Dans le même temps, les Pâris obtiennent la disgrâce du secrétaire d'État de la Guerre, Le Blanc, qu'ils accusent de prévarication.

Leur rude poigne devait susciter des haines. Le 27 février 1724, un capitaine de carabiniers est agressé à coups de couteau par trois hommes alors qu'il sort de l'hôtel particulier des Pâris, rue Saint-Antoine. Le capitaine ne se connaît pas d'ennemis. Il est de haute taille, comme Pâris-Duverney. L'opinion publique ne s'y trompe pas : c'est le financier qu'on a voulu assassiner. Les pires rumeurs s'attachent à chacune des initiatives des quatre frères. On les accuse d'avoir fait sortir du blé du royaume, pour l'y faire rentrer à grand bénéfice en période de disette. Le Régent promet les pires sanctions si le fait est avéré. Pâris-Duverney répond : « Il est impossible qu'une telle manœuvre ait pu s'exécuter sans que beaucoup de gens aient été employés à l'achat, au double transport et à la revente des blés. S'il se trouve dans le royaume un seul homme qui y ait coopéré, je porte ma tête sur l'échafaud. » L'affaire reste sans suite immédiate.

Un quatrain circule dans Paris faisant référence à la guerre de Troie (Ilion) :

Ilion gémit sous la cendre
Pour avoir produit un Pâris
Que ne devons-nous pas attendre
En ayant quatre dans Paris ?

Même l'intimité familiale prête à suspicion. Si Montmartel épouse sa nièce, fille d'Antoine, c'est « pour qu'aucun étranger ne mette le nez dans leurs affaires »... Soupçon en vérité conforté par Louis XV, qui, sollicitant du pape une dispense, écrit sans ambages que « nous savons qu'ils ont des raisons de famille très fortes de désirer l'accomplissement de ce dessein, qui peut seul prévenir un grand dérangement dans leurs affaires domestiques, et même nous priver d'une partie essentielle des avantages que nous tirons des services que leur union les met en état de nous rendre avec plus de succès ».

Les frères connaissent leur apogée sous le ministère de M. le Duc. Pâris-Duverney est alors appelé « le second Premier ministre ». Il se révèle homme d'État, et d'une audace révolutionnaire. Grâce aux méthodes de Barrême, au nom devenu commun, il obtient enfin des comptes assez précis sur les recettes et dépenses de l'État. Il dresse pour la première fois l'état des grâces et des pensions royales (sept volumes, où chaque bénéficiaire n'occupe qu'une ligne) ; on constate que maints nobles touchent plusieurs fois la même pension ; le nettoyage des écuries d'Augias fait économiser douze millions de livres. Il interrompt les dons de forêts domaniales aux seigneurs bien en cour. Il supprime les oligarchies municipales et rend au peuple le droit d'élection — Fleury, bientôt après, rétablira les municipalités héréditaires. Pour pallier famines et disettes, il veut créer le Bureau des blés et farines, mais se heurte à des résistances invincibles. Et lorsqu'il lance l'idée vraiment révolutionnaire d'un impôt — le cinquantième des revenus — s'appliquant à tous, noblesse et clergé compris, refus immédiat et indigné des privilégiés...

À la chute du duc de Bourbon, nouvel exil. Puis Pâris-Duverney est arrêté, ramené à Paris sous escorte, hué par le peuple, jeté dans une cellule malsaine de la Bastille, privé de visites. Cette fois, il juge sa vie en danger et n'a pas tort, tant la haine se déchaîne contre lui et ses frères. Le pacifique Barbier écrit sans frémir : « Il y a longtemps que cela aurait dû être fait. On dit qu'on va remuer l'affaire du pain, qui est terrible, et qui crie vengeance, car non seulement on a mangé le pain à un prix exorbitant, mais c'était de mauvais blé ; et actuellement dans les provinces il y a des maladies infinies. Il est curieux de voir si, à la fin, on pendra des fripons dans ce pays-ci, car il y en a beaucoup, et cela mettrait ordre. » Cent commis épluchent les comptes de Duverney. Ils ne trouvent rien. Sa fortune personnelle est peu de chose. Il aime les affaires pour les affaires, mais ne se soucie guère d'argent.

Au terme d'un procès retentissant, le Parlement le décharge de toute accusation.

Ainsi vont-ils, les quatre frères, toujours montants et toujours vacillants, qui élargissent avec obstination une existence sociale reposant sur une pointe si fine qu'elle menace sans cesse de se briser, nécessaires et haïs, enveloppés dans le mépris qui s'attache à leur obscure origine de garçons d'auberge à qui l'on glissait le pourboire, ces parvenus de la finance dont La Bruyère stigmatisait naguère « les âmes sales pétries de boue et d'ordure » et que Lesage, au moment même où les Pâris accédaient à la fortune et à la puissance, a immortalisés en pétrissant cette boue et cette ordure pour en faire *Turcaret*.

Lorsque Voltaire et son Émilie prennent prudemment la poudre d'escampette, les Pâris sont revenus au sommet du pouvoir. Une fois de plus, la guerre les a rendus indispensables. « Chaque printemps, écrit Michelet, l'armée, à l'étourdie, mal pourvue, entrait en campagne. Chaque année, elle était sauvée, nourrie, grâce aux Pâris, par un coup révolutionnaire, miracle d'argent, d'énergie. L'homme d'exécution était ce Pâris-Duverney, toujours sur la frontière, et souvent entre les armées, déguisé pour mieux voir. » Duverney, que la noblesse militaire raille sous le sobriquet de « général des farines », a en réalité pesé sur les décisions stratégiques. C'est grâce au réseau bancaire européen de son frère Pâris de Montmartel, garde du trésor royal, que les opérations ont pu être financées. De Duverney, d'Argenson écrit pour s'en lamenter qu'il « fait tout l'ouvrage politique, comme le militaire », et qu'il « gouverne absolument trois départements du royaume : la finance, la guerre et les affaires étrangères ».

*

* *

La Pompadour est leur plus bel ouvrage. Son père, François Poisson, sorti d'une chaumière, travaille pour les Pâris et devient l'un de leurs agents les plus efficaces. Ils le marient avec Louise Madeleine de La Motte, qui, avec un joli nom, n'était que la fille d'un pourvoyeur aux armées, fournisseur de viande à l'hôtel des Invalides. Cette Louise

Madeleine, « belle à miracle » — supérieure, au dire des connaisseurs, à ce que sera sa fille —, est la maîtresse du secrétaire d'État de la Guerre, et si elle ne couche pas encore avec Pâris de Montmartel, ce sera bientôt chose faite. Elle aura ensuite un prince, deux ambassadeurs, l'évêque d'Avranches, le valet de chambre de Louis XV, etc. Ce n'est pas une raison pour que d'Argenson la dise « célèbre putain du Palais-Royal ».

Lorsque la chambre de justice du Régent entame sa redoutable épuration, les Pâris tiennent conseil : comment éviter la foudre ? Avec un dévouement admirable, François Poisson accepte le rôle de bouc émissaire. Peut-être fut-il condamné à mort, comme la rumeur le prétendit, mais la sentence s'est perdue, ou bien des mains obligeantes l'ont fait disparaître au retour de temps plus sereins. Toujours est-il que Poisson prend la fuite et s'exile en Allemagne. Il sacrifiait à ses patrons une existence délicieuse, avec hôtel particulier à Paris, carrosses, domesticité importante, brillantes réceptions. Restée seule, si l'on peut dire, sa femme fourre au couvent sa fille, Jeanne-Antoinette, âgée de cinq ans, dont personne ne peut affirmer avec une certitude absolue que Pâris de Montmartel, son parrain, n'était pas également le père. Elle y recevra une excellente éducation.

Son père officiel, Poisson, continuait de travailler pour les Pâris en Allemagne, mais l'exil lui pesait. La rencontre avec un agent français en mission diplomatique secrète fut déterminante pour son retour. Qui est cet agent ? Notre marquis de Thyange, qui endossera bientôt, avec sa célèbre redingote, l'identité de Stanislas Leszczynski pour donner à croire que le prétendant au trône gagne la Pologne par la mer. Il est en mission à Hambourg pour le compte de Stanislas. Il sympathise avec Poisson, l'emmène à Bruxelles, intervient auprès du contrôleur général des finances Orry. Poisson obtient un laissez-passer pour la France et reste en liberté moyennant une énorme caution de quatre cent mille livres. Son exil avait duré six ans. Les démarches de ses patrons aboutirent, non sans difficulté, à la cassation du jugement rendu contre lui. Il repart la tête haute pour l'Allemagne, fait merveille dans la fourniture des vivres aux armées françaises opérant là-bas, dont celle du maréchal de Broglie, et effectue des missions secrètes pour Duverney, avec qui il entretient une correspondance chiffrée. Son retour à Paris n'est plus celui d'un proscrit, mais d'un homme qui a rendu d'éminents services.

Jeanne-Antoinette, sa fille, qu'on dira sortie du ruisseau quand elle sort du couvent, s'affine auprès des plus brillantes intelligences. Malgré le handicap d'une mère tenue par la bonne société pour « une femme entretenue sur le pavé de Paris », elle est admise au salon de Mme de Tencin, et fréquente chez Mme Geoffrin. Sa grâce et son esprit séduisent le président Hénault, Richelieu, l'abbé de Bernis, Voltaire, Fontenelle, Crébillon. Elle lit beaucoup, apprend le chant, reçoit des leçons de danse et de dessin. À vingt ans, elle épouse Le Normand d'Étiolles. Il est le neveu du financier Le Normand de Tournehem, fermier général lié aux Pâris, vieil amant de Mme Poisson, et peut-être bien le père de sa fille.

Jeanne-Antoinette fait du château d'Étiolles, près de Corbeil, un lieu de grâce et d'élégance ; elle a un théâtre où elle joue avec un talent que ses pires détracteurs ne lui marchanderont pas. Les chasses royales effleurent souvent Étiolles. Louis XV croise la belle châtelaine deux ou trois fois et lui fait si souvent porter du gibier que Mme de Châteauroux en prendra de l'inquiétude. Ces rencontres sylvestres n'ont rien d'inopiné, car l'ambition de conquérir le roi venait de loin. Une voyante avait annoncé à la mère que Jeanne-Antoinette deviendrait la maîtresse de Louis XV. Le Normand de Tournehem disait à qui voulait l'entendre : « Il faut avouer que la fille de Mme Poisson est un morceau de roi. » Jeanne-Antoinette elle-même confiait à Voltaire « qu'elle avait toujours eu un secret pressentiment qu'elle serait aimée du Roi ». À la mort de Mme de Châteauroux, et alors que les postulantes à son remplacement se pressent sur la ligne de départ, poussées qui par un mari, qui par des parents, la jeune dame d'Étiolles a pour elle sa beauté, son élégance, le charme — exotique pour le roi — d'une bourgeoise, « fleur de la finance parisienne » ; elle a aussi les Pâris.

Si l'histoire n'a pas fixé le moment précis où les cœurs s'épousèrent, ce fut assurément à l'occasion des grandes fêtes offertes pour le premier mariage du dauphin. À un bal donné à Versailles, on vit Louis XV déguisé en if (et Voltaire de commettre aussitôt un poème pour célébrer l'if, merveille de la nature) se pencher avec intérêt sur une ravissante bergère, Mme d'Étiolles. Il lui attribue un logement à Versailles. Elle retourne chez elle quand le roi part rejoindre l'armée de Flandre. Trop intelligente pour courir le risque de renouveler « les scènes de Metz », elle n'a pas demandé à l'accompagner. Retirée à Étiolles, elle reçoit plus de quatre-vingts lettres de son amant pendant la campagne de Fontenoy. Pour y répondre, elle dispose de deux nègres, l'abbé de Bernis, qui, de haute extrace, s'était toujours refusé à aller souper chez la mère Poisson, et Voltaire, décidément écrivain à toutes mains, mais qui devait s'amuser beaucoup à couvrir de caresses épistolaires le roi de France. Quant au mari, le jeune et beau d'Étiolles, qui était fort amoureux de sa femme, l'oncle Tournehem lui avait expliqué que des considérations supérieures l'obligeaient à ne plus songer à elle. Il s'évanouit d'abord, parla ensuite d'aller reprendre Jeanne-Antoinette l'épée à la main, puis accéda à la résignation.

Au retour de Louis XV, Jeanne-Antoinette s'installe définitivement à Versailles. Elle est faite marquise de Pompadour ; le domaine de Pompadour appartenait au prince de Conti, qui le céda très volontiers au roi ; le prix d'achat fut réglé par Pâris de Montmartel. Une difficulté naît pour sa présentation à la cour, formalité protocolaire indispensable : se trouvera-t-il une dame de qualité pour consentir à présenter une roturière de cette espèce ? Après maintes rebuffades, on recrute la vieille princesse de Conti, mère de notre prétendant au trône de Pologne (et les courtisans d'attribuer au sacrifice maternel le grand crédit du prince auprès du roi). Les mauvaises langues signalaient que la princesse avait des dettes vociférantes à apaiser. Elle témoigna du plus grand sang-froid. Comme un abbé au verbe dru demandait devant elle : « Quelle est la putain qui pourra présenter une telle femme à la reine ? » elle répliqua en riant : « L'abbé, n'en dites pas davantage. Ce sera moi. »

Un mois plus tard, les Pâris proposèrent à Orry un contrat de fournitures de vivres que le contrôleur général des finances refusa comme trop désavantageux pour le trésor royal. Orry était en place depuis quinze ans. D'une probité reconnue, habile à combler les déficits, il jouissait de l'estime générale. Le roi le renvoya.

*
* *

Les Pâris sont l'un des trous noirs de l'historiographie française. Voici quatre frères dont l'influence sur les affaires a été d'évidence exceptionnelle ; Duverney, surtout (Michelet écrit magnifiquement : « Avec ses trois frères, il remplit tout un siècle. ») ; et pas un ouvrage à eux consacré quand ils pullulent sur des personnages de second ordre. De génération en génération, les historiens les plus considérables reprennent les mêmes anecdotes puisées dans Saint-Simon, Barbier et Luchet : l'auberge paternelle, les quatre fils familiers des sentiers de montagne, leur extraordinaire ascension : une aventure qui, dans son anormalité même, reste strictement conforme à l'un des stéréotypes les plus admis de ce temps-là — le laquais devenu financier.

En 1984 paraît le très savant ouvrage de Daniel Dessert, *Argent, pouvoir et société au Grand Siècle*, et l'image colportée d'âge en âge se déchire sous nos yeux ébahis. Le père Pâris possédait bien un hôtel à Moirans, cité dont il était le maire, mais il se livrait à des activités commerciales multiples, dont la fourniture de vivres aux armées. Bien loin de panser les chevaux et de rincer les verres des clients, ses deux premiers fils firent des études de droit, fidèles à la tradition d'une famille qui a fourni fonctionnaires, avocats et notaires. Antoine, l'aîné, devient lui-même avocat ; son frère Claude l'imite. Ce n'est qu'après cette formation juridique qu'ils se consacrent aux affaires, où les rejoint le troisième, Jean. Joseph, le benjamin, fait exception, puisqu'il s'engage d'abord comme simple soldat aux gardes françaises, choix si singulier pour un rejeton de famille bourgeoise qu'il renvoie sans doute à un épisode intime. Passant en revue les grands financiers de l'époque, Daniel Dessert indique la basse origine que leurs contemporains leur attribuaient systématiquement — tous, ou presque, anciens domestiques —, démontre qu'ils sortaient au contraire de familles déjà frottées à l'argent, et rappelle que, sauf exception rarissime, il était impossible, culturellement et socialement, à un fils de paysan ou à un domestique de se lancer dans les affaires, encore plus d'y réussir. Pourquoi donc cette « domestication » rituelle du financier ? « Il est frappant, écrit l'auteur, de constater que l'image du financier sorti du bas peuple, avec tout le profond mépris dont on le charge, est une représentation de l'idéologie des dominants, qui réussissent le tour de force d'accréditer la croyance suivant laquelle la "canaille" ne peut être tondue que par la "canaille". » Si son étude porte essentiellement sur le XVIIe siècle (les Pâris ont entamé leur carrière dans sa dernière décennie), les conclusions valent toujours pour le milieu du siècle suivant.

Siècle de la distinction, dans le sens où chaque catégorie sociale, chaque individu s'acharne à se distinguer des autres. Sans doute la compétition est-elle éternelle, mais la classe dominante de l'époque lui confère sa singularité et son implacabilité. La noblesse fonde sa supériorité sur sa naissance. L'absence de talents, l'imbécillité même, n'empêchent point d'être né. Inversement, la surabondance des dons n'effacera jamais la tache originelle d'une basse extraction. Sorti de « la lie du peuple », on peut bien « se débourber », mais il en subsiste une odeur dégoûtante qu'on emporte avec soi jusqu'aux sommets. Chacun reste incarcéré à vie dans sa naissance, ou le devrait. À chaque irruption d'une famille ou d'un individu dont l'ascension perturbe, suscite la jalousie, provoque une réaction de rejet, le mépris pour son origine — véritable ou supposée — est la réponse rituelle. L'idéologie domine au point de régner bien au-delà de la classe aristocratique, productrice et bénéficiaire du préjugé. Elle s'impose à la bourgeoisie comme au peuple — c'est le « tour de force » évoqué par Daniel Dessert. Ceux qui ne sont pas nés s'indignent lorsque l'un des leurs sort de sa condition. Nous avons vu Barbier, bon bourgeois de Paris, se désoler de l'abandon du roi Stanislas et de la cacade de Dantzig. Au même moment, il se scandalise du mariage d'une fille de Samuel Bernard, célèbre financier, avec Mathieu-François Molé, président au Parlement. Or Barbier sait que Bernard a beaucoup fait pour Stanislas, mettant à sa disposition ses capitaux et ses réseaux européens. Mais le faste des noces « est impertinent dans la personne du fils d'un peintre [le père de Samuel enseignait à l'Académie royale et était peintre du roi]. Cela a donné lieu à des chansons et à des vers qui ne font pas honneur aux alliés de la famille Bernard » (« Ô temps ! ô mœurs ! ô siècle déréglé ! où l'on voit déroger les plus nobles familles ! »)... Ce Bernard « est homme entier et insolent et qui se croit tout permis ». Le duc de Saint-Simon, grand prêtre de la religion du préjugé, ne s'exprimerait pas autrement.

Ainsi de Voltaire, perturbateur par excellence, à qui son ascension vaudra des attaques récurrentes sur son père, qualifié tour à tour de domestique ou de paysan, quand tant de monde le savait notaire de grands seigneurs, et qui ne se privera pas lui-même de traiter systématiquement ses ennemis de fils de laquais.

La noblesse n'est pas épargnée par la rage de la distinction, dont l'envers est le mépris et l'humiliation, car on trouve toujours moins bien né que soi. Après un siècle d'existence en France et deux maréchalats, les Broglie restent suspects d'une origine plus bourgeoise que noble. Le duc de Richelieu lui-même, grand seigneur pour le profane, manque mourir du préjugé. Il souhaite épouser Marie de Lorraine, fille du prince de Guise, mais se fait d'abord refuser par le père, car, malgré l'aura magnifique qui l'accompagne et sa grande richesse, en dépit de son cordon bleu et de sa dignité d'ancien ambassadeur de France à Vienne, Richelieu n'est jamais que le petit-neveu du grand cardinal et a pour patronyme Vignerod ; les Guise appartiennent à l'une des plus antiques familles de la noblesse française. Voltaire s'entremet allègrement (« J'ai conduit cette affaire, écrit-il à un ami, comme une intrigue de comédie ») et arrache le consentement du père en lui insinuant avec fermeté que l'absence de dot mérite quelques accommodements sur la petite naissance du prétendant. La parentèle Guise s'indigne d'un pareil abaissement — elle appelle Richelieu « le pâtre de Vendée ». Deux cousins de la mariée, le prince de Lixin et son frère, le prince de Pons, refusent de signer au contrat pour ne pas déroger. Deux mois après les noces, Richelieu part pour l'armée, où il retrouve les deux princes, qui le provoquent aussitôt en duel. Lixin est tué ; Richelieu, tenu longtemps pour perdu, survivra finalement à ses blessures. La généalogie peut être une passion mortelle.

C'est dire l'accueil réservé à Jeanne-Antoinette Poisson, marquise de Pompadour par le bon plaisir du roi. Le tableau de chasse amoureux de sa mère, quoique substantiel, peut n'avoir rien à envier à celui de maintes duchesses de vieille race ; elle-même peut être infiniment plus cultivée, douée et belle (« Tout homme, écrit Dufort de Cheverny, l'aurait voulu avoir pour maîtresse ») que la quasi-totalité des femmes de la cour : elle sera toujours à Versailles une personne déplacée. Les sœurs de Nesles, Châteauroux surtout, s'étaient montrées odieuses avec la reine, trouvant plaisir à humilier son infortune, mais elles étaient nées Nesles, et c'est la Pompadour, pourtant parfaite avec Marie Leszczynska, que le dauphin et ses sœurs appelleront « maman putain ». À peine s'installe-t-elle à Versailles qu'un flot de chansons, estampes et épigrammes graveleuses, souvent d'une bassesse rare, roule sur elle. Sur l'air de *Tes beaux yeux, ma Nicole*, une chanson joue sur son patronyme :

Autrefois de Versailles
Nous venait le bon goût
Aujourd'hui la canaille
Règne et tient le haut bout
Si la cour se ravale,
De quoi s'étonne-t-on ?
N'est-ce pas de la halle
Que nous vient le poisson ?

Une autre, sur l'air des *Trembleurs* :

Les grands seigneurs s'avilissent
Les financiers s'enrichissent
Tous les Poissons s'agrandissent
C'est le règne des vauriens.

Une petite bourgeoise
Élevée à la grivoise
Mesure tout à sa toise
Fait de la cour un taudis.

L'âme vile et mercenaire
Le propos d'une commère
Tout est bas dans la Poisson, etc.

Et lorsque sa mère meurt d'un cancer, cette épitaphe sur son cercueil :

Ci-gît qui sortant du fumier
Pour faire une fortune entière
Vendit son honneur au fermier
Et sa fille au propriétaire.

Le roi est roulé dans la même boue. Ses amours avec les quatre sœurs, trouvées incestueuses, avaient scandalisé sans éteindre l'affection que lui portaient les Français : sa guérison à Metz avait suscité une allégresse populaire qui ne trompe pas. Cette popularité est morte, tuée par la paix d'Aix-la-Chapelle, l'enlèvement de Charles-Édouard Stuart, l'élévation de la Pompadour. Elle ne renaîtra plus. Pour la première fois depuis que règnent les Bourbons, une fracture profonde et durable se creuse entre le trône et l'opinion.

Quant à la Pompadour, en butte à la haine des nobles pères qui eussent volontiers imité le marquis de Nesles, heureux maquereau de ses filles, et à la jalousie des maris qui, tel Mailly, auraient avec plaisir sauté du fiacre de louage au carrosse après avoir déshabillé leur femme pour le roi, elle fut longtemps comme une place assiégée, en permanence sur le qui-vive, doutant de tous et de chacun, s'ingéniant avec succès à faire chasser ceux dont elle redoutait l'influence, protégeant ceux qu'elle croyait à sa dévotion, quelles que fussent les qualités des uns et des autres, et leur utilité pour l'État, veillant surtout à préserver son empire sur le roi, prompte à s'inquiéter, montant autour de lui une garde vigilante.

Comment une telle femme ne s'alarmerait-elle pas des mystérieux conciliabules entre le prince de Conti et son amant, des papiers que ce dernier serre dans une armoire dont il conserve toujours la clef sur lui — comment son inquiétude ne la porterait-elle pas à tenter de percer par tous les moyens le Secret du Roi ?

*
* *

Depuis toujours, Voltaire colle aux Pâris. Il a décidé très tôt de faire fortune. C'est une volonté aussi forte que sa vocation d'homme de lettres et son ambition de devenir quelque chose. « J'ai vu tant de gens de lettres pauvres et méprisés, écrira-t-il, que j'ai conclu dès longtemps que je ne devais pas en augmenter le nombre. » Une œuvre, un état social, une fortune : M. le Multiforme combat simultanément sur les trois fronts. On se demande où ce malade perpétuel, toujours au bord du tombeau, trouvait la force de courir tant de carrières à la fois, dont chacune eût suffi à remplir une vie d'homme bien portant. À moins que cette activité réellement surhumaine n'ait justement exténué ses forces. Il écrit en 1734 : « L'action est le but de l'homme. » Rarement vit-on l'inventeur d'une devise la mettre si bien en pratique.

Tenu serré par son père, il avait montré des dispositions précoces pour le maniement de l'argent en souscrivant chez un usurier des traites à valoir sur l'héritage paternel ; il avait treize ans. Auteur, il portera toujours une minutieuse attention à la vente de ses ouvrages et veillera à ne point se faire voler plus que de raison par les libraires-éditeurs ; certaines de ses productions lui assurent des rentrées considérables. Mais la plume promet plus volontiers la gloire que la richesse : on n'a encore jamais vu un écrivain faire fortune.

Les Pâris, comme tous les financiers, travaillaient avec l'argent des autres. Leurs entreprises de fournitures nécessitaient la réunion d'énormes capitaux permettant d'attendre les remboursements longtemps différés du trésor royal. Voltaire mit ses relations mondaines à leur disposition et fut leur intermédiaire auprès de quelques grands seigneurs bien pourvus, percevant au passage un pourcentage sur les sommes ainsi procurées. En même temps, il met sa plume au service des Pâris. Lorsque le Régent institue sa redoutable chambre de justice, faisant souffler un vent de panique sur le monde de la finance, Voltaire monte au créneau et publie une *Ode à la chambre de justice* (elle succédait à une *Ode à sainte Geneviève...*). Il dénonce le retour des temps néroniens et gémit pléonastiquement qu'on transforme la France en « une immense et vaste prison ». Le poème, commandé par les Pâris, contribua au retournement de l'opinion, qui, d'abord enthousiaste pour une « Saint-Barthélemy des traitants », trouvait que l'inquisition allait un peu loin.

Conseillé par Pâris-Duverney, Voltaire s'abstient de placer ses fonds dans le système de Law, miroir aux alouettes qui trompera tant de candidats à une fortune éclair. Sa correspondance indique qu'il fut pourtant tenté (« Est-ce une réalité ? Est-ce une chimère ? »). Il se trouve bien d'avoir écouté son conseiller : à la liquidation du système, son capital avait décuplé.

Pâris-Duverney ne cesse plus de veiller sur sa fortune. Grâce à son appui, Voltaire reçoit une pension de quinze cents livres sur la cassette de la reine. Est-ce encore le financier qui lui souffle un joli coup à faire sur une loterie créée par le contrôleur général des finances ? Voltaire démontre à quelques amis que l'opération est si mal conçue qu'un syndicat achetant tous les billets serait assuré d'un bénéfice d'un million de livres. La razzia exécutée, Voltaire doit voyager quelque temps pour échapper au courroux du contrôleur général. Lors de la première campagne d'Italie (celle des culottes du maréchal de Broglie), les Pâris lui donnent une participation dans la fourniture des vivres. Au règlement de compte final, il reçoit six cent mille livres, qu'il place aussitôt chez des armateurs de Cadix à un taux d'intérêt de 33 %. Il possède aussi des actions de la Compagnie des Indes, de sorte qu'il tire bénéfice de la traite des esclaves. La guerre de Succession d'Autriche renouvelle les opérations de fournitures, avec cet atout supplémentaire que le comte d'Argenson, condisciple de Voltaire à Louis-le-Grand, se retrouve ministre de la Guerre. « Feu M. d'Argenson, écrit Collet, donnait un intérêt à Voltaire dans toutes les affaires et entreprises qui se faisaient dans son département. Ce dernier fait a été prouvé par M. Davoust, mon ami, qui a été l'associé de cet homme célèbre, et dans la viande, et dans l'artillerie. » Lorsque Voltaire va en Hollande pour sa mission secrète, il ne se contente pas de renseigner merveilleusement le secrétaire d'État des Affaires étrangères, mais adresse à d'Argenson force lettres sur ses affaires. « Nous perdons sans doute considérablement à nourrir vos chevaux. Voyez si vous voulez avoir la bonté de nous indemniser en nous faisant vêtir vos hommes. » D'Argenson aura cette bonté et Voltaire recevra commande de dix mille uniformes pour les milices — ces milices composées d'hommes tirés au sort viennent d'être rendues permanentes par Pâris-Duverney, inventeur de la conscription en France.

Il est donc riche — le premier écrivain français à le devenir à ce point. On lui fera une réputation d'avarice aussi tenace qu'imméritée. Certes, il est en affaires aussi acharné au gain qu'un autre, mais les témoignages de sa générosité sont innombrables : combien de fois n'abandonne-t-il pas ses droits d'auteur aux acteurs de ses pièces ? Il perd des sommes considérables avec un haussement d'épaules. Débarquant en Angleterre après les coups de bâton de Rohan, il découvre que l'homme d'affaires à qui il avait envoyé une lettre de change de vingt mille livres, sur lesquelles il comptait pour vivre, a englouti la somme dans sa faillite personnelle ; il s'apitoie sur les malheurs du pauvre homme. Plus tard, un certain Michel lui ayant fait perdre trente mille livres de rentes, il se venge par ce seul quatrain :

Michel au nom de l'Éternel
Mit jadis le Diable en déroute
Mais après cette banqueroute
Que le diable emporte Michel !

Il aime ses aises, mais la richesse lui assure beaucoup plus qu'un train de vie luxueux : elle est sa suprême sûreté. On peut le bastonner, le disgracier, l'enfermer à la Bastille, le contraindre à courir les routes pour échapper aux représailles ; on ne peut pas lui ôter sa fortune. Elle cautionne et permet ses insolences. Elle assure son indépendance. Face au pouvoir, elle est un pouvoir. Les Pâris en donnent, à une tout autre échelle, l'éclatante démonstration. D'Argenson : « La force des Pâris vient principalement de ce qu'ils tiennent les cordons de la bourse. Le Roi les redoute par là. Il a de l'argent, lui et son royaume, à ce qu'il croit, à ce qu'il voit, selon qu'il plaît à ces messieurs. » En écho, cette lettre de l'aristocratique Mme du Deffand à Voltaire : « Vous jouissez d'un fort grand avantage : beaucoup d'opulence qui vous rend indépendant de tout et vous donne la facilité de satisfaire vos goûts et vos fantaisies... Savez-vous, Monsieur, ce qui me prouve la supériorité de votre esprit, et ce qui fait que je vous trouve un grand philosophe ? C'est que vous êtes devenu riche. »

Sa réputation de ladrerie naîtra surtout de ses démêlés pécuniaires avec Frédéric II : quand on est à la fois Aristote, Platon et Socrate, va-t-on réclamer au Salomon du Nord le remboursement de ses frais de voyage ? On se trompe sans doute. Exiger du roi de Prusse un règlement rubis sur l'ongle, c'est l'entraîner bon gré mal gré sur un terrain où la toute-puissance d'un monarque ne vaut pas plus que ses écus. De même Voltaire prêtera-t-il très volontiers aux grands seigneurs, à l'étonnement des contemporains, qui les savent fort mauvais payeurs. Au moment où nous le voyons décamper de Versailles après ses vers malheureux à la Pompadour, il tient couchés sur ses livres de compte des débiteurs nommés Orléans, Richelieu, Villars, Bouillon, Guise. Savoureuse revanche sur les anciennes humiliations ? Plus que cela. Voltaire, à sa manière, participe du grand mouvement social qui transforme la société française en mettant un signe d'égalité entre la puissance de l'argent et le privilège de la naissance. La Bruyère écrivait déjà : « Si le financier manque son coup, les courtisans disent de lui : c'est un bourgeois, un homme de rien, un malotru ; s'il réussit, ils lui demandent sa fille. » Les mariages de cette façon se multiplient, jusqu'au plus symbolique de tous : celui du fils de Samuel Bernard avec la fille du comte de Boulainvilliers, théoricien de la noblesse de race par droit de conquête des Francs sur les Gaulois... Une révolution ? Rien de moins révolutionnaire que ces hommes-là, Voltaire en tête. Ils ne prétendent pas changer la société mais y trouver leur place — toute leur place. En même temps, et quoi qu'ils en aient, leur irrésistible invasion sape les valeurs fondatrices de cette société : si le sang cesse d'être le critère absolu de la supériorité, si le préjugé nobiliaire passe compromis avec le talent et l'esprit d'entreprise, que reste-t-il d'une hiérarchie tout entière établie sur la naissance ?

Que le phénomène ne date pas d'hier, Saint-Simon le dit assez, dont les Mémoires ne sont qu'un long cri de douloureuse indignation contre l'irruption au sommet de ceux d'en bas. Mais il s'accélère et change de nature. Les Pâris accèdent à la noblesse (l'achat d'une charge de secrétaire du roi, qui n'impliquait aucun travail particulier avec le souverain, la conférait automatiquement ; on trouvera d'ailleurs aux quatre frères un aïeul capitaine déjà anobli pour ses bons et loyaux services...), mais sans que cette dignité de pacotille change le moins du monde leur comportement : ils existent, et puissamment, d'autre manière. Voltaire ricane sur sa gentilhommerie et se fâche tout rouge quand le bruit court qu'on veut le faire marquis. Être quelque chose — oui ; mais qu'est-ce qu'un marquis ? De retour d'Angleterre, vingt ans plus tôt, il écrivait dans les *Lettres philosophiques* : « En France, est marquis qui veut ; et quiconque arrive à Paris du fond d'une province avec de l'argent à dépenser et un nom en *Ac* ou en *Ille*, peut dire "un homme comme moi, un homme de ma qualité", et mépriser souverainement un négociant ; le négociant entend lui-même parler si souvent avec mépris de sa profession qu'il est assez sot pour en rougir. Je ne sais pourtant lequel est le plus utile à un État, ou un seigneur bien poudré qui sait précisément à quelle heure le Roi se lève, à quelle heure il se couche, et qui se donne des airs de grandeur en jouant le rôle d'esclave dans l'antichambre d'un ministre, ou un négociant qui enrichit son pays, donne de son cabinet des ordres à Surate et au Caire, et contribue au bonheur du monde. » Voilà bien le changement : les nouveaux parvenus, loin de se faire caméléons pour mieux se fondre dans la classe qu'ils intègrent, et attendre patiemment que le temps patine leur blason, arrivent avec leur propre système de valeurs. Dans le *Panégyrique de Louis XV*, qu'il publiera bientôt, Voltaire insère hardiment ce panégyrique de Pâris-Duverney où passe un peu plus que la gratitude de l'associé pour le patron : « Il s'est trouvé un homme qui a soutenu le crédit de la nation par le sien ; crédit fondé à la fois sur l'industrie et la probité. C'était un des prodiges de notre siècle ; et ce prodige ne nous frappait peut-être pas assez ;

nous y étions accoutumés. Nos camps, devant tant de places assiégées, ont été semblables à des villes policées où règnent l'ordre, l'affluence et la richesse. Ceux qui ont fait ainsi subsister nos armées étaient des hommes dignes de seconder ceux qui nous ont fait vaincre. » Le « général des farines » cité à l'ordre de la nation avec les princes du sang !

Avec Émilie, il roule vers Lunéville et la cour du roi Stanislas.

Plutôt que roi de la Pologne compliquée, son destin était d'être duc de la bonne Lorraine. Il règne et laisse gouverner son chancelier, La Galaizière. Séparation des pouvoirs heureuse pour un homme peu fait pour le pouvoir, et qui, avec les agréments d'une vie sans gros tracas, lui rapporte les dividendes de la popularité : c'est La Galaizière, à la poigne en vérité assez rude, qui, en assujettissant le pays à la loi française, assume pour la population le rôle fâcheux de bourreau des libertés lorraines. Ce La Galaizière, né Chaumont dans une famille de négociants, reçoit de la noblesse locale les invitations ordinaires à « replonger honteusement dans la poussière », à « retourner dans la crasse de son origine », etc.

Stanislas tient une cour nombreuse et brillante qu'aucun protocole superflu ne vient empeser. Versailles se moque de ce style débonnaire, mais tous les visiteurs trouvent qu'on respire mieux à Lunéville. La reine Catherine n'assombrit plus les fêtes de ses perpétuelles ronchonneries : elle est morte l'an passé, le 19 mars 1747, emportant avec elle son inguérissable nostalgie de sa terre natale. Elle ne s'était jamais faite à la Lorraine. Elle affirmait que le climat la tuait : est-il plus clément à Varsovie ? Perdant un peu la tête, elle suppliait Stanislas de la laisser repartir, sans vouloir comprendre l'irréalisme d'un tel projet. Le mariage de son petit-fils le dauphin avec Marie-Josèphe de Saxe, fille de l'usurpateur, lui avait porté un coup très dur : n'était-ce pas le signe que la France tournait définitivement la page ?

Dès avant sa mort, la véritable reine de Lunéville était la marquise de Boufflers, maîtresse de Stanislas, qu'on pourrait aisément confondre avec la comtesse du même nom, amante du prince de Conti, tant elles conjuguent les supériorités de la beauté, de la grâce et de l'esprit, avec une douceur de caractère qui n'accompagne pas toujours ces qualités. La comtesse, au Temple, était appelée « l'Idole » ; à Lunéville, on surnommait la marquise « la dame de Volupté ». Parfaitement athée, elle s'était composé à l'avance cette épitaphe :

Ci-gît dans une paix profonde
Une dame de Volupté
Qui, pour plus de sécurité,
Fit son paradis en ce monde.

La séparation des pouvoirs n'excluant pas une communauté des plaisirs, Stanislas et La Galaizière se partageaient ses faveurs. Stanislas, septuagénaire, avait trop de bon sens pour témoigner une sotte jalousie à son chancelier, de vingt ans son cadet. Un soir qu'il caressait beaucoup la marquise, celle-ci, émue mais aspirant à mieux, soupira : « Est-ce là tout ? » Le roi, se levant, eut cette réponse admirable : « Non, Madame, ce n'est pas tout, mais mon chancelier vous dira le reste. »

Stanislas avait aussi un confesseur jésuite, le père Menou — « le plus intrigant et le plus hardi prêtre que j'aie jamais connu », écrit Voltaire —, qui faisait à la favorite une guerre impitoyable et sans espoir ; il avait encore un singe, des perroquets, un nain, Bébé, célèbre dans toute l'Europe, qu'il fit un jour surgir d'un énorme pâté en croûte au grand émoi de ses convives (c'était une drôlerie pratiquée en Pologne), et des courtisans dévoués parmi lesquels nous reconnaissons sans surprise Thyange, premier gentilhomme de la chambre, et le chevalier de Solignac, secrétaire du cabinet, qui avait rédigé tant de manifestes pour le compte du roi de Pologne. Jean-Pierre Tercier faisait lui aussi de fréquents séjours à Lunéville.

Tout n'était pas que fêtes et plaisirs. Stanislas noircissait beaucoup de papier ; il eut la faiblesse de publier quatre gros volumes sous le titre général *Œuvre du philosophe bienveillant* ; les lecteurs jugèrent que l'ennui égalait la bienveillance. Est-il besoin d'évoquer le Stanislas bâtisseur ? Cette œuvre-là a traversé les siècles. Et comment oublier sa bonhomme et prudente souveraineté sur la Lorraine ? C'est parce qu'il savait arrondir les angles du trop aigu La Galaizière que la province s'intégra sans heurts au royaume de France.

Mais on venait à Lunéville pour le charme de sa cour — Helvétius, Montesquieu, le président Hénault, tant d'autres... Voltaire y séjourna souvent, qui n'aurait jamais dû être reçu si Stanislas avait écouté les objurgations de sa fille Marie, épouvantée par l'impiété voltairienne. Mais lorsqu'on se pique d'écrire, où trouver la vertu de tenir en lisière le poète le plus célèbre d'Europe ? Avec Voltaire, Paris faisait visite à Lunéville, la vie prenait relief et couleur, tout s'animait, se survoltait. Lui parti, les jours semblaient crépusculaires.

Émilie et lui débarquent au mois de février 1748. Après Versailles et ses perpétuelles intrigues, Lunéville est un havre de paix. Voltaire adore la marquise de Boufflers, dont Émilie devient l'amie intime. Il aime chez Stanislas sa bonté, un art de vivre rare chez les souverains, son goût pour les choses de l'esprit — un peu gâté par sa manie d'écrire. Les lettres de Voltaire ne tarissent pas d'éloges : « C'est un homme charmant que le roi Stanislas », « Voici votre vagabond ami à Lunéville auprès d'un roi qui n'a rien d'un roi, sinon la bonté, et la grandeur d'âme »... À peine le célèbre couple a-t-il défait ses malles que la fête commence : bals masqués, concerts, et surtout théâtre. Voltaire en a la passion. Il ferait surgir une scène des sables du désert. Il pleure d'émotion au spectacle de ses pièces, même les plus anciennes, et si des spectateurs rient quand il faudrait sangloter, il se dresse, tel un spectre, et, cognant de la canne sur le plancher, hurle : « Taisez-vous, barbares ! » Mais il n'aura pas à se gendarmer à Lunéville, où la salle verse des torrents de larmes à la représentation de *Mérope*.

Ce vaudeville n'était pas prévu au programme : ouvrant un jour la porte du boudoir d'Émilie, Voltaire la trouve dans les bras du marquis de Saint-Lambert, jeune et vigoureux capitaine de trente-deux ans (elle en a quarante et un), auteur de vers qu'on peut avec profit éviter de lire mais qui laissera cependant un nom dans l'histoire de la littérature pour avoir pris Émilie du Châtelet à Voltaire et Sophie d'Houdetot à Rousseau. Voltaire, quoique accoutumé depuis sa jeunesse à ces déconvenues, se retire indigné et fait ses bagages. Émilie, aux cent coups, discutaille d'abord misérablement (comment peut-il se fier à sa vue si basse ?), puis redevient elle-même, c'est-à-dire l'une des femmes les plus intelligentes de son temps, et qui partage depuis dix-sept ans la vie d'un génie. Elle avoue tout. À son compagnon qui n'a jamais été un athlète de l'alcôve et dont l'âge n'améliore pas les piètres performances d'« amant à la neige » (à cinquante-quatre ans, il a déjà les apparences d'un vieillard), elle explique la nécessité où elle se trouve de chercher ailleurs des compensations indispensables à son équilibre. Préférerait-il qu'elle l'épuisât de ses assiduités, au risque de compromettre une santé déjà chancelante ? Voudrait-il qu'elle-même dépérît d'inanition sensuelle ? Vont-ils saccager pour une si petite affaire une existence faite de tendresse, de complicité, de tant d'intérêts partagés ? Voltaire eut autant de bon sens que le roi Stanislas. Il restait à apaiser Saint-Lambert, qui ne parlait que de dégainer une épée aussi redoutable que sa plume. Il se laissa convaincre de présenter des excuses et Voltaire, point rancunier dans ce domaine, lui envoya des vers d'une mélancolie délicieuse :

Saint-Lambert ce n'est que pour toi
Que ces belles fleurs sont écloses
C'est ta main qui cueille les roses
Et les épines sont pour moi.

Le vaudeville vire au drame lorsque Émilie se découvre enceinte. Il existe un marquis du Châtelet, mari débonnaire et toujours aux armées, mais qui risque de s'émouvoir à la perspective d'un greffon étranger sur l'arbre généalogique de son antique famille lorraine. Le trio se résigna à inviter cet homme excellent mais formidablement ennuyeux, écouta d'une oreille attentive le récit minutieux de ses campagnes ; Émilie accomplit son devoir conjugal pour la première fois depuis dix-huit ans ; le mari ébloui sut qu'il aurait le bonheur d'être père. Ce problème réglé, le ménage à trois va sans accrocs pendant quelques mois entrecoupés de décevantes expéditions à Paris : *Sémiramis* est un bide, *Nanine*, un four ; Louis XV fait toujours la tête ; et puis

Émilie, décidément soucieuse de son équilibre, folâtre avec un vieux savant qui l'aide à traduire Newton — Voltaire, fou furieux, lui reproche véhémentement de tromper son amant Saint-Lambert.

Le drame s'achève en tragédie avec l'accouchement. Le 4 septembre 1749, Émilie mit au monde une petite fille avec une facilité merveilleuse pour une femme de son âge. Six jours plus tard, une fièvre puerpérale foudroyante l'emportait. Voltaire en fut accablé. Avec Émilie disparaissait la plus grande passion amoureuse de sa vie, mais aussi une femme dont il admirait l'intelligence, la puissance de travail, une complice qui avait partagé près de vingt années d'aventures chaotiques, une amie toute d'indulgence pour ses foucades, ses sautes d'humeur, sa santé perpétuellement chancelante. Il écrivit : « Je n'ai point perdu une maîtresse, j'ai perdu la moitié de moi-même, une âme pour qui la mienne était faite, une amie de vingt ans que j'avais vu naître. » Stanislas fut admirable de compassion.

Voltaire traîne misérablement sa douleur à Paris, se montre à Versailles où s'esquisse un rabibochage, puisqu'on joue *Alzire* dans les Cabinets et qu'on invite l'auteur pour la deuxième représentation ; mais le roi lui bat froid et une petite insolence pédagogique fâche la Pompadour : comme elle se plaignait de ce que les cailles qu'on servait à table fussent « grassouillettes », mot trivial à cette époque et surtout en ce lieu, deux vers fusent de la bouche de Voltaire :

Grassouillette, entre nous, me semble un peu caillette
Je vous le dis tout bas, belle Pompadourette.

Il ne réussira décidément jamais dans cette cour trop gourmée. Il a cinquante-six ans, Émilie est morte et rien ne l'attache plus à la France — pas même une maison, car toute sa fortune (en cela aussi, il incarne parfaitement le mouvement du siècle) repose sur du papier. Frédéric II l'appelle depuis si longtemps à Berlin : pourquoi pas ? Il renonce à sa charge de gentilhomme de la chambre du roi, qui lui avait été octroyée gratuitement mais qu'il reçoit permission de revendre soixante mille livres. Il négocie âprement ses frais de voyage et de séjour avec Frédéric. Il va demander à Louis XV permission de sortir du royaume ; le roi la lui donne et tourne le dos, ajoutant pour ses familiers que cela fera un fou de moins à sa cour et un de plus à celle de Frédéric. On lui retire sa charge d'historiographe, mais non la pension afférente.

Il part le 18 juin 1750. Il ne retournera plus jamais à Versailles et ne reviendra à Paris que dans vingt-huit ans, pour y mourir.

XIII

Le maréchal de Broglie mourut d'une pneumonie dans les chagrins de l'exil le 22 mai 1745, exactement cent ans après que son grand-père eut quitté le Piémont natal pour entrer au service de la France. Il fit une fin très pieuse. Rendant compte de son décès, le *Mercure* précisa : « Il a ordonné qu'on l'enterrât sans aucune cérémonie et a défendu qu'on mît sur son tombeau aucun éloge, mais seulement une simple épitaphe contenant son nom et ses dignités. » L'époque était à l'emphase sur les pierres tombales et cette volonté de laconisme indiquait une amertume.

Avant que la mort ne vînt lui fermer les yeux, le maréchal disgracié sut pourtant qu'il avait eu raison : sa désobéissance avait sauvé l'armée placée sous ses ordres. Fontenoy n'aurait peut-être pas eu lieu s'il l'avait laissé détruire au fin fond de l'Allemagne dans la vaine espérance de soutenir un empereur de toute façon condamné. Cette guerre avait perdu son sens premier. Au fil des campagnes recommencées de saison en saison, l'Angleterre apparaissait comme le véritable et formidable adversaire de la France. Elle coulait nos derniers vaisseaux et nous taillait des croupières aux colonies. Barbier, simple robin, écrivait avec bon sens, à la signature de la paix : « Cela apprendra aux ministres à venir qu'il ne suffit pas que nous soyons presque sûrs de vaincre sur terre, tant que nous n'aurons pas une marine qui puisse faire face sur mer aux puissances maritimes qui, par la raison du commerce, seront toujours alliées contre nous. »

François-Marie de Broglie mourut onze jours après Fontenoy. Il eut le temps, et trouva la générosité, d'écrire une lettre de félicitations à Maurice de Saxe, qui avait servi sous ses ordres en Allemagne. Le contraste de leurs destins devait pourtant lui paraître amer ; tandis que lui-même finissait dans la disgrâce, son ancien subordonné accédait à une gloire sans doute un peu démesurée : retour triomphal à Paris, apothéose à l'Opéra où une actrice lui offre une couronne de lauriers ; élévation par le roi à la dignité de maréchal général de ses camps et armées, titre créé naguère pour le grand Turenne. Ses victoires succédaient à trop de déboires pour qu'on n'en perdît pas le sens des proportions.

Les Broglie n'étant pas riches, l'ultime souci du maréchal fut d'assurer l'avenir matériel des siens. Sa disgrâce ne lui avait pas ôté le gouvernement de Strasbourg, source essentielle de ses revenus. Dans sa lettre à Maurice de Saxe, il suppliait que le roi voulût bien choisir son fils aîné pour lui succéder en Alsace, pratique alors très banale. Le vieux abbé de Broglie, toujours sous les armes pour servir sa famille, transmit la lettre à Maurice avec un billet de sa main : « Le maréchal de Broglie est mort aujourd'hui à deux heures de l'après-midi, dans la confiance que vous aiderez sa veuve et ses enfants. Il est temps, agissez mon cher frère ; il ne faut pas vous en dire davantage. » L'initiative se révéla malheureuse. Si Maurice n'y avait pas encore songé, la lettre lui en donna l'idée : il demanda et obtint pour lui-même le gouvernement de Strasbourg. Mais c'est Chambord, ancien séjour des Leszczynski, qui abrita sa gloire. Louis XV lui en avait fait le cadeau royal. Il y vécut en se consacrant à ce qu'il préférait à tout — les filles et les chevaux —, et les premières eurent bientôt raison de ses forces. Son cercueil fut inhumé à Strasbourg, car, tout glorieux maréchal qu'il fût, son luthéranisme empêchait qu'on lui fît des obsèques à Paris. La reine Marie, dont nous avons sans doute assombri le portrait en la considérant d'un œil pour ainsi dire marital, mais qui ne manquait pas d'esprit, eut ce joli mot : « Il est bien fâcheux de ne pouvoir dire un *De Profundis* pour un homme qui nous a fait chanter tant de *Te Deum.* »

Les enfants du maréchal de Broglie recevaient en tout et pour tout une pension de mille écus sur la cassette royale.

*

* *

La disgrâce paternelle n'avait pas interrompu la carrière de ses deux premiers fils. Après la retraite de Bohême, Victor-François et Charles servent sur le Rhin, dans l'armée du prince de Conti, puis vont aux Pays-Bas. Fidèles à la tradition familiale, ils se distinguent dans maints combats de cavalerie. À Lawfeld, Victor-François ramène par trois fois son régiment à la charge. Il devient maréchal de camp [1] peu avant la mort de son père, lieutenant général [2] à la fin de la guerre ; il est nommé enfin gouverneur de Béthune, ce qui réconforte ses finances. Charles se comporte tout aussi brillamment et suit l'aîné dans son ascension hiérarchique, avec le décalage convenable à un cadet : brigadier en 1747, il montre tant de valeur au siège d'Hulst et à la prise de l'île d'Axel que Maurice de Saxe le propose pour le grade de maréchal de camp ; les bureaux refuseront la promotion, estimant qu'elle viendrait trop tôt après celle de brigadier.

La guerre terminée, Victor-François a trente ans ; Charles, vingt-neuf. Leur carrière s'annonce plus que satisfaisante sans être encore exceptionnelle. (Ah ! la gloire de ce Chevert qui « a monté neuvième à son échelle » mais que son stoïque héroïsme au siège de Prague et sa bravoure sur les Barricades ont fait monter tellement plus haut en réputation que son petit rival d'antan...) L'injustice faite au père les a révoltés. La capture du gouvernement de Strasbourg par Maurice de Saxe achève de les convaincre de la méchanceté humaine.

La paix revenue, la nature se montre pour Victor-François infiniment plus cruelle que les hommes : en l'espace de quatre ans, il perd successivement ses quatre enfants et sa femme, la charmante Anne-Marie qui désirait tant vivre à Paris ; elle n'avait pas trente ans. Ces hécatombes familiales étaient reçues avec fatalisme. Elles nous conduisent par-

1. Général de division.
2. Général d'armée.

fois à penser que le siècle tenait un quinquagénaire pour un homme chenu et qu'un vieillard était extraordinaire. S'il est vrai que le taux de mortalité, surtout infantile, fixait la durée moyenne de la vie aux alentours de quarante ans, les vieillards n'étonnaient pas. Les contemporains avaient vu Louis XIV régner jusqu'à l'âge de soixante-dix-sept ans, Fleury gouverner la France à quatre-vingt-neuf ans, Villars mourir à la tête de l'armée à quatre-vingt-un ans ; et Noailles durera quatre-vingt-huit ans. La gueuse ne frappait pas à décennie fixe : elle opérait à grands coups de faux erratiques. Plutôt qu'à une marche résignée vers un abattoir tôt programmé, la vie s'apparentait à un champ de mines ; avec de la chance, on pouvait aller loin. Mais si une mine — quelque maladie contagieuse — explosait, toute une famille risquait de disparaître en trois mois. La variole, appelée petite vérole, était la grande tueuse. Elle créait des situations fortes. L'habitude s'était prise que quelqu'un s'enfermât avec le malade pour lui tenir compagnie dans son épreuve. Ce pouvait être le mari, la femme ; c'était souvent un ami. Il arrivait que le malade se rétablît mais que son garde, contaminé, fût emporté. Ce siècle, qui réduisit volontiers l'amour au « contact de deux épidermes », fut celui de l'amitié.

Si Victor-François souffrit de la disparition brutale des siens, la trace n'en est pas restée ; il n'était pas homme à s'épancher. La mort de son père l'avait fait duc. (Charles prenait quant à lui le titre de comte de Broglie.) Il lui fallait assurer sa descendance. Sans s'obstiner dans le veuvage, il se remarie, un an après la mort d'Anne-Marie, avec Louise Augustine Salbigothon Crozat de Thiers.

C'est une fort jolie femme de vingt ans, brune, la peau mate, remarquable par une piété exemplaire et une dot de cent mille livres de rentes. Elle est la petite-fille d'Antoine Crozat, tenu pour l'homme le plus riche de France après Samuel Bernard sous le règne de Louis XIV. Conformément au stéréotype, chacun croit à Paris que ce Crozat, sorti de « la lie du peuple », a débuté dans la vie sous la livrée de laquais. Saint-Simon le renvoie à son origine crasseuse en quelques lignes cruelles. Mais Daniel Dessert nous apprend qu'il était né d'un père banquier, capitoul de Toulouse, et qu'il entra dans les affaires comme receveur des tailles du diocèse de Saint-Papoul. Concessionnaire de la Louisiane, il est considéré comme le fondateur de cette colonie florissante. Il souffrit beaucoup de la chambre de justice du Régent, puis s'associa avec Samuel Bernard et les Pâris pour jeter à bas le système de Law.

Son immense richesse l'avait bien débourbé, car ses enfants épousèrent le sang le plus bleu de France. Son troisième fils, Louis, prit Marie de Montmorency-Laval, issue d'une antique famille. Ce Louis Crozat, beau-père de notre jeune duc de Broglie, gérait son héritage et faisait à l'occasion la guerre — il atteignit le grade de brigadier —, mais il était surtout l'un des plus grands amateurs d'art de son temps. Sa collection, célèbre dans toute l'Europe, rassemblait plus de quatre cents toiles. Les chefs-d'œuvre des écoles flamande et hollandaise — Rubens, Ruysdael, Woutermann... — ornaient les murs de son hôtel particulier de la place Louis-le-Grand (aujourd'hui Vendôme). Grâce à la dot de sa femme, Victor-François acheta cent trente mille livres l'hôtel du comte de Langanay, rue de Varenne, et y fit exécuter pour plus de cent mille livres de travaux. Son architecte, Ballet, était l'un des plus fameux du temps. Il fit aussi travailler Coutant, célèbre pour ses escaliers d'une audace très originale. Les murs se couvrirent des chefs-d'œuvre du beau-père, mais il semble bien que Victor-François resta sereinement insensible à ces merveilles ; le seul art qui le touchait était le militaire, et, aux inconnus peints par Rubens ou Ruysdale, il préférait ses ancêtres piémontais dont les portraits rustiques couvraient soixante mètres d'une galerie du château de Broglie. À la mort de son beau-père, il se sépara sans un battement de cils de la célèbre collection, dont un portrait de son épouse par Tocqué ; le tout, acheté par Diderot pour le compte de Catherine de Russie, constitua le premier fond, et aujourd'hui encore le joyau, du musée de l'Ermitage à Saint-Pétersbourg.

Le mariage est célébré le 11 mars 1752 dans la chapelle de l'abbaye des Vaux-de-Cernay, fief du vieux abbé. La famille s'y était déjà réunie trois mois plus tôt pour les noces d'une sœur de Victor-François avec le comte de Lameth, capitaine de cavalerie au régiment de Saluces. Conformément à un usage répandu, la cérémonie commence à minuit, à la lueur des bougies. Victor-François est conduit à l'autel par sa mère. La maréchale, à qui feu son époux reprochait sa petite extrace, devait sourire en considérant cette bru ravissante mais socialement métisse : petite-fille d'un « laquais » par son père, descendante de la plus haute noblesse de France par sa mère. Sans doute Thérèse songeait-elle, en bonne fille d'armateur, qu'une dot de cent mille livres de rentes fait le sang azuréen. Elle-même avait dû, deux ans plus tôt, pleurer misère pour obtenir un secours. Grâce à l'intervention du vieux abbé auprès de la reine, Louis XV avait accordé une pension de huit mille livres.

Un an plus tard, elle présentait sa bru à la cour. Toujours grâce aux bons offices du vieux abbé, la jeune duchesse fut nommée dame de compagnie des filles de France.

Le mariage sera heureux, et fécond — quatorze enfants, dont neuf atteindront l'âge adulte. Victor-François ne quittera jamais la petite cohorte des maris respectant leur vœu de fidélité en un temps où ce n'était pas la mode. S'il y eut malgré tout quelques coups de canif au contrat, ils furent si subreptices et de si peu de conséquence que la chronique ne les a pas retenus. Ni ragot ni cancan. Quant à la duchesse, qui se trouvera bientôt exposée au plus grand péril que pût courir une vertu, nous verrons avec quelle fermeté elle écarta la tentation.

Elle recevait tous les soirs en son hôtel de la rue de Varenne. De l'avis unanime, c'était le salon le plus ennuyeux de Paris. Diderot la choisira comme archétype de la grande dame dévote dans ses *Entretiens d'un philosophe avec la maréchale de* ***. Il la montre « dans l'opinion que celui qui nie la Sainte-Trinité est un homme de sac et de corde qui finira par être pendu ». Le débat roule sur le point de savoir si l'on peut avoir de la morale en dehors de la religion. La pauvre duchesse prévient le philosophe : « Il faut que vous sachiez que je n'ai jamais lu que mes Heures [1] et que je ne me suis jamais occupée qu'à pratiquer l'Évangile et à faire des enfants. » Une sainte femme, assurément. Mais au petit duc toujours en bataille, habité par la certitude que l'humanité s'est coalisée contre lui et les siens, peut-

1. Livre d'heures, ouvrage pieux.

être eût-il mieux valu, pour sa carrière terrestre, sinon pour son salut éternel, une femme en mesure de compenser par son entregent l'irascibilité maritale.

Commencé à minuit dans le faste du mariage du frère aîné, le 11 mars 1752 devait marquer d'une pierre blanche l'histoire des Broglie : le même jour, Louis XV nommait Charles, le cadet, « ambassadeur près le roi et la république de Pologne ».

*
* *

Versailles s'étonna. On s'attendait, pour succéder à des Issarts, envoyé en Sardaigne, à la désignation d'un ambassadeur plus averti des relations internationales qu'un homme de trente-trois ans exercé depuis l'adolescence au seul métier des armes. La cour attribua le choix aux démarches du vieux abbé, qui marquait une prédilection pour ce neveu-là à qui il trouvait une intelligence plus déliée qu'à son aîné. Le 15 mars, d'Argenson note dans son journal : « Le comte de Broglie, frère puîné du duc de ce nom, vient d'être déclaré ambassadeur de France près le roi de Pologne, Électeur de Saxe. C'est un fort petit homme, se tenant la tête droite, comme un petit coq. Du reste, il a de l'esprit, de la vivacité surtout. On le dit homme de mérite. La question est de savoir s'il entre dans les intérêts favorisés de M. le prince de Conti. » Poser la question, c'était à peu près la résoudre. On savait le vieux abbé, antenne versaillaise de la famille, très proche du dauphin et de sa nouvelle épouse, Marie-Josèphe de Saxe, fille du roi de Pologne : comment imaginer qu'un Broglie pourrait s'employer à combattre le projet d'Auguste III de rendre la couronne de Pologne héréditaire dans sa famille ? Aussi bien d'Argenson constate-t-il un peu plus tard : « Ceci repousse loin les vues du prince de Conti, et l'on voit que le Roi ne veut pas courir les risques de cette aventure. »

Le plus étonné fut Charles. Il savait mieux que personne que son oncle n'était pour rien dans sa nomination. Le vieux abbé, surpris lui-même et agacé de l'être, lui écrivit plusieurs lettres multipliant les conseils de prudence. Dès le lendemain de sa nomination, l'étonnement de Charles redouble lorsqu'il reçoit du roi un billet ainsi conçu : « Le comte de Broglie ajoutera foi à ce que lui dira M. le prince de Conti et n'en parlera à âme qui vive. » Il court chez Conti et l'étonnement le cède alors à la stupéfaction.

Même si les preuves formelles manquent, c'est donc probablement Conti qui conseilla à Louis XV de nommer Charles de Broglie en Pologne. Le jeune homme faisait partie des familiers du Temple. Il avait servi sous ses ordres en Allemagne. Le prince avait pu discerner en lui des qualités dont on pouvait faire usage ailleurs que sur un champ de bataille.

Conti lui dévoile donc le Secret du Roi et le met au fait de l'avancement du projet. Intelligent, doté d'une vision politique apte à servir son ambition, le prince a beaucoup réfléchi. L'expérience démontre qu'il ne sert à rien d'être élu roi de Pologne si l'irruption d'une armée russe oblige à prendre le chemin de Dantzig. Son éloignement géographique empêchant la France d'apporter une aide efficace, la souveraineté de la Pologne ne sera préservée que par un réseau de solides alliances. Conti a exposé ses idées dans un « système de politique générale » soumis au roi et approuvé par lui. Il s'agit de lier entre elles, sous l'égide de la France, la Pologne, la Turquie, la Suède et la Prusse. Ce schéma classique des diversions orientales avait jusqu'à présent pour but de créer une menace sur les arrières des Habsbourg ; son objectif sera désormais de contenir la Russie, puissance montante, « en rejetant cette dernière dans ses vastes déserts et la reléguant pour les affaires hors des limites de l'Europe ». Louis XV ne pouvait qu'approuver cette politique d'endiguement qui rencontrait sa pensée profonde. Pour la mettre en œuvre, et bien que les secrétaires d'État des Affaires étrangères successifs, Puyzieulx et Saint-Contest, n'y fussent pas du tout opposés, Conti a obtenu d'affilier au Secret le comte des Alleurs, ambassadeur à Constantinople, qui lui doit sa nomination. Il initiera bientôt le marquis d'Havrincourt, ambassadeur à Stockholm. Affiliation cependant partielle : les deux ministres ne savent pas que l'objectif final du Secret consiste à asseoir Conti sur le trône de Pologne. Ils ignorent le rôle du prince dans l'affaire. La correspondance secrète qu'ils échangent avec le roi, à l'insu du secrétaire d'État, ne porte que sur les alliances à nouer. Charles de Broglie est au contraire informé de l'ambition de Conti.

En Pologne, des Issarts et Castéra ont bien travaillé ; les subsides qu'ils répandent aussi. Le parti patriote, reconstitué et ragaillardi, irait même un peu trop de l'avant. C'est un défaut polonais. Ses chefs envisagent sans broncher de renverser Auguste III ; ils s'estiment en mesure de susciter des désordres en Russie et de découpler, pour l'hallali, les Turcs et les Tartares. Castéra, résident à Varsovie, a le plus grand mal à les convaincre de ne pas mettre la charrue devant les bœufs ; le pire serait de s'engager inconsidérément avant qu'une solide digue d'alliances ne protège la Pologne des envahissements moscovites. La hantise de Conti est « un orage contre la liberté de la Pologne », et Broglie devra s'employer à canaliser la fougue polonaise. A cette réserve près, le successeur de des Issarts voit s'ouvrir devant lui un champ d'action bien digne d'enthousiasmer un jeune homme décidé à faire une grande carrière.

Charles de Broglie refuse.

Comment ne pas le comprendre ? Pour l'époque, être admis dans l'intimité de la pensée royale, collaborer à un projet dont le gouvernement lui-même est écarté, entrer aussi en correspondance secrète avec le roi, représente le plus grand honneur imaginable, mais aussi un privilège dangereux. La cour s'ingénie à réduire tous ceux qui tentent d'accaparer la faveur du monarque, d'où tout découle — pensions, nominations, dignités. Conti ne risque guère : sa qualité de prince du sang le met au-dessus des cabales. Quel ministre oserait s'attaquer de front au cousin du roi ? Un Broglie reste infiniment vulnérable. La famille n'a pas investi Versailles. Le vieux abbé, capable d'obtenir une pension sur la cassette royale, ne pèse pas lourd face aux clans ancrés depuis des décennies au cœur du pouvoir. Les Broglie sont proches de la reine, du dauphin et de la dauphine. Mais la reine incarne le passé ; le dauphin et sa femme représentent peut-être l'avenir ; le présent, c'est Louis XV et Pompadour. Si l'affaire tourne mal — et les risques en sont évidents —, Charles se retrouvera isolé face aux ministres, enragés d'avoir été trahis par un subordonné. La main royale le protégera-t-elle contre les représailles ? Charles ne peut pas ne pas avoir présent à l'esprit l'exemple de son père, disgracié pour apaiser le courroux d'un empereur qui voulait immoler une armée française au salut bien aléatoire de sa Bohême. La matérielle joue aussi son rôle. Une ambassade peut coûter cher — celle de Pologne particulièrement, avec le flot de subsides déversé sur les patriotes. Il faut souvent faire l'avance des fonds en attendant des remboursements que retarde la langueur des finances royales. Or, si le gouvernement de Béthune et surtout son mariage avec l'héritière Crozat ont sorti l'aîné des embarras, le cadet n'a guère que sa solde de brigadier pour vivre. Comment fera-t-il face ? Et, au cas où l'affaire serait découverte, quel empressement mettront les ministres à rembourser des dépenses secrètes engagées à leur insu ? Un problème de conscience enfin : ne serait-ce point trahir l'amitié de la dauphine que de travailler secrètement à empêcher le prince de Saxe, son frère, de monter sur le trône à la mort de leur père ?

Le lendemain, second billet impératif du roi à Charles de Broglie. Un refus devient difficile, presque inimaginable ; ce serait cette fois désobéissance.

Conti prodigue les apaisements. Les problèmes matériels ? Le roi lui-même a dit, lorsque le nom de Broglie lui a été suggéré : « Ah ! celui-là n'est pas riche, il faudra l'aider. » L'amitié de la dauphine pour les Broglie ? C'est un atout : personne ne pourra soupçonner l'ambassadeur d'agir en sourdine contre son père et son frère. Quant aux risques liés à l'éventuelle découverte du Secret, l'assurance de la protection royale les réduit à peu de chose : quel ministre oserait reprocher à Broglie d'avoir obéi à leur commun maître ? Le prince souligne au surplus que la nomination de Charles intervient dans le moment heureux où diplomaties officielle et secrète se rencontrent. La Pologne est à la veille d'entrer dans un système d'alliances également préjudiciable à la France et à Conti. Elle s'était maintenue dans une stricte neutralité tout au long de la guerre de Succession d'Autriche alors même que son roi engageait l'électorat de Saxe dans le camp autrichien. Or, sous la pression du comte Brühl, Premier ministre, absolument maître de l'esprit d'Auguste III, elle risque d'adhérer à l'alliance conclue entre la Russie, l'Autriche et la Saxe. L'ambassadeur d'Angleterre à Dresde, Charles Williams, pousse activement les feux. Ce serait catastrophique pour la France, réduite à la seule alliance avec la Prusse (l'expérience a permis de mesurer quelle confiance limitée mérite Frédéric II), et opposée à la masse formidable des forces additionnées de la Russie, de l'Autriche, de la Saxe et de la Pologne. Le libre passage à travers la Pologne projetterait les armées russes au cœur même de cette Europe dont Louis XV veut les écarter à jamais. Quant à l'ambition monarchique de Conti, l'accession de Varsovie à une pareille alliance la barrerait sans recours. Une diète doit se réunir à Varsovie pour examiner le projet. La tâche la plus urgente du nouvel ambassadeur consiste à la faire rompre par tous les moyens. Il en recevra instruction du secrétaire d'État des Affaires étrangères comme de Conti lui-même. Cette parfaite concordance n'est-elle pas de nature à calmer ses inquiétudes ?

Charles a trente-deux ans ; la paix est faite, peu propice à l'avancement du militaire ; vif, impétueux même, il bouillonne d'idées qui ne trouveront pas leur emploi dans la carrière des armes ; la mission qu'on lui propose comporte des risques évidents, mais le placera au contact direct du roi, sous ses ordres particuliers. S'il réussit, il aura contribué plus qu'aucun autre à mettre une couronne royale sur la tête d'un prince français et se sera gagné la confiance de Louis XV : quelle carrière ne s'ouvrira-t-elle pas devant lui ? Et un refus l'éloignerait pour longtemps de la faveur royale.

Il accepte.

*

* *

Ce temps sachant prendre son temps, l'ambassadeur néophyte passa quatre mois à s'instruire des affaires de Pologne en lisant les dépêches de ses prédécesseurs. Le 14 juillet, il reçut les instructions du secrétaire d'État des Affaires étrangères, Saint-Contest. Elles étaient, à l'image du ministre, de petite envergure. Broglie devait avant tout empêcher l'accession de la Pologne à l'alliance russo-autrichienne. Cet objectif primordial, il devait cependant l'atteindre « sans paraître, si cela est possible », en faisant agir en sous-main quelques seigneurs polonais amis de la France. Et comme il était inévitable qu'on l'interrogeât sur l'attitude de Louis XV au cas où Auguste III, apoplectique, viendrait à disparaître, les instructions se diluaient dans de doucereuses dérobades : « Le comte de Broglie doit se borner à répondre que les jours de ce prince sont trop chers à S.M. pour qu'Elle en envisage la fin. » Broglie dut sourire en lisant cette phrase : « On ignore encore quels sont les autres princes qui aspirent à cette couronne : ainsi S.M. n'a d'autre ordre à donner à cet égard au comte de Broglie que de surveiller avec soin tout ce qui pourra venir à sa connaissance sur cet article. » Et cette conclusion qui en disait long sur la faculté de dissimulation du roi devant ses ministres : « C'est dans ces discours généraux que le comte de Broglie doit se renfermer sans jamais donner à entendre que S.M. se déterminera pour la maison de Saxe plutôt que pour tout autre concurrent. »

Les instructions secrètes de Conti, remises le 30 juillet, avaient plus de nerf. Empêcher d'abord, et à tout prix, la diète de faire entrer la Pologne dans l'alliance russo-autrichienne. Travailler ensuite à bâtir le système défensif approuvé par Louis XV pour « former une barrière impénétrable entre la Russie et le reste de l'Europe. Ce but est si juste et si grand qu'on ne doit jamais le perdre de vue dans les négociations du Nord ». Quant à l'élection future, Conti développait ses vues et ses moyens dans une longue lettre envoyée au comte de Broglie après son départ de Paris. Comment concilier la détermination du prince et l'indécision du ministre ? Conti, à son tour, devenait filandreux : « Je pense qu'il serait très utile d'aiguillonner le ministre et de lui faire prendre par différents points de vue un tel intérêt aux affaires de Pologne qui le conduisît à faire pour l'objet qu'il ignore au moins une partie des choses qu'il ferait s'il le connaissait et qu'il fût chargé de sa réussite. » Il précisera dans une lettre ultérieure que le roi « est bien aise que vous poursuiviez les choses qui sont à faire pour suivre ses vues par la permission de ceux qui en ont naturellement la direction, cela lui ôte de l'embarras, et ne fait point souffrir la sincérité que vous lui devez... ». En somme, on attendait du comte qu'il traversât la politique de son ministre avec l'accord de celui-ci, et qu'il l'inclinât à promouvoir, sans le savoir, la candidature du prince alors qu'il manifestait la volonté de n'en soutenir aucune. C'était exiger beaucoup d'un homme neuf dans la diplomatie. La seule mission de neutraliser une diète acquise à l'alliance russo-autrichienne eût suffi à accabler un ambassadeur blanchi sous le harnois.

Charles de Broglie prit au début du mois d'août la route de la Pologne. Arrivé à Dresde le 24, il en repartit sans tarder pour Varsovie. Mais le chemin passe par la Silésie, nouvelle province prussienne, que visitait alors Frédéric II. Un ambassadeur de France devait forcément s'arrêter à Breslau, capitale de la province, pour faire sa cour au roi de Prusse. Or cet ambassadeur portait un nom honni par Frédéric depuis son équipée strasbourgeoise. Comment accueillerait-il le fils du « quadruple Xénophon » ? Le bruit avait couru à Versailles que, en apprenant la nomination de Broglie, il avait manifesté son déplaisir.

Tout se passe à merveille. Frédéric reçoit le voyageur de la manière la plus charmante, lui dit des choses flatteuses sur son aîné Victor-François, lui parle des affaires de Pologne et déplore la triste situation où se trouvent les partisans de la France, qui sont censés être aussi ceux de la Prusse, puisque l'alliance survit, au moins officiellement, à deux trahisons : « Ils sont bien découragés, dit le roi, et ont bien besoin qu'on leur rende du cœur ; mais j'en sais les moyens. » Charles répond qu'il espère que le roi voudra bien travailler dans ce sens. On passe à table. Connaissant la réputation soufrée de Frédéric, le dévot comte de Broglie doit se rasséréner en voyant s'asseoir le prince-évêque de Breslau, entouré de plusieurs ecclésiastiques. On ne parle donc que de religion, mais à la manière frédéricienne, qui est rien moins que révérencieuse. Broglie, époustouflé, entend le roi lancer au prince-évêque que son plus grand plaisir est de « donner quelque chiquenaude à des fanatiques ». Sur quoi Frédéric se lève et fait ses adieux au voyageur en lui disant : « Bonne chance ! J'apprendrai avec plaisir le succès de vos premières armes. »

Broglie est convaincu d'avoir fait bonne impression sur le roi de Prusse. Deux jours après son départ, Frédéric écrira à son ambassadeur à Dresde : « Comme j'ai eu occasion de voir et de parler [*sic*] encore le comte de Broglie à son passage à Breslau, d'où il ne vient de partir qu'avant-hier, je suis bien aise de pouvoir vous avertir que je lui ai reconnu un caractère fort présomptueux et d'une suffisance dont jusqu'à présent j'ai trouvé peu de pareille ; peu versé dans les affaires, mais plein d'orgueil et qui aime à être flatté, de sorte que j'ai cru entrevoir que pour vous emparer de son esprit et gagner sa confiance, vous aurez à lui faire croire adroitement que c'est par ses conseils que vous vous gouvernez et que vous le plaignez du travail pénible que le poste où il entre va lui donner. C'est, à ce que je crois, de cette façon-là que vous le gouvernerez et en disposerez à votre aise, en flattant habilement son orgueil et la présomption qu'il a de sa suffisance. » Charles a encore beaucoup à apprendre sur la duplicité des princes.

Il repart assommé par la dramatique nouvelle reçue juste avant de quitter Breslau : Castéra, résident de France, est mort le 29 août à Varsovie dans les circonstances les plus suspectes. Le baron d'Hoeplen, ambassadeur de Suède, parle d'empoisonnement. Frédéric lui-même a paru convaincu d'un assassinat.

*

* *

Conti tout le premier comprit la gravité de la disparition de l'initiateur du Secret. « Il y avait déjà quelques jours, écrivit-il à Broglie, que je savais la mort du pauvre Castéra, qui m'est aussi suspecte qu'à M. d'Hoeplen, et qui ne l'est pas moins à ceux qui l'ont vu mourir. La femme de Guintaut a écrit sur cela d'une façon à confirmer les soupçons. Cela est horrible et l'importance dont sa mort a paru à nos ennemis justifie l'opinion que nous avions de son utilité et de sa capacité. Le Roi le regrette, vous le pleurez, je le pleure aussi, je sens combien il est difficile à remplacer, je sens tout ce qu'il faudrait trouver réuni pour y suppléer, je sens tous les malheurs de sa perte, l'effet qu'elle peut faire et les lumières dont elle peut nous priver. Mais quoique en effet il fût l'âme du projet, que c'était lui à qui les premières ouvertures avaient été faites et qui avait rédigé et réuni les idées et les plans qu'on a suivis, quoique en effet sa mort doive multiplier les difficultés, le Roi ne pense pas que cet événement puisse détruire des vues qui sont aussi conformes à sa politique, à ses intérêts et à sa gloire qu'à mes intérêts et à ses bontés pour moi. » Et, redoutant l'effet d'un tel coup sur un ambassadeur qui a montré tant de réticences à se laisser recruter, le prince de poursuivre : « Le Roi m'ordonne de vous exhorter à bannir toute inquiétude. Celles que vous aviez eues d'abord lui en avaient donné en quelque sorte ; il m'avait ordonné de charger fortement Castéra de les combattre. Je l'ai assuré qu'elles étaient dissipées et que vous étiez prêt à le servir sans ménagement pour personne ni pour vous-même, et qu'avec des talents, de la tranquillité et l'espoir de lui plaire, personne n'était au-dessus de vous. »

Ces beaux compliments n'empêchent pas Charles de Broglie de prendre la mesure de la catastrophe. Il perd avec Castéra le guide qui l'eût initié aux méandres du Secret, et surtout aux arcanes compliquées de la politique polonaise, que le résident connaissait mieux qu'aucun autre Français. Quant aux patriotes, privés de l'homme en qui ils avaient placé leur confiance et qui travaillait avec eux depuis six ans, ils se retrouvent orphelins. Conti, prévoyant leur découragement, avertit Broglie : « Il n'est pas douteux que de montrer aux Polonais la plus petite incertitude, le plus petit doute, le plus petit embarras, ne fût la chose du monde la plus dangereuse. » Dans son désarroi, le jeune ambassadeur en appelle à Jean-Pierre Tercier, qui n'est pas du Secret, mais dont l'expérience peut se révéler précieuse : « Vous imaginez bien que la mort du pauvre Castéra m'a fort dérangé. On m'avait renvoyé à lui pour bien des choses et j'ai trouvé ses papiers en si grand désordre qu'il n'y a pas le moindre éclaircissement à en tirer. Vous verrez par mes dépêches l'état des affaires. Je ferai de mon mieux, le zèle suppléera peut-être à l'expérience, et j'espère que tout ira bien. Je vous prie de me mander si l'on est content de ma correspondance. Mes lettres ne sont pas des chefs-d'œuvre d'éloquence, je souhaite qu'on les trouve claires... Parlez-moi, s'il vous plaît, naturellement sur ces différents articles. Je fais grand cas de votre suffrage, mais je ne veux pas l'avoir par complaisance. »

L'enquête à laquelle il se livre sur place laisse toutes les hypothèses ouvertes. Thomelin, l'intelligent secrétaire de

Castéra, confirme l'empoisonnement, mais croit qu'il peut résulter d'un accident. Les deux médecins soignant le résident pour une dysenterie ont ordonné du catholicon. L'apothicaire, à la suite d'un malentendu, a fourni du catholicon simple, au lieu du double. Le remède a été fatal. Mais le malentendu était-il involontaire ? Broglie reste sceptique (Frédéric II, toujours bien renseigné, restera quant à lui convaincu d'un assassinat ; dans ses Mémoires, écrits bien longtemps après, il attribue la décision de faire disparaître Castéra au chancelier russe Bestoutchev, personnage en effet expéditif). Ses doutes conduisent l'ambassadeur à porter plainte devant la justice polonaise. « J'espère par ce moyen, écrit-il à Versailles, intimider au moins pour l'avenir ceux que mon silence sur cet accident aurait pu engager à hasarder dans la suite un pareil crime. » Émoi immédiat de Saint-Contest : et si c'était le comte Brühl qui avait ordonné de faire disparaître Castéra ? Quelle histoire ! Quelle affaire avec le roi de Pologne, père de la dauphine ! « Si donc il en est encore temps, le conseil de Sa Majesté est d'avis que vous laissiez tomber entièrement cette affaire. » Et le ministre de fournir un précédent (le précédent étant toujours, pour un diplomate, la Loi et les prophètes) : « Les preuves de l'assassinat de Fregose et de Mincon, qui, passant dans le Milanais, avaient été tués par ordre du gouvernement, étaient presque complètes ; cependant François Ier n'en put avoir aucune justice. » On supprime même une lettre de Thomelin à la veuve de Castéra dans laquelle le secrétaire évoquait carrément un assassinat. Conti, au contraire, approuve le dépôt de la plainte, mais met en garde Broglie : « Beaucoup de gens ne voulaient pas de votre nomination, et ceux qui ne perdent pas une occasion de vous nuire se sont récriés avec affectation sur [cette affaire]. » La plainte suivra son cours et aboutira à la condamnation au bannissement de l'un des deux médecins, pour faute professionnelle. Charles de Broglie refusera de demander la grâce, « puisque j'ai moi-même sollicité ce jugement et désiré qu'il eût été plus vigoureux ».

Il y aura d'autres décès surprenants à la résidence de France à Varsovie.

XIV

Broglie n'avait pu s'attarder à Varsovie : il lui fallait rejoindre Auguste III à Bialystok, aux confins orientaux du pays, où le comte Branicki, grand-général de Pologne, recevait le souverain et sa cour. De là on gagnerait Grodno, lieu fixé pour la réunion de la diète.

Le domaine de Branicki surprit Charles par sa somptuosité. « Vous ne vous souciez peut-être pas de savoir, écrivit-il à Saint-Contest, que Bialystok est un très beau lieu et que cette maison a l'air de l'habitation d'un très grand seigneur : véritablement, celui à qui elle appartient peut être regardé comme un des plus puissants particuliers d'Europe et je ne l'appelle particulier que parce qu'il n'est pas souverain, car, d'ailleurs, il a de plus grandes prérogatives qu'un très grand nombre de princes et son revenu est de un million deux cent mille livres de rentes. On assure néanmoins qu'il n'est pas suffisant pour la dépense qu'il y fait. Je ne crois pouvoir mieux comparer la façon dont il vit qu'à celle de M. le duc d'Orléans à Saint-Cloud quand il donne quelque fête, à quoi il faut ajouter une cour militaire d'un nombre prodigieux d'officiers que sa charge de grand-général rassemble toujours autour de lui. » Jardins à terrasses, palais admirable, ameublement d'un goût parfait : on appelait Bialystok le Versailles polonais. Les Czartoryski et les Potocki, les deux grandes familles qui se disputaient depuis si longtemps le pouvoir en Pologne, possédaient des châteaux également magnifiques où se concentrait la vie politique et sociale du pays. La dépêche de Charles livrant ingénument au ministre ses étonnements de voyageur surprend nos yeux habitués aux tristesses du style administratif, mais c'était le ton du temps, tout de cordialité, d'aisance, sans rien de gourmé dans les rapports hiérarchiques. Ainsi le ministre écrivait-il de son côté à son ambassadeur : « Je vois avec plaisir que la fatigue que vous avez ressentie d'un si long voyage n'a pas influé sur votre santé ; je souhaite de tout mon cœur qu'elle continue à être aussi bonne, pour que vous puissiez suffire aux mouvements qu'occasionnera votre passage à Grodno et ceux qui sont inséparables d'une assemblée aussi tumultueuse que la diète. »

Grodno, petite ville lituanienne pourvue d'un palais royal et de quelques résidences de grands seigneurs, se trouvait littéralement submergée par la foule des nonces, que les petites maisons de bois ne pouvaient tous contenir et dont beaucoup couchaient sous la tente. Charles y découvrit la Pologne rassemblée. Le spectacle le revigora. S'il manquait de la pratique des cours (la maîtrisera-t-il jamais ?), le jeune ambassadeur possédait celle des camps, où il avait passé l'essentiel de sa vie depuis l'âge de quatorze ans ; or qu'est-ce qu'une diète sinon le rassemblement de plusieurs milliers de nobles vissés sur leur cheval, la tête près du bonnet et les armes à portée de main, sujets aux promptes colères comme aux enthousiasmes inattendus qui font le charme du militaire ? Un million de nobles en Pologne quand la France n'en compte que cent cinquante mille : ce n'est plus une aristocratie, mais une cohue. Certains fort cultivés, poncés par les voyages, au fait de toutes les nouveautés venues de l'ouest ; mais la plupart analphabètes, braillards, buveurs, ne possédant au monde que leur cheval, leur sabre et leur bulletin de vote à vendre au plus offrant ; le tout mélangé dans un tourbillon exubérant — car il ne s'agit pas, pour le puissant seigneur, de snober le pauvre sire : chaque voix compte —, avec sans doute des partis organisés mais toujours soumis à l'aléa d'un orateur captivant l'auditoire ou du coup d'audace d'un partisan jetant son sabre dans la balance : rien de plus émotif qu'une assemblée de soldats.

Un courtisan élevé dans les grâces versaillaises se fût effarouché. Charles de Broglie se sentit d'emblée comme un poisson dans l'eau. Ses dépêches exultent. La lugubre étape varsovienne est oubliée. Il dit le pittoresque d'une assemblée où les femmes les plus distinguées de la nation côtoient de nobles soudards qu'on ne laisserait pas entrer à Versailles, pourtant ouvert à tout ce qui n'est pas petit peuple ; la forte convivialité des réunions où un ambassadeur du roi de France doit savoir boire son coup comme un autre. Il lui convient tout à fait de modeler cette pâte. « Si on m'avait pourtant dit il y a un an, écrit-il, que je jouerais ce rôle-là, on m'aurait bien étonné ; je souhaite étonner les autres à mon tour en le jouant bien. Ce sera une preuve qu'avec de la bonne volonté, on réussit à tout. » Il découvre qu'un ambassadeur de France doit posséder principalement un bon estomac : « Ils sont assez honnêtes pour savoir gré aux étrangers, et surtout aux Français, de prendre part à leurs tumultueuses assemblées, dont les repas font la principale partie. Il faudrait être bien ridicule pour négliger un moyen de réussir qui exige aussi peu de talent. Il est vrai qu'on a besoin de plus de santé et de dépense. » *Bibat, et moriatur !* Charles boit, et ne meurt pas.

Une conversation dans l'embrasure d'une fenêtre avec le comte Brühl, Premier ministre d'Auguste III. Elle « n'a abouti à autre chose qu'à me faire écouter beaucoup de mensonges dits avec l'air le plus simple et le plus vrai qu'on puisse imaginer ». Son opinion sur Brühl est vite faite : « Il est si fort dans la dépendance des cours de Vienne, de Pétersbourg et de Londres qu'il fera toujours ce qu'elles voudront, quand même cela contrarierait ses vues particulières, et il s'en dédommagera en vendant les services qu'on exigera de lui. »

Son principal adversaire est l'ambassadeur d'Angleterre, Charles Williams, homosexuel célèbre, compagnon de débauche du prince de Galles, roué, prêt à tout pour réussir. Le talon d'Achille de l'Angleterre était l'électorat de Hanovre, berceau de la dynastie qui avait succédé aux Stuarts, ouvert à toutes les invasions alors que la mer barricadait les îles. Londres voulait faire couvrir le Hanovre par ses alliés continentaux et Williams avait promis à son roi d'ouvrir le chemin à cent mille soldats russes ; ce chemin passait par la Pologne. Broglie note immédiatement le caractère de son adversaire, « violent au point qu'il n'est pas même le maître de se contraindre ». Il lui reste à découvrir ses ruses. Pour ruiner son crédit à la cour, l'Anglais s'efforce de lui faire commettre des fautes d'étiquette ; il lui affirme qu'on se place comme on veut à la table du roi. Or, s'il est vrai que Grodno oblige à simplifier le protocole, les places à la table royale sont tirées au sort. Charles refuse de soumettre sa dignité au hasard. Il y a un précédent : des Issarts n'a pas accepté de voir sa chaise tirée au sort. Il se fait porter malade plutôt que d'assister au banquet royal.

À la veille de la bataille, il envoie à Saint-Contest une

dépêche d'une modestie sereine : « J'ai trop peu d'expérience de ce pays-ci pour pouvoir hasarder si vite mon jugement. Je vois avec certitude qu'il y a de grands projets sur le tapis ; je crois moi aussi qu'on ne négligera aucun moyen pour les faire réussir ; mais il me semble entrevoir qu'ils y trouveront des difficultés naturelles, et que d'ailleurs je pourrai les augmenter sans m'écarter de la conduite que vous m'avez prescrite et que j'observerai avec tout le scrupule imaginable. » Charles Williams déploie assurément une activité fébrile pour que la diète vote l'accession de la Pologne à l'alliance austro-russe : « Il s'adresse à tout le monde, il est devenu plus caressant qu'aucun Italien... Il baise toute la journée les nonces jeunes et vieux. Je lui ai vu parler en particulier aux jeunes princes, dont l'influence est plus que médiocre, et jusqu'aux femmes de chambre de la Reine... Toute cette agitation me fait plus de plaisir qu'elle ne me donne d'inquiétude... Je deviens flegmatique, à ce qu'il me paraît, à mesure que je vois mon adversaire se remuer. » Un Broglie flegmatique ? Encore un miracle polonais.

Son assurance étonne et inquiète. Raisonnablement, la partie est perdue avant d'avoir commencé. Il a contre lui le roi de Pologne, qui, en qualité d'Électeur de Saxe, se trouve déjà dans l'alliance austro-russe ; le comte Brühl, acquis à Vienne et à Londres ; et surtout le puissant clan des Czartoryski, qui avait témoigné une si longue fidélité au roi Stanislas, mais qui s'était jeté dans les bras de l'ours russe après que la cacade de Dantzig lui eut démontré l'inanité de l'alliance française. Que pèsera le parti patriote tout juste ressuscité par Castéra, face à la fortune et à l'immense clientèle des Czartoryski ?

Le passé du grand-général Branicki devrait l'incliner vers la France, où, jeune homme, il a servi dans les mousquetaires du roi. Le présent l'en éloigne : quatre ans plus tôt, sexagénaire, il a épousé une beauté de dix-huit ans, fille de Stanislas Poniatowski, Czartoryski par sa mère, qui le mène par le bout de son vieux nez. Ainsi une passion automnale neutralise-t-elle l'un des rares hommes capables de contenir la puissance de la maison Czartoryski. Son beau-père, Stanislas Poniatowski, l'ancien compagnon du roi Stanislas, s'est rangé depuis longtemps dans le camp adverse. Il juge le nouvel ambassadeur de France « pétri de salpêtre, fier, impérieux »... Ses instructions officielles recommandaient à Charles de s'appuyer sur le comte Potocki, palatin de Belz, chef de la maison rivale depuis des décennies de celle de Czartoryski et socle naturel du parti patriote, mais l'homme ne lui inspire qu'une confiance limitée. Il décide de miser sur André Mokronowski, major-général des troupes de la couronne, ami de Branicki et amant de sa femme.

Assurément très pieux, comme tous les siens, et comme eux d'une susceptibilité maladive, Charles de Broglie n'est pourtant ni bégueule ni renfrogné. Un chevalier à la triste figure n'aurait d'ailleurs pas fait long feu au Temple. Sa bonne humeur et son entrain sont appréciés en société. Il sait rire et faire rire. Se tenant sur le péché de chair aussi serré que son frère aîné, il montre de l'indulgence pour les faiblesses d'autrui. Les femmes l'adorent. Elles apprécient en lui l'agréable compagnon avec qui l'on peut fleureter sans y risquer sa réputation, puisque la sienne est au-dessus de tout soupçon. Beaucoup le plaisantent sur l'austérité de ses mœurs. Certaines, sans doute, s'emploient à triompher de tant de vertu ; si elles ont réussi, la chronique ne l'a pas retenu ; et l'échec ne devait pas aigrir puisque Charles, prude pour lui-même, n'exigeait pas que les autres le fussent pour mériter son estime. À chacun sa vie. Que la jeune Isabelle Poniatowska, devenue Branicka, trompe son vieux mari avec le confident intime de celui-ci, ce n'est pas le problème de Charles et ce peut être un atout pour l'ambassadeur du roi de France.

Entre Mokronowski et Broglie, coup de foudre. À Grodno naît une amitié que seule la mort pourra rompre. Les gens souriaient sûrement devant ce drôle de couple : le Polonais beau comme un dieu, gigantesque, cuirassé de muscles, et le minuscule Français qui ne devait pas lui arriver beaucoup plus haut que le nombril. André Mokronowski a trente-huit ans. Sa force colossale émerveille la Pologne. On le dit capable d'assommer un bœuf d'un seul coup de poing, puis de le trancher en deux d'un seul coup de sabre. Il tord d'épaisses barres de fer comme en se jouant. Heureuse Isabelle. Le géant polonais tout en muscle et son minuscule ami français tout en nerf ? L'image pécherait par simplisme. Ce n'est pas tant sa force surhumaine qu'apprécie Broglie chez Mokronowski que son patriotisme sans compromis, sa loyauté en amitié, sa bravoure. « Quant à M. Mokronowski, écrit-il à Saint-Contest, j'espère qu'il me sera très utile... C'est un homme qu'il serait essentiel de s'attacher par tous les moyens possibles. »

*
* *

Bloquer la diète n'était pas un problème : la règle du *liberum veto* permettant à tout nonce de briser l'unanimité nécessaire, il suffisait qu'un seul nonce du parti patriote s'avançât et dît son opposition pour empêcher l'accession de la Pologne au traité d'alliance. Les choses sérieuses commenceraient ensuite. Pour échapper à une paralysie presque inévitable, la Constitution prévoyait le droit de confédération. Il s'agissait en quelque sorte d'une anarchie organisée, ou d'un coup d'État légal, qui faisait dire à Voltaire que la Pologne conservait dans les temps modernes le gouvernement des Goths et des Francs. La majorité, mise en échec par l'exercice du *liberum veto*, pouvait se retirer de la diète et se réunir en confédération. Le droit de veto individuel aboli, les décisions étaient désormais prises à la majorité dcs voix. Quant à leur mise en application, elle dépendait de la représentativité de la confédération et de sa capacité à imposer sa volonté, y compris par la force. Cette étrange procédure, qui plongeait dans une insondable stupeur les juristes européens, offrait en réalité la seule issue au blocage né du *liberum veto* ; sa conséquence la plus fâcheuse était d'institutionnaliser la guerre civile, sauf dans le cas où la confédération rassemblait suffisamment de forces pour rendre toute résistance illusoire.

Le schéma conçu par Charles Williams, le comte Brühl et les chefs de la maison Czartoryski paraissait donc sans faille : après l'exercice du *liberum veto* par quelque nonce patriote, rupture de la diète et formation d'une confédération qui, rassemblant le roi, son Premier ministre, le grand-général Branicki et la clientèle des Czartoryski, imposerait sans coup férir l'accession de la Pologne au traité d'alliance.

À cette stratégie imparable, Charles de Broglie ne pouvait guère opposer que des astuces tactiques. La rupture d'une diète était mal vécue par la masse des nonces non affiliés à un parti, surtout quand cette rupture résultait de pressions étrangères — et chacun savait à Grodno que les véritables antagonistes étaient Williams et Broglie. Le premier attendait du second qu'il jouât, bien obligé, le rôle fâcheux du briseur de diète. Charles s'en abstient soigneusement. Il repousse les sollicitations impatientes de ses partisans. Il présente le visage serein d'un homme qui ne souhaite que le succès de la diète. Comme dans ces courses où celui qui démarre le premier a toutes chances de se faire coiffer sur la ligne d'arrivée, il colle obstinément à l'adversaire. L'éprouvante guerre des nerfs dure plusieurs jours. Charles tient pour son ministre un journal quotidien où le moindre incident est scrupuleusement noté.

Les Czartoryski démarrent les premiers. Pour éviter d'endosser la responsabilité de la rupture et d'apparaître comme les marionnettes de l'étranger, ils imaginent un stratagème ingénieux. Plusieurs nonces à leur dévotion affectent spectaculairement de quitter leur parti et exigent la dissolution de la diète dans un manifeste rédigé de manière outrageante pour Auguste III et ses ministres. Là-dessus, les Czartoryski proposent benoîtement au monarque de former une confédération destinée à défendre sa dignité offensée. Il s'agit donc de se regrouper autour du roi élu de Pologne, victime d'une intolérable agression, et non pas de complaire à Londres, Pétersbourg et Vienne. Qui ne se rallierait à une si juste cause ? La confédération organisée, il sera toujours temps de lui faire voter ce qu'on voudra. Le roi approuve ; le grand-général Branicki donne son adhésion ; l'acte réclamant une confédération est bientôt couvert de signatures.

Charles de Broglie abat son joker Mokronowski. Le géant se rend chez le grand-général et l'adjure de se rétracter s'il veut sauver la gloire qu'il s'est acquise depuis tant d'années. « Mais il ne trouva en lui, rapporte Broglie, que de l'embarras et point assez de force. » Mokronowski se dirige alors vers la tente du palatin de Plaeko, qui, entouré de trois cents nobles en armes, veille sur l'acte de confédération que les nonces continuent de signer. Il fend la foule stupéfaite de se voir ralliée par un homme du parti patriote et demande l'acte au nom du grand-général, qui voudrait y ajouter quelque chose. Le palatin le lui tend. Plaquant le document contre sa poitrine, Mokronowski annonce d'une voix tonnante qu'il faudra le tuer pour le lui reprendre. Ce ne sont pas là paroles verbales : nous sommes à Grodno, non à Marseille. Un coup de lance ou de sabre peut, comme souvent, mettre un point final à ce coup d'audace. Est-ce la beauté du geste qui séduit, ou la formidable stature de Mokronowski qui intimide ? Personne ne bronche. Avec éloquence — il sera toujours un grand remueur de foules —, Mokronowski dévoile ce que cachent les faux-semblants de la confédération : une alliance néfaste aux intérêts polonais ; la puissance russe prête à fondre sur Varsovie ; ses armées, qui si souvent ravagèrent la patrie, déjà rassemblées à la frontière pour la violer une fois de plus ; la guerre civile allumée ; à son terme, les libertés polonaises piétinées. Chacune de ses phrases renvoie ses auditeurs à un passé trop récent pour qu'ils ne l'entendent pas. La foule l'acclame. Le jeune géant, tenant toujours le document serré contre lui, sort de la tente et rejoint Broglie, lequel suit les événements en compagnie de l'ambassadeur de Prusse, le comte Maltzahn, qui l'appuie depuis le début de la diète. Les deux diplomates expédient Mokronowski chez Branicki, qu'il faut absolument se rallier. Il y va, traînant derrière lui une cohue de nonces. Le vieux Branicki lui tombe dans les bras, « l'embrasse cinquante fois », le proclame sauveur de la patrie. Avec un sens très sûr de la gestuelle, André Mokronowski déchire solennellement l'acte de confédération, que le grand-général jette au feu. « C'est ainsi, conclut la dépêche de Charles de Broglie, que le courage de M. Mokronowski a anéanti en un moment le fruit des intrigues, suivies depuis longtemps, de la maison prépondérante, et qu'il a sauvé sa patrie d'un événement qui pouvait avoir les plus cruelles conséquences. »

Tout est joué. La diète se dissout dans la confusion générale. Il n'y aura ni confédération ni accession au traité d'alliance.

*
* *

On s'en revint à Dresde et Charles, précipité au débotté dans le chaudron de Grodno, apprit l'ordinaire de la vie d'un ambassadeur. La cour de Dresde était alors l'une des plus brillantes d'Europe. Au contraire de son père Auguste II, colosse célèbre pour ses trois cents bâtards, Auguste III formait avec Marie-Josèphe, princesse d'Autriche, un couple exemplaire et prolifique : onze enfants ; sur les six filles, l'une avait épousé le dauphin de France, une autre l'Électeur de Bavière, et une troisième le roi d'Espagne. Auguste III n'avait au vrai que deux passions : la chasse et la peinture. Il pratiquait l'une et protégeait l'autre, attirant à Dresde les meilleurs peintres d'Europe. Il se déchargeait de tout le reste sur le comte Brühl. Plus rusé qu'intelligent, d'une gloutonnerie financière sans égale, tirant de son maître des sommes inouïes qui ne l'empêchaient pas de se vendre au plus offrant, Henri Brühl ne s'autorisait quant à lui qu'une passion : la haine du roi de Prusse. « Ce ministre, écrit de son côté Frédéric II, ne connaissait que les finesses et les ruses qui font la politique des petits princes. C'était l'homme de ce siècle qui avait le plus d'habits, de montres, de dentelles, de bottes, de souliers et de pantoufles. » Frédéric avait eu loisir d'en dresser l'inventaire quand il était entré à Dresde au cours de la dernière guerre. Mais son énumération oublie les perruques. Tombant sur l'imposante collection oubliée par Brühl dans sa fuite précipitée, le roi de Prusse s'était exclamé : « Tant de perruques pour un homme sans tête ! »

D'entrée de jeu, Charles commit une sottise de débutant mal formé, comme la plupart des diplomates, à la guerre des chiffres. Sa correspondance, tant officielle avec son ministre que secrète avec Conti, chiffrée pour tout ce qui devait rester confidentiel, passait par le comte Maltzahn, ambassadeur de Prusse, qui la faisait tenir au chevalier de La Touche, notre ministre à Berlin. De là, les lettres gagnaient la France soit par le Hanovre anglais, soit par Bruxelles, sous contrôle autrichien. Dans les deux cas, des casseurs de code s'efforçaient de les décrypter. Charles, envoyant à Versailles copie d'une des dernières dépêches que Castéra avait adressée chiffrée, et qui n'était pas parvenue à destination, jugea que deux paragraphes d'un post-scriptum sans intérêt ne méritaient pas d'être chiffrés : il les laissa en clair. Mais si, comme il était probable, les casseurs de code autrichiens et anglais avaient conservé l'original (ou pris copie) de la dépêche de Castéra, il leur devenait enfantin de déchiffrer l'ensemble à partir des deux paragraphes laissés en clair... Du coup, ils pouvaient lire *toutes* les dépêches de Castéra chiffrées avec le même code et dont ils avaient gardé copie. Dans ce domaine, la plus minime erreur ouvre les vannes à la catastrophe [1].

L'ambassadeur néophyte s'appuie sur Jean-Pierre Tercier. Entre eux, confiance immédiate et totale. Charles insiste sur son inexpérience et demande les lumières du premier commis. Tercier lui évite quelques faux pas. Il le met notamment en garde contre les réclamations incessantes et totalement infondées des seigneurs polonais à propos de grâces et de pensions qui leur auraient été promises : Charles les transmet sans broncher à Versailles, de sorte que le Conseil, le voyant crédule sur ce point, a tendance à redouter qu'il le soit sur tout. De fait, les archives des Affaires étrangères sont pleines de missives exposant en termes pathétiques l'état d'extrême misère où se trouve réduit tel ou tel palatin...

Il fallait aussi trouver un remplaçant à Castéra. Charles jugeait son secrétaire, Thomelin, intelligent et dévoué, mais constatait à regret qu'« il n'est point du tout fait pour occuper une première place ; il a été valet de chambre perruquier chez le prince Czartoryski, grand chancelier de Lituanie, ce qui ne donnerait point de lustre à un ministre du Roi ». Même un esprit exempt de tout préjugé social ne peut que

1. Il est émouvant de compulser, aux archives du Quai d'Orsay, ces liasses de dépêches chiffrées qui semblent avoir été écrites hier. Le chiffreur de l'ambassade pour la correspondance officielle, Charles de Broglie lui-même ou un secrétaire affilié au Secret pour celle avec Conti, inscrivaient des lignes de chiffres avec un large intervalle ; à Versailles ou à Paris, le déchiffreur inscrivait le texte entre les lignes de chiffres. Nous nous sommes d'autant plus facilement permis de corriger une ponctuation souvent bizarre qu'elle n'était pas le fait de l'auteur de la dépêche, mais celui d'un déchiffreur travaillant à la hâte et sans se soucier beaucoup de ponctuer à propos.

s'incliner devant l'argument. Charles proposa le secrétaire qu'il avait lui-même amené de France, Linau. Nous ne savons de ce Linau ni le prénom, ni la date de naissance, ni celle de sa mort. Un homme fait pour le Secret. Il avait servi Maurice de Saxe jusqu'à sa fin. Versailles refusa la nomination au motif que Linau, vingt-cinq ans plus tôt, avait été chevalier-garde en Saxe. Charles fit observer avec bon sens qu'à ce compte on n'aurait jamais dû nommer Castéra, ancien précepteur aux gages des Czartoryski : « On ne s'est cependant pas mal trouvé de n'avoir point regardé cela comme un motif d'exclusion insurmontable. » Mais les candidatures s'accumulaient à Versailles et le ministre n'avait que l'embarras du choix. Le lauréat fut Élie de La Fayardie, premier secrétaire de l'ambassadeur de France en Suède. Il avait épousé à Stockholm la comtesse Marie-Antoinette de Leyonstedt, fille du premier chambellan du roi de Suède, convertie pour l'occasion au catholicisme. Nommé le 22 janvier 1753, il prit la route de Varsovie. Saint-Contest écrivit à Broglie que c'était « un homme instruit, surtout de ce qui regarde le Nord, fort doux et qui, j'espère, plaira en Pologne, tant par son caractère que parce qu'il a servi un royaume qui s'est toujours intéressé à la Pologne ». Une santé fragile était son handicap. Il disposait d'un code pour correspondre avec Versailles, mais restait étroitement subordonné à Charles de Broglie, à qui un second code permettait d'écrire en toute sécurité.

Son arrivée fut aussi éprouvante que l'avait été celle de l'ambassadeur : il eut bientôt à enterrer Thomelin, décédé, croyait-on, d'une forte colique. Mais l'autopsie révéla une « inflammation du cerveau ». « Les médecins, rapporta La Fayardie, lui ont trouvé le crâne si mince qu'il était quasi à jour, ce qui leur a fait juger qu'il serait devenu infailliblement fol s'il avait encore vécu quelque temps. » Ce nouveau décès était bien un peu préoccupant. Et le résident, lui aussi, de commettre à cette occasion une faute incompréhensible de la part d'un diplomate fort d'une expérience de onze années à Stockholm. L'une de ses dépêches annonce en clair à Versailles que son prochain courrier contiendra des éléments essentiels. Du coup, la dépêche suivante se trouve escamotée. L'élément essentiel était le rapport d'autopsie de Thomelin, chiffré par La Fayardie. Il existe à

Dresde comme ailleurs un Cabinet noir. Rien de plus aisé pour les autorités locales que de se procurer une copie du rapport et de découvrir le code du résident en comparant le rapport à son texte chiffré. Réaction immédiate de Tercier : « Brûlez votre chiffre. » La Fayardie en recevra un autre.

*

* *

Pour Charles de Broglie, la tonalité de ses rapports avec ses supérieurs, tant officiels que secrets, n'était pas de nature à dissiper ces lugubres brouillards. Grodno avait été un succès total, surprenant de la part d'un néophyte, mais le cabinet de Versailles redoutait si fort toute implication en Pologne que ce succès même l'inquiétait par son ampleur. Charles le sentait trop pour ne pas adopter un profil bas vis-à-vis de son ministre : « Je ne prétends pas, Monsieur, que j'ai eu besoin de beaucoup d'habileté pour parvenir à remplir les ordres dont j'étais chargé : quand S.M. n'aurait point eu de ministre ici, la diète aurait eu le même sort... » Ce n'était pas assez pour Saint-Contest, qui aurait voulu un ambassadeur de France incolore, inodore et sans saveur. Il chipote sur la stratégie de Broglie, qui a donné beaucoup d'inquiétude à Versailles. Et Charles de répondre en substance avec un humour grinçant : je comprends bien que nous n'avions pas aperçu, l'envoyé de Prusse, les principaux Polonais et moi-même, ce que le Conseil du roi avait parfaitement vu. Le ministre regrette aussi la visite de Mokronowski à Broglie après le rapt de l'acte de confédération : elle désignait l'ambassadeur de France comme l'instigateur de l'affaire. Mais qui, à Grodno, ignorait que Charles Williams et Broglie tiraient les ficelles de la diète ? On lui reproche encore d'avoir tenu en lisière le comte Potocki, palatin de Belz ; mais Potocki aurait-il fait ce qu'a accompli Mokronowski au péril de sa vie ?

Si Charles veut jouer le rôle que lui prescrivent ses instructions secrètes, il lui faut aller de l'avant et ne pas se cantonner dans un rôle d'observateur. À Saint-Contest : « Je prends la liberté de dire naturellement ce que je pense. Il me semble qu'il faudrait donner au parti de la France un autre ton que celui qu'il a. À l'exemple de mes prédécesseurs, et croyant me conformer à vos instructions, je n'ai pas pris l'air que je croirais le plus convenable à l'ambassadeur de S.M., qui serait d'avouer que la France a des partisans dans ce pays, et même qu'elle désire d'en avoir ; que S.M., étant garante de la liberté de la République, doit y conserver des amis et protéger ceux qui ont des sentiments conformes au soutien de cette liberté... Il me semble qu'il faudrait en même temps faire sentir combien il est extraordinaire que l'amitié pour la France soit le plus grand crime qu'un Polonais puisse commettre, et que ce soit la plus forte raison pour être exclu des grâces de S.M. polonaise. » Puisque la Russie et l'Autriche ne se cachent pas d'avoir un parti en Pologne, pourquoi l'ambassadeur de France devrait-il « jouer le rôle de quelqu'un qui vient pour former une conspiration, et de faire jouer à nos amis celui de conjurés » ? Et Charles de conclure : « Voilà un tas d'idées que vous trouverez peut-être assez confuses, Monsieur, mais sur lesquelles je pourrais m'étendre si vous aviez les bontés de les approuver. »

La réponse de Saint-Contest indique diplomatiquement qu'il n'approuve pas et que Broglie peut se dispenser de s'étendre : « Les idées que vous proposez, Monsieur, demandent à être examinées... » Prudence excessive ou sagesse ? Les arguments du ministre ne manquent pas de force. L'Autriche et la Russie, pays limitrophes, possèdent les moyens d'agir en Pologne et d'y entretenir un parti. « Lorsque la Saxe persécutera des Polonais attachés à S.M., le Roi pourrait-il les soutenir autrement que par des recommandations ? Et si elles n'ont pas d'effet, le nom de S.M. aurait été compromis pour rien. » La honte de Dantzig obsède.

Un Polonais au moins se trouve en butte à la persécution pour cause d'attachement à la France : le comte Brühl a supprimé toutes ses pensions à André Mokronowski. L'homme est d'un désintéressement qui en fait l'oiseau rare de la noblesse polonaise. Aussitôt après la rupture de la diète, Broglie écrivit à Versailles : « Je vous avoue que je n'ai pas osé lui offrir de l'argent car il me semble qu'une âme assez noble et assez élevée pour risquer sa vie et sa fortune dans la seule vue d'être utile à sa patrie ne doit pas se tenir pour récompensé avec un ou deux mille ducats. » La suppression de ses pensions oblige le Polonais à accepter un subside français, mais La Fayardie confirme en tout point l'opinion de son ambassadeur : « M. Mokronowski est un homme sur lequel nous pouvons compter, hardi, entreprenant, populaire, et attaché à la France par inclination, et je puis dire que, quoique le dérangement de sa fortune le force à prendre de l'argent de nous, il n'est point du tout intéressé. »

Charles veut pourtant récompenser le héros de Grodno, devenu la figure emblématique du parti patriote, de manière à manifester hautement le soutien de la France à ses partisans. Il propose de lui décerner la grand-croix de l'ordre de Saint-Louis, décoration militaire, et de le nommer maréchal de camp de l'armée française. Comment justifier ces faveurs ? « Par cette belle action qu'il vient de faire. » Charles enfonce le clou : « Je ne vois pas pourquoi il n'y aurait que le Roi à qui il serait interdit d'avoir des amis en Pologne et d'y faire des grâces. » Il souligne que Mokronowski refuse avec constance toute faveur prussienne, mais qu'il accepterait avec plaisir un grade dans l'armée française, car cela lui ferait au moins un état s'il était obligé de fuir la Pologne. Versailles s'effarouche. Les grâces envisagées sont plus modestes : « Sa Majesté a ordonné une tabatière de prix avec son portrait pour le grand-général Branicki » ; encore la tabatière ne sera-t-elle pas prête avant le carême. Mokronowski maréchal de camp ? Il n'y faut pas songer. Les militaires français n'apprécient pas que des étrangers leur escamotent les promotions sous le nez. Ils ont grogné lorsque Maurice de Saxe a été fait maréchal de camp, et Maurice était fils et frère d'un roi de Pologne.

S'il se retourne vers Conti, chef du Secret, le comte de Broglie ne trouve pas plus de réconfort. Comment accorder sa mission secrète avec l'officielle ? Il est obligé de mentir à son ministre pour entretenir le peu d'intérêt qu'il manifeste à la Pologne. Ainsi Saint-Contest semble-t-il convaincu qu'Auguste III se trouve à toute extrémité. Broglie commente gaiement pour Conti : « Si je lui avais répondu ce que je vois et ce que je pense, je lui aurais dit que je le trouve très bien portant : il mange très bien et a très bon visage ; mais comme il me semble que l'intention de V.A.S. est qu'on fasse regarder comme prochaine la mort de ce prince, je réponds à ce ministre que le roi de Pologne n'est pas réellement malade dans ce moment-ci, mais qu'il est si gros et qu'il a le col si court qu'il me paraît menacé d'une apoplexie prochaine. Je n'ai jamais eu l'esprit de trouver autre chose, et par réflexion, je crains que cela n'engage M. de Saint-Contest, qui n'a pas le col long, à songer à sa conscience. » À Broglie qui s'évertue à lui expliquer la difficulté de poursuivre avec la permission du ministre une politique exactement contraire à ses ordres, Conti donne une recette originale : il ne faut pas demander d'ordres. « Il y a bien des points pour lesquels cette méthode pourrait être dangereuse... C'est pourquoi, sur tout objet lié avec les affaires secrètes, il est de la prudence de parler de manière à ne point attirer d'ordres précis que vous ne puissiez ni expliquer ni éluder... D'ailleurs vos instructions secrètes sont si claires et si précises que, sans vous commettre, vous avez des règles sûres pour diriger votre conduite et prendre votre parti sur presque tout. » Ingénieuse pirouette, mais elle ignore la règle somme toute logique selon laquelle un secrétaire d'État des Affaires étrangères n'attend pas forcément qu'un ambassadeur lui demande des instructions pour lui en donner. Cela arrive même à Saint-Contest, assurément le plus médiocre des titulaires du poste sous Louis XV. Charles de Broglie s'énervant quelque peu, Conti l'apaise avec la cordialité bonhomme qui fait son charme : « Quoique vous me querelliez, je ne suis pas tenté de vous le rendre ; je ne le suis que de vous louer de la façon dont je vois que vous saisissez tout, que vous suivez l'esprit de la chose... Vous me grondez, Monsieur, faites-le tant que vous voudrez, je vous le rendrai ; mais j'exige que ce soit aux mêmes conditions et sans que cela vous altère plus que moi, qui, comme vous voyez, me presse de me justifier, et de vous éclaircir les choses qui pourraient vous mettre des nuages dans l'esprit. »

Les nuages n'existent pas seulement dans l'esprit de Broglie.

*
* *

Le comte Brühl, l'un des grands vaincus de Grodno, n'éprouvait aucune tentation de bonhomie envers l'ambassadeur de France. Il s'estimait en droit de penser qu'en mariant son dauphin à une princesse de Saxe la France avait définitivement tourné la page malheureuse ouverte avec la seconde élection de Stanislas et son éviction par Auguste III, et d'autant plus que Marie-Josèphe se révélait bien davantage qu'un simple gage d'apaisement diplomatique : elle réussissait admirablement à Versailles. Son mari, d'abord réticent, en était tombé amoureux ; la reine l'aimait, quoiqu'elle fût la fille de l'usurpateur saxon ; le roi perdait avec elle son air de perpétuel ennui. À quoi donc rimait l'activité vibrionnante du pétulant ambassadeur de France ?

Le Premier ministre fit écrire par la reine de Pologne une lettre dans laquelle celle-ci se plaignait amèrement à la dauphine, sa fille, de la conduite hostile du comte de Broglie. Le procédé était habile : si l'ambassadeur se voyait désavoué, le parti patriote saurait le peu de fond qu'il pouvait faire sur lui. Marie-Josèphe, fort attachée à sa famille, s'ouvrit au vieux abbé, familier de son cercle, des plaintes venues de Dresde. L'abbé promit de tirer les oreilles à son imprudent neveu. Quelques jours plus tard, le prince de Conti, rencontrant le comte de Revel, troisième frère Broglie, lui lâche avec insouciance : « J'ai des nouvelles du petit comte ; vous savez qu'il est de mes amis et que je m'intéresse fort à lui. » Pour le coup, le vieux abbé prend feu et flamme, et toute la famille s'alarme. Il n'est bruit à Versailles que des mystérieux entretiens du roi avec le prince. Sans charge officielle, Conti se rend à ces rendez-vous avec d'épais portefeuilles. La Pompadour, les ministres, les courtisans : tous s'interrogent sur la faveur exceptionnelle que représentent des conversations renouvelées en tête à tête avec le roi. Et comme la rumeur a filtré ici et là que le prince de Conti s'intéresse à la Pologne, sa phrase imprudente à Revel ne peut qu'insinuer que l'ambassadeur de France a partie liée avec lui.

Charles de Broglie, à Dresde, subit un feu épistolaire nourri. Le vieux abbé : « À quoi songez-vous, mon neveu ? Vous décidez et vous politiquez en vérité comme si vous aviez dix ans d'expérience. » Les frères, les amis le conjurent de ne pas compromettre sa jeune carrière par des initiatives hasardeuses. Qu'il se tienne à l'écart des menées obscures du prince de Conti ! Jusqu'au duc de Mirepoix, ambassadeur de France à Londres, qui, répondant à une demande d'information faite par Broglie sur Charles Williams, ajoute à sa réponse cet avertissement : « Croyez-moi, mon petit comte, si j'étais des Conseils du Roi notre maître, j'opinerais fortement pour que, sans s'embarrasser de ce qui se passe en Pologne, on laissât MM. les Polonais disposer de leur couronne et qu'on n'y dépensât pas un quart d'écu. » (Ah ! le suprême agacement d'être pour tous ces gens « le petit comte » !...)

Conti, embarrassé de sa bévue, se justifie comme il peut auprès de Charles : « Je dis à M. de Revel que j'étais votre ami, et que comme j'avais entendu dire qu'il y avait des gens malintentionnés qui cherchaient à vous critiquer, je pensais qu'il fallait que tous vos parents réchauffassent tous les amis que vous avez dans ce pays-là [Versailles]. Cette démarche de ma part, au lieu d'avoir fait bon effet, a alarmé votre famille, sur ce que M. de Revel leur a dit que je m'intéressais à vous. L'abbé s'est mis à politiquer, à trouver que ce soin de ma part n'était pas naturel, à se ressouvenir des bruits qui ont couru sur moi relativement à la Pologne, et à conclure qu'il fallait vous écrire pour vous dire de n'être avec moi dans aucune correspondance, et de vous défier de donner dans le panneau que je vous tendais. » Conti conseille platement à Broglie de nier toute correspondance avec lui, exception faite d'une lettre que Charles lui aurait adressée pour lui souhaiter la bonne année (en novembre !...) et le remercier de son intervention pour lui obtenir une promotion au grade de maréchal de camp promise depuis longtemps.

Charles trouva mieux. Si son succès à Grodno indiquait des talents diplomatiques, sa trouvaille pour se tirer d'un si mauvais pas signe une aptitude aux affaires secrètes. La comtesse de Boufflers, l'Idole du Temple, lui reprochait son silence. Il va, par l'intermédiaire de son frère Revel, lui envoyer une lettre justifiant ce silence par la vieille rumeur selon laquelle le prince, son amant, s'intéresse à la Pologne : si lui, Charles, entrait en correspondance avec Mme de Boufflers, de sottes personnes n'iraient-elles pas soupçonner que leur commerce épistolaire recouvre quelque intrigue secrète ? Au lieu de chercher une mauvaise échappatoire qui n'eût fait qu'attiser les soupçons, Broglie se dédouane en retournant l'argument utilisé contre lui : l'intérêt de Conti pour la Pologne. Aussitôt dit, aussitôt fait. Conti à Broglie : « La dame à qui vous avez écrit est furieuse contre vous. Elle trouve vos raisons mauvaises, et doit vous avoir écrit une lettre à cheval. J'ai gardé mon sérieux. Je vous embrasse et vous aime sincèrement, je vous prie d'en être bien sûr. » L'affaire s'assoupit. Elle n'a pas contribué à la confidentialité du Secret.

Les problèmes d'argent en suscitent une autre. Le parti patriote coûte cher. Il ne s'agit pas ici de vénalité, encore que la chose existe en Pologne comme ailleurs, mais de la nécessité où se trouvent ses dirigeants d'entretenir leur clientèle. Le premier devoir d'un chef de parti consiste à faire vivre le troupeau de nobles souvent faméliques qui s'attache à sa cause, faute de quoi il se débande comme une armée frustrée de sa solde.

Le comte de Broglie n'était pas parti sans biscuits. Lorsque les révolutionnaires, dans quarante ans, découvriront et forceront la fameuse armoire de fer scellée dans un mur du château de Versailles, ils trouveront trois livres rouges, publiés par la Convention, comptabilisant les dépenses secrètes de Louis XV depuis 1750, puis celles de Louis XVI. Nous y relevons en faveur de Broglie deux versements de 63 750 livres en septembre et octobre 1752, année de son arrivée à Dresde. Les versements se succèdent ensuite jusqu'à atteindre, au terme du séjour de l'ambassadeur, en 1755, le total de 476 471 livres. Il s'agit là de fonds officieux destinés à donner du cœur aux patriotes. Sur les fonds officiels, Broglie reçoit un traitement annuel de soixante-cinq mille livres avec lequel il doit faire aller son ambassade. Trois mois après son arrivée, il annonce à son ministre une dépense de plus de cent mille livres : voyage à Grodno, banquets offerts aux nonces, frais de représentation en général. Il faut bien soutenir la comparaison avec le faste déployé par les grands seigneurs polonais. L'ambassadeur de France ne saurait sortir sans être entouré de « vingt-six ou trente personnes ». Même les maîtres d'hôtel de l'ambassade doivent faire leur marché en carrosse... Il réclame une rallonge financière.

Son ministre ne pouvait lui prêter une oreille favorable.

Le roi lui avait accordé, à son départ, quatre-vingt mille livres pour son « ameublement ». L'énormité de la somme avait fait une manière de scandale. Les cinquante mille livres données à l'abbé de Bernis, nommé à Venise un an plus tôt, avaient déjà beaucoup étonné. Surtout, en menant un train ostentatoire, le comte voulait démontrer à ses partisans la puissance retrouvée du soutien français, quand Saint-Contest ne voyait dans le parti patriote qu'une boîte à chagrins. En revanche, le roi pouvait — devait ! — entendre sa supplique. Il resta sourd. Saint-Contest signifia sèchement le refus de toute augmentation. Le jour même où il reçoit la dépêche, Charles écrit à Victor-François, son aîné, une lettre pour le ministre. Il y explique l'impossibilité d'assumer les charges d'une ambassade dispendieuse. Il a accepté de dépenser tout son bien pour le service du roi mais ne peut, en conscience, ruiner ceux à qui il devrait maintenant emprunter. Il offre sa démission.

C'est le style Broglie. Ils vont toujours le marché à la main, comme on dit alors. Si l'on n'accepte pas leurs conditions, ils proposent de tirer leur révérence. Mais ces choses-là ne se font pas. Un ambassadeur nommé par le roi ne donne pas sa démission comme un vulgaire commis à son chef de bureau. Charles commet une indécence, doublée d'une espèce de chantage. Car son affiliation au Secret le range à part. Il sait bien que le roi hésitera à remplacer un homme mis dans la confidence de l'affaire secrète.

Saint-Contest réagit vertement : « Je vois avec peine le parti extrême auquel vous voulez vous porter, et je compte vous donner des preuves de mon attachement en ne faisant aucun usage auprès du Roi de l'ouverture que vous me faites. J'espère, Monsieur, que vous ferez de sérieuses réflexions sur une démarche qui pourrait vous faire un tort irréparable, tant dans la nouvelle carrière dans laquelle vous venez d'entrer que pour celle que vous suivez depuis votre enfance, et dans laquelle vous vous êtes acquis une réputation justement méritée. Vous n'avez point sans doute oublié que le Roi vous a accordé la préférence sur plusieurs autres qui aspiraient au même honneur. Vous ne devez pas douter que vous n'encourussiez la disgrâce de S.M. si vous persistiez dans le dessein que vous avez formé. »

Conti, informé de la catastrophique foucade, écrit aussitôt à Charles une missive portant la mention « lettre non montrée au Roi » : « Il est impossible de donner plus beau jeu à ses ennemis que vous l'avez fait tout à l'heure. Je ne pouvais voir le Roi de plusieurs jours quand j'ai reçu votre avis. J'ai passé la nuit à lui écrire une très longue lettre pour le prévenir, et deux jours après, je l'ai vu... La démarche que vous avez faite, quoique émanée de principes d'honneur, peut être mal tournée et mal prise. Il n'est point de cas où cette façon de parler soit placée vis-à-vis du Roi. L'impossible est une raison facile à alléguer ; mais, lorsqu'on veut s'en servir après un refus, il faut différer de le faire, afin de lui ôter l'air de pique ou de marché à la main, que le Roi ne peut admettre, et qu'en général les princes ne peuvent souffrir. » La semonce porte : « Il ne me reste, Monseigneur, qu'à me soumettre à tout ce qu'il plaira au Roi d'ordonner de mon sort. Mon temps et ma vie sont absolument à son service. Votre Altesse n'ignore pas que j'ai souvent sacrifié l'un et l'autre ; il ne me restait qu'à lui faire le sacrifice de mon peu de bien, il est maintenant consommé. » Si on l'exige, il réduira le train de sa maison, qui n'était fait que pour conforter le parti patriote — or à qui profiterait un parti puissant, sinon à Conti ?

Le prince, cette fois, se montre ingénieux. Il prévient Broglie qu'il va lui envoyer une lettre très dure — montrée au roi — à laquelle la réponse devra être très douce — mais « soyez tranquille sur nos affaires, vous aurez quelque chose ». L'ambassadeur présente ses excuses au ministre. Il accepte modestement de réduire ses dépenses et, par l'intermédiaire de Conti, reçoit sur la cassette royale cinq mille ducats polonais qui lui permettront de ne les point restreindre. Conti : « Sa Majesté me charge de vous gronder de la promptitude et de la chaleur que vous mettez dans cette affaire, chaleur qu'il veut bien excuser. » De fait, on a eu chaud.

Autre affaire... Le prince de Modène passant par Dresde, la princesse de Saxe, épouse du fils aîné d'Auguste III, futur Électeur et peut-être futur roi de Pologne, donne un bal en son honneur. Elle ne porte évidemment pas Broglie dans son cœur. Le protocole impose qu'elle ouvre le bal avec l'ambassadeur de France. Elle annonce qu'elle ne dansera pas. Personne ne s'en étonne : sa grossesse n'est pas loin du terme. Mais la voici qui tourne dans les bras du prince de Modène. À la fin de la danse, Broglie va droit sur elle. « Vous me voyez hors d'haleine, dit la princesse embarrassée. — Cela n'est pas surprenant, réplique le comte, Votre Altesse ayant fait l'imprudence de danser dans l'état où elle est. — Cela ne m'empêchera pas, pourtant, quand je serai un peu reposée, de danser une contredanse avec vous. — Je ne suis pas tenté de danser. » Et notre comte de lui tourner le dos et de quitter le bal. Le lendemain, on ne parle à la cour de Saxe que de l'affront infligé à la princesse par l'ambassadeur de France. Brühl, enchanté, se promet d'avoir pour le coup la peau de l'insolent. Il jure à la princesse d'obtenir son rappel. Plainte à Versailles. Broglie, peu intimidé, exhorte Conti : « J'espère que le Roi verra qu'on ne me manque d'égards que pour aller s'en vanter à la cour de Vienne... Tâchez qu'on ne mollisse pas, ces gens-là sont des poltrons : quand on leur montre les dents, ils filent doux ; quand on les ménage, ils croient que c'est par peur. » Aucun danger que Louis XV mollisse sur une pareille affaire : le protocole est sa passion, sa bibliothèque regorge de traités de cérémonial et il pourrait en remontrer sur l'étiquette aux plus savants spécialistes du royaume. En refusant d'ouvrir le bal avec son représentant à Dresde, c'est comme si la princesse avait manqué au roi de France lui-même. L'éclat de Charles est approuvé.

À Varsovie, cependant, la mort menait un bal de sa façon.

*
* *

Élie de La Fayardie était bien tel que l'avait annoncé Saint-Contest : doux, instruit, aimable en société. Ses dépêches savent dire avec délicatesse les choses les plus embarrassantes ; ainsi : « M. le prince Radziwill, nouvel époux, a fait présent à sa moitié d'un fruit de jeunesse qui les a forcés de se tenir éloignés l'un de l'autre pour prendre des remèdes. » Mais sa santé était décidément mauvaise. Il tomba malade à l'automne 1753. Sa convalescence prenant bonne tournure, Saint-Contest lui écrivit le 9 février 1754 de manière charmante : « Je commencerai, Monsieur, par vous marquer la sensibilité avec laquelle j'ai appris votre rétablissement. Vous ne pouvez trop vous ménager pour éviter pendant l'hiver une rechute qui serait fâcheuse [le ministre a écrit d'abord "dangereuse", mais, ne voulant pas impressionner le résident, l'a remplacé par "fâcheuse"] au moins par sa longueur. Le beau temps vous rendra vos forces et la pureté de l'air du lieu où vous êtes achèvera votre guérison. Je le souhaite bien sincèrement. » Saint-Contest annonçait qu'assez souffrant lui-même il prenait régulièrement du lait d'ânesse et qu'il s'en trouvait très bien. Le pli ministériel contenait le brevet de maréchal de camp d'André Mokronowski, sollicité avec régularité tant par Broglie que par La Fayardie, mais Saint-Contest précisait que ce brevet devrait rester dans les mains du résident, qui ne le remettrait à son titulaire qu'au cas où celui-ci serait contraint de fuir son pays.

La résidence coulait des jours tranquilles. La santé de La Fayardie se rétablissait. Sa femme, Marie-Antoinette, venait d'accoucher d'un garçon né sans dommage un mois avant le terme (« Sans mauvaise interprétation ! » écrivit l'heureux père à Tercier). Jean-Claude Gérault, ancien secrétaire de l'ambassadeur de France en Russie, était arrivé l'année précédente, accompagnant le jeune Vincent, fils d'un employé du secrétariat des Affaires étrangères à Versailles, dont il était devenu le précepteur. La Fayardie avait engagé Gérault comme secrétaire et Vincent vivait à la résidence en enfant de la maison.

Vincent meurt de façon foudroyante le 23 mars 1754. L'autopsie révèle des « intestins gangrenés » et un « polype au cœur ». Sa santé n'avait jamais donné la moindre inquiétude. Le jour même de sa mort, La Fayardie s'alite. Il ne dort plus. Treize jours et treize nuits sans fermer l'œil. Marie-Antoinette restant très affaiblie par son accouchement prématuré, le malheureux Gérault doit se partager entre les formalités consécutives au décès de Vincent, les soins à La Fayardie et à sa femme, le tout-venant du travail de la résidence. Il écrit à Versailles que l'étrange maladie dont souffre La Fayardie lui semble être « l'effet de l'inquiétude, d'idées sombres et noires dont il paraît toujours avoir la tête remplie, et peut-être d'appréhension ». La mort inattendue de Vincent a sans doute réveillé en lui le souvenir de celle de Castéra et des soupçons qui lui ont fait cortège.

La Fayardie meurt le 4 avril.

Versailles s'alarme. Le bruit se répand à la cour que le poison est de nouveau à l'œuvre à Varsovie. Saint-Contest interroge Gérault : qui a été malade en dehors de Vincent et de La Fayardie ? Signale-t-on d'autres morts dans le quartier ? Réponse négative : aucune épidémie ; aucun des domestiques de la résidence n'a été atteint. Le mystère, si mystère il y a, ne sera pas levé. Quatre morts en moins de deux ans à la résidence de France, dont celle d'un jeune homme plein d'allant, font malgré tout un taux de mortalité préoccupant.

Charles de Broglie expédie à Varsovie son secrétaire Linau pour assurer l'intérim avec Gérault.

*
* *

Affecté par ces drames privés, car il sera toujours un patron infiniment soucieux de ceux qui travaillent avec lui, Broglie peut au moins tirer un bilan politique positif des dix-huit premiers mois de son ambassade. Grodno, bien sûr. Des patriotes ragaillardis par un ambassadeur qui ne met pas son drapeau dans sa poche et tient la dragée haute à la maison de Saxe comme au parti russe. Des liaisons constantes avec les ambassadeurs de France à Constantinople, Copenhague, Berlin, Stockholm, pour tisser le réseau d'alliances qui mettra la Pologne à l'abri des empiétements russes. Charles, au centre du dispositif, a quatre secrétaires occupés en permanence à chiffrer et à déchiffrer sa correspondance ; il lui arrive de dicter seize heures d'affilée. Il a déjà réussi à rapprocher les Polonais de la Turquie, pièce essentielle du puzzle. Il est même parvenu à reprendre contact, au fond de l'Ukraine, avec de vieux partisans de Mazeppa, ultimes témoins de l'aventure de Charles XII. Les choses avancent.

Le roi et Conti apporteraient sans doute quelques réserves à ce bilan. Le ton très haut pris avec le ministre : reprochable. Le chantage à la démission : intolérable. L'esclandre avec la princesse de Saxe : évitable, avec un peu d'adresse. Cet ambassadeur peu ordinaire présente, parmi tant de qualités, quelques inconvénients caractériels. Mais quoi ! si l'on voulait un homme facile, il fallait ne pas choisir un Broglie.

XV

Toujours souffrant, toujours mourant, Voltaire roule vers la Prusse. Dans son carrosse brinquebalent caisses bourrées de manuscrits, coffres-forts, livres, malles de vêtements. Les péripéties du voyage ne l'empêchent pas de rire avec son valet de chambre Collini. Il est heureux. La rituelle négociation préalable avec l'Apollon du Nord s'est pour une fois bien passée : il aura la croix *Pour le Mérite*, la clef de chambellan, une pension de vingt mille écus. À sa demande d'une avance pour frais de voyage, Frédéric a répondu par une lettre de change de seize mille livres sans même évoquer un futur remboursement.

Il va de Paris à Berlin, et c'est comme s'il passait d'un monde à un autre.

Le protocole mis en place par son bisaïeul incarcère Louis XV aussi sûrement qu'une prison. De son lever à son coucher, une stricte étiquette règle chacune de ses démarches. Il ne pourrait y manquer sans offusquer les distinctions honorifiques auxquelles ses courtisans tiennent comme à la prunelle de leurs yeux. Au lever du roi, qui s'exécute devant la troupe des gentilshommes admis à la cérémonie, le privilège de lui passer la chemise ne saurait appartenir qu'à un prince du sang. Au grand couvert, c'est-à-dire au repas que le roi prend en public (une fois par jour à Versailles), un cérémonial minutieux ordonne le service ; si le roi demande à boire, son souhait met en branle l'échanson, le chef d'échansonnerie-bouche, l'aide de gobelet échansonnerie-bouche, le gentilhomme servant ; à force de révérences et de salamalecs, il faut sept à huit minutes pour que soit étanchée la soif royale.

Louis XV supportait mal cette représentation perpétuelle où le Roi-Soleil s'était épanoui. Son gouverneur, le maréchal de Villeroy, vieux fat enivré de cérémonial, lui en avait donné l'horreur dès l'enfance en le contraignant à des exhibitions de marionnette royale. Sa timidité naturelle, son caractère introverti achevèrent de l'en dégoûter. Aussi s'ingénie-t-il à échapper au carcan. Il fait aménager au premier étage du château de Versailles, en bordure de la cour de marbre et de la cour royale, des pièces admirablement décorées par Verberckt et ornées des plus belles œuvres des collections royales. Ce sont les fameux Cabinets. Plus haut, sous les combles, les Petits Appartements offrent un refuge encore plus intime, où ne pénètrent que de rares privilégiés [1]. Louis XV, désormais, déserte la solennelle chambre royale après la cérémonie du grand coucher et ne revient se glisser dans l'alcôve, le lendemain matin, que pour se prêter à celle du grand lever. Il s'évade de Versailles autant qu'il le peut. Traditionnellement, la cour de France est itinérante. Chaque année, séjours de plusieurs semaines à Fontainebleau et à Compiègne. Louis XV ajoute des escapades continuelles à Marly, Choisy, la Muette (alors nommée La Meutte), Saint-Hubert, Bellevue. En 1731, il ne séjourna à Versailles que 131 jours ; en 1740, 157 jours. On dirait d'un écureuil en cage sautant inlassablement de perchoir en perchoir. Cela ne va pas sans difficultés pour les ministres et leurs commis, contraints de suivre le roi dans son perpétuel tournis. La passion de Louis XV pour la chasse ne procède-t-elle pas en partie de son besoin d'évasion et de son goût pour la solitude ? Quand il chasse à courre, il ne parle qu'à Lansmate, son très aimé premier piqueur, et aux deux écuyers qui l'accompagnent. Nul homme de son temps n'a mieux connu les forêts d'Île-de-France, qui le reposaient de la cohue versaillaise.

Prisonnier du protocole, il est en même temps son plus rigoureux gardien. Une familiarité envers lui serait inimaginable, mais la moindre entorse à l'étiquette, même involon-

1. C'est le moment de conseiller au lecteur l'excellent ouvrage de Gilles Perrault, professeur aux Beaux-Arts de Paris, qui travailla dix ans au château de Versailles, *Sculptures sur bois, techniques traditionnelles et modernes*, publié en 1987 aux Éditions Henri Vial.

taire, vaut un rogue rappel à l'ordre. Si le coussin du duc d'Harcourt effleure par mégarde, à la chapelle, un pied du fauteuil royal : « Ôtez donc votre carreau ! » Un ministre, pourtant grand seigneur, tombe en disgrâce pour avoir, dans le feu d'une discussion au Conseil, appuyé son argumentation d'un mouvement du bras trouvé inacceptable. Et même s'il s'aménage à Versailles des appartements hors juridiction protocolaire, même s'il fuit le grand château pour des séjours plus libres à Marly ou à Bellevue, le roi, « premier gentilhomme de France », ne s'évade jamais de la caste aristocratique. L'invitation à souper dans les Cabinets représente pour un courtisan une marque de faveur passionnément recherchée. La sélection s'opère après la chasse selon un processus quelque peu humiliant. Les candidats au souper s'entassent devant la chambre du roi. Celui-ci, après s'être changé, passe la tête par la porte, examine l'assistance, se retire et donne à un huissier la liste des heureux élus. Les autres se dispersent en remâchant leur déception. Mais on peut aussi entrer dans les Cabinets grâce à des démarches bien pensées ; ainsi le duc de Croÿ n'hésite-t-il pas à se faire recommander par Pâris-Duverney à la Pompadour, qui le fait inviter. À ces soupers, hommes et femmes se serrent sans trop de cérémonie autour d'une table servie par un personnel réduit. On peut être six, dix-huit ou trente. Le roi, bien loin de la maussaderie qui ne le quitte guère dans les pièces d'apparat, se montre gai, aimable, causant — « hors, précise de Croÿ, que l'on ne pouvait oublier que l'on était avec son maître ». Mais tous les convives, à la seule exception de Mme de Pompadour, appartiennent à la noblesse. Un auteur roturier — Voltaire, par exemple — peut être invité à une représentation de sa pièce donnée au théâtre des Cabinets ; il ne sera jamais des soupers. De même, lorsque le roi part pour Marly, où il n'emmène que des invités de son choix, ses compagnons de voyage seront sélectionnés parmi les courtisans alignés qui supplient à mi-voix : « Marly, Sire, Marly... » Louis XV n'est à l'aise que dans l'intimité, mais de cette intimité reste exclu tout ce qui ne relève pas de l'aristocratie[1].

1. Victor-François et Charles de Broglie, ensemble ou séparément, ont été invités quatre fois en 1751 à souper dans les Cabinets ; encore

Le roi apprécie pourtant les savants. Passionné d'astronomie, il a de longues conversations avec le célèbre Cassini, l'encourage, renonce même aux plaisirs de la chasse pour participer à ses observations. Même intérêt pour la médecine, surtout pour la chirurgie. Son goût pour l'anatomie est si affirmé qu'il suscitera la légende d'un monarque incliné vers le macabre : ce n'était sans doute qu'intérêt scientifique. Il s'entretient avec Quesnay d'économie politique. Il installe à la Muette un cabinet de physique. Il crée à Trianon un jardin botanique. Il protège les artistes et se montre mécène généreux. Mais pour ceux qu'on nomme aujourd'hui les intellectuels, il n'a qu'incompréhension teintée de mépris. « Ces gens-là », dit-il. En 1743, il constate amèrement : « Ce siècle-ci n'est pas fécond en grands hommes. » Montesquieu prépare *De l'esprit des lois* ; Rousseau, le *Discours sur les sciences et les arts*, Diderot, ses *Pensées philosophiques* et le premier volume de l'*Encyclopédie*. Jamais l'idée ne viendrait à Louis XV qu'on pût décerner à l'un de « ces gens-là » le titre de grand homme ; aussi bien la plainte reviendra-t-elle sous sa plume tout au long du règne : la France manque de sujets d'élite. C'est qu'il songe aux généraux, aux ambassadeurs, toutes fonctions réservées par essence à « nos jeunes seigneurs ». Si on lui prédisait que la postérité mettra la royauté intellectuelle de Voltaire au-dessus de la sienne, il ne le croirait pas, ne pouvant le comprendre. Ce n'est pas inintelligence, mais enfermement dans une grille de valeurs. Par un mimétisme classique mais qui prête bien un peu à sourire, ses meilleurs biographes, et les plus affectueux, endosseront sans broncher ses dégoûts. Gaxotte, pourtant si voltairien d'esprit, observe pompeusement que « les hommes de l'*Encyclopédie* n'avaient point la dignité, le désintéressement et la valeur des hommes de 1660. C'étaient pour la plupart de fort petits caractères » ; aussi comprend-il que « leurs familiarités, leurs vanités, leurs querelles, leurs prétentions et leur débraillé » aient « exaspéré » le roi. Il est vrai que Rousseau s'habillait à la diable et que le bon Diderot, dans la chaleur de la conversation, posait la main sur

une invitation en 1754, une autre en 1757 ; ils n'appartiennent pas au cercle intime.

le genou de son interlocuteur ; il le fit avec Catherine de Russie, qui, quoique fort grande princesse, ne s'en formalisa pas ; à Versailles, c'eût été inconcevable. Il est également vrai que Voltaire se compromettait dans des affaires financières au fumet malodorant, mais plus d'un courtisan du cercle intime traînait derrière lui des odeurs aussi peu ragoûtantes. Quant à Michel Antoine, le plus récent biographe de Louis XV, et pour longtemps le plus complet, il écrit avec un mépris absolument royal : « La gent écrivassière l'agaçait par son verbiage, sa suffisance, sa cuistrerie, son manque de sérieux. Malheureusement pour lui, elle a pullulé en son temps. » Dans ce pullulement, nous identifions Voltaire, d'Alembert, Fontenelle, etc.

Ses panégyristes admettent néanmoins que cette antipathie du roi le laissa désarmé face à une opinion publique manipulée par ladite « gent écrivassière ». En somme, le bon goût qui lui faisait préférer la compagnie des gentilshommes, ces fort grands caractères (« Marly, Sire, Marly... »), aurait diminué son efficacité politique. C'est bien pis. Il tourne le dos au siècle. Il ne le voit pas s'ébranler, bouger, se précipiter sous la pression du torrent d'idées qui lui donneront un nom qui n'a pas fini de fulgurer dans l'imaginaire des hommes : siècle des Lumières.

*

* *

Frédéric de Prusse se lève à cinq heures en été, à six en hiver. « Si vous voulez savoir, écrit Voltaire, les cérémonies royales de ce lever, quelles étaient les grandes et les petites entrées, quelles étaient les fonctions de son grand aumônier, de son grand chambellan, de son premier gentilhomme de la chambre, de ses huissiers, je vous répondrai qu'un laquais venait allumer son feu, l'habiller et le raser ; encore s'habillait-il presque tout seul. » La chambre est belle mais derrière les rideaux de l'alcôve, une bibliothèque au lieu d'un lit : le roi dort, à l'abri d'un paravent, sur un grabat de sangles. « Quand Sa Majesté était habillée et bottée, continue Voltaire, le stoïque donnait quelques moments à la secte d'Épicure : il faisait venir deux ou trois favoris, soit lieutenants de son régiment, soit pages, soit heiduques ou jeunes cadets. On prenait le café. Celui à qui on jetait le mouchoir restait demi-quart d'heure tête à tête. » Une part rapide ainsi faite à la volupté, le reste de la matinée est consacré au métier de roi. Jamais de service religieux ; en quarante-six ans de règne, il n'entre que neuf fois dans un temple, et par obligation. L'après-midi, lecture, écritures, méditations, encore quelques affaires de bureau. À sept heures, la flûte. Le souper et la soirée sont consacrés à la compagnie qu'il s'est choisie.

Il a abandonné Berlin pour s'établir à Potsdam. L'hiver, il habite le vieux château. À la belle saison, il s'installe à Sans-Souci, sa création. Ce n'est rien moins qu'un palais. Une construction légère, tout en longueur, sans étage, bâtie sur une colline d'où l'on descend par six terrasses successives vers un grand bassin. L'appartement du roi, quelques pièces de réception, cinq chambres pour les invités : c'est tout, mais c'est délicieux, harmonieux, inondé de lumière, décoré et meublé à la perfection — le séjour d'un grand seigneur ami des arts et de la simplicité. On vit là sans embarras d'étiquette. Le protocole est pour Berlin, où Frédéric doit passer, chaque fin d'année, six semaines consacrées à des réceptions, dîners et bals qui l'assomment. Encore règle-t-il les querelles d'étiquette d'une façon qui bouleverserait Versailles ; comme deux nobles dames prussiennes se disputent la préséance, il tranche : « Que la plus bête passe la première. »

« L'amitié est indispensable à notre bonheur », disait-il volontiers. Il reste fidèle aux compagnons de sa triste jeunesse mais leur adjoint, au fil des ans, des recrues qui font le bonheur de ses soupers et de ses soirées. Ahurissante cohorte ! Sa *ménagerie*, disent ceux qui ne l'aiment pas. On ne peut rêver exemplaires d'humanité plus différents des grands seigneurs qui se pressent dans les Cabinets de Louis XV.

Voici son compagnon d'équipée de Strasbourg, le Vénitien Algarotti, fils de marchand, poète, très beau garçon, d'une gentillesse adorable ; Frédéric l'appelle « mon doux cygne » et l'a fait comte.

Voici le marquis d'Argens, issu d'une famille de robe d'Aix-en-Provence ; engagé dans l'armée ; déserteur par amour d'une comédienne qu'il suit en Espagne, sauvé par miracle du suicide ; secrétaire de légation à Constantinople où, condamné au pal pour s'être introduit dans le sérail, il s'échappe de justesse ; rescapé encore d'un assassinat machiné par une maîtresse romaine trop jalouse ; rengagé dans l'armée française, blessé, réformé ; amant de la tumultueuse duchesse de Wurtemberg ; réfugié à Potsdam, où il épouse, au grand dam de Frédéric, une petite actrice française, « mauvaise comédienne de province, écrit Voltaire, si laide qu'elle ne pouvait rien gagner à aucun métier, quoiqu'elle en fît plusieurs » ; mais aussi grand liseur, traducteur des Grecs et des Latins (il apprit le grec à sa comédienne), collectionneur averti (Dürer), écrivain prolifique[1].

Voici les deux Keith, nobles écossais fidèles aux Stuarts, condamnés à mort dans leur pays ; l'aîné, qu'on appelle mylord maréchal, ami de Jean-Jacques Rousseau, sera ambassadeur à Versailles, et ne se sépare jamais d'une jeune Turque, prise de guerre (« cependant, il ne paraît pas en avoir trop besoin », commente le perfide Voltaire), et d'un valet de chambre tartare. Jacob Keith, le cadet, a commandé une armée en Russie.

Voici le nouvel ambassadeur du roi de France à Berlin, l'Irlandais Tyrconnel, gros mangeur, grand buveur, la langue agile et le verbe dru. Voici le chevalier de Chasot, un Français contraint à l'exil pour avoir tué un homme en duel, beau garçon, intelligent, remarquable joueur de flûte, d'une bravoure exemplaire au feu ; Frédéric, à qui il a sauvé la vie à la bataille de Molditz, ne trouve à lui reprocher que son goût pour les femmes. Et un autre Français, l'abbé de Prades, auteur célèbre d'une thèse censurée en Sorbonne, que Frédéric a engagé comme lecteur. « En vérité, constate le roi de Prusse, Potsdam devient le tripot des excommuniés. »

Voici encore La Mettrie, de Saint-Malo, défroqué, médecin un peu fou, un peu génial, acharné de dissection, essayant des remèdes de son invention sur qui passe à sa

1. Les Éditions Actes-Sud viennent très heureusement de rééditer sa *Thérèse philosophe*, que Sade tenait pour « le seul ouvrage qui ait montré le but, sans néanmoins l'atteindre tout à fait ; l'unique qui ait agréablement lié la luxure à l'impiété, et qui... donnera enfin l'idée d'un livre immoral ». Étiemble, quant à lui, range d'Argens parmi les auteurs importants du siècle.

portée, contraint de fuir la France pour échapper à la prison après un pamphlet au vitriol sur le corps médical parisien, célèbre pour son livre *L'Homme-machine* où il affirme que l'âme n'existe pas et que la pensée n'est que le produit du cerveau (les philosophes les plus hardis furent saisis d'une pareille audace), ouvrage qu'il avait, pour rire un peu, dédié à un très pieux savant de l'université de Goettingen, lequel protesta par toute l'Europe de son innocence — plaisanterie infernale dont s'enchantait Frédéric.

Voici enfin un Prussien — le seul de la bande —, le baron Pollnitz, intelligent, cultivé, assez voyou, qui se ruine d'abord au jeu dans les tripots de Londres, Vienne, Amsterdam ; se convertit au catholicisme pour obtenir le grade de colonel dans l'armée française — espoir déçu ; devient le gigolo d'une riche marquise de soixante-dix ans qui meurt dans ses bras vigoureux quelques jours avant le mariage salvateur ; part en Hollande avec les bijoux de la dame ; revient à Paris agioter au temps du système de Law, mais n'y gagne rien ; échappe d'extrême justesse à la dague du fameux bandit Cartouche ; rentre à Berlin où il repasse au luthéranisme et devient entrepreneur de fiacres ; ruiné encore, se reconvertit au catholicisme pour entrer au couvent ; sauvé de la tonsure par Frédéric, qui paie ses dettes, le nomme premier chambellan, membre de son Académie, mais l'avertit : « Toutes les fois que vous serez à ma table, trouvant les convives de très bonne humeur, vous éviterez avec soin de prendre mal à propos le visage d'un cocu... » ; il a soixante-cinq ans.

Un tripot ? Une ménagerie ? En tout cas, la cour la plus singulière d'Europe. Mais le siècle est là, dans cette salle à manger de Sans-Souci où l'on s'assied autour d'une table ronde pour éviter toute préséance, devant un grand tableau peint par Pesne sur un dessin de Frédéric, où l'on voit des nymphes sous des satyres, des boucs couvrant des chèvres, et des béliers sous des brebis. Car ce ramassis bizarre d'invités qu'on croirait raflés à l'aube dans quelque mauvais lieu, et qui épouvanteraient le roi de France, ces aventuriers, qui tous ont beaucoup voyagé et intensément vécu, incarnent magnifiquement la vitalité du temps, son exubérance physique et intellectuelle, son formidable appétit de connaissance ; ces hommes assurément un peu canailles ne sauraient se résumer à leurs grandes extravagances et petites escroqueries (peu de chose, celles-ci, auprès des pilleries opérées par les courtisans français dans le budget de l'État) : ils lisent, écrivent, participent de ce moment unique dans l'histoire de l'humanité où l'on aspire à *tout* savoir en tous domaines — l'ambition encyclopédiste ; et sans doute leurs connaissances restent-elles par force superficielles, avec quand même de beaux éclairs, tel ce fou de La Mettrie que les paysans accueillent fourche à la main pour préserver leur malade de ses désinvoltes expérimentations mais qui invente tout bonnement le matérialisme intégral ; sans doute très peu de leurs ouvrages atteindront-ils la postérité : avec leurs manques et leurs faiblesses, ils constituent pourtant le terreau culturel sur lequel s'épanouissent les œuvres majeures du temps.

Voltaire arrive pour prendre dans la troupe sa place, qui ne peut être que la première.

*
* *

Les débuts sont un enchantement. « Cent cinquante mille hommes victorieux, écrit Voltaire à Paris, point de procureurs, opéra, comédie, philosophie, poésie, un héros philosophe et poète, grandeur et grâce, grenadiers et muses, trompettes et violons, repas de Platon, Société et liberté ! Qui le croirait ? Tout cela est vrai. » Frédéric le traite royalement. Les princes, ses frères, lui font la cour. La reine, pauvre créature reléguée à Berlin, l'invite en permanence à sa table — mais on y mange si mal... Fêtes somptueuses (l'armée fournit la figuration), opéra, comédie : l'Apollon du Nord consent pour le Virgile moderne à dénouer largement les cordons de sa bourse, sacrifice pour lui toujours douloureux. Mais il a enfin Voltaire tout à lui. Le matin, le poète l'accompagne à l'exercice de son régiment des gardes. L'après-midi, deux heures de poétique et de rhétorique, et correction des œuvres du roi. À sept heures, concert où Frédéric tient la flûte. Puis le souper en compagnie de la pittoresque cohorte et une soirée qui peut aller fort avant dans la nuit.

« Les soupers, écrira Voltaire dans ses Mémoires, étaient

très agréables. Je ne sais si je me trompe, il me semble qu'il y avait bien de l'esprit ; le Roi en avait et en faisait avoir ; et ce qu'il y a de plus extraordinaire, c'est que je n'ai jamais fait de repas si libres. » Hommage d'autant plus remarquable qu'il est donné après la plus sanglante des brouilles. Un soir, ébloui par un trait de Voltaire, Frédéric se lève et lui baise la main : un tel geste, venant du prince le plus célèbre d'Europe, ne lave-t-il pas tous les affronts reçus à Versailles ? Ce Trajan-là était content. Mais ce qui enchante surtout Voltaire, c'est la liberté de la conversation. Disparates au possible, les convives possédaient un dénominateur commun : l'anticléricalisme. Tous ne partageaient pas l'athéisme résolu de La Mettrie. Voltaire lui-même était déiste. Mais l'intolérance cléricale était unanimement trouvée infâme. Voltaire : « Un survenant qui nous aurait écoutés aurait cru entendre les sept sages de la Grèce au bordel. Jamais on ne parla en aucun lieu du monde avec tant de liberté de toutes les superstitions des hommes, et jamais elles ne furent traitées avec plus de plaisanteries et de mépris. Dieu était respecté, mais tous ceux qui avaient trompé les hommes en son nom n'étaient pas épargnés. »

Voltaire avait quitté une France ravagée par le fanatisme. Il ne s'agissait plus seulement de la répression routinière contre les protestants : la haine déchirait le camp catholique. Un homme de ce temps-là, s'il pouvait lire les manuels d'histoire publiés aujourd'hui, serait à coup sûr stupéfait de constater la part souvent modeste faite à l'affaire de la bulle *Unigenitus*, cette grande querelle qui mobilisa les contemporains bien davantage que l'apparition à peine entamée des Lumières. Les origines en remontaient au siècle précédent avec la publication, en 1640, de l'*Augustinus* de l'évêque d'Ypres, Jansen (qui allait donner son nom au parti janséniste), sa condamnation par le pape, la publication des *Provinciales* de Pascal, la fermeture et la destruction de Port-Royal par le lieutenant de police d'Argenson, père de nos deux ministres. Pour le lecteur d'aujourd'hui, il serait plus facile d'aller sur Sirius que d'entrer dans ces disputes théologiques ; aussi nous abstiendrons-nous de soumettre à sa sagacité les propositions jansénistes jugées schismatiques par le pape, telle : « Dans l'état de nature déchue, on ne résiste pas à la grâce intérieure », ou bien : « C'est parler en semi-pélagien que de dire que Jésus-Christ est mort et a répandu son sang pour tous les hommes ». Ce qui demeure du jansénisme, et fit sa force dans le moment, c'est qu'il était une morale. Imprégné du sentiment de la déchéance humaine, pessimiste, il proposait une religion austère tout à l'envers des mondanités et des complaisances jésuitiques. La querelle avait rebondi en 1713 avec une nouvelle condamnation papale — la bulle *Unigenitus* — d'un livre du père Quesnel qui reproduisait les thèses de l'*Augustinus*. Jusqu'alors élitiste, le jansénisme passa dans le peuple. Des foules énormes envahirent le cimetière Saint-Médard, où était enterré le diacre Pâris, saint homme et janséniste acharné, sur le tombeau duquel étaient censés s'opérer des miracles. Les pénitents devaient entrer en convulsions et, pour les y aider, des âmes pieuses, les « Secouristes », les frappaient à coups de bûche, leur tordaient les chairs avec des pinces ou leur enfonçaient une épée dans le flanc ; des hommes et des femmes se firent crucifier ; parfois, une centaine de pénitents entraient ensemble en convulsions ; les sociétés de flagellants se multipliaient dans Paris. Le frère aîné de Voltaire, Armand, janséniste fanatique, fit partie de ces furieux. La police ferma Saint-Médard. Le cardinal de Fleury, à force de patience, finit par réduire l'incendie.

Il n'était qu'assoupi. En 1750, l'année où Voltaire quitte la France pour la Prusse, l'affaire des billets de confession souffle sur les braises et allume un brasier. Pour démasquer les protestants soucieux, à l'article de la mort, d'éviter d'être enterrés comme des chiens, l'usage s'était pris, au siècle précédent, de demander aux moribonds réclamant les sacrements un billet signé d'un prêtre attestant avoir reçu leur confession. L'évêque de Paris, Beaumont, imagine alors d'exiger un billet semblable qui devra être signé d'un prêtre reconnaissant l'autorité de la bulle *Unigenitus*, lequel ne peut évidemment donner l'absolution qu'à un fidèle s'y soumettant aussi. Décision gravissime ! Pour l'immense troupeau des fidèles, il suffit, pour être sauvé de l'enfer, de recevoir les derniers sacrements en état de repentir ; refuser l'extrême-onction à un moribond, c'est, dans la croyance populaire, l'expédier tout droit en enfer. La guerre, cette fois, embrase le pays. D'un côté, les parlements, tout jansénistes, la bourgeoisie et la quasi-totalité du petit peuple parisien, une très faible minorité du clergé (mais la plus estimable par ses mœurs) ; de l'autre, la cour, les jésuites, presque tous les évêques. Les incidents se multiplient à travers la France, et les esprits les plus posés, tel l'avocat Barbier, sont horrifiés par le scandale d'excellentes personnes mourant privées de sacrements pour cause d'*Unigenitus*. Les jansénistes, dont l'appétit de martyre ne se dément pas, choisissent, lorsqu'ils s'éprouvent à leur dernière heure, de demander l'absolution à des prêtres tenants résolus de l'*Unigenitus*. Les parlements se mobilisent, celui de Paris en tête, et, arguant de leur compétence en matière de police des cultes, somment les confesseurs récalcitrants de donner l'absolution, ce qui empiète sur l'autorité spirituelle du clergé. On en vient à d'incroyables violences. Des prêtres sont jetés en prison ou bannis ; les revenus de l'évêque de Vannes sont saisis ; les meubles de celui de Nantes vendus à la criée. Le roi, débordé, lance des menaces qui n'effraient personne. Il est du côté de ses évêques, mais voudrait la paix. Grève des parlements. Exil pour de longs mois de celui de Paris, dont la compétence s'étend sur le tiers de la France, avec l'embarras que suscite dans les affaires une pareille interruption de la justice ; exil de l'archevêque de Paris ; mais tout cela trop tard pour être efficace ; négociations infinies où s'ébrèche l'autorité royale ; et la crise va occuper six longues années ruisselantes de fanatisme...

Vienne ne vaut pas mieux que Paris. Aucune querelle théologique d'importance sous le règne de la dévote Marie-Thérèse, mais une inquisition bigote qui tient la vie de chacun sous son œil policier. C'est précisément pendant le séjour de Voltaire à Potsdam que l'impératrice-reine crée la *Keuschheits Kommission*, ou commission de chasteté. Chargée de réprimer la prostitution, s'employant à suppléer la vigilance jugée trop relâchée des maris autrichiens, la *Keuschheits Kommission* répand sur les villes une nuée d'espions qui filent les femmes circulant seules, ont pouvoir de les arrêter à la sortie d'une maison et de leur demander à qui elles rendaient visite, et pourquoi, avec tous les désordres qu'entraîne pareille inquisition — dont le plus banal est que les malheureuses, pour éviter la prison, se résignent à acheter le silence des policiers du sexe en se livrant à eux quand elles n'ont pas de bijoux ou d'argent à leur offrir...

On respire mieux en Prusse.

Un paysan y fut condamné au bûcher ; il avait eu, explique Voltaire, « une intrigue galante avec son ânesse ». Dans toute l'Europe, ces amours coûtaient la vie. Mais, en Prusse comme en Angleterre, une sentence capitale devait être confirmée par le roi. Frédéric gracia et écrivit au bas de la sentence qu'il donnait dans ses États « liberté de conscience et de vit ». Un pasteur s'indigna et, dans un prêche, évoqua Hérode. Frédéric le convoqua et le reçut déguisé en prédicateur avec, pour assesseurs, d'Argens, l'auteur des *Lettres juives*, et l'excellent Pollnitz, qui avait trois fois changé de religion. Le singulier tribunal ecclésiastique demanda au pasteur à quel Hérode il avait fait allusion. Le pauvre diable répondit qu'il n'en connaissait qu'un. « Comment ! s'exclama Frédéric, vous osez prêcher sur un Hérode et vous ignorez quelle était sa famille ! Vous êtes indigne du saint ministère. Nous vous pardonnons cette fois ; mais sachez que nous vous excommunierons si jamais vous prêchez sur quelqu'un sans le connaître. » Pitrerie d'anticlérical primaire ? Assurément, mais comment ne pas s'y laisser aller quand l'intolérance étrangle l'Europe ? Le roi de Prusse prononçait lui-même le divorce des époux aspirant à une séparation. À un ministre qui lui oppose l'Ancien Testament et Moïse, il réplique : « Moïse menait ses Juifs comme il voulait, et moi je gouverne mes Prussiens comme je l'entends. » Vaguement déiste, il respectait d'ailleurs la foi de ses entours, s'il l'estimait sincère.

Le départ de Voltaire pour Potsdam avait relancé la vieille invective : « Prussien ! » L'écho en retentit si fort que quelques historiens, tels Bainville ou Gaxotte, lui attribuent, comme à tous les philosophes qui firent le pèlerinage de Sans-Souci, une lourde responsabilité dans l'essor de la puissance prussienne. Ils n'auraient pas deviné, sous les séductions de Frédéric, la rude ambition d'un prince conquérant, et, abusés par ses flatteries, n'auraient pas vu que ce roi absolu menait ses États d'une main de fer, tranchant de tout jusqu'au moindre détail, et que le pouvoir était infiniment plus despotique au royaume de Prusse que dans celui de France. Mais où a-t-on pris qu'ils étaient républicains ? Voltaire, effleuré par la tentation lors de son premier voyage en Angleterre, s'était vite ressaisi, qui affirmait : « Je préfère obéir à un beau lion qu'à deux cents rats de mon espèce. » Il n'est pas même démocrate, professant que « l'esprit d'une nation réside toujours dans le petit nombre qui fait travailler le grand, est nourri par lui, et le gouverne ». Lui et ses amis étaient trop lucides pour ne pas voir que Frédéric faisait le roi comme un autre, et menait, tout comme les autres, des guerres de conquête, mais au moins ses armées victorieuses apportaient-elles la tolérance dans leurs fourgons. S'il fallait réduire à une définition unique M. le Multiforme, ce pourrait être celle-ci : Voltaire est l'homme qui, chaque année, à l'approche du 24 août, sombre dans la dépression et s'alite. Le 24 août est le jour anniversaire de la Saint-Barthélemy.

Nulle part autant que chez d'Alembert trouve-t-on témoignage de la fascination exercée par Frédéric, de l'adhésion du parti des Lumières à ce qu'il symbolise : « Les philosophes et les gens de lettres de toutes les nations, lui écrit-il, et en particulier de la nation française, vous regardent depuis longtemps comme leur chef et leur modèle. » « Chef et modèle » : l'expression revient en leitmotiv dans sa correspondance. La seule discorde entre le chef et la troupe donnera au premier l'occasion de prouver que son anticléricalisme procédait d'une passion sincère pour la tolérance. Lorsque les jésuites, haïs par les Lumières, seront expulsés de la quasi-totalité des pays d'Europe, il sera le seul prince à leur donner refuge, répondant aux critiques des philosophes français, acharnés à « écraser l'Infâme », qu'une tolérance discriminatoire ne serait plus la tolérance.

En septembre 1715, le père de Frédéric avait annoncé à ses courtisans : « Le roi est mort », et chacun avait compris qu'il s'agissait évidemment du roi par excellence, Louis XIV. Quarante ans plus tard, la lourde et somptueuse machinerie versaillaise continue de tourner autour de celui qui règne sur le pays le plus peuplé et le plus riche, mais le phare de l'Europe est à Sans-Souci.

*

* *

Les idées sont plus grandes que les hommes. La ménagerie de Frédéric devait connaître l'inconvénient auquel s'exposerait un directeur de zoo assez inconséquent pour enfermer dans une même cage le tigre, l'éléphant, le renard, le loup et autres animaux peu réputés pour leur tolérance. Le roi lui-même, quoique d'un abord aussi familier qu'agréable, avait l'humeur farceuse. Du goût de la farce au plaisir d'humilier, le chemin est court, et il le parcourait souvent. La convivialité du philosophe n'étouffait pas toujours une morgue aristocratique ; il déniait aux roturiers le sens de l'honneur (ainsi le prince de Metternich professera-t-il bientôt qu'« en Autriche, l'homme commence au baron »). Ses invités ne se déplaçaient en Prusse qu'avec sa permission ; il faisait ouvrir leur courrier. Que répondre à ses sarcasmes ? Comment protester contre son caporalisme ? Il était le roi. Frédéric et Voltaire ensemble, c'était enfin un roi de trop.

La première crise éclate après dix-huit mois de cohabitation heureuse. Aussi peu royal que possible, Voltaire s'y montre, pour rester dans la zoologie, plutôt requin. La Saxe avait terminé la guerre dans une piteuse situation financière et les titres de ses emprunts s'étaient beaucoup dépréciés. Frédéric, au traité de paix, avait cependant imposé que les porteurs prussiens fussent remboursés à la valeur de souscription. Un trafic s'était aussitôt établi, consistant à acheter à Dresde, des mains de porteurs saxons, des titres dévalués, et à les présenter ensuite pour remboursement au plein tarif prussien. Voltaire n'était pas homme à laisser passer une si bonne affaire. Il s'abouche avec un joaillier juif, Hirschel, lui confie une forte somme en espèces augmentée d'une lettre de change de quarante mille écus sur Paris, le tout devant servir à acheter des billets saxons pour quatre-vingt mille thalers, et reçoit en garantie un lot de diamants. Son bénéfice devrait représenter le tiers de l'investissement. Mais à peine Hirschel a-t-il décampé pour Dresde qu'on avertit Voltaire que l'homme n'est pas sûr. Affolé, il proteste sa lettre de change. Hirschel, empêché de la toucher à Dresde, rentre à Berlin et exige le remboursement de ses frais de voyage ainsi qu'une indemnisation pour le manque à gagner. Au lieu d'assoupir une affaire peu reluisante, Voltaire le prend de haut ; il se targue de la protection du roi. L'autre ne se laisse pas intimider. Il refuse toujours de rembourser les espèces. Voltaire fait alors expertiser les diamants donnés en garantie et apprend qu'ils sont faux. Il intente aussitôt un procès à Hirschel.

Le grand homme fut ici misérable, justifiant, hélas, les pires jugements sur « la gent écrivassière ». Il tente de faire croire qu'il a chargé Hirschel d'acheter des fourrures, puis des diamants, et non pas des titres saxons. La dérobade exaspère. Comme Chasot, le duelliste, tente un rabibochage, Voltaire s'élance sur le joaillier et veut l'étrangler. Il force comme un fou furieux la porte du chancelier de Prusse pour obtenir qu'il impose aux juges une sentence favorable. La tentative n'est pas dans les mœurs prussiennes. Terré dans sa chambre, il écrit à Frédéric des lettres affreusement basses. Le roi ne répond pas : l'affaire le compromet devant l'Europe en présentant Berlin comme un centre d'agiotage. Il ne pardonne pas à son hôte de s'être targué impudemment de sa protection. Sa première réaction est d'ordonner à Voltaire de quitter la Prusse dans les vingt-quatre heures. Il faut toute l'adresse de son secrétaire, le Français Darget, intelligent, discret, dévoué, pour le convaincre d'attendre l'issue du procès. À sa sœur, la margrave de Bayreuth, à qui Voltaire avait demandé d'intercéder pour lui, il répond : « Vous me demandez ce que c'est que le procès de Voltaire avec ce juif ? C'est l'affaire d'un fripon qui veut tromper un filou. Il n'est pas permis qu'un homme de l'esprit de Voltaire en fasse un si indigne abus. »

Procès gagné devant le tribunal, perdu dans l'opinion. Voltaire s'est déshonoré. À Paris, d'Argenson écrit : « Ce grand poète est toujours à cheval sur le Parnasse et la rue Quincampoix. » C'était rue Quincampoix qu'on agiotait au temps de Law. Le pire est la lettre que lui adresse Frédéric. On est loin des comparaisons hyperboliques avec les héros de l'Antiquité. Une semonce comme à un domestique indélicat. À qui la faute ? « J'ai été bien aise de vous recevoir chez moi ; j'ai estimé votre esprit, vos talents, vos connaissances, et j'ai dû croire qu'un homme de votre âge, lassé de s'escrimer contre les auteurs et de s'exposer à l'orage, venait ici pour se réfugier dans un port tranquille... » Et le roi, après avoir rappelé quelques tracasseries causées par la jalousie de Voltaire envers ses confrères présents à Potsdam, d'enfoncer le clou : « Vous avez la plus vilaine affaire avec un juif. Vous avez fait un train affreux dans toute la ville. L'affaire des billets saxons est si bien connue en Saxe qu'on m'en a porté de graves plaintes. Pour moi, j'ai conservé la paix dans ma maison jusqu'à votre arrivée et je vous avertis que si vous avez la passion d'intrigues et de cabales, vous vous êtes mal adressé. J'aime les gens doux et paisibles qui ne mettent point dans leur conduite les passions violentes de la tragédie ; en cas que vous puissiez vous résoudre à vivre en philosophe, je serai bien aise de vous voir ; mais si vous vous abandonnez à toutes les fougues de vos passions et que vous en vouliez à tout le monde, vous ne me ferez aucun plaisir de venir ici et vous pouvez tout autant rester à Berlin. » Les réponses de Voltaire sont d'une platitude consternante ; ainsi : « Je demande bien pardon à Votre Majesté, à Votre Philosophie, à Votre Bonté... Faites de moi ce qu'il vous plaira. J'avais mandé à la Margrave de Bayreuth que Frère Voltaire était en pénitence. Ayez pitié de Frère Voltaire... Si la reine de Saba avait été dans la disgrâce de Salomon, elle n'aurait pas plus souffert que moi. » Frédéric accorde son pardon mais écrit à Darget : « Voltaire s'est conduit ici en faquin et en fourbe consommé » ; et à son frère, le prince Guillaume, après la grâce : « Voltaire est doux comme un mouton et plaisant comme un arlequin. » Ces mots nous désolent parce qu'ils sont mérités.

Une réconciliation de façade ne pouvait recoudre une si profonde déchirure. Voltaire sut bien vite la précarité de sa position. La Mettrie, qui s'épanchait beaucoup lorsqu'il avait bu, ce qui lui arrivait chaque soir, lui révéla que le roi avait répondu aux envieux qui le pressaient de se débarrasser d'un hôte si encombrant : « Laissez, j'aurai besoin de lui encore un an tout au plus ; on presse l'orange et on jette l'écorce. » Voltaire refusa d'abord d'y croire, mais l'autre, soir après soir, confirma l'authenticité de la phrase (et nous savons que Frédéric écrivit à Algarotti : « On peut apprendre de bonnes choses d'un scélérat. Je veux savoir son français, que m'importe sa morale ? »). Voltaire à sa nièce, Marie-Louise Denis : « Je rêve toujours à l'écorce d'orange ; je tâche de n'en rien croire ; mais j'ai peur d'être comme les cocus qui s'efforcent à penser que leurs femmes sont très fidèles. Les pauvres gens sentent au fond de leur cœur quelque chose qui les avertit de leur désastre. »

Il contribuait pourtant allègrement à alourdir le contentieux. Ses moments d'affaissement, pour affligeants qu'ils soient, n'éteignent jamais bien longtemps son insolence. Un jour qu'il recevait quelque poète venu lui soumettre sa production, une estafette apporte une liasse de brouillons de Frédéric : « À une autre fois, dit-il à son hôte, voici le roi qui m'envoie son linge sale à blanchir, le vôtre attendra. » Le mot sera rapporté. Puis, délibérant sur l'emploi de trois cent mille livres, il décide de les prêter à bon intérêt au duc de Wurtemberg plutôt que de les placer en Prusse ; c'est signifier à Frédéric qu'il réserve à son pays les trafics frauduleux et choisit de confier à d'autres les investissements honorables.

La confrérie frédéricienne se dispersait inexorablement, les uns lassés, les autres fauchés par la mort. La Mettrie, appelé un soir au chevet de lord Tyrconnel, souffrant d'indigestion, s'empiffra si bien qu'il en périt. « On prétendit, écrit Voltaire, qu'il s'était confessé avant de mourir ; le Roi en fut indigné : il s'informa exactement si la chose était vraie ; on l'assura que c'était une calomnie atroce, et que La Mettrie était mort comme il avait vécu, en reniant Dieu et les médecins. Sa Majesté, satisfaite, composa sur-le-champ son oraison funèbre qu'il fit lire en son nom à l'assemblée publique par Darget, son secrétaire, et il donna six cents livres de pension à une fille de joie que La Mettrie avait amenée de Paris quand il avait abandonné sa femme et ses enfants. » Le discret Darget, veuf, malade, ne revint pas d'un voyage à Paris ; avant d'entrer au service de Frédéric, il avait été secrétaire de Valori, l'ambassadeur de France. Tyrconnel, l'actuel ambassadeur, suivit de près son médecin La Mettrie au tombeau et pour la même raison de gloutonnerie. « Qui aurait cru, écrivit Voltaire, que ce gros cochon de lord Tyrconnel, si frais, si fort, si vigoureux, serait à l'agonie avant moi ? » Chasot fit ses bagages après un nouveau duel ; il remplaça un valet d'écurie dans le lit de la duchesse de Mecklembourg-Strelitz, vieille et grosse dame, mais généreuse ; elle lui offrit un château qu'il appela joliment le « Qu'en dira-t-on ? » Algarotti, le « cygne de Padoue », s'en retourna dans son pays.

Mais Maupertuis restait.

*
* *

Avec ses bizarreries, Maupertuis est un vrai savant. Né à Saint-Malo, comme La Mettrie, il avait été marin, puis mousquetaire, avant de se vouer à la recherche. Membre de l'Académie des sciences en 1727, à vingt-cinq ans ; newtonien convaincu ; chef d'une expédition en Laponie où il mesure le méridien ; appelé une première fois à Berlin par Frédéric ; élu à l'Académie française à son retour en France ; rappelé par Frédéric qui lui fait présider l'Académie de Prusse, où son activité donne satisfaction à un roi pourtant exigeant. Mathématicien, géomètre, physicien, il est aujourd'hui tenu pour un précurseur en matière de génétique, avec des intuitions géniales quant aux possibilités d'intervention sur le système nerveux. C'est un personnage pittoresque, travailleur acharné, un peu bateleur, toujours flanqué d'un laquais nègre qui le rabroue quand il se lance dans ses hâbleries ; sa vanité phénoménale étonnait ses contemporains.

Voltaire avait avec lui des relations anciennes et cordiales, à peine assombries par une liaison de Maupertuis, qui aimait les femmes à la folie, avec Émilie du Châtelet. La cohabitation dans la société resserrée de Frédéric était une autre affaire. À Paris, ceux qui connaissaient les deux hommes, tel Buffon, ne donnaient pas cher de leurs chances de vivre en paix.

La guerre, préparée par maints froissements de vanité, éclate à propos d'une découverte que Maupertuis croit avoir faite d'un nouveau principe de physique. Le professeur Koenig, savant mathématicien, d'une parfaite honnêteté, membre de l'Académie de Prusse, lui remontre avec douceur que Leibniz en a déjà donné la démonstration et la réfutation. Il se fonde sur une lettre à lui adressée par Leibniz. Maupertuis demande à la voir. Koenig répond qu'il n'en possède qu'une copie. Les recherches échouent à retrouver l'original. Maupertuis, qui mène son Académie à la prussienne, la réunit incontinent et lui fait déclarer la lettre apocryphe. C'est déconsidérer Koenig aux yeux de l'Europe savante et risquer de lui faire perdre sa place de bibliothécaire de La Haye. Le malheureux démissionne de l'Académie.

Voltaire, que l'injustice révolte et que Maupertuis insupporte, publie aussitôt un pamphlet vengeur. Une réplique anonyme paraît peu après, rendant à Maupertuis un hommage assez lourd et traitant fort mal Voltaire, « ce misérable auteur d'un libelle infâme qui répand son venin, ce faiseur de libelle sans génie, cet ennemi méprisable d'un homme de mérite... ». Voltaire hausse les épaules : encore l'ouvrage de quelque excrément de la littérature. L'opuscule connaît cependant une seconde édition, toujours anonyme, mais ornée des armes du roi de Prusse. L'auteur en est Frédéric. Le ciel tombe sur la tête de Voltaire.

Terrifié, il repart néanmoins à l'attaque. (Ah ! nous voilà loin des bassesses de l'affaire Hirschel !) Maupertuis venait de publier ses *Lettres sur les progrès des sciences*. Il y donnait libre cours à une imagination débordante et, mélangeant le meilleur et le pire, avançait quelques hardis projets ; ainsi proposait-il de creuser un trou jusqu'au noyau de la Terre, de disséquer des cervelles de géants pour découvrir la nature de l'âme, de fonder une ville où l'on ne parlerait que latin, ou encore de guérir les malades en les enduisant de poix-résine. Pour Voltaire, l'occasion est trop belle. Il rédige à la hussarde la *Diatribe du docteur Akakia, médecin du pape*. Le docteur Akakia y reprend de verte façon un jeune prétentieux imbécile qui écrit des sottises en se faisant passer pour le président de l'Académie de Prusse. C'est du Voltaire à son plus assassin. Frédéric, à qui il lit par prudence son manuscrit, s'étouffe de rire mais, tenant à Maupertuis, demande à l'auteur de faire le sacrifice de son petit chef-d'œuvre. Voltaire, magnanime, le jette au feu sous les yeux du roi. Combien de fois a-t-il ainsi berné la censure française ? La copie, déjà envoyée en Saxe, y est imprimée ; les exemplaires circulent, ridiculisant le président Maupertuis jusqu'au bout de l'Europe. Frédéric, furieux, fait saisir un exemplaire, aussitôt condamné à être brûlé, et envoie les cendres à Maupertuis, qui réclame à grands cris les châtiments les plus implacables contre l'auteur.

Mais le roi n'a pas fini de presser l'orange. Chatteries, raccommodements, invitations à souper — Voltaire les appelle « soupers de Damoclès ». Il veut filer. Il écrit à sa nièce : « Comme je n'ai pas dans ce monde-ci cent cinquante mille moustaches à mon service, je ne prétends point du tout faire la guerre. Je ne songe qu'à déserter honnêtement... » On murmure autour de lui qu'il pourrait bien lui arriver malheur et il sait d'expérience que, pour être philosophe, Frédéric n'en reste pas moins roi. Lors de son premier voyage à Berlin, le poète avait appris la fâcheuse aventure d'un gentilhomme de Franche-Comté, enlevé par le Roi-Sergent à cause de sa belle taille ; le malheureux avait déserté le régiment des géants ; repris, on lui coupa le nez et les oreilles et on le fit passer trente-six fois à la bastonnade ; après quoi, il fut enfermé à la prison de Spandau. Il avait fallu beaucoup d'efforts à Voltaire pour obtenir de Frédéric qu'il mît le malheureux à l'hôpital.

Le 1er janvier 1753, il renvoie à Frédéric sa croix *Pour le Mérite* et sa clef d'or, insigne de sa dignité de chambellan, avec ce quatrain :

Je les reçus avec tendresse
Je vous les rends avec douleur
C'est ainsi qu'un amant, dans son extrême ardeur,
Rend le portrait de sa maîtresse.

Frédéric lui renvoie le paquet et multiplie les avances. Rien n'y fait. Voltaire veut partir. Il prépare même un plan d'évasion avec son valet de chambre Collini. À chaque souper de Damoclès, il répète qu'il lui faut aller prendre les eaux de Plombières pour rétablir sa santé délabrée. À la fin, le roi se lasse et lui envoie une lettre lui donnant sèchement son congé : « Il n'était pas nécessaire que vous prissiez le prétexte du besoin que vous dites avoir des eaux de Plombières pour me demander congé. Vous pouvez quitter mon service quand vous voudrez, mais avant de partir, faites-moi remettre le contrat de votre engagement, la croix et la clef, et le volume de poésies que je vous ai confié. »

Une ultime réconciliation — sur le dos de Maupertuis ; quelques soupers ; Frédéric croit avoir récupéré sa pulpeuse orange ; mais, un matin, à l'exercice du régiment des gardes, Voltaire vient annoncer son départ. « Monsieur, je vous souhaite bon voyage », dit le roi en se détournant.

Voltaire saute dans son carrosse et file sans désemparer. Son séjour auprès de Frédéric a duré trois ans. Ils se sont bien donné la comédie.

Inadvertance ou préméditation ? La croix, la clef et le volume de poésies brinquebalent dans le carrosse.

*
* *

Après des haltes heureuses à Leipzig, où Voltaire rédige un additif sanglant à la *Diatribe du docteur Akakia*, puis à la cour de Gotha, poète et valet arrivent à Francfort. Ils ont été rattrapés en chemin par une lettre de menace de Maupertuis, que Voltaire publie en la transformant pour la rendre ridicule, et par une épître ricanante de Frédéric (« Avouez avec moi que vous étiez né pour devenir le Premier ministre de César Borgia ») laissant prévoir des représailles. Mais quelles représailles ? Francfort, ville libre, prospère sous la protection de l'empereur.

Frédéric y possédait un résident, Freytag, personnage sommaire, brutal, plus policier que diplomate. Le 1er juin à neuf heures du matin, il se présente, accompagné par précaution d'un sénateur de la ville, à l'hôtel du Lion d'or où Voltaire vient de passer une nuit tranquille. Freytag a reçu de Berlin l'ordre de récupérer la croix, la clef d'or et les manuscrits de son maître. On l'a averti de se méfier de Voltaire, personnage intriguant et redoutable. Tétanisé par sa mission, Freytag, peu familier des belles-lettres, est convaincu d'avoir affaire à quelque Cartouche qui aurait dérobé à la Prusse d'importants secrets d'État. Surpris par l'apparence du bandit (« Il m'a tout l'air d'un squelette »), il obtient restitution immédiate de la croix et de la clef ; quant aux manuscrits, Voltaire explique qu'ils sont dans une malle expédiée de Leipzig à Hambourg. Incrédule, Freytag entreprend une perquisition. Elle va durer huit heures. Voltaire s'évanouit trois fois. À la fin de l'épreuve, Freytag, enfin convaincu, lui signe ce billet : « Monsieur, sitôt le gros ballot de Leipsieck sera ici où est l'œuvre de poëhsies du roi mon maître que S.M. demande et l'œuvre de poëhsies rendu à moi vous pourrez partir où vous paraîtra bon. À Francfort 1er juin 1753. Signé : Freytag, résident du roi mon maître. » Voltaire contresigne : « Bon pour l'œuvre de poëhsies du roi mon maître. » Telle est en tout cas la version qu'il donne dans ses Mémoires, écrits six ans plus tard, où il fait un récit hilarant de sa mésaventure. Mais le billet de Freytag a été retrouvé : il est rédigé dans un français impeccable. Sans doute le triste sire était-il seulement affublé d'un lourd accent tudesque.

L'affaire va traîner plus d'un mois, lors même que le « gros ballot » contenant « les poëhsies du roi mon maître » arrivera dès le 17 juin. C'est que Freytag, sbire de petite envergure, ne comprenant pas qu'on fasse tant d'histoires pour quelques liasses de vers, soupçonne anguille sous roche et préfère garder son Voltaire sous la main en attendant des instructions plus explicites de Berlin. Au vrai, Frédéric veut surtout récupérer une farce un peu vive où il raconte à sa façon, avec force blasphèmes et obscénités, l'enlèvement, pendant la dernière guerre, de Darget, alors secrétaire de Valori, par les hussards autrichiens qui croyaient avoir affaire à l'ambassadeur de France en personne. Il inventait de faire raconter à son cher Darget son initiation à la sodomie par les jésuites chez lesquels il avait étudié. Un tel texte dans les mains de Voltaire, c'était une bombe à retardement capable d'exploser à tout moment au visage de son auteur.

Francfort est une commedia dell'arte au rebondissement ininterrompu. Voici l'arrivée tonitruante de Mme Denis accourue au secours de son oncle consigné au Lion d'or. (Elle est depuis des années la maîtresse de Voltaire, qui, tandis qu'il feignait d'accepter les escapades d'Émilie pour cause d'impuissance prématurée, écrivait à sa nièce des lettres ardentes qu'il concluait par une pluie de baisers sur les « fesses transportantes » de cette personne pourtant fort peu callipyge au témoignage de l'entourage.) Freytag ne tenant décidément pas parole, Voltaire décide de s'évader avec Collini. Mais un carnet perdu en route contraint à rebrousser chemin pour le retrouver. Les quelques minutes ainsi gaspillées coûtent cher : les deux fuyards sont repris au moment d'entrer sur le territoire de Mayence, ramenés à Francfort sous garde militaire, et, comme le patron du Lion d'or ne veut plus d'une clientèle si turbulente, enfermés avec Mme Denis dans un bouge, à l'enseigne de *La Corne de bouc*. On les dépouille de leur argent et de leurs bijoux. La pauvre Denis a droit à quatre soldats, baïonnette au canon, autour de son lit. Voltaire braque un pistolet sur un notaire complice de Freytag, lequel notaire, dans sa fuite, chute rudement dans l'escalier. Voltaire lui-même, trouvant une porte ouverte, file à toutes jambes, poursuivi par une troupe de mégères, et, finalement coincé dans une cour sans issue, se met face à un mur, et, se retournant, impérial : « Ne puis-je donc pourvoir aux besoins de la nature ? »

Mais la tragédie n'est jamais loin de l'opéra-bouffe. Rien de plus dangereux que le zèle de subalternes au savoir-faire expéditif. Voltaire l'avait éprouvé à Potsdam. On lui avait raconté qu'un soir où ses rivaux, Maupertuis en tête, disaient de lui pis que pendre à Frédéric, le vieux Pollnitz, l'homme aux conversions multiples, s'était écrié : « Sire, ordonnez, je vais le poignarder au sortir de la ville ! » ; Frédéric, outré, avait mis Pollnitz à la porte. Mais Freytag n'avait pas sur lui l'œil du maître et pouvait croire qu'on lui saurait gré d'avoir débarrassé la Prusse d'un ennemi. Si Voltaire s'était résigné à tenter l'évasion, c'est qu'un bourgeois de Francfort l'avait averti qu'il risquait le pire. Lord Keith, en poste à Versailles, avait répondu aux demandes d'intercession de Mme Denis par une lettre sinistre où il expliquait sans ambages qu'un accident était vite arrivé — « les rois ont le bras long ». Freytag lui-même proclamait à tous vents que si les fuyards avaient réussi à passer sur le territoire de Mayence, il aurait, faute de pouvoir le ramener, cassé la tête à Voltaire d'un coup de pistolet ; ainsi la vie du plus célèbre écrivain du temps avait-elle peut-être tenu à un carnet perdu...

Le 6 juillet, le trio, enfin remis en liberté, traverse le Rhin et rentre en France.

*
* *

Il n'oubliera jamais Francfort, même si l'aventure est bien loin de faire dans sa vie une fracture aussi décisive que les coups de bâton de Rohan. La vengeance de Frédéric l'a choqué, parce qu'elle insultait au droit des gens. Le résident de Prusse n'a pas pouvoir d'arrêter qui que ce soit dans une ville impériale. Les autorités locales ont consenti à tout par peur de son maître. Mais Frédéric restera à jamais le roi qui, un soir inoubliable, a baisé la main d'un poète. Dans quelques mois, ils recommenceront à s'envoyer leurs ouvrages. Au-delà de tout — haine, amour, mépris, admiration —, ils ont partie liée. Ils ne peuvent se passer l'un de l'autre.

Mais c'est bien fini de vouloir être *quelque chose*. Voltaire a fait le tour des rois et de leurs caprices. Il écrit : « Je vais me faire, pour mon instruction, un petit dictionnaire à l'usage des rois. *Mon ami* signifie *mon esclave. Mon cher ami* veut dire *vous m'êtes plus qu'indifférent*. Entendez par *Je vous rendrai heureux* : *je vous souffrirai tant que j'aurai besoin de vous. Soupez avec moi ce soir* signifie *je me moquerai de vous ce soir.* Le dictionnaire peut être long ; c'est un article à mettre dans l'*Encyclopédie*. »

Encore quelques vagabondages de ce perpétuel errant (Stanislas le cajole en vain pour qu'il s'installe à sa cour), une longue étape à Genève, et il se fixe à Ferney, dont la proximité immédiate de la frontière suisse le met à l'abri des foudres royales. « Après avoir vécu chez des rois, je me suis fait roi chez moi », avait-il écrit après son installation provisoire dans sa maison de Genève. Il régnera sur Ferney vingt ans durant, sans plus bouger, sauf pour l'ultime voyage à Paris ; ce sont désormais les autres qui viendront le visiter. On ira à Ferney comme on allait à Versailles. La France a deux rois : Louis XV et Voltaire ; l'Europe aussi : Frédéric et encore Voltaire.

Il n'en a pourtant pas fini avec les affaires secrètes. Il s'y livrera désormais par goût, et non plus par ambition sociale. Cet homme de théâtre les aime pour le plaisir qu'elles donnent de jouer une intrigue sur une scène dérobée dont le public se réduit à quelques initiés. Mais il veut en rester l'unique acteur. Il est en cela exemplaire du renseignement tel qu'il se pratique depuis des siècles : missions ponctuelles diligentées par quelque ministre, exécutées au coup par coup par quelque amateur recruté pour la circonstance, le tout resserré dans le temps et dans l'espace, et s'évanouissant dès l'objectif atteint, ou manqué. Avec le Secret s'ouvre l'histoire moderne du renseignement. Sous la direction du prince de Conti, c'est un *service* qui s'installe dans la durée, avec une vision stratégique à long terme et un personnel nombreux, strictement cloisonné, pour la mettre en œuvre simultanément dans plusieurs pays.

Pouvait-on trouver, pour aller de l'un à l'autre, meilleur compagnon de route que Voltaire ?

XVI

L'heure de vérité sonna pour le comte de Broglie dix-huit mois après son grand succès à la diète de Grodno.

On a dit l'étrange figure que faisait parmi les autres monarques un roi de Pologne privé du droit de battre monnaie, de déclarer la guerre ou de conclure la paix, de se marier sans l'accord de la diète, dépourvu d'une armée digne de ce nom, et jouissant pour tout revenu d'une liste civile n'autorisant qu'un train de vie assez étriqué. Une singularité nationale lui conférait cependant un pouvoir exorbitant par rapport à celui de ses pairs, car la Constitution polonaise, gothique par tant d'aspects, anticipait sur la coutume américaine du *spoil system* (ou système des dépouilles), en vertu duquel le président élu et son parti placeront à tous les emplois lucratifs et honorifiques des hommes à leur dévotion. En Pologne, les palatins, ou gouverneurs de province, et les castellans, commandant châteaux et villes, sont à la nomination du roi. À sa mort, tout rentre dans les mains de son successeur. C'est encore le roi qui octroie les starosties, domaines parfois immenses accordés pour toute la vie du bénéficiaire. On conçoit qu'un tel pouvoir faisait du roi de Pologne bien autre chose qu'un roitelet d'opérette.

Un riche domaine avait été dévolu à la famille Ostrog dans des conditions particulières. Couvrant plusieurs dizaines de milliers d'hectares, il se situait aux confins de l'Ukraine, dans une région exposée aux incursions turques. Les Ostrog en possédaient la jouissance à charge de maintenir la citadelle protégeant la région et d'entretenir une troupe de six cents cavaliers. Le dernier titulaire était mort sans descendance directe et de multiples collatéraux se disputaient la succession. En pareil cas, la garde du domaine et ses revenus substantiels revenaient à la couronne, qui voyait avec plaisir perdurer une situation si profitable. Ainsi la succession d'Ostrog restait-elle en suspens depuis des décennies, le roi de Pologne nommant pour gérer l'intérim des administrateurs provisoires choisis dans la famille Sangzuko, branche collatérale apte à revendiquer l'héritage. Il arriva que le dernier d'entre eux, ruiné par de folles dépenses, imagina de se renflouer en mettant en vente le domaine. Les princes Czartoryski se portèrent acquéreurs et réalisèrent l'affaire moyennant le versement d'une forte somme au comptant.

Tout ce qui n'était pas Czartoryski s'indigna. Sur le plan légal, la transaction ne tenait pas puisque Sangzuko, administrateur provisoire du domaine, ne pouvait en disposer. Politiquement, l'opération accroissait encore le pouvoir d'une puissante famille dont les visées sur le trône étaient connues et qui dissimulait mal son ambition de régner absolument au prix d'une réforme constitutionnelle renforçant les prérogatives de la couronne.

Le parti patriote se mobilise aussitôt contre les Czartoryski, chefs du parti russe. La parentèle Ostrog, frustrée de ses espérances, élève de solennelles protestations. Charles de Broglie, jamais en reste pour jeter de l'huile sur le feu, trouve dans de vieux grimoires la trace d'un lointain cousinage entre les Ostrog et les Leszczynski, et inscrit, au nom de la reine Marie Leszczynska, sa protestation à la suite des autres. La diète de l'été 1754 sera appelée à trancher le problème. Difficulté classique : une majorité se trouvera pour invalider l'acquisition du domaine, mais l'unanimité nécessaire manquera forcément. Il faudra donc que la majorité se réunisse en confédération pour tenter d'imposer sa volonté, le succès final dépendant, comme toujours, du rapport de forces sur le terrain.

Le fidèle André Mokronowski, qui jouit toujours de l'amitié du grand-général Branicki et de l'amour de son épouse, née Czartoryska, réussit à détacher le couple du clan rival. Branicki, indigné par le coup de force juridique, confie même à Mokronowski le commandement de la forteresse défendant le domaine d'Ostrog. Les Czartoryski répliquent en mobilisant leurs troupes. Ils sont soutenus par les subsides anglais et ont reçu l'assurance que des troupes russes entreront en Pologne dès le premier affrontement. Les patriotes, très naturellement, se tournent vers l'ambassadeur de France pour réclamer aide et assistance. Branicki chiffre à soixante mille ducats, soit plus de six cent mille livres, le subside nécessaire au recrutement et à l'équipement d'une armée capable de soutenir le choc.

Cette fois, il ne s'agit plus de rehausser le moral des patriotes par des démonstrations de prestige ou des piques d'étiquette, mais de démontrer que la France, dans une circonstance critique où la Pologne risque à nouveau la guerre civile doublée d'une invasion étrangère, se révèle une alliée aussi sûre que la Russie et l'Angleterre pour le parti opposé. Charles de Broglie est au pied du mur. Il en appelle aussitôt à ses chefs, officiel et occulte.

Antoine Rouillé, simple intendant du Commerce, avait été appelé au secrétariat des Affaires étrangères à la suite du décès subit de Saint-Contest. Brave homme dépourvu de génie, Rouillé possédait assez de bon sens pour comprendre d'emblée qu'en cas de crise ouverte la France n'aurait pas les moyens de sa politique. Ses instructions témoignent de l'inquiétude que lui inspirait un ambassadeur jeune et fougueux dont la vie avait essentiellement consisté à charger sabre au clair : « Nous savons, Monsieur, quel est votre goût et quels sont vos talents pour la guerre. On craindrait que tout autre, en qui ces deux qualités seraient réunies comme elles sont en vous, ne désirât, peut-être même sans qu'il s'en aperçût, une confédération, afin d'avoir occasion de faire connaître ses talents et de satisfaire son goût ; mais nous sommes persuadé que vous sentez que c'est contre les seuls ennemis de S.M. que vous devez en faire usage, et que loin de donner entrée à cette idée dans votre âme, vous préférez dans cette occasion la gloire de sage négociateur à celle de militaire avec distinction. Que si vous avez le bonheur de contribuer à la paix dans une république que S.M. protège, l'honneur que vous vous attirerez par la sagesse de votre conduite sera infiniment supérieur à celui qui résulterait en pareille circonstance d'actions de guerre, quelque brillantes qu'elles soient, et vous aurez de plus la satisfaction d'avoir exécuté les ordres de S.M. sur un point qui l'intéresse tant, et d'être en même temps agréable au prince auprès duquel vous résidez. » Le sens était clair : Broglie devait jouer les pompiers, non les boutefeux. Mais l'instruction ministérielle ne précisait pas comment l'ambassadeur devait s'y prendre pour éteindre un incendie qu'il n'avait pas allumé.

Quant à Conti, si intéressé au renforcement du parti patriote, et qui ne peut pas ne pas voir que la partie en est arrivée au point où il faut doubler la mise sous peine de tout perdre, il se borne à communiquer à son agent la volonté royale, toute pacifique : point de subside, à moins que le parti russe ne déclenche les hostilités, et le secours restera de toute façon bien en deçà des soixante mille ducats réclamés par le grand-général.

Pris entre l'activisme de ses amis polonais et l'inertie de ses supérieurs français, Charles vit venir le salut de deux pièces de l'échiquier dont il n'attendait rien : le roi et son Premier ministre, le comte Brühl. Leur réaction à l'usurpation des Czartoryski avait d'abord été des plus mesurées, mais lorsqu'ils arrivèrent à Varsovie pour la diète, l'excitation générale parut les gagner. Branicki rapporta à Broglie que Brühl lui avait déclaré que le roi n'écartait pas l'idée de nommer un nouvel administrateur provisoire en remplacement du failli défaillant. Charles, avec une promptitude admirable, imagina aussitôt de livrer une bataille à front renversé : au lieu de continuer à s'escrimer contre le roi et son âme damnée tout autant que contre le parti russe, il fallait tenter de s'allier avec les premiers, adversaires secondaires, pour l'emporter sur le second, ennemi principal.

Brühl était en permanence à l'encan. Branicki objecta pourtant qu'il montrerait peut-être quelque timidité à se laisser acheter par l'ambassadeur de France. On décida de le laisser dans l'ignorance de la provenance des fonds. L'intermédiaire choisi fut son gendre. Branicki proposa dix mille ducats, moyennant la dissolution de la diète et la nomination de deux administrateurs provisoires choisis dans le parti patriote. Le gendre, fort honnête homme, répondit que ce serait cher payer une décision déjà prise par le roi, qui s'apprêtait à confier la gestion du domaine à des patriotes. Nul doute qu'Auguste III, obsédé par l'ambition de rendre la couronne de Pologne héréditaire dans sa famille, avait décidé de stopper l'essor d'une famille aux dents longues. On convint cependant de donner les dix mille ducats à Brühl pour le bien disposer. Le 13 novembre 1754, six jours après cette délicate conversation, le roi de Pologne désignait deux administrateurs provisoires tenant au parti patriote.

Informé par la rumeur une heure avant la déclaration royale, l'ambassadeur anglais en avait ri et proposait à qui voulait de parier cent ducats que le roi ne s'y risquerait pas. Son collègue russe voyait tout son plan renversé. L'Europe n'aurait pas bougé si des troupes russes étaient entrées en Pologne pour soutenir l'autorité royale défiée par une confédération. Elle accepterait mal une invasion machinée par un parti rebelle sur un dossier indéfendable. L'initiative imprévisible de Charles de Broglie avait radicalement changé les données de la partie. Échec et mat, les Anglo-Russes devaient renverser l'échiquier s'ils voulaient persévérer en faveur de leurs clients polonais. Ils préférèrent rester cois.

Sa victoire auréole l'ambassadeur de France dans la mesure même où personne ne l'attendait. Il envoie à Versailles une dépêche exultante : « Personne ne peut ignorer la part que la France a eue à cette étonnante révolution. Le parti patriotique sent que c'est au secours et à la protection du Roi qu'il doit l'avantage qu'il remporte sur ses adversaires. On sera convaincu en même temps que la Russie, malgré le désir qu'elle a de dominer la Pologne, est obligée de reconnaître que le ministre de France ne s'occupe dans ce royaume qu'à concilier les esprits, bien loin d'éloigner personne de l'attachement qui est dû au Roi. Enfin on verra que, lorsque la France juge qu'il est temps de paraître, ce ne saurait être infructueusement envers le parti qu'elle protège, et que ses démarches sont capables d'en imposer non seulement à des particuliers, mais même à toutes les puissances de l'Europe. Ce n'a pas été sans grandes difficultés que je suis parvenu à accomplir à cet égard les intentions de S.M., puisqu'il me fallait en même temps donner de l'existence à un parti qui n'en avait d'autre que l'intérêt que la France prenait à sa cause, l'encourager sans trop l'animer, et profiter enfin de toutes les circonstances qui pouvaient lui donner l'avantage sur ses adversaires. Je dois avouer que, malgré toutes les espérances que j'avais conçues depuis quelque temps, jamais je n'aurais osé croire que le succès répondît aussi complètement aux peines que je me suis données. »

Rouillé, tiré de ses frayeurs, stupéfait par le gain d'une partie perdue d'avance, ne ménage pas ses louanges : « Le Conseil de S.M. a donné de justes éloges à la conduite prudente que vous avez tenue dans une affaire aussi délicate et où vous étiez environné de tant d'écueils. J'ai, je vous assure, Monsieur, un plaisir bien sensible d'en être l'interprète, et je vous félicite sincèrement sur la manière avec laquelle vous avez exécuté les ordres de S.M. Les suites, ainsi que vous le remarquez, doivent en être bien glorieuses pour S.M., puisque toute l'Europe verra la protection qu'Elle a donnée aux lois et aux libertés de la Pologne, et que c'est cette protection qui a su arrêter les violences des ennemis de la république et y rétablir, sinon l'ordre, au moins la tranquillité pour quelque temps. »

Le corps diplomatique apprécie la performance à sa juste valeur. D'Aubeterre, ambassadeur de France à Vienne, écrit à Broglie : « Ce qui se passe où vous êtes fixe l'attention de tout le monde... On voit que le parti russe est absolument battu en Pologne. Cet événement est fort intéressant pour la France, à qui il importe extrêmement de contenir la Moscovie, dont le système favori est de se mêler de toutes les affaires de l'Europe, et qui ne cherche qu'à y créer des troubles. » Frédéric II, dont on a vu le peu de cas qu'il faisait de Broglie, tenu pour un fat sans consistance, lui tire de bonne grâce son chapeau. Dans une dépêche à son ambassadeur à Versailles, interceptée et déchiffrée par les spécialistes français, il écrit : « Les affaires de Pologne ont pris un tour aussi favorable qu'on puisse raisonnablement le désirer... C'est en partie à la fermeté du grand-général de la couronne qu'on est redevable de cet heureux succès ; mais au fond la conduite sage et intelligente du comte de Broglie y a contribué le plus. »

Il fallait bien une fausse note dans ce concert de louanges, et elle vint naturellement de Conti. La réconciliation opérée par Broglie entre la cour de Saxe et le parti patriote n'allait-elle pas contrarier son ambition ? En confortant les patriotes, ne les rapprochait-elle pas d'une famille qu'il s'agissait d'évincer du trône de Pologne ?

L'aigreur du prince, compréhensible de son point de vue, ne rabat pas l'enthousiasme vainqueur de Broglie. Il engrange d'abord les dividendes de son succès. Mokronowski reçoit une pension sur les Affaires étrangères ; Auguste III, de son côté, l'a récompensé en lui offrant une riche starostie. Sa situation financière se trouve ainsi rétablie. Tous les chefs du parti patriote ne montrent pas son désintéressement. Le palatin de Belz, le plus insatiable d'entre tous, écrit une nouvelle lettre pathétique sur les immenses dépenses occasionnées par l'affaire d'Ostrog (après Broglia, Broglio et Broglie, il inaugure une nouvelle orthographe en appelant Charles le comte de Broglieau) : « J'étais exposé non seulement à travailler jour et nuit au détriment de ma santé, mais encore j'étais obligé tous les jours à nourrir toute l'assemblée... Depuis deux jours, je sens que mes forces sont abattues, et je vous déclare que je suis ruiné en entier par les dépenses que j'ai faites. Je ne sais pas comment je pourrai continuer. » Après deux ans en Pologne, Charles sait quant à lui ce que valent ces déchirants appels au secours.

Poursuivant sur la lancée d'Ostrog, il échafaude un plan visant à arracher la Saxe à l'influence des adversaires de la France. Elle est de longue date financée par l'Angleterre. Le traité de subsides vient à expiration et la négociation pour son renouvellement avance avec difficulté. Si la France se substitue à l'Angleterre, c'est l'intégration de la Saxe au réseau d'alliances obstinément tissé depuis huit ans contre la menace moscovite, et c'est, avec la conjonction des forces saxonnes et polonaises, une barrière infranchissable dressée contre l'irruption des armées russes au centre de l'Europe. Avec à ses côtés la Prusse, la Suède, la Turquie, la Saxe et la Pologne, la France sera l'arbitre de l'Europe. L'Autriche, encerclée, n'osera plus broncher. Le Hanovre, propriété du roi d'Angleterre, placé sous la menace directe de la Prusse, deviendra plus que jamais le défaut de la cuirasse anglaise.

Le projet était beau. Il ne pouvait que combler les vœux de Louis XV, si soucieux de rejeter la Russie « dans ses déserts ». Il renforçait le plan politique général dressé par

Conti en 1747. Mais en établissant une union intime entre les cours de Saxe et de France il portait un coup sévère, peut-être définitif, au projet personnel du prince. Broglie ne le savait que trop. Pouvait-on sacrifier l'intérêt supérieur de la France à l'ambition d'un prince ? Cette ambition, de toute façon, ne pourrait se déployer qu'à la mort d'Auguste III ; or, depuis huit ans que son état de santé critique avait déterminé quelques seigneurs polonais à prendre langue avec Castéra, le roi de Pologne persévérait dans sa condition de moribond bien allant. Devait-on geler toute initiative politique dans l'attente d'un trépas qui risquait de se faire espérer encore longtemps ?

Rouillé réagit favorablement au projet du comte. S'il réussissait, il séparerait la Saxe de l'Angleterre, et cela suffirait à le justifier. Une nouvelle guerre s'annonçait, où s'affronteraient cette fois directement la France et l'Angleterre. On se battait déjà aux Indes — plus exactement, la France y était battue, puisque l'admirable Dupleix, lâché par Versailles, venait de succomber sous le nombre. Mais l'incendie, éteint là-bas par la défaite, gagnait un autre continent. Le traité d'Aix-la-Chapelle, s'il avait réglé le contentieux en Europe, avait laissé en suspens le problème épineux des frontières en Amérique. Une commission devait l'examiner ; elle n'avait rien réglé. La situation sur place se révélait explosive. Maîtres du Canada et de la Louisiane, les colons français avaient bâti, du Saint-Laurent à l'Ohio, une chaîne de forts serrant dans un corset les colonies anglaises. Celles-ci, la Virginie surtout, nourries en hommes par une immigration ininterrompue, aspiraient à briser le carcan pour se répandre sur tout le continent. Parmi de continuels incidents, une félonie va indigner la France et donner aux empoignades futures un caractère passionnel bien éloigné des prétendues « guerres en dentelles ». Une troupe de Virginiens, forte de cent vingt hommes, marche sur le fort Duquesne, aux fourches de l'Ohio. Le commandant du fort, alerté par des éclaireurs, envoie à la rencontre de l'expédition le capitaine de Jumonville, chargé de s'informer. Dès qu'il est à portée de voix, Jumonville annonce sa qualité de parlementaire et brandit la lettre qui l'accrédite. L'officier virginien le fait abattre. Cet officier s'appelle George Washington. Capturé un mois plus tard par le propre frère de Jumonville, il signera l'aveu de son assassinat et sera généreusement rendu aux siens. Sur instruction de Louis XV, acharné à préserver la paix coûte que coûte, le ministère français s'était borné à élever une protestation de pure forme. Mais si l'Angleterre veut l'épreuve de force, comme il n'est que trop apparent, quel moyen d'y échapper ? Ainsi le projet de Charles de Broglie, de nature à renforcer la position de la France en Europe, ne pouvait-il mieux tomber. La paix maintenue sur le continent permettrait de jeter toutes les forces du pays sur mer et outre-mer. L'ambassadeur reçoit instruction de pousser les feux.

Bien sûr, Conti s'insurge. Sa lettre du 29 décembre 1754 dresse réquisitoire : traité « dispendieux et inutile », « nuisible pour les affaires secrètes ». « Cette nouvelle union, continue-t-il, pourrait mettre la cour de Saxe à portée de faire à la France des demandes embarrassantes pour la succession éventuelle au trône de Pologne, à quoi il serait également dangereux de se prêter ou de se refuser. De plus, en cimentant une nouvelle intimité avec la Saxe, on donnerait à penser au gros de la nation polonaise que la maison de Saxe est favorisée de la France... » Toutes considérations fort raisonnables, mais qui ne concernent que le destin personnel du prince de Conti. Broglie voit plus haut et plus loin.

Mais il s'éprouve piégé. Le Secret a été conçu pour permettre à un ambassadeur de travailler pour le prince à l'insu du ministre et à l'encontre de ses instructions. L'inverse n'est pas possible. Si Broglie rapporte à Rouillé les progrès de son travail, demande des instructions, donne ou réclame des précisions — le train normal d'une négociation —, le prince, informé, se verra trahi. Une seule issue à cette difficulté : retourner en France et parler en tête à tête. Broglie assure à Conti qu'il s'agit de rechercher avec lui les moyens d'échapper aux ordres ministériels. Rien de moins sûr. Il est plus probable que notre petit comte veut discuter avec Rouillé son projet de traité et repartir pour Dresde avec des instructions formelles auxquelles il ne pourra se dérober. Son congé reçu, il adresse d'ailleurs à Louis XV une lettre rendant un vibrant hommage à la sagesse du ministre : avant lui, « violent chagrin », « tracasseries et dégoûts », « santé détruite » ; depuis qu'il est là, « ordres précis et attention suivie », de sorte que le succès « doit être moins attribué à mes faibles talents qu'au soin que ce ministre a pris de me diriger... » M. Rouillé ne pourra que recevoir avec bienveillance un subordonné aussi lucide.

*

* *

Cette même année 1754, le Secret recrute un agent important, bientôt capital : Jean-Pierre Tercier.

Tercier conduit brillamment sa carrière de grand commis de l'État. Il avait beaucoup hésité à s'y engager et écrira plus tard : « Le goût que j'avais pour la vie tranquille, un mariage projeté de ma part et beaucoup d'autres raisons me firent refuser cette proposition pendant huit mois entiers. » Nul doute que la recherche érudite le passionnait. Membre de l'Académie des inscriptions et belles-lettres de Paris, associé bientôt aux académies de La Rochelle, Nancy et Munich, il rédige force mémoires sur les sujets les plus divers : la conquête de Rhodes par Soliman ; la découverte du café ; une étude sur « l'ancienneté des bombes et des mortiers », deux autres sur « le passage de Tite-Live qui donne l'origine des jeux scéniques à Rome » et « le portrait que Salluste a fait de Sempronia » ; une traduction de l'arabe de l'*Histoire de la conquête de l'Égypte par Selim Ier, sultan de Constantinople, sur les Mamelouks en 1517*. Sa bibliothèque compte près de quatre mille volumes, essentiellement des livres d'histoire.

Le besoin d'argent ne l'a pas contraint au service de l'État. Sans doute ses débuts ont-ils été difficiles. Selon l'archiviste Jean-Pierre Samoyault, il a hérité des revenus modestes : le tiers d'un office de contrôleur de la volaille, deux rentes viagères peu élevées, une maison au Petit-Charonne et trois mille deux cent cinquante livres en principaux de rente. Mais il a reçu six mille livres pour services exceptionnels en Pologne, une gratification après Aix-la-Chapelle, et sa femme, la petite-fille de son premier patron, lui apporte une très convenable dot de vingt-six mille livres[1].

1. À titre indicatif, on menait un train de maison assez large avec huit mille livres par an : deux valets, deux servantes, trois chevaux, un cabriolet.

Une vie absolument rangée. Deux filles et un garçon, tendrement aimés. Ils sont l'occasion bien involontaire d'un malheur : leur père, qui avait sillonné sans une égratignure Dantzig sous le feu des canons russes, se blesse à la jambe en jouant avec eux ; il en reste boiteux.

S'il hésita à devenir premier commis, il y démontre très vite l'ambition raisonnable de trouver emploi à ses capacités, qui sont grandes. Après la charge du « détail des finances » des Affaires étrangères, on lui confie la réorganisation du service du chiffre. Jusqu'alors, chiffrement et déchiffrement des dépêches étaient opérés par les bureaux selon leur compétence géographique, les commis spécialisés dépendant directement du secrétaire d'État. Il s'agit, pour la première fois en France, de les regrouper dans un service distinct placé sous la houlette d'un premier commis, en l'occurrence Tercier, que son travail au Cabinet noir désigne pour cet emploi. Criailleries immédiates, car il est plus gratifiant de relever d'un ministre que d'un collègue ; émois de ronds-de-cuir dérangés dans leurs habitudes ; jalousie suscitée par la rapide ascension de ce Tercier, émergé des eaux bourbeuses brassées par le Cabinet noir. L'expérience, commencée en 1749, ne durera pas : au moment où nous sommes, Rouillé, lassé par les critiques, s'apprête à dissoudre le service du chiffre pour retourner aux errements antérieurs. La rigueur d'un Tercier n'était pourtant pas superflue dans un domaine où la désinvolture sévissait, sans parler de l'amateurisme des grands seigneurs nommés aux ambassades ; ainsi, en 1750, le marquis de Hautefort, ambassadeur à Vienne, répondait-il à Tercier, qui lui conseillait une réforme de son code, qu'il était de trop haute naissance pour s'embarrasser de ces petites choses...

Premier commis : le titre sonne pour nous assez chétivement, mais il désignait alors un important personnage. Ils sont deux, puis trois, à se partager la direction des Affaires étrangères sous l'autorité du secrétaire d'État. Leur particularité, en ce temps où tout s'achète — régiment, siège de magistrat, offices en tout genre —, réside dans leur désignation à la discrétion du ministre. Fonctionnaires, en somme. Mais le mot risque de tromper en ce qu'il évoque notre actuel pullulement. Rien de plus maigre que l'administration française de l'époque. Chaque premier commis gouverne en tout et pour tout huit commis. Tous services confondus, les Affaires étrangères fonctionnent avec quarante et un employés. Les commis obéissent à un horaire que nos fonctionnaires jugeraient aberrant : ils doivent être au bureau de neuf heures du matin à une heure de l'après-midi, puis de six heures à dix heures du soir. Cette précision qui va de soi : « Bien entendu, les cas extraordinaires et le travail pressé n'admettent aucune règle. » Les premiers commis reçoivent des appointements permettant un train de vie aisé ; ils ont en moyenne sept domestiques à leur service.

La faveur dont jouissait Tercier fit qu'on ajouta pour lui un troisième département politique aux deux qui existaient déjà ; comme il était constitué des dépouilles de ses collègues, les jalousies flambèrent. Le plus enragé des deux fut Bussy. C'est lui qui est en train d'obtenir la dissolution du bureau du chiffre. Il veut la peau de Tercier. Pourquoi ? Trop de pouvoir, trop bien payé, nul dans son travail. Voici la lettre qu'écrivit Bussy au secrétaire d'État Saint-Contest, peu avant la mort de celui-ci et son remplacement par Rouillé : « Qu'a fait le sieur Tercier pour cela, Monseigneur ? Mille balourdises à Aix-la-Chapelle. Que fait-il actuellement, si ce n'est de les continuer ? Il écrit comme un suisse de porte, il n'a aucun fond d'affaires, il prétend savoir les langues et vous voudrez bien vous souvenir que M. de La Chapelle et moi nous avons été obligés de réformer des traductions qu'il avait faites, parce que ce n'était que contresens ; de sorte que l'on ne peut pas dire qu'il traduit, mais qu'il trahit les auteurs qui tombent entre ses mains : tout son mérite est l'intrigue et toute son application se réduit à profiter du loisir que lui donne son ignorance pour tâcher de faire perdre à ceux qui travaillent le fruit de leurs soins assidus. » Bussy, d'abord désigné pour accompagner Saint-Séverin à Aix, avait exigé d'être revêtu d'un caractère plus gratifiant que celui de simple secrétaire ; on le lui avait refusé et Tercier était parti à sa place.

Un mot de ce Bussy, qui ne cessera pas de rendre la vie impossible à notre Tercier. François Bussy tout court, fils d'un bourgeois de Paris, il se fait appeler de Bussy de Villemon. Quand le marquis d'Argenson apprend qu'il est nommé premier commis — le même jour que Tercier —, il n'en croit pas ses oreilles. Secrétaire d'État, il l'a chassé des bureaux parce qu'il le soupçonnait d'être un agent anglais. Une vie de bâton de chaise et, selon les rapports du lieutenant de police Marville, beaucoup trop de rendez-vous à Paris avec des étrangers. « C'est un homme d'intrigue, écrit d'Argenson sous le coup de l'indignation, un traître, un méchant homme, et grandement soupçonné d'être gagné par l'Angleterre... Je l'ai toujours vu alerte à savoir ce qui se passait, à se mêler de tout, quoiqu'on ne le chargeât de rien. Les Anglais vont être bien avertis de tout, désormais... » Les historiens reprochent souvent à d'Argenson la Bête de verser dans l'exaltation chimérique. En l'occurrence, et seul en son temps, il voyait juste. Nous savons depuis peu (1925) la trahison de Bussy, recruté dès 1734 par l'ambassadeur anglais Waldegrave, payé quatre cents louis d'or par trimestre, livrant tout ce qu'il savait — et il savait beaucoup —, répondant aux questionnaires détaillés qui lui étaient soumis par ses traitants, et si peu soupçonné qu'en 1745, alors qu'on projette un débarquement en Angleterre pour soutenir l'héroïque équipée du prétendant, c'est à lui que le ministère confie la mise au point du plan ! On peut encore consulter aux archives son mémoire sur les *Projets de descente en Angleterre*, affiné dans une seconde étude, *Sur un projet de descente près de Londres*. Si l'opération n'avait été finalement décommandée, on imagine quel accueil aurait été réservé à nos malheureux soldats ! Et pourquoi fut-elle décommandée ? Parce que les dispositions prises par l'ennemi indiquaient qu'il en avait percé le secret. On incrimina les bavardages de Richelieu, chef du corps expéditionnaire. L'accusation sera reprise pendant près de deux siècles par tous les historiens. Richelieu ? Mais c'est Bussy, bien sûr, qui a vendu son plan comme le reste ! Traître, fêtard impénitent, mais d'un culot imperturbable qui en impose aux ministres. À Puyzieulx qui lui reproche plaintivement ses continuelles absences (ses soupers à Paris se terminent à cinq heures du matin), Bussy rétorque qu'il « se tue au travail » et qu'il ne serait que trop heureux d'être délivré de cette géhenne. Intelligent au demeurant, connaissant ses dossiers, il fait figure d'oiseau rare dans les bureaux parce qu'il parle parfaitement l'anglais. Évidemment !

Tel est l'homme, dont le nom entache l'histoire de la diplomatie française, qui mène une implacable guérilla bureaucratique contre Jean-Pierre Tercier.

Mais Tercier se trouve dans le moment trop bien en cour pour se croire menacé. Il garde des liens étroits avec le Cabinet noir, puissance souterraine. Depuis 1750, le comte d'Argenson l'emploie à lui lire chaque semaine les copies des correspondances décachetées que lui fait passer le roi. Rouillé, dès sa nomination aux Affaires étrangères, le charge de rédiger des extraits de toutes les dépêches des ambassadeurs étrangers interceptées par les spécialistes du Cabinet noir. De même qu'on s'efforce aujourd'hui d'ouvrir subrepticement les valises diplomatiques, le courrier fait alors l'objet d'une traque discrète mais assidue. Les Anglais découragent par l'hermétisme de leur chiffre, sur lequel s'épuisent les meilleurs casseurs de code. Le roi de Sardaigne scelle lui-même ses lettres, et de manière à les rendre inviolables. Le ministère espagnol, échaudé, confie ses dépêches depuis les Pyrénées jusqu'à Paris à des courriers à cheval. Cette fâcheuse précaution tend à se répandre chez les souverains du Nord, rendant toute interception impossible.

Le 31 octobre 1754, ce billet de Louis XV, écrit à Fontainebleau : « Tercier parlera au prince de Conti, le croira et se conformera à ce qu'il lui dira de ma part relativement aux affaires de Pologne et à ce qui y a trait. Il gardera du tout un secret profond, et général envers tout le monde sans exception. »

Tercier est une recrue de choix. Son bureau a compétence sur la Pologne, la Russie et la Turquie, puissances essentielles sur l'échiquier du Secret. Grâce à lui, le roi et Conti recevront, à l'insu des ministres, copie de toutes les dépêches échangées entre Versailles et nos représentants à Dresde, Varsovie, Pétersbourg et Constantinople. Cette connaissance leur permettra de jouer plus sûrement la partie. Quant à la discrétion abyssale exigée du premier commis comme de tous les autres agents, elle ne risque pas d'être trouvée en défaut : depuis sa jeunesse, Tercier est dans le secret comme un poisson dans l'eau.

*
* *

Une si mince affaire que le comte de Broglie n'en a certainement rien su à son retour de Dresde. Une péripétie horlogère. André-Charles Caron tient boutique d'horloger rue Saint-Denis, au cœur de Paris. Huguenot, il a abjuré « l'hérésie de Calvin » par raison plus que par conviction, pour avoir la paix. C'est un homme cultivé, curieux de tout, en correspondance avec des personnages importants sur les sujets les plus divers. Il règne sur six enfants, cinq filles et un garçon. La famille la plus gaie de la rue, du quartier, de Paris. Le garçon, Pierre-Augustin, est adoré par ses cinq aînées. Il étudie au collège d'Alfort mais réintègre à treize ans l'échoppe paternelle pour apprendre le métier. Un peu chenapan, comme on l'est à cet âge. Il exécute en douce des réparations dont il empoche le prix et augmente ses petits revenus en donnant des séances de prestidigitation. À quatorze ans, le père lui impose une règle de vie draconienne détaillée dans un contrat en six articles. Entre deux minutieuses prescriptions : « Vous abandonnerez totalement votre malheureuse musique. » Pierre-Auguste et ses sœurs sont fous de musique. « J'entends que vous n'emploierez les talents que Dieu vous a donnés qu'à devenir célèbre dans votre profession. »

Douze heures de travail par jour derrière la grande vitrine donnant sur la rue. La corporation des orfèvres a réussi à imposer cette vitrine aux horlogers pour que, besognant au vu de chaque passant, il soit aisé de vérifier qu'ils ne travaillent pas sur des métaux précieux. Les filles, c'est sûr, ralentissent le pas en arrivant devant l'échoppe. Grand, admirablement fait, la physionomie ouverte, de la gaieté mêlée de hardiesse dans le regard, Pierre-Auguste est séduisant au possible. Il irradie la sympathie. À peine le voit-on qu'on a envie de l'aimer.

À vingt ans, il commence à travailler sur un échappement de type nouveau. L'échappement est la pièce qui, dans une montre, règle le déroulement du ressort et transmet ses impulsions aux rouages. Le système en usage depuis des siècles ne permet qu'une exactitude approximative : les montres donnent l'heure avec une marge d'erreur de trente minutes. Après deux ans de recherches et de tâtonnements, Pierre-Auguste met au point un échappement si ingénieux que la montre donne l'heure à la minute près. Il présente le résultat de ses travaux à Lepaute, ami de son père, horloger du roi, l'aigle de la profession. À quelque temps de là, ouvrant le *Mercure de France*, il découvre avec étonnement un article de Lepaute annonçant qu'il vient d'inventer un échappement révolutionnaire qui fera date dans l'histoire de l'horlogerie (on l'utilisera en effet pendant deux siècles). Que faire ? Il pourrait ne pas broncher, se conciliant ainsi la faveur d'un personnage puissant dans le monde de l'horlogerie. S'il décide de bouger, il devrait saisir la corporation, ou intenter une action en justice. Avec un instinct très sûr de la puissance montante, Pierre-Auguste décide de s'adresser à l'opinion publique. Le 15 novembre 1753, il publie dans le *Mercure* une lettre revendiquant en termes modestes la propriété de l'invention. Qui seront ses juges ? Tels commissaires que l'Académie des sciences voudra bien désigner. Lepaute est membre de l'Académie des sciences. Le fils Caron a le sens du coup médiatique.

Le 4 mars 1754, l'Académie tranche que « le sieur Caron doit être regardé comme le véritable auteur du nouvel échappement des montres ».

Louis XV, qui a fait monter un tour dans ses appartements intimes, se passionne pour tout ce qui ressortit à la technique. Il veut une montre dotée du nouvel échappement. Pierre-Auguste la lui apporte lui-même. Dépourvu de timidité, il vante ses dernières créations : des montres plus petites et plus plates, donc plus commodes à porter. Le roi en passe commande. Pierre-Auguste est admis à son lever pour lui présenter sa merveille. Les seigneurs présents s'ébaudissent. Mme de Pompadour s'inscrit à son tour. Déception lorsque le bel horloger lui apporte une bague ; émerveillement quand elle découvre la montre miniature sertie dans le chaton. Madame Victoire, fille de France, veut une horloge à deux cadrans. Penché, la loupe à l'œil, sur les minuscules mécanismes, Louis XV se fait expliquer par son jeune mentor les secrets de l'horlogerie.

Retour à l'échoppe paternelle pour exécuter le flot de commandes venues tant de Versailles que de Paris. Une femme entre dans la boutique avec une montre à réparer.

C'est un prétexte. Elle a trente-cinq ans, lui, vingt-trois. Elle a remarqué ce beau garçon à Versailles, où son mari exerce la charge de contrôleur clerc d'office de la maison du roi, ou contrôleur de la bouche. Elle convainc cet époux, quinquagénaire et mal portant, de céder sa charge si fatigante au nouvel ami de la famille. Voici le fils Caron en place dans le ballet protocolaire qui donne représentation à chaque grand couvert. Il marche, l'épée au côté, derrière « deux gardes, l'huissier de la salle, le maître d'hôtel avec son bâton, le gentilhomme servant pannetier », juste devant les porteurs du plat de viande.

Vingt mois plus tôt, il n'était qu'un obscur horloger connu de sa famille et de la rue Saint-Denis. Début de parcours prometteur.

XVII

Le comte de Broglie, de retour à Versailles en mars 1755, trouve la cour enfiévrée par une affaire autrement importante qu'une possible alliance avec la Saxe : le trône de la Pompadour vacille, car le roi en aime une autre. Qui donc ? La belle Louise-Augustine, épouse du duc de Broglie. D'Argenson note dans son journal, le 5 février : « Bruits de changements de maîtresse à la Cour ; le Roi est fort amoureux de la duchesse de Broglie et lui a écrit une déclaration d'amour. C'est le grand bruit de la Cour, car l'on ne doute pas que la première condition exigée ne soit de renvoyer la marquise. Certes, ce serait un grand bonheur pour la Nation que d'être défaite de cette favorite... Une nouvelle maîtresse coûtera quelque chose à l'État, mais on espère qu'on y gagnera d'ailleurs. Le Roi devenant plus faible a besoin de ragoûts pour ranimer ses feux ; il a aujourd'hui quarante-cinq ans. Dans ces dispositions, son amour sera-t-il une passion capable de l'effort qu'on lui demande pour chasser son ancienne amie ? C'est un grand sujet de doute. » D'Argenson raisonne en courtisan averti. Dès l'instant que le roi a jeté le mouchoir à une belle, fût-elle mariée et mère, un refus ne saurait se concevoir. La reddition du « ragoût » ne faisant aucun doute, et la nouvelle maîtresse ne pouvant, selon les stratégies versaillaises, que rechercher une mise à l'écart de la précédente, la seule question consiste à savoir si l'engouement du roi l'emportera sur la force de l'habitude.

Vaines supputations. Louise-Augustine était aussi sage que belle. Elle ne répondit pas aux lettres d'amour du roi. Eût-elle cédé, comme l'auraient fait avec enthousiasme tant de femmes de la cour, qu'une crise violente eût secoué le clan Broglie. Le petit duc n'appartenait pas à l'espèce des maris complaisants. Son cadet se serait, comme toujours, solidarisé avec lui. Louis XV, habitué à toutes les facilités, ne s'était probablement pas avisé que sa foucade eût pu le priver des services d'un de ses meilleurs généraux et d'un ambassadeur jouant un rôle essentiel dans son Secret.

Sa flamme pour Louise-Augustine paraît au demeurant presque anachronique. Depuis 1750, il ne couche plus avec la Pompadour, qui n'aura donc partagé son lit que cinq années. Frigide, elle renonça sans regret à une gymnastique assommante, mais, soucieuse de conserver son empire sur le roi, se fit sans remords sa maquerelle attitrée, lui procurant des filles tirées de Paris pour le détourner des femmes de Versailles. C'est le temps du Parc-aux-Cerfs. La légende en a fait le siège d'orgies fabuleuses au cours desquels un monarque perdu de vices se faisait livrer des cohortes de fillettes âgées d'une dizaine d'années. Au vrai, l'affaire se résume à une petite maison située dans le quartier versaillais du Parc-aux-Cerfs où logeaient, le temps de leur faveur, les demoiselles choisies pour le plaisir du roi, et qui, toutes nubiles, avaient, même mineures, atteint depuis longtemps la majorité du vice, telle la plus fameuse, Marie-Louise O'Murphy, dite Morphise, dont l'admirable cul, joliment peint par Boucher, avait fait les délices de maint amateur, dont le célèbre Casanova, avant de réjouir le roi. Le valet de chambre Le Bel était le principal pourvoyeur du Parc et la Pompadour veillait tant bien que mal à ce qu'aucune ambitieuse ne se glissât dans le troupeau des biches sélectionnées.

Même si les historiens amoureux de Louis XV indiquent

à juste titre que beaucoup de grands seigneurs entretenaient leurs maîtresses d'occasion dans des « folies » plus luxueuses que la maison de Versailles, et évoquent les carrières galantes d'un François Ier ou d'un Henri IV, le Parc-aux-Cerfs n'en reste pas moins une erreur où s'abîma une bonne part du prestige royal. Le mystère, plus que le vice, en était cause. Les paillardises du Vert-Galant ne l'empêchent pas de rester le roi le plus populaire des dynasties qui se sont succédé sur le trône de France, parce qu'elles étaient gaiement menées, glorieusement assumées, et qu'elles réjouissaient la gauloiserie nationale. Le harem, en revanche, n'est pas dans la tradition française. Doté, selon toute apparence, d'une sensualité robuste et sans complications, Louis XV, suivant le très sûr instinct qui lui fait prendre l'opinion publique systématiquement à rebrousse-poil, crée avec le Parc-aux-Cerfs plus encore qu'une petite usine à plaisirs : une fabrique de fantasmes délirants. Ils lui feront cortège bien au-delà de sa mort, puisque l'historiographie du XIXe siècle en sera imprégnée, Michelet lui-même reprenant avec une salacité drapée de vertu outragée ces romans pour la portière. Aux yeux des contemporains, déjà consternés par le ménage à cinq avec les sœurs de Nesles, l'évidence s'imposait que les amours du roi devaient être bien glauques et bien poisseuses pour qu'il les enfouît dans un pareil mystère. Le duc de Croÿ, parfait honnête homme, toujours mesuré, note dans son journal que le Parc-aux-Cerfs compte « quatre-vingt-dix beautés différentes » — c'est dire jusqu'où pouvaient extravaguer des imaginations moins bien tenues. Une déplorable coïncidence voulut qu'au moment même où s'établissait le harem Paris fût soulevé d'horreur par des enlèvements d'enfants, victimes d'une police trop zélée qui, sous prétexte de débarrasser la ville de ses mendiants, escamota quelques gamins sur le chemin de l'école ; ce n'était pas toujours étourderie, car on vit des argousins restituer des enfants à leurs parents moyennant finances... L'émeute flamba à plusieurs reprises ; des policiers pris en chasse par la population furent blessés, l'un d'eux tué ; on pendit trois pauvres diables ; mais de noires légendes naquirent de ces tumultes. Barbier : « Il s'est débité que l'objet de ces enlèvements d'enfants était qu'il y avait un prince ladre pour la guérison duquel il fallait un bain de sang humain, et que n'en ayant point de plus pur que celui des enfants, on en prenait pour les saigner des quatre membres et pour les sacrifier, ce qui révolte encore plus le peuple. » Un prince ladre, c'est un prince lépreux ; or n'était-il pas au moins atteint de lèpre morale, ce roi enseveli dans ses turpitudes versaillaises ? On eut tôt fait de comparer à Hérode l'instigateur du nouveau massacre des Innocents. Louis XV en fut intimement blessé, mais réagit comme de coutume par la dérobade : il fit ouvrir une nouvelle route lui permettant d'aller de Versailles à Saint-Denis et à Compiègne sans passer par Paris ; elle fut aussitôt surnommée route de la Révolte. Ainsi le roi fuyait-il la capitale de son royaume au lieu de s'ingénier à la reconquérir.

C'en est fini du Bien-Aimé. S'il ne s'inscrira pas dans l'histoire de France comme le chef d'État le plus détesté, Louis XV reste probablement à ce jour le plus méprisé. Jusqu'à sa mort roulera sur lui un flot ininterrompu d'estampes ordurières, libelles pornographiques, pamphlets outrageants. Il se laisse salir sans réagir. Timidité ? Apathie ? La véritable explication réside sans doute dans son sentiment de culpabilité. Il n'assume pas sa vie sexuelle. Il s'éprouve profondément pécheur et préfère le scandale public de son éloignement de la sainte table au scandale privé que serait à ses yeux une communion en état de péché mortel. Et puisque l'homme et le chrétien ne peuvent coïncider en lui, le roi paiera la note de leur incompatibilité. Le roi et la nation. Car tout cela coûte cher à l'État. Non pas tant en largesses démesurées aux demoiselles du Parc (encore que les deux cent mille livres de dot offertes à Morphise lorsqu'il fallut la marier, pourvue d'un enfant par le roi, à un noble de très bonne extrace... Avec pareille somme, Charles de Broglie vous soulevait la Pologne !), mais en réformes manquées.

On fait grand cas aujourd'hui du renvoi par Louis XV des parlements qui s'ingéniaient à lui mettre des bâtons dans les roues et freinaient, même au plus fort de la guerre, le recouvrement des impôts. Une manière de coup d'État (« coup de majesté », préfère dire Michel Antoine) dont le seul tort serait d'être intervenu trop tard, trois ans avant la mort du roi, de sorte que son faible successeur put ressusci-

ter les parlements avant qu'ils fussent tout à fait oubliés. Mais il est un autre tournant du règne de conséquence plus durable. L'affaire vient de connaître son triste dénouement. La France se singularisait par les finances publiques les plus embarrassées, tout en étant le pays le plus riche d'Europe. La responsabilité en incombait à une fiscalité aberrante. Les deux ordres privilégiés ne payaient pas la taille, impôt essentiel. La noblesse était censée verser le prix du sang sur les champs de bataille et le clergé consentait chaque année un « don gratuit » dont le montant restait ridicule au regard de ses énormes ressources : trois ou quatre millions par an pour un revenu tournant autour de cent vingt millions de livres. Machault, contrôleur général des finances, entreprit de porter la hache dans un édifice fiscal délabré, obsolète, profondément injuste puisqu'il faisait reposer l'essentiel du financement de l'État sur les seuls roturiers. Ce Machault, rude, austère, dépourvu d'ambition personnelle, obsédé par le seul bien public, appartenait à la race des Colbert. Il décida d'assujettir l'ensemble de la nation, privilégiés compris, à l'impôt du vingtième, soit cinq pour cent des revenus annuels — pourcentage digne de nous émerveiller par sa modération. Que la noblesse et le clergé y fussent assujettis, c'était une révolution susceptible d'éviter la Révolution. Le vingtième se signalait au demeurant par son équité, puisqu'il frappait la seule propriété et épargnait les revenus du travail. Avec lui, grâce à lui, Machault liquidait la dette énorme du trésor et, en allégeant le fardeau fiscal qui écrasait les forces vives de la nation, inscrivait le royaume dans une dynamique de prospérité. De cette réforme, déjà vainement tentée par Pâris-Duverney, Michelet écrit : « C'était l'idée du siècle, et pour la France et pour l'Europe. »

Avec une obstination farouche non exempte des habiletés indispensables, Machault réduisit les résistances de la noblesse et des provinces, qui, fortes de leurs particularismes, tenaient à la formule d'un abonnement annuel global toujours inférieur à ce qu'eût rapporté une imposition exacte. Il lui restait à affronter le clergé, dont le privilège fiscal était le plus exorbitant de tous, car, outre l'extrême modicité du don gratuit, celui-ci était levé à l'intérieur de l'ordre de la manière la plus scandaleuse, les évêques, presque tous fort grands seigneurs, et richissimes, ne consentant que des bagatelles et laissant le bas clergé fournir la plus forte part. Les évêques décrétèrent la mobilisation générale et recoururent à tous les moyens pour bloquer la réforme. Une exception au moins : le vieux abbé, qui n'était pas évêque mais ancien agent général du clergé, et qui, sachant en cette qualité le fond des choses, appuya Machault de toutes ses forces, ce qui ne le fit pas aimer de ses confrères. On célébrait cette année-là un jubilé destiné à placer sous la protection divine la seconde moitié du siècle. Le haut clergé dramatisa l'événement, jeta la masse des fidèles dans la rue, ordonna que chaque paroisse du royaume processionnerait dans soixante églises, les Parisiens devant quant à eux aller prier en quinze jours dans soixante églises différentes. Les évêques annonçaient en chaire aux foules bouleversées le retour du temps des persécutions. On eût dit qu'un nouvel Attila menaçait de violer la fille aînée de l'Église.

Le roi lui-même fait l'objet d'une offensive réglée. Le prédicateur de la cour tonne contre l'adultère. Le parti dévot monte en ligne, la famille royale à sa tête, et en chef de file la fille préférée de Louis, Adélaïde, dix-huit ans, un fort tempérament, vive, délurée même, acharnée contre « maman putain », acquise aux évêques. Tout ce monde obsède le roi de reproches véhéments ou l'attriste de bouderies prolongées. Puis son ancienne maîtresse, Mme de Mailly, l'aînée des sœurs Nesles, meurt quasiment en odeur de sainteté : elle, au moins, a su faire son salut...

Louis XV aimait Machault, qu'il appelait « l'homme selon mon cœur ». L'extrême pénurie d'argent l'avait trop handicapé, durant la dernière guerre, pour qu'il ne vît point l'urgence d'une réforme fiscale. Il avait défendu sans faiblir l'action de son contrôleur général des finances, soutenu au demeurant par l'opinion publique. Avec un peu de constance, une fermeté un peu royale, la partie était gagnée. Et soudain, il s'effondre et capitule, victime une fois de plus de sa faille intime, fragilisé par sa conscience de pécheur. Si l'homme en lui offense la religion, le roi peut-il se dresser contre ses représentants, les évêques ? Il ne fait pas la différence entre spirituel et temporel, entre la mission évangélique de l'Église et les gros et gras domaines

sur lesquels elle s'expatare. Le Régent, « fanfaron de vices » mais pourvu d'un rigoureux sens de l'État, eût balayé ces scrupules d'un revers de main. Louis XV enterre la réforme. La fiscalité continuera encore quarante ans d'aller cahin-caha, menant le cortège funèbre de la monarchie jusqu'à la fosse finale. La déception du pays fut à la mesure des espoirs placés en Machault. Une chance capitale avait été manquée. Quant au clergé, son égoïsme insolent amena aux Lumières plus de recrues que n'auraient fait cent Voltaire. Le triomphe des évêques déclenche une vague d'anticléricalisme qui n'en finit plus de déferler ; et lorsque la Constituante, assemblée modérée, décidera en 1789 la confiscation pure et simple des biens du clergé, réclamée par tant de cahiers de doléances, l'opinion publique, tous partis confondus, approuvera qu'ils perdent tout, ceux-là qui avaient refusé de consentir au bien commun le vingtième de leurs revenus.

Un roi méprisé comme aucun autre avant lui ; une machine gouvernementale grippée par la crise financière désormais insoluble ; une société écartelée par le privilège, traumatisée par l'affaire des billets de confession : la France aborde en bien mauvaise condition la guerre imminente.

*
* *

On ne voit que le comte de Broglie à Versailles. Il passe du bureau de son ministre à ceux des premiers commis, rencontre tout ce qui compte, mène son affaire tambour battant. Charles Williams, son adversaire à la diète de Grodno, négocie à Saint-Pétersbourg un traité d'alliance aux termes duquel une armée russe viendra soutenir le Hanovre s'il se trouve attaqué. Qui serait l'assaillant, sinon la France ? Par où passera cette armée, sinon par la Pologne ? Au Hanovre précisément se tiennent les pourparlers entre l'Angleterre et la Saxe pour le renouvellement du traité de subsides venu à terme. Broglie pousse les feux pour que la France prenne de vitesse la diplomatie anglaise.

Un glas sinistre rythme ses démarches. Il est de retour en France en mars. Le même mois, le parlement anglais vote des crédits exceptionnels pour la flotte de guerre. En juin, le général Braddock mène une armée à l'assaut des forts français bloquant l'expansion des colonies anglaises, envahit l'Acadie et déporte la moitié de sa population. Le 10 juin, trois navires de guerre français, séparés d'un convoi arrivé sans encombres à Québec, donnent dans une escadre anglaise qui ouvre aussitôt le feu. Ignorant tout des événements, le commandant de l'*Alcide* empoigne son porte-voix et demande par deux fois : « Sommes-nous en paix ou en guerre ? » Le commandant anglais répond « bien distinctement : La paix ! la paix ! Sur quoi l'on entendit très distinctement encore sortir de sa bouche : *Fire !* (Feu !) Il fut sur-le-champ obéi ». L'*Alcide* et le *Lys* sont pris ; seul le *Royal-Dauphin* parvient à s'échapper. Cette capture ne consola pas l'amiral anglais Boscaven d'avoir manqué le gros du convoi : ses instructions lui ordonnaient de s'emparer des navires français ralliant le Canada ou de les détruire par tous les moyens.

Survenant après l'assassinat de Jumonville par Washington, la traîtrise de Boscaven révolta l'opinion française. Louis XV, ancré dans son pacifisme, se borne à rappeler ses ambassadeurs à Londres et à Hanovre. Il refuse de voir l'évidente volonté belliciste de Londres et espère un apaisement. Les Anglais le détrompent par une opération de piraterie à peu près sans précédent : ordre est donné le 6 août à tous leurs vaisseaux de capturer les navires français, tant marchands que de guerre, sur toutes les mers du globe. En trois mois, ils s'empareront de trois cents bâtiments et captureront six mille officiers et matelots. Louis XV ne prendra acte de l'état de guerre qu'à la fin de l'année.

Ainsi la montée des périls ouvre-t-elle toutes les portes à Charles de Broglie. La France ne pourra engager l'essentiel de ses forces contre l'Angleterre que si elle peut se reposer en Europe sur un réseau d'alliances lui garantissant la sécurité de ses arrières. Le comte fait adopter par le ministère un projet de nature à rallier la Saxe. Moyennant un subside annuel de deux millions de livres, Auguste III fournira un corps opérationnel de six mille hommes et concertera ses démarches avec la diplomatie française. En sa qualité de roi de Pologne, il s'engagera à interdire aux troupes russes l'accès du pays et autorisera par avance toute confédération réunie pour s'y opposer par la force. Il négociera enfin un accord avec les Turcs de concert avec le nouvel ambassadeur de France à la Porte, Vergennes.

Nous ignorons tout des rencontres entre Broglie et le prince de Conti. La nécessité du secret les rendait malaisées. Les mystérieux tête-à-tête entre le roi et son cousin suscitaient trop de curiosité pour que le prince pût se concerter aisément avec son principal agent. La Pompadour, obsédée par la volonté de tout savoir, sinon de tout régenter, gardait un œil vigilant sur Conti, qui, de son côté, lui réservait le dédain souriant d'un prince du sang pour une femme sortie de rien. Gageons d'ailleurs que Broglie ne s'ingénia pas à multiplier les entretiens : il savait trop bien que Conti ne pouvait approuver ses projets. Son plan ne ressemblait-il pas comme deux gouttes d'eau à celui du marquis d'Argenson, si hostile à l'ambition princière ? Il n'y manquait que la couronne de Pologne rendue héréditaire dans la maison de Saxe, mais une alliance étroite avec Auguste III n'obligerait-elle pas tôt ou tard à satisfaire son vœu dynastique ?

Au mois de juin, tandis que Broglie se démène à Versailles, le Secret lance en direction de la Russie une initiative si strictement cloisonnée que le comte, pourtant intéressé au premier chef, n'en saura rien.

*
* *

Depuis que le génie de Pierre le Grand avait fait sortir son pays du néant politique, le dialogue de la Russie avec la France se résumait à un monotone et opiniâtre : « Je t'aime ; moi non plus. » Rarement une nation en aura-t-elle courtisé une autre avec tant de constance pour en recevoir autant de rebuffades.

Pierre le Grand lui-même, en visite à Paris sous la régence, avait offert en gage d'amitié cette couronne de Pologne que deux princes français avaient briguée et qu'un troisième, notre Conti, allait bientôt convoiter. Le czar proposait au Régent de marier son fils, le duc de Chartres, avec sa seconde fille, Élisabeth. La dot serait le trône de Pologne. Mais Pierre voulait que le mariage fût immédiat, tandis que l'accession au trône devrait attendre l'ouverture de la succession. Dubois écrivit à Campredon, ambassadeur à Pétersbourg : « S'il doit être question de marier Mgr le duc de Chartres avec l'une des princesses filles du Czar, il faut que son élévation au trône de Pologne en assure l'accomplissement, sans quoi l'on ne peut rien faire de solide, puisque c'est l'un de ces projets que l'événement seul peut justifier, et dont il serait à souhaiter que l'effet précédât l'éclat. » Imposer que le couronnement précédât l'union revenait à éluder la proposition, car il n'était pas au pouvoir du czar de déclarer vacant un trône encore occupé. Le Régent, flatté de la proposition, regrettait que Catherine, femme de Pierre, fût sortie du peuple. Mais Élisabeth, au témoignage de l'ambassadeur, était belle, séduisante et cultivée. La principale raison du refus tenait à la politique. Le Régent et Dubois avaient choisi l'alliance anglaise pour contrer les prétentions des Bourbons d'Espagne sur le trône de France. Londres, en froid avec Pétersbourg, aurait vu le mariage d'un mauvais œil. En France même, personne n'accordait le moindre intérêt à la Russie. Un principicule allemand paraissait plus important que le czar de Russie. Le maréchal de Tessé, représentant du Régent auprès de Pierre Ier pendant sa visite en France, écrira sans ambages dans ses Mémoires que le ministère « n'avait d'autre intention que de voltiger et d'amuser le Czar jusqu'au temps de son départ, sans rien conclure avec lui ».

Lorsqu'il s'agit de marier Louis XV, la czarine Catherine, qui avait succédé à Pierre, proposa de nouveau son Élisabeth. Sachant que M. le Duc déciderait du choix, elle lui offrit une jolie prime : il épouserait Marie Leszczynska et monterait sur le trône de Pologne. Campredon, toujours en poste à Pétersbourg, soutenait vivement le projet. « Le défaut de naissance de la princesse Élisabeth, écrivait-il, est réparé avec éclat par la possession du diadème dont sa mère est revêtue. » Élisabeth était tombée amoureuse d'un portrait du charmant roi de France. Ce fut Marie qui devint reine. Catherine, furieuse, humiliée mais point découragée, proposa alors Élisabeth à M. le Duc. Le bossu refusa. On conçoit qu'une princesse ainsi abreuvée d'affronts, quoique intelligente et belle, ne se soit pas jetée dans les bras de notre Conti lorsque son ambition le détermina à la demander en mariage.

Les propositions d'alliance étaient repoussées avec la même régularité que la main d'Élisabeth. La France refusait d'aller au-delà de simples accords commerciaux. Elle avait pour alliées la Suède et la Turquie, pays perpétuellement en conflit avec les czars, et quel ministre aurait eu la bizarrerie d'imaginer que la Russie pouvait devenir à brève échéance une puissance plus considérable que la Suède ?

Lassée, Catherine s'allia en 1725 avec l'Autriche. Albert Vandal, auteur d'un ouvrage consacré aux relations franco-russes qui, publié à la fin du siècle dernier, fait toujours référence, montre bien l'importance historique de l'événement. L'inévitable entrée de la Russie dans le concert européen ne se ferait pas sous les auspices de la France, qui l'avait tant de fois rebutée, mais sous ceux de l'Autriche. Stanislas, lors de sa seconde élection, en éprouva les conséquences.

La Chétardie, nouvel ambassadeur de France à Pétersbourg, réchauffa les relations en entrant dans le lit, à la vérité populeux, de la princesse Élisabeth.

*

* *

À Catherine avait succédé sa nièce Anna Ivanovna, qui régna jusqu'en 1740. À sa mort, son neveu Ivan de Brunswick fut proclamé czar sous la régence de sa mère, Anna Leopoldovna, fille de Pierre le Grand. Élisabeth, écartée du trône, aspirait à régner. Elle était populaire. Son tempérament généreux lui procurait de solides affections au sein du régiment Preobrajenski, en garnison dans la capitale. Le marquis de La Chétardie, aventurier dans l'âme, indemne de tout scrupule, allait dans la vie avec une morgue de grand seigneur et une entière confiance en soi. Aidé de Lestoc, médecin français de la cour, il entra en conspiration avec Élisabeth. Comme celle-ci était très surveillée, ce fut un vrai roman que leur complot, avec rendez-vous secrets, intermédiaires discrets, déguisements, correspondance codée. L'amant de la régente Anna, Lynar, découvrit le manège. La Chétardie, menacé, brûla ses archives compromettantes, fit barricader les portes de l'ambassade de France, arma son personnel et fit savoir au palais que

« pour donner une idée exacte du droit des gens à ceux qui auraient un mauvais compliment à lui signifier, il les ferait sauter par la fenêtre ». Monti dut se retourner d'aise dans sa tombe. L'ambassade fut respectée. Le 6 décembre 1741, Élisabeth, entourée de ses braves garçons de Preobrajenski, renversait la régente et coiffait la couronne des czars.

La Chétardie gâcha sa position par une prétention insupportable. Voulant tout diriger, il traitait les ministres en sous-ordres. Le vice-chancelier Vorontsov, homme doux et timide, très francophile, supportait mieux ces empiétements que le dur et brutal chancelier Bestoutchev, dont les sympathies allaient à l'Angleterre. La Chétardie agaça jusqu'à la czarine, qui n'oubliait pourtant pas qu'elle devait pour une grande part son trône aux subsides versés par l'ambassadeur et à son audacieuse activité. Cinq mois après le coup d'État, décidé à jouer quitte ou double, La Chétardie demande à Versailles son rappel. Il part et voyage avec une sage lenteur, certain d'être rattrapé bientôt par un courrier d'Élisabeth le suppliant de revenir. Le courrier se fit attendre jusqu'à Francfort. Il annonçait que la czarine allait demander officiellement son retour en Russie. La Chétardie répondit qu'on ne le reverrait pas à Pétersbourg tant que le clan Bestoutchev y serait. Il rentra à Versailles et attendit.

L'année suivante, son collègue autrichien à Pétersbourg, voulant peut-être marcher sur ses traces, entra dans un complot contre Élisabeth et fut découvert ; une brouille sérieuse s'ensuivit naturellement avec Vienne. La guerre de Succession d'Autriche battait son plein et l'armée du maréchal de Broglie retraitait en Allemagne. Le ministère français décida de renvoyer La Chétardie à Saint-Pétersbourg avec mission d'engager la czarine à entrer dans l'alliance contre l'Autriche. Comme nous avions là-bas un ministre, d'Allion, on donna à La Chétardie le titre d'ambassadeur extraordinaire. Il décida de partir en simple particulier, ses lettres de créance dans sa poche, pour ne pas avoir à se présenter devant le chancelier Bestoutchev. « Il faut que nous nous emparions de la Russie », déclara-t-il avant son départ. Et ce fou de La Chétardie, qui s'était mis en tête de se présenter à la czarine le 6 décembre, jour anniversaire du coup d'État, de traverser l'Europe comme une comète ; après des aventures extraordinaires, perdant à peu près tout son monde en route, il se présenta au palais le 6 en fin d'après-midi. La czarine le reçut aussitôt. La dépêche de l'ambassadeur indique qu'il n'était pas oublié : « Il n'y a sorte de bontés que la czarine ne me témoigna pendant le temps que je fus auprès d'elle. J'en supprime le détail ; elles m'étaient personnelles, et je ne suis ici que pour le service du Roi. »

On ignore quelle taupe Bestoutchev réussit à recruter au sein de l'ambassade de France. La femme russe d'un secrétaire fut soupçonnée. Toujours est-il que le chancelier se procura le code de La Chétardie. Toutes ses dépêches, dont les copies étaient conservées par le Cabinet noir russe, furent déchiffrées. Elles donnaient le tarif des courtisans à vendre et décrivaient dans le détail les amours tumultueuses de la czarine. La Chétardie, qui n'avait toujours pas présenté ses lettres de créance, fut traité en simple particulier et reconduit militairement à la frontière avec les façons bourrues en usage dans le pays. Versailles lui infligea huit mois d'exil, puis le nomma à l'ambassade de Turin. Incorrigible, il séduisit à la hussarde la comtesse de Saint-Germain, maîtresse du roi de Sardaigne, lequel exigea son rappel. Il fit une fin honorable dans l'armée française comme commandant de la place de Hanau, et si la vie de garnison lui parut fade, il avait au moins des souvenirs pour se désennuyer.

La politique française, fidèle à elle-même, ne risquait pas de réparer les dommages de ces péripéties pour ainsi dire privées. Plutôt que de miser sur la francophilie manifeste d'Élisabeth, qui persistait à vouer à Louis XV une tendre dilection, Versailles soutenait la querelle suédoise contre la Russie et s'efforçait de mobiliser Constantinople contre Pétersbourg. Lassée comme sa mère, Élisabeth se résigna en 1746 à s'allier avec l'Autriche. Une armée russe entra en Allemagne en 1748 et, si la paix d'Aix-la-Chapelle n'était intervenue juste à temps, soldats russes et français se seraient affrontés en bataille rangée pour la première fois dans l'histoire.

Cette irruption au cœur de l'Europe avait fait une impression profonde sur Louis XV, que scandalisait aussi l'ingratitude d'une czarine qui devait son trône à l'appui de la France. Les relations diplomatiques rompues n'avaient pas été renouées et la France restait sans ambassadeur à Pétersbourg. L'attitude envers la Russie avait été longtemps faite de mépris tranquille. Du Theil, premier commis sous le ministère de Puyzieulx, la résumait assez bien en écrivant en 1743, avant même la rupture des relations : « La plus sûre voie pour tirer parti de la Russie est de paraître ne point penser à elle, de n'y avoir point de ministre, et si elle en tient un à Paris, de ne lui parler que de la pluie et du beau temps. » Pour Versailles, le mépris s'était changé en une sorte de répulsion. Louis XV tout le premier voulait absolument enfermer l'ours russe dans ses steppes. Aucun de ses ministres successifs ne proposera jamais une politique différente. Les historiens ont beau jeu de montrer la cécité d'une telle attitude, qui s'obnubilait sur le danger russe tout en laissant croître dangereusement la puissance prussienne. Que la Russie avait un avenir en Europe, c'est ce qu'il est aisé de constater aujourd'hui. La politique du roi de France consistait à empêcher cet avenir d'avoir lieu.

*
* *

Un certain Michel, fils d'un « négociant en galanteries » rouennais installé à Pétersbourg sous Pierre le Grand, revenait régulièrement en France pour ses affaires et donnait à l'occasion quelques informations. Il était célèbre à Rouen pour sa vélocité car il accomplissait le trajet dans le temps record de dix-huit jours. En 1753, il passa par Versailles et remit au secrétaire d'État des Affaires étrangères un message secret. Élisabeth y proposait l'oubli du passé et suggérait de renouer les relations. Michel assura le ministre des sentiments francophiles de la czarine et de son vice-chancelier Vorontsov ; le chancelier Bestoutchev, en revanche, dévoué à l'Angleterre et à l'Autriche, s'opposait farouchement à toute réconciliation avec la France. On décida d'abord de ne pas bouger, puis le sentiment prévalut qu'il serait peut-être intéressant d'aller voir ce que devenait cet empire sur lequel on manquait de renseignements depuis si longtemps. Un agent fut envoyé dans le froid, mais la police de Bestoutchev montait bonne garde et cet agent, le chevalier de Valcroissant, dont la vie aventureuse atteste un don rare pour se tirer des situations les plus inextricables, moisissait depuis un an, fers aux pieds, dans un cachot de la forteresse de Schlusselbourg, sur le lac Ladoga.

Comment renoncer à prendre langue avec la czarine au moment où Charles Williams négocie à Saint-Pétersbourg le secours d'une armée russe pour défendre le Hanovre ? L'infériorité de la flotte française rend l'issue de la guerre maritime pour le moins aléatoire. Les soixante mille Français installés au Canada sont affrontés à deux millions de colons britanniques. Le point faible de l'Angleterre, c'est le Hanovre, prunelle des yeux de son roi. Pour contrer les probables succès anglais sur mer et outre-mer, et arriver à la paix avec une monnaie d'échange, la France doit mettre dans sa poche le Hanovre. Elle le peut à condition de ne pas trouver en face d'elle une armée russe. Il faut donc aller à Pétersbourg.

L'inévitable Conti monte l'opération de la dernière chance. Il présente à Rouillé l'un de ses amis, le chevalier Douglas, gentilhomme écossais âgé de quarante-deux ans, attaché aux Stuarts et vivant par conséquent en exil. Sa nationalité lui fournira la meilleure des couvertures. Il sera censé voyager pour son plaisir, comme font tant de ses compatriotes. Et puisqu'il se passionne pour la minéralogie, on lui concocte l'itinéraire d'un noble amateur entiché de son *hobby* : Souabe, puis Bohême, dont il visitera les célèbres mines, puis Saxe, où il ne manquera pas de s'intéresser à la mine de Friberg, un crochet par Dantzig où règne un désordre dont il s'efforcera de démêler les causes, et enfin la Courlande (l'actuelle Lettonie) et Saint-Pétersbourg, où il arrivera avec dans ses bagages une collection de minéraux qui devrait rassurer la police la plus vigilante. Charles Williams ne le connaissant pas, il se présentera à lui comme tout bon sujet du roi d'Angleterre doit le faire à l'ambassadeur représentant Sa Majesté à l'étranger. Comment Bestoutchev et ses chiens de garde pourraient-ils imaginer que cet Anglais, banal dans son excentricité, rendant consciencieusement ses devoirs au ministre de son pays, est en vérité un agent secret travaillant pour le roi de France ?

Les instructions rédigées le 1er juin par Conti et Rouillé ne cèlent rien de la difficulté de la tâche qui attend Douglas : « La situation de l'Europe en général, les troubles qui se sont élevés l'année dernière en Pologne, ceux que l'on craint d'y voir renaître, la part que la Cour de Pétersbourg y a prise, l'apparence qu'elle va conclure dans peu un traité de subsides avec l'Angleterre par l'intermédiaire du chevalier Williams, nommé ambassadeur de S.M. britannique auprès de l'Impératrice de Russie, tout demande que l'on donne la plus grande attention aux démarches et à la situation de cette Cour.

« Depuis longtemps S.M. n'y entretient plus d'ambassadeur, de ministre, ni même de consul ; par conséquent, on en ignore presque entièrement l'état, d'autant plus que le caractère de la nation et le despotisme jaloux et soupçonneux du ministère ne permettent pas les correspondances usitées dans d'autres pays. »

Autrement dit, la Russie est *terra incognita* pour Versailles. De là l'ampleur du questionnaire remis à Douglas. Il doit dresser l'inventaire des forces armées russes, tant terrestres que navales, se renseigner sur le commerce et l'état des finances ; évaluer les influences respectives du chancelier Bestoutchev, du vice-chancelier Vorontsov, et en général « des favoris de l'Impératrice, tant pour ses affaires que pour ses plaisirs » ; découvrir les plans de la Russie quant à ses voisins ; s'informer sur les progrès de la négociation avec Williams, sur les sentiments de l'impératrice pour la France, pour les cours de Vienne et de Londres, etc. — « enfin tout ce qui peut intéresser le service ou la curiosité de S.M. », poursuit le questionnaire, avec cependant cette phrase qui doit soulager Douglas : « Il rassemblera toutes ces connaissances autant que le pays, peu communicatif, lui permettra de le faire. »

Comment transmettre les renseignements ? L'agent prendra des notes au fur et à mesure de ses découvertes et les rassemblera dans un mémoire. La filière la plus sûre consisterait à confier le mémoire à l'ambassadeur de Suède à Saint-Pétersbourg, qui le ferait porter à Stockholm par un courrier spécial ; on va organiser la chose. Si elle se révèle impossible, Douglas conservera le mémoire et ne l'expédiera qu'après avoir passé la frontière russe. Lui-même rentrera soit par la Suède, soit par le même chemin qu'à l'aller, et toujours en musardant de mine en mine pour préserver l'étanchéité de sa couverture.

Les renseignements concernant la progression de la négociation avec l'Angleterre sont trop urgents pour faire le détour par la Suède ou attendre le retour de Douglas. Il les confiera donc à la poste ordinaire, mais, comme chaque lettre est ouverte, il utilisera un langage codé propre à tromper la vigilance du Cabinet noir : « Le fond du langage allégorique sera des achats de fourrure. Le *renard noir* signifiera le chevalier Williams. S'il réussit, le renard noir sera cher, parce qu'on a donné d'Angleterre commission d'en acheter. Ces mots *l'hermine est en vogue* signifieront que le parti russien domine, et que par conséquent les étrangers n'ont pas de crédit. Si au contraire le parti autrichien, à la tête duquel est M. de Bestoutchev, est prépondérant, on écrira que le *loup cervier* a aussi son prix.

« On se servira de cette phrase *les soboles ou martres zibelines diminuent de prix* pour marquer la diminution du crédit de M. de Bestoutchev ; ou *elles sont toujours au même prix* pour indiquer qu'il est toujours dans la même faveur. Les *peaux de petit-gris* signifieront les troupes à la solde de l'Angleterre. Pour l'entendre, on augmentera toujours de deux tiers en sus le nombre des peaux à envoyer, pour signifier le nombre des troupes, de sorte que dix peaux signifieront trente mille hommes, ou vingt, soixante ou soixante-dix.

« M. [Douglas] n'écrira point qu'il enverra les fourrures, mais il marquera seulement qu'il les apportera en revenant.

« En passant à Nancy, M. enverra un de ses domestiques à Graudentz, petite ville de la Prusse polonaise, y mettre à la poste une lettre dans laquelle il donnera avis de ce qu'il aura pu découvrir à Dantzig des discussions entre le magistrat et la bourgeoisie. Cette lettre portera l'adresse de M.

« Ces lettres seront en style de lettres de change, et selon le plus ou moins de succès dans les recherches, ce qui fera allonger ou diminuer le séjour, on marquera que l'on a besoin de remises ou que l'on n'en a pas besoin.

« Si l'on ne peut rien faire, M. marquera que l'air est tout à fait contraire à sa santé, et que l'on demande des remises pour pouvoir passer ailleurs.

« Si M. ne doit point passer en Suède, on lui répondra que, puisque sa santé souffre, on croit que le meilleur pour lui est de revenir en droiture.

« Si au contraire on juge qu'il doive revenir, on lui marquera que l'on a trouvé ici *un manchon*, que par conséquent on le prie de n'en point acheter.

« Tout ceci, écrit en très petits caractères et en abrégé, sera mis par M. dans une tabatière d'écaille à double fond, ce qui ne pourra donner aucun soupçon. »

Aucun soupçon ? C'est vite dit. Le code, ou langage allégorique, est le défaut de l'armure de Douglas. Certes, rien de surprenant à ce qu'un noble voyageur s'intéresse aux fourrures en Russie comme il ferait du vin à Bordeaux. Mais si Douglas éveille la suspicion des sbires de Bestoutchev, si sa correspondance est scrutée, un policier futé pourrait s'étonner qu'il écrive que la peau de renard noir est à la hausse quand elle baisse en réalité sur le marché, ou que l'hermine est en vogue au moment où la clientèle s'en détourne. Mieux vaudrait coller à la couverture de Douglas, le faire écrire sur ses trouvailles ou déceptions minéralogiques, et remplacer les fourrures par les quartz, anthracites et autres porphyres. Quant à la tabatière à double fond, si la police russe a décidément des soupçons, elle ne résistera pas à un examen un peu poussé des bagages. À quoi bon emporter avec soi la preuve irréfutable d'une mission de renseignement alors qu'il suffirait à Douglas d'apprendre par cœur *six* phrases codées ?

Bien entendu, aux instructions officielles dressées par Rouillé et Conti, le prince ajoute ses ordres particuliers, lovant une mission secrète officieuse à l'intérieur de l'officielle. Douglas devra plaider auprès d'Élisabeth le dossier de sa candidature au trône de Pologne — c'est l'objectif à long terme. Pour l'immédiat, Conti propose que la czarine le place à la tête de la Courlande, dont le duc titulaire, Biren, a été par elle exilé en Sibérie. Les instructions officielles de Douglas lui enjoignent de découvrir « en quel état est ce duché, ce que pense la noblesse courlandaise de l'exil et de la déposition du duc de Courlande, et des vues du ministère russe pour confier cette principauté. Il s'informera aussi de la manière d'en administrer les revenus et la justice, et du nombre de troupes que la Russie y entretient ». Enfin — et ce n'est pas rien ! —, Conti suggère tout bonnement qu'Élisabeth lui confie le commandement de l'armée russe.

Il nous étonne. Pologne ou Courlande ? La Courlande comme marchepied vers le trône de Pologne ? Mais l'uniforme de commandant en chef de l'armée russe ne risque-t-il pas d'être un épouvantail pour ses futurs sujets polonais ? Conti avait été choisi par les patriotes parce qu'il incarnait l'Ouest salvateur. S'il se présente par la porte Est, il offre une figure toute contraire. Nous sommes perplexe. Le grand-père avait laissé échapper la couronne de Pologne en partie pour ne l'avoir pas assez désirée ; le petit-fils ne va-t-il point la manquer à vouloir trop embrasser ? Ceux qui ne l'aiment pas le disent intelligent mais velléitaire, incapable de fixer son énergie sur la poursuite opiniâtre d'un objectif, faisant alterner des périodes d'apathie, au cours desquelles il n'ouvre même pas son courrier, et des foucades décourageant toute prévision. En tant que chef du Secret, sa conduite déconcerte. Le cloisonnement, toujours souhaitable, ne doit pas dégénérer en compartimentage asphyxiant. Il n'est pas nécessaire de dévoiler au comte de Broglie l'identité de l'agent envoyé en Russie pour une mission périlleuse, mais l'ambassadeur de France en Pologne devrait au moins être informé du virage substantiel de la politique française dans le Nord. Il n'était question que d'enchaîner l'ours moscovite, et voici qu'on décide de le caresser. Broglie a reçu instruction, tant de son ministre que du prince, d'empêcher absolument qu'un seul soldat russe foule le sol de la Pologne, et on lui prépare la surprise d'une armée qui marcherait sous les ordres de son chef occulte... Les fils de l'intrigue s'embrouillent. Broglie démontre à chaque instant qu'il n'est pas un simple agent d'exécution. Une concertation politique minimale réduirait le risque d'une collision fatale entre deux stratégies dont le moins qu'on puisse dire est qu'elles ne présentent pas une harmonie évidente.

Pour compléter le dispositif sur place, on recrute le précieux Michel. Note du bureau de Tercier en date du 1er juin 1755 : « Si S.M. veut bien agréer la vue que l'on a de le faire aller en Russie pour examiner l'état de ce pays et en rapporter des informations sûres, on prend la liberté de demander qu'elle ait la bonté de fixer ses appointements à quinze mille livres d'argent fort par an à commencer du jour qu'il arrivera à Saint-Pétersbourg et de lui accorder une somme de dix mille livres de France pour se mettre en état de partir et de se rendre à sa destination. » Michel est trop intégré à la société pétersbourgeoise pour parler au nom de la France, mais son implantation peut assurer à Douglas l'indispensable appui logistique.

L'Écossais descend consciencieusement dans les mines de Bohême et de Saxe, s'arrête à Dresde le temps d'une intrigue galante, s'informe à Dantzig, se renseigne en Courlande, et arrive le 7 octobre à Saint-Pétersbourg pour découvrir que le renard noir est hors de prix : Charles Williams a signé une semaine plus tôt le traité d'alliance. Moyennant un subside de cent mille livres sterling, la Russie s'engage à envoyer au secours du Hanovre quarante-cinq mille fantassins et dix mille cavaliers.

XVIII

Charles de Broglie reprend la route de Dresde le 22 octobre, au terme d'un séjour de sept mois à Versailles. Il a dans ses bagages des instructions officielles conformes à ses vœux et des ordres secrets que Conti a su arracher au roi, trois jours avant son départ, et qui rognent quelque peu sur les premières. Qu'il se garde de toute précipitation ! Le subside que la France verserait à la Saxe se trouve réduit de deux millions de livres à un million et demi. Gageons que le petit comte n'est pas de bonne humeur. L'affaire s'engage mal. Rouillé a fait parvenir à Dresde des propositions visant à obtenir une simple neutralité de la Saxe : le comte Brühl ne va-t-il pas s'effaroucher en constatant que la neutralité s'est transformée d'un coup en belle et bonne alliance ? Puis son secrétaire Linau, revenu de Varsovie à Dresde, a engagé maladroitement la négociation avant de s'aliter (un de plus !), le 21 septembre, si sérieusement malade qu'on a pensé le perdre. Broglie, faute d'avoir pu le faire nommer à Varsovie, lui apporte en lot de consolation le consulat de Dantzig. Linau, sa santé délabrée, ne pourra rejoindre son poste et rentrera dans un an en France, où il supervisera jusqu'à sa mort, en 1763, l'acheminement des correspondances du Secret. Sa maladie tombe en tout cas bien mal.

Autre souci : Mme de Pompadour. Les Broglie n'ont pas de mauvais rapports avec elle. La correspondance échangée avec Charles a disparu, mais quelques lettres de la marquise au frère aîné, le duc, nous sont parvenues. Elles sont aimables. Un jour, elle lui envoie un flacon de baume de La Mecque pour soigner les maux du vieux abbé. Peut-être savait-elle gré au duc de la fidélité de sa femme, qui lui avait évité une rivale. Mais, lors du séjour de Charles à Versailles, elle l'a interrogé sur ses liens avec Conti. Sa haine pour le prince est patente. Avide de tout contrôler, elle ne supporte plus les mystérieux conciliabules entre le roi et son cousin. Charles a gardé bouche cousue. Il repart convaincu que la marquise, privée de certitude, a plus que des soupçons. De ce côté-là, l'avenir est sombre.

À Dresde, une lettre de Louis XV arrivée par la voie secrète. Bonheur ! Exaltation ! L'avenir est bleu ! « Monsieur le comte de Broglie, je suis disposé à vous donner des marques de la satisfaction que j'ai des services que vous me rendez en qualité de mon ambassadeur, en vous nommant à un des cordons de mon ordre du Saint-Esprit qui sont à présent vacants. Des engagements et des circonstances font que je ne puis vous assurer du moment où je pourrai effectuer ma bonne volonté, sur laquelle cependant vous pouvez compter, et être assuré que je ne vous oublierai point dans les occasions où je pourrai faire de ces sortes de grâces à ceux qui sont employés pareillement que vous pour mon service. Sur ce, je prie Dieu qu'Il vous ait, Monsieur le comte de Broglie, en sa sainte garde.

« À Versailles, ce 28 octobre 1755

« Louis. »

Le cordon bleu. La dignité la plus recherchée par la haute noblesse française et que l'aïeul François-Marie, le premier Broglie à servir en France, avait eue sans l'avoir tout à fait puisqu'il était mort avant d'être reçu dans les formes. Charles, son arrière-petit-fils, modeste ambassadeur à Dresde, en reçoit la promesse à l'âge de trente-six ans. Retour aux sources de l'ordre, en quelque sorte, puisqu'il s'emploie à poser la couronne de Pologne sur la tête d'un prince français. Allons ! Les milliers d'heures usées à écrire, dicter, chiffrer, déchiffrer ; les démarches, les soucis, les déceptions ; la navigation à vue entre les ordres ministériels et les consignes de Conti : tout cela n'est pas vain puisque le roi sait reconnaître ses bons serviteurs...

Après cette radieuse embellie, les nuages reviennent. À Dresde, Broglie reçoit au débotté la visite de Maltzahn, l'ambassadeur de Frédéric II, avec lequel il entretient les relations personnelles les plus cordiales et dont rien ne devrait le séparer sur le plan politique puisque France et Prusse sont alliées. Maltzahn s'en prend vivement au projet d'alliance avec la Saxe et déclare tout de go que s'il se réalisait le roi son maître pourrait bien refuser de renouveler son propre traité avec la France, qui vient à terme dans un an. Il n'en faut pas tant pour que Charles de Broglie monte sur ses grands chevaux. Outré, il réplique que si Maltzahn parle d'ami à ami, l'affaire ne tire pas à conséquence ; si c'est au contraire l'envoyé de Prusse qui s'exprime, Broglie lui conseille de réfléchir aux suites que pourrait avoir un langage si déplacé. Ennuyé, Maltzahn répond qu'il ne voit pas personnellement en quoi une alliance entre la France et la Saxe léserait la Prusse, mais que son maître pense apparemment le contraire. Après l'algarade, encore tout vibrant d'indignation, Broglie écrit à son ministre : « Je souhaite que vous approuviez ma conduite dans cette occasion, où j'ai cru devoir me conformer au ton ferme et convenable que vous avez toujours pris avec les ministres de ce prince, puissant allié sans doute, mais qui ne sera jamais utile que quand on lui fera sentir aussi l'utilité dont nous lui sommes, et qu'il ne saurait se séparer de nous sans des risques évidents pour sa puissance, qu'il ne peut encore regarder comme indépendante et existante par elle-même. » Voilà bien le genre de propos qui exaspère Frédéric II. C'est tout l'esprit du traité de Westphalie : une Allemagne éclatée, morcelée, dont chaque État a besoin de l'appui de la France pour se préserver de l'impérialisme autrichien. Mais ce traité date de plus d'un siècle et la Prusse, qui a si bien étrillé l'Autriche qu'elle lui a pris la Silésie, a tout à fait le sentiment d'exister par elle-même et pour elle-même. Frédéric II ne supporte plus ces ministres français qui traitent son pays, dit-il, comme la Porte traite le despote de Valachie.

Quand tout va mal... Mettant de l'ordre dans ses papiers, le comte découvre avec stupeur la disparition des copies de dix dépêches officielles et celle de la grille de chiffrement qu'il utilise pour sa correspondance secrète avec Conti. Linau, aussitôt interrogé, raconte une édifiante histoire. Dès qu'il a su sa maladie, Maltzahn s'est présenté à l'ambassade pour mettre en sûreté les archives. Conformément à l'usage, il a fait appeler un collègue, le secrétaire de l'ambassade de Suède, et c'est en présence de celui-ci que les scellés ont été apposés sur les tiroirs. Mais Linau, pressé de questions par un Broglie aux cent coups, se rappelle que l'obligeant envoyé de Prusse a attendu une bonne heure avant de faire prévenir le Suédois. Pendant tout ce temps, il a pu fourrager à son aise dans les dossiers de l'ambassade.

Les dix dépêches officielles, c'est grave : les projets de Broglie y sont exposés tout au long. Le code, ce peut être dramatique. Beaucoup de lettres à Conti sont passées par la poste prussienne. Chacun sait le goût de Frédéric II pour le renseignement, l'importance qu'il lui accorde. Ses dépêches à ses ambassadeurs ne cessent de les harceler pour qu'ils étoffent leurs réseaux d'informateurs, recrutent de nouveaux agents aptes à pénétrer tous les milieux. Nul doute que les copies des lettres de Charles sont en possession des spécialistes prussiens. Avec le code, ils peuvent déchiffrer à leur aise la correspondance de Broglie. Si c'est bien le cas, le Secret a perdu son secret.

Rien ne prouve que ce fut en effet le cas, ni le contraire. Frédéric ne souffle mot de l'affaire dans ses Mémoires, alors qu'il dévoile volontiers les jolis coups réalisés par ses agents. Grâce à quelques-unes de ses propres dépêches interceptées par le Cabinet noir français, nous savons qu'il avait eu vent des menées de Broglie visant à faire monter Conti sur le trône de Pologne. Le projet lui paraissait saugrenu. Il était persuadé que Broglie y travaillait à l'insu du prince. Ainsi écrivait-il à son ambassadeur à Versailles,

Knyphausen, le 24 décembre 1754, neuf mois avant la maladie de Linau : « En ce cas, le prince aurait la plus grande raison du monde de désavouer entièrement à cet égard la conduite de son ministre. » La fréquence des entretiens entre Louis XV et Conti l'intriguait pourtant et plusieurs dépêches enjoignent à Knyphausen d'en découvrir l'objet. Quant au déplaisir que lui causerait une alliance entre la France et la Saxe, il est attesté par une dépêche au même Knyphausen du 18 octobre, trois jours avant le départ de Broglie pour Dresde : « Je veux bien vous confier, mais pour votre direction seule, que, pourvu que la France prendra des engagements avec la cour de Dresde, je ne pourrai faire que de me retirer du jeu, et que je ne mettrai pas la plume à la main pour le renouvellement de mon traité avec la France. » Maltzahn n'avait été que le fidèle écho de la voix de son maître. Il ne convient plus au roi de Prusse de se contenter, aux côtés d'une Suède décadente, d'une Pologne effervescente et d'une Saxe déliquescente, d'un rôle de veilleur aux marches orientales de l'Europe pour le compte de cette France qui n'est plus celle de Louis XIV.

Broglie piétine. Le cabinet saxon, disposé à la neutralité, hésite devant une alliance qui précipitera forcément l'électorat dans la guerre annoncée. Le comte Brühl, acquis à Vienne, freine des quatre fers. Le 12 janvier 1756, les négociations sont suspendues.

Quelques jours plus tard, Frédéric chamboule l'échiquier européen.

*
* *

L'inquiétude ne le quitte jamais. Tout son être tend vers un seul but : augmenter la puissance de la Prusse. Il ne se lasse pas de concevoir des plans d'agrandissement, de les peaufiner, de les modifier au gré des circonstances. Dans son *Testament politique*, rédigé bien prématurément en 1752, il fait pour ainsi dire son marché : « De toutes les provinces de l'Europe, il n'en est aucune qui convienne mieux à l'État que la Saxe, la Prusse polonaise et la Poméranie suédoise, à cause que toutes trois l'arrondissent. La

Saxe cependant serait la plus utile ; elle reculerait le plus la frontière et couvrirait Berlin... Vous pensez sans doute qu'il ne suffit pas d'indiquer les pays qui seraient de notre convenance mais qu'il faut proposer les moyens de les acquérir. Les voici : il faut dissimuler et cacher son dessein, profiter des conjonctures, attendre patiemment celles qui nous sont favorables et quand elles sont venues, agir avec vigueur. » Nous sommes loin de l'*Anti-Machiavel.* Et comment justifier ces conquêtes ? « Par droit de bienséance. » C'est l'humour frédéricien. Il applique ses recettes à la lettre. Lorsque le jeu ne lui paraît pas évident, il se fait louvoyant et indécis. Il couche sur le papier toutes les combinaisons possibles et anticipe, tel un joueur d'échecs, les réactions possibles de l'adversaire. Mais si une ouverture se présente, prise de décision foudroyante. C'est par là qu'il l'emporte sur tous les princes de son temps. Le quitte ou double après les lentes stratégies. Il paie comptant, avec ses nerfs. Après l'invasion de la Silésie, en 1740, quand la déroute menace, crises de dépression et violents désespoirs. Mais les dés roulent et il n'est plus en son pouvoir de les arrêter.

Il sera donc le perturbateur de l'Europe, son prédateur. Comment ne se verrait-il pas entouré d'ennemis puisqu'il professe que « c'est un opprobre et une ignominie de perdre ses États » et qu'il entend bien infliger cette honte à ses voisins ? La puissance russe le hante. Son père, le Roi-Sergent, répétait : « Je vois bien le moyen de détacher l'ours du Nord, mais ensuite, qui se chargera de le remettre à la chaîne ? » Frédéric écrira un jour de la Russie : « C'est une terrible puissance, qui dans un demi-siècle fera trembler toute l'Europe. » Son art militaire est déjà tout napoléonien : la guerre n'a pas pour objectif la vaine conquête de territoires ou de places fortes, mais la destruction des forces adverses. On peut gagner des batailles contre les Russes, non pas la guerre, car il faudrait mener la campagne d'anéantissement au cœur d'un pays trop vaste pour qu'il ne devienne pas le tombeau du vainqueur. Il se sait détesté par la czarine Élisabeth, par le comte Brühl, par le roi d'Angleterre, son oncle, et tenu en défiance par Louis XV. Marie-Thérèse d'Autriche le hait. Elle ne lui pardonne pas le rapt de la Silésie et s'allierait avec le diable pour la reconquérir. Rude environnement...

Dès le début de l'année 1755, il voit clair : la guerre aura lieu parce que l'Angleterre la veut. Il s'étonne que Versailles ne consacre pas toutes ses forces à se faire une marine puissante, mais cela l'arrange, car un affrontement limité à la France et à l'Angleterre le laisserait seul face à ses ennemis. Il tente d'abord d'entraîner son allié français contre leur ennemi commun, l'Autriche. Knyphausen propose une double offensive : les Français s'empareraient des Pays-Bas autrichiens tandis que l'armée prussienne entrerait en Bohême et marcherait sur Vienne. Le cabinet français fait la sourde oreille. Frédéric désespère de « la grande indifférence » des ministres de Louis XV pour les affaires. Rien à attendre de ce côté-là. Londres, qui se cherche un soldat en Europe pour avoir les mains libres outre-mer, l'approche discrètement. Il se fait fuyant, à son ordinaire, attendant le meilleur enchérisseur. Mais lui qui se flatte à juste titre de tirer bon parti du renseignement, le voici battu à son propre jeu : les services anglais interceptent et déchiffrent ses dépêches à son chargé d'affaires à Londres. Le cabinet britannique découvre ainsi sa répugnance à entrer dans une guerre à enjeu colonial où il n'a rien à gagner et beaucoup à perdre. De là les efforts de Charles Williams pour obtenir l'alliance de la Russie. Lorsqu'il apprend la signature du traité à Saint-Pétersbourg, Frédéric est accablé. L'Angleterre ne songe qu'au Hanovre, mais Élisabeth n'oubliera pas de régler au passage son compte à la Prusse. Avec une France lointaine, affaiblie, absorbée par la guerre maritime et la défense du Canada, comment résister à l'union formidable de la Russie et de l'Autriche ?

Aux premières approches anglaises, il avait prévenu Rouillé qu'on lui faisait des « ouvertures assez singulières et importantes ». L'euphémisme est plaisant. Il ajoutait qu'il s'en expliquerait plus avant avec l'ambassadeur extraordinaire désigné par Louis XV pour négocier le renouvellement du traité d'alliance. Ce fut le duc de Nivernais, arrière-petit-neveu du cardinal de Mazarin. Âgé de quarante ans, parfait gentilhomme, membre de l'Académie française, il taquine agréablement la muse, joue à merveille du violon, chante l'opéra à ravir, dessine bien, montre d'excellentes qualités d'acteur au théâtre des Petits Cabinets. Il arrive à Berlin le 12 janvier 1756. Une information sur les progrès d'une négociation anglo-prussienne avait alerté Versailles, mais Frédéric s'était empressé de démentir « les insinuations malignes de ses ennemis ». Nivernais possède donc la sérénité de qui va renouveler sans heurts la vieille et raisonnable alliance franco-prussienne. La première audience se déroule agréablement. Frédéric le prie de réciter des vers de sa composition. Il s'exécute. Le roi complimente et ajoute en riant : « Je vous montrerai sous peu, moi aussi, une pièce de ma façon. » Nivernais n'a pas encore pratiqué l'humour frédéricien. Il en déguste la saveur amère lorsque le roi lui montre la pièce de sa façon : le traité qu'il vient de signer avec l'Angleterre. À la veille de la guerre, Frédéric quitte l'alliance de la France pour rejoindre sa pire ennemie.

Il n'avait pas le choix. Dès qu'il sait le succès de Williams, foin des finasseries : il signe le traité de Westminster, préparé en quelques jours. L'Angleterre et la Prusse uniront leurs forces pour interdire l'entrée de l'Allemagne à toute puissance étrangère. Pour Frédéric, cela signifie l'armée russe remise à la chaîne. Pour son oncle, le Hanovre est couvert par un allié plus proche et moins incertain que Saint-Pétersbourg, où une révolution de palais peut toujours invalider les traités. Le cabinet anglais vient de réussir l'un des plus jolis coups de billard de l'histoire diplomatique : expédier la boule russe sur la boule prussienne pour mobiliser cette dernière et la placer à la convenance de Londres.

Le malheureux duc de Nivernais ne peut que ruminer son infortune. Il est arrivé à Berlin quatre jours avant la signature du traité. Frédéric s'est joué de lui, qui n'est pas un ambassadeur banal : duc et pair de France, grand d'Espagne, prince du Saint-Empire... Mais le roi de Prusse, avec le cynisme jovial qui fait son charme, sait mettre du baume sur les plaies. Il indique à Nivernais un précieux détail : Westminster garantit l'intégrité de l'Allemagne, non celle du Saint-Empire, de sorte que les Pays-Bas autrichiens restent offerts aux convoitises françaises. N'est-ce pas là le fait d'un ami fidèle qui ne s'est résigné à marcher avec l'Angleterre que sous la contrainte de la nécessité ? Au reste, qu'est-ce qu'un traité ? Ils volent au vent des événements, les traités — la France est bien payée pour le savoir. Et Frédéric, au meilleur de sa forme, de déployer sur son bureau une carte d'Angleterre et de désigner à Nivernais ébahi les secteurs côtiers les plus favorables à un débarquement français... Ah ! le bon allié ! Nivernais n'étant pas un ambassadeur comme les autres, Frédéric ne va pourtant pas jusqu'à appeler son oncle, le roi d'Angleterre, « ce couillon », ainsi qu'il le fait volontiers devant les ambassadeurs de France ordinaires. « Frédéric, écrira le duc, est éloquent, parce qu'il a une grande abondance d'idées, mais je ne le trouve pas persuasif, parce que je ne lui trouve pas assez l'air de la sincérité. » Brave homme ! Nivernais, décidément sous le charme, se persuade que le roi de Prusse « n'a pas de penchant pour la guerre » et qu'on pourrait peut-être signer avec lui un petit traité défensif. Versailles rappelle dare-dare le duc, pair, grand d'Espagne et prince du Saint-Empire.

*

* *

Douglas repart au contraire pour le nord, chargé d'une nouvelle mission. La première s'était soldée par un succès relatif. Certes, il avait débarqué à Pétersbourg pour y apprendre la signature du traité anglo-russe, mais un voyage plus rapide n'aurait rien changé à l'événement. Obligé de jouer son personnage de minéralogiste amateur, il eût été en peine de contrecarrer l'offensive diplomatique de Williams ; aussi n'avait-il reçu qu'une mission de renseignement et non d'influence. Il l'avait remplie consciencieusement, déjouant la vigilance des sbires du chancelier Bestoutchev mais non point celle de l'ambassadeur d'Angleterre. Williams, vieux renard, jugea que ce catholique écossais sentait le soufre et refusa de le présenter à la cour, interdisant ainsi tout contact avec la czarine. Grâce à Michel, Douglas put néanmoins rencontrer le vice-chancelier Vorontsov, qui confirma le désir de la czarine de renouer des relations heureuses. Vorontsov, évoquant l'accord anglo-russe, avait laissé entendre qu'un traité dûment signé pouvait bien ne pas être exécuté. Le chevalier

Douglas était revenu à Versailles avec ces indications quelque peu consolantes.

Le traité de Westminster modifiant radicalement le jeu diplomatique, Rouillé le renvoie à Saint-Pétersbourg. Parallèlement, Michel voyait confirmer sa mission de soutien logistique. Note du bureau de Tercier en date du 5 février 1756 : « Le sieur Michel fut choisi au mois de juin de l'année dernière pour aller en Russie. Il a rempli les vues qu'on s'était proposées dans ce voyage de manière à faire présumer qu'il pût être important pour le service du Roi de l'y renvoyer. Pour le mettre en état de remplir sa destination, on propose à S.M. de lui accorder douze mille livres pour les frais de son voyage, mille cinq cents argent fort par mois à compter du jour de son arrivée à Saint-Pétersbourg, et on prendra les mesures nécessaires pour que ces fonds lui soient fournis avec le secret qu'exige la nature de cette mission. »

Douglas arrive à Pétersbourg le 21 avril 1756, toujours sous couverture, mais porteur d'une lettre du secrétaire d'État l'accréditant officieusement. Le 6 mai, Vorontsov le présente à la czarine. Élisabeth est furieuse du rôle que Londres lui a fait jouer. Elle n'a été dans les mains anglaises qu'un levier efficace pour faire bouger le roi de Prusse. Son dépit est tel qu'elle refuse net les subsides que Londres veut lui verser conformément aux accords. Douglas reçoit donc un accueil des plus sympathiques et les conversations aboutissent rapidement à la décision d'échanger des ambassadeurs. Côté français, ce sera le marquis de L'Hôpital. Douglas est nommé chargé d'affaires en attendant son arrivée. Au début du mois d'août, Rouillé lui envoie en renfort, avec le titre de secrétaire d'ambassade, le chevalier d'Éon.

Charles d'Éon a vingt-huit ans. Il est né à Tonnerre, en Bourgogne, d'un père « conseiller du Roi élu en l'élection de Tonnerre, directeur des domaines de Sa Majesté ». D'Éon a succédé à Déon assez récemment, la famille s'étant surtout illustrée dans le commerce du vin. Une noblesse qui sent le tonneau, contestée par les fiscaux du roi qui veulent assujettir la famille à la taille, impôt roturier. Il faut sans cesse fournir ses « preuves ». Obsédante guérilla sociale. Beaucoup plus tard, un biographe complaisant, travaillant sur commande de d'Éon, sera condamné en justice pour avoir emprunté à de nobles familles des ancêtres offrant meilleure figure que les marchands de vin. Protégé par un oncle qui est le bras droit du lieutenant de police d'Argenson, père de nos comte et marquis, le jeune d'Éon monte à Paris, entre au collège de Mazarin, poursuit des études de droits civil et canon, et, l'oncle décédé, devient enfin secrétaire de l'intendant de Paris. Il se frotte au milieu littéraire, passant de Voltaire à Fréron, ennemis jurés, et tâte de la plume avec quelques panégyriques utiles pour un jeune homme sans fortune ni relations qui veut se pousser dans le monde. Il publie aussi un essai sur *Les Différentes Situations financières de la France sous Louis XIV et la régence du duc d'Orléans*. À ceux qui lui reprochent d'avoir borné son étude à l'année 1720, il répond que « les rois ont le privilège de ne devenir méchants, faibles et ignorants que cent ans après leur mort ». Ami des pires débauchés de Paris, il les étonne par sa parfaite sagesse ; ses amis disent qu'il est « pétri de neige » : lui-même évoquera dans une lettre de 1771 au comte de Broglie « le calme de mon tempérament naturel » et s'avouera « assez mortifié d'être encore tel que la nature m'a fait », c'est-à-dire puceau. Au physique, il est joli, délié, avec un visage fin et imberbe, des mains de fille. Mais son apparence fragile dissimule une exceptionnelle force nerveuse. Cavalier accompli ; l'un des meilleurs escrimeurs de son temps. Un homme à qui il vaut mieux ne pas donner prétexte à tirer l'épée. La prudence s'impose d'autant plus qu'il est habité par la susceptibilité inquiète de ceux dont l'assise sociale manque de solidité.

Un ami l'introduit au Temple. Conti aime les hommes comme lui, gais, malins, culottés, la plume aussi agile que l'épée. Il le propose à Rouillé pour Saint-Pétersbourg. Sa jeunesse délurée réjouira le marquis de L'Hôpital, vieil officier passé au service diplomatique qui sort d'une ambassade de dix ans à Naples. Avant son départ, d'Éon est initié par Conti.

Le secret vient de recruter l'un des meilleurs et l'un des pires agents de l'histoire des services spéciaux français.

Douglas s'est installé dans les bureaux de Michel, élevés à la dignité de chancellerie. Les commis du négociant transcrivent les dépêches. Michel fait la navette avec Versailles.

Conformément à son rôle, il avance les fonds nécessaires — dix mille livres pour commencer. Douglas le tient en grande estime : « Un galant homme, ami et confident de ce qu'il y a de plus distingué en Russie. » D'Éon s'intègre merveilleusement. L'harmonie n'est pas un luxe, car la petite équipe travaille dans un climat résolument hostile. Une nuit, des coups de feu sont tirés dans les fenêtres de Douglas. Plus tard, quand le chancelier Bestoutchev tombera en disgrâce, on trouvera dans ses papiers un projet d'assassinat du dérangeant trio...

*

* *

Charles de Broglie a tôt fait de tirer le bilan désastreux du coup de théâtre machiné par Frédéric : quatre années de travail perdues. Le traité avec la Saxe définitivement enterré, car Auguste III et sa chétive armée n'ont aucune envie de se frotter au puissant voisin prussien. Le parti patriote polonais démobilisé, puisque le projet de confédération ne se justifiait que par la nécessité d'arrêter une armée russe volant au secours du Hanovre, désormais couvert par la Prusse. À plus long terme, c'est tout le plan politique de Conti qui s'effondre. Il reposait sur deux piliers : la Porte et la Prusse. La désertion de Frédéric le frappe de caducité avant même qu'il ait vu le jour. Quant à la couronne de Pologne, elle s'éloigne dans les brouillards du Nord.

Réaction typiquement broglienne : porter beau, ne jamais se reconnaître diminué à la face du public. Le petit comte et son frère ont l'entraînement, eux qui vivent du matin au soir sur la pointe des pieds. Charles promène à la cour de Saxe un visage serein, affectant de ne point comprendre les condoléances plus ou moins hypocrites dont on l'accable. Pourquoi la France serait-elle embarrassée par la volte-face du roi de Prusse ? Elle a un sérieux contentieux avec l'Angleterre, c'est vrai, mais le différend se videra bien loin, aux Amériques. Le comte Brühl, épaté, écrit à son ministre à Paris : « L'ambassadeur comte de Broglie témoigne une indifférence vraiment surnaturelle pour cet événement, prétendant qu'il fera peu d'impression sur sa cour, vu qu'elle n'a jamais voulu porter la guerre sur le continent. » Comme Charles serait heureux s'il pouvait lire cette dépêche ! Il passe la consigne à Durand, son nouveau résident à Varsovie : « Ne témoignez aucun mécontentement de ce que vient de faire le roi de Prusse ; posez-vous au contraire vis-à-vis des Polonais comme si ce n'était qu'une conséquence des projets que nous avons formés, qui ne tendent pas à entrer en Allemagne, et que notre allié a voulu également se garantir d'y voir entrer d'autres troupes. » Le résident doit même expliquer aux Polonais que la France se montre d'autant plus favorable au traité de Westminster qu'il protège leur pays d'une irruption russe.

Durand regimbe. À quarante et un ans, ce fils d'un conseiller au parlement de Metz n'est plus un novice en matière diplomatique. Il a commencé sa carrière dans la délégation de Saint-Séverin au congrès d'Aix-la-Chapelle. Il y a naturellement connu Jean-Pierre Tercier, et les deux hommes se sont appréciés. Ils se ressemblent beaucoup. Sagesse, pondération, application au travail, éloignement pour tout ce qui ressortit au clinquant et au spectaculaire, sens inné du secret. Chargé d'affaires à Londres, puis à La Haye, Durand vient d'arriver à Varsovie avec le caractère de ministre plénipotentiaire, ce qui est beaucoup mieux que résident. Son ami Tercier l'a fait initier au Secret l'an passé. Une recrue de choix. Broglie va très vite lui accorder une confiance sans réserve. Nous n'avons pas fini d'évoquer François-Michel Durand de Distroff (Distroff est le nom d'une terre acquise par son père en Lorraine), intimement mêlé aux heurs et malheurs du Secret. Pour l'instant, il juge un peu vain le sourire radieux ordonné par son chef ostensible et secret en réponse au coup de pied au cul délivré par Frédéric : « Il s'élève à chaque événement, répond-il à Broglie, un cri général qui détermine le jugement des gens les plus bornés. Vouloir l'étouffer serait faire, selon moi, des efforts inutiles ; il ne faut songer qu'à diminuer l'impression qui, allant toujours au-delà de ce qu'elle devrait être, perd de sa force avec le temps. » Il ne se donnera pas le ridicule de prétendre que le roi de Prusse s'est allié du consentement de la France avec sa pire ennemie. Langage si raisonnable que le lucide Broglie ne peut qu'y acquiescer. N'écrit-il pas à la même date au duc de Nivernais : « Si je suis ici le seul affligé, quoique je sois bien éloigné de le paraître, je ne suis pas le seul qui aperçoive l'importance de l'événement. »

D'acteur, l'ambassadeur de France à Dresde est devenu spectateur — le rôle le moins fait pour son tempérament. C'est pourtant la consigne de Versailles : attendre et voir. Il n'y peut tenir. C'est plus fort que lui, il faut qu'il produise idées, plans, projets, et que son énergie inlassable s'emploie à les mettre en œuvre. Ambition personnelle ? Elle n'est jamais absente à ce niveau, mais ne suffit pas à rendre compte de l'activisme de Broglie. Profondément patriote, il se fait lui aussi une certaine idée de la France. Elle n'est point faite pour subir, et surtout pas les insultes d'un roi à peine sorti de sa condition de client et de protégé. Charles de Broglie, trente-six ans, diplomate d'occasion dont le premier poste à Dresde ne compte certes pas parmi les grandes ambassades, prend sa plume et propose, tant à son ministre qu'à Conti, un « revirement de parties » impliquant une culbute complète de la politique française.

La Prusse, expose Broglie, vient de donner par sa trahison un très mauvais exemple : « Il serait bien avantageux de prouver qu'on ne nous manque pas impunément, et que la fidélité que nous avons envers nos alliés nous fait trouver mauvais qu'on en use différemment avec nous. » Au-delà d'une punition méritée, il faut réduire cette puissance qui devient dangereuse et incontrôlable. Par quel moyen ? Une alliance avec l'Autriche, ennemie héréditaire dont les griffes sont bien émoussées. Comment Frédéric résisterait-il à la conjonction des forces franco-autrichiennes ? Mais ce renversement spectaculaire comporte le risque de troubler nos vieux alliés — Suède, Turquie, Pologne, fourmilière des États allemands —, nos associés depuis si longtemps dans la lutte contre l'impérialisme autrichien. Aussi le démembrement nécessaire de la Prusse ne devrait-il en aucun cas profiter à la seule Marie-Thérèse, qui se contentera de récupérer sa chère Silésie. Broglie propose d'arrondir la Saxe des dépouilles de Frédéric, remis « dans la classe dont nous l'avons aidé à sortir ». Auguste III, avec une puissance ainsi augmentée, verrait son électorat devenir un royaume dont il ceindrait la couronne, comme fit naguère l'Électeur de Brandebourg devenu roi de Prusse.

Du même coup (ceci pour Conti), le trône de Pologne deviendrait disponible. Belle combinaison dont Broglie admet qu'elle comporte quelques risques, dont le premier est de relancer l'ambition hégémonique autrichienne, mais il lui paraît évident que le plus grand des dangers serait de laisser Frédéric gagner en puissance, « avec l'habitude qu'il cherche à prendre de donner la loi à tout le monde et à nous particulièrement ».

Conti balaie la proposition. « Quant à votre plan de détruire la puissance de la Prusse par une négociation avec l'Autriche, il ne peut être mis en pratique. » Serait-il réalisable que le prince ne le jugerait pas souhaitable. Encore et toujours le préjugé anti-autrichien qui nous a fait si malencontreusement descendre du mont Pagnote.

La réponse du secrétaire d'État Rouillé est si évasive que Broglie doit la considérer comme une fin de non-recevoir.

Pour une fois, Conti, chef du Secret, n'est pas dans le secret des dieux. Quant au bonhomme Rouillé, si souvent dupé sur ordre royal par son ambassadeur à Dresde, il lui prépare à la manière de Frédéric un tour de sa façon.

XIX

C'est donc Bernis qui va devenir quelque chose — et bien autre chose que Prior ou Destouches. On eût stupéfié Voltaire en lui prédisant que Babet la Bouquetière remplirait la grande carrière dont lui-même avait si longtemps rêvé. Bernis ! Ni génie politique ni talent littéraire : des ancêtres. Et la faveur des femmes.

Il naît en 1715 dans une famille du Languedoc à peu près ruinée, mais de noblesse prouvée depuis huit siècles. Il ne l'oublie jamais. C'est son viatique dans la vie. Il peut être pauvre, sans perspective assurée : il reste Bernis. « Une imagination assez brillante, une gaieté soutenue, l'air et les agréments de la santé, une façon de penser noble, une hauteur d'âme sans vanité, une indépendance qui n'avait que l'air de la liberté, des productions faciles et aimables, mais surtout de la discrétion, du secret, et un esprit de conciliation et de douceur. » Le portrait est de lui. On a envie de lui appliquer le mot de Jacques Laurent sur l'un de ses personnages romanesques : « Il était certain d'avoir raison d'exister. » Ses Mémoires fourmillent d'appréciations flatteuses portées par lui-même sur lui-même. Il n'en finit pas de dresser avec étonnement l'inventaire de ses qualités. Mais une fatuité douce comme une confiserie, exclusive de toute morgue — un vice solitaire. Bon garçon au demeurant, incapable de méchanceté, préférant au fond le bonheur au pouvoir. Ses Mémoires surprennent, car il y évoque un peu son enfance et sa jeunesse. Ce n'est pas la mode, hélas, l'usage voulant qu'un mémorialiste ne commence son récit qu'à son premier emploi. À la géniale exception de Rousseau, chacun occulte les premières années essentielles pour la formation de la personnalité. Le duc de Choiseul donne le ton général : « Mon enfance et ma jeunesse se sont passées comme celles de tout le monde » ; il n'en dira pas plus. Mémoires trompeurs malgré tout que ceux de Bernis, car, dictant son texte, il réorganise sa vie, lui construit une cohérence rétroactive, met de la volonté là où il n'y eut que hasards. Roger Vailland n'y verra que du feu, qui, dans son fameux *Éloge du cardinal de Bernis*, répand son encens sur le personnage gérant souverainement son ambition que Bernis rêvait d'avoir été.

Il monte à Paris grâce à l'appui du cardinal de Fleury, ami de son père. Collège Louis-le-Grand et séminaire de Saint-Sulpice, pépinière d'évêques. Il a choisi à douze ans, sans vocation, l'état ecclésiastique. Son goût pour les belles-lettres et une réelle indépendance d'esprit le font exclure en douceur du séminaire. Tout dans la vie de cet homme se réglera en douceur. À vingt ans, il se lance dans le grand monde, servi par les cousinages et relations que lui vaut sa précieuse ascendance. Il fréquente chez le cardinal de Polignac, intarissable bavard qui a échoué naguère à asseoir le grand-père Conti sur le trône de Pologne. On le voit chaque semaine dans les salons de Mmes de Tencin, Geoffrin, Dupin, où il se frotte à tout ce qui compte ; il écrit avec facilité des vers agréables et mièvres. Il est grand, bien fait, le visage tôt empâté mais un air de bienveillance sur les traits, et aux lèvres un sourire comme une déclaration de paix perpétuelle. Ses poèmes, qui tendent vers le catalogue d'horticulture, lui valent cette flèche de Voltaire qu'il traînera toute sa vie : « Que cela est plein de verdure, de roses, de lis, de pivoines ! Cet homme est Babet la bouquetière. » Babet est une célèbre fleuriste du quartier de l'Opéra. Bernis rit de bon cœur. Il tient Voltaire pour « le plus grand esprit du siècle » et le répète partout, ce qui n'est pas sans mérite quand on aspire à la mitre. Qu'importe le jugement des hommes sur ses vers ? Il écrit pour les femmes. Elles sont ses alliées. Amitié amoureuse ? Amour amical — le plus rare. Il est le contraire d'un hussard. Il rassure parce qu'il n'est ni vantard ni jaloux et qu'une femme peut coucher avec lui avec autant de sûreté qu'avec une autre femme. Aux effusions des sens, vives mais éphémères, succèdent les épanchements du cœur, qui n'ont pas de terme. Casanova, qui l'a observé dans ces exercices, a un mot admirable : « Il avait l'art de dorloter l'amour. » Sa carrière amoureuse ne compte pas un seul drame.

Pauvre comme Job. Au sortir des brillants salons et des châteaux luxueux, il regagne son galetas, dîne à six sous. Les dettes augmentent. Il lui faut un bénéfice, une abbaye. Il arrache une audience à Fleury. Le vieux cardinal le reçoit debout, un grand chapeau sur la tête. Bernis plaide sa cause sur le thème : « Tout le monde a été jeune... » L'autre l'interrompt sèchement : « Oh ! monsieur, tant que je vivrai, vous n'aurez point de bénéfice. » Bernis : « Eh bien, Monseigneur, j'attendrai », et il plonge dans une profonde révérence. Fleury eut assez d'humour pour colporter lui-même le mot. Il fait fortune, lance Bernis plus que toute sa production poétique (de ce jour, il prend pour devise « J'attendrai »), mais le laisse sans le sou. Les femmes le consolent en le poussant à l'Académie française ; il y entre à vingt-neuf ans, le plus jeune des Quarante ; Voltaire piétine toujours à la porte. Douze mille livres de dettes. On porte chez lui une boîte bien ficelée contenant la somme. C'est la princesse de Rohan-Courcillon.

Qu'est-il à trente ans ? Un petit abbé à la mode, coqueluche des salons — le mot est de lui —, ambitieux comme on l'est forcément quand on n'a rien, mais prêt à se contenter de peu du moment qu'une situation sociale lui épargnera le recours équivoque aux boîtes bien ficelées. Ni vrai prêtre (il n'a pas encore été ordonné) ni bon poète, amant-ami recherché mais dont la passion n'embrase nulle existence ; ils sont mille comme lui à Paris, à ceci près que les autres n'ont pas ses ancêtres.

*
* *

Il a croisé dans les salons les Poisson mère et fille mais a refusé avec énergie leurs invitations, car Mme Poisson ne possède pas « le ton du monde ». Il reçoit, un jour de 1745, un billet de la comtesse d'Estrades, maîtresse du comte d'Argenson, devenue parente de Jeanne-Antoinette Poisson depuis son mariage avec d'Étiolles. C'est le clin d'œil du destin, plus efficace que toutes les stratégies que Bernis s'inventera *a posteriori*, et d'autant plus paradoxal que les Poisson sont à peu près les seules femmes qui aient eu à essuyer ses rebuffades. La comtesse d'Estrades lui révèle les nouvelles amours du roi et annonce que la favorite souhaite, avec l'approbation de son amant, qu'il devienne son ami. De quoi s'agit-il ? Louis XV part rejoindre l'armée en Flandre, où l'attend Fontenoy. Jeanne-Antoinette passera l'été à Étiolles. Elle enchante quelques salons parisiens, mais la cour est un autre pays. Le roi souhaite que Bernis lui en apprenne les usages pour la préparer à l'épreuve redoutable de la présentation officielle. Les références du précepteur ? Huit siècles de noblesse.

La drôlerie de la situation naît de la contradiction entre le magistère qui ouvre à Bernis le chemin de la fortune et ses convictions profondes. Il va bientôt se faire recevoir au chapitre de Lyon, *nec plus ultra* en matière de noblesse, qui lui donnera le titre de comte de Lyon. Il faut prouver seize quartiers, et seule compte la noblesse d'épée. Bernis nous apprend avec satisfaction qu'un abbé du Bellay, « issu d'une des plus anciennes maisons de France » et actuel évêque de Fréjus, a été « refusé parce qu'il avait eu une bisaïeule fille d'un chancelier de France ». Le roi lui-même, « premier gentilhomme de France », ne pourrait être du chapitre à cause du déplorable mariage d'Henri IV avec Marie de Médicis, issue d'une lignée commencée avec des marchands et des prêteurs sur gages... Bernis passe l'épreuve avec aisance, présentant les preuves écrites de sa filiation noble depuis l'an 1116. Il souhaiterait une noblesse divisée en plusieurs classes, l'épée en tête, la robe à la suite, les arts et sciences utiles en queue de peloton ; « enfin, j'inscris, et même à regret, dans la dernière de toutes les classes de la noblesse, ceux qui l'ont acquise depuis un siècle seulement par de l'argent, parce que rien n'est plus ignoble et peut-être plus injuste que d'obtenir le prix de la vertu avec de l'argent qui est souvent le fruit du vice. » Chaque impétrant, sauf s'il a versé son sang, sera exclu de la jouissance de la noblesse et sa famille devra attendre cent ans avant d'en exercer les privilèges, car « il faut bien un siècle pour décrasser un roturier de la rouille de la roture ». Avec de tels principes, il ne peut avoir que mépris pour le milieu dont sort son élève, exécration pour l'ascension des financiers et autres fournisseurs de vivres. « Comment supporter sans indignation de voir la noblesse titrée s'allier avec la plus basse finance ? Il est criant de voir assises devant la Reine des filles ou petites-filles de barbiers, de porteballes et de tout ce qu'il y a de plus vil dans les professions du peuple... Quel changement funeste ce mélange impur du sang noble et roturier n'a-t-il pas déjà fait dans nos mœurs ! » Mais à quoi consacre-t-il ses soins, sinon à préparer la fille d'un commis des Pâris, naguère pendu en effigie, à se tenir correctement devant la reine avant de sauter dans le lit du roi ? Schizophrénie sociale dont peu d'hommes de ce temps sont exempts, mais qu'il porte à des extrémités rares. Ainsi, méprisant si fort les financiers, se lie-t-il d'amitié intime avec Pâris-Duverney, qu'il tient pour un « homme d'un grand talent en plusieurs genres, et d'un esprit hardi et élevé »...

Plus tard, à l'heure des fâcheries, la Pompadour se hasardera à lui lancer : « Je vous ai tiré de la poussière ! » ; il répondra : « Madame, on ne tire jamais un comte de Lyon de la poussière. »

Il dressa de son mieux la favorite aux manières de la cour. Elle avait une grâce innée, l'élégance, le maintien. Son verbe laissait à désirer. Le duc de Luynes notera : « Ne pouvant avoir une extrême habitude du langage usité dans les compagnies avec lesquelles elle n'a pas coutume de vivre, elle se sert souvent de termes et d'expressions qui paraissent extraordinaires dans ce pays-ci. Il y a lieu de croire que le Roi est souvent embarrassé de ces termes. » On se souvient du « grassouillette » relevé par Voltaire. De quelqu'un qui lui a déplu, elle dit : « Voilà un plaisant outil que ce garçon. » Cela passera avec le temps.

Cette fois, la carrière de Bernis démarre. Il fait partie du cercle intime de la favorite. Elle l'appelle *mon pigeon pattu*, de même que le duc de Nivernais est *mon petit époux*, et Pâris-Duverney, *mon cher nigaud*. C'est une mode. Marie Leszczynska appelle la duchesse de Luynes *la poule* et le comte d'Argenson, *Cadet*. Louis, avec moins de bonheur, surnomme ses filles *Torche, Coche, Graille* et *Chiffe*. Mais le pigeon pattu trouve la graine bien rare. Un logement au Louvre et une misérable pension de quinze cents livres sur la cassette. À Versailles, le roi, qu'il voit tous les jours chez la Pompadour, ne lui adresse pas la parole pendant trois ans ; on a beau le savoir timide, cela déconcerte. Puis la banquise se dégèle. Un jour, sortant de chez la favorite qui vient de lui offrir une pièce de toile de Perse, il croise Louis XV dans l'escalier. Le roi se fait montrer la tapisserie, puis, sortant de sa poche un rouleau de louis d'or, le tend à Bernis : « Voilà pour les clous. » Royal pourboire ! La glace est rompue. Invitations au théâtre des Petits Cabinets (« le Roi, en me plaçant dans sa propre loge, voulut montrer qu'il était instruit de ma naissance »), magnifique appartement aux Tuileries. Attaché au char de la favorite, Bernis s'efforce de la conseiller utilement. Il lui trouve « un amour-propre trop aisé à flatter et à blesser, et une défiance trop générale, qu'il était aussi aisé d'exciter que de calmer ». C'est décrire doucement une prétention impérieuse à tout régenter. La Pompadour fait chasser Maurepas, ministre depuis vingt-six ans, qu'elle soupçonne à juste titre d'être le « président de la boutique » qui fabrique contre elle épigrammes et couplets orduriers — les « poissonnades ». Elle s'acharne à faire renvoyer le comte d'Argenson, secrétaire d'État de la Guerre, en charge du département de Paris, qui voudrait la borner à distraire le roi, mais elle doit ronger son frein, car Louis XV, agacé par son harcèlement, lui fait dire par la princesse de Soubise (détour caractéristique d'un monarque qui, même à sa maîtresse, n'ose parler en face) qu'habitué à travailler avec d'Argenson il demande le silence à son sujet. Elle hait Conti. Un jour qu'en sa présence il entretenait le roi des affaires du Parlement, elle l'interrompt par cette question en vérité un peu rude : « Vous ne mentez jamais, Monsieur ? » ; le prince, désinvolte : « Pardonnez-moi, Madame, quelquefois aux femmes », et d'enchaîner son propos sans plus tenir compte d'elle.

Conti pose un problème délicat à Bernis en lui proposant de travailler avec lui et de « me faire nommer à l'ambassade de Pologne pour y exécuter un plan connu alors seulement du Roi, de lui et de M. d'Argenson, et qui me fut communiqué ». Bernis n'en dira pas plus dans ses Mémoires (lorsqu'il les dicte à sa nièce, à quarante-trois ans et en disgrâce, il n'entend pas compromettre son avenir par des révélations indiscrètes), mais il est clair que Conti lui a dévoilé ses ambitions. Bernis choisit de rester fidèle à la Pompadour et Charles de Broglie héritera donc de l'ambassade de Pologne. La légèreté du prince étonne : n'est-ce pas folie que de se confier à un homme appartenant entièrement à son ennemie ? En dépit de la discrétion dont s'enorgueillit Bernis, doit-on tenir pour assuré qu'il n'a soufflé mot de l'affaire à une femme dont dépend son avenir ? Si la Pompadour sait que l'ambassadeur de France en Pologne joue un rôle occulte, comment n'envelopperait-elle pas Broglie dans son exécration pour Conti ?

*

* *

Bernis obtient en fin de compte l'ambassade de Venise. Les commentaires manquent d'enthousiasme. Voltaire, qui connaît son homme, plaint les maris vénitiens. Le marquis d'Argenson, sur qui Bernis n'a pas eu l'occasion d'exercer son charme, se montre comme souvent sévère : « Est nommé à Venise M. l'abbé de Bernis, bel esprit de l'Académie, abbé langoureux faisant quelques jolis vers qui échappent à sa paresse, dédaigneux, homme de rien, aimant à veiller pour la société du beau sexe, et se levant à midi, d'ailleurs n'ayant pas un sou de patrimoine. Mais Mme de Pompadour l'aidera, ainsi que les Pâris. » Le marquis de

Puyzieulx, en partance des Affaires étrangères, ne cèle pas au nouvel ambassadeur qu'il doit tout à la faveur et rien au mérite, comme disait le régent lorsqu'il accordait une grâce : « On voulait vous envoyer en Pologne ; j'ai insisté sur le danger qu'il y aurait de vous confier une commission si délicate, et j'ai consenti enfin, quoique avec peine, à l'ambassade de Venise, par la raison que si vous faisiez des sottises, elles ne seraient pas importantes. » L'abbé se déclare touché « jusqu'au fond du cœur » par une si belle franchise et demande à Puyzieulx son amitié. On se sépare en s'embrassant. L'homme capable de détester Bernis n'est pas encore né.

Incontestablement, il réussit à Venise. Il n'y fait que de petites choses, puisque les grandes se passent ailleurs, mais il les fait très bien. Affable, attentif à ménager une susceptibilité locale toujours sur le qui-vive, comme il est de règle dans un État qui se souvient d'avoir été puissant ; descendant aux détails (il fait supprimer une taxe sur le sucre antillais à laquelle le ministère français s'était résigné, qui nous coûtait quatre cent mille livres par an) ; choisi comme médiateur dans une dispute que Venise avait avec Gênes ; se renseignant si bien qu'il donne sur les affaires d'Espagne, grâce à son amitié avec son collègue espagnol, des informations plus sûres que celles du ministre français à Madrid ; obtenant même que la fière république de Venise sollicite la protection du roi de France : il démontre trois ans durant qu'il est autre chose qu'une Belle Babet arrivée aux affaires dans le cotillon de la Pompadour.

La gloire modeste de son ambassade sommeille aujourd'hui dans la poussière des archives diplomatiques, mais l'épisode de Murano, cauchemar de tant de ses biographes, continue de faire rêver les innombrables lecteurs du plus célèbre des Vénitiens avec Marco Polo. Giacomo Casanova est né vingt-huit ans plus tôt d'une mère comédienne et d'un père que son amour des comédiennes avait conduit à se faire comédien aussi. Chacun savait que Giacomo avait en réalité pour géniteur un patricien de Venise ; quant à son frère cadet François, qui deviendra un célèbre peintre de batailles, conçu pendant une tournée à Londres, il était de notoriété publique qu'il avait pour père le prince de Galles, devenu George II d'Angleterre, avec qui Frédéric vient de passer alliance. Le père putatif décédé, la mère s'était installée à Dresde, où elle allait jouer pendant près de trente ans au théâtre patronné par Auguste III, qui la pensionnera lorsqu'elle prendra sa retraite. Le comte de Broglie, dont rien ne dit qu'il aimait les spectacles, mais qui s'y rend de toute façon par obligation protocolaire, doit applaudir cette Zanetta Casanova, tenue en Europe pour une excellente actrice, ou bien sa fille Maria, danseuse à l'opéra de Dresde. Giacomo, abandonné à Venise aux soins de sa grand-mère, poursuit des études approfondies ; passe son doctorat en droits civil et canon ; embrasse sans vocation vibrante l'état ecclésiastique, se fait tonsurer et reçoit les quatre ordres mineurs ; voyage beaucoup, et jusqu'à Constantinople ; devient secrétaire d'un cardinal romain ; quitte la soutane et endosse l'uniforme d'enseigne de l'armée vénitienne ; joue enfin du violon dans un théâtre de Venise pour gagner son pain. Il a démontré sous tous les habits les qualités nécessaires à une belle réussite, mais réussir signifie s'arrêter pour faire fructifier, et il n'aime que les commencements ; à chaque étape aussi le destin s'acharne à mettre sur son chemin un être adorable qui lui fait oublier les devoirs de son état. Violoneux, donc. Mais il prend sous sa coupe un sénateur vénitien presque sexagénaire, descendant de l'une des plus illustres familles de la république, ancien inquisiteur d'État, premier d'une longue série de riches victimes que Casanova escroquera en leur faisant accroire que ses connaissances cabalistiques lui permettent de dominer l'avenir. « Le "siècle de la raison", écrit Gaxotte, a été superstitieux avec délices. » Désormais pourvu d'un généreux mécène, Casanova laisse là son violon et repart en voyage. Genève, Paris, Dresde, Prague, Vienne. Pour sa mère, il traduit en italien un opéra français (Auguste III manifeste sa gratitude en offrant à Giacomo une belle tabatière d'or) et lui donne une pièce de sa composition. De retour à Venise, il est censé travailler dans un cabinet d'avocat mais consacre l'essentiel de son temps à sa passion des femmes.

Il raconte dans ses Mémoires comment, amoureux heureux d'une jeune pensionnaire du couvent de Murano, puis couchant avec une belle nonne, compagne de la demoiselle, l'amant de la nonne, Bernis, le mena par le bout du nez, d'abord pour satisfaire son voyeurisme en observant ses ébats (« Il aimait étudier le cœur humain », écrit Casanova), puis en lui soufflant sa jeune maîtresse, passée à vive allure de l'initiation amoureuse à la partie carrée. Les couvents vénitiens de l'époque permettaient ces fantaisies. La plupart des biographes de Bernis crient naturellement à l'affabulation. Ils observent que leur héros ne souffle mot de l'épisode dans ses propres Mémoires. Mais il est cardinal quand il les dicte à une jeune nièce aux chastes oreilles. Ils soulignent quelques erreurs chronologiques commises par Casanova dans son récit, écrit plus de trente ans après l'événement. Les travaux minutieux des casanovistes attestent pourtant la véracité générale du Vénitien et ne laissent guère de doute sur l'authenticité de l'épisode de Murano[1]. L'incrédulité outragée est d'autant moins de mise ici qu'il existe une lettre de Bernis, écrite pendant son séjour à Venise, à la femme de l'ambassadeur de France à Constantinople, des Alleurs (initié au Secret), avec laquelle il entretenait une correspondance amoureuse ; Bernis y évoque de la manière la plus précise ses amours avec une religieuse de Venise que Mme des Alleurs devait connaître, puisqu'elle reprochait à l'abbé son infidélité... Passer d'une religieuse à deux relevait d'une arithmétique point trop ardue pour un homme tel que lui.

Quoi qu'il en soit, il se fait ordonner prêtre par le patriarche de Venise et, lors d'un voyage à Parme, s'attache Madame Infante, fille très aimée de Louis XV, qui avait déjà accueilli dans son lit un évêque de Rennes célèbre pour ses débauches. « Bernis, écrira Choiseul, aimait à caresser les seins généreux de la fille aînée de Louis XV. » Il s'en fait surtout une amie toute dévouée. Pâris-Duverney, avec qui il entretient une correspondance assidue, évoque souvent dans ses lettres l'autre « bonne et généreuse amie » qui veille sur ses intérêts à Versailles.

Il quitte le 24 avril 1755 une Venise plongée, selon lui, dans « une désolation universelle » par son départ, et regagne Versailles assuré de l'appui de ces deux femmes essen-

1. Citons, entre autres, Rives Childs, Mars, Gruet, Watzlawik, Brunelli.

tielles, la Pompadour et Madame Infante. Il a la quasi-certitude d'obtenir l'ambassade d'Espagne.

*
* *

Il obtient l'ambassade d'Espagne. À huit jours de son départ pour Madrid, la marquise de Pompadour lui montre une lettre du comte de Starhemberg à elle adressée. C'est une demande de rendez-vous. Starhemberg, ambassadeur d'Autriche, a des propositions à transmettre de la part de l'impératrice-reine. Celle-ci souhaite que Louis XV désigne un ministre pour négocier dans le plus grand secret. « Rien n'égale la surprise que la lecture de cette lettre me causa. » Bernis exprime aussitôt des réserves. L'Autriche ne tente-t-elle pas de nous brouiller avec la Prusse, notre alliée traditionnelle ? Si elle est sincère, ne veut-elle pas nous entraîner dans une guerre pour la Silésie dont nous n'avons que faire ? À peine a-t-il terminé que le roi entre dans le salon et lui demande ce qu'il pense de la lettre. C'est la première fois qu'il parle politique à l'abbé. Celui-ci expose de nouveau ses réserves. « Le Roi m'écouta avec impatience, et quand j'eus fini, il me dit presque en colère : “Vous êtes comme les autres, l'ennemi de la reine de Hongrie.” » Bernis proteste de son admiration pour elle, mais maintient ses réticences. « Eh bien, répliqua le Roi avec un peu d'émotion, il faut donc faire un beau compliment à M. de Starhemberg et lui dire qu'on ne veut rien écouter. — Ce n'est pas là mon sentiment, Sire, Votre Majesté a tout à gagner à s'instruire des intentions de la Cour de Vienne, mais il faut prendre garde à la réponse qui lui sera faite. » Le roi le désigne pour rencontrer Starhemberg en compagnie de la marquise.

Bernis, Belle Babet, le pigeon pattu. On ne lui demande plus de régler un différend entre deux petites républiques, mais d'embarquer la France dans une politique extérieure opposée à celle qu'elle suit depuis trois siècles. Il n'a aucune expérience à ce niveau, ignore tout de l'Europe du Nord. Son imperturbable confiance en soi vacille. Il est profondément honnête. Vigilant sur ses intérêts, il ne les fera jamais passer avant ceux de la France. Pourquoi lui ? Dès le retour de Venise, « je considérais avec la même frayeur qu'il avait suffi de trois ans d'ambassade pour me faire regarder comme le ministre du Roi le plus habile, et sa plus grande ressource : cela prouvait la disette d'hommes... » Mais il ne doit sa désignation qu'à la Pompadour.

Depuis longtemps, Marie-Thérèse souhaitait se rapprocher de la France pour mieux contenir les ambitions de Frédéric II, et récupérer sa Silésie. Attaché à l'alliance prussienne, Louis XV n'avait pas donné suite aux ouvertures, bien qu'il jugeât clos le vieil antagonisme entre Bourbons et Habsbourg. Au cours du fatidique été 1755, les événements s'emballent. Deux conseils exceptionnels se tiennent à Vienne les 19 et 21 août. À Saint-Pétersbourg, Williams est proche du succès. À Berlin, Frédéric reçoit les premières avances anglaises. Marie-Thérèse et ses ministres décident la guerre contre la Prusse, qu'on démembrera pour la ramener aux dimensions modestes de l'ancien électorat de Brandebourg. Vienne enrôlera dans la croisade la Russie, la Saxe, la Suède et quelques principautés allemandes. Il faudrait aussi détacher la France de la Prusse. On obtiendra sa neutralité en lui proposant les Pays-Bas autrichiens, où régneront l'infant de Parme et Madame Infante, si chère au cœur de son père, et en promettant d'appuyer la candidature du prince de Conti au trône de Pologne. L'Autriche est donc informée du Secret ? Depuis au moins cinq ans... Par quelle voie ? Nous l'ignorons. Les confidences de Conti à Bernis démontrent assez son imprudence. Les frères d'Argenson sont au courant depuis le début. Les patriotes polonais n'ont pas une réputation de mutisme bien établie. Par principe, une indiscrétion, voire une infidélité, ne peut être exclue de la part des diplomates français affiliés, ou de leurs secrétaires de confiance également initiés, encore que deux siècles écoulés depuis lors n'aient pas fourni la plus légère indication dans ce sens. L'explication la plus probable reste une interception de la correspondance secrète. Vienne a implanté des agents dans la poste impériale. Certes, les chiffreurs français, Tercier en tête, proclament l'inviolabilité de leurs codes. Il en est ainsi depuis la plus haute Antiquité, l'assurance supérieure des hommes du chiffre n'ayant d'égale que la profondeur de leur stupeur lorsqu'ils découvrent, de décennie en décennie, que le code inviolable n'existe pas. Nous aurons l'occasion de vérifier le talent des casseurs de code autrichiens.

Comment approcher Louis XV avec la discrétion nécessaire ? Marie-Thérèse et son cabinet, hésitant entre le prince de Conti et la marquise de Pompadour, s'en remettent du choix de l'intermédiaire à leur ambassadeur à Paris, Starhemberg. C'est ici que le destin hésite et bascule. Si l'ambassadeur choisit Conti, le prince se trouve mis en position d'avancer ses affaires de manière décisive, son ambition devient un enjeu de la politique européenne et le Secret n'a plus de raison d'être. Starhemberg choisit la Pompadour. Il a raison : la maîtresse possède plus d'influence sur le roi que le cousin. L'Autrichien se souvient aussi des offres secrètes de négociation faites par Fleury en 1742 à Marie-Thérèse, offres que celle-ci avait publiées pour le plus grand ridicule du vieux cardinal. Si l'idée venait à la France de rendre à l'Autriche la monnaie de sa pièce, Louis XV en serait retenu par la crainte de faire rire de lui en révélant que la politique extérieure de la France se fait dans le salon de sa maîtresse. Les relations entre la favorite et Conti étant ce qu'elles sont, Bernis va assurer les Autrichiens que l'éventuelle candidature du prince n'intéresse que lui.

L'orgueilleuse héritière des Habsbourg se résigna à écrire à la marquise, qui n'était à ses yeux qu'une manière de catin, et descendit, non sans convulsions, jusqu'à commencer sa lettre par la formule fameuse : « Ma chère amie ». On raconta que son Premier ministre, Kaunitz, avait littéralement dû lui tenir la main pour qu'elle écrivît les trois mots pour elle déshonorants. La proposition d'entrer en négociation s'accompagnait d'un protocole rigoureux destiné à préserver le secret. Le pouvoir présenté par Starhemberg était ainsi rédigé : « Je promets, foi d'impératrice et de reine, que de tout ce qui sera proposé de ma part au Roi Très-Chrétien, il ne sera jamais rien divulgué, et que le plus profond secret sera gardé à cet égard pour toujours, soit que la négociation réussisse ou qu'elle ne réussisse point ; bien entendu néanmoins que le Roi Très-Chrétien me donnera une déclaration ou promesse pareille à celle-ci. Fait à Vienne, le 21 août 1755. » Trois personnes en Autriche (Marie-Thérèse, son époux, Kaunitz) et trois en France (le roi, la Pompadour, Bernis) seront donc, avec Starhemberg, au fait d'une négociation destinée à changer la face de l'Europe.

La première conférence a lieu dès le lendemain à Babiole, nom fâcheux dans la circonstance, d'une petite maison bâtie au pied de la terrasse du château de Bellevue, propriété de la Pompadour. La marquise, Starhemberg et Bernis arrivent par des chemins différents après avoir renvoyé carrosses et domestiques. L'ambassadeur d'Autriche entame la lecture d'un long mémoire. Il révèle sans ambages la volonté autrichienne d'en découdre avec la Prusse, ce qui n'est pas une surprise, mais Pompadour et Bernis, qui se sont promis d'écouter sans trahir la moindre réaction, ont bien du mal à conserver leur impassibilité lorsque la cour de Vienne tient pour acquis le déplaisir que doit éprouver celle de France des négociations ouvertes entre Londres et Berlin. Première nouvelle. On ignore tout à Versailles de ces pourparlers. Le renseignement autrichien surclasse décidément son homologue français.

Les conférences continuent les jours suivants entre Bernis et Starhemberg. La négociation ne peut que piétiner puisqu'elle repose sur un malentendu : l'Autriche veut l'alliance pour faire la guerre, la France ne l'accepterait que pour augmenter les chances de la paix. Le traité franco-prussien n'expirera que le 5 juin 1756 et Louis XV, contrairement à Frédéric, n'est pas homme à trahir un allié. Depuis son accession au trône, le roi de France multiplie les preuves de son pacifisme et de sa loyauté. Il a démontré le premier à Aix-la-Chapelle en refusant toute acquisition pour la France ; il le prouve encore en supportant avec une patience infinie les pirateries anglaises. Elles lui donnent même l'occasion de témoigner d'un ahurissant fair-play. Un navire français intercepte une frégate anglaise conduisant en Amérique le gouverneur de la Caroline du Sud ; le prisonnier est amené à Brest ; Louis XV donne l'ordre de le remettre en liberté... Les raisons personnelles de lâcher Frédéric ne manquent pourtant pas. Ses brocards contre la marquise de Pompadour sont incessants (il l'appelle Cotillon II, puisqu'elle succède à Mme de Châteauroux, Cotillon I) et, par un défaut de psychologie qui chez lui n'est pas rare, il lui a fait proposer cinq cent mille écus pour servir ses intérêts. Louis XV, c'est presque pis : il ne comprend pas le roi de Prusse. Tout le déroute chez cet homme qui est à peu près son contraire : l'homosexualité tranquillement assumée, l'anticléricalisme militant, la désinvolture avec laquelle ce roi tout neuf traite l'une des plus anciennes monarchies, la continuelle mauvaise foi. Mais, puisque le roi de France lui a donné sa parole, il la tiendra sans faillir. Bernis sue sang et eau pour faire accepter par Starhemberg la garantie de l'intégrité de l'État prussien, Silésie comprise, quand l'autre s'exténue à lui faire entendre qu'il s'agit au contraire de démembrer cet État. L'abbé ploie sous le travail. Privé de l'aide de tout secrétaire — secret oblige —, il doit prendre sous la dictée de Starhemberg les longs mémoires de la cour de Vienne, rédiger les réponses de Louis XV, avec copie pour son propre dossier, établir des notes à l'intention du roi, et le tout en menant une vie de courtisan à peu près normale sous peine d'éveiller la suspicion des agents qui traînent à Versailles — autant dire qu'il passe ses nuits à écrire. Le pire est peut-être l'angoisse d'assumer seul une si lourde responsabilité. Il supplie le roi d'informer ses ministres. Louis XV n'y consent qu'au bout de six semaines, et encore sélectionne-t-il les élus : Machault, passé secrétaire d'État de la Marine, Séchelles, contrôleur général des finances, Saint-Florentin et Rouillé. Le comte d'Argenson, secrétaire d'État de la Guerre, reste exclu de la confidence. Parce qu'il est tout prussien ? Les autres le sont aussi, Machault excepté. L'ostracisme est signé Pompadour. On imagine la stupéfaction amère des ministres en apprenant tout à coup qu'une si grande affaire se tramait dans leur dos, et avec pour seul maître d'œuvre ce petit abbé de quarante ans tout ronds, sorti des jupons de la favorite. Le comité des quatre va suivre ses efforts d'un œil carnassier et attendre avec gourmandise le probable faux pas. Tout au long de la négociation, Rouillé refusera de l'informer de l'évolution des affaires, notamment en Allemagne et dans le Nord, se bornant à lui communiquer les dépêches arrivées de Madrid, puisqu'il est toujours désigné pour l'ambassade d'Espagne. Ce sabotage, malheureusement toléré par le roi, aura ses conséquences.

Bernis se croyait sur le point de réussir quand Nivernais, habitué sur les planches à des coups de théâtre plus aimables, fait connaître à Versailles la signature du traité de Westminster. Le paysage s'en trouve radicalement changé et Marie-Thérèse a désormais tous les atouts dans sa main. Pourquoi devrait-elle payer le prix fort pour détacher la France de l'alliance prussienne, puisque Frédéric vient lui-même de la rompre ? Assurée de l'appui de la Russie, elle peut lancer ses troupes sur la Silésie sans craindre pour ses arrières. La France, privée d'allié sur le continent, devient au contraire solliciteuse. Si elle refuse de traiter avec l'Autriche, cette dernière ne finira-t-elle pas par rallier le camp anglais, comme elle l'a fait presque toujours ? Louis XV se retrouverait, tel son bisaïeul aux heures les plus dramatiques, face à une formidable coalition.

Le traité dit de Versailles est signé le 1er mai 1756 à Jouy-en-Josas, au château de Rouillé. Les deux parties se promettent aide et assistance « contre les attaques de quelque puissance que ce soit, le cas de la présente guerre entre la France et l'Angleterre uniquement excepté ». Cependant, par convention secrète, l'Autriche s'engage à secourir la France si elle était envahie par quelque puissance, même agissant au seul titre d'auxiliaire du roi d'Angleterre. Un contingent de vingt-quatre mille hommes sera dépêché par son alliée à la puissance agressée. Le pacte reste strictement défensif. Point question d'unir ses forces pour partir à l'assaut de la Silésie. Mais un incident de frontière est si vite arrivé... Les signatures de Bernis et de Rouillé ne sont pas encore sèches que Marie-Thérèse garnit de troupes la frontière de Bohême, face à la Silésie.

Louis XV n'avait plus le choix. À ceux qui jugeaient « monstrueuse » l'alliance avec Vienne, Voltaire répondait qu'« étant nécessaire, elle était très naturelle ». Même si les infidélités de Frédéric lors de la précédente guerre auraient dû refroidir les ardeurs à son endroit, le préjugé antiautrichien demeurait pourtant vivace dans la noblesse, qui peuplait les ambassades et commandait à l'armée, et les philosophes se désolaient de voir le roi de France s'allier à la bigote Marie-Thérèse contre leur prince préféré. Mais si le traité de Versailles prit si mal dans l'opinion publique française, la responsabilité essentielle en revient à Louis XV. La « disette d'hommes » n'était pas telle qu'il fût obligé de recourir à un Bernis, plus connu de Paris pour ses galanteries que pour ses succès vénitiens. On savait les critiques féroces de Frédéric sur la poésie de l'abbé (« Et je laisse à Bernis sa stérile abondance ») — le roi de Prusse s'employa bien vite à les faire connaître de ceux qui les ignoraient encore. On colportait ses railleries sur la Pompadour. Un traité nécessaire, de portée historique, voulu par le roi, apparut comme une vengeance de boudoir machinée par une favorite et son sigisbée. Deux semaines après la signature à Jouy-en-Josas, Starhemberg lui-même écrivait à Vienne à propos de la marquise : « Il est certain que c'est à elle que nous devons tout, et c'est d'elle que nous devons tout attendre dans l'avenir. » Le duc de Croÿ notera que « la haine personnelle » de la marquise envers le roi de Prusse « mène tout ». Convaincu que la Pompadour avait été chavirée de se voir appelée « ma chère amie » par l'impératrice-reine, Paris chantait :

Versons pour la reine d'Hongrie
Tout notre sang
Donnons-lui pour la Silésie
Tout notre argent
Elle a su plaire à Pompadour

Louis XV, en choisissant mal les instruments d'une politique peu contestable, dressait contre elle l'opinion.

*
* *

Lettre du 25 mai de Rouillé au comte de Broglie : « Je vous confie, Monsieur, que le Roi a conclu, le 1er de ce mois, avec l'impératrice-reine de Hongrie et de Bohême, un traité de neutralité et un traité d'alliance purement défensif... L'alliance que les deux Cours viennent de contracter vous surprendra d'autant moins que vous en avez vous-même eu l'idée, et que dans la lettre que vous m'avez fait l'honneur de m'écrire le 13 février, vous la portiez plus loin. » Grande satisfaction pour le comte : son plan, apparemment négligé par Rouillé et repoussé du pied par Conti, n'était point si sot puisque le roi vient d'opérer le spectaculaire renversement d'alliance qu'il préconisait. Lorsque Charles reçoit le texte du traité, autre chanson. Il est atterré. Pour lui, qui voit toujours en grand dès qu'il s'agit de son pays, la France devait entrer dans l'alliance en corps avec ses amis traditionnels — Pologne, Turquie, Suède —, leur adjoindre la Saxe, prendre la tête de la coalition, fixer les objectifs et décider des moyens. Au lieu de quoi elle se met purement et simplement à la remorque de l'Autriche. Vienne décidera du déclenchement de la guerre, du champ de bataille, du terme des opérations, des conditions de la paix. Le traité passe sous silence les vieilles alliances de la France. Rien sur la Turquie, exposée aux convoitises russes. La Pologne n'est même pas mentionnée. L'Autriche aux prises avec Frédéric bénéficiera sans nul doute de l'appui de la Russie en vertu d'une alliance qui tient toujours, et surtout de la solide amitié liant la czarine et l'impératrice-reine. Cela signifie le « passage » des troupes russes par la Pologne, autrement dit l'invasion. Déjà, à Varsovie, les patriotes assiègent le résident français, François Durand : quel jeu la France joue-t-elle ? S'apprête-t-elle à les sacrifier à l'alliance austro-russe ? L'inquiétude polonaise redouble à la nouvelle du rétablissement des relations diplomatiques entre Paris et Saint-Pétersbourg. Charles Williams plie bagage ; le chevalier Douglas s'installe. Où va-t-on ?

Broglie expédie dépêche sur dépêche pour demander des instructions. Il voit déjà les Prussiens à Dresde, les Russes à Varsovie. Le bonhomme Rouillé ne comprend pas ces alarmes. Broglie oublie-t-il que le traité de Versailles est purement défensif ? La paix ne pourrait être rompue que par une agression du roi de Prusse, mais le ministre juge l'hypothèse bien peu plausible : « J'ai peine à croire, écrit-il à Broglie, que ce roi veuille s'engager dans une guerre dont les premiers moments peuvent à la vérité lui être favorables par la surprise où il trouverait la puissance qu'il veut attaquer, mais dont les suites pourraient lui être funestes lorsque cette même puissance, soutenue des renforts de S.M., rassemblera toutes ses forces pour résister à ses ennemis. » Quant à la Russie, dont Durand signale qu'elle masse des troupes sur la frontière polonaise, Rouillé estime qu'elle prend des mesures strictement défensives. Il admet cependant que si une agression prussienne devait déclencher l'entrée des troupes russes sur le sol polonais, la situation de Broglie deviendrait très embarrassante, mais il compte bien que l'habileté de l'ambassadeur lui permettra de se tirer de ce mauvais pas. Pirouette !

Conti ? Il ne répond même pas aux lettres alarmistes de son principal agent. La révolution diplomatique l'intéresse pourtant au premier chef. Broglie continue malgré tout de lui écrire, sachant que son courrier passe sous les yeux du roi. Il le répète inlassablement : si un seul soldat russe franchit la frontière polonaise du consentement de la France, c'en sera fini pour longtemps des chances de faire asseoir sur le trône de Pologne un candidat français. Il critique les lacunes du traité : « Je crains que les ouvriers du traité de Versailles n'aient négligé quelqu'une des précautions qu'il eût été convenable de prendre pour s'assurer que les liaisons entre les deux Cours impériales ne prendraient pas par cet ouvrage une solidité qui peut nous être nuisible, ainsi qu'à nos amis ; je veux dire les Turcs et les Polonais. » Quel ne serait pas son découragement s'il apprenait que le principal ouvrier est un Bernis qui ne connaît de l'Europe que la petite scène vénitienne, et à qui Rouillé, par jalousie, a refusé de communiquer les dépêches du Nord susceptibles de l'éclairer sur quelques répercussions non négligeables de son ouvrage... Au même moment, Choiseul[1], l'homme qui monte à Versailles grâce à la Pompadour, nourrit de sérieuses réserves à l'égard du traité, mais, habile courtisan, se garde bien de les exprimer. Ce n'est pas la manière de Broglie, trop patriote pour déguiser son opinion en fonction de ses intérêts personnels. Il en fait tant que les ministres et le roi lui-même le taxeront d'austrophobie primaire et le rangeront parmi les adversaires du renversement d'alliance, oubliant avec une injustice signalée que, jeune encore dans la carrière, isolé au fin fond de l'Allemagne, Charles de Broglie avait, de sa propre initiative, préconisé le rapprochement avec Vienne.

La réunion avec Saint-Pétersbourg le stupéfie plus que tout. « Nous voilà donc réconciliés avec la Russie, écrit-il à Conti avec un humour glacial. Cela est-il favorable ou

1. Il n'est encore que comte de Stainville. Nous lui donnons dès à présent le nom sous lequel il est entré dans l'histoire.

contraire aux vues de S.M. sur la Pologne, j'avoue que c'est un problème pour moi. Je supplie V.A.S. de la résoudre et de me faire passer les ordres du Roi sur un sujet si important. » La réponse du prince est d'un vide désolant : le roi entend bien préserver la Pologne et s'y efforcera en recommandant les plus grands ménagements à ses nouveaux alliés. Voilà un solide rempart contre l'armée russe qui s'assemble à la frontière polonaise... Que penserait Broglie s'il apprenait que la mission de Douglas, bien loin de relever d'une initiative ministérielle traversant fâcheusement l'affaire secrète, a pour directeur occulte un prince de Conti qui, tel un joueur affolé, mise sur tous les tableaux à la fois ?... Comment pourrait-il imaginer que cette armée russe dont il redoute l'irruption en Pologne risque d'avoir Conti pour commandant en chef ?

Isolé, perdant le fil d'une intrigue dont on lui cache tant de ressorts, accablé par l'apathie de ses supérieurs officiels et occultes, il trouve son seul réconfort dans sa correspondance avec Jean-Pierre Tercier. Ses lettres au premier commis n'ont pas le ton protocolaire obligatoire envers le ministre, ni la retenue qui s'impose avec un prince du sang ; elles n'affectent pas cette cambrure qui est la marque des Broglie, toujours sur le qui-vive vis-à-vis de leurs égaux ; elles n'ont pas le style de supériorité dont on use envers un subordonné, et, s'il serait prématuré de dire qu'elles sont d'un ami à un ami, elles témoignent déjà d'une parfaite complicité intellectuelle et d'une profonde estime. Charles s'ouvre sans réserve à Tercier. C'est pour lui, sachant qu'il sera compris, qu'il revient sur le plan conçu dès la signature du traité de Westminster : « J'ai de bonnes raisons pour ne pas l'avoir expliqué mieux ; mais à vous, je peux dire en peu de paroles qu'en prenant Magdeburg, Halberstadt et une partie de Mansfeld au roi de Prusse pour le joindre à l'électorat de Saxe, j'en ferais un joli petit royaume militaire, pour lequel je ferais renoncer à celui de Pologne, que je donnerais à vous ou à moi ou à un tiers qui conviendrait mieux au Roi que nous deux. »

Son plan, un autre plan, n'importe quel plan, mais un plan ! Qu'on sorte de l'inertie ! Les ministres du roi sont-ils assez sots pour croire que le traité de Versailles apporte la paix à l'Europe continentale ? Charles ne cesse de les alerter sur les préparatifs militaires de Frédéric, s'étonnant que son collègue Valori, à Berlin, ne fasse pas de même — il est vrai que Valori vient juste d'arriver. Le 21 août 1756, Broglie écrit à Conti : « Il me paraît tous les jours plus vraisemblable que la guerre va s'allumer en Allemagne. Ce serait trop hasarder que de vouloir annoncer positivement les démarches d'un prince qui est conduit par bien des motifs différents. Il s'agit de savoir quelle est la passion qui a le plus d'empire sur lui en ce moment. Je suppose que la vanité et la peur seront le principe de la détermination que je soupçonne qu'il va prendre d'attaquer l'impératrice-reine. Les conséquences seront sérieuses pour lui, mais il préférera d'attaquer avec des forces formidables un des ennemis qu'il croit déclarés contre lui, à attendre d'être attaqué par plusieurs quand le concert sera une fois formé. Je peux facilement me tromper mais telle est mon opinion, qui sera justifiée ou détruite avant qu'il soit peu. »

*
* *

Frédéric sait qu'il est le grand perdant de la partie diplomatique. Il croyait si peu à une réconciliation entre la France et l'Autriche qu'il a lancé, goguenard, au duc de Nivernais : « Je vous vois bien ému par mon traité avec l'Angleterre : faites donc le même avec l'impératrice-reine ! » L'inattendu s'est réalisé. Face à son royaume, qui ne compte pas quatre millions d'habitants, les trois nations les plus peuplées d'Europe — cent millions d'hommes ; son armée risque de devoir affronter des forces coalisées écrasantes par la supériorité de leurs effectifs. Il a suscité trop de haine pour espérer miséricorde. En cas de défaite, ce sera peut-être l'abdication forcée, le démembrement sûrement, l'État ramené à l'avorton brandebourgeois.

Ses agents travaillent bien. Ils ont recruté le secrétaire de l'ambassadeur d'Autriche à Berlin. Grâce à ce Weingarten, Frédéric reçoit la copie des dépêches échangées entre l'ambassade, Vienne et Pétersbourg. Il a également à sa solde un commis de la chancellerie de Saxe qui, chaque semaine, remet au ministre prussien Maltzahn, l'ami si peu sincère de Charles de Broglie, la correspondance échangée entre Dresde, Vienne et Pétersbourg. Frédéric n'avait guère besoin de ces documents pour découvrir quel sort on lui préparait, mais ils lui révèlent de précieux détails sur les modalités de l'hallali. La Russie s'excuse : il lui faut encore quelques mois de préparatifs avant d'entrer en campagne et elle ne marchera donc qu'au printemps 1757. Le comte Brühl espère faire passer la petite armée saxonne de dix-huit mille hommes à quatre-vingt mille grâce à des subsides français. (Brühl rêve. Malgré l'appui de Bernis, qui voit le danger pesant sur une Saxe placée en première ligne, le ministère français refusera les subsides.) L'Autriche, enfin, n'a encore que vingt mille hommes sous les armes. Le roi de Prusse dispose de cent mille soldats prêts à marcher.

Attendre, c'est donner aux autres le temps de mobiliser leurs forces. En frappant le premier, Frédéric peut espérer écraser successivement ses adversaires pris de vitesse. Mais il met alors le feu aux poudres. Il noue effectivement contre lui une coalition qui, pour être très vraisemblable, n'existe pas encore. Louis XV, qui n'a aucune envie d'en découdre, sera bien obligé de se battre si la Prusse ouvre les hostilités.

Frédéric tient conseil sur conseil avec ses frères, ministres et généraux. À la seule exception du général Winterfeld, tous se déclarent contre l'aventure d'une guerre préventive. Le 21 juillet, il a une longue conférence avec Podewils, son principal conseiller pour les affaires étrangères. Le vieux et sage Podewils argumente à son tour contre une action irréfléchie qui, après de possibles succès initiaux, exposerait la Prusse à l'irrésistible contre-offensive des trois puissances. Mieux vaut gagner du temps, proposer une médiation entre la France et l'Angleterre, espérer quelque révolution de palais en Russie... Frédéric l'écoute, puis : « Adieu, monsieur de la timide politique. »

XX

Tandis que se déroulaient les conférences avec Starhemberg, les captures de navires de commerce français continuaient, l'Angleterre poussant même la brutalité jusqu'à contraindre des matelots français prisonniers à servir, sous peine de mort, sur ses propres vaisseaux. Versailles mettait son espoir dans le roi d'Angleterre, toujours soucieux de préserver son Hanovre, pour contenir la fureur guerrière qui animait la nation anglaise. Lorsque George II prononça devant les Communes un discours rien moins que pacifique, les ultimes illusions s'évanouirent. Bernis fit adopter par Louis XV un ultimatum d'une rare modération. Si l'Angleterre restituait ses prises, la France en oublierait l'injure et consentirait à négocier la délimitation des frontières en Amérique. En cas de refus, la guerre. Bernis préconisait alors une opération immédiate sur l'île de Minorque, prise par les Anglais aux Espagnols en 1708. Contre toute attente, Londres rejeta l'ultimatum.

Le débarquement à Minorque est conçu et planifié par le clan Pompadour : Pâris-Duverney, *mon cher nigaud* ; le duc de Richelieu, qui a beaucoup fait pour ouvrir le lit du roi à la favorite ; Bernis, sa créature. Elle règne sur Versailles. D'Argenson s'en afflige à chaque page de son journal. Voltaire résume : « Mlle Poisson, dame Le Normand, marquise de Pompadour, était réellement premier ministre d'État. » Formule excessive : la puissance de la favorite réside dans sa capacité à propulser au pouvoir ceux qui lui plaisent et à en écarter les autres. De Croÿ : « Tout ce qui s'appelait grâce dépendait de la marquise. » Le chevalier de Saint-Priest, qui sera un jour initié au Secret : « C'est Mme de Pompadour qui, sans contredit, jouait alors le premier rôle à Versailles, non par autorité, mais par influence ; toutes les grâces émanaient de la favorite ; aussi recevait-elle non seulement les hommages des gens de la Cour, mais ceux des princes eux-mêmes. On assistait à sa toilette certains jours de la semaine et j'y ai vu bien souvent M. le duc d'Orléans et M. le prince de Condé, ainsi que des princes étrangers, faisant cercle, debout, à une distance respectueuse. » Dans une lettre à Bernis, la Pompadour constate : « Non seulement j'ai toute la noblesse à mes pieds, mais mon petit chien est ennuyé d'hommages. »

Pâris-Duverney, le « général des farines », règle le problème des vivres et des moyens techniques. Son frère Montmartel, possible père de la marquise, réunit les fonds. Bernis supervise mais s'intéresse volontiers aux détails ; ainsi, quand Duverney lui lit la liste des engins de siège prévus pour l'expédition : « Vous avez oublié l'article le plus essentiel ; ajoutez à votre mémoire un grand nombre d'échelles. »

Le commandement échoit à Richelieu.

Le duc de Richelieu, camarade de collège de Voltaire, naguère si beau qu'on disait qu'« il ressemblait à l'Amour », suscitant des passions quand il n'aimait que le plaisir, traverse une passe difficile : Thérèse de La Popelinière se meurt d'un cancer du sein. Il a fait son malheur. Le mari, richissime fermier général, cultivé, mécène magnifique, avait chassé Thérèse après un scandale qui avait fait rire tout Paris : Richelieu avait loué une maison contiguë à l'hôtel des La Popelinière et fait percer le mur derrière une cheminée du cabinet de Thérèse ; la plaque de cheminée, tournant sur des gonds, lui livrait passage. Les activités de perceur de muraille de Richelieu remontaient au temps de la régence. Amant de Mlle de Charolais, sœur de M. le Duc, il avait entrepris la conquête de Mlle de Valois, fille du Régent, fort surveillée car elle devait se marier avec le roi de Sardaigne. Pour l'approcher, Richelieu usa de tous les déguisements imaginables, le plus propice étant celui de demoiselle de compagnie qui lui permettait de déshabiller sa maîtresse, mais il se résolut, pour plus de commodité, à creuser dans le mur un trou donnant sur une armoire où la princesse rangeait ses confitures. Peu après l'esclandre déclenché par la découverte du subterfuge, Richelieu entrait pour la troisième fois à la Bastille. Une cour trop assidue à la dauphine de France lui avait valu son premier séjour, et un duel le second, mais le troisième avait une cause plus grave : le duc s'était embarqué dans une folle conspiration montée par Cellamare, l'ambassadeur d'Espagne, pour appuyer les prétentions des Bourbons de Madrid sur le trône de France, et il s'était engagé à livrer Bayonne, où son régiment tenait garnison. Une pareille trahison pouvait lui valoir de poser sa tête sur l'échafaud, comme firent quatre gentilshommes bretons compromis dans l'aventure. Les supplications des belles le firent sortir de la Bastille au bout de cinq mois. Le roi de Sardaigne s'étant récusé après le scandale, Mlle de Valois, éplorée, épousa sur ordre paternel le prince de Modène ; Richelieu assista au mariage en ricanant de la mariée avec sa maîtresse en titre, la Charolais. Académicien français à vingt-quatre ans —, trois écrivains, dont Fontenelle, avaient conjugué leurs talents pour rédiger son discours de réception. Un fat éblouissant et frivole. Comme le roi son maître, il a eu trois sœurs dans son lit ; l'une d'elles, la marquise de Brignole, épousera dans un an le prince de Monaco. Sa réputation de cynisme est si établie qu'il va surprendre en versant des larmes sur la mort de Thérèse de La Popelinière. Mais un homme de guerre incontestable. Il avait servi avec distinction dans la guerre de Succession de Pologne. Lors de la suivante, il s'illustra en organisant la défense de Gênes insurgée contre les Autrichiens. On lui attribuait à Fontenoy le déplacement d'artillerie décisif qui avait permis d'écraser la puissante masse anglaise qui enfonçait tout sur son passage ; il avait en tout cas mené la charge de la maison du roi, dont l'intervention avait fait basculer la victoire. Maréchal de France depuis 1748.

On lui donne trente-cinq bataillons pour conquérir Minorque. Les transports de troupe seront escortés par l'escadre de Méditerranée. La prise de Port-Mahon, capitale de l'île, ne devrait pas présenter de difficultés, mais le fort Saint-Philippe, qui la domine, sera plus coriace : les militaires le tiennent pour aussi difficile à enlever que Gibraltar. On dispose d'un plan des lieux communiqué par l'Espagne. Le risque principal est évidemment de trouver une escadre anglaise barrant l'accès à Minorque. Une défaite navale signifierait la mort ou la capture des quinze mille fantassins embarqués. Pour y parer, on monte une opération d'intoxication. Tandis que Richelieu embarquera dans le plus grand secret son corps expéditionnaire à Marseille et Toulon, le maréchal de Belle-Isle, vieux soldat glorieux, exécutera des gesticulations militaires sur les côtes de la Manche pour donner à croire aux Anglais qu'on s'apprête à débarquer chez eux. Opération bien imaginée, mal exécutée. Mais, par l'un de ces tours de passe-passe qui font la guerre secrète déconcertante pour les esprits scientifiques et ravissante pour les romanesques, tout réussit parce que tout rate. Les officiers de Richelieu se vantant de leur gloire prochaine à leurs femmes et maîtresses qui le répètent aussitôt à leurs amants et maris, on ne parle bientôt plus que de l'expédition de Minorque ; les officiers de Belle-Isle, sachant la modestie de leur rôle, se montrent moins expansifs. Informé par ses agents, le cabinet de Londres en déduit raisonnablement que l'affaire de Minorque, si complaisamment montée en épingle par les Français, n'est qu'un leurre et que les choses sérieuses se préparent du côté de Belle-Isle : l'amirauté anglaise rameute aussitôt ses escadres dans la Manche.

Les préparatifs traînèrent trois mois par la mauvaise volonté de quelques ministres, Machault surtout, qui ne voulait pas la guerre, peut-être parce qu'il ne croyait pas le royaume capable de la soutenir, mais l'activité de Richelieu triomphe à la fin des inerties, et La Galissonnière, amiral de la flotte, met à la voile le 12 avril. Traversée sans histoire. Le 18, les troupes débarquent à la pointe ouest de Minorque. Le 23, Richelieu entre dans Port-Mahon et met le siège devant le fort Saint-Philippe. Il découvre alors que le plan fourni par les Espagnols date de leur souveraineté sur l'île, c'est-à-dire de cinquante ans, et que les Anglais ont tout modifié. La place, protégée par des fossés profonds creusés dans le roc, couverte par des mines empêchant d'ouvrir la tranchée, est invulnérable au canon. Le 20 mai, une flotte de secours anglaise commandée par l'amiral Byng paraît devant Port-Mahon. La Galissonnière la disperse. Il la détruirait peut-être si ses instructions, dictées par la crainte qu'inspire la supériorité navale anglaise, ne lui interdisaient toute poursuite. Le siège de Saint-Philippe traîne. Désespérant d'en venir à bout par les moyens classiques, Richelieu, avec une audace bien dans sa manière, décide de tenter un assaut général à l'arme blanche. On l'a dit : la chose ne se pratiquait plus, la puissance de feu des défenseurs la rendant trop coûteuse, et la citadelle n'était pas Prague, où notre Broglie put monter quatrième à son échelle sur un rempart dégarni de troupes. Mais la *furia francese* emporte tout. Le 27 juin, les assaillants, sous le feu ennemi, descendent les bienheureuses échelles de Bernis au fond des fossés, les appliquent contre la muraille, se hissent sur le parapet en montant sur les épaules les uns des autres, enlèvent les ouvrages extérieurs. Le lendemain, la forteresse capitule.

« Ce succès enivra la France », écrit Bernis dans ses Mémoires. « La joie est générale », confirme Barbier. Sonneries de cloches, feu de joie en place de Grève, *Te Deum* à Notre-Dame, feux d'artifice, « tout Paris était en mouvement pour ces fêtes ». Et la guerre s'annonce décidément fraîche et joyeuse puisque d'excellentes nouvelles arrivent du Canada, où la disproportion des forces en présence faisait craindre le pire. Supérieurement commandées par le marquis de Montcalm, les troupes françaises ont battu l'envahisseur ; le général anglais Braddock est tué ; la ligne des forts tient bon. Montcalm et ses hommes doivent beaucoup au soutien des Indiens, qu'ils ont su se concilier.

Minorque est précieuse. On peut en offrir la restitution à l'Espagne moyennant son entrée dans la coalition. On peut aussi la conserver en gage pour compenser, le jour venu, quelque perte que nous éprouverions outre-mer. Bernis suggère quant à lui d'offrir sa restitution à l'Angleterre moyennant la remise par celle-ci de toutes ses prises maritimes et la liberté donnée à la France d'utiliser le port de Dunkerque, comblé depuis le traité d'Utrecht. Les ministres se récrient : pourquoi cette sotte magnanimité quand la guerre s'engage si bellement ? On ne va pas refaire le coup d'Aix-la-Chapelle ! L'abbé, « bête comme la paix », rempoche son projet.

Le peuple anglais voulait furieusement la guerre mais n'avait pas imaginé qu'elle prendrait cette tournure. Le voici lâché par son allié traditionnel, l'Autriche. La Hollande et l'Espagne resteront neutres. Le roi de Prusse, seul face à trois armées, pensera davantage à se sauver lui-même qu'à couvrir le Hanovre. Puis cette avalanche de mauvaises nouvelles militaires plus inattendues les unes que les autres. Braddock vaincu et tué alors qu'il devait s'emparer aisément du Canada. La défaite de l'amiral Byng qui brise le mythe de l'invincibilité du pavillon britannique. Minorque enlevée à la pointe de l'épée par ces Français dont la réputation militaire était sortie si diminuée de la précédente guerre. Londres vacilla. Le peuple était sous le choc. Il sortit de la crise par l'un de ces sursauts d'énergie exaspérée qui étonne le monde une fois par siècle. L'amiral Byng, rentré à Londres, fut traduit devant une cour martiale. Aucune lâcheté ni faiblesse ne pouvait lui être reprochée : il n'avait été que malheureux. La cour le condamna à mort. Des voix s'élevèrent pour demander sa grâce. Richelieu prit très noblement la plume pour témoigner qu'il n'avait pas failli. Il révéla que ses hommes avaient trouvé dans la maison d'un officier de marine anglaise la table des signaux de l'escadre de Byng, de sorte que La Galissonnière avait bénéficié d'un grand avantage sur son adversaire, dont il pouvait interpréter les ordres tout au long de la bataille. Voltaire transmit le témoignage à Londres en y ajoutant un mot personnel en faveur de l'amiral. Tout fut vain. Le malheureux Byng fut exécuté sur le pont de son vaisseau amiral. Son cadavre était pour l'Europe un avertissement et un défi. William Pitt, quarante-huit ans, revient au pouvoir à la faveur du désastre. Il en avait été chassé par George II pour s'être opposé à sa politique hanovrienne. Pitt, passionnément nationaliste, voit l'avenir de l'Angleterre maritime et colonial. Sa volonté farouche tirera de son pays, quoi qu'il en coûte, le dernier soldat, l'ultime matelot, pour la victoire finale.

*
* *

La France avait des alliés, des armées, des escadres, mais l'argent, nerf de la guerre, risquait de manquer par la faute des parlements. Louis XV créa le 7 juillet 1756, dans l'euphorie de la victoire de Minorque, un second impôt exceptionnel du vingtième qui cesserait d'être levé trois mois après la paix, le premier vingtième étant quant à lui prévu pour durer dix ans après cette paix. Le front intérieur s'embrasa aussitôt. Car c'est bien d'un front intérieur qu'il faut parler, aussi crucial que ceux sur lesquels combattent les armées. Les parlements refusent l'impôt. La bataille pour le faire enregistrer sera longue, épuisante, et la guérilla fiscale durera aussi longtemps que la guerre extérieure.

Au procès de Messieurs du Parlement, instruit d'un siècle à l'autre, les arguments de la défense se font de plus en plus minces et le verdict, surtout depuis quelques décennies, de plus en plus sévère.

Ils ont trahi leur vocation originelle. Bourgeois, ils avaient aidé le roi à briser les résistances féodales et délivré le peuple de l'arbitraire des justices seigneuriales. Depuis que Louis XIV a accordé en 1690 la noblesse héréditaire aux membres des cours souveraines, ils sont passés avec armes et bagages dans le camp des privilégiés. Les magistrats de l'Ancien Régime ne sont pas des fonctionnaires : ils achètent leur charge, comme aujourd'hui un notaire. Le fils succédant au père, le renouvellement roturier s'appauvrit — un dixième environ à Paris. Plusieurs parlements exigent même trois degrés de noblesse pour avoir l'honneur d'entrer dans leur sein. Comme la solidarité de classe joue à plein, un roturier plaidant contre un noble n'a qu'une chance bien mince de gagner son procès. La noblesse d'épée continue de marquer un discret mépris à celle de robe (le plus haut magistrat ne sera jamais admis à l'honneur de « manger avec le Roi » aux repas publics), mais l'amalgame ne cesse de se parfaire.

Toujours riches, souvent millionnaires, Messieurs enveloppent la défense de leurs intérêts égoïstes dans les faux-semblants d'un intérêt pour le bien public. S'ils s'opposent si violemment à toute réforme fiscale, c'est qu'ils perdraient beaucoup à une répartition équitable du fardeau. Chaque nouvel impôt leur arrache des incantations hypocrites sur la misère du peuple : ils pensent à leur propre bourse.

Messieurs ne sont pas unanimement dignes de respect. Beaucoup d'entre eux achètent leur charge, ou l'héritent, sans prendre la peine d'étudier sérieusement le droit ; les examens sont de pure complaisance. Frivolité et paresse se conjuguent trop souvent pour ralentir le cours de la justice. Les magistrats sérieux mettent souvent leur science juridique au service de l'esprit de parti. Ils sont jansénistes moins par religion que pour fronder l'autorité. La guerre qu'ils mènent contre l'Église dans l'affaire des billets de confession n'est nullement inspirée par la tolérance. Un fanatisme s'oppose à un autre. Les philosophes le savent bien, qui,

Voltaire et d'Alembert en tête, préfèrent la férule des jésuites au joug des jansénistes.

Messieurs rendent une justice expéditive et sanglante. Les cadavres suppliciés de Lally-Tollendal, Calas, du chevalier de La Barre, témoigneront de leur cruauté. Voltaire les appelle « les bœufs-tigres » : bêtes comme des bœufs, féroces comme le tigre.

Tels sont les hommes, trois mille en tout, qui, à la fracture du siècle — 1750 —, se lancent hardiment à l'assaut de la royauté pour l'obliger à partager le pouvoir. L'entreprise, conduite avec sang-froid et détermination, se fonde sur un argumentaire théorique grotesque. Tel Boulainvilliers prétendant fonder la noblesse à partir du droit de conquête des Germains sur les Gaulois, Messieurs se réfèrent aux temps gothiques pour justifier leur prétention. Selon eux, les rois germains ne prenaient leurs décisions qu'en accord avec le peuple assemblé. Lorsque la nation devint trop nombreuse pour que le dialogue restât possible, elle délégua son droit à des représentants. Messieurs se désignent comme les successeurs en droite ligne de ces représentants. Le parlement de Paris, en 1755 : « Sire, il y a treize cents ans que la monarchie subsiste, il y a treize cents ans que votre parlement, sous quelque dénomination qu'il ait été connu, forme toujours le même tribunal et exerce les mêmes fonctions dans l'État. Son administration des lois n'a jamais cessé d'être la même jusqu'à ce moment. » Le Parlement est donc aussi ancien que la monarchie, si même il ne la précède pas. Il incarne la nation. Il a le droit et le devoir de protéger ses libertés. Aucune loi ne peut s'appliquer qu'il ne l'ait examinée et approuvée. Il est en somme l'arbitre entre le roi et le peuple. Et s'il existe un Parlement de Paris, dont la compétence s'étend sur le tiers de la France, et des Parlements de province, ils ne sont tous que les classes détachées d'un organisme unique, car, écrit Le Paige, principal théoricien du parti, « n'étant que des démembrements que l'on a faits depuis trois ou quatre siècles de ce Parlement unique et universel, il s'est fait en eux une émanation nécessaire des fonctions et des obligations de la Cour démembrée ».

Ces thèses ne font pas les délices de quelques juristes isolés : elles trament les remontrances des Parlements à partir de 1750. À la moindre bagarre avec le roi ou tel de ses représentants, à propos d'un nouvel impôt général ou de l'établissement d'une route dans quelque province, Messieurs appellent à la rescousse Clovis, Childebert Ier, Charlemagne et Charles le Chauve.

Tout ce fatras ne repose sur rien de sérieux. Le Parlement remonte, au mieux, à Philippe le Bel. L'« union des classes » ne résiste pas à l'examen. Le roi de France dispose de la totalité du pouvoir législatif et exécutif. Certes, les édits royaux doivent être enregistrés : c'est uniquement dans ce sens que le Parlement peut se considérer comme le « dépôt des lois ». Si un édit lui paraît néfaste, il dispose du droit de remontrance, mais à titre purement consultatif ; encore l'exercice de ce droit varie-t-il en fonction de l'autorité royale. Louis XIV l'a réduit à rien. Le régent l'a ressuscité parce qu'il avait besoin du Parlement pour casser le testament du défunt roi en faveur de ses bâtards. Au cas où le Parlement s'obstinerait à regimber, il suffit au monarque de tenir un « lit de justice », c'est-à-dire de se déplacer en personne au Parlement, augmenté des princes du sang et des pairs, pour ordonner sans réplique possible l'enregistrement de la loi contestée. Ainsi fonctionne la monarchie française. On peut la vouloir changer, mais cela s'appelle une révolution.

Odieux par son orgueil de caste, méprisable par l'incompétence de tant de ses membres, redoutable par son intolérance, ridicule par les guenilles pseudo-historiques dont il habille son ambition politique : le corps judiciaire est donc le plus détesté de France ? Il est le plus populaire ! Le soutien du public ne lui manquera jamais. Sans cet indéfectible appui, que serait-il ? Que pourrait-il ? Bernis, qui eut à se frotter à lui : « Le Parlement n'a de force que celle de la voix publique ; les fermentations des compagnies ne sont rien si elles ne sont pas appuyées par la fermentation générale. » L'évidence même. Au temps du régent, d'Argenson le père, écoutant son fils, alors conseiller au Parlement, raconter l'effervescence régnant parmi les magistrats, répond : « Mon fils, votre Parlement a-t-il des troupes ? Pour nous, nous avons quinze mille hommes, voilà à quoi tout se réduit. » L'arithmétique est aussi courte que celle de Staline demandant de combien de divisions dispose le pape. Lorsqu'ils partent à l'attaque du pouvoir monarchique, Messieurs ne disposent toujours pas d'un seul soldat, et ils vont pourtant paralyser le trône. Leur force, c'est « bête comme la paix », l'enlèvement de Stuart, le Parc-aux-Cerfs, le nouvel Hérode, la route de la Révolte, le scandale du clergé échappant à l'impôt ; c'est le torrent de mépris qui roule sur ce roi jouisseur, paresseux, indifférent à tout, qui ne sait que « faire la guerre aux cerfs » ; c'est le pouvoir capturé par une favorite qui tient dans ses mains toutes les grâces et semble régler les alliances de la France comme on règle ses comptes. Les élucubrations historiques de Messieurs ne tiennent pas ? Quelle importance ! Elles sont comme irriguées et vivifiées par le flot d'estampes et de couplets vengeurs qui submergent le trône. Car le pouvoir usurpé par les magistrats n'est fait que de la décomposition de l'image royale dans l'opinion.

À quoi bon crier à l'imposture, comme font tant d'historiens nostalgiques de la monarchie ? Quel intérêt à démontrer que Messieurs font une mauvaise lecture de *L'Esprit des lois*, devenu leur bible ? Pourquoi perdre son temps à dresser l'inventaire des ridicules formules emphatiques dont les remontrances sont truffées (« les malheurs d'un peuple écrasé », « le calice du désespoir », « la consternation générale », etc.) ? Les contemporains ne s'attardent pas à l'écume des mots : ils voient, sous l'emphase, l'enjeu de pouvoir. Dès 1753, le chancelier de Lamoignon a clairement posé le problème : « Le Parlement de Paris convient que le Roi a une autorité souveraine dans son royaume, qui est monarchique, mais il prétend que c'est à lui d'exercer cette autorité, que le Roi ne peut l'empêcher. » Barbier, parfaitement informé de par sa profession, qui suit jour après jour, heure par heure, la bataille engagée, et se range d'ailleurs fermement du côté du roi, n'est pas dupe un seul instant de la rhétorique parlementaire : « Au fond, ce n'est qu'un pompeux et sublime galimatias sur le droit public, pour attribuer au prétendu Parlement de France, sous prétexte de l'autorité des lois primitives, jusqu'à une supériorité sur le pouvoir du souverain, ce qui ne peut faire illusion qu'aux gens qui ne sont pas instruits des principes d'une monarchie et dont le nombre est très grand. » La question de fond ainsi réglée, il marque les points dans ce qu'il sait être une lutte pour le pouvoir. Juillet 1756 : le succès du

Parlement « limiterait essentiellement l'autorité royale et le pouvoir du souverain ». Décembre 1756 : « Le fanatisme est général dans Paris contre l'autorité souveraine. » Encore : « Il est certain que le fanatisme augmente tous les jours et que le vœu général serait de faire reculer le Roi. » On pourrait multiplier les citations. Viarmes, jeune conseiller au Parlement, célèbre pour avoir rédigé de très rudes remontrances, avouera tout uniment à Casanova que « le métier de conseiller était de s'opposer à tout ce que le Roi pouvait faire, même de bon ».

En principe, le lit de justice devrait tout finir. Il reste pourtant aux magistrats une arme aussi dangereuse pour eux que pour le roi : la grève. Interruption de la justice. Les prévenus moisissent dans leur geôle. Le commerce pâtit de maints procès en suspens. Le peuple de la basoche est le premier à souffrir : vingt mille personnes à Paris. La province suit en vertu de la fameuse « union des classes ». Exil du Parlement. C'est parfois assez rude. Les présidents millionnaires se retrouvent hébergés au fin fond de l'Auvergne par un curé ahuri. Les avocats, solidaires, refusent de plaider devant les juridictions de remplacement improvisées par le pouvoir. Paralysie totale. Et cela dure. Un an, dix-huit mois. Si les exilés n'étaient pas soutenus par l'opinion, l'épreuve de force serait vite tranchée. Mais la bourgeoisie et le petit peuple restent fidèles au poste. Aucune récrimination sérieuse contre l'embarras causé aux affaires. Explosion de joie lorsque le roi, pliant le genou, entre en négociation avec les exilés et se résigne à les rappeler.

Messieurs ne méritaient pas de servir de canal à l'opinion publique ? Ils s'attribuent un rôle pour lequel personne ne les a élus, puisqu'ils se sont contentés d'acheter leur charge ou de l'hériter ? Ils présentent au moins l'avantage de l'indépendance. Nobles, assurément, mais qui n'ont pas la main tendue comme ceux de Versailles. Ils n'assistent pas à distance respectueuse à la toilette de la Pompadour et ne fatiguent pas son petit chien de leurs hommages. Et quel autre canal disponible ? Les remontrances font mouche quand elles évoquent le roi tournant à longueur d'année, dans ses châteaux d'Île-de-France, ignorant le reste de son royaume qu'il n'honore plus jamais d'un voyage, isolé par la cohue courtisane. « Interrogez donc, Sire, la nation elle-même. » « Sortez un moment, Sire, sortez de cette enceinte de palais somptueux qui entoure le vôtre et semble lui disputer sa magnificence royale et sa grandeur. Sortez de ce concours de courtisans fastueux, etc. » Seuls Messieurs osent crier ce qu'on est si nombreux à penser à Paris, ce que les d'Argenson et les de Croÿ se contentent à Versailles de confier furtivement à leur journal intime. Imposture ? Sans aucun doute, car Messieurs ne travaillent que pour eux. Mais la tentative d'une caste privilégiée pour s'approprier le pouvoir véhicule la revendication générale autant qu'elle s'en nourrit. Aspiration à la démocratie ? Sûrement pas, même si le mot « républicains » est écrit pour la première fois par Barbier en 1752, six mois après le début de la publication de l'*Encyclopédie*, pour qualifier les soutiens du parti parlementaire. En 1756, il ne s'agit que d'un rejet sommaire et violent du pouvoir tel que Louis XV l'exerce — ou ne l'exerce pas.

Trente ans encore, Messieurs, jouant de l'ambiguïté, capteront la pression de l'opinion publique au profit de leurs desseins personnels. 1789 brisera net l'équivoque. Les Parlements avaient fait de la tenue d'états généraux une étape décisive de leur marche au pouvoir. À peine sont-ils réunis que Messieurs passent à la trappe. La nation a trouvé meilleur canal pour dire sa volonté. On n'a plus besoin d'eux. Messieurs se dégonflent comme des outres percées, et d'autant plus vite qu'ils révèlent leur vraie nature de privilégiés en combattant le tiers état. Bientôt, la guillotine tranchera le col de beaucoup de ceux que le peuple de Paris acclamait si fort lorsque, dans leurs beaux carrosses, œil dur et visage fermé, ils se rendaient à Versailles pour en découdre avec le roi.

*

* *

Le grand château est encore endormi. Le roi, dont le sommeil est bref, se lève, enfile une robe de chambre et passe dans son cabinet de travail des Petits Appartements nichés sous les toits, délicieusement décorés et meublés. Dans des armoires sont soigneusement rangés ses dossiers, ses fiches, et aussi des cartes. Aucun courtisan ne pénètre jamais dans ce réduit privé. Une fois, lors d'un souper, le duc de Croÿ l'a entr'aperçu. À Fontainebleau aussi, Louis s'est fait aménager une retraite. Il lit beaucoup, écrit inlassablement. C'est un homme de cabinet. « Il aime les papiers, écrit d'Argenson, l'étude, la lecture et même beaucoup à écrire... » La marquise de Pompadour ne l'a pas compris, qui l'excède de fêtes, comédies, concerts, ballets. Elle s'est instituée ministre des menus plaisirs dans le dessein de distraire son perpétuel ennuyé. D'Argenson : « Elle obsède le Roi continuellement, elle le secoue, elle l'agite, elle ne le laisse pas un instant à lui-même... Elle dit que c'est pour le bien de sa santé, pour le détourner des pensées tristes... » En vérité, ce perpétuel tourbillon assomme Louis. Elle-même s'y use prématurément. Ses lettres disent son surmenage, sa perpétuelle fuite en avant, comme si un activisme forcené était le seul remède à son angoisse de perdre sa place. La tuberculose la ronge. On lui trouve sous le fard « une mine sucée et malsaine ». C'est bien la peine d'être le roi de France et la femme la plus puissante du royaume pour mener sottement une vie qui n'est pas leur genre.

En 1756, Louis a quarante-six ans. Les dernières années l'ont changé. Il est triste, déprimé. Il s'est usé à la guerre des billets de confession, dont le fanatisme démontait sa simplicité religieuse. Il doit affronter la permanente guérilla parlementaire. Exactement informé, il sait ce que dit de lui ce Paris qui, douze ans plus tôt, l'appelait le Bien-Aimé. Hérode à présent... Ceux-là mêmes qui ne croient pas à ces contes d'épouvante le tiennent pour un mauvais roi. Sa paresse est chose admise. Miromesnil, président du Parlement de Rouen : « Tout le monde est persuadé que le Roi n'entre dans aucun détail des affaires du royaume, qu'il ne sait pas ce qui se passe, enfin qu'il ne sait même pas que l'on paie deux vingtièmes. » Barbier : « Il n'y a sorte de mauvais propos qu'on n'ait tenus indécemment dans Paris sur le compte du Roi ; qu'il ne s'applique à aucune affaire, et qu'il ne fait que courir ; que quand on tient des conseils il s'ennuie, est dissipé, va et vient dans ses cabinets... »

Le voici pourtant à son bureau, lisant, annotant, écrivant. Mais personne ne le voit à ce travail quand chacun sait sa passion pour la chasse et les distractions du Parc-aux-Cerfs. Rarement roi ou chef d'État aura exposé si complaisamment ses faiblesses, voire ses vices, et mis tant de soin à dissimuler ses qualités. Il ne répond ni ne fait répondre aux plus atroces calomnies. Orgueil ou passivité ? Dans les deux cas, et face au formidable appareil de propagande mis en place contre lui, l'inertie est imprudente. Les remontrances des Parlements, qui lui font perpétuellement la leçon, et souvent avec une insolence rare, ne devraient pas être connues du public. Les magistrats les portent eux-mêmes à l'imprimeur, les envoient même aux gazettes étrangères, puis font brûler solennellement par la main du bourreau un exemplaire de l'imprimé frauduleux...

Peu de chose subsiste aujourd'hui de son immense correspondance. Lorsque les échanges prenaient fin, il demandait à ses correspondants de lui renvoyer ses lettres. Par un hasard singulier, une bonne part du courrier qu'il consacra au Secret — courrier confidentiel entre tous — a néanmoins survécu à l'autodafé et aux saccages de la Révolution.

Ce qu'il aime dans le Secret, c'est d'abord le secret. Il a été éduqué dans la religion de la discrétion. Un roi doit tout savoir et tout dissimuler. Il porte la leçon à de singulières extrémités. La cour applaudirait à cette note de d'Argenson : « Un des plus vifs plaisirs de notre monarque est de bien dissimuler et simuler une disgrâce ; de dire à un homme qu'il doit renvoyer le lendemain : "Tenez-vous prêt demain à travailler avec moi ; divertissez-vous bien à la noce où vous allez ; allez à Rambouillet, j'y serai aussitôt que vous, etc." Par là chacun tremble dans sa place et se sent ébranlé au plus grand moment de faveur. » Combien de ministres connaîtront la douleur de l'exil quelques heures après avoir trouvé le roi plus aimable que jamais avec eux ? Quelques historiens mal informés écriront cependant qu'il organisa le Secret pour faire espionner ses ministres. Rien de plus faux. Aucun de ses correspondants occultes ne se serait aventuré à pareille besogne. Les initiatives de tel ou tel responsable pouvaient être critiquées dans la mesure où elles compromettaient les objectifs du Secret ; non sa personne. Exigée dès le début par les patriotes polonais, la clandestinité s'imposait du fait que le prince de

Conti n'appartenait pas au ministère et que le dévoilement prématuré de ses ambitions aurait suscité en Europe des contre-mesures propres à les tuer dans l'œuf.

Sa timidité, surtout, trouve son compte dans l'affaire secrète. Telle qu'elle fonctionne, celle-ci représente le mode d'action idéal pour un prince souffrant d'aversion pour les contacts humains. Le voici débarrassé de la présence des hommes, de leurs importunités, vanités, querelles. Les entretiens avec Conti mis à part, tout se règle par le papier, sur le papier. C'est à la fois une nécessité (un tête-à-tête avec Broglie mettrait la cour en révolution), son goût personnel et notre chance, puisque la moindre péripétie laisse trace écrite.

La plupart de ses lettres sont adressées à Jean-Pierre Tercier, l'homme essentiel, la plaque tournante. D'abord, deux billets qui attestent la méfiance royale. Le 4 novembre 1755 : « Il m'est revenu, par une voie à laquelle je ne m'attendais pas, que le sieur Avril, du cabinet, vous écrivait tous les jours une lettre en chiffre. Je veux savoir sur quoi elles roulent, si cela est vrai, et que vous m'envoyiez toutes celles de la semaine dernière, avec la clef des chiffres. » Avril est un agent du Cabinet noir, où Tercier a longtemps travaillé. Leur correspondance chiffrée inquiète le roi, qui redoute probablement une interpénétration entre le Secret et le service dirigé par l'intendant des postes Jannel. La communication des lettres de la semaine écoulée, accompagnée du code de déchiffrement, lui permettra d'éprouver la fidélité de Tercier. Test positif puisque l'affaire n'est plus évoquée. Le 1er avril 1756 : « Dans la place de confiance où vous êtes, vous ne devez recevoir de présents de personne que de moi ou des miens, qui ne font qu'un avec moi. » S'agit-il de la famille royale ? Ses services anciens valent à Jean-Pierre Tercier la protection de Stanislas et de Marie Leszczynska. Mais peut-être le roi évoque-t-il la communauté du Secret. Le fait est que Mme Tercier pourra accepter les belles fourrures envoyées de Saint-Pétersbourg par le jeune d'Éon sans attirer à son mari un rappel à l'ordre du roi.

L'examen de passage réussi, Louis accorde à Tercier une confiance totale. Il lui écrit avec abandon et sûreté, presque familièrement. Le premier commis a droit à des confidences auxquelles bien peu de grands seigneurs ou de ministres peuvent prétendre. Ainsi, à propos d'une affaire qui nous reste obscure : « Je savais il y a du temps par M. le chancelier l'affaire des jésuites d'Artois, mais je l'avais entièrement oubliée, me souciant assez peu par quelle manière je sortirai de ce monde, puisque tôt ou tard il faut en sortir. Je ne ferai pourtant rien qui me puisse faire partir tôt, parce que tout homme doit tâcher de vivre jusqu'à l'âge le plus reculé. » Souvent, il demande à Tercier son avis ou s'en remet à lui d'une décision. Ainsi, le 26 décembre 1756 : « Mandez-moi si vous pensez qu'il faille instruire le comte de Broglie que c'est vous qui êtes dans le secret... » Car Broglie ignore encore le rôle occulte du premier commis. Le 14 janvier 1757, cette question qui surprendrait beaucoup ceux qui croient que le roi a abandonné sa politique étrangère à la Pompadour et à ses entours : « Vous me parlez aussi de l'abbé de Bernis. Est-ce que vous le voudriez mettre dans le secret ? » Non point que Louis se range par avance à l'avis de Tercier, mais il s'informe, prend conseil. Il montre d'ailleurs une réticence extrême à élargir le cercle des initiés. La sécurité est son obsession, ce qui ne laisse pas d'étonner, car, étant le roi, il risque le moins — s'il risque quelque chose — à la découverte de l'affaire secrète. Son souci revient en leitmotiv dans sa correspondance : « Je suis fâché que M. Schouvalov ait été mis dans le secret, puisqu'il ne nous aime pas : voilà bien du monde qui y est ; je souhaite qu'il ne transpire pas » ; « Je réfléchirai encore s'il est absolument nécessaire de mettre M. de Zuckmantel dans le secret, mais je trouve qu'il y en a déjà beaucoup trop. » Sans cesse il rappelle ses agents à la prudence. Dans un service moderne, il aurait fait un excellent chef de la sécurité interne.

Il lit tout et retient tout grâce à une mémoire exceptionnelle. Son attention va jusqu'au détail. Le roi que ses sujets croient frivole, dissipé, incapable d'une application sérieuse au travail, est celui qui écrit à Tercier : « Vous avez daté la lettre du comte de Broglie du camp d'Embeick le 18 octobre, ce qui n'est pas possible, n'étant aujourd'hui que le 21. » Allons, il doit savoir que les Français paient deux vingtièmes !

Le plus émouvant peut-être, inquiétant aussi : la permanente plaie d'argent. Le roi pleure sans cesse misère. « L'argent, comme vous savez, est bien rare » ; « Songez toujours à la disette d'argent où nous sommes » ; « Je ne puis vous faire rien toucher avant le mois de septembre. Arrangez-vous sur cela. » Révérence gardée, on croit lire la correspondance de deux camarades tirant le diable par la queue. Ce billet du 9 septembre 1761 : « Je vous envoie les cinquante louis que vous me demandez. Il m'est impossible de fournir des fonds cette année, et il ne faut pas se laisser mettre dans le cas des protestations des lettres de change. » Cinquante louis ! Le roi de France craignant comme un petit négociant aux abois de voir ses lettres de change reconnues sans provision ! Si Louis a la chance de gagner à la loterie, c'est une aubaine, il se hâte d'envoyer le billet gagnant à Tercier. Mais les acrobaties financières ne font pas un budget équilibré. Les agents sont payés avec un an, deux ans de retard. Pas un ne flanchera.

Ses partisans même trouvent au roi le défaut de ne jamais avoir le mot qu'il faut pour témoigner sa satisfaction. Le duc de Croÿ lui reproche de ne parler jamais « des choses qui pouvaient flatter ou animer les sujets employés. Cela en dégoûtait beaucoup ». Un sphinx. Rien de tel pour ceux du Secret. Il a la plume plus cordiale que la langue. Jamais une colère, très rarement un reproche. Quand le baron de Breteuil, ambassadeur à Pétersbourg, initié au Secret, commet une bourde monumentale qui devrait lui valoir les foudres royales : « Quoi qu'il en soit, l'aveu que vous faites à mon ministre de votre tort dans cette occasion me fait juger que vous redoublerez de zèle pour mon service, et pour réparer tout ce que votre conduite a pu y porter de préjudice. » À Broglie, dans une passe difficile : « Je vous sais gré de toutes les peines que vous vous êtes données pour mon service, et je ferai ce qu'il me sera possible pour vous... En attendant, vous pouvez vous tranquilliser, tant sur vous que sur les vôtres. » À Tercier : « Continuez à me bien servir et laissez là l'approbation des beaux esprits, ce qui a achevé de bouleverser les têtes. Je suis content de vous : renfermez-vous dans votre besogne. » Le roi que les Parlements accusent de despotisme est l'homme le plus facile à servir, le plus indulgent aux erreurs.

Ce qui manque dans ses lettres (moins que des lettres,

de courts billets rédigés vivement, sans aucune recherche de style), c'est l'impulsion, le nerf. On a dit de lui avec beaucoup de justesse qu'il considérait les affaires davantage en historien qu'en acteur. Il prend de la distance avec l'événement. Il l'examine intelligemment, déduit bien ses conséquences probables, mais avec une sorte de résignation, comme s'il était exclu qu'une intervention pût modifier le cours des choses. Manque d'énergie ? Fatalisme ? Une exception notable : l'alliance autrichienne, qu'il soutiendra avec fermeté contre vents et marées. Sinon, il est le même dans sa conduite de l'État et dans sa direction du Secret. Souvent, il donne l'impression d'accompagner l'affaire secrète plus que de l'impulser.

On songe au mot de Frédéric : « Il n'avait de défaut que celui d'être roi. » À l'heure inévitable de l'épreuve, sera-t-il pour le Secret un patron ?

XXI

Le 29 août au matin, une semaine exactement après que le comte de Broglie a prédit à Conti une offensive imminente de Frédéric, l'armée prussienne franchit la frontière de Saxe, qui passe alors à quelques kilomètres au sud de Berlin. Frédéric a opté pour la guerre éclair. Son plan consiste à écraser l'Autriche, ennemi principal, avant d'avoir sur les bras l'armée russe et le contingent français prévu par le traité de Versailles. Il pourrait engager le fer directement avec les troupes de Marie-Thérèse, puisque la Silésie borde la Bohême, mais il veut ramasser au passage l'opulente Saxe, faire main basse sur ses richesses et incorporer à la sienne la petite armée saxonne. Toutes ses forces rassemblées, il foncera alors sur Prague et Vienne.

Auguste III et son Premier ministre, le comte Brühl, rentraient d'une chasse heureuse lorsque l'ambassadeur de Prusse, Maltzhan, leur annonça que son maître demandait un droit de passage. Il eût été difficile de le refuser. L'armée saxonne, mal préparée, mal commandée, n'était pas de taille à s'y opposer. Mais on sut assez vite que Frédéric se formait du droit de passage une idée toute prussienne : fortifications rasées, confiscation des caisses publiques, arrestation des fonctionnaires réticents à la collaboration. Auguste III mesura l'ampleur du désastre lorsque le roi de Prusse annonça son intention d'incorporer l'armée saxonne à la sienne. À l'envoyé saxon qui, stupéfait, s'écriait qu'on n'avait jamais vu pareille chose au monde, Frédéric répondit : « Ne savez-vous pas, monsieur, que je me pique d'être original ? »

La panique s'empara de Dresde, capitale aimable. Auguste III et sa famille n'étaient pas faits pour ces orages. Le comte de Broglie, arrivant au palais royal, trouva beaucoup de cris, de larmes, de déplorations, et deux projets, l'un consistant à licencier l'armée et à se réfugier en Pologne, dont on était roi après tout, l'autre à fuir à la tête de cette même armée pour aller se blottir dans les bras autrichiens. Charles exhorta à la résistance. Il parla beaucoup de l'honneur de la maison de Saxe et garda pour lui ses réflexions stratégiques. Militaire depuis l'âge de quatorze ans, il avait parfaitement deviné le plan de Frédéric. Il fallait retarder les Prussiens pour donner à Marie-Thérèse le temps de lever les troupes. L'armée saxonne était vouée à la défaite, sauf à être secourue par les Autrichiens, mais chaque jour gagné valait de l'or. On était déjà à la mi-septembre. Charles savait depuis 1742 la rigueur de l'hiver bohémien.

Il était éloquent, ambassadeur, maréchal de camp de l'armée française, membre d'une famille protégée par la dauphine de France, fille d'Auguste III. Il fut écouté. Si l'on voulait résister en Saxe, le choix était vite fait : le camp de Pirna. C'était une petite plaine, avec la ville de Pirna en son centre, lovée dans une boucle de l'Elbe et protégée sur les autres côtés par des montagnes infranchissables. Deux forts couvraient l'Elbe. Il suffisait de tenir quelques défilés pour résister indéfiniment à des forces très supérieures en nombre. Mais il fallait aussi des vivres, et l'intendance saxonne n'avait rien prévu.

Charles, avec une assurance qui ne nous étonne plus, prend les choses en main. Il écrit à Durand : « Me voici devenu en vérité le chef des conseils du roi de Pologne. C'est la chose du monde à laquelle je me serais le moins attendu. » Dans ce tourbillon d'affaires, il n'oublie pas ses chers Polonais. L'offensive de Frédéric va donner prétexte à l'armée russe d'entrer en Pologne. Il écrit à Durand d'assurer les patriotes que la France les protégera autant qu'elle pourra. Il écrit à Douglas pour suggérer un débarquement russe en Poméranie plutôt qu'un passage par la Pologne ; si passage il doit y avoir, qu'il soit au moins strictement organisé pour éviter les pillages, et qu'on épargne Varsovie. Il écrit à Conti, compare Pirna à ces fameuses Barricades que Son Altesse trouva naguère sur le chemin de l'Italie « et qu'il n'y avait qu'elle et nos troupes capables de forcer » — ça fait toujours plaisir, et Charles se doute bien que le prince ne va pas l'aimer dans son rôle nouveau auprès d'Auguste III ; il plaide pour son choix stratégique, car même si Frédéric réussit à enlever Pirna, « cela prendra du temps qu'il me paraîtrait devoir destiner à des choses qui lui tiennent encore plus à cœur. Je suivrai ce prince [Auguste] à l'armée, par conséquent mon poste ne sera pas dangereux. Le mont Pagnote est dans cette occasion commode et sûr. Le seul inconvénient, c'est le manque de retraite » ; il annonce qu'il brûlera ses papiers en cas de capitulation. Il écrit à Vienne pour réclamer un prompt secours aux Saxons. Il écrit à Versailles pour rendre compte des événements. Cinquante pages de dépêches chiffrées en une nuit.

L'invasion prussienne a bloqué en Saxe un Français remuant et doué que Charles s'empresse de recruter. Jean Drouet, Nantais d'une trentaine d'années, est le neveu du fameux capitaine Cassart, un corsaire qui n'aimait que l'abordage et semait la désolation dans les convois anglais. Drouet a créé des entreprises commerciales à Saint-Domingue, puis à la Martinique, avant de tenter vainement de négocier avec la Chine à partir de Berlin. Il s'était établi à Dresde, conseiller commercial d'Auguste III. Broglie, intéressé par ce garçon intelligent et qui avait roulé sa bosse, tenta de le faire désigner comme secrétaire à l'ambassade de France à Saint-Pétersbourg ; les bureaux refusèrent. Drouet s'apprêtait à passer au service de la cour de Danemark quand l'invasion le cloue à Dresde. Broglie, dont le personnel est débordé, l'engage comme secrétaire et l'initiera au Secret, dont Drouet deviendra l'un des agents les plus efficaces.

*
* *

Frédéric patauge, ainsi qu'il lui arrive après ses foudroyantes prises de décision lorsque les choses ne tournent pas comme prévu. Il comptait gober la Saxe. La résistance inattendue d'Auguste change tout. L'Allemagne s'émeut. Ses petits princes protestent contre l'agresseur qui trouble la paix germanique. Frédéric risque d'être mis au ban de l'empire. Il décide de démontrer à l'Europe qu'il n'a fait qu'agir préventivement contre un complot tramé entre Autriche, Russie et Saxe pour dépecer son État. Mais il le fait si lourdement, si maladroitement, qu'il ajoute encore à l'odieux de son personnage. Grâce à l'agent qu'il a recruté au sein de la chancellerie de Saxe, il possède la copie des dépêches expédiées de Vienne par l'ambassadeur saxon. Elles suent la haine de la Prusse. Il lui faut les originaux. En faisant main basse sur les archives secrètes, il trouvera de quoi nourrir son dossier. Il fait occuper Dresde, où Auguste III, parti prendre la tête de son armée au camp de Pirna, a laissé sa femme Marie-Josèphe. Les officiers prussiens obligent la malheureuse à leur remettre les clefs de la chancellerie. Le procédé n'est pas dans les mœurs du temps. Une perquisition minutieuse reste vaine : les documents les plus sensibles sont au palais royal. Frédéric ordonne de violer le palais. La reine s'assied sur la cassette qui contient les fameux documents, mettant au défi l'officier prussien de porter la main sur elle. Scène inouïe pour l'époque, car la personne d'un souverain est sacrée. « Il fallut beaucoup de peine, écrira Frédéric, à lui faire comprendre qu'elle ferait mieux de céder par complaisance pour le roi de Prusse, et de ne pas se raidir contre une entreprise qui, quoique moins mesurée qu'on ne le voudrait, était cependant la suite d'une nécessité absolue. » Marie-Josèphe cède après une heure de larmes et de protestations. Le très modéré Barbier écrit : « Madame la dauphine, fille du roi de Pologne, est dans la douleur et dans la consternation de cet événement. Ce procédé du roi de Prusse, qui est contre le droit des gens, ternit à jamais la réputation qu'il s'était acquise, et ne peut être regardée que comme un effet de la barbarie naturelle de ce pays. » La barbarie prussienne ? Voilà du nouveau, et promis à un bel avenir. Barbier note que Paris appelle Frédéric « le Mandrin couronné ». Le contenu de la cassette ? Rien de probant, même si Frédéric en tirera un long *Mémoire raisonné* répandu par ses soins dans toutes les chancelleries. On y apprend que Marie-Thérèse le hait, que ses voisins le craignent : qui ne le savait déjà ? Aucune trace d'un accord récent visant à démembrer la Prusse. La volonté de le réduire n'existe encore que dans les têtes. Son agression et ses procédés vont la cristalliser.

Le maréchal autrichien Browne marche sur la Saxe, mais sans enthousiasme : il préférerait combattre en Bohême. Frédéric se porte à sa rencontre avec un corps d'armée. Keith reste en réserve. Le prince d'Anhalt et Charles de Brandebourg reçoivent mission d'encercler Pirna. L'armée saxonne est comme une épine dans le flanc de Frédéric. Peu de chose assurément que cette armée-là, mais, en cas d'insuccès prussien face à Browne, elle surgira sur les arrières de Frédéric et pourra transformer une défaite en déroute.

Charles de Broglie attend à Dresde les réponses à la volée de dépêches expédiées au lendemain de l'invasion. Elles tardent. Le 23 septembre, il écrit à Tercier : « Il faut qu'on soit bien sûr de moi pour me laisser dans cette ignorance. Cela peut être flatteur, mais cela est terriblement incommode. » Les réponses arrivent le 27, apportées de France par Linau, qui était allé s'y soigner. Félicitations de Rouillé sur sa conduite, lettre affectueuse de la dauphine à ses parents, message de Louis XV, que Broglie devra remettre en main propre, assurant Auguste de son soutien. Seul Conti n'est pas content. Il critique le soutien apporté à la maison de Saxe. Mieux valait laisser Auguste licencier son armée. Broglie saute sur sa plume. Il ne supporte plus ce prince qui continue de penser petit quand de grands événements se précipitent : « Je vois parfaitement, Monseigneur, que le parti que Sa Majesté polonaise a pris ici n'a nullement votre approbation. Je ne dissimulerai cependant pas que j'ai eu la plus grande part à cette détermination. » Il répète ses raisons. Pirna offre à l'armée saxonne une position défensive idéale. « Et si cette position, qui peut empirer pour Sa Majesté prussienne, se soutient seulement quelque temps, nous aurons gagné deux mois, l'impératrice-reine aura rassemblé cent vingt mille hommes en Bohême, la Russie en aura soixante-dix mille en Prusse et notre contingent sera près d'arriver à sa destination. »

Une information rapportée par Linau met à son comble l'irritation de Broglie : Versailles aurait songé à lui pour l'ambassade de Vienne. Vienne ! C'est évidemment là qu'il faut être si l'on aspire à peser sur l'événement. Le 4 octobre, plaintes amères à Conti : « Je vois les choses comme elles sont, et je ne pouvais m'empêcher de m'apercevoir que depuis cinq ans que je travaille sans relâche et avec succès pour un projet qui l'intéresse beaucoup, j'ai toujours eu les plus belles paroles de V.A.S. et jamais le moindre effet. Je vois de plus très clairement que non seulement elle me sacrifiera toujours à une besogne qui, malgré mes soins, peut finir mal d'un moment à l'autre, mais que je n'ai pu parvenir encore à m'attirer en rien sa confiance. » Le lendemain, 5 octobre, il explique à Conti qu'il lui faut absolument rentrer à Paris pour recevoir de nouvelles instructions ; sinon, il préférera démissionner « avant qu'on puisse rien me reprocher, et avant d'avoir perdu les affaires du Roi, ma santé et ma réputation ».

Mais il lui faut d'abord rejoindre Auguste III à Pirna pour lui remettre la lettre de Louis XV. Les autorités prussiennes laissent sans réponse sa demande de sauf-conduit. Le 5 octobre, jour où il propose sa démission à Conti, il part pour Pirna dans l'état d'exaspération qu'on devine. Un poste prussien l'arrête à Sedlitz. Le margrave de Brandebourg accourt en personne pour annoncer que Frédéric a donné l'ordre formel de ne pas le laisser passer. Le procédé est vif, car rien n'oppose officiellement la France à la Prusse. Un ambassadeur représente le roi son maître. Et cet ambassadeur-ci n'est pas tout à fait comme les autres. Il ne faut pas compter sur un Broglie pour arrondir les angles. Charles le prend du plus haut de sa petite taille et s'opiniâtre dans sa décision d'aller à Pirna. Charles de Brandebourg, très embarrassé, promet de demander de nouvelles instructions. L'ambassadeur de France est conduit dans une maison du village sous une garde prussienne qu'on peut difficilement tenir pour une garde d'honneur. Le lendemain, point d'instructions nouvelles. L'après-midi, Broglie, impavide, monte dans sa voiture et prend la route de Pirna. Il est arrêté par une barrière garnie de sentinelles. C'est le prince de Wurtemberg qui a cette fois la pénible corvée d'apaiser l'intraitable. Il le supplie de montrer un peu de patience. Ce n'est pas une vertu broglienne. Charles descend de sa voiture et marche sur la barrière en prévenant le prince que s'il veut empêcher l'ambassadeur de France de passer, il faudra en prendre les moyens. Le prince, aux cent coups, voit poindre la tuile diplomatique. Mais il a des ordres. Il tend le bras pour barrer la route : « Votre Excellence ne passera pas, je l'en assure. » Broglie (Ah ! cambré sûrement, géant tout à coup — il est la France !) : « Mon prince, vous m'arrêtez ? — Oui, par ordre du roi mon maître. » Et Wurtemberg d'ajouter dans le vain espoir de sauver son affaire : « C'est-à-dire par l'ordre général de ne laisser passer personne. » Charles remonte dans sa voiture et s'en retourne à Dresde. Il a son incident.

Dans ses Mémoires, Frédéric dira sa conviction que l'affaire était machinée par la France : « La Cour de Versailles, qui voulait la rupture, et qui ayant perdu le point fixe de sa politique, de pousser la guerre par mer contre les Anglais, ne se conduisit que par ses caprices et des impulsions étrangères, déclara qu'elle regardait l'invasion des Prussiens en Saxe comme une violation de la paix de Westphalie... » Louis XV cherchant l'occasion d'intervenir contre lui, « il ne suspendit les effets de cette démarche que pour la colorer par un prétexte apparent et naturel ; M. de Broglie, ambassadeur de France en Saxe [*sic*], eut l'ordre de le fournir, en donnant lieu aux Prussiens d'insulter à son caractère. C'était l'homme le plus propre qu'on pût choisir pour brouiller des Cours ». La dernière phrase mise à part, rien n'est vrai. Charles n'a pas agi sur instruction, mais de sa propre initiative. Nul doute que le contentieux familial ne l'a pas poussé aux conciliations. Strasbourg n'était pas oublié. Frédéric avait commis un poème sur les culottes perdues à la triste affaire de Guastalla. Il avait fait rire en surnommant le maréchal de Broglie « le quadruple Xénophon ». Rien ne pouvait être plus doux au fils que de venger les insultes faites au père. En France, le très prussien d'Argenson tempête naturellement contre Charles, « petit coq hargneux et monté sur ses ergots » qui « ne cherche qu'à s'attirer quelques insultes pour nous compromettre ».

Le camp de Pirna a épuisé ses vivres. Battu à Lobowitz par Frédéric, Browne doit remonter la rive droite de l'Elbe pour tendre la main aux Saxons encerclés, ce qui obligera ces derniers à franchir le fleuve sous le canon prussien pour le rejoindre. On combine une sortie en masse des assiégés le 12 octobre, jour où Browne sera arrivé. Des pluies diluviennes dérangent l'opération. Les Saxons, incapables de faire passer le fleuve à leur artillerie, empilent quelques bataillons sur une tête de pont trop étroite. Le timide Browne, n'entendant aucun tir d'artillerie, s'arrête à six kilomètres du fleuve. Le 16 octobre, l'armée saxonne capitule. Auguste III part pour la Pologne. Sa femme reste à Dresde, où elle mourra dans un an, et l'on dira que c'est la conséquence des violences exercées par le roi de Prusse. Persévérant dans son intention première, Frédéric donna le spectacle ridicule des prisonniers saxons déshabillés par ses propres soldats et revêtus de force de l'uniforme prussien. Tous furent contraints de prêter serment de fidélité au roi de Prusse ; tous désertèrent à la campagne suivante.

La campagne suivante, ce sera l'an prochain. Il est trop tard — fin octobre — pour marcher sur Vienne. La guerre éclair s'est enlisée en Saxe. Frédéric ne pardonnera jamais à Charles de Broglie de lui avoir fait manquer son coup.

*

*   *

De retour à Dresde, Broglie reprend son règlement de comptes avec Conti, et sa lettre du 13 octobre a un ton peu convenable envers un prince du sang : « V.A.S. me trouvera rabâcheur. J'avouerai que je crois devoir l'être quand je sens la conséquence des représentations que je fais, et lorsque je sais que la quantité d'autres objets qui l'occupent l'ont toujours empêchée de donner à cette matière le demi-quart du temps dont, malgré ses lumières supérieures, elle aurait besoin. Si elle travaillait jour et nuit comme moi, et souvent douze heures de suite, elle sentirait la force des vérités que j'ai l'honneur de lui représenter, et l'embarras où on se trouve à quatre cents lieues lorsqu'on veut le bien, et qu'on voit clair comme le jour qu'on prend un chemin tout opposé. » Mais, de cette salve de lettres, ces phrases sont les plus significatives, où éclate le dépit de rester confiné à Dresde quand un autre, ce petit abbé de carnaval vénitien, conduit la politique de la France : « Je vois bien que tous ceux qui sont employés à l'affaire secrète qui regarde V.A.S. sont condamnés à ne jamais faire autre chose. Je comprends que les changements qui se font dans les ministères ne peuvent par cette raison jamais me regarder. L'abbé de Bernis va d'un bout de l'Europe à l'autre, reçoit toutes les grâces et est chargé de toutes les choses brillantes qui font la réputation. Pour moi, je travaille comme un forçat dans un puits, ignoré de tout l'univers, et le séjour qu'on me fait faire dans une pareille mission est bien fait pour décrier mes services. » Il accuse carrément Conti d'avoir bloqué sa désignation pour l'ambassade de Vienne, à laquelle le comte d'Estrées vient d'être nommé — mais tout indique que l'information de Linau n'était qu'un tuyau crevé, car nul ne songeait à l'envoyer en Autriche. Il tempête contre l'absence d'un plan général. La politique française se laisse ballotter au gré des événements. Faut-il être aveugle pour ne pas voir que ce qui était possible hier a cessé de l'être aujourd'hui ! Qu'attend-on pour établir un projet adaptant l'affaire secrète au nouveau système d'alliance ? Et toujours l'offre de démission : « J'ai souvent eu l'honneur de dire à V.A.S. que je n'étais pas propre aux démarches équivoques et entortillées. Elle ne manquera pas de sujets capables de bien jouer ce rôle, et elle fera très bien, si elle en a besoin, de les employer. »

Frédéric lui donna son billet de sortie. Il prenait ses quartiers d'hiver à Dresde et n'entendait pas y croiser un ambassadeur de France qui lui avait mis sur les bras une affaire avec la France. À la suite de l'incident de Sedlitz, Louis XV avait rappelé son ministre à Berlin tandis que l'ambassadeur de Prusse à Paris était prié de regagner son pays. Frédéric disposait d'un argument sans réplique : Broglie étant ambassadeur auprès du roi de Pologne, qu'attendait-il pour rejoindre Auguste III à Varsovie ? Charles, qui n'aspirait qu'à décamper de Dresde, réduite au rôle de ville de garnison, mit un point d'honneur à traîner les pieds dès l'instant qu'on voulait son départ. Il reçut enfin l'ordre formel de faire ses bagages. Frédéric : « M. de Broglie reçut cette déclaration avec cet air de dignité et de hauteur que les ministres français savent prendre lorsqu'ils se souviennent des belles années de Louis XIV. Cependant il n'en partit pas moins promptement pour Varsovie. »

Le roi de Prusse se trompe. Le 19 novembre, Charles prend la route non pas de Varsovie, mais de Prague. Qu'irait-il faire à Varsovie ? Que répondrait-il aux interrogations angoissées de ses amis patriotes ? C'est à Versailles qu'il peut leur être utile, et en passant par Vienne, où il espère une audience de Marie-Thérèse pour plaider devant elle la cause de la Pologne. Mais il attend vainement à Prague l'invitation de l'impératrice-reine. Ce n'est pas faute d'avoir remué Versailles et Conti. Mauvais signe. Avant de repartir pour la France, il écrit une longue lettre au comte d'Estrées, ministre plénipotentiaire : « Je me chargerai bien de démontrer que rien n'est actuellement plus intéressant que d'empêcher la destruction du parti patriotique ou plutôt *français* en Pologne puisque cela doit nous servir de point d'appui pour le soutien de toute notre influence dans le Nord. Ce n'est que par le moyen d'un crédit prédominant dans cette République que nous pouvons mettre quelque liaison entre la Turquie et la Suède. Si une fois nous laissons les deux impératrices, et surtout celle de Russie, en possession de décider du sort des Polonais, cela leur donnera la facilité de joindre leurs forces dans toutes les occasions, et certainement nous aurons à nous en repentir. » Phrases émouvantes, car elles témoignent de la puissance de cette passion polonaise qui habite Broglie. La mode n'est plus à la Pologne, si tant est qu'elle l'ait jamais été, mais il s'obstine avec une constance admirable, insoucieux de nuire à sa carrière, saisissant chaque occasion de plaider et de convaincre. Phrases prémonitoires, hélas, comme en aura souvent le comte de Broglie : on verra dans seize ans à quoi aboutit la licence accordée à l'Autriche et à la Russie de régler le sort des Polonais. Il répète à d'Estrées qu'il n'est pas opposé au renversement des alliances, rendu inévitable par Frédéric, mais que le changement de cap ne doit pas conduire à sacrifier nos plus anciens soutiens.

D'Estrées fait une réponse embarrassée. C'est un militaire. On l'a nommé à Vienne parce que la poudre va parler et qu'il faut accorder les stratégies. La lettre de Broglie l'ahurit. L'Europe est sur le point de s'embraser et cet ambassadeur affirme que « rien n'est plus intéressant » que de soutenir un parti dans une Pologne qui demeure une nullité politique et stratégique. Ce jeune homme se permet de raisonner sur la politique décidée par le roi. Il est clair que d'Estrées se demande si Broglie n'est pas un peu fou. Lui, il exécute les instructions. Encore un qui rentrera à Versailles en donnant du comte le portrait d'un homme impérieux, excessif, voulant se mêler de tout. Pis encore : le ton de Broglie, la liberté qu'il se donne de critiquer et de proposer risquent de renforcer les soupçons de ceux qui trouvent bien du mystère dans sa position. La lettre à d'Estrées était une imprudence. La passion est-elle jamais prudente ?

À son arrivée à Paris, le 15 décembre, Charles apprend de Tercier une nouvelle aussi considérable que déconcertante : le prince de Conti s'est brouillé avec le roi.

*
* *

Trop de couleuvres avalées en quelques mois : Conti est recru d'avanies. La Pompadour l'a tenu à l'écart des conférences préparatoires au traité de Versailles, alors que sa participation se justifiait d'autant plus que l'Autriche se proposait d'appuyer sa candidature au trône de Pologne. Il a appris avec le public la signature d'un traité qui, comme le dit justement le comte de Broglie, « détruisait en un jour un travail de douze années ». Car le prince pouvait légitimement croire qu'il touchait au but. Le parti patriote, ou français, ainsi que l'écrivait carrément Broglie à d'Estrées, avait-il jamais été aussi puissant en Pologne ? Les liens tissés avec la Turquie et la Suède se resserraient grâce à l'activité des ambassadeurs Vergennes et d'Havrincourt. Certes, la défection de Frédéric anéantissait le plan politique dressé par le prince dès 1747, mais le roi de Prusse avait donné tant de preuves de sa mobilité qu'on pouvait attendre des hasards de la guerre quelque revirement inopiné. Encore eût-il fallu que la diplomatie française tînt compte de la

Pologne. Il suffisait de lire le traité de Versailles pour se convaincre du contraire. Tout était sacrifié à l'alliance autrichienne.

Le roi, de son côté, avait à se plaindre de son cousin. Il devait faire face à la virulente opposition des Parlements, et Conti leur était acquis. Tout au long de la guerre des billets de confession, conduite avec fanatisme par les deux parties, il avait conseillé au roi le compromis avec les magistrats, poussé à leur rappel quand ils étaient exilés, et Louis XV savait trop bien qu'une part de son autorité s'était perdue dans ces reculades. On a évoqué le rôle de Le Paige, vrai chef d'état-major clandestin de l'offensive parlementaire, infatigable fournisseur d'arguments, de mémoires, de thèses où Childebert Ier et Charles le Chauve étaient incessamment enrôlés contre leur lointain successeur sur le trône, coordonnateur très efficace de l'action des Parlements, retenant celui-ci, poussant celui-là, selon les opportunités du moment : Le Paige est un intime de Conti et le prince pousse sa protection jusqu'à le nommer bailli du Temple, le mettant ainsi à l'abri d'éventuelles poursuites.

L'occasion de la rupture fut le commandement de l'armée française destinée à opérer en Allemagne. Louis XV l'avait formellement promis à Conti, dont les titres militaires justifiaient cette désignation. La Pompadour fit tant que le roi revint sur sa promesse. Conti, ulcéré, écrivit aussitôt à Tercier : « Je ne dois plus me mettre à portée, Monsieur, de prendre les ordres du Roi sur les affaires secrètes dont il vous était confié que j'avais la direction. Éprouvant un traitement que je n'avais pas mérité, il ne me reste pas assez de liberté d'esprit pour les suivre. Mais je me dois de faire envers le Roi acte de zèle et de fidélité jusqu'au dernier moment. C'est pour cela, c'est pour que son service ne souffre point du mal qu'il me fait, c'est pour qu'il puisse abandonner ou suivre celle des différentes affaires que j'avais entamées qu'il jugera à propos, c'est pour qu'il puisse en choisir la manière, que je vous envoie aujourd'hui les lettres non encore répondues que j'avais reçues, ainsi que les notes, remarques et même les projets de réponse que j'avais faits, ensemble mes chiffres de correspondance et la copie des pièces principales qui ont trait à chacune des affaires que j'avais entamées par ordre de

Sa Majesté, et sur lesquelles vous pouviez n'avoir pas les connaissances suffisantes, que je vous donnerai d'ailleurs avec plus d'étendue et de détail au moment que vous pourrez venir à Paris, où volontiers aussi je me rendrai pour vous voir. Au reste, vous pouvez être bien sûr qu'on ne saura jamais par moi la confiance particulière dont le Roi vous a honoré, et que vous ne serez point, par indiscrétion, exposé à aucune tracasserie avec vos supérieurs. Mais je vous prie d'être persuadé, Monsieur, que l'estime que vous m'avez inspirée pour vous ne peut jamais être altérée, et que ce sera toujours avec joie que je trouverai les occasions de vous la témoigner. »

Le secrétaire des commandements du prince, Nicolas Monin, son homme de confiance depuis plus de dix ans (c'est lui qui, ami de d'Éon, l'a fait désigner pour le poste de secrétaire d'ambassade à Pétersbourg), remet à Tercier, qui réside à Fontainebleau avec la cour, la lettre du prince et ses dossiers. On imagine aisément l'état de choc de Tercier. Fin du Secret. Débâcle absurde, car motivée par des raisons extérieures à l'affaire. Et cela, au moment où ceux qui ont la Pologne au cœur devraient au contraire se mobiliser plus que jamais pour la sauver des périls. Tant de travaux, de nuits blanches à déchiffrer des pages et des pages de dépêches, tant de difficultés et tant de succès malgré tout, largement grâce à l'activité de Charles de Broglie, pour tomber dans l'embuscade d'une mauvaise intrigue de cour... Avoir tenu tête à Auguste III, au comte Brühl, aux Czartoryski, et finir par le décret d'une Pompadour...

Tercier transmet au roi la lettre de Conti, qui est datée du 5 novembre. Le 9, Louis XV répond au premier commis : « Je vous renvoie la lettre de M. le prince de Conti. Parce que je ne lui ai pas donné le commandement de l'armée qui, vraisemblablement, s'assemblera sur le bas Rhin, il dit qu'il est déshonoré. C'est un mot qu'on met toujours en avant présentement, et qui me choque infiniment. Il mettra peut-être de l'eau dans son vin ; ce qui est de sûr, c'est que je le recevrai, mais que je n'irai pas au-devant de lui, surtout après les lettres qu'il a écrites ; ce sont ses affaires, et il n'en rejaillira de mal qu'à lui, s'il plaît à Dieu. En conséquence, je vous envoie trois lettres que je lui avais remises, dont vous ferez l'usage que vous voudrez. Notre correspondance particulière n'était que pour lui : la [correspondance] publique en Pologne va bien sans cela, et je n'y veux rien changer, qui est de soutenir les Polonais, et qu'ils se choisissent un roi à leur libre volonté. Je tiendrai mes engagements avec les Polonais, et je vous ferai remettre l'argent que j'ai encore à donner cette année, au par-delà de trente-six mille livres, pour aller jusqu'à quatre-vingt-quatre mille livres, je crois. Je vous renvoie aussi un projet qu'il m'avait envoyé pour écrire à tous ceux qui sont dans notre secret, sur lequel je ne veux dire ni oui ni non. Vous écouterez tout ce qui vous sera dit à Paris, où on vous donne rendez-vous, et vous m'en rendrez compte à Versailles. »

De la lecture de cette lettre, Tercier ne peut que conclure à l'enterrement définitif du Secret. « Notre correspondance particulière n'était que pour lui. » Puisque Conti renonce, elle perd sa raison d'être. Et la correspondance publique, c'est-à-dire la diplomatie officielle, suffira bien à promouvoir la volonté royale, qui consiste à soutenir la Pologne et à défendre la liberté de choix des Polonais. Le fait que Louis XV veuille tenir ses engagements financiers (les pensions aux chefs du parti patriote) pour l'année qui s'achève ne donne pas motif à espérer, car il est homme de parole quand la favorite ne s'en mêle pas.

Tercier ne se résigne pas au naufrage. Conscient de ses conséquences pour la Pologne, il doit aussi éprouver le chagrin d'un maître artisan qui voit casser, sur un caprice, la machine à laquelle il a apporté tous ses soins. Les 12 et 18 novembre, il écrit deux lettres à Louis XV. Elles sont malheureusement perdues, mais la réponse du roi, datée du 27, indique qu'elles plaidaient pour le sauvetage du Secret : « Je vous dirai que je ne changerai jamais de façon de penser et d'agir pour la liberté entière des Polonais sur le choix à venir de leur Roi, et que, malgré la bouderie du prince de Conti (que je pense mal fondée, étant, je crois, très libre dans le choix que je veux et dois faire de mes généraux), si les Polonais le choisissent, j'en serai charmé ; ainsi je veux qu'on continue à faire tout ce qui a été fait par le passé, et, en conséquence, je vous ferai remettre l'argent accoutumé pour le faire passer à sa destination. » En conclusion : « J'ai lu avec attention les deux lettres de

Constantinople ; il sera, je crois, nécessaire d'y faire une réponse relative aux circonstances présentes. Voyez à m'en faire un projet. »

Donc, tout repart. La rupture avec Conti n'est plus qu'une bouderie. On se rabiboche d'une bouderie. Le roi sera « charmé » si les Polonais élisent le prince. La phrase essentielle : « Je veux qu'on continue... » Les pensions polonaises assurées pour l'avenir. Tercier chargé de préparer une réponse aux lettres de Constantinople. Le roi a donc changé d'avis ? Ce serait beaucoup dire. Sa première lettre n'affirmait pas la volonté claire d'en finir avec le Secret. La force d'inertie royale aura servi Tercier. Louis s'est habitué à l'affaire secrète. Elle satisfait son goût pour les démarches souterraines. Dépité par la démission de son cousin, peut-être veut-il lui démontrer que les choses peuvent aller sans lui. Le remords aussi de briser définitivement les ambitions de Conti : il ne devait pas être trop fier d'avoir renié sa promesse du commandement de l'armée pour complaire à la Pompadour ; on le voit bien à son insistance à se justifier par deux fois devant Tercier, que ces affaires militaires ne concernent nullement. Des raisons politiques, enfin. La France a dépensé des sommes considérables pour organiser et soutenir le parti patriote : faut-il sacrifier un si lourd investissement à une brouille personnelle ? Tercier, dans ses deux lettres-plaidoyers, lui a forcément démontré que sa volonté de soutenir la Pologne, d'en faire un rempart contre l'expansionnisme russe, impliquait un soutien maintenu au parti patriote, et que ce soutien, dans les conditions créées par le renversement des alliances, ne pouvait passer que par un canal occulte.

Le roi n'en dira pas plus. « Je veux qu'on continue à faire tout ce qui a été fait par le passé. » Mais comment continuer sans Conti ce qui a été fait pendant douze ans pour Conti et avec Conti ? L'ami Monin a des idées. Lui aussi se résigne mal au naufrage du Secret. Un avenir où Conti régnerait sur la Pologne, et non plus seulement sur l'enclos du Temple, ouvrait à son ambition des perspectives souriantes. L'homme de confiance du prince écrit à Tercier, le 10 décembre : « Vous pourriez faire une opération souverainement utile et glorieuse au Roi, vous procurer à vous toute la direction de cette grande affaire, en avoir tout le mérite et faire M. le prince de Conti roi de Pologne. » Car Monin espère bien que la bouderie entre les deux cousins ne sera que passagère. Il faut passer ce cap délicat. Comment ? Rien de plus simple. Seuls Broglie et Douglas savaient le rôle du prince. On leur expliquera que sa retraite ne change rien à la volonté du roi de soutenir sa candidature. Quant à Vergennes et à d'Havrincourt, en poste à Constaninople et en Suède, puisqu'ils ont toujours ignoré le rôle fondateur de Conti dans le Secret, il suffit de continuer avec eux comme devant.

Broglie est informé par Conti qu'il devra désormais rendre compte directement au roi des affaires de Pologne. Il savait que ses lettres secrètes passaient sous les yeux de Louis XV, mais il les adressait à Conti et devait souvent contraindre sa pensée pour ne pas déplaire au prince : cet inconvénient disparaît. Il peut à présent s'adresser sans intermédiaire à celui dont tout dépend. Privilège exorbitant ! Aucun autre ambassadeur n'en est gratifié et les plus hauts seigneurs du royaume feraient à peu près tout pour l'obtenir.

Première lettre courte et prudente le 21 décembre. Broglie « supplie très humblement » le roi de lui dire comment il doit désormais communiquer avec lui. Il faut aussi donner des instructions à Durand, qui va se demander pourquoi le prince de Conti n'écrit plus. Le versement des pensions aux chefs du parti patriote a six mois de retard. Broglie n'aborde le fond que pour évoquer la difficulté apparente de concilier « le nouveau système de politique », c'est-à-dire l'alliance autrichienne, avec les objectifs du Secret. Mais les moyens existent, et il prendra la liberté de s'en ouvrir au roi dès qu'il saura de quelle manière il doit procéder.

Datée du 24 décembre, la réponse royale est sèche : « J'ai très bien vu dans toutes vos lettres, comte de Broglie, que vous aviez de la peine à adopter le système nouveau que j'ai pris ; vous n'étiez pas le seul, mais telle est ma volonté, il faut que vous y concouriez. À l'égard de M. le prince de Conti, c'est lui qui me boude, parce que je lui ai dit que je ne l'avais pas destiné de commander l'armée qui doit s'assembler dans le Rhin. Je croyais être le maître de mes choix ; tant pis pour lui, c'est tout ce que je vous en puis dire. Faites-moi passer par la voie de Le Bel tous les mémoires que vous voudrez, il me les remettra et vous fera tenir les réponses. Il vous donnera aussi de l'argent pour la Pologne quand je lui en aurai fait remettre, ce qui sera incessamment, étant tout prêt pour cela depuis du temps. Je ferai instruire Durand, ou je vous en chargerai. »

Douche froide pour Broglie. Décidément, ils veulent tous, le roi en tête, faire de lui un adversaire de l'alliance autrichienne, alors qu'il a été le premier à la préconiser ! Mais, maintenant qu'il est à Versailles, et en correspondance directe avec le roi, il va pouvoir redresser la barre.

L'année 1756 s'achève, qui fut rude. L'an nouveau va s'ouvrir en fanfare. Le 1er janvier 1757, Charles de Broglie sera de l'ordre du Saint-Esprit. La Pompadour a réussi à retarder sa nomination, qui aurait dû intervenir au premier de l'an précédent, mais le roi, cette fois, a passé outre. Il entre dans la cohorte des cent chevaliers créée par Henri III. Il revêtira pour les cérémonies de l'ordre le grand manteau fleurdelisé et ceindra le cordon bleu auquel est suspendue une croix d'or. Le voici pour une fois en avance sur son frère le duc, son aîné de onze mois, qui ne sera de l'ordre que dans un an. De Croÿ, futur camarade de promotion du duc de Broglie, assiste au triomphe de Charles : « Je vis, non sans douleur, M. de Broglie recevoir les compliments. Les sept [promus] étaient ceux que j'avais marqués. Ils étaient, il faut l'avouer, tous convenables. » Honnête de Croÿ !

XXII

Ce 5 janvier 1757, il gèle à pierre fendre. La famille royale s'apprête à tirer les rois à Trianon, plus facile à chauffer. Louis XV, revenu au grand château pour une visite à sa fille Victoire, grippée et alitée, en repart peu avant six heures. Il descend les quelques marches qui mènent à son carrosse. Les torches portées par les laquais trouent la nuit. Dehors, le grand parc désert et lugubre sous la neige. Une double haie de gardes du corps va jusqu'au carrosse, dont un valet de pied tient déjà la porte ouverte. Le maréchal de Richelieu, premier gentilhomme de la chambre, ouvre la marche. Le dauphin est au côté de son père. Ils sont encadrés par le grand et le petit écuyer. Le duc d'Ayen, capitaine des gardes, est derrière le roi. Un remous soudain : un homme se faufile entre deux gardes, heurte le roi et se retire aussitôt dans l'ombre. Il a son chapeau sur la tête. Le roi vacille et dit : « Duc d'Ayen, on vient de me donner un coup de poing ! » Il porte la main à son flanc droit, la retire ensanglantée. « Est-ce qu'une épingle m'aurait piqué ? » Un garde du corps, Jean d'Heudeville, désigne l'inconnu au chapeau : « Qui est cet homme qui ne se découvre pas devant le roi ? » L'inconnu enlève son chapeau. Le roi : « Je suis blessé, et c'est cet homme qui m'a frappé. » Les gardes maîtrisent Robert-François Damiens. Le roi : « Qu'on l'arrête, mais qu'on ne le tue pas ! Gardez-le bien ! »

Damiens, quarante-deux ans, grand, mince, brun, nez en bec d'aigle, le visage marqué de petite vérole, est poussé dans la petite salle des gardes. Un feu brûle dans la cheminée. On trouve sur lui un canif à manche de corne noire. Des deux lames, la plus petite mesure 8,1 centimètres. C'est avec celle-ci qu'il a frappé. Damiens lance : « Qu'on prenne garde à M. le Dauphin ! » Il aurait donc des complices ? « Je n'ai pas de complices. Je l'ai exécuté seul parce que seul je l'ai conçu. » Et cette phrase : « Je veux mourir comme Jésus dans les tourments et les douleurs. » Cela ne lui sera pas refusé. Machault survient. Il ordonne de torturer le prisonnier. On chauffe à blanc des pincettes. « Qui t'a inspiré ? Les jésuites ? Les jansénistes ? Les Anglais ? » Les pieds brûlés, le tendon d'Achille profondément entamé, Damiens hurle qu'il n'a pas de complices. Machault, fou de rage, demande qu'on apporte des fagots pour brûler le misérable. On lui rappelle les ordres du roi. Damiens est transféré à la geôle de la prévôté de Versailles.

Louis est remonté dans ses appartements, refusant qu'on l'aidât. Arrivé dans sa chambre, il perd toute contenance : « Je n'en reviendrai pas. Allez me chercher un confesseur. »

Tout manque — draps, chemises —, puisqu'il devait coucher à Trianon. On le déshabille et l'allonge sur le lit, enveloppé dans un peignoir. Il se croit moribond, demande l'extrême-onction. Cet homme d'un courage physique indéniable, qui lance son cheval au grand galop sur des chemins glacés à faire frémir, qui se relève en souriant de chutes fréquentes à la chasse, qui s'est admirablement tenu au milieu des boulets de Fontenoy — cet homme panique à la moindre colique et le voici qui se croit perdu pour une estafilade. Car il ne s'agit que d'une très mince entaille. Les vêtements chauds dont il était emmitouflé ont amorti le coup. La lame a entamé la chair entre la cinquième et la sixième côte. Hévin, chirurgien de la dauphine, confirme le peu de gravité de la blessure. À moins que la lame n'ait été empoisonnée. Un courtisan court à la salle des gardes, interroge Damiens. « Non, sur mon âme, je jure que non. »

Le roi se confesse. Une fois, deux fois, trois fois. La reine Marie et ses filles, accourues, s'évanouissent à l'unisson. Les médecins, appliquant machinalement le remède universel de l'époque, saignent le roi à deux reprises, ce qui a pour effet de l'affaiblir un peu plus. Mais La Martinière, premier chirurgien, rassure son monde : « Un simple particulier pourrait sans inconvénient se lever dès le lendemain. »

Louis a désigné le dauphin pour être son « lieutenant ». Il a demandé pardon à Marie de sa vie privée scandaleuse. Les « scènes de Metz » recommencent-elles ? Tapie dans son appartement, la Pompadour sait son sort en suspens.

Bernis arrive au château. Comme il sortait de chez Rouillé, un domestique lui a appris que le roi venait d'être « assassiné ». « Mon sang se retira tout entier ; dans mon cœur je fus un moment en silence. » Le roi est-il mort ? Non, mais bien mal. « Je montai chez le Roi, après avoir fait toutes les réflexions que peut faire un ministre attaqué par la jalousie, chargé d'affaires importantes, qui a beaucoup d'ennemis, et pour seule amitié celle d'une femme. Et cette femme devait être chassée de la Cour, selon les apparences, dans peu d'heures. Ces réflexions se présentèrent à mon esprit avec une rapidité et une clarté singulières, et, tout en montant à la chambre du Roi, je résolus d'être fidèle ministre à toute rigueur, et ami courageux de la marquise, sans que mon intérêt personnel altérât ni mes devoirs, ni mes sentiments. Je me sentis, en entrant dans le cabinet du Roi, une présence d'esprit et un courage presque surnaturels. » Morceau rare en ce qu'il nous révèle un politique dépouillé des oripeaux édifiants dont l'espèce habille d'ordinaire ses démarches. Ici, la passion du pouvoir toute nue. Pas un épanchement pour le roi, qu'il croit à l'agonie, ni pour la marquise, supposée en train de faire ses malles. Quelle carte jouer ? Son parti est vite pris : créature de la Pompadour, suspendu à sa faveur, il n'a aucune chance de lui survivre politiquement.

Par un hasard extraordinaire, le partenaire de Bernis aux parties carrées vénitiennes arrive sur ses talons à Versailles. Giacomo Casanova sort de sérieuses tribulations. Trois mois après le départ de Bernis pour la France, il a été arrêté sur ordre des Inquisiteurs. Le motif ? Officiellement, « outrages publics contre la sainte religion » par la voie de poèmes impies. Les espions des Inquisiteurs signalent aussi ses mœurs dissolues, l'exploitation de la crédulité de riches patriciens, la tricherie au jeu. C'étaient là délits banals à Venise. La cour assidue que faisait Casanova à la maîtresse de l'un des trois Inquisiteurs dut jouer son rôle. Sans jugement, sans savoir à quelle peine on l'a condamné, Casanova est mis sous les Plombs, une geôle dont nul ne s'est jamais échappé. Après un an de détention, il réussit une prodigieuse évasion qui, d'un jour à l'autre, lui vaut une célébrité européenne. Il arrive en France démuni et compte sur Bernis pour l'aider. Il tombe mal. Les sentinelles l'arrêtent et l'enferment dans le corps de garde avec une vingtaine de suspects. L'ambiance est lourde. Dehors, sans cesse, les cris : « Le Roi est assassiné ! » Un officier vient enfin rendre leur liberté aux suspects. Un jeune homme de bonne mine, désireux de retourner à Paris, demande à Casanova une place dans son cabriolet de louage. Casanova, qui jamais ne refuse l'occasion d'une rencontre, fût-ce avec un homme, préfère cette fois s'abstenir. « Il y a des moments où la prudence ne permet pas d'être poli. » Tandis qu'il roule vers Paris, des dizaines de courriers à cheval le dépassent ventre à terre.

Les Dumouriez arrivent vers neuf heures du soir « sans chapeau et sans épée », poussés par la curiosité. Le père vient d'être nommé commissaire des guerres à l'armée rassemblée pour opérer en Allemagne. Il s'est adjoint son fils Charles-François, âgé de dix-huit ans, qu'il a su détourner d'une vocation de missionnaire jésuite en lui faisant lire à haute dose Voltaire, Montaigne et autres bons auteurs. L'odeur de la poudre achèvera de dissiper celle de l'encens. Deux jours plus tard, le père et le fils prendront gaiement la route de Maubeuge « en faisant des vœux pour le grand Frédéric ». Frédéric ? Allons bon ! Mais le sentiment n'est pas rare dans Paris, encore moins à l'armée. Pour les Dumouriez, cette guerre consiste à « aller *bravement*[1] entre cinq ou six puissances dépouiller le roi de Prusse ». D'Argenson s'abandonne dans son journal à une admiration si délirante que son objet même en serait déconcerté. « C'est un torrent qui renverse les tyrans. Il ne veut point de conquêtes : ce n'est qu'une belle défensive qu'il exerce. Cependant peu de gens considèrent cet ennemi comme je fais. Les émissaires d'Autriche vomissent des injures contre ce grand prince ; on le donne pour un Mandrin perfide et conquérant. Mais que voudrait-il conquérir de plus qu'il n'a conquis ?... En attaquant l'Autriche, il ne fait que de prévenir l'attaque de la Silésie, que l'Autriche méditait. De notre côté, ce serait le cas de le laisser faire, en dépit des sottes promesses que nous a fait contracter le maudit traité de l'abbé de Bernis. » Tout de même, c'est une étrange disposition d'esprit, et qui n'annonce rien de bon, que de partir faire la guerre à un adversaire dont on souhaite la victoire !

*

* *

Damiens est fou : de Louis XV à Voltaire, tout le monde tombe d'accord. Un fou, un monstre, un fanatique. Une aberration de la nature. Michelet sera le premier historien à en faire, dans un chapitre magnifique, le représentant de cette classe de domestiques qui pullule dans Paris. Une armée d'hommes et de femmes, miséreux au sein du luxe, humiliés, impitoyablement réprimés. Damiens a commencé par servir un officier qu'il a accompagné au cœur de l'Alle-

1. Souligné par Dumouriez.

magne lors de la dernière guerre ; il a fait avec lui la terrible retraite de Prague. Puis il est allé de maître en maître, et ceux qu'il trouvait les meilleurs étaient des magistrats. Il a servi chez Séguier, Le Boulanger, Barré, Dupré de La Grande, tous parlementaires. Sa tête fragile s'est échauffée à l'écoute des violents discours tenus par Messieurs quand ils se réunissaient chez l'un ou chez l'autre pour mettre au point leur stratégie. Le roi ne fait plus son métier de roi. Les prêtres, l'archevêque de Paris surtout, le mènent selon leur volonté. Il faut « toucher » le roi. Robert-François Damiens a servi chez Bèze de Lys, qu'il aimait, héros de l'opposition au sein du Parlement de Paris, inlassable pourfendeur des lettres de cachet, que la cour jugeait si dangereux qu'elle le jeta dans la forteresse de Pierre-Encise, près de Lyon, l'une des pires prisons du royaume, quand elle se contentait d'exiler ses collègues. « On eût dit, écrit Michelet, qu'un hasard terrible menait Damiens partout où l'on pouvait amasser la colère. » Il entre chez le comte de La Bourdonnais, et c'est entrer dans la tragédie. La Bourdonnais, grand administrateur aux Indes, fondateur de Mahé, a été balayé par Dupleix au cours de la dernière guerre. Calomnié, accusé d'intelligence avec l'ennemi et de vol, il est renvoyé en France. Son bateau pris par les Anglais, il obtient sa liberté sur parole pour venir se justifier à Paris. Trois ans de Bastille au secret. La Pompadour veut sa tête. Il sort blanchi, mais moribond et presque aveugle. Il meurt le 10 novembre 1753 sous les yeux de Robert-François. Profond ébranlement devant une si grande injustice : « Tout cela ne finira pas bien. » Il faut toucher le roi. Puis, après des petits métiers, une place chez Mme de Verneuil-Saint-Rheuse, grand nom pour une femme de rien, maîtresse d'Abel Poisson, frère de la Pompadour, devenu marquis de Marigny. Abel, chaque soir, régale les invités d'anecdotes croustillantes sur le Parc-aux-Cerfs. Moqué, humilié, finalement chassé, Damiens part sur cette apostrophe jetée comme un sort : « Va ! Tu feras un vol ! » Le vol est le vice des domestiques (tant de misère et tant de tentations...), leur destin. Ils fournissent le plus fort contingent des suppliciés en place de Grève. Dans cinq ans, on y pendra Marie-Jeanne Houillon, reconnue coupable du vol d'*une serviette.* Robert-François veut retourner chez lui, en Artois, prendre sa part du petit héritage laissé par un oncle aubergiste. Où trouver l'argent du voyage ? Il entre au service d'un nouveau maître, un homme toujours en mouvement, qui a besoin d'un domestique le temps d'un séjour à Paris. Son nom ? Michel, négociant à Saint-Pétersbourg... Confiant dans la bonté de la nature humaine, Michel laisse traîner un portefeuille recelant une fortune, fermé par de simples rubans. Damiens, honnête dans sa malhonnêteté, prend deux cent quarante louis d'or et laisse douze mille francs. Michel porte plainte. La malédiction s'est accomplie. Damiens va en Artois, la conscience tourmentée, achète son canif 24 sols à Saint-Omer, retourne à Paris le 1er janvier 1757, jour de gloire pour Charles de Broglie. Partout il a vu la misère du peuple, gémi sur l'état des affaires. « Tout est perdu : voilà le royaume de France culbuté. Pour moi, je suis perdu aussi, à jamais. Mais l'on parlera de moi. » Rentrer à Paris est pure folie : la potence l'y attend. Mais il faut toucher le roi.

Tous les témoignages contemporains concordent : la situation est effroyablement tendue. Le 13 décembre, Louis XV a décidé d'en finir avec l'opposition parlementaire. Lit de justice au Palais dans un grand déploiement de force militaire. Les juridictions ecclésiastiques seront désormais seules compétentes pour juger des refus de sacrements. Enregistrement obligatoire des édits au lendemain de la réponse royale à d'éventuelles remontrances. Dissolution de deux chambres des requêtes — les plus remuantes. Interdiction de la cessation de service. « Messieurs, conclut Louis XV, vous venez d'entendre ma volonté. Je ferai respecter mon autorité par tous ceux de mes sujets qui voudront s'en écarter. » Barbier note qu'aucun « Vive le roi ! » ne ponctue sa traversée de Paris. Grève immédiate du Parlement. Solidarité des avocats. Une fois de plus, la justice en panne. Bernis : « À Paris surtout, le gouvernement était critiqué dans la société avec une indécence et une hardiesse de propos que le silence de la Cour semblait autoriser. » D'Argenson : « Le Parlement est en rage muette... la misère qui prêche, les magistrats qui consolent... un sourd mécontentement contre la Cour... l'envie, la pauvreté, la faim. » Barbier : « On est dans des circonstances très critiques. »

La révolte est dans le Parlement parce qu'elle existe déjà dans la rue. Des mains clandestines affichent sur les murs de Paris des vers sanglants :

Depuis que notre roi propice
Tient dans son lit dame Justice

Ou ceci, qui suggère beaucoup :

Tu vas à Choisy, tu vas à Crécy
Que ne vas-tu à Saint-Denis...

La tête fragile de Damiens tournée par ses patrons parlementaires ? Sans doute, mais ces patrons sont eux-mêmes poussés par l'opinion. Il en a entendu beaucoup chez eux. Il a écouté pire sur le Pont-Neuf, où il a tenu, après la mort de La Bourdonnais, commerce en plein vent de plantes médicinales. « Il faut une saignée à la France » ; « Il faut une révolution, comme celle qui se fit il y a cent cinquante ans, seulement plus radicale, avec la totale extinction de la maison de Bourbon. » Propos de poissardes des Halles ? Propos du peuple, tous rapportés au procès.

Un fou solitaire, ce Damiens ? Si c'était le cas, pourquoi cette nouvelle marée d'insultes et de menaces de mort qui déferle sur le trône, passé le premier moment de stupeur et d'incontestable émotion suscité par l'annonce de l'attentat ? Bernis : « Pendant la durée du procès de Damiens et longtemps encore après, on ne cessa de donner avis d'autres conjurations pareilles, de remettre au Roi des lettres menaçantes, ou d'afficher des placards séditieux ou atroces. On voulait effrayer le Roi ; il n'avait pas renvoyé la marquise, on croyait l'y forcer par la crainte d'être encore poignardé. » Dépêche à Vienne de Starhemberg, l'ambassadeur d'Autriche : « Le mécontentement du public est général. On ne parle que de mort et de poison. On a affiché, dans la galerie à Versailles, des placards affreux et menaçants pour la vie du Roi. » Une affiche fait ricaner Paris : « Arrêt de la Cour des Monnaies : "Un louis mal frappé sera frappé une seconde fois." »

*
* *

Le roi sombre dans une noire dépression. Il ne bouge pas de son lit, dont les rideaux restent fermés. À La Martinière, qui l'assure que la coupure n'est pas grave, il répond : « Elle l'est plus que vous le croyez, car elle va jusqu'au cœur. » Les quelques courtisans qui ont accès à sa chambre sont frappés par son marasme. Comme l'un d'eux le félicite de son prompt rétablissement, il acquiesce : « Oui, le corps va bien », et, montrant sa tête : « Mais ceci va mal, et ceci est impossible à guérir. » Dufort de Cheverny : « Ayant l'air très tranquille dans son lit, il faisait ses réflexions : elles étaient tristes. Obsédé par sa famille et ses enfants, il se souvenait parfaitement de Metz... Il craignait que sa conduite privée ne lui eût fait perdre l'amitié de son peuple. » Encore et toujours cette fixation sur ses fornications. Il semble incapable de voir plus loin. Ses entretiens avec son confesseur sont continuels. Les premiers jours, il se fait donner l'absolution d'heure en heure, au cas où... Aucun courtisan sensé ne jouerait un sol sur l'avenir de la Pompadour. Il n'envoie personne lui donner de ses nouvelles ; pas même un billet d'une ligne. C'est comme si elle n'existait plus. Cloîtrée dans son appartement, veillée par ses fidèles, dont Bernis, la marquise attend l'ordre fatal entre un évanouissement, une saignée et un grand souper fanfaron. La famille convainquit Machault, garde des Sceaux et secrétaire d'État de la Marine, de lui signifier son congé. Il le fit à sa manière, qui était rude. La Pompadour s'inclina. Déjà ses gens préparaient les malles quand les fidèles lui remontrèrent qu'en l'absence d'un ordre personnel du roi c'était déserter le champ de bataille. Elle resta.

Le huitième jour, Louis descend en robe de chambre à son appartement et reste avec elle une demi-heure. Il remonte rasséréné. Elle lui a fait voir une France sous le choc, pénétrée d'amour pour son roi, révoltée par l'acte d'un dément solitaire. Le lendemain, il revient et reste deux heures. Tout recommence.

Machault paya le prix de sa démarche imprudente. Il était en bons termes avec la marquise, mais leurs relations s'étaient refroidies après le lit de justice du 13 décembre précédent. Le comte d'Argenson monta lui aussi dans la charrette. La Pompadour s'était longuement et vainement acharnée à le faire renvoyer. Après l'attentat, elle le convoqua et lui demanda d'opérer un tri dans les copies de lettres faites au Cabinet noir et soumises au roi. Il convenait d'écarter toute allusion à la tentative d'assassinat et tout propos susceptible d'assombrir ; d'Argenson refusa avec hauteur. Elle lui annonça que le roi aurait à choisir entre elle et lui. Ayant résisté si longtemps, il se crut invulnérable. Le roi lui écrivit une lettre d'exil d'une sécheresse absolue. Il se retira dans sa propriété des Ormes, en Poitou, et, dépérissant de dépit et de chagrin, donna un nouvel exemple de l'état de déréliction où pouvait sombrer un ministre exilé. La lettre du roi à Machault était au contraire des plus affectueuses : « Monsieur de Machault, quoique je sois persuadé de votre probité et de la droiture de vos intentions, les circonstances présentes m'obligent de vous redemander mes sceaux et la démission de votre charge de secrétaire d'État de la Marine ; soyez toujours sûr de ma protection et de mon amitié. Si vous avez des grâces à me demander pour vos enfants, vous pouvez le faire en tout temps. Il convient que vous restiez quelque temps à Arnouville. Je vous conserve votre pension de ministre de vingt mille livres et les honneurs de garde des Sceaux. » Louis écrivit à sa fille l'infante : « Ils ont tant fait qu'ils m'ont forcé à renvoyer Machault, l'homme selon mon cœur ; je ne m'en consolerai jamais. » Le garde des Sceaux accepta son départ des affaires d'un cœur paisible et mourut nonagénaire dans une prison de la Terreur, comme si le destin avait voulu ménager le spectacle de l'écroulement de la monarchie à l'homme qui l'eût peut-être sauvée si le roi avait soutenu jusqu'au bout ses réformes.

Le caprice de la Pompadour, même s'il fut tenu, comme d'habitude, pour décisif par l'opinion, accroissant encore la haine qu'on lui portait, n'était pourtant pas essentiel dans la décision de renvoyer les deux meilleurs ministres du gouvernement. Bernis en fournit avec pertinence les vraies raisons. D'Argenson était sanctionné pour n'avoir pas tenu en main Paris, dont il avait le département. Excellent secrétaire d'État de la Guerre, il avait laissé proliférer placards et libelles. Quant à Machault, le roi se résigna à le renvoyer parce que, « tant que le garde des Sceaux serait en place, les Parlements ne seraient jamais tranquilles ».

D'Argenson fut remplacé par son neveu, le marquis de Paulmy, fils de d'Argenson la Bête. Peyrenc de Moras, déjà contrôleur général des finances, se chargea en sus de la marine. Tous deux étaient si médiocres que les cours d'Europe, spécialement l'autrichienne, s'étonnèrent de voir, en pleine guerre, tomber dans de pareilles mains l'armée et la marine françaises.

Mais qu'importent les ministres ? La Pompadour, plus assurée que jamais, écrit à Pâris-Duverney : « Le Roi m'ordonne de vous mander, mon cher nigaud, que la politique entrant beaucoup dans votre projet, il faut que vous le confiiez à l'abbé de Bernis. Le maréchal de Belle-Isle a été un peu récalcitrant au Danube ; caressez-le quand vous le verrez. À l'égard de M. de Richelieu, le Roi lui parle ce soir. Je vous avertis qu'il ne cache rien à Mme de L. Ainsi, prenez vos précautions. Bonsoir, mon nigaud, je vous embrasse. »

Tout recommence.

*

* *

Le roi sut résister à son premier mouvement, qui était de faire interner Damiens ou de lui infliger une peine de principe. S'il était fou, un châtiment manquait de sens. S'il ne l'était pas, son évidente volonté de ne pas tuer valait circonstance atténuante. Le malheureux s'était cru investi de la mission sacrée d'avertir le roi, de le toucher. Mais le crime de lèse-majesté demeurait. Une société qui pendait pour le vol d'une serviette ne pouvait laisser la vie à celui qui avait osé porter la main sur la personne sacrée du monarque.

La peur qu'inspirait Damiens fit de son supplice l'acte le plus barbare perpétré en Europe dans ce siècle. Les parlementaires redoutaient des révélations sur les propos factieux qu'il avait entendu tenir chez ses maîtres magistrats. Le trône craignait qu'il ne compromît le marquis de Marigny, frère de la Pompadour, qui se plaisait si fort à raconter les fredaines du Parc-aux-Cerfs ; Marigny fut admis dans la cellule de Damiens et eut avec lui une conversation dont rien n'a transpiré. Damiens, victime expiatoire de ces peurs additionnées, devait avoir une fin en forme d'exorcisme : la sauvagerie du châtiment attesterait l'absence de toute mauvaise conscience chez ceux qui l'ordonnaient.

Le procès s'ouvrit le 12 février devant la grand-chambre du Parlement, composée des conseillers qui n'avaient pas quitté le service, des présidents à mortier, des princes du sang et des ducs et pairs. Conti se signala, comme à l'accoutumée, par son éloquence, mais aussi par l'application qu'il mit à tenir la magistrature à l'écart de toute suspicion. Le verdict fut rendu au soir du 26 mars.

Le 28 au matin, le greffier vint lire l'arrêt à Damiens. Le condamné dit seulement : « La journée sera rude. » Puis il fut mis à la question, appliquée avant toute exécution. On lui infligea le supplice des brodequins, qui consiste, chaque jambe du torturé étant prise entre deux planches serrées autant qu'il est possible, à introduire à coups de maillet des coins qui augmentent encore la souffrance. Un coin par quart d'heure. Au quatrième, il eut une défaillance et livra un nom : Gautier. Au sixième, il souffla que ce Gautier lui avait dit un jour : « Mon cher, ces troubles seraient finis si quelqu'un pouvait toucher le Roi. Et ce serait œuvre méritoire. » Au septième, il indiqua que Gautier était l'intendant du marquis de Ferrières. Le huitième coin ne lui arracha plus un mot. Ses jambes, toujours suppurantes des brûlures subies à Versailles, étaient brisées.

Gautier, aussitôt appréhendé, nia tout. Le marquis de Ferrières se porta garant de lui. L'intendant fut conduit à la Bastille après qu'on eut découvert qu'il avait fait imprimer, dix-sept ans plus tôt, des libelles contre Louis XV.

Il est trois heures de l'après-midi lorsque le tombereau dans lequel on a couché Damiens arrive en place de Grève. Elle est noire de monde. Beaucoup de spectateurs, bravant le froid, sont là depuis la veille pour ne pas risquer de manquer le spectacle. Les toits des maisons grouillent de spectateurs. Un homme et une femme tomberont, blessant plusieurs personnes. Les propriétaires ont loué à prix d'or les fenêtres donnant sur la place : cent livres par croisée ; certains ont même installé des tréteaux permettant de mettre plusieurs rangées de spectateurs à chaque fenêtre.

L'extraordinaire du supplice, inédit en France depuis la mise à mort de Ravaillac, cent quarante-sept ans plus tôt, a attiré un public qu'on ne voit jamais aux routinières exécutions qui se succèdent à un rythme soutenu en place de Grève : la roue, la potence, le bûcher, la décollation à la hache. De grandes dames sont venues de Versailles avec leur lorgnette de théâtre, espérant faire leur cour au roi en assistant au châtiment. Tous les observateurs remarquent d'ailleurs le grand nombre de femmes dans le public ; encore une heure et ils noteront avec étonnement leur capacité à soutenir le spectacle : aucune ne quittera sa fenêtre alors que quelques hommes, n'y pouvant tenir, se détournent et rentrent dans les chambres. Casanova est là, qui devra bientôt fermer les yeux et se boucher les oreilles. Il a loué une fenêtre fort bien placée pour plaire à une jeune fille dont il a entrepris la conquête ; la demoiselle est chaperonnée par sa tante, fort dévote. Tiretta, camarade de Casanova, dit Six-Coups, également présent, va profiter de l'heureuse disposition des tréteaux pour sodomiser la tante à quatre reprises. Un journaliste présent évoquera dans son article « des pensées de lubricité et de désir ».

Le bourreau Sanson, assisté de seize aides, commence l'exécution du programme lu le matin au condamné.

Robert-François Damiens a été étendu sur une table de bois, le tronc étroitement serré dans des cercles de fer qui laissent libres ses bras et ses jambes. Sa main droite est cependant liée à une barre métallique. Elle tient le canif dont il a frappé le roi. Sanson la lui brûle au feu de soufre. Les chairs rissolent et se détachent des os. Damiens pousse « des cris affreux ». Le public reste silencieux.

Un deuxième bourreau s'approche, porteur de grandes tenailles coupantes. Il arrache la mamelle gauche de Damiens. Un aide verse dans la plaie béante « du plomb fondu mêlé avec de l'huile, du soufre, de la cire et de la poix-résine bouillante ». La même opération est pratiquée sur la mamelle droite, puis sur les bras et sur les cuisses. Cette phase terminée, deux prêtres s'approchent et tendent à Damiens un crucifix à baiser.

On passe enfin au bouquet final, le clou du spectacle qui a attiré la grande foule : l'écartèlement. Quatre chevaux sont attelés à des cordes liées aux membres de Damiens.

Ils tirent. Bras et jambes résistent. Les valets fouettent les bêtes. Les jambes craquent mais tiennent toujours au tronc. Les valets lâchent des bordées de jurons. Le supplicié leur dit : « Je ne vous en veux pas. » On ajoute à l'attelage les deux chevaux du tombereau. Rien n'y fait. La foule gronde.

Une heure durant, les chevaux s'efforcèrent en vain.

Sanson, déconcerté, demande aux représentants du Parlement l'autorisation « de donner un coup de tranchant dans les jointures pour faciliter la tâche des chevaux ». Le président Molé et les conseillers Severt et Pasquier refusent : ce serait abréger les souffrances du condamné.

Soixante fois, les chevaux s'élancèrent.

La nuit vient. Sanson s'affole. Il obtient l'appui des médecins présents. Cette fois, les bœufs-tigres consentent. « L'exécuteur de Paris et un de ses confrères, avec des couteaux aiguisés ordinaires, entamèrent jusqu'aux os les chairs, depuis les aines jusqu'aux reins, et séparèrent ainsi tous les muscles et les nerfs. » Opération identique aux aisselles. Damiens « était très attentif à chaque membre qu'on lui coupait. Il montra une grande fermeté et ne proféra pas un seul jurement. » Les chevaux, cette fois, arrachent bras et jambes. La foule applaudit. Étrangement, plusieurs observateurs munis de lorgnettes notent que Damiens, réduit à un tronc, vit toujours : sa poitrine bouge et ses lèvres remuent comme s'il s'efforçait de parler. Les bourreaux desserrent les cercles de fer et jettent le tronc palpitant sur un bûcher de sept charretées de bois ; bras et jambes suivent. Les cendres sont jetées au vent, conformément à l'arrêt du Parlement.

Le supplice a duré deux heures et quart.

Les présidents Maupeou et Molé reçurent chacun six mille livres de pension ; les conseillers Severt et Pasquier, trois mille. Voltaire écrivit : « Peu d'officiers qui versent leur sang dans les batailles sont aussi bien récompensés. »

Le duc de Croÿ, qui avait dirigé l'enquête en Artois, pays d'origine de Damiens, conclut : « Telle fut la fin de ce misérable qui souffrit, à ce que l'on croit, le plus grand supplice que jamais homme ait essuyé, pour la longueur des grandes douleurs. »

Cela s'accomplit en France dans la quarante-huitième année du Roi Très-Chrétien.

XXIII

Charles de Broglie ne fut à la mode que quelques jours. Remerciements émus de la dauphine pour l'aide apportée à ses parents ; questions innombrables sur ses affrontements avec le roi de Prusse ; puis, la curiosité satisfaite, une mise à l'écart discrète. Seul Rouillé lui marque compréhension et sympathie, mais Rouillé ne compte pas. Tout se traite dans le boudoir de la Pompadour entre Bernis, entré au Conseil le 2 janvier, le vieux maréchal de Belle-Isle, l'homme qui nous a fait si malencontreusement descendre du mont Pagnote, lui aussi ministre d'État, et Pâris-Duverney, toujours essentiel en temps de guerre.

Charles écrit au roi. Quatre lettres pour ce fatidique mois de janvier. On imagine que Louis XV n'avait pas la tête aux affaires polonaises. Quelques lignes, le 14 janvier, pour évoquer l'attentat : « Je ne saurais trouver aucun terme, Sire, pour exprimer à V.M. les différents sentiments dont j'ai été pénétré depuis le 5 de ce mois. Je la supplie de trouver bon que je m'attache uniquement à celui de la joie parfaite que me cause son heureux et prompt rétablissement. » C'est court et d'une émotion parfaitement maîtrisée. Cet homme-là ne sera jamais un courtisan comme il faut.

Une obsession : l'ambassade de Vienne. Le roi doit la lui confier s'il attache encore quelque importance à l'affaire secrète. C'est à Vienne, et à Vienne seulement, qu'il peut être utile aux Polonais. À quoi servirait-il à Varsovie ? Il ne ferait qu'essuyer les plaintes des patriotes. On lui reprochera de dire le contraire de ce qu'il disait la veille. Mieux vaut envoyer là-bas un homme neuf qui pourra aisément imputer tout le mal à son prédécesseur. Tout cela bien vu, bien raisonné, mais un peu gâché par la manie broglienne de la persécution : ce sont toujours les autres qui obtiennent les belles ambassades, et quant à ce brevet de maréchal de camp mérité depuis si longtemps, voilà quarante de ses cadets qui lui passent sous le nez.

Le 22 janvier, le roi répond : « Je trouve très bon, comte de Broglie, que vous me fassiez toutes les représentations que vous croirez devoir me faire et à mes ministres, mais ayez toujours en vue l'union intime avec Vienne ; c'est mon ouvrage. Je le crois bon et je le veux soutenir. Dans ces circonstances, je crois votre présence très nécessaire à Varsovie ; vous êtes aimé et estimé des Polonais, et un nouveau ministre ne serait pas capable de leur faire faire bien des choses qu'il faut qu'ils fassent, sans y abandonner notre parti, car je le veux soutenir. C'est leur bien et leur liberté. Ainsi je vous conseille d'abandonner l'idée de Vienne et de n'être pas si changeant, surtout après que je vous ai tenu mes promesses [le cordon bleu] et que je vous crois capable de me bien servir encore. MM. de Belle-Isle et de Bernis ne sont pour rien dans ce que je vous dis ici. »

Le surlendemain, le comte repart à la charge dans une longue lettre où il reprend imperturbablement les mêmes arguments. C'est sa manière. Il enfonce donc le clou, mais dans un édredon. Sous ses phrases court une interrogation — que veut exactement le roi ? — et une exaspération : si l'affaire secrète est close, si la Pologne est définitivement abandonnée, qu'on le dise une bonne fois. Il termine par le vœu de retourner à son premier métier, l'armée. Il est probablement sincère. On a vu son extrême réticence à accepter son recrutement par le Secret : le roi a dû réitérer son ordre. Depuis, il a maintes fois exprimé à Conti sa certitude que son activité occulte finirait par une catastrophe personnelle.

Le mois suivant, il rebondit. Le 7 février, Michel revient en France, porteur de l'acte d'accession de la Russie au traité de Versailles. Grand événement et honneur signalé pour un simple négociant. D'Éon avait écrit à Tercier, le 1er janvier : « Je n'aurais désiré que d'être le porteur des monuments de vos triomphes et de ceux de M. Douglas, mais c'est une justice qui est due à M. Michel pour le zèle vraiment patriotique qu'il a montré jusqu'ici dans toutes les occasions. » Le petit d'Éon, comme on l'appelle à Saint-Pétersbourg, n'aura pas à regretter sa générosité, car c'est une bombe qu'apporte le zélé patriote, et non un monument triomphal. Les signataires du traité de Versailles se promettaient assistance militaire en cas de guerre contre tout autre pays. Douglas avait reçu de Rouillé l'instruction formelle d'inscrire une exception pour la Turquie, notre alliée séculaire. Les Russes et l'ambassadeur d'Autriche à Pétersbourg, le comte Esterhazy, firent tant que l'Écossais, assurément novice, se laissa manœuvrer au point d'adopter une solution d'une hypocrisie condamnable, même pour un diplomate : l'exception turque figurait bien dans le traité, mais une *convention secrétissime* stipulait qu'on n'en tiendrait pas compte si une guerre venait à éclater entre Russie et Turquie.

Broglie explose. Voilà bien où mène la volonté aveugle de tout sacrifier au nouveau système : la Turquie trahie ! La Pologne n'intéresse guère — il ne le sait que trop — et chacun trouve qu'elle coûte bien cher à la France. Mais la Turquie, par les privilèges uniques qu'elle nous accorde, représente une part importante de nos importations, permet surtout l'écoulement des produits fabriqués à Castres, Carcassonne, Mazamet, fait la prospérité de Marseille. Une folie et une honte ! Charles rédige de sa meilleure plume un mémoire que Rouillé, furieux de la désobéissance de Douglas, se charge de lire au Conseil. L'excellent Rouillé, célèbre pour ses siestes copieuses tandis qu'on délibère, s'échauffe si bien en lisant la prose enflammée du comte qu'il termine en déclarant qu'il préférerait démissionner plutôt que de signer le traité. Le roi, déjà alerté par Broglie, n'a pas besoin de cette bénigne menace pour refuser la secrétissime : nous connaissons ses sentiments pour la Russie. Il écrira le 13 février à Tercier qu'il « désapprouve pareillement ce bel acte secret que le chevalier Douglas a eu la bêtise de signer ». Tous les ministres opinent dans le même sens. La nécessité de bâtir une coalition contre Frédéric n'efface pas le vieux préjugé envers la Russie. Rouillé est chargé d'administrer une volée de bois vert à Douglas. Rude dépêche : « Je ne puis vous dire, Monsieur, quelle a été ma surprise et ma peine en voyant la déclaration dite secrétissime que vous avez pris sur vous de signer... Que l'acte reste secret ou non, il n'est pas moins contraire à la droiture et à l'honnêteté publiques... C'est à vous de réparer la faute qui a été faite dans cette affaire. » Mais comme l'Écossais vient de démontrer sa pataudérie et que la czarine risque de prendre fort mal qu'il revienne sur sa signature, Louis XV annonce à son Conseil qu'il écrira lui-même à Élisabeth.

En vérité, Douglas pouvait alléguer quelques circonstances atténuantes dont Broglie lui-même aurait sans doute admis la force, tout en déplorant une fois de plus l'aveuglement dont elles procédaient. Depuis des mois, Rouillé l'exhortait à coller à l'Autriche. Le 25 septembre 1756, Douglas s'en étonnait : « Vous me prescrivez uniquement de me concerter avec l'ambassadeur de Vienne, et les ministres ici trouvent que c'est me rendre en quelque sorte subordonné à lui et faire dépendre toutes nos opérations de la Cour de Vienne. » Ainsi a-t-il appris par Esterhazy, et non par Rouillé, que la France s'apprêtait à verser des subsides à la Russie. Il marque que cette singulière manière de procéder « a extrêmement surpris les plus zélés de nos amis ». Vorontsov, la czarine elle-même, voudraient nouer avec Versailles des relations étroites et indépendantes de l'alliance austro-russe. Le suivisme de Douglas les agace autant qu'il les étonne. Esterhazy, représentant d'une Autriche au lourd contentieux avec la Turquie, a exploité habilement les instructions de l'Écossais pour le convaincre de signer une secrétissime valant rupture entre la Porte et la France.

Louis XV écrit donc à Élisabeth une lettre si amicale que la czarine accepte sans ronchonner la suppression de la secrétissime (« Pour le reste, cela est compensé par la façon dont Votre Majesté s'en explique. ») Cette première missive ouvre la voie à une correspondance officielle entre les deux souverains. Parallèlement, et répondant à une suggestion de Douglas transmise par Tercier, le roi décide, à l'insu de ses ministres, de proposer à Élisabeth d'entrer en correspondance secrète avec elle — ce qu'il appelle, dans une lettre à Tercier, « un petit commerce ». Conti, de son côté, considère que sa démission du Secret ne signifie nullement renonciation à ses ambitions sur la Courlande et le commandement de l'armée russe : il continue par conséquent de correspondre secrètement avec Douglas. Nous aurons donc trois correspondances strictement cloisonnées entre France et Russie, avec le seul Tercier au fait de l'ensemble et tenant tous les fils. Les choses se compliquent. Broglie, patron officiel du Secret, ignore toujours que Douglas est affilié, et le roi ne l'informe pas de l'ouverture d'une correspondance occulte avec la czarine. Indiquons au passage que si le comte savait l'initiation de Douglas, sa réaction contre la secrétissime, toujours aussi violente dans le principe, s'enroberait de considérations lénifiantes sur la responsabilité du signataire. Il couvre toujours autant qu'il peut ses subordonnés. Néophyte dans le métier du secret, il a compris d'instinct qu'un agent isolé sur le terrain, « dans le froid », comme on dit aujourd'hui, doit se sentir assuré de la protection inconditionnelle de son chef vis-à-vis de l'autorité suprême. Sans jamais contester une faute indiscutable, Charles de Broglie s'emploiera invariablement à plaider devant le roi le dossier du coupable. Ajoutons que cet homme trouvé à juste titre difficile, ombrageux, d'une susceptibilité sans cesse sur le qui-vive, ne marquera jamais le moindre dépit de la confiance apparemment plus grande que le roi accorde à Tercier. Le grand seigneur et le premier commis marchent main dans la main. Jamais l'ombre d'un dissentiment entre ces deux-là. Ainsi Broglie, investi de la direction du Secret (sa lettre au roi du 30 janvier l'indique sans équivoque : « ... l'affaire secrète dont [Votre Majesté] a daigné me confier la direction »), procède-t-il de lui-même à un partage de compétences : il garde la haute main sur les affaires de Pologne et de Saxe, qu'il connaît mieux que personne, mais laisse à Jean-Pierre Tercier le soin de diriger d'Havrincourt et Vergennes, nos représentants en Suède et à la Porte.

*

* *

L'ambassade de Vienne ? Il est au moins un homme pour la destiner au comte de Broglie. Il est secrétaire d'État des Affaires étrangères, ce qui devrait lui conférer du poids, mais il s'appelle Rouillé, et cela gâche tout. Rouillé, causant avec Choiseul, qui n'est encore que le comte de Stainville, lui annonce son intention d'envoyer Broglie à Vienne. Choiseul : « Je fus embarrassé de ma réponse à un pauvre homme qui me marquait de l'amitié et qui était assez dupe pour ne pas sentir la nullité dont il était dans sa place. Il insista pour me faire dire mon avis sur le choix du comte de Broglie ; alors je crus devoir lui parler naturellement et lui confier que j'avais lieu d'être étonné qu'il ne fût pas instruit que c'était à moi que le Roi destinait l'ambassade de Vienne. » Singulier gouvernement que celui où le représentant de la France à Saint-Pétersbourg apprend par son collègue autrichien le versement de subsides français à la Russie, tandis que le responsable des Affaires étrangères découvre par une confidence de hasard à qui est attribuée l'ambassade la plus importante du moment...

Broglie n'avait aucune chance. Dans l'esprit de la Pompadour, il est lié à Conti. Le prince éliminé non sans mal, la marquise poursuit de sa détestation celui qu'elle considère comme son instrument. Pour tout le clan Pompadour, dévot de l'alliance autrichienne, il serait absurde d'envoyer à Vienne un homme dont les réticences sont maintenant bien connues. Starhemberg lui-même mène campagne contre Broglie. Il se plaint au maréchal de Belle-Isle de son ambition démesurée, le dépeint comme « avide de jouer un grand rôle dans le monde et d'être, pour ainsi dire, le ministre en chef de la France en Allemagne et dans toutes les cours éloignées, de pouvoir diriger la conduite des autres ministres, de devenir en certaine façon le ministre de toutes les négociations à faire de ce côté-là et, par conséquent, de la plus grande partie du système politique en France ». Belle-Isle, ranci dans sa vieille querelle avec feu le maréchal de Broglie, ne pouvait que prêter une oreille complaisante à de pareils propos. Ceux-là mêmes qui se soucient peu de Conti et de l'alliance avec Vienne trouvent que le comte offre un personnage déroutant et irritant. Il se mêle de tout, donne son avis sur tout, comme s'il était, selon la formule de Starhemberg, « ministre en chef de France », alors qu'il n'est jamais que le titulaire d'une ambassade de second ordre. Comment devinerait-on que le roi l'honore de sa confiance et qu'il tire les ficelles d'une diplomatie secrète doublant l'officielle ? Le Secret, enfin, n'a pu qu'aggraver le défaut familial — ce que Broglie appelle dans une lettre au roi « la dureté supposée de mon caractère » —, et d'autant plus que Charles, accablé d'ordres contradictoires émanant de personnages aussi considérables que son ministre et le prince de Conti, a pris l'habitude, pour lui aisée, de n'en faire qu'à sa tête. Il agace prodigieusement ceux qu'il n'inquiète pas.

Choiseul séduit. Il a le même âge — trente-huit ans — que Charles de Broglie, avec qui il a fait une partie de ses études. Une laideur navrante : la taille médiocre, une tête de petit cochon rose avec un nez en trompette troué de vastes narines, des lèvres épaisses, des yeux perçants, un front dégarni sommé d'une touffe de cheveux roux. Le contraire d'un Richelieu, à ceci près qu'il séduit autant que lui. Les témoignages des contemporains découragent le portrait par leur disparate. Il est hautain, imbu de sa race (« L'on m'a toujours dit que j'étais gentilhomme aussi ancien que qui que ce soit »), fier, cassant. Sa générosité et sa gaieté lui valent des amitiés indéfectibles. Il est si méchant que Gresset s'est inspiré de lui pour écrire en 1746 sa comédie intitulée précisément *Le Méchant*. Il dit du mal de tout le monde, mais n'en veut à personne. Il s'emporte comme un jeune homme mais reconnaît vite ses torts. Il est tout et son contraire, parce qu'il ne refuse rien à son prodigieux appétit de vivre. C'est par là qu'il emporte l'adhésion. Il imprime à sa vie un mouvement irrésistible. Aucune épreuve ne peut entamer son aptitude au bonheur. Dans quatre ans, au plus fort de la guerre, accablé de responsabilités, il écrira à Voltaire : « Je vais me consoler de l'ambition, de l'animosité, de la cruauté, de la fausseté des princes : le cul de ma maîtresse me fait oublier tous ces objets et augmente mon mépris pour les grandes actions des personnages qui ont de pareils défauts. » Parfaitement athée, il va à la messe comme doit le faire un ministre du Roi Très-Chrétien, mais son livre de prières est un Arétin habillé en missel. Avec cela, des qualités échappant au boudoir : du nerf, du courage, une intelligence rapide, l'art d'utiliser les circonstances.

La famille est antique. On date du Xe siècle. Un lointain ancêtre a épousé une petite-fille du roi Louis le Gros. Notre Choiseul appartient à la branche lorraine. Son père n'a jamais quitté le service des ducs de Lorraine, Léopold d'abord, puis François, que nous avons vu céder la Lorraine à Stanislas pour devenir grand-duc de Toscane, époux de

Marie-Thérèse et empereur. Le père fut nommé ambassadeur de Toscane à Versailles. « Cet emploi de faveur, écrit Dufort de Cheverny, lui valait trois mille francs de rente, permettait de faire porter derrière lui sa canne par un laquais et lui laissait les loisirs nécessaires pour se livrer à la bonne chère, sa passion dominante. » La mère, appelée « ma bégueule » par son mari à cause de sa bigoterie effrénée, jouissait de la réputation d'être la femme la plus ennuyeuse de son temps.

Le jeune Choiseul fait une carrière militaire météorique : maréchal de camp à vingt-neuf ans. Il sert sous le prince de Conti, montre de la bravoure sous le feu et s'attire de solides inimitiés par la férocité de ses critiques (sur Maurice de Saxe, après la victoire de Raucoux : « Nous gagnâmes la bataille que nous ne pouvions pas perdre, mais nous n'en profitâmes point pour détruire les ennemis parce que le maréchal de Saxe avait une grande attention de conserver les ennemis pour avoir une armée à combattre l'année suivante. »). La paix revenue, la cour et ses plaisirs. Entre cent conquêtes, une Antoinette, femme du duc de Gontaut, surnommé « l'Eunuque blanc ». Elle meurt en couches à l'âge de dix-neuf ans. L'enfant sera un jour duc de Lauzun et, après avoir rallié la Révolution et commandé brillamment une armée, finira sous le couperet de la Terreur. Il est de notoriété publique que Choiseul est le père de Lauzun. La malheureuse mère, folle amoureuse, a fait jurer sur son lit de mort à sa petite sœur Louise-Honorine, âgée de dix ans, d'épouser son amant, de grande noblesse mais de petite fortune, afin d'assurer son avenir. Le mariage se fera en 1750, mais aucun enfant n'en naîtra. Talleyrand explique que la faute en incombe à Choiseul, qui avait violé sa fiancée quand elle n'avait encore que douze ans, lui infligeant des dommages irréparables. Sans vouloir épuiser le vaste sujet des mœurs familiales des Choiseul, indiquons que notre homme a une sœur, Béatrice, ancienne chanoinesse de Remiremont, épouse du duc de Gramont, lequel vit retiré dans une petite maison garnie de putains. Tout Versailles tient pour acquis que le frère couche avec la sœur. Selon Lauzun, ce n'est pas tant vice que calcul d'ambitieuse : elle estimait « que le plus sûr moyen de prendre de l'empire sur son frère et d'empêcher celui d'une maîtresse était d'en faire son amant ». Il est avéré que Béatrice ne laissera à personne le soin de dépuceler le jeune Lauzun, son neveu par la main gauche, dès qu'il aura atteint quatorze ans. Si Lauzun est attaqué un soir par trois hommes armés payés par son père Choiseul, n'allez pourtant pas croire à une crise de jalousie du frère trompé par sa sœur avec son fils à lui, son neveu à elle : c'est parce que Lauzun couche avec la femme d'un autre frère Choiseul, que son père poursuit vainement — pour une fois — de ses assiduités. Nous sommes évidemment aux antipodes du style de vie Broglie.

Un lien pourtant entre les deux familles : Louise-Honorine, la fiancée violée à douze ans avant que d'être épousée, est petite-fille du financier Crozat et cousine de Louise-Augustine Salbigothon, duchesse de Broglie. Impossible de trouver une lettre, un fragment de journal, un paragraphe de Mémoires qui ne soit dithyrambique pour cette femme admirable. Mme du Deffand se résigne à écrire : « Il est fâcheux qu'elle soit un ange... elle n'a que des vertus, pas une faiblesse, pas un défaut. » Même son mari lui rend hommage : « Ma femme a beaucoup d'esprit, écrit-il à Voltaire ; ce qui est fort extraordinaire : elle ne me fait pas cocu. » Son charme initial avait été une dot de cent vingt mille livres de rentes que Choiseul dissipa, intérêts et capital, de même manière qu'il avait dépensé en une saison les vingt mille écus hérités de son père. Il étonne les plus prodigues.

Comme pour Bernis, son destin s'appelle Pompadour. Leurs relations s'engagent mal : « Mme de Pompadour croyait qu'elle me haïssait et le disait assez ouvertement. Je m'inquiétais infiniment peu de ce qu'elle pensait et de ce qu'elle disait. » Quelque saillie de gentilhomme, probablement, sur la parvenue. En 1752, événement : le roi, blasé des beautés faciles du Parc-aux-Cerfs, tombe amoureux de Charlotte-Rosalie de Romanet, épouse d'un Choiseul cousin issu de germain du nôtre. Le cousin est « bête, brutal, claquedent, grossier ». Sa femme, toujours selon notre Choiseul, « assez bien faite, un visage commun, l'air d'une fille entretenue qui a beaucoup d'usage du monde ». Elle a en tout cas assez d'usage de la cour pour négocier âprement sa reddition. Condition préalable : le renvoi de la marquise. L'intrigante a pour mentor Mme d'Estrades, sa tante, que nous avons vu recruter Bernis pour dresser la Pompadour aux façons de Versailles ; Mme d'Estrades trahit donc la marquise, et comme elle est la maîtresse du comte d'Argenson, sa trahison envenimera un peu plus les relations entre la favorite et le secrétaire d'État de la Guerre. Voici pour Choiseul le moment décisif où se joue une carrière. Un courtisan banal irait au plus facile et au plus prometteur : pousser, de concert avec le mari ravi, la Choiseul-Romanet dans le lit du roi et se mériter de la sorte la faveur du monarque. Choiseul joue au contraire la carte Pompadour. S'il faut en croire ses Mémoires, son pari procède d'une analyse approfondie du caractère de Louis XV, qu'il accable de traits féroces (« Son air timide, qui tient beaucoup à sa bêtise », « il n'a pas de volonté », « la faiblesse de son âme », etc.). Mais il écrit ses souvenirs du fond de l'exil où il a été précipité après avoir reçu du roi, avec le pouvoir, toutes les faveurs et toutes les richesses. Il juge Louis XV incapable de l'énergie nécessaire pour renvoyer la marquise. Toujours est-il qu'il gagne la confiance de sa cousine, devient peut-être son amant, se procure quelques-unes des lettres que le roi, infatigable écrivassier, lui envoie sans désemparer, les livre à la Pompadour, qui, preuves en main, réduit Louis XV à une penaude capitulation. Le marquis d'Argenson, qui a suivi l'intrigue tout au long, note dans son journal : « Mme de Pompadour a chassé de chez elle la petite Choiseul, comme une petite putain qui avait une mauvaise conduite et lorgnait le Roi. » Mme d'Estrades devra quitter la cour. Charlotte-Rosalie de Choiseul-Romanet mourra l'année suivante à Paris et l'on murmurera que Choiseul l'a fait empoisonner, mais l'accusation est si routinière à Versailles qu'elle mérite à peine la mention.

Pour salaire de ses bons et déloyaux services, Choiseul recevra, comme Bernis, une ambassade. Bien sûr, il faut d'abord apaiser le roi, qui a pris en aversion celui qui a osé contrarier ses amours. La Pompadour s'y emploie avec sa volonté coutumière. Elle aime Choiseul autant qu'elle l'avait détesté. « Son cœur naturellement bon et sensible, écrit Bernis, qui en a si bien profité, fut touché du danger qu'il avait couru pour lui rendre service : elle en fit son ami. » Choiseul est nommé à Rome, l'ambassade la plus importante après Vienne et Madrid. Informé de sa désignation, le bon pape Benoît XIV écrit au cardinal de Tencin : « Nous avons l'âme pénétrée de douleur parce que Rome, dans l'état où elle est, n'a pas besoin d'un plus grand nombre de libertins. Cependant, de peur du pire, nous ne disons mot. »

Entrée éclaboussante de faste dans la Ville éternelle. Et, aussitôt, un bras de fer comme le siècle de la distinction les aime. Selon un vieil usage, la loge centrale des théâtres de Rome, réputée la meilleure, était réservée au gouverneur de la ville ; celle située à sa droite revenait à l'ambassadeur de France ; quelques autres à des ambassadeurs divers ; la noblesse locale tirait au sort les loges restantes. Les dames romaines, jalouses des privilèges des diplomates, en avaient obtenu la suppression : tout était désormais tiré au sort. Choiseul, informé, s'insurge et exige sa loge. On élude. Il menace de quitter Rome. On sourit. Il ordonne à ses gens de préparer ses malles. C'est jouer gros. S'il perd la partie, il ne lui reste qu'à décamper pour rentrer à Versailles couvert de ridicule. Informé du remue-ménage à l'ambassade de France, le pape se hâte de convoquer le ministre irascible et lui accorde satisfaction. Partie gagnée ? Pas encore. Choiseul double la mise : il exige, en réparation de l'offense, qu'on lui donne la loge du gouverneur de Rome, le cardinal Archinto. Benoît XIV, excellent homme mais d'un tempérament aussi vif que Choiseul, se met en colère. L'autre ne bronche pas. Il obtient la loge. Archinto menace de la reprendre par la force. Choiseul prévient qu'il fera jeter le cardinal dans le parterre par ses gens. L'histoire rebondit malencontreusement lorsque meurt le secrétaire d'État Valenti, ami de l'ambassadeur de France, et que Benoît XIV décide de nommer à sa place Archinto, qui lui porte des sentiments peu chrétiens. Choiseul, dans une tentative désespérée pour faire revenir le pape sur sa décision, s'emporte au point que le saint homme se lève, furibond, et pousse l'ambassadeur dans son fauteuil en criant : « *Fa il papa* ! » (« Fais le pape ! »). Ce n'est pas grave : ils s'estiment au fond et se savent sujets aux emballements. N'empêche : partie perdue. Mais l'un des talents de Choiseul consiste à accoucher la défaite d'une victoire. Il obtient du pape le privilège d'annoncer lui-même sa désignation à Archinto, qui attend dans les transes le nom du successeur de Valenti. La nouvelle donne un si grand bonheur au cardinal qu'il en oublie toute rancune envers son messager.

Anecdotes romaines... Elles feront le tour de Versailles et commenceront d'établir la légende de Choiseul. Que de grincements de dents et de ricanements si Charles de Broglie en était le héros ! Que ne dirait-on encore sur son fichu caractère, sa ridicule arrogance ! Choiseul provoque, mais gaiement, pour le plaisir de l'épreuve de force, en grand seigneur trop assuré de sa race (« Depuis mon enfance, sans être ébloui des titres et des dignités, j'ai regardé que mon maître et le sang de mon maître étaient au-dessus de moi et que tout le reste était ou mon égal ou mon inférieur ») pour imaginer un seul instant que sa dignité personnelle soit en jeu. Les Broglie, malgré un siècle en France et deux maréchalats, ne possèdent pas cette tranquille assise. Différence de tempérament ? Restent-ils fragilisés par leur origine contestée ? Lorsqu'ils se cabrent, ils donnent toujours l'impression d'avoir à prouver quelque chose. À Choiseul, il suffit d'exister.

L'ambassade romaine ne se résume pas à des empoignades protocolaires, ni l'ambassadeur à son virevoltant personnage. Ambitieux, Choiseul lit beaucoup et s'informe sur les affaires européennes. Plus rapide que profond, il a le coup d'œil sûr. Bernis, sans la Pompadour, fût probablement resté abbé à la course d'un bénéfice. Choiseul aurait percé d'une manière ou d'une autre. À Rome, il travaille efficacement à régler « nos misérables affaires de la constitution *Unigenitus* » avec un Benoît XIV navré par l'affrontement furieux des fanatismes. Après un an de labeur digne d'estime de la part d'un athée que les discussions théologiques assomment, il conduit le pape à donner une encyclique qui procurerait l'apaisement nécessaire si les esprits n'étaient si échauffés. Comme celle de Bernis à Venise, son ambassade à Rome est un succès.

Vienne. Cela en surprend quelques-uns. On a l'habitude d'étrangers passés au service de la France et nommés ambassadeurs, tels Monti ou Saint-Séverin, mais Choiseul, avec ses antécédents et la carrière de son père, c'est un peu comme si la France envoyait l'Autriche en ambassade à Vienne. Versailles ne saurait marquer avec plus d'éclat son attachement (Broglie dirait : son inféodation) à la nouvelle alliance.

Bernis raconte que Choiseul, assuré d'être nommé, lorsqu'il croisait le comte de Broglie, lui « disait souvent, en plaisantant, qu'il pouvait se consoler de l'ambassade de Vienne parce qu'elle lui était destinée ». Gageons que Charles ne rit pas.

*
* *

Il faut donc renoncer à Vienne et retourner à Varsovie. Cela ne s'exécutera pas sans les plaintes et gémissements inévitables chez un Broglie dès lors qu'il s'estime une fois de plus victime de la méchanceté humaine. Si grande est la candeur de notre comte qu'il porte ses récriminations à la Pompadour elle-même. Il lui représente amèrement que Choiseul, son condisciple, le devance pour la troisième fois. Il est maréchal de camp depuis sept ans. Il a eu le cordon bleu avant lui. Il obtient aujourd'hui la préférence pour Vienne. La marquise doit écouter en ouvrant un œil rond le pauvre homme qui n'imagine pas que quelques lettres volées à une femme valent tous les états de service du monde.

Le 25 avril, Broglie reçoit ses instructions officielles de Rouillé. Elles sont conformes à l'état d'esprit dominant : « Toutes les négociations particulières à suivre par les ministres de S.M. dans les cours étrangères devront nécessairement s'accorder avec le système général que le Roi a adopté par les engagements qu'il a pris avec la Cour de Vienne ; ce nouveau système doit présentement être le centre auquel toutes les lignes de la circonférence politique doivent aboutir. Il suit de ce principe que toute négociation qui serait directement ou indirectement contraire à ce système serait un ouvrage incompatible avec la droiture des intentions du Roi, qui est bien éloigné de vouloir détruire d'une main ce qu'il travaille à établir de l'autre. »

Le point crucial restait le passage des armées russes. Le comte avait multiplié les mémoires pour tenter d'épargner cette calamité à ses amis polonais. Le plus sûr moyen consistait dans la formation d'une confédération proclamant la neutralité de la Pologne. La France se devait à tout le moins d'intervenir vigoureusement à Vienne et à Saint-Pétersbourg pour exiger que l'entrée des Russes n'entraînât pas les malheurs habituels. Les instructions de Rouillé, approuvées par le Conseil, relevaient de la politique de l'autruche : « Les Russes protestent qu'ils n'ont aucune intention dangereuse ou suspecte dont les Polonais puissent concevoir le plus léger ombrage... On conçoit que ce passage peut être susceptible de quelques inconvénients qu'il est important de prévoir et de prévenir autant qu'il sera possible ; mais la crainte d'un avenir douteux ne doit pas l'emporter sur la nécessité du moment présent, et les conditions particulières doivent être subordonnées à l'objet général dont le succès dépend du passage des Russes par la Pologne. Le sieur comte de Broglie doit donc faire usage de tous ses talents et de toutes ses lumières pour faire agréer ce passage aux Polonais, ou du moins pour le faire tolérer sans opposition et sans murmure. » On ne pouvait être plus clair. Point de confédération. Broglie recevait simplement l'autorisation de transmettre à Pétersbourg et à Vienne, et sur le ton le plus courtois, les plaintes éventuelles des Polonais. Pour le reste, il pouvait promettre à Auguste III des dédommagements territoriaux après la victoire, mais sans qu'il soit question d'ériger l'électorat de Saxe en monarchie, et il devait sonder les Polonais, sans prendre le moindre engagement, sur la succession au trône. Le comte estimait au contraire que le nouveau système offrait une chance unique d'imposer aux cours impériales un candidat choisi par la France.

Dans cette ambiance crépusculaire, des accidents de sécurité jettent un doute sérieux sur l'étanchéité du Secret. La correspondance expédiée par les agents servant à l'étranger passe, comme le reste, par le Cabinet noir. Louis XV aurait pu interdire à Jannel d'ouvrir les lettres adressées à Tercier, plaque tournante du service, mais l'intendant des postes aurait été alerté sur le rôle occulte du premier commis, et Louis XV ne souhaite pas l'initier. Jannel a donc reçu une liste d'adresses fictives auxquelles sont envoyées les lettres (par exemple : « Révérend Père Louis, rue du Regard » — très rares encore sont les rues de Paris dont les maisons portent un numéro). Il a ordre de faire délivrer ces lettres au roi sans les ouvrir. Le roi les fait transmettre à Tercier par Le Bel, son premier valet de chambre, dont on sait les fonctions d'entremetteur, ou par Guimard, garçon des Appartements. Tercier déchiffre les lettres, en rédige le cas échéant des extraits, et renvoie le tout à Louis XV avec des projets de réponse établis souvent de concert avec Broglie. Louis retourne les réponses approuvées ou corrigées à Tercier pour expédition. C'est un peu long, mais l'époque prend son temps.

Guimard commet l'imprudence de remettre à Broglie une lettre du roi dans le salon de la Pompadour, et à portée d'oreille du premier valet de chambre de celle-ci, « qui a peut-être pu entendre qu'elle venait de V.M. Elle sentira facilement que cela peut exciter la curiosité et permettre des soupçons auxquels j'éviterai toujours, autant qu'il me sera possible, de donner lieu ».

Le 11 février, le comte écrit au roi : « Il est d'ailleurs très apparent que les vues secrètes de V.M. sont déjà connues, au moins jusqu'à un certain point, de certains de ses ministres, ainsi que de Mme la marquise de Pompadour... J'ai d'autant plus lieu d'en être persuadé que j'ai appris depuis peu de jours de Mme la duchesse de Mirepoix que les soupçons que Mme la marquise de Pompadour a sur cet objet sont cause de son indisposition contre moi : elle croit apparemment qu'au lieu d'être l'instrument dont V.M. se sert, je suis en partie l'auteur de ce projet, ou du moins que j'agis de concert avec M. le prince de Conti pour l'y exciter. » Broglie croit pouvoir localiser la fuite. Choiseul a pour secrétaire un sieur Boyer qui le fut dix ans plus tôt de des Issarts, premier ambassadeur envoyé en Pologne du temps de Castéra et initié au Secret. Boyer, sans être lui-même affilié, connaissait par des Issarts l'existence de l'affaire secrète. Comment ne l'aurait-il pas révélée à Choiseul, qu'il vient d'accompagner à Rome et qu'il va suivre à Vienne ?

L'alerte la plus grave est enregistrée par le roi en personne. Le 11 mars, il écrit à Tercier : « M. de Starhemberg prétend qu'à Vienne on a des lettres de Durand à M. le prince de Conti. Je tâcherai d'en avoir une, mais j'ai bien de la peine à le croire, à moins qu'il n'ait été trahi par quelqu'un de ses gens. Qu'en pensez-vous, vous qui savez comme cela se fait et comme cela se trouve ? » Le même jour, dans une lettre à Broglie où il réitère ses ordres (« Si j'en avais connu un autre qui eût pu me bien servir en Pologne, je vous l'aurais préféré pour satisfaire votre désir de servir dans nos armées ; mais n'en ayant point trouvé, je compte que vous m'y servirez de tout votre mieux »), le roi l'informe d'une possible interception des lettres de Durand : « Je tâcherai d'en avoir une pour voir si cela est bien vrai, car avec les fausses adresses, il est bien difficile, à moins qu'il n'ait été trahi par quelqu'un de ses gens, ou qu'on ait trouvé la clef de son chiffre, ce qui me paraît bien difficile. » Encore et toujours cette foi de charbonnier dans l'hermétisme des codes. Louis échouera à se procurer une lettre et l'énigme ne sera pas éclaircie. Il n'empêche qu'avec la marquise, Choiseul et la cour de Vienne plus ou moins informés, le Secret paraît fort éventé.

Les instructions secrètes confiées à Broglie s'efforcent bravement d'entretenir la fiction d'une politique française en Pologne. Qu'elles donnent satisfaction au comte ne doit pas surprendre, puisqu'il les a rédigées en collaboration avec Tercier. Que le roi les ait approuvées leur confère une valeur supérieure à celles de Rouillé, dont elles sont le contraire. Broglie devra préparer la succession au trône de Pologne. En faveur de qui ? Un choix serait prématuré, mais on peut songer à l'infant don Philippe, fils du roi d'Espagne, au prince Xavier, fils d'Auguste III, à un prince du sang de la maison de France. Sur le problème de l'entrée des Russes en Pologne, les instructions sont formelles : le comte devra concilier autant que possible l'alliance avec la Russie et le souci de préserver les libertés polonaises ; en cas de conflit irréductible, il faudra sans hésiter soutenir la Pologne.

Jamais diplomaties officielle et secrète n'ont divergé à ce point. Pour obéir au roi, Broglie doit faire le contraire de ce que lui prescrivent les ministres. Le malheureux le sait si bien, et mesure si précisément les dangers auxquels il s'expose, qu'il écrit à Louis XV, la veille de son départ, une lettre implorant la protection royale : « Je serais peu inquiet si V.M. voulait bien me juger seule. Je me flatte qu'elle connaît le zèle ardent dont j'ai toujours été animé pour son service : il n'aura jamais de bornes... Mais j'ose avouer à V.M. que je crois avoir à craindre la mauvaise volonté de quelques personnes dont l'opinion peut influer dans le jugement qui sera porté sur mon travail... Je supplie V.M. de daigner faire quelque attention à tout ce qui lui sera rapporté contre moi et d'examiner si la vérité y sera bien observée. Je mettrai toujours toute ma confiance en sa bonté... »

Le 3 mai, il prend la route, non pas de Varsovie, mais de Vienne. Il s'était efforcé vainement d'obtenir du ministère l'autorisation de faire le crochet par l'Autriche. Une intervention de Tercier auprès du roi la lui a obtenue. Il compte bien y plaider la cause de la Pologne.

L'avant-veille de son départ avait été signé le deuxième traité de Versailles, exactement un an après le premier. Une fois de plus, on était allé chercher le bonhomme Rouillé pour qu'il apposât sa signature au bas d'un copieux document de cinquante-deux articles qu'il découvrait au moment de le parapher, car si Choiseul, à Rome, était tenu informé par la Pompadour de l'avancement des pourparlers, le secrétaire d'État des Affaires étrangères ignorait tout des négociations conduites par Bernis et Starhemberg.

Pour nous qui savons la fin de l'histoire, le second traité est calamiteux pour la France. L'intelligent Starhemberg, supérieurement guidé par le chancelier Kaunitz, a su exploiter l'état malheureux des affaires françaises, avec l'attentat de Damiens, la grève des parlements, un gouvernement désorganisé par les renvois de Machault et de d'Argenson, pour manœuvrer son interlocuteur Bernis. La seule guerre qui compte pour la France est contre l'Angleterre : le traité ne prévoit rien qui puisse nous aider à la gagner. Il n'est question que de Frédéric, l'ennemi de Marie-Thérèse. Tout doit servir à la revanche autrichienne. Le premier traité imposait à la France la fourniture d'un corps auxiliaire de vingt-quatre mille hommes. Le second ajoute cent cinq mille soldats à mettre en campagne. Les charges financières sont écrasantes : entretien à nos frais de dix mille soldats allemands, versement à l'Autriche d'un subside annuel de douze millions de florins aussi longtemps que la guerre durera, prise en charge de la moitié des subsides à verser à la Suède et à la Saxe.

Le but de la guerre ? Ramener Frédéric « dans de telles

bornes qu'il ne soit plus en son pouvoir de troubler à l'avenir la tranquillité publique ». Le deuxième traité, contrairement au premier, est carrément offensif. Les alliés ne déposeront les armes que lorsque Marie-Thérèse sera de nouveau maîtresse de la Silésie. On contraindra le roi de Prusse à des concessions territoriales à la Suède et à la Saxe. La France recevra pour seul butin Mons, Ypres, Furnes, Ostende, Nieuport et le pays de Chimay. L'infant don Philippe, gendre de Louis XV, cédera à l'Autriche ses duchés de Parme et de Plaisance, et s'installera dans le reste des Pays-Bas autrichiens. Traité de dupe ? Louis XV et ses ministres pouvaient en juger autrement. Certes, la masse de subsides pesant sur un royaume aux finances si embarrassées paraissait démesurée, mais l'évidence s'imposait que la France verserait les douze millions de florins promis à l'Autriche pendant un an seulement, peut-être deux. Quel esprit sensé pourrait alors imaginer que Frédéric résistât plus d'une ou deux campagnes à la formidable coalition levée contre lui ? Il dispose de deux cent mille hommes en y comprenant les Hanovriens et les Hessois soldés par le roi d'Angleterre. L'Autriche aligne contre lui cent trente-trois mille hommes ; la France, cent vingt-neuf mille ; la Russie, quatre-vingt mille ; la Suède, trente mille, soit un total de trois cent soixante-douze mille hommes qui vont fondre sur son royaume des quatre points cardinaux. À quoi il faut ajouter ce qu'on nomme l'armée des Cercles, c'est-à-dire les troupes fournies par les Électeurs et princes d'Allemagne en conséquence de la mise au ban de Frédéric par la diète de l'empire. Ainsi l'exécution du second traité de Versailles procurera-t-elle à la France la tranquillité sur ses arrières, la possession du Hanovre, excellente monnaie d'échange, et la possibilité de regrouper ses forces pour en découdre avec son véritable ennemi, l'Angleterre. Le calcul repose sur une élimination rapide du roi de Prusse, or cette guerre-là est imperdable.

XXIV

Parti de Paris le 3 mai, Charles de Broglie découvre le 13 une Vienne consternée et paniquée : Frédéric a encore culbuté l'armée autrichienne. Conscient que le temps jouait contre lui, il a pris l'offensive, envahi la Bohême, manœuvré l'ennemi et donné bataille, le 6 mai, sous les murs de Prague. Ses troupes ont été prodigieuses de bravoure et de discipline. On a vu le septuagénaire général Schwerin se faire tuer, un drapeau à la main, à la tête d'un bataillon qu'il menait à l'assaut. En face, le maréchal autrichien Browne est mortellement blessé. Frédéric, contrairement à ses principes, ne poursuit pas l'adversaire en déroute. Il ne s'y risquera pratiquement jamais. La Prusse est si pauvre en hommes que l'essentiel de son armée se compose de mercenaires de toutes nationalités, plus ou moins volontaires, toujours enclins à la désertion : le désordre d'une poursuite leur en offrirait trop d'occasions. Doté d'un instrument à la fois efficace et fragile, le roi de Prusse se trouve condamné à la victoire sans pouvoir l'exploiter jusqu'à la destruction complète des forces ennemies.

Prague assiégée, avec des vivres jusqu'au 20 juin. La route de Vienne ouverte. Le pire est l'impression d'invulnérabilité que donne ce roi de Prusse qui jamais n'a bu le calice de la défaite. Les généraux autrichiens sont devant lui comme le lapin face au serpent. Ils souffrent d'un écrasant complexe d'infériorité. Paralysés par la crainte, ils jouent perdant. Ce sont là sentiments qu'un Broglie ne connaît que par ouï-dire. Charles, aussitôt reçu par Marie-Thérèse, l'étonne par son dynamisme, sa combativité. Prague ? Il l'a emportée par escalade sous les ordres de son père, en 1741, puis l'a défendue lors d'un siège resté fameux. Il improvise devant l'impératrice-reine un plan de défense et indique ce que devrait faire le maréchal Daun, mis à la tête de la dernière armée autrichienne, forte de cinquante-quatre mille hommes. Au contact roboratif de cet homme qui ne doute de rien, et surtout pas de lui-même, Marie-Thérèse, qui ne cesse de répéter dans la déploration universelle : « Il faut sauver Prague à tout prix », s'enthousiasme au point de demander à Broglie d'éclairer son Conseil de ses lumières. Les ministres sont trop abattus pour s'étonner. Les chefs militaires, que Kaunitz appelle les « graves perruques », acceptent avec la modestie du battu les suggestions du pétulant petit Français qui n'a jamais servi que comme brigadier, et toujours en sous-ordre. Étonnant Broglie ! L'homme que tout Versailles tient pour adversaire acharné de l'alliance autrichienne se pose en sauveur de Marie-Thérèse. Il s'installe à la chancellerie. Chaque soir, il donne par écrit ses avis à l'impératrice-reine, qui les transmet aussitôt au maréchal Daun. Kaunitz le presse de rejoindre l'armée autrichienne. Le voici à Vienne ce qu'il avait été à Dresde : « ministre de la Guerre officieux ». Pourquoi faut-il que l'étranger utilise si bien ses qualités tandis que la France, par le caprice d'une favorite, le met sous le boisseau du dernier ministricule ?

Le 18 juin, Frédéric est battu à Kolin. Il a péché par présomption. Après sa victoire du 6 mai, il avait écrit à sa mère : « La campagne est perdue pour les Autrichiens. J'ai les mains libres avec cent cinquante mille hommes. Nous sommes maîtres d'un royaume qui nous fournira de l'argent et des hommes. J'enverrai une partie de nos troupes faire un compliment aux Français ; je poursuivrai les Autrichiens avec le reste. » Daun remontant vers Prague en repoussant devant lui le Prussien Bevern, très inférieur en nombre, Frédéric se porte à la rescousse de son lieutenant avec un mince renfort de quatre bataillons et six escadrons. La bataille est donnée à Kolin. Daun manœuvre si habilement que les Prussiens l'attaquent sur son point le plus fort. La cavalerie autrichienne emporte la décision. Frédéric perd douze mille de ses dix-huit mille fantassins. Le siège de Prague est levé. Les troupes prussiennes retraitent sur la Saxe, talonnées par Daun. Guillaume, le frère de Frédéric, s'y prend si mal qu'il perd son artillerie et ses bagages. « Les succès donnent une confiance nuisible », constate Frédéric. Et aussi : « Dites à mon frère et à tous ses généraux que je leur devrais trancher la tête à tous. » Pour la deuxième année consécutive, sa guerre éclair a échoué ; une fois de plus, il a trouvé le comte de Broglie sur son chemin. Il devra affronter les forces coalisées contre lui sans cette aura d'invincibilité qui valait à elle seule une armée.

Vanité des calculs humains : c'est donc à Vienne que Charles de Broglie devait humer l'encens de la gloire. Marie-Thérèse proclame qu'elle lui doit la victoire autant qu'à Daun. Elle lui fait porter par Kaunitz son portrait orné de diamants. Le chancelier : « Et moi qui vous croyais entiché de vieux préjugés, me voilà bien détrompé. » De Varsovie, Durand lui envoie une lettre enthousiaste : « Il est donc vaincu, ce prince assez téméraire pour lutter contre les plus grandes puissances de l'Europe, et, par un revers qu'il mérite, il va sentir à son tour les horreurs de la guerre... On mande des provinces que l'activité de la Cour de Vienne à réparer ses pertes et à repousser son ennemi au moment où tout était désespéré doit vous être attribuée, et c'est un fait qui doit passer à la postérité. » Le grand-général Branicki, pilier du Secret en Pologne, rappelle au comte, son vieil ami, qu'il ambitionne de recevoir le collier de la Toison d'or, ordre décerné par les Habsbourg : « Je vous prie de m'accorder une recommandation qui sera puissante, attendu qu'on doit à Votre Excellence l'obligation de l'heureux changement survenu dans les affaires de l'impératrice-reine, ce qui porte l'admiration qu'on a pour Votre Excellence au plus haut degré. »

Marie-Thérèse n'oubliera jamais. Dans quatorze ans, en 1771, alors que le comte continuera d'inspirer du souci à la cour impériale, elle écrira à sa fille Marie-Antoinette : « Je ne puis pas nier que je l'estime, m'ayant montré tant de zèle dans la situation la plus critique où je me suis trouvée après la bataille de Prague... Vous pouvez, dans les occasions, lui marquer que je m'en souviens toujours. »

Charles ne se laisse pas griser. En éprouverait-il la tentation que le clan Pompadour l'empêcherait d'y céder. Son triomphe viennois exaspère. Il reçoit force dépêches lui enjoignant de gagner au plus tôt Varsovie. Un courtisan habile saisirait la chance magnifique de se rabibocher avec la marquise par l'entremise de Marie-Thérèse : n'a-t-il pas prouvé qu'il était meilleur autrichien que quiconque ? Il s'ouvrirait une grande carrière à la Bernis, à la Choiseul. Mais il ne serait plus Broglie. Le 30 juin, il écrit au roi qu'il ne faudrait surtout pas croire « que les caresses qu'on m'a faites ici m'aient fait perdre de vue mes anciennes idées sur la Cour de Vienne ». Et de réciter imperturbablement son credo : oui au nouveau système ; non au sacrifice de nos anciens alliés. Au lieu de savourer avec ses hôtes l'euphorie de la victoire de Kolin, il leur met sous les yeux son dossier polonais. Grimaces, soupirs. A-t-on idée de s'embarrasser de la Pologne quand on vient de vaincre le grand Frédéric ? Broglie au roi : « Leur abattement dans l'adversité et leur arrogance dans la prospérité marchent d'un pas égal. » Il repartira le 11 juillet sans avoir rien obtenu. À Choiseul, arrivé le 20 août, Kaunitz dira que si Broglie avait été nommé à sa place, « les deux cours n'auraient pas resté alliées bien longtemps. »

Le souple et ondoyant Choiseul ne donnera aucune inquiétude. Réticent sur le premier traité de Versailles, convaincu que le second impose à la France des obligations exagérées, il s'est bien gardé de manifester son opposition. Lui aussi arrive à Vienne avec l'auréole de la victoire. Il trouvait intolérable de servir sous les ordres de Rouillé, réservé sur l'alliance autrichienne et surtout incapable. Il avise la marquise qu'il préférerait renoncer à son ambassade. Bernis raconte que Mme de Pompadour reconnut volontiers la nullité du secrétaire d'État, « mais, répondit-elle, M. Rouillé se meurt ; il dort au Conseil et dans son cabinet ; il n'y a qu'à attendre que l'apoplexie nous en délivre. Le Roi ne veut pas être homicide d'un ministre inepte, mais honnête homme, en le déplaçant ; s'il pouvait se déplacer lui-même, le Roi en serait bien aise ; mais Mme Rouillé qui aime la Cour, comme une bourgeoise qui n'était pas faite pour y être [*sic*], l'en empêchera toujours... — Voulez-vous, interrompit vivement le comte de Stainville [Choiseul], que je vous apporte dans une heure la démission de M. Rouillé ? Le voulez-vous ? » Aussitôt dit, aussitôt fait : l'habile homme monte chez Mme Rouillé et la convainc qu'elle tue son mari en le laissant dans le ministère. Il rapporte triomphalement la démission à la marquise. « Il faut convenir, conclut Bernis, que rien n'est plus leste que cette action du comte de Stainville, et qu'elle est en même temps bien adroite. » Convenons que Choiseul, dont on ignore s'il aurait inventé Pirna et su galvaniser une Autriche évanescente, se révèle infiniment plus fort que notre Broglie lorsqu'il s'agit de déloger un vieux ministre de son fauteuil.

Bernis remplace Rouillé.

*

* *

Charles d'Éon, parti de Saint-Pétersbourg pour Versailles, fait étape à Vienne juste avant la victoire de Kolin. Il traverse l'Europe sur un nuage, du bonheur plein la tête, une brassée d'excellentes nouvelles dans sa besace. Il apporte aux ministres l'accession définitive de la Russie au traité de Versailles, signée sans barguigner en dépit de la situation délicate créée par la secrétissime. Il a pour le roi une lettre d'Élisabeth, du 14 mars, acceptant avec enthousiasme le « petit commerce » : « J'y vois particulièrement avec plaisir ses soins d'affermir par une confiance sans réserve et par une communication immédiate l'amitié qui vient de s'établir entre nous... » Il a pour Conti l'offre de la czarine de lui confier le commandement de l'armée russe et la souveraineté sur le duché de Courlande.

En chemin, d'Éon a croisé à Bialystok la caravane de quarante carrosses du nouvel ambassadeur, le marquis de L'Hôpital, qui va prendre la relève de Douglas. L'Hôpital n'a pas été initié. Le secrétaire d'ambassade d'Éon sera donc, après le retour de Douglas en France, le seul agent du Secret en Russie, et cela au moment où les liens entre Versailles et Saint-Pétersbourg se resserrent comme jamais. Comment ne pas rêver ? À quoi ne peut-il prétendre ? Et il n'a pas trente ans.

La czarine lui a fait remettre avant son départ trois cents ducats pour marquer « la satisfaction qu'elle avait de sa conduite pendant son séjour ici ». Élisabeth l'aime, comme Vorontsov, comme tout le monde à la cour impériale. Qui n'apprécierait « le petit d'Éon » ? Il est vif, drôle, généreux, laissant partout un sillage de cadeaux. Les vins de sa patrie bourguignonne, qu'il offre par centaines de bouteilles, règnent désormais sur les meilleures tables de Saint-Pétersbourg. Le seul à ne pas l'aimer, Bestoutchev, lui fait l'honneur de le redouter.

Il rencontre à Vienne Charles de Broglie. La conversation ne roule que sur la diplomatie officielle, car le comte ignore toujours que d'Éon travaille pour le Secret. Puis le coup de tonnerre de Kolin. D'Éon sait l'heureux accueil réservé par le roi aux messagers de la victoire. Il saute dans sa voiture, traverse l'Allemagne à un train d'enfer, va au fossé, se casse une jambe, repart quand même, arrive à Versailles trente-six heures avant le courrier dépêché par Kaunitz, annonce la défaite de Frédéric. Le roi, touché de son zèle, le confie à son chirurgien personnel et lui octroie tout ensemble une gratification financière, un brevet de lieutenant de dragons et une tabatière d'or ornée de son portrait garni de perles. Ce garçon sait décidément plaire.

Lorsqu'il rencontre Tercier, sévère déconvenue : le premier commis lui apprend la brouille intervenue entre le roi et son cousin. C'est donc à un homme en disgrâce qu'il doit annoncer le succès de ses démarches. Mais peut-il seulement rencontrer Conti ? Le roi, consulté par Tercier, répond le 20 juillet : « Puisque M. d'Éon a mission de M. Vorontsov pour voir M. le prince de Conti, il faut qu'il le voie, mais qu'il vous rende compte exactement de la réponse du prince de Conti. » Louis XV évolue. Il écrivait cinq mois plus tôt à Tercier : « Ne me parlez plus du prince de Conti. » L'ouverture russe remet le cousin boudeur dans la partie. Il touche enfin au but : la couronne ducale de Courlande, le commandement de l'armée russe — pourquoi pas un mariage avec Élisabeth ? Ragaillardi, le prince sollicite la permission de rencontrer le premier commis. Le roi à Tercier, le 7 août : « M. le prince de Conti travaille à un mémoire : il désire aussi vous voir pour vous mettre au fait ; ainsi je trouve bon que vous le voyiez à votre passage à Paris et vous m'en rendrez compte à mon retour à Versailles. Le sieur d'Éon ne doit rien communiquer à personne de ce qu'il sait du secret : s'il est besoin, il correspondra avec vous. »

Tercier et Conti confèrent à plusieurs reprises. Une grave difficulté : le duché de Courlande étant pour la France un fief relevant de la couronne de Pologne, il n'est pas possible de laisser Saint-Pétersbourg en disposer sans l'assentiment d'Auguste III, même si l'accord reste tout formel dans la mesure où la puissance russe s'impose depuis longtemps en Courlande. Conti complique encore les choses en élevant des prétentions sur Neufchâtel, possession du roi de Prusse.

Cet homme n'est heureux que s'il court trois lièvres à la fois. Il a besoin, pour réussir, de l'appui déclaré du roi, car les offres de la czarine s'inscrivent d'évidence dans le processus de rapprochement avec la France. Or Louis montre de la réticence. À Tercier, le 15 septembre : « Si l'Impératrice de Russie appelle véritablement M. le prince de Conti pour commander ses armées, et qu'elle veuille lui donner la Courlande, en attendant mieux, j'en serai très aise, mais, pour le présent, je n'y puis plus prendre d'autre part directe que celle de m'y pas opposer et d'y donner mon consentement quand il n'y aura plus besoin que de cela. » Et le 21 septembre, au même : « Je vous envoie la lettre de M. le prince de Conti. Quand je verrai une certitude morale que l'Impératrice de Russie lui destine le commandement de son armée et la Courlande, je donnerai toutes les autorisations et permissions qu'on me demandera. Jusque-là, j'y répugne beaucoup, craignant de faire une fausse démarche qui nous ferait plus de mal que de bien. »

Énigmatique Louis XV... Qu'est-ce qu'une « certitude morale » ? D'Éon n'a-t-il pas apporté des propositions pour lesquelles on ne demande que le satisfecit royal ? Si le roi veut vraiment épargner à la Pologne les malheurs d'une occupation, la présence à la tête de l'armée russe d'un prince français travaillant depuis quatorze ans avec le parti patriote ne serait-elle pas de nature à empêcher les excès ? L'expérience ayant maintes fois démontré la difficulté d'accorder la stratégie d'armées coalisées, peut-on négliger l'intérêt d'avoir un Conti, dont la valeur militaire est certaine, au commandement des forces russes ? Et si le rôle de chef plus ou moins occulte de l'opposition parlementaire que semble vouloir jouer le prince irrite le roi, le meilleur moyen de s'en débarrasser ne consiste-t-il pas à l'expédier dans le Nord ? On ne saura jamais les raisons précises de l'inertie de Louis XV dans ce moment décisif. La haine de la Pompadour, l'agacement d'avoir manqué de parole à Conti, l'irritation devant la réaction du prince, le tout sur fond d'invincible méfiance envers la Russie : sans doute cédait-il davantage à des humeurs qu'il ne suivait une ligne politique délibérée.

D'Éon repart pour Saint-Pétersbourg à la fin septembre. Un courrier de Conti le rattrape à Strasbourg : qu'il attende, caché dans la ville ; le prince espère encore arracher au roi une approbation catégorique. D'Éon patiente cinq jours. Second courrier : situation inchangée. Mais d'Éon trouvera à Pétersbourg une lettre qui aura voyagé plus vite que lui. Si elle comporte la phrase « vous pouvez partir d'après ce qui vous a été mandé », cela signifiera que le roi a enfin donné son appui ; « ne partez plus » signifiera que l'accord manque toujours.

D'Éon repart. Il emporte dans ses bagages une édition in-quarto de *L'Esprit des lois* de Montesquieu. Entre les deux épaisseurs de carton composant la couverture sont insérés une lettre de Tercier à Vorontsov, un chiffre pour la correspondance entre le roi et la czarine, le chiffre de d'Éon pour correspondre avec Tercier, un troisième chiffre pour ses lettres au prince de Conti. Une fois ces documents insérés, un relieur de confiance a replacé les bordures en peau de veau, recollé le papier marbré sur le carton, et mis le livre sous presse un jour entier, de sorte qu'il peut subir sans risque l'examen le plus soupçonneux.

Le prudent Tercier propose au vice-chancelier de Russie une procédure propre à préserver leurs maîtres d'une mauvaise surprise : lui-même transcrira de sa main et signera les lettres de Louis XV, et Vorontsov fera de même pour les réponses de la czarine. Si un malveillant vient à découvrir la correspondance, la responsabilité des monarques sera dégagée.

En chemin, d'Éon croise Douglas, qui regagne la France. L'Écossais n'est pas conscient d'avoir gâché une mission jusqu'alors exemplaire par sa bévue sur la secrétissime. Il sollicitera vainement un nouvel emploi, se retirera dans sa belle-famille, à Bourges, et mourra en 1765.

À Saint-Pétersbourg, point de lettre. Conti disparaît. Il avait ambitionné tour à tour ou simultanément la main d'une czarine, le trône de Pologne, celui de Courlande : il ne régnera que sur l'enclos du Temple.

*

* *

Un mois avant le départ de d'Éon pour Saint-Pétersbourg, Casanova a pris la route de Dunkerque, chargé d'une mission secrète. L'agent est bien un peu étrange, et la mission surprenante.

Non seulement Bernis, croulant sous la besogne, a trouvé le temps de recevoir l'évadé des Plombs, mais il se met en quatre pour l'aider. On peut attribuer à cette sollicitude d'autres causes que la charité chrétienne de l'abbé. Il ménage à Casanova un entretien avec la marquise. Elle se souvient de lui : il l'a fait rire sept ans plus tôt, lors de son premier voyage à Paris. La cour résidait à Fontainebleau. Casanova assistait à un opéra, son siège placé juste sous la loge de la Pompadour. Un rire incongru lui vaut une aigre remarque de Richelieu, assis à côté de la Pompadour. Puis le dialogue s'adoucit, et comme Casanova déclare trouver fort belle l'une des actrices et que le maréchal lui fait observer qu'elle a de vilaines jambes, le Vénitien, qui manie encore mal le français, se justifie : « Dans l'examen de la beauté d'une femme, la première chose que j'écarte, ce sont les jambes. » La marquise éclate de rire ; le mot fait fortune à la cour.

Le clan Pompadour, la plus efficace société d'assistance mutuelle du temps, s'emploie pour Casanova, au risque d'un incident diplomatique avec Venise, qui pourrait s'offusquer du concours apporté à un prisonnier d'État échappé de ses geôles. Bernis l'aiguille sur Pâris-Duverney. Le vieux banquier se débat avec un projet qui lui tient profondément à cœur mais dont la disette financière entrave la réalisation : l'École militaire. La Pompadour, souhaitant attacher son nom à une fondation pour imiter Mme de Maintenon, créatrice de Saint-Cyr, soutient l'entreprise depuis son origine, de même d'ailleurs que son ennemi intime d'Argenson aussi longtemps qu'il dirige le secrétariat d'État de la Guerre. Il s'agit de créer un établissement capable d'accueillir cinq cents jeunes nobles sans fortune, âgés de neuf à dix ans, que l'on éduquera pour le métier militaire. Les candidats devront naturellement prouver quatre quartiers de noblesse. Pour Duverney, qui n'a pas oublié son passé de simple soldat, l'École fournira des officiers plus professionnels que la riche noblesse de cour qui fait ses classes dans le lit des belles et s'achète un régiment à vingt ans. L'École militaire sera bâtie tout près des Invalides, et Barbier, dont les bonheurs de style sont rares, écrit joliment qu'« on verra deux hôtels voisins, l'un le berceau et l'autre le tombeau des militaires ». Le roi a affecté au projet le produit de l'impôt sur les cartes à jouer, mais l'investissement nécessaire dépasse largement les recettes. En 1757, les bâtiments sont achevés et reçoivent la première promotion d'élèves, mais la dette dépasse deux millions de livres, avec un déficit sans cesse accru. Pâris-Duverney, nommé intendant de l'École, qui a avancé beaucoup sur ses fonds personnels, doit impérativement trouver un financement supplémentaire. Casanova, bombardé par Bernis expert en questions financières, est chargé de lui apporter la solution miracle. Le Vénitien, bien sûr, ignore tout de la finance.

L'entrevue avec Pâris-Duverney nous vaut quelques pages savoureuses des Mémoires de Casanova, car l'auteur, croyant bluffer le vieillard dans le moment, et toujours persuadé d'y avoir réussi quand il écrit ses souvenirs bien longtemps après, ne se rend pas compte qu'on le mène en réalité par le bout du nez. Duverney sait bien son incompétence et ne veut que donner satisfaction à Bernis en casant son protégé. L'entretien a lieu à Plaisance, somptueuse propriété célèbre pour ses jardins et ses serres où poussent ananas, cantaloups et autres fruits exotiques inconnus à Paris. Le financier y vit en compagnie d'une vieille maîtresse irlandaise fort laide, selon le marquis d'Argenson, et dénuée de sens commun. Casanova louvoie, affirme qu'il a bien un projet sur lequel il fait le mystérieux. Lorsqu'il estime l'avoir suffisamment tenu sur le gril, Duverney sort de son chapeau les frères Calzabigi, deux Italiens arrivés à Paris dans les bagages du marquis de L'Hôpital, ancien ambassadeur à Naples, et qui ont préparé l'établissement d'une loterie royale destinée à renflouer les caisses de l'École. Casanova, imperturbable : « Monsieur, j'avoue que c'est bien là mon projet. » Nous croyons voir Pâris sourire dans sa barbe. Le Vénitien sera donc l'un des responsables de la loterie, avec six bureaux de recette dans Paris et un revenu des plus substantiels. Cher Bernis.

La sollicitude de l'abbé ne s'arrête pas là. En attendant que la loterie se mette en place, il charge Casanova d'une mission secrète à Dunkerque. Elle consiste à vérifier l'état de la dizaine de vaisseaux de guerre ancrés dans la rade ;

il devra se renseigner sur les équipages, l'état des munitions et des approvisionnements. Mission *a priori* farfelue, puisque le secrétaire d'État de la Marine pourrait obtenir ces informations le plus simplement du monde sans qu'il soit besoin de recourir aux services d'un agent secret. Bernis chapitre le néophyte : « Vous sentez combien votre conduite doit être prudente. Surtout, évitez de vous faire aucune affaire, car vous savez, je crois, que s'il vous arrive quelque malheur, une réclamation à votre commettant ne vous sera d'aucune utilité. On serait forcé de vous désavouer, car les seuls espions avoués sont les ambassadeurs. » Il glisse à son protégé un rouleau de cent louis.

Casanova, en mission de renseignement en France pour le compte du gouvernement français, réussit à gagner la confiance des officiers de marine (on n'est pas aventurier sans convivialité), visite tous les bateaux, prend force notes, trouve le temps d'avoir une aventure homosexuelle, ce qui a rarement sa préférence mais relève peut-être ici de la conscience professionnelle, et repart au bout de quinze jours, content de lui : « La bagatelle, le jeu, la frivolité, mes compagnes habituelles, ne furent point de ce voyage, et ma mission fut le seul objet qui m'occupa tout entier et qui dirigea toutes mes démarches. »

Il arrive à Aire-sur-la-Lys vers minuit. Aire est une place de guerre dont les portes sont fermées la nuit. Seuls les courriers du roi et les officiers supérieurs ont pouvoir de se les faire ouvrir. Casanova exige le passage, fait irruption dans la chambre à coucher du commandant de la place, qui ne cède pas, et passe la nuit consigné au corps de garde après avoir annoncé qu'il dépêchera un courrier à Paris et qu'on verra bien qui a raison. Le lendemain, le commandant, aimable vieil officier, propose à Casanova un duel dans un coin tranquille et le conduit dans une maison où la bonne société de la ville se trouve réunie pour dîner. Mystifié, Casanova ne peut que se montrer beau joueur, conscient au demeurant d'avoir commis « une incartade de jeune homme ». Mais tout Aire parle de son aventure.

Le lendemain matin, sa chaise de poste à une place arrive à la porte d'Amiens vers cinq heures. Un commis des gabelles lui demande normalement s'il n'a rien à déclarer. Casanova s'insurge. Les gabelous, piqués, soumettent la chaise et les bagages à une fouille en règle. Ils découvrent sept onces de tabac. Séquestration de la chaise, douze cents francs d'amende. Casanova tempête. Suivi d'une foule de curieux, il part à la recherche de l'intendant. Déambulations infructueuses à travers Amiens. Il ne le trouve qu'à midi, attablé avec vingt personnes. Tel Jupiter tonnant, selon ses propres termes, Casanova invoque le droit des gens, la protection de l'ambassadeur de Venise (!), celle du roi de France, et annonce hautement que « l'espèce d'assassinat » dont il est victime sera « demain la nouvelle du corps diplomatique à Versailles, à Paris, et en peu de jours on la lira dans toutes les gazettes ». Une affaire d'État. Dialogue nerveux avec l'intendant. Casanova : « La noblesse chez moi ne descend pas jusqu'à exercer des emplois qui déshonorent. — Au service du Roi, il n'y a pas d'emploi qui déshonore. — Si je parlais au bourreau, il ne me répondrait pas autrement. — Mesurez vos termes, etc. » Après avoir longuement tempêté et menacé, Casanova ne se tire d'affaire que grâce à un commis des guerres présent dans l'assemblée, qui accepte de payer sa caution. Il repart pour Paris en laissant derrière lui Amiens en ébullition.

De la difficulté du métier d'agent secret au siècle de la distinction. L'agent doit être par essence incolore, inodore, sans saveur. Caméléon, il sera ici négociant, là portefaix, ailleurs gentilhomme. Mais la conscience aiguë des hiérarchies sociales rend le passage malaisé. Il faut être de noblesse bien assurée, et doué de quelque humour, pour endosser, le temps d'une mission, la livrée de laquais. Quant à ceux qui s'efforcent à la noblesse, ou s'ingénient à la singer, la moindre pique réveille leur susceptibilité — et au diable la mission ! Petit-fils de savetier, fils de comédien, c'est-à-dire de rien, Casanova se situe dans la frange sociale très peuplée qui aspire à s'assimiler à la classe dominante. Dans trois ans, il prendra le titre et le nom de chevalier de Seingalt. Le prince de Ligne, qui l'aimait, disait : « Il est fier parce qu'il n'est rien » ; il citait le mot de Casanova : « Je ne suis pas né gentilhomme mais je me suis fait gentilhomme », et opinait que s'il eût été grand seigneur, « il aurait peut-être été facile à vivre », mais que, ne l'étant pas, « son amour-propre est toujours sous les armes ». Ainsi va-t-il de par le monde avec ses yeux « qui annoncent toujours la susceptibilité, l'inquiétude et la rancune, et lui donnent un peu l'air féroce, plus facile à être mis en colère qu'en gaieté ». Mais le prince, tout en trouvant beaucoup de séductions à l'aventurier, ajoute : « Il n'y a que les choses qu'il prétend savoir qu'il ne sait pas : les règles de la danse, celles de la langue française, du goût, de l'usage du monde et du savoir-vivre. » Il marque ses distances. Un gentilhomme eût sagement attendu l'aube pour entrer à Aire et aurait répondu à la question banale du gabelou. Le roturier Casanova, qui s'était appliqué quinze jours durant à son rôle d'agent secret, juge qu'on lui manque, dépouille sa cape couleur de muraille, s'exhibe, tonitrue, au risque d'être fouillé par des sbires plus redoutables que des gabelous, interrogé sur le rapport déjà rédigé, accusé d'espionnage, désavoué à Paris, emprisonné peut-être ou extradé vers Venise...

Dans six ans, une réaction de même sorte ébranlera le Secret de fond en comble, mettra la France au bord de la catastrophe, et précipitera la mort de l'agent essentiel du service.

La mission de Casanova ? Elle lui vaut cinq cents louis et les félicitations de Bernis, qui lui remontre cependant « que la bravoure d'un homme chargé d'une mission secrète consistait à ne jamais se faire des affaires ; car quand bien même il aurait le talent de savoir s'en tirer, il ferait parler de lui, tandis qu'il devait l'éviter avec le plus grand soin ». On a en effet beaucoup parlé de Casanova entre Dunkerque et Versailles. Mais pourquoi cette expédition absurde ? Aucune explication ne résiste à un examen sérieux. Francis L. Mars estime que la mission pouvait s'intégrer dans le plan d'intoxication visant à fixer la flotte anglaise dans la Manche tandis que Richelieu s'apprêtait à débarquer à Minorque : on comptait que Casanova, par ses bavardages, alerterait quelque agent anglais opérant dans son entourage. Mais Minorque est tombée depuis plus d'un an lorsqu'il part pour Dunkerque. La seule justification raisonnable reste le désir de Bernis d'obliger un homme avec qui il partageait quelques souvenirs heureux. Casanova, non sans ingratitude, dressera de l'affaire un bilan dénué d'ambiguïté lorsqu'il écrira dans ses Mémoires, plus de trente ans après l'événement : « Cette commission coûta au département de la Marine douze mille livres. Le ministre aurait pu savoir facilement tout ce que je lui ai dit dans ma relation sans dépenser un sou. Tout jeune officier aurait pu le servir, et avec un peu d'esprit l'aurait bien servi pour se faire du mérite. Mais tels étaient sous le gouvernement monarchique tous les départements du ministère français. Ils prodiguaient l'argent qui ne leur coûtait rien, à leurs créatures, à ceux qu'ils aimaient, ils étaient despotes, le peuple était foulé, l'État endetté, et les finances en si mauvais état que la banqueroute immanquable l'aurait précipité : *une révolution était nécessaire.* » C'est lui qui souligne, et c'est à peu près la seule fois qu'il a un mot en faveur de la Révolution française, dont les armées, quand il écrit, balaient l'Europe. L'aventurier à la retraite ne lui pardonnait pas de jeter à bas le théâtre où il avait donné le spectacle de sa vie.

Malgré son éminente aptitude à « se faire des affaires », on réutilisera l'agent Casanova.

*

* *

Le comte d'Estrées, petit-fils de Louvois, créé maréchal, a reçu le commandement de l'armée française destinée à conquérir le Hanovre. Il progresse prudemment, évitant de livrer bataille, et se plaint que l'intendance ne suive pas. Son adversaire le moins redoutable est le duc de Cumberland, fils du roi d'Angleterre, commandant l'armée du Hanovre. Ses pires ennemis sont à Versailles : Pâris-Duverney, ulcéré par ses critiques, et la Pompadour, qui pousse le prince de Soubise, un Rohan. Duverney ne jure que par Richelieu, auréolé de son succès de Minorque ; il veut lui donner la place de d'Estrées. Problème : Richelieu, après l'attentat de Damiens, a joué contre la Pompadour, et perdu. Duverney les réconcilie sur un compromis satisfaisant pour les deux parties : à Richelieu l'armée opérant au Hanovre ; à Soubise une autre armée pour marcher sur la Saxe et affronter Frédéric. Un événement devrait déranger la combinaison : le 26 juillet, le vieux d'Estrées, brillamment assisté du vétéran Chevert, bat Cumberland à Hastenbeck. Il en faudrait davantage pour troubler les stratèges de boudoir : d'Estrées a l'oreille fendue au lendemain de sa victoire. « Toute l'Europe, écrit Bernis, fut étonnée qu'après un avantage si considérable on ôtât le commandement au général qui l'avait remporté ; mais l'Europe ignorait les intrigues de Versailles... » Richelieu, « l'Alcibiade français », selon Voltaire, part relever le vainqueur. Il écrit à Duverney des lettres fort respectueuses qui indiquent l'importance prise par le « général des farines » : « Ma fortune est au comble, et je ne crois pas avoir à rougir de ma réputation. Ce n'est donc que l'amour du bien public et la gloire qui peut [*sic*] me faire marcher ; mais je croirais m'égarer si je ne vous avais pour compagnon et pour guide. » Duverney est pour Richelieu « l'homme du monde dont l'approbation et l'amitié lui étaient le plus chères ». Il lui soumet ses plans, « parce que toute l'exécution en roulera sur vous », et lui dit à chaque lettre sa « tendre amitié ». En principe, le secrétaire d'État de la Guerre s'appelle le marquis de Paulmy, fils du marquis d'Argenson ; en réalité, il ne compte pas plus que son collègue de la Marine, Peyrenc de Moras, *mon gros cochon* pour la Pompadour.

Cumberland, brisé par d'Estrées, bat en retraite sans interruption, de sorte que Richelieu occupe sans difficultés Minden, Hanovre, le Brunswick, la Hesse-Kassel, les duchés de Verden et de Brême. Acculé à la mer, Cumberland entre en négociation et signe le 8 septembre la capitulation de Kloster-Zeven par laquelle il s'engage, lui et son armée, à ne plus jamais combattre la France et ses alliés.

Frédéric paraît perdu. Après sa défaite de Kolin, il n'a pu empêcher les Autrichiens d'entreprendre la reconquête de la Silésie. Le 6 septembre, il apprend que les Russes ont écrasé à Grosz-Jaegersdorf son lieutenant Lehwaldt et que Winterfeldt, chargé de la défense de la Silésie, vient d'être mortellement blessé. Le 13, l'armée suédoise débarque en Poméranie. Daun submerge la Silésie. Accablé, Frédéric répète : « Mes ennemis sont trop. » Il borne son espérance à périr « l'épée à la main ». Sa mère meurt — la seule femme, avec sa sœur la margrave, qu'il ait jamais aimée ; celle qui a mis un peu de tendresse sur son enfance atroce. Il écrit à Voltaire : « J'ai à peu près toute l'Europe contre moi, il ne me reste qu'à vendre cher ma vie et la liberté de ma patrie. » À la margrave de Bayreuth : « Je suis au désespoir. » À Voltaire encore, un poème, les *Adieux à la vie*, avec ces vers, assurément ses meilleurs :

Pour moi, menacé du naufrage,
Je dois, faisant tête à l'orage,
Penser, vivre et mourir en roi.

Richelieu, débarrassé de Cumberland, peut marcher sur le Brandebourg. Soubise, qui a uni ses forces à celles de l'armée allemande des Cercles, menace la Saxe. En octobre, Frédéric doit courir à Berlin menacée d'un raid russe. Pressé de toutes parts, il choisit de s'en prendre à Soubise. Tandis qu'il s'avance à sa rencontre, la cavalerie autrichienne pousse une pointe jusqu'à Berlin et met la ville à contribution. C'est l'hallali.

Les adversaires se rencontrent à Rosbach, aux frontières de la Saxe. Le prince de Saxe-Hildburghausen, commandant en chef, un crétin, a sous ses ordres trente mille Allemands de l'armée des Cercles ; Soubise a autant de Français, grâce à un renfort pris sur l'armée de Richelieu et commandé par Victor-François de Broglie. En face, les vingt mille hommes de Frédéric, qui se battront donc à un contre trois. Ni Saxe-Hildburghausen ni Soubise ne savent que le rapport de forces leur est si avantageux. Le roi de Prusse les a mystifiés par de savantes manœuvres d'intoxication : « L'infanterie étant répandue dans les villages voisins de la ville [Erfurt], on la fit changer à différentes reprises de quartiers, et comme chaque fois les régiments changeaient aussi de nom, cela multipliait l'ordre de bataille que les espions recueillaient avec soin pour en informer le prince de Soubise. » Saxe-Hildburghausen et Soubise ne souhaitaient pas livrer bataille. Un ordre venu de Vienne les y contraint. Marie-Thérèse brûle de donner le coup de grâce.

Frédéric feint une attaque, puis se retire. Saxe-Hildburghausen, enivré, décide un mouvement d'encerclement. Masquant sa manœuvre, le roi de Prusse déborde lui-même son adversaire. Lorsque les Prussiens paraissent, tout fuit, impériaux et Français mêlés. « Ce ne fut point une bataille, écrit Voltaire, ce fut une armée entière qui se présenta au combat, et qui s'en alla. » Les chiffres lui donnent raison :

cent soixante-cinq tués chez les Prussiens ; environ cinq cents en face. Mais une panique indescriptible. Seuls tiennent bon l'arrière-garde, commandée par le comte de Saint-Germain, et la cavalerie du duc de Broglie. Le reste fuit à toutes jambes, abandonnant canons et drapeaux. Voltaire : « Ce fut la déroute la plus inouïe et la plus complète dont l'histoire ait jamais parlé... Les défaites d'Azincourt, de Crécy, de Poitiers, ne furent pas si humiliantes. »

Frédéric accueillit à sa table les officiers français prisonniers en s'excusant de leur offrir pauvre chère : « Mais, messieurs, je ne vous attendais pas si tôt, en si grand nombre. » Il donnera dans ses Mémoires ce commentaire sur Rosbach : « Il est certain que M. de Soubise, par son incertitude et par ses dispositions, mit de la possibilité à ce qu'une poignée de monde vînt à bout de le vaincre. Mais la manière dont la cour de France distinguait le mérite de ses généraux parut plus surprenant que le reste ; M. d'Estrées, pour avoir gagné la bataille de Hastenbeck, fut rappelé ; M. de Soubise, pour avoir perdu celle de Rosbach, fut déclaré peu après maréchal de France. »

Le militaire français tombait en décadence. Un officier pour quatre hommes dans l'infanterie, un pour trois dans la cavalerie. Tout ce monde, voulant ses aises, traîne derrière soi un peuple de domestiques, dont l'indispensable friseur ; une multitude de maîtresses et de filles suit en carrosse. L'élite même n'est pas épargnée. Saint-Priest, qui la découvre : « Les simples cavaliers, gardes du corps, mousquetaires, gendarmes et chevau-légers de la maison du roi, étaient des messieurs à qui il fallait des valets pour les servir et panser leurs chevaux. Tous avaient des chevaux de trait et un grand nombre en avaient plusieurs, et d'autres domestiques à proportion. » Cela fait beaucoup de bouches à nourrir, tant humaines qu'animales. Trop pour l'intendance. Aussi l'armée se décompose-t-elle dans la rapine et le brigandage. L'exemple vient de haut : Richelieu met le Hanovre en coupe réglée au lieu de marcher sur le Brandebourg ; ses énormes pilleries le font surnommer par ses soldats : « Père la Maraude ». L'armée de Soubise subit aussi la contagion de l'armée des Cercles, ramassis de pauvres hères prestement enrôlés, de religion protestante pour la plupart, et peu persuadés de devoir mourir pour la très catholique Marie-Thérèse sous les balles des camarades prussiens, si mal nourris enfin que seule la rapine leur évite de crever de faim.

Après Rosbach, « bataille en douceur », selon son mot, et qui « ne valut proprement au Roi que la liberté de chercher de nouveaux dangers en Silésie », Frédéric mène son armée à marches forcées contre les Autrichiens. Le 4 décembre, avec trente-trois mille hommes contre soixante-dix mille, il les écrase à Leuthen dans une bataille celle-là terrible : six mille morts autrichiens, vingt-quatre mille prisonniers. La Silésie est reprise.

Frédéric a sauvé la Prusse en trois mois.

*

* *

La France, qui allait devoir combattre encore cinq ans, ne se releva jamais de la honte de Rosbach. L'opinion publique réagit au désastre par le mépris et la dérision. Soubise concentra sur lui l'ironie dont s'enveloppait l'humiliation. C'est le plus ancien et le plus intime ami du roi. La Pompadour soutient avec passion (« mon cher Soubise ») son ambition, qui est de briller à la guerre et de devenir maréchal de France. Courageux au feu, il n'a aucune des qualités nécessaires au commandement. Presque toujours battu, il acceptera la défaite de bonne grâce et n'en voudra à personne, pas même à l'ennemi. Il affiche en permanence la « politesse Rohan », exquise, mais qui tient à distance. Les Rohan prétendent descendre de la maison souveraine de Bretagne et marchent immédiatement derrière les princes du sang, avant les ducs et pairs.

Vingt chansons l'assassinent ; la plus célèbre :

Soubise dit, la lanterne à la main :
« J'ai beau chercher : où diable est mon armée ?
Elle était pourtant là hier matin.
Me l'a-t-on prise, ou l'aurais-je égarée ? »

La passion pour Frédéric emportait tout. L'opinion, même peu versée dans les choses militaires, pressentait ce que confirmeraient des générations d'experts : la stratégie du roi de Prusse, de Rosbach à Leuthen, avait été un chef-d'œuvre d'imagination et de décision. Un grand chef de guerre s'était révélé, écrasant de son génie tous ses rivaux. L'homme séduisait autant, sinon plus, que le général. On admirait son courage dans l'adversité, sa bravoure au combat, l'humour qui ne le quittait pas dans les pires moments. On racontait que, un soir de bataille, comme il faisait le tour des bivouacs et que des soldats lui disaient : « Hé ! Sire ! où étiez-vous ? On ne vous a pas vu... », il se borna à écarter les pans de son habit d'uniforme, troués de balles. À la veille de Rosbach, on lui amène un déserteur de son armée — un Français ! —, passible de la peine de mort. « Pourquoi nous quittes-tu ? — Sire, vos affaires vont mal. — C'est vrai... eh bien, écoute : encore une bataille ! si cela ne va pas mieux, nous déserterons tous deux. » Comment ne pas aimer un tel chef ? Et quelle différence avec le roi de France, que le public voyait prudemment à l'écart des champs de bataille, acharné à sa guerre personnelle contre les cerfs des forêts d'Île-de-France, continuant d'aller, machinal, d'un château l'autre ! Le Parc-aux-Cerfs était pourtant présent à sa façon à Rosbach, puisqu'on releva parmi les morts français le comte d'Ayat, que le roi avait donné pour époux à la belle O'Murphy ; le pauvre diable n'avait guère profité de la dot royale de sa femme.

Ainsi la sinistre année 1757, inaugurée par l'attentat de Damiens, se terminait-elle dans la honte d'une défaite qui rendait indécise la guerre imperdable.

XXV

À Varsovie, Charles de Broglie reçut de plein fouet le choc de Rosbach. Au malheur public s'ajoutait la douleur privée : son frère François, comte de Revel, était tombé sur le funeste champ de bataille. Il avait trente-huit ans. Proche par l'âge de ses deux aînés (le duc avait quarante ans et Charles trente-neuf), il n'avait pas partagé l'intimité étroite existant entre eux, qui vivaient presque comme deux jumeaux, mais les aînés l'aimaient d'autant plus qu'il ne leur ressemblait pas : au lieu de s'acharner contre la vie, il la prenait avec facilité. François de Revel, brigadier, commandait le régiment de Poitou. Bernis, dans une lettre à Choiseul, lui attribue une part de responsabilité dans le désastre : « Nous avons été battus : 1° parce que M. Revel a fait de mauvaises dispositions pour la marche, etc. » S'il commit une faute, il la solda de sa vie. Sa témérité était célèbre dans l'armée. Sa veuve, Anastasie de Lange, mourut l'année suivante. Ils n'avaient pas d'enfant.

Le deuil public et intime ponctuait un séjour plus que difficile. De retour à Varsovie le 19 juillet, Broglie avait trouvé la Pologne dans l'état qu'il prévoyait : quatre-vingt mille soldats russes, répandus sur le pays, exerçaient leurs ravages habituels. Auguste III, chassé de Saxe, ne voyait de salut que dans Saint-Pétersbourg. Le comte Brühl renchérissait. Désemparé, le parti patriote subissait l'événement sans le comprendre, et ses chefs se précipitèrent chez l'ambassadeur de France pour exiger des explications : la France les avait-elle abandonnés ? Ne prendrait-elle aucune mesure pour les sauver du despotisme russe ? Comme il l'avait maintes fois indiqué au roi, Charles était le plus mal placé pour justifier le virage pris par la politique française : il avait tant promis, et déjà tant tenu, que ses amis patriotes attendaient tout de lui.

La sagesse eût consisté à faire le dos rond, mais cet homme n'a pas l'échine souple. Il manque de sens du rythme. Pour lui, tout est temps fort. Ainsi ses lettres et ses dépêches, d'une écriture griffue, hérissée, allante, sont-elles sous-tendues par une passion qui fait leur charme, mais qui s'applique indifféremment aux petites et aux grandes affaires. Un autre eût compris que « les nécessités de l'heure », comme on disait à Versailles, imposaient de mettre provisoirement la Pologne entre parenthèses, d'attendre des jours meilleurs, de se recueillir pour mieux rebondir. Habileté n'est pas forcément lâcheté, et une retraite peut être de bonne stratégie. Toujours, Charles préférera aller droit dans le mur en criant qu'il a raison.

Il se fit l'avocat de la nation polonaise. L'avocat ? Le procureur. Tout Polonais victime des excès des soldats russes trouvait bon accueil à l'ambassade de France et sa plainte était vertement répercutée au comte Brühl comme à l'ambassadeur russe. Broglie apportait plus de vigueur à s'indigner d'une grange brûlée que le roi de France n'en avait mis à protester contre la capture de centaines de ses vaisseaux, en temps de paix, par la marine anglaise. Il eut tôt fait de fatiguer son monde. L'ambassadeur russe lui fit observer que son pays ne se mêlait pas des contestations qui pouvaient exister entre la France et la Suisse, et se laissa aller, selon Broglie, à quelque grossièreté. « Le résultat de notre conversation, écrivit le comte à Bernis, désormais chargé des Affaires étrangères, est que, tant que les ministres du Roi conserveront des relations avec les Polonais et n'abandonneront pas totalement leurs intérêts, la Russie croira que nous lui manquons absolument. » Avait-il besoin de cet affrontement pour le savoir ? Ses instructions officielles n'établissaient-elles pas clairement que les intérêts des Polonais étaient rien moins que prioritaires ?

Le chevalier Douglas lui fut néfaste. Sur le chemin du retour, il s'arrêta à Varsovie. De même que la Pompadour tenait l'alliance franco-autrichienne pour son œuvre personnelle, il se considérait comme l'auteur du rapprochement franco-russe. Sa bévue sur la secrétissime n'avait nullement entamé sa superbe. Il tint à la cour de grands discours sur le bel avenir ouvert à l'axe Versailles-Pétersbourg et expliqua à Broglie que la France s'attacherait éternellement la Russie en introduisant dans cette nation encore sauvage l'élégance, le luxe et le goût des modes françaises. « Je ne sais, écrivit Broglie à Bernis, si cette manière de s'attacher une puissance est bien conforme à la dignité du Roi ; mais ne serait-il pas plus court de laisser la puissance en question dans l'état de nullité où elle est ? » Lorsqu'il a une idée en tête, elle y reste. Mais, bien loin de souhaiter une Russie nulle, Versailles la voudrait capable de vaincre Frédéric. Toujours est-il que Douglas renforça Brühl et le cabinet saxon dans la conviction que l'avenir passait par Pétersbourg. Brühl chargea le chevalier de dire aux ministres français la conduite insupportable de leur ambassadeur à Varsovie.

Bernis commença par des remontrances modérées. Broglie devait ménager Brühl : « On ne peut se dispenser de désirer un peu moins de vivacité de votre part vis-à-vis d'un ministre qui jouit de la faveur de son maître. » La Russie ? « Quand les Polonais font des plaintes de la nature de celles que vous pouvez écouter selon les principes établis, alors le ministre du Roi doit les exposer au ministre russe, non en vengeur, mais en conciliateur. » Le comte doit comprendre que « Sa Majesté ne s'est point réunie avec l'Impératrice pour continuer à se conduire sur les principes qu'elle suivait précédemment à cette réunion ». Mais Broglie ne comprend décidément pas et les plaintes contre lui pleuvent toujours plus dru. Brühl écrit plusieurs lettres à Bernis. Les ambassadeurs d'Autriche, de Russie et de Saxe en France portent les récriminations de leurs cours contre l'empêcheur de tourner en rond. Auguste III lui-même fait agir sa fille la dauphine. Bernis s'énerve. Dans ses Mémoires, il écrira d'une plume retenue : « Le comte de Broglie... qui gouvernait les affaires de Pologne beaucoup plus d'après son système particulier que conformément aux instructions que je lui avais envoyées, et aux idées des cours alliées à la nôtre, etc. » Dans le moment, il est plus vif. Rencontrant un jour le vieux abbé de Broglie, qui se désespère de voir Charles compromettre sa carrière pour ces Polonais dont il s'est entiché, Bernis lui lance : « Votre neveu a vraiment le diable au corps, il ne fait de la politique qu'à sa tête. » Le même Bernis, dans une lettre à Choiseul : « M. de Broglie fait le despote, comme il le fera partout ailleurs. Je lui ai écrit si clair que, s'il ne veut pas m'entendre, il faudra qu'il revienne politiquer aux Tuileries. » De fait, les dépêches ministérielles de décembre n'ont pas le même ton que celles de juillet : « Nous devons tous tendre au même but et concourir à ce que S.M. soit servie comme elle veut l'être et comme le bien de ses affaires l'exige, et non selon notre manière de penser particulière, qu'il faut conformer à sa volonté et aux circonstances. »

De Saint-Pétersbourg à Vienne et de Versailles à Varsovie, on ne supporte plus Broglie. Il le sait, s'en alarme et s'en désespère. Son seul recours : le roi — ce roi qu'il sert comme il veut l'être, contrairement à ce que pense Bernis, du moins si les instructions secrètes ont encore un sens.

*
* *

Le roi se tait. Il est pourtant bien difficile de lire sans en être touché les appels au secours lancés depuis la lointaine Varsovie par un ambassadeur en train de se noyer. Quel candidat à la future élection au trône de Pologne ? Les Russes soutiendront le fils aîné d'Auguste III, qui lui succédera à la tête de l'électorat de Saxe. Ce serait la fin des libertés polonaises. La France doit-elle proposer son frère cadet Xavier, très aimé de la dauphine, qui servira bientôt dans l'armée française sous le nom de comte de Lusace ? Les patriotes préféreraient un Bourbon, voire le fils du prétendant Stuart, si rudement expulsé de France après la paix d'Aix-la-Chapelle. Il faut choisir. Sur ce sujet, qui fait le fond du Secret, comme sur tous les autres, le leitmotiv court de lettre en lettre : « Je prends la liberté de conjurer V.M. de m'envoyer des ordres », « je la supplie de m'en instruire ». Il ne cache pas quel soulagement serait le sien s'il pouvait déposer le fardeau. Il lui serait si simple et si avantageux, explique-t-il, de se ménager le comte Brühl, de se gagner la sympathie des cours étrangères... Le roi veut-il que l'affaire secrète continue ou faut-il tourner la page ? « Je supplie donc, Sire, V.M. de daigner venir à mon secours en me faisant de nouveau connaître sa volonté », « je me jette à ses pieds pour la supplier de me mander si ses idées sur la Pologne subsistent... ». L'homme que Bernis accuse de n'en faire qu'à sa tête ne cesse de demander ses ordres à leur maître commun.

Le roi reste muet.

Avec Jean-Pierre Tercier, Broglie use d'un langage plus direct : « Entre vous et moi, je vous avouerai que je ne trouve pas que les reproches qu'on me fait sans cesse sur la chaleur que je mets dans les affaires dont je suis chargé soient le moins du monde fondés. Si j'en avais moins mis dans les affaires de Pologne depuis qu'elles me sont confiées, dans celles de Dresde l'année dernière et dans celles de Vienne cette année, elles seraient dans un joli état. Il faut bien chercher à réchauffer des gens qui ne sont émus de rien, et j'avoue qu'il m'est impossible de voir de sang-froid tout péricliter par la malheureuse indifférence qu'on appelle flegme, avec laquelle la plupart des gens font leur métier. » Sa correspondance avec le premier commis lui sert d'exutoire. Il se sent avec lui en confiance. À l'automne, il lui envoie une fourrure de petit-gris, car l'hiver s'annonce rude : « Si les petits présents entretiennent l'amitié, je parviendrai à conserver la vôtre, dont je fais beaucoup de cas. » Il se libère de l'exaspération où le met l'inertie royale : « Il est d'un autre côté bien fâcheux pour les affaires que S.M. n'ait pas le loisir d'y donner un quart d'heure par semaine. » Que Tercier fasse l'impossible pour lui obtenir des instructions, car « si ce silence continue, la besogne se perdra et c'est la seule chose qui me fâche, car pour ma place je n'y tiens que par soumission aux ordres du Roi, et je m'attends depuis longtemps que tout cela ne peut que très mal finir pour moi ». En octobre, il cède au découragement : « Quand j'aurai donné toutes les preuves de patience et de prudence dont je suis capable, j'abandonnerai la partie à ceux qui, n'étant occupés que de leurs intérêts, trouveront dans le poste que j'occupe, ainsi que je pourrais le faire si je le voulais, l'occasion de suivre leur goût, laissant au reste aller, comme tant d'autres, les affaires du Roi au gré du hasard et des événements. »

Il ne comprend pas qu'on ferme les yeux sur la Russie. Le marquis de L'Hôpital, nouvel ambassadeur à Pétersbourg, ne le tient au courant de rien. En revanche, il a la plus grande estime pour d'Éon : « J'ai vu tout ce que le sieur d'Éon a remis au ministre pendant son séjour à Paris, j'en ai tiré copie... Il me paraît que ce jeune homme a vu les choses telles qu'elles sont, et ce qu'il y a de plus beau à lui, c'est d'avoir osé les dire. » Combien sont-ils à tenir le langage de la vérité ?

Broglie démontra pourtant dans l'affaire Poniatowski qu'il n'était pas homme à se laisser abattre longtemps par les circonstances contraires.

Stanislas-Auguste Poniatowski était le fils du vieux compagnon du roi Stanislas, passé au parti Czartoryski depuis son mariage avec une princesse de ce nom, et donc le neveu des princes Adam et Michel Czartoryski, chefs du parti russe en Pologne, en même temps que le beau-frère du grand-général Branicki, époux lui aussi d'une Czartoryska, pilier du parti patriote et affilié depuis longtemps au Secret.

Jeune homme, sa mère le fit voyager. Il séjourna à Londres, puis se fixa deux ans à Paris. Il y mena l'existence conforme à sa naissance et à ses moyens — chevaux et femmes —, mais se frotta à la philosophie, comme on disait alors, c'est-à-dire aux Lumières. Mme Geoffrin l'accueillit dans son salon et se prit pour lui d'une affection maternelle ; elle l'appelait « mon élève » ou « mon enfant ». Il témoigna lui-même de sentiments bien filiaux en laissant à la maman adoptive le soin de régler ses dettes, et s'en retourna dans son pays, citant Voltaire, parlant progrès et droits de l'homme, plus français qu'un Français et haïssant la France.

Il possédait cette beauté que les hommes constatent en s'en irritant : grand, mince, blond, les traits parfaitement réguliers, mais de la mollesse dans un visage dénué d'expression. C'est que les hommes, si aisément passionnés pour une séduisante idiote, admettent mal qu'une femme puisse avoir l'usage d'un joli mannequin mâle. Même si la beauté de Poniatowski était la vitrine d'une boutique vide, elle se trouva bien achalandée.

Charles Williams, sensible aux grâces masculines, s'était pris d'amitié pour le jeune Polonais, qui le rejoignit à Saint-Pétersbourg. Élisabeth avait désigné pour lui succéder son neveu Pierre de Holstein, époux de Catherine d'Anhalt. La belle Catherine, au premier regard, tomba éperdument amoureuse de Stanislas-Auguste. Passion aisée à assouvir, car les choses se passaient à la bonne franquette : le grand-duc Pierre tenait à honneur d'être le meilleur ami des amants de sa femme, et Élisabeth elle-même avait conseillé à Catherine de tromper sans tarder son mari pour assurer une postérité que celui-ci paraissait peu capable d'engendrer. Ainsi chacun savait-il que l'enfant de Catherine, Paul, était né des œuvres de son amant en quelque sorte officiel, Soltykov. Mais les choses, pour le coup, deviennent plus compliquées, et les conseils d'Élisabeth à sa nièce moins désintéressés, car une dépêche du marquis de L'Hôpital avertit Bernis que tout Pétersbourg dit de Paul (futur czar Paul Ier) qu'il est en fait un fils d'Élisabeth, issu de quelque liaison passagère, qu'elle aurait substitué à la naissance à l'enfant de Catherine. L'Hôpital étant arrivé à Saint-Pétersbourg le 2 juillet et sa dépêche datant du 27, on voit qu'il n'avait pas perdu de temps pour s'initier aux secrets d'alcôve de la cour impériale.

Pour mieux tenir son beau Polonais, Catherine s'ingénia à le faire nommer ambassadeur de Saxe en Russie. Auguste III ronchonna, car il n'aimait pas Stanislas-Auguste, qu'il appelait volontiers « le morveux aux grands airs », et redoutait l'ambition des Czartoryski, mais Brühl, tout acquis — c'est le mot — à la cour russe, enleva le morceau. Voici donc Poniatowski au centre de « la jeune cour » — on nomme ainsi Pierre, Catherine et leurs entours ; elle ne cesse d'enfler, car les courtisans adorent plus volontiers le soleil levant que le couchant : la santé d'Élisabeth donne des alarmes — ou des espérances — permanentes. Or le grand-duc Pierre est fou, ce qui serait sans conséquence pour la France si sa folie ne s'appelait Frédéric de Prusse. L'Hôpital, qui lui trouve un cerveau « plein de misères », écrit à Versailles : « Livré à de mauvais conseillers, parce qu'il est peut-être incapable d'en écouter de bons, il est le singe du roi de Prusse, qui est son héros, mais dont il ne peut imiter que ce qui frappe les sens, c'est-à-dire la manière de s'habiller et le goût militaire, faisant manœuvrer et pirouetter impitoyablement un ou deux mauvais bataillons à sa maison de campagne. » Ivrogne, brutal, doté d'une sexualité compliquée qui ne le faisait s'épanouir que dans les bras de bossues ou de borgnesses, Pierre éprouvait en effet pour Frédéric une admiration idolâtre, et, faute de pouvoir sinon l'égaler, du moins servir sous ses ordres sur le champ de bataille, passait son temps à faire manœuvrer deux bataillons dans son jardin et une armée de soldats de cire dans sa maison. Catherine le trouvant un jour occupé à pendre un rat, il lui expliqua que l'animal avait encouru la peine de mort, selon le code militaire, pour avoir renversé une sentinelle de cire et pénétré dans une forteresse de carton-pâte. Gravitant autour de cette personnalité pittoresque mais préoccupante pour une nation en guerre avec le roi de Prusse, les « oracles de la jeune cour » : le chancelier Bestoutchev, dont les sympathies pour l'Angleterre sont notoires, Charles Williams et Poniatowski — ce que L'Hôpital appelle « le trio d'un coquin, d'un fou et d'un fat ».

Charles de Broglie vouait à Stanislas-Auguste une haine

qu'on peut dire instinctive, car rien encore ne paraissait la justifier, mais aussi prémonitoire, comme si le comte avait pressenti en lui l'instrument futur des malheurs de la Pologne. Attaqué de toutes parts, lâché par Versailles, il se lança avec son énergie coutumière dans la tâche apparemment impossible d'imposer le rappel de Stanislas-Auguste. L'événement démontrerait bientôt la justesse de son entreprise. Le général russe Apraxine avait perdu du monde à la sanglante bataille de Grosz-Jaegersdorf, le 30 août, mais emporté la décision ; la route de Koenigsberg lui était ouverte, et Berlin s'offrait au-delà puisque Frédéric courait sus aux Français et aux Autrichiens. Au lieu de quoi il retraite paisiblement sur la Courlande. Élisabeth, scandalisée, le limogera en octobre (mais Conti, hélas, ne sera pas son remplaçant...). L'enquête ouverte remontera jusqu'à Bestoutchev, qui avait donné à Apraxine l'instruction secrète de ne pas exploiter son succès, et s'en trouvera disgracié, et jusqu'à la jeune cour, où l'on découvrira que Pierre faisait passer, par un secrétaire, les plans de campagne austro-russes à Frédéric, tandis que Catherine travaillait main dans la main avec Bestoutchev à freiner Apraxine. Élisabeth, à ce niveau, préféra s'abstenir de sanctionner. Rien de tout cela n'était encore connu lorsque le comte de Broglie lança son offensive, mais il capta habilement les pressions exercées sur lui pour les faire servir à la déstabilisation de l'adversaire. On lui reprochait de ne pas soutenir le nouveau système ? Mais quel partisan sincère de l'alliance franco-austro-russe pouvait admettre que l'ambassadeur de Saxe à Saint-Pétersbourg fût dans une intimité si parfaite avec l'ambassadeur d'Angleterre ? Était-il concevable que l'envoyé d'Auguste III, chassé de son électorat par le roi de Prusse, fût le familier d'un grand-duc dont la dévotion pour Frédéric faisait la risée de l'Europe ? Bernis, ébranlé par les dépêches de Broglie, confortées par celles de L'Hôpital, finit par intervenir vigoureusement auprès d'Auguste III, qui signa en octobre le rappel de Poniatowski.

Ainsi Charles de Broglie s'attira-t-il la haine de Catherine, qui ne tarderait plus à monter sur le trône des czars, après s'être mérité celle du roi de Prusse. Malheureusement, la Grande Catherine et Frédéric le Grand, comme les épithètes l'indiquent, allaient dominer de leur génie la seconde moitié du siècle...

Mais un succès, enfin ! et éclatant ; l'ambassadeur de France remis en selle ; le parti patriote ragaillardi.

Là-dessus, Rosbach.

*

* *

Charles de Broglie n'est plus que représentant d'une nation non seulement vaincue, mais humiliée, car les Autrichiens, défaits eux aussi à Leuthen, s'étaient au moins battus. Si Soubise l'avait emporté à Rosbach, son armée entrait en Saxe et ramenait triomphalement Auguste III à Dresde. Le roi de Pologne n'aurait pas été en situation de chipoter sur les initiatives françaises. C'eût été le moment de lui suggérer la grande idée de Broglie : ériger la Saxe, arrondie des dépouilles de Frédéric, en monarchie héréditaire, et libérer ainsi le trône de Pologne pour un candidat soutenu par la France. Le dépeçage de la Prusse n'était plus à l'ordre du jour.

Aux avanies essuyées quotidiennement, Charles mesura vite la diminution drastique de son crédit. Les Russes se conduisaient plus que jamais comme en pays conquis. À Pétersbourg, Poniatowski retardait son départ. C'est l'époque où les dépêches de Bernis, assommé par Rosbach, redoublent d'irritation envers l'ambassadeur indocile. Un événement acheva de convaincre le comte qu'il n'avait plus rien à faire à Varsovie. La mort de Marie-Josèphe, femme d'Auguste III, avait laissé vacantes d'importantes starosties. On a dit que leur attribution représentait l'essentiel du pouvoir d'un roi de Pologne à la souveraineté par ailleurs très limitée. Brühl, écartant les patriotes, fit attribuer les starosties à des membres du parti russe. Le grand-général Branicki s'était porté candidat. Pour le soutenir, Broglie avait envoyé à Auguste III un mémoire. Auguste écrivit à Branicki : « J'ai remarqué avec déplaisir dans un certain mémoire qu'on me conseille de vous donner une starostie pour *nourrir votre attachement*. Je le connais mieux et sais qu'il est si fidèle et si sincère qu'il n'a pas besoin de semblables nourritures pour être entretenu. » Branicki, qui avait réellement gros appétit, ne fut pas rassasié par cet humour grinçant. Cinq jours après, le 19 décembre, il écrivit à Charles : « Je n'ai sollicité la grâce dont il s'agissait que sous la protection du Roi votre maître et je sais que Votre Excellence l'a demandée au nom de Sa Majesté : qu'elle juge maintenant quelle impression doit faire sur mes amis et sur mes compatriotes un refus qui porte avec lui une préférence marquée des instances de la Russie sur celles de la France dans un moment où votre cour semble être en droit d'exiger une reconnaissance sans bornes de la nôtre. » Branicki rappelait sa longue collaboration avec Broglie, mais souhaitait que celui-ci s'abstînt de « nous faire perdre l'occasion, qui peut se présenter d'un moment à l'autre, pour nous aider par les secours que nos amis et voisins nous offrent, et qui sont d'un genre à pouvoir mettre fin à nos malheurs en interrompant le cours d'une tranquillité fatale dans laquelle nous périssons ». Allusion probable à une alliance des patriotes avec Frédéric. S'il fallait une preuve de plus de la démoralisation des esprits, le fidèle Mokronowski la fournit à Charles en lui envoyant la copie d'une lettre du grand-général. « Vous n'ignorez pas, Monsieur, lui écrivait Branicki, quels sont nos crimes, puisque vous êtes dans le même cas. » Le crime, c'était leur union avec l'ambassadeur de France. « Je rends justice, continuait le grand-général, aux vues de M. le comte de Broglie : elles sont la pureté, la candeur et la droiture mêmes, mais je sais que M. le comte Brühl se flatte d'avoir des canaux en France par lesquels il peut faire passer avec succès ses insinuations, qui sont toujours directement opposées aux remontrances de M. l'ambassadeur et très fatales pour les affaires républicaines. » Un coup de griffe parfaitement injuste pour Charles : « Il ne manquera pas de faire valoir dans ce moment son prétendu empressement à contenter les amis de la France. Il a bonne grâce en effet de vanter son habileté à distribuer un revenu de quatre mille ducats entre deux personnes de la première considération après en avoir gardé un de mille trois cents ducats pour lui seul. » Et cette conclusion qui disait tout : « Je crains, mon ami, que tout ce que vous m'avez prêché de l'appui de la France ne soit sans effet puisque jusqu'ici nous n'en voyons point. »

On en était là. La France avait été pesée et jugée trop

légère. L'appui de son ambassadeur se retournait contre ceux qui avaient l'imprudence de l'invoquer. Le parti patriote se dissolvait dans l'aigreur des illusions perdues. Broglie transmit au roi les lettres des Polonais, avec ce commentaire pour Tercier : « Vous connaissez trop la Pologne, Monsieur, pour ne pas sentir l'importance des pièces que j'ai l'honneur d'adresser aujourd'hui à S.M... »

Le 19 décembre, jour où il reçut la lettre de Branicki, Broglie, sans en informer préalablement le roi, demanda à Bernis un congé.

Le lendemain, il sollicite une fois de plus des instructions : « Je ne peux pas me dispenser de le représenter à V.M. : c'est à elle d'ordonner, mais je prends la liberté de la conjurer de m'envoyer des ordres. » Il ajoute pour Tercier : « Tout ce que je demande, c'est l'ordre de soutenir les choses de la manière dont S.M. me l'avait prescrit ou de les abandonner. Procurez-le moi, Monsieur, car le *mezzo termine* n'est plus possible à employer. » Il annonce que sa santé est « très mauvaise » et évoque son départ de Varsovie. « Je m'imagine que le ministre sera fort aise de me tirer d'ici, soit pour un temps, soit pour toujours. » Comme il a « les bras liés », il n'y verra aucun inconvénient.

Le roi lui avait écrit la veille. Charles ne trouva dans sa lettre aucune instruction susceptible de l'orienter dans les difficultés de l'heure, mais une invitation à développer ses vues sur l'avenir constitutionnel de la Pologne. Il n'était pas un esprit sensé en Europe qui ne jugeât le système en usage homicide à plus ou moins long terme pour la nation. En Pologne, le jeune Stanislas-Auguste Poniatowski et le parti Czartoryski rejetaient la Constitution gothique de leur pays, qu'ils tenaient pour la source de tous ses maux, le carcan qui empêchait son épanouissement. Ils militaient pour une monarchie héréditaire, un exécutif renforcé et un législatif débarrassé du *liberum veto*. Mais ils comptaient bizarrement réformer le pays sous l'égide et avec l'aide de la Russie. Le destin misérable de Stanislas-Auguste s'inscrit dans cette contradiction. Quant aux patriotes, ou républicains, force est de reconnaître que pour beaucoup d'entre eux, sinon la plupart, patriotisme et républicanisme se réduisaient à la volonté de perdurer dans leur existence politique, fût-ce au prix d'une désastreuse impuissance nationale, et lorsqu'ils évoquaient avec éloquence les libertés polonaises, il fallait entendre la liberté, avant et pendant chaque diète, de se vendre au plus offrant. Le comte de Broglie aimait trop la Pologne pour la vouloir condamnée à l'anarchie. Il se passionnait pour les idées novatrices d'un prêtre polonais, Konarski, célèbre pour son action en faveur de l'enseignement, qui avait exposé dans un livre tout un plan de réformes. Bernis, à qui Broglie s'était ouvert de ses idées au mois d'août, avait répondu que l'heure n'était pas aux réformes constitutionnelles.

La réponse de Louis XV est quelque peu déconcertante : « Pour entreprendre ce changement, il faut connaître les moyens que l'on peut employer afin de juger de la possibilité de réussir ; il faut encore en discuter l'avantage et voir si le gouvernement actuel de la Pologne n'est pas plus utile à mes intérêts que celui que vous proposez. En animant ce royaume, est-on sûr qu'il me sera toujours attaché ? » Royal égocentrisme ! Le *liberum veto* condamne la Pologne à l'impuissance ? Peut-être, mais il est bien commode pour bloquer toute initiative contraire aux intérêts du roi de France. Et s'il est vrai qu'une Pologne réformée offrirait une barrière efficace contre les Russes, comment croire que Pétersbourg et Vienne consentiront au changement ?

Réponse décevante, mais c'est au moins une réponse. Tercier, qui l'a arrachée à Louis XV, et qui a mis en forme les idées du roi, en tire parti pour exhorter le comte à tenir bon : « Attendez les circonstances, elles peuvent changer, et alors on sentira combien on doit s'intéresser à la partie dont vous êtes chargé ; on la connaît, mais le torrent emporte de l'autre côté. Je ne serais cependant pas éloigné de penser qu'en même temps que la nécessité fait qu'on s'y livre, on juge que le torrent peut n'avoir qu'un cours passager, et qu'il faudra revenir aux anciens principes. Alors les vôtres auront leur force. Vous pouvez jouer un grand rôle ; il faut que vous le jouiez. C'est d'après les ordres particuliers du Roi que vous pouvez diriger votre conduite. Je tâcherai de vous les faire avoir aussi clairs et aussi précis qu'il sera possible, et, d'un autre côté, je m'étudierai, dans la correspondance ministérielle, à ne jamais rien mettre qui contredise ceux du Roi, afin que vous soyez toujours plus à votre aise. » Car Tercier, chargé comme tout premier commis de rédiger, au moins de mettre en forme, les volontés de son ministre, s'emploie de son mieux à les adoucir et à éviter une contradiction trop flagrante avec la politique du Secret. Jeu périlleux...

Broglie répond le 3 janvier 1758 : « Il me semble, Monsieur, que dès que S.M. entre dans cette discussion [sur la réforme constitutionnelle], je devrais en conclure que le Roi conserve ses anciennes idées, mais vous sentirez aisément que, dans un objet de cette nature, il ne faut pas s'en tenir à de simples présomptions. Tâchez donc, je vous prie, de me le faire dire clairement. » Le même jour, il écrit au roi sa dernière lettre de Varsovie. Elle sonne comme le testament d'un homme désillusionné : « J'attends du temps ma justification, mais je crains la pénétration de M. l'abbé de Bernis : il a d'anciens soupçons, ainsi que bien d'autres, que j'ai suivi en Pologne d'autre direction que celle du Conseil... Comme il ne suppose pas que l'opposition qu'il croit rencontrer de ma part soit autorisée par les ordres de V.M., il la juge avec raison coupable. Je ne me plaindrai pas, Sire, d'être la victime des circonstances si c'est la volonté de V.M. Tout ce que je crains, c'est qu'à force de me donner pour un homme trop attaché à mes idées, cette réputation ne s'établisse non seulement dans le public, ce qui est immanquable, mais dans l'esprit de mon maître, ce qui serait le plus grand des malheurs pour moi. »

Le 19 janvier, évoquant pour Tercier sa demande de congé, il écrit : « Si on me le refuse, je m'expliquerai naturellement et fortement, et il faudra qu'on se détermine ou à me remplacer ou à changer de ton et de méthode avec moi, celle qu'on tient depuis six mois est injuste et insoutenable. » Sa conviction est faite : « Je ne doute pas, Monsieur, que M. l'abbé de Bernis ait éventé notre secret : c'est là le principe de tous les tourments que j'endure. » S'il savait que Conti a dévoilé ses ambitions à l'abbé et lui a même proposé l'ambassade de Pologne...

Il obtient évidemment son congé : il avait tant exaspéré qu'on n'était que trop heureux de le voir quitter enfin la partie. Jean-Pierre Tercier, égal à lui-même, accompagne d'une lettre la dépêche du ministre : « Voici la permission sur laquelle vous voulez que je vous félicite. Je le fais bien sincèrement, puisque vous le désirez, et que je m'intéresserai toujours vivement à vos convenances. Je sens d'ailleurs que vous avez besoin de respirer un autre air pendant quelque temps ; celui du pays où vous êtes est furieusement froid ; mais patience, les saisons se succèdent. Revenez, Monsieur, pour vous rétablir et pour retourner faire un roi de Pologne, car sûrement vous le ferez si vous voulez, malgré les difficultés et les tracasseries. Ne laissez pas cet avantage à un autre. Je chiffre cette lettre avec application malgré mon peu de temps. Qu'est-ce que cette scène que vous avez eue chez le grand-maréchal avec le staroste de Varsovie ? Ne craignez-vous pas que les femmes particulièrement à qui vous vous confiez ne vous trahissent ? » Allons bon !

Le fidèle Durand reste à Varsovie en qualité de ministre plénipotentiaire. Son rôle sera ingrat. Broglie lui laisse des instructions officielles écrites le 5 février d'une plume résignée : « M. Durand connaît trop bien la situation présente des affaires en Pologne pour qu'il soit nécessaire de lui en faire un tableau. » Le lendemain, il rédige une instruction confidentielle d'un ton moins pessimiste. Il laisse espérer que son retour à Versailles lui permettra de trouver les moyens de concilier les instructions secrètes, qui n'ont pas changé, et la politique officielle. « En attendant, M. Durand trouvera dans son courage et dans l'attention perpétuelle qu'il donnera aux affaires un remède palliatif qui diminuera au moins le mal et qui pourra en empêcher le progrès. » Le mois suivant, revenu en France, Broglie lui enverra une lettre roborative à l'image de celles qu'il recevait lui-même de Tercier : « ... Je crois être sûr que le Roi veut soutenir notre besogne, et, quoiqu'il n'en prenne pas les moyens, il faut que nous secourions l'embarras où il est, et que nous suivions ses intentions connues, bien qu'elles ne soient pas entièrement manifestes. Enfin il faut servir le Roi sans intérêt, fût-ce même avec quelque danger ; ces sortes d'opérations ont besoin d'être soutenues par des gens de probité et de courage. Je ne répondrais pas avec cela que nous le sauverons, mais il faut faire notre devoir. » Broglie, Tercier, Durand : le trio sur lequel repose le Secret. Quand l'un risque de flancher, les deux autres viennent à la rescousse. Leur motivation ? Si l'avantage d'être reçu dans la confiance particulière du roi a pu jouer au départ (Broglie, quant à lui, avait deviné dès son initiation forcée qu'il y trouverait plus de dangers que de profits), ces temps sont révolus. L'appartenance au Secret ne peut que compromettre une carrière. Mais « il faut faire notre devoir ».

Charles de Broglie quitte le 11 février 1758 le pays où il a fait — et avec quel éclat ! — ses premières armes diplomatiques. Son départ sonne le glas de toutes ses espérances ; il sonne aussi celui de la Pologne.

XXVI

Le comte de Broglie fait étape à Vienne, où Marie-Thérèse lui accorde une audience. « Cette princesse, écrit-il au roi, désire trop que les choses allassent comme on les lui représente pour qu'il soit facile de les lui faire voir comme elles sont véritablement. » Il sera toujours Cassandre. À Versailles, accueil réfrigérant de Bernis. Il ne retournera pas à Varsovie. Marque extraordinaire de défiance : l'abbé lui interdit de prendre connaissance de la correspondance échangée avec Durand. Il écrit au roi : « Ce ministre a toujours de violents soupçons sur le secret que V.M. a bien voulu me confier et je suppose que c'est là le véritable motif de tout ce qui se passe. » Tirant la leçon de l'année écoulée, qui a montré l'impossibilité de concilier diplomaties officielle et secrète, Broglie suggère enfin la décision de bon sens qui s'impose : si le roi veut toujours protéger la Pologne, qu'il le dise à Bernis, seul en état d'agir avec quelque efficacité.

Il écrit au roi force lettres, toutes frémissantes d'inquiétude. Une velléité de retourner en Pologne après la nouvelle de la disgrâce du chancelier Bestoutchev, exilé en Sibérie, et l'ascension du francophile Vorontsov aux fonctions de chancelier. Voilà qui ouvre des perspectives nouvelles. Bernis fait le sourd. Charles, qui s'éprouve lui-même en Sibérie dans un Versailles glacial à son égard, se résigne à abandonner la carrière diplomatique pour retourner à l'armée.

Le 25 mars, le roi donne enfin signe de vie : « J'ai lu toutes vos lettres et mémoires ; il s'en faut de beaucoup que j'aie le temps d'y répondre aussi vite que vous le désireriez... Modérez votre vivacité et prenez patience jusqu'à ma réponse. L'abbé de Bernis ne vous a rien dit de plus que ce que nous étions convenus qu'il vous dirait, mais ne vous effrayez pas, quoique je pense qu'il soit bien difficile que vous retourniez en Pologne tant que Brühl y sera. » Plus tard, Louis XV confirmera à Tercier : « Le comte de Broglie a bien servi, mais il est un peu vif, et, vis-à-vis du comte Brühl, il n'y avait plus moyen de l'y faire trouver. Voilà uniquement ce qui m'a déterminé à son rappel. »

C'était mettre un peu de baume sur une nouvelle blessure. Charles avait émis le souhait d'être affecté à l'armée de son frère. « C'est un objet, écrit-il au roi, auquel notre tranquillité et le bonheur de notre vie sont attachés. » Quoi de plus naturel ? Ils avaient pratiquement toujours servi ensemble depuis leur enfance militaire. Soubise, en congé à Paris, lui annonça à regret le rejet de sa demande, ajoutant avec son tact habituel que ses propres malheurs à la guerre ne le mettaient pas en position d'intervenir en faveur des deux frères. Il était probablement sincère, car il répétait volontiers que la charge de cavalerie conduite par le duc de Broglie avait sauvé à Rosbach ce qui pouvait l'être. Pressé par Charles, il désigna l'auteur de la décision : Mme de Pompadour. « Elle alléguait le danger qu'il pouvait y avoir à rassembler des têtes aussi chaudes. » Ainsi la haine de la favorite ne désarme-t-elle pas. Il ne lui suffit pas d'avoir délogé Broglie de la carrière diplomatique ; elle s'acharne contre lui alors même qu'il aspire à se fondre dans l'anonymat de l'armée.

Le marquis de Paulmy (*ma petite horreur* pour la Pompadour), s'estimant à juste titre insuffisant, avait démissionné du secrétariat de la Guerre. Après Rosbach et face à un avenir menaçant, les ministres sont enclins à trouver du charme à la vie privée. Peyrenc de Moras *(mon gros cochon)* quitte la Marine, qu'il laisse dans une gabegie affreuse ; son successeur ne tiendra que quelques mois. Aux Finances, les ministres se succèdent à un rythme soutenu ;

le nom de l'un d'eux, Silhouette, en deviendra nom commun. Bernis lui-même, qui se campera dans ses Mémoires en héros de son propre destin, montre dans l'épreuve la fragilité de ses nerfs. Comme il est loin le temps des premiers succès de la guerre — Minorque, Kolin, Hastenbeck —, quand le roi, le voyant entrer, disait en souriant : « Voilà l'abbé ; il a l'air d'une bonne nouvelle. » Bernis cède à un défaitisme lucide et veut faire la paix. Comment gagner une guerre contre un prince que la France adore ? « Notre nation, écrit-il en avril 1758, est plus indignée que jamais de la guerre. On aime ici le roi de Prusse à la folie parce qu'on aime toujours ceux qui font bien leurs affaires. » Il envoie à Choiseul de longues lettres (l'imprudent !) remplies de gémissements justifiés : « Il faut mettre la clef sous la porte si l'on ne veut cesser le brigandage et l'indiscipline de notre armée » ; « Si je pouvais éviter le déshonneur qu'il y a à déserter le jour de la bataille, je m'enfuirais à mon abbaye... » ; « Nous n'avons ni généraux ni ministres. Je trouve cette phrase si bonne que je veux bien qu'on me comprenne dans la catégorie si l'on veut... Il me semble être le ministre des Affaires étrangères des Limbes ». Et cette étonnante invocation : « Dieu veuille nous envoyer une volonté quelconque ou quelqu'un qui en ait pour nous : je serai son valet de chambre. » Ailleurs, il évoque la nécessité d'un dictateur, comme dans la Rome antique. Une volonté ? Un maître ? Le roi de France ne fait donc pas son ouvrage ? En vérité, là où il est, Bernis voit mieux que personne l'épouvantable gâchis causé par les favoris de la Pompadour. Mais la dénonciation est difficile de la part d'un homme qu'elle a fait monter au pouvoir...

Le maréchal de Belle-Isle, de la coterie Pompadour, succède à Paulmy à la Guerre. Il s'est fait beaucoup prier, considérant qu'une charge de secrétaire d'État, qui sent toujours son bourgeois, était au-dessous de sa distinction. Bernis avait fait sensation en acceptant, malgré ses origines, les Affaires étrangères. On apaise la susceptibilité de Belle-Isle en lui adjoignant un sous-ordre chargé des besognes paperassières. Mais si le vieux maréchal semble avoir oublié qu'il n'est jamais que le petit-fils du surintendant Fouquet, il garde bonne mémoire de ses démêlés avec feu le maréchal de Broglie et englobe dans sa rancune hargneuse la progéniture de son défunt rival. Pour qui porte le nom détesté de Broglie, nulle grâce à attendre de ce ministre, et pas même la justice.

Tandis que son frère aîné jetait feu et flamme du fond de l'Allemagne, Charles se résigna à écrire de « grandes lettres », toutes perdues, à la marquise, ce qui dut lui coûter beaucoup. Il sollicita même une audience. C'était mal connaître le caractère de la dame. « Je n'ai pu obtenir, Sire, l'audience que je demandais à Mme de Pompadour, elle s'est emportée vis-à-vis Mme la maréchale de Mirepoix en lui parlant de moi de la manière la plus violente et s'est servie d'expressions que V.M. ne voudrait pas employer pour le dernier et le plus coupable de ses sujets. Il m'est impossible d'imaginer par où j'ai mérité ce traitement. Je n'ai ni fautes, pas même des malheurs à excuser ; cependant, si V.M. ne me met pas sous sa protection particulière et ne daigne pas être en garde contre les imputations les plus vagues et les plus idéales, j'ai bien à craindre d'être représenté à ses yeux sous les couleurs les plus noires. Je la supplie cependant de se rappeler qu'elle n'a pas de sujet qui la serve depuis vingt-cinq ans avec plus de zèle et de passion que moi. » Cette fois, le roi daigne se manifester : « Il ne m'a pas encore été possible de répondre à toutes vos lettres... Je vous sais gré de toutes les peines que vous vous êtes données pour mon service, et je ferai ce qu'il me sera possible pour vous. Il n'était pas possible de vous renvoyer en Pologne après tout ce qui s'y est passé entre vous et le comte Brühl, surtout le roi de Pologne ne voulant pas s'en séparer. Les circonstances sont bien délicates, et je vous ferai savoir mes intentions le plus tôt que je pourrai. En attendant, vous pouvez vous tranquilliser, tant sur vous que sur les vôtres. »

Charles remercie et attend avec soumission que le roi de France tranche la question capitale de savoir si deux frères peuvent servir ensemble. Mais quand Louis XV se borne à écrire un peu misérablement : « Je ferai ce qu'il me sera possible pour vous », la Pompadour sait ce qu'elle veut, et le fait.

Les événements décidèrent.

Richelieu, quand même, avait été rappelé. Pâris-Duverney, écœuré par sa conduite, l'avait accablé de durs reproches sur sa légèreté, son inertie, et surtout sa mise en coupe réglée du Hanovre. (« C'est pour votre réputation et pour votre gloire que je reviens sur une observation que j'ai déjà faite dans plus d'une occasion et sur laquelle il me semble que je ne puis assez revenir. ») Non seulement ses rapines l'avaient mis en état de rembourser ses énormes dettes, mais elles lui permirent de se faire bâtir une splendide maison que les Parisiens appelèrent « pavillon de Hanovre ». Le clan avait fait nommer à sa place le comte de Clermont. Louis de Bourbon-Condé, comte de Clermont, prêtre, titulaire de la très opulente abbaye bénédictine de Saint-Germain-des-Prés, avait étonné Paris, à qui il en fallait beaucoup, par ses amours tumultueuses, notamment avec la danseuse Camargo. Élu à l'Académie française, il avait refusé d'y siéger faute d'y avoir la prépondérance qu'il estimait due à un prince du sang. D'innombrables libelles et épigrammes couraient sur cet ecclésiastique peu ordinaire qui, à la vérité, se sentait plutôt une vocation de soldat. Le pape Clément XIII l'avait autorisé à porter les armes. Le courage ne peut lui être dénié, pas plus qu'à Richelieu et à Soubise : les plus braves l'admiraient pour son mépris absolu du danger. Son aptitude à commander en chef était moins assurée. Frédéric l'appelait « le général des bénédictins ».

Le roi de Prusse ne serait pas son adversaire. Après nous avoir donné la leçon à Rosbach, il s'en était allé combattre des adversaires plus sérieux. Jusqu'à la fin de la guerre, les Français auraient affaire au prince Ferdinand de Brunswick, son meilleur lieutenant, placé à la tête de l'ancienne armée de Cumberland. Brunswick avait moins de quarante mille hommes ; Clermont, plus de soixante-dix mille. Le premier prit l'offensive ; le second évacua successivement Hanovre, Brême, Minden et Dusseldorf, pour finir par repasser le Rhin. Brunswick jeta sur le fleuve un pont de bateaux. « Cette entreprise du prince Ferdinand, écrit Bernis, était fort audacieuse, presque folle, si nous avions eu des généraux. » Le franchissement du Rhin jeta la consternation en France et Charles de Broglie ne songea plus qu'à se battre, fût-ce à l'écart de son frère : « Sire, je ne puis résister à l'inquiétude extrême où je me trouve depuis les nouvelles arrivées hier du passage du Rhin par les ennemis de

V.M. Elles m'obligent de rompre le silence que je m'étais imposé sur ma destination en attendant ses ordres et à aller trouver M. le maréchal de Belle-Isle pour le prier de la décider sur-le-champ, puisqu'au cas qu'il plût à V.M. de me faire servir séparément du duc de Broglie, je serais inconsolable d'arriver à mon devoir après que l'armée de Clermont aurait combattu celle des alliés. » Il quitte Paris le 8 juin.

La galopade de l'armée devant un adversaire très inférieur en nombre étonnait si fort que le roi, raconte Bernis, écrivit de sa propre main à Clermont « qu'il aimait mieux voir son armée battue que déshonorée par ses retraites ». Sa préférence fut satisfaite. La bataille décisive eut lieu le 23 juin à Krefeld, mais l'état-major français ignorait qu'elle fût décisive, et même qu'il y eût bataille : il était à table ; Clermont, prévenu à deux reprises que l'affaire était engagée, refusa de se lever. On avait beaucoup bu. Ce fut le second tome de Rosbach, en plus sanglant pour les vaincus. Parmi les morts, le fils de Belle-Isle ; il venait d'écrire à son père, à propos de Clermont : « Il ne prévoit rien, et est peu affecté des dangers présents, s'amuse d'une bagatelle et perd le temps à des promenades inutiles. Voilà quel est notre général. »

Il faut lire Barbier, écho fidèle de la capitale, pour sentir l'émotion et l'indignation de la population sous le choc de défaites toujours plus inattendues. Si une bataille livrée à deux contre un se terminait en désastre, quel rapport de forces faudrait-il aux armées du roi pour obtenir un semblant de succès ?

Brunswick victorieux voit s'ouvrir devant lui la route de la France et les ministres craignent déjà pour Lille, défendue par trois cents hommes des milices...

*
* *

Si Charles de Broglie a croisé Pierre-Augustin Caron dans les galeries de Versailles, gageons qu'il ne lui a pas accordé la moindre attention. Le temps est encore lointain où ils travailleront à la même entreprise.

Le jeune horloger continue, quand il est de semaine, d'escorter la viande du roi, mais les péripéties ne cessent de ponctuer une ascension sociale commencée avec l'invention de son échappement révolutionnaire. Le sieur Francquet, époux de sa maîtresse, décède deux mois après lui avoir cédé sa charge de contrôleur de la bouche. Le délai de viduité expiré, Pierre-Augustin épouse la veuve sous le régime de la communauté de biens ; l'époux survivant héritera la totalité de la fortune de l'autre. La fortune du jeune mari consiste pour l'instant dans sa capacité à fabriquer des montres exactes ; celle de sa femme, grâce aux biens laissés par Francquet, est plus substantielle ; parmi ces biens, une terre appelée selon les actes Nonmarchet ou Beaumarchais, où le brave homme avait d'ailleurs rendu le dernier soupir. Pierre-Auguste s'approprie le nom avant la chose, et signe ses lettres Caron de Beaumarchais, puis Beaumarchais tout court. Avec l'aisance — carrosse, laquais —, le mariage lui apporte les ennuis de la conjugalité : la vieille maîtresse si reconnaissante se mue en épouse acariâtre qui ne tolère plus l'infidélité. La pauvre femme n'en souffre pas longtemps, car elle décède dix mois après le mariage. Un homme pressé, ce Beaumarchais, mais les marches de son élévation ne seraient-elles pas des pierres tombales ? La rumeur ne le quittera plus. Elle paraît ici infondée : lorsqu'il se présente chez le notaire pour faire valoir ses droits d'époux survivant, le tabellion lui avoue qu'il a un peu lambiné et que le contrat de mariage n'est pas encore enregistré, ce qui lui ôte toute valeur légale. Insupportable catastrophe. Beaumarchais, le jour des obsèques, arrache à sa belle-mère, Mme Aubertin, une signature valant confirmation du contrat. Mais la dame se reprend. Plus tard, la belle-famille accusera Beaumarchais d'avoir empoisonné sa femme. Il avait pourtant appelé à son chevet cinq médecins, dont le célèbre Tronchin, Genevois, grand ami de Voltaire. Les Aubertin perdront leur procès et, sans vergogne, viendront demander la charité à Beaumarchais. Il les aidera, car, semblable à Voltaire, il passe sans transition de la volonté farouche d'exterminer ses ennemis à l'attendrissement quand l'infortune les accable.

Démarrer si brillamment et s'arrêter si tôt... Il n'a plus que des dettes. Son humeur s'en ressent. Volée de coups de canne à un cocher qui refuse de le prendre en charge ; bagarre sur un chantier avec un ouvrier qui a blessé son chien. La police conseille à Beaumarchais, qui ne se présente plus que comme « homme de condition », une meilleure maîtrise de soi.

L'horlogerie l'avait sorti de l'obscurité, la musique sera sa deuxième chance. Il l'aime à la folie, au grand désespoir de son père (« Vous abandonnerez totalement votre malheureuse musique ») et la pratique en brillant amateur en compagnie de sa nichée de sœurs. Il joue de la viole, de la flûte, de la guimbarde, du tambourin et de la harpe. La harpe est alors un instrument dédaigné. Il y applique son génie mécanique et invente une pédale qui rend le jeu plus souple, plus harmonieux. Quelques salons s'émerveillent de l'invention, qui, comme l'échappement, traversera le temps. Le bruit en vient à Mesdames de France, qui jouent de toutes sortes d'instruments mais ne pratiquent pas la harpe. Beaumarchais les connaît pour avoir fabriqué une pendulette à deux cadrans offerte à Victoire, Madame Cinquième. Il se retrouve bientôt dans leur salon, la harpe entre les jambes.

Les filles du roi menaient depuis leur naissance une existence maussade. Les quatre plus jeunes, sur décision de Fleury, qui trouvait trop coûteux leur entretien à la cour, avaient été enfermées à l'abbaye de Fontevrault ; leur âge allait de dix mois à cinq ans. Louis ni Marie n'osèrent résister à la volonté de l'impérieux cardinal. Leur tendresse, attestée par maints témoignages, ne leur souffla pourtant jamais l'idée de franchir les quatre-vingts lieues séparant Versailles de Fontevrault pour apporter aux esseulées le réconfort d'une visite : les malheureuses filles restèrent, selon le cas, dix ou douze ans sans voir leurs parents. En 1747, Nattier fit leur portrait et Marie, découvrant sa dernière, Louise, qu'on lui avait enlevée à dix mois et qui avait alors neuf ans, écrivit : « Les deux aînées sont belles réellement ; mais je n'ai rien vu de si agréable que la petite : elle a la physionomie attendrissante et très éloignée de la tristesse, je n'en ai pas vu une si singulière, elle est touchante, douce, spirituelle. » On dirait qu'elle parle d'une étrangère. La vie à Fontevrault était sévère. Madame Sixième, Félicité, y mourut. Sophie, qu'on enfermait dans un caveau funéraire pour la punir de ses espiègleries, en restera sujette toute sa vie à des terreurs incontrôlables.

Des trois aînées, sauvées de cette espèce de déportation, Élisabeth épousa l'infant de Parme, un niais ; Henriette mourut en 1752 ; Adélaïde prit un ascendant marqué sur le cœur du roi, puis devint, lorsque les exilées rentrèrent de Fontevrault, leur chef de bande. Elle était hardie, romanesque, un peu garçon manqué. Au physique : « Jolie, écrit de Croÿ, d'une vivacité extrême, ayant l'air d'aimer on ne peut plus le plaisir, et des yeux, là-dessus, étonnants ! » On avait songé un moment à la marier au prince de Conti. On pensa ensuite aux princes de Saxe, frères de la dauphine. Rien ne se fit : elle resta vieille fille comme ses sœurs. Les courtisans murmuraient qu'elle avait eu une liaison avec un garde du corps. Lors de la tentative de réforme fiscale de Machault, elle avait joué un rôle considérable dans la reprise en main du roi par le clergé ; à Versailles, elle faisait un peu figure de tête de file du parti dévot aux côtés du dauphin.

Marie contrôlait strictement les manifestations de sa tendresse. Louis aimait ses filles et en était largement payé de retour, mais les désordres de sa vie privée avaient creusé entre elles et lui un fossé. « Maman putain » était une trouvaille d'Adélaïde. Réduites à un rôle de représentation, elles accompagnaient chaque jour le roi à la messe, assistaient au grand dîner, puis au débotté de leur père à son retour de chasse, et se rendaient le soir au jeu de la reine. Quatre changements de tenue par jour. Comme leur mère, elles trompaient l'ennui en s'empiffrant. Adélaïde, la plus âgée, avait vingt-six ans comme Beaumarchais.

Élevé au milieu de cinq sœurs, il savait les filles depuis toujours et musiqua avec Torche, Coche, Graille et Chiffe, comme il faisait à la maison avec Tonton, Fanchon et compagnie. Adélaïde (Torche, parce qu'elle parlait gras), qui pratiquait l'anglais et l'allemand, et aimait les mathématiques, apprit de lui l'horlogerie. On s'exerçait sans relâche à la harpe. On donna bientôt des petits concerts que le père honorait de sa tendre présence. Un frisson courut lorsque Versailles apprit que le roi avait un jour cédé son siège au fils Caron pour qu'il jouât plus commodément. Beaumarchais devint bientôt indispensable. Les quatre sœurs lui confiaient des commissions à faire à Paris ; elles oubliaient souvent de le rembourser. Trop démuni pour pouvoir louer une voiture rapide, il faisait la navette entre Paris et Versailles en pot de chambre, grosse voiture collective qui mettait un temps fou pour aller du quai d'Orsay au grand château, voire en carabas, énorme diligence conduisant plus de vingt voyageurs à bon port mais en six heures et demie pour vingt-trois kilomètres...

Plus important que le tambourin demandé d'urgence par Victoire ou le livret de musique réclamé par Adélaïde : Beaumarchais leur apporte sa gaieté, sa conversation bondissante, les rumeurs de la ville, autre chose enfin que les éternels ragots de la cour ; il introduit un peu d'air frais dans l'atmosphère confinée où végètent les quatre sœurs.

Situation singulière que la sienne. Il est à la fois le garçon ébloui qui, un jour, écrit à la pointe d'un diamant sur une vitre du château : « Je suis allé à Versailles. En voici la preuve », comme ferait un touriste d'aujourd'hui, et le familier — point trop familier, un tact parfait — des filles du roi de France. Ce qui fait ce siècle incomparable à aucun autre, et fascinant, c'est qu'il allie étanchéité et perméabilité, rigidité et fluidité. On veut se distinguer plus que jamais et l'on se mélange comme jamais : de cette contradiction détonante naîtra en partie la déflagration finale. Dans quelle démocratie contemporaine un jeune artisan pourrait-il se glisser dans l'intimité de la famille dirigeante avec pour seul passeport une figure gaie et un maniement adroit de la harpe ? Même proclamées égalitaires, nos sociétés sont trop bien rangées pour permettre les collisions incongrues, et nos voyages restent horizontaux, tandis qu'un Casanova, un Beaumarchais — tant d'autres, déclassés, désorbités — traversent leur temps à la verticale, s'ouvrant avec facilité des portes que la stratégie la plus patiente ne permettrait pas aujourd'hui d'approcher. Le problème n'est pas de s'introduire : il consiste à avoir les nerfs assez solides pour tenir, face au harcèlement implacable qui s'ensuit.

Beaumarchais se révèle d'emblée combattant exemplaire de la guerre sociale. Un jour, un seigneur l'arrête dans la grande galerie de Versailles et, sortant sa montre, demande d'une voix assez forte pour susciter un attroupement : « Monsieur, vous qui vous connaissez en horlogerie, dites-moi si cette montre est bonne. » Sourires des gentilshommes présents devant l'épreuve d'humiliation qui se prépare. Beaumarchais : « Monsieur, depuis que j'ai cessé de travailler dans cet art, je suis devenu bien maladroit — Ah ! monsieur, ne me refusez pas ! — Soit, mais je vous aurai averti. » Beaumarchais prend la montre, la porte à son œil et la laisse tomber à terre, où elle se brise ; puis, avec une profonde révérence : « Je vous avais prévenu, monsieur, de mon extrême maladresse. »

Gudin racontera beaucoup plus tard une affaire moins gaie qu'il tenait de Beaumarchais lui-même, ce qui oblige à considérer son authenticité comme possible mais non certaine. Gudin est le meilleur ami de Beaumarchais, son *alter ego*, un peu ce que Thiériot est pour Voltaire, avec cette différence que la fidélité de Gudin restera inébranlable, tandis que celle de l'autre... Gudin, écrivain agréable, a lui aussi un père horloger. L'époque est à l'offensive horlogère : Jean-Jacques Rousseau est fils d'un horloger genevois ; Voltaire, là-bas à Ferney, crée une fabrique de montres et pilonne l'immense réserve de ses correspondants de lettres leur conseillant impérativement d'acheter sa production. Gudin a fait comme tout le monde le pèlerinage de Ferney et Voltaire, comme tout écrivain conscient, lui a vivement déconseillé d'embrasser la carrière des lettres. Bref, selon Gudin, un jeune noble ayant traité Beaumarchais de « vil intrigant », un duel s'ensuivit, qui se termina par l'embrochage du gentilhomme, lequel eut la courtoisie de mourir quelques jours plus tard sans révéler le nom de son adversaire.

La faveur de Mesdames, agréable et sûr investissement, mais à longue échéance ; point d'emploi, sinon l'escorte dérisoire de la viande royale ; les jalousies, pour ne pas dire les haines, suscitées par son irruption à la cour : après Voltaire, il voit bien que seul l'argent l'entourera d'une muraille inexpugnable.

Il lui reste à rencontrer Pâris-Duverney.

*

*   *

Casanova s'estime millionnaire. La loterie rapporte gros ; il commence d'extorquer des sommes considérables à la quinquagénaire marquise d'Urfé, folle d'alchimie, à la recherche comme tout le monde de la pierre philosophale, et qui compte sur lui pour opérer le transfèrement de son âme dans le corps d'un enfant mâle. Casanova mène grand train dans une superbe maison de campagne, *Varsovie en Bel air*, dans le quartier de la Petite-Pologne [1], ainsi nommé parce qu'un cabaretier, lors de l'ascension du duc d'Anjou, futur Henri III, au trône de Pologne, y avait ouvert un établissement portant enseigne *Au roi de Pologne*. Trois appartements magnifiques, une écurie pour vingt chevaux. Casanova a deux voitures, cinq chevaux, un cocher et deux laquais en livrée. Pour accroître encore ses revenus, il décide de se lancer dans la fabrication d'étoffes de soie peintes. « Déterminé à louer une maison dans l'enceinte du Temple, je me suis présenté à M. le prince de Conti, qui, après avoir beaucoup applaudi à mon entreprise, me promit sa protection, et toutes les franchises que je pouvais désirer. » La fabrique pourrait réussir, malgré le marasme des affaires causé par la guerre, si les vingt ouvrières n'étaient toutes jeunes et ravissantes. Casanova les prend à la file pour maîtresses, et, toujours généreux, installe chacune dans ses meubles. Les difficultés de trésorerie entraînées par son Parc-aux-Cerfs l'obligent à céder une partie de ses actions à Jean Garnier, enrichi dans la fourniture aux armées sous le ministère du comte d'Argenson, et ami intime de l'abbé de La Ville, premier commis des Affaires étrangères et collègue de Tercier. L'affaire finira mal : Casanova n'a pas l'étoffe d'un entrepreneur.

Deux missions secrètes en Hollande, l'une en cette année 1758, l'autre l'année suivante. Il s'agit, dans le premier cas, de négocier au meilleur prix des bons d'État français que les malheurs du pays ont tant dépréciés qu'ils ne trouvent plus acquéreur sur les places financières étrangères ; dans le second, de tenter de trouver à emprunter. Aucune trace n'en subsiste dans les archives officielles, si ce n'est, pour la seconde mission, une lettre de Choiseul, qui aura alors remplacé Bernis aux Affaires étrangères, recommandant chaleureusement Casanova au comte d'Affry, ambassadeur de France à La Haye, et une dépêche de ce même d'Affry

1. Il se situait autour de l'actuelle gare Saint-Lazare.

à Choiseul où s'exprime à mots couverts la désolation habituelle d'un diplomate de carrière d'avoir à traiter avec de pareils agents. Concurremment à Casanova, Versailles a expédié en Hollande le comte de Saint-Germain, qui n'est ni comte ni Saint-Germain, dont on ignore encore aujourd'hui l'identité exacte, la date de naissance, la filiation, mais qui est à coup sûr l'un des plus extraordinaires aventuriers d'un temps où ils pullulaient. Il affirmait être âgé de trois cents ans et posséder le moyen de transmuter en or les vils métaux. Louis XV et la Pompadour avaient assez cru à ses pouvoirs occultes pour l'installer à Chambord, comme naguère Stanislas Leszczynski et le maréchal de Saxe, avec cent mille livres pour développer ses expériences. Folie française ? Trois mille personnes travaillent à Vienne à la recherche de la pierre philosophale, utilisant du matériel fourni par Marie-Thérèse. Ce siècle anticlérical fut superstitieux à la fureur.

Casanova réussit dans sa première mission, échoua dans la seconde. Saint-Germain, venu lui aussi négocier un emprunt, ne trouvera pas d'argent pour un roi de France dont les affaires vont si mal. Un autre objectif lui avait été fixé par ses mandants : tâcher de nouer une négociation pour parvenir à la paix avec l'Angleterre. Le prétendu tricentenaire y échouera pareillement. L'Angleterre veut la victoire avant la paix.

Et Casanova repartira à travers l'Europe... « L'idée de me fixer irrévocablement quelque part m'était si antipathique, le besoin d'adopter un système de sagesse était si contraire à ma nature, que j'eus le bon sens de préférer ma folie vagabonde à tous les avantages... » Leitmotiv de sa vie. Quelque chose, quelque part ? Autre chose, ailleurs.

*
* *

Le printemps 1758 fut rude ; l'automne, crépusculaire.

D'abord pour Frédéric. Il assiégeait Olmuetz, en Moravie. Les Russes, plus incisifs depuis le limogeage d'Apraxine, prirent Koenigsberg et envahirent le Brandebourg. Le roi de Prusse abandonne Olmuetz et court à leur rencontre. Le 25 avril, bataille de Zorndorf, boucherie indécise ; mais les Russes se retirent. Le 14 octobre, il est battu par les Autrichiens à Hochkirch, où tombent trois de ses meilleurs généraux : Keith, François de Brunswick et le prince Maurice d'Anhalt. Une belle retraite et de savantes manœuvres le sauvent du coup de grâce. Pour combien de temps ? « Mes ennemis sont trop. »

La France avait été préservée de l'invasion par une marche de l'armée de Soubise sur les arrières de Ferdinand de Brunswick : craignant d'être coupé, le prince préféra repasser le Rhin. Victor-François de Broglie, à l'avant-garde, bat à Sonderhausen un corps d'armée de Ferdinand ; Louis XV lui offre quatre canons pris à l'ennemi, qui orneront l'entrée du château familial. Il gagne encore à Lutzelberg, ce qui lui vaut cette fois le cordon bleu. Succès consolants mais mineurs. Ailleurs, de par le vaste monde, les désastres s'accumulent. Au Canada, Louisbourg, clef du Saint-Laurent, tombe le 26 juillet. La ligne des forts de l'Ohio cède ; la Louisiane est isolée. Au Sénégal, Saint-Louis et l'île de Gorée passent aux mains anglaises. Pitt lâche sa marine sur les côtes de France. En juin, Marlborough débarque à Cancale, s'empare de Saint-Servan, brûle les magasins, coule quatre-vingts navires marchands. En août, débarquement de Bligh à Cherbourg, dont la garnison se replie sans combattre sur Valognes ; les Anglais lèvent des contributions, coulent vingt-sept navires, sabotent cent trente-trois canons, et se rembarquent après dix jours d'occupation en emportant vingt-deux pièces d'artillerie et une brassée de drapeaux. « Voilà les suites de la guerre, constate Barbier, surtout quand elle est mal conduite. » En septembre, descente en force sur Saint-Briac. Le duc d'Aiguillon, commandant en chef de Bretagne, a épousé la fille du comte de Plélo, tombé à Dantzig pour l'honneur du nom français. Il lève une milice de volontaires bretons, bat avec elle les Anglais à Saint-Cast, et les force à se rembarquer. Il n'empêche : l'Angleterre frappe où elle veut, quand elle veut.

Bernis s'effondre nerveusement. Les caisses sont vides. La France doit à ses alliés vingt et un millions d'arrérages de subsides. Il écrit lucidement à Choiseul : « Quelque succès qu'ait l'Impératrice, nous avons perdu notre procès, puisque l'Amérique est perdue. » À quoi bon s'obstiner ?

« Nous ne faisons plus la guerre que parce qu'elle est commencée. » Et certes, il a beaucoup contribué à son commencement ! Mais cet homme qui a mené si longtemps une vie frivole prend dans le désastre une espèce de grandeur. Contrairement aux autres, il pense et parle en citoyen. Il dit les carences, les fautes, les trahisons. Dans une tentative désespérée pour suppléer à l'inertie du roi et neutraliser le pouvoir de nuisance de la favorite, il crée le « Comité », organe réunissant les principaux responsables et travaillant trois jours par semaine pour préparer les décisions à soumettre au roi ; la Pompadour, voyant clairement qu'il s'agit de la court-circuiter, ne le lui pardonnera pas. Malade, submergé de lettres anonymes menaçantes, craignant le poison, il écrit à la marquise : « Je vous avertis, Madame, et je vous prie d'avertir le Roi, que je ne puis plus répondre de mon travail. J'ai la tête perpétuellement ébranlée ou obscurcie. Il y a un an que je souffre le martyre... J'ai passé la nuit à me trouver mal. Je ne dors plus. J'ai l'esprit trop juste, Madame, et j'ai l'âme trop sensible pour résister à l'idée de notre situation présente et à venir. » Il désigne le sauveur : Choiseul. Qu'il prenne les Affaires étrangères et, ensemble, lui Bernis restant au Conseil et présidant le Comité, ils tenteront de redresser la situation. Naïf abbé ! Quel serait le rôle de la Pompadour dans ce beau schéma ?

Abbé ? Cardinal. Le pape vient de lui accorder le chapeau. « Voilà un beau jour ! » lui lance un courtisan. Bernis rétorque : « Dites plutôt que voilà un bon parapluie. » Il a raison. Choiseul arrive de Vienne, rapide et optimiste. Il se fait précéder par une lettre à Bernis comportant cette phrase stupéfiante : « Je travaillerai de mon mieux, mais je veux encore continuer à me divertir de mon mieux, sans troubler mon âme d'inquiétudes qui, à le bien prendre, sont puériles. » Voilà un homme que les malheurs de la patrie ne risquent pas de mener au collapsus nerveux. Il prend les Affaires étrangères. Bernis, à qui le roi a présenté son visage le plus avenant — mauvais signe —, reçoit son congé le 13 décembre : « Mon cousin, les instances réitérées que vous m'avez faites pour quitter le département des Affaires étrangères m'ont persuadé qu'à l'avenir vous ne rempliriez pas bien les fonctions dont vous désirez avec tant d'ardeur être débarrassé. Et c'est d'ailleurs d'après cette réflexion que je me suis déterminé à accepter votre démission de la charge de secrétaire d'État. Mais j'ai senti en même temps que vous ne répondiez pas à la confiance que je vous avais marquée dans ces circonstances aussi critiques, ni aux grâces singulières que je vous ai accumulées en si peu de temps. En conséquence, je vous ordonne de vous rendre dans une de vos abbayes à votre choix, d'ici vingt-quatre heures, sans voir personne et jusqu'à ce que je vous mande de revenir. Renvoyez-moi les lettres que vous avez gardées de moi dans un paquet cacheté. Sur ce, je prie Dieu, mon cousin, qu'Il vous ait dans sa sainte et digne garde. »

Le tandem Pompadour-Choiseul, et non Bernis-Choiseul, gouvernera la France.

*
* *

Charles de Broglie accueillit l'élévation de Choiseul avec l'inévitable pointe de jalousie personnelle — une fois de plus, il lui passait sur le corps —, mais non sans de grandes espérances. De Varsovie, il lui avait écrit pour plaider la cause de la Pologne, et l'autre avait répondu en paraissant entrer dans ses vues. Broglie s'en était félicité auprès de Tercier, opposant l'ouverture de Choiseul — « tout rivaux que nous avons été » — au mutisme de L'Hôpital : « Il répond très convenablement à la confiance entière que je lui ai témoignée pour les affaires, et je suis si sensible et ai d'ailleurs tant l'envie du bien, que cela rappelle en moi tous les sentiments qui nous ont unis autrefois. » Bien sûr, Choiseul est tout autrichien, mais la faveur dont il jouit à Vienne ne le met-elle pas en mesure d'imposer sa politique mieux qu'un Bernis dont le défaitisme avait fini par exaspérer Marie-Thérèse et ses ministres ? Un tournant salvateur peut être pris.

Le Secret déliquescent en avait bien besoin. La correspondance secrète de Tercier avec d'Havrincourt en Suède, Vergennes à Constantinople, ne roulait plus que sur les affaires de la guerre. En Pologne, les choses allaient de mal en pis. Bernis avait ordonné à Durand de couper tout contact avec Mokronowski, le plus français des Polonais, le plus efficace des agents du Secret opérant sur place. Broglie tempêta : « C'est à lui que je devais tous les succès de mon ministère. » Puis l'abbé décida d'envoyer à Varsovie, en qualité d'ambassadeur mais pour une mission limitée dans le temps (il n'y restera que quatre mois), l'une de ses créatures, le marquis de Monteil. Broglie, aux cent coups, avertit le roi des vraies raisons de cette nomination : « Il ne s'agit que d'envoyer un émissaire affidé qui puisse découvrir le secret de V.M. au moyen des notions qu'on lui en donnera, et indiquer ceux de le détruire dans toutes ses parties. » Son émotion est telle qu'il se laisse aller très exceptionnellement à condamner Monteil, « un intrigant », en des termes qui ne peuvent que choquer le roi, s'agissant d'un ambassadeur dont il a approuvé la nomination : « Je me figure toujours que ce n'est pas de pareils personnages qui sont faits pour avoir l'honneur d'être chargés des affaires de V.M., surtout lorsqu'il y a des fonds assez considérables à confier qui n'ont pas toujours été employés avec la fidélité et l'économie désirables. »

À Varsovie, Durand assistait, impuissant, à la désintégration du parti patriote. Son moral flanchait. Il ruminait de sombres réflexions sur l'avenir du Secret et de ses agents. Broglie, en juillet, le dépeignit au roi comme « extrêmement effarouché » et concluait : « Il a donc besoin, Sire, d'être un peu encouragé et que V.M. lui fasse la grâce de l'assurer qu'elle ne l'abandonnera pas. » Pauvre Broglie, dont les lettres, depuis son retour de Pologne, ne cessent de supplier sur tous les tons : « Ne m'abandonnez pas ! », et qui l'a été bel et bien... Tercier ? Il est « à peu près dans le même cas ». De fait, quand le premier commis s'efforce malgré tout de réconforter Durand, son argumentation n'a pas l'énergie coutumière : « Il en est des affaires comme de la vie de l'homme : tant qu'il respire le moins du monde, il n'est pas mort, et c'est cette respiration précieuse qu'il faut entretenir, parce que aussitôt qu'elle cesse un instant, tout est fini. Vous respirez encore, bien faiblement, j'en conviens, mais cette respiration peut se ranimer. Il faut beaucoup de régime et d'attention, prendre sans répugnance les remèdes que l'on vous prescrit. Ils feront leur effet et vous vous en trouverez bien. » Le bon docteur Tercier était bien un peu lugubre...

Le salut par Choiseul ? Il n'est pas assis depuis trois mois dans son fauteuil de ministre qu'il foudroie le Secret.

XXVII

Malheur à celui par qui le scandale arrive, surtout quand on ne l'attendait pas de ce côté-là. Claude-Adrien Helvétius, malgré ses fréquentations, semblait bien l'homme le moins susceptible d'un coup de tonnerre philosophique. Il est le petit-fils d'Adrien Helvétius, venu de Hollande, médecin de Louis XIV. Son père soigne les indigestions de la reine Marie. Claude-Adrien, tournant le dos à la tradition familiale, a acheté en 1738, grâce à la fortune paternelle, une charge de fermier général. Il s'y enrichit comme ses collègues, mais l'injustice du système fiscal ne laisse pas de l'émouvoir. En 1750, à trente-six ans, il revend sa charge. L'année suivante, mariage avec Mlle de Ligniville, de vieille noblesse lorraine ; ils s'aimeront toute leur vie. Le richissime Helvétius se consacre désormais aux plaisirs de la société et à la fréquentation des idées nouvelles. Dans son hôtel de la rue Sainte-Anne, il reçoit Fontenelle, Diderot, Rousseau ; il fréquente le cercle du baron d'Holbach ; Voltaire correspond avec lui. Philosophe ? Mécène et compagnon de route, comme tant d'autres qui donnent un coup de main lorsque l'*Encyclopédie* est en panne financière. Or sa plume, qui n'avait fourni jusque-là que des poèmes insipides, délivre en 1758 un essai fulgurant : *De l'esprit*. Avec la candeur des néophytes, il expose les hardiesses que ses amis philosophes disaient dans son salon mais qu'ils avaient la prudence de ne pas écrire, et les systématise en les poussant à la rigueur. Un matérialisme absolu. L'homme n'agit que pour se procurer le bonheur et recherche donc son intérêt. Il est le produit d'un milieu social, d'une éducation, d'une expérience. Les jugements moraux, ou que nous disons tels, se fondent eux-mêmes sur l'intérêt. La seule question philosophique consiste donc à rechercher les intérêts non antagonistes permettant de passer du bonheur individuel au collectif. Tout cela un peu rapide, un peu sommaire (et encore plus sommairement résumé ici !), critiqué par Diderot et Rousseau, discuté passionnément à travers l'Europe, admiré encore au siècle suivant (Stendhal : « Helvétius m'a ouvert la porte de l'homme à deux battants »), et, pour l'époque, d'une audace intellectuelle bouleversante. Helvétius vide le ciel de toute divinité et dépouille l'homme des oripeaux rassurants de la vieille morale judéo-chrétienne.

La personnalité de l'auteur ajoute au scandale de ses idées. La Mettrie, que nous avons vu mourir d'un pâté en croûte à la cour de Frédéric, d'une originalité de pensée comparable à celle d'Helvétius, n'était jamais qu'un défroqué, un médecin chassé de Paris par ses confrères, un exemplaire de la savoureuse *ménagerie* du roi de Prusse. Claude-Adrien Helvétius appartient à Marie Leszczynska, dont son père (mort trois ans avant la parution de *De l'esprit*) était le premier médecin, lui-même exerçant auprès de la reine la charge honorifique de maître d'hôtel. L'auteur diabolique touche donc au parti dévot de la cour. Surtout, son ouvrage n'a pas été imprimé sous un faux nom dans quelque imprimerie étrangère ; il n'est pas diffusé en France par de furtifs colporteurs traqués par la police : approuvé par un censeur, il est publié avec le privilège du roi ! L'athée le plus décidé bénéficie du sceau du Roi Très-Chrétien !

Le censeur royal s'appelle Jean-Pierre Tercier.

Tout être a donc sa faille. Celui-ci, rompu depuis toujours au travail clandestin, tenant tous les fils du Secret, d'une prudence de loup, exhortant sans relâche les agents, ambassadeurs ou simples secrétaires, au respect des règles de sécurité ; et assurément l'un des hommes les plus chargés de besogne du royaume, avec sa fonction officielle de premier commis, la direction des relations avec plusieurs pays ; son activité secrète, les dizaines de pages de dépêches à chiffrer et à déchiffrer chaque mois, qui suffiraient à occuper à plein temps un agent diligent ; à quoi s'ajoutent ses activités d'académicien des Inscriptions et Belles-Lettres, ses recherches érudites, ses communications sur les sujets les plus divers : quel besoin a-t-il de coiffer, par-dessus ces trois casquettes, celle de censeur royal qui l'expose au risque d'une de ces polémiques publiques dont la république des lettres se trouve régulièrement secouée ? Il n'y a pas d'agent parfait.

Tercier est tombé dans une embuscade bien dressée. Depuis l'attentat de Damiens, l'édition connaissait des temps difficiles. En avril 1757, une déclaration royale promet la peine de mort aux auteurs, imprimeurs et colporteurs d'écrits séditieux. La guerre et la sympathie ostensible des philosophes pour Frédéric n'avaient rien arrangé. Une offensive s'organisait parallèlement contre les idées nouvelles avec la publication d'une série de pamphlets visant à discréditer ceux qu'on nommait déjà les encyclopédistes. Dans ce climat répressif, Charles-Georges Le Roy, lieutenant des chasses du parc de Versailles, décida de frapper un grand coup. Ami d'enfance d'Helvétius, lié à tout ce qui philosophait, rédacteur pour l'*Encyclopédie* d'articles relevant de sa spécialité (« Forêt », « Fermier », « Garenne »), il imagina de terrasser l'adversaire en faisant publier l'essai de Claude-Adrien avec privilège royal. Helvétius se fit un peu tirer l'oreille. Sans prévoir le moins du monde le scandale qu'il allait déclencher, il avait assez de bon sens pour comprendre que son ouvrage n'était pas de ceux qu'on soumet au visa de la censure. L'enthousiasme de son ami emporta ses réticences, et aussi le fait que Le Roy affirmait connaître le censeur idoine.

Dans une longue lettre justificative écrite à Louis XV au plus fort de l'affaire, qu'il renonça finalement à envoyer mais qui figure dans son dossier des Affaires étrangères, Tercier expose cette évidence : « Je ne suis lié avec aucun corps ni aucune société, passant ma vie au bureau ou dans mon cabinet. » Où trouverait-il le temps de mener une vie mondaine ? Il semble avoir quelque peu fréquenté chez le président Hénault, où il rencontra une fois d'Alembert, mais Hénault est l'un des piliers du cercle de la reine, qui protège Tercier en souvenir de Dantzig. Au reste, le premier commis ne s'intéresse pas plus que Charles de Broglie au mouvement philosophique. Le moins qu'on puisse dire est que les Lumières ne les éblouissent pas. Ils se tiennent à l'écart du siècle. Hommes du passé ? Immergés au contraire dans le passionnant présent, mais au point de ne pas voir s'avancer l'avenir. La bibliothèque de Tercier, riche de 3 570 ouvrages, atteste son peu de goût pour la polémique philosophique et les disputes de religion, qui entretiennent à l'époque une surabondante production éditoriale. L'histoire, la politique et le droit sont ses vrais centres d'intérêt.

Le Roy ? Il le connaît à peine : « Le sieur Le Roy, lieutenant de chasses, venait trois ou quatre fois par an voir ma femme. Souvent, je ne m'y trouvais pas, étant lors de ses visites au bureau ou dans mon cabinet. J'ignorais qu'il fût lié avec les encyclopédistes et qu'il eût fourni des articles à ce livre. » On ne saura jamais si Marie-Marthe Tercier a joué un rôle dans l'affaire. Elle devait avoir ses moments d'impatience envers son bourreau de travail, qui éprouvait sans doute lui-même quelque remords à faire mener à son épouse une vie si austère. Le Roy, de vingt ans plus jeune que Tercier, a peut-être trouvé en elle une alliée efficace. Le fait qu'Helvétius appartenait au cercle de la reine a aussi joué son rôle. Toujours est-il que Tercier, après avoir d'abord refusé d'examiner l'ouvrage en invoquant le manque de temps, finit par accepter d'être son censeur officiel.

Helvétius et Le Roy procédèrent avec habileté. *De l'esprit* se compose de plusieurs discours : « On m'apporta, écrit Tercier, le dernier discours, en me disant que les premiers n'étaient pas au net et qu'il était indifférent par où je commencerais, les matières étant différentes. Ce discours ne contenant rien de répréhensible, je le rendis. On m'apporta ensuite les autres en ordre renversé. On me les donnait par petits cahiers de trente pages environ. Je les trouvais le soir en revenant de chez le ministre. On me pressait de les rendre et l'on était quelquefois quatre ou cinq jours sans m'en apporter d'autres, ce qui fait que je n'ai pu voir ni le fil ni le principe de l'ouvrage, et que les idées se perdaient. » L'emploi de cette ingénieuse technique par les deux compères est attesté par Pierre-Michel Hennin, parent de Le Roy, secrétaire de Charles de Broglie pendant son ambassade en Pologne, que nous verrons très bientôt recruté par le Secret. Hennin, trente et un ans, juge bien aventureuse l'idée de Le Roy. Il lui est si évident que *De l'esprit* ne peut passer le cap de la censure qu'il a proposé de porter lui-même le manuscrit en Hollande pour l'y faire imprimer. Ami de Tercier, il l'avertit « que cet ouvrage fixerait l'attention du public, qu'il appartenait à un parti et que la sévérité était plus nécessaire que jamais s'il voulait se mettre à l'abri de tout reproche. » Mieux encore : Malesherbes, directeur de la librairie, responsable de l'édition en France, met en garde le censeur. Vaines précautions. Tercier recommande quelques coupures, discutées âprement par l'auteur, et finit par céder, de peur, selon Hennin, de « se donner la réputation d'un pédant vis-à-vis d'un homme du monde ». Et les deux complices ne cessent de pousser les feux. Tercier n'a pas trouvé le temps de parapher chaque page du manuscrit, comme l'y oblige le règlement ? Aucune importance : il visera les épreuves. Mais l'imprimeur oublie de les lui communiquer. « Lorsque le livre fut prêt, écrit Tercier, le libraire vint un matin avec de gros rouleaux sous le bras, me disant que puisque je n'avais pas paraphé le manuscrit, il fallait que je paraphasse l'imprimé et qu'il l'attendrait. Je lui dis que je ne le pouvais pas, ayant à faire au bureau, qu'il me le laissât et je le lui renverrais. Il me dit qu'il était extrêmement pressé de mettre en vente et me sollicita de le faire pour qu'il pût le remporter le soir. C'est mon malheur, car si je l'avais gardé deux jours, j'aurais vu ce que je n'avais pas pu voir. »

La distribution des premiers exemplaires suscite de tels remous que Malesherbes, inquiet, impose à Helvétius l'examen d'un second censeur. Rapide relecture. Quelques passages particulièrement sulfureux sont occultés par des cartons. Mise en vente à la fin juillet 1758. Scandale immédiat. La reine et le dauphin atterrés. Campagne de presse virulente. Suspension de la vente par Malesherbes. L'indignation ne naît point tant du contenu de l'ouvrage que de son approbation par un censeur royal. Et chacun de se défausser sur le malheureux Tercier. Malesherbes : « Le censeur n'est pas théologien par état, mais il passe pour homme de bien, homme éclairé, point léger, fait pour sentir les conséquences de ce qu'il laisse passer. » Helvétius, avec une hypocrisie exemplaire : « J'ai donné mon manuscrit muni d'une approbation donnée par un homme vertueux, sage, par un homme d'esprit et dont la place le mettait à portée de juger de cet ouvrage. Cette approbation n'a point été mendiée, mes intentions étaient trop pures pour que j'eusse recours à des moyens si bas. » Tartuffe ! Mais Hennin lui-même : « La faute du censeur n'était pas excusable ; c'était à lui à connaître le piège, supposé qu'il y en eût eu. » Hennin n'avait-il pas averti son ami du risque qu'il prenait ? La part faite à la rouerie des deux compères et à l'excès de travail dont était accablé Tercier, le faux pas reste inexplicable pour nous qui savons, contrairement au public de l'époque, à quelle école de prudence avait été formé le premier commis.

Le livre supprimé, l'affaire va-t-elle s'éteindre ? L'occasion est trop belle pour que le Parlement ne s'en saisisse pas. Il s'institue spectaculairement défenseur de la religion bafouée, mais Didier Ozanam voit dans son intervention la volonté toute corporatiste d'étendre le champ de ses compétences[1]. Pour le chancelier, chef de la justice, un ouvrage publié avec le privilège royal relevait de sa seule autorité et ne pouvait être poursuivi qu'à son initiative ; le Parlement prétendait au contraire avoir juridiction sans aucune réserve sur tous les livres publiés. Les parlementaires tendent habilement leur piège : ils suggèrent à Bernis, encore ministre, de leur faire présenter par Tercier une rétractation de son approbation. Les bons apôtres assurent qu'on assoupira ainsi une affaire déplorable. Bernis, convaincu de la bonne foi de Tercier, s'empresse d'attraper la perche qu'on lui tend. Malesherbes comprend aussitôt la manœuvre du Parlement, qui sera saisi de la propre initiative du premier commis, et s'insurge contre l'empiétement. Il allume un rapide contre-feu : son père, le chancelier de Lamoignon, fait imprimer, le 10 août au matin, un arrêt révoquant le privilège de *L'Esprit* et supprimant l'ouvrage, le soumet le soir même à la signature du roi, et le publie dès le lendemain dans Paris. Après avoir donné sa signature, Louis XV

1. *La Disgrâce d'un premier commis : Tercier et l'affaire de l'Esprit* (1758-1759), par Didier Ozanam, *in* Bibliothèque de l'École des chartes, tome CXIII, Paris, 1955. Est-il besoin de préciser que nous suivons ici pas à pas cette savante étude ? (Parmi ce qui nous appartient figurent bien entendu les hypothèses toutes gratuites et un peu calomnieuses pour la mémoire de Marie-Marthe Tercier sur le rôle qu'elle aurait pu jouer...)

envoie à son agent un billet rassurant ; il évoque d'abord quelques affaires — signe que celle de *L'Esprit* ne l'obsède pas — et conclut : « Continuez à me bien servir et laissez là l'approbation des beaux esprits, ce qui a achevé de bouleverser les têtes. Je suis content de vous : renfermez-vous dans votre besogne. » Ah ! si seulement Tercier avait su se renfermer dans sa vraie besogne !... Bernis s'y emploie, mais un peu tard, en lui interdisant « d'approuver aucun livre qui n'aurait pas un rapport immédiat à la politique ». On contraint enfin Helvétius à une rétractation humiliante : « Je souhaite très vivement et très sincèrement que ceux qui auront eu le malheur de lire cet ouvrage me fassent la grâce de ne point me juger d'après la fatale impression qui leur en reste. Je souhaite qu'ils sachent que dès qu'on m'en a fait apercevoir la licence et le danger, je l'ai aussitôt désavoué, proscrit, condamné, et ai été le premier à en désirer la suppression... Je n'ai voulu attaquer aucune des vérités du christianisme, que je professe sincèrement dans toute la rigueur de ses dogmes et de sa morale et auquel je fais gloire de soumettre toutes mes pensées, toutes mes opinions et toutes les facultés de mon être... » Il y aura trois rétractations successives d'Helvétius.

Rien n'y fait. Le feu provisoirement circonscrit côté Parlement se rallume côté Sorbonne. Le 1er septembre, la faculté de théologie désigne une commission pour examiner *De l'esprit*. L'archevêque de Paris renchérit. Il est en exil dans le Périgord, victime une nouvelle fois du jeu de bascule de la cour qui, dans l'affaire des refus de sacrements, frappe alternativement parlementaires et ecclésiastiques. Le Parlement, voyant entrer en lice son adversaire favori, reprend aussitôt l'offensive. Helvétius a réussi à mobiliser en sa faveur la Pompadour, mais le pouvoir de celle-ci, très suffisant pour faire tomber un ministre ou placer un protégé à la tête de l'armée, s'arrête à la porte du Palais de justice ; au moins intervient-elle à plusieurs reprises auprès du roi. Choiseul, qui a remplacé Bernis, est apparenté à la femme d'Helvétius : il s'efforce de limiter les dégâts. Son collègue Saint-Florentin, chargé des affaires du Parlement, donne tout apaisement : *De l'esprit* sera condamné, mais ni l'auteur ni le censeur ne seront nommés.

Le 22 janvier, le Parlement reçoit la troisième rétractation d'Helvétius, à laquelle a adhéré Tercier, et gagne ainsi sa bataille de compétence. Le lendemain, l'avocat général Joly de Fleury prononce un réquisitoire sanglant contre l'essai d'Helvétius, poursuivi en même temps que plusieurs autres publications, dont *La Religion naturelle* de Voltaire et les sept volumes déjà parus de l'*Encyclopédie* : « Le livre *De l'esprit* est comme l'abrégé de cet ouvrage trop fameux [l'*Encyclopédie*], qui dans son véritable objet devait être le livre de toutes les connaissances et qui est devenu celui de toutes les erreurs ; on ne cessait de nous le vanter comme le monument le plus propre à faire honneur au génie de la nation et il en est aujourd'hui l'opprobre. » Il dénonce avec solennité le complot formé « pour soutenir le matérialisme, détruire la religion, inspirer l'indépendance et nourrir la corruption des mœurs ». Mais si *De l'esprit* doit subir les rigueurs extrêmes de la loi, son auteur et son censeur peuvent bénéficier de l'indulgence de la cour en raison du sincère repentir qu'ils ont exprimé.

Helvétius, Tercier, leurs familles, leurs amis multiplient les démarches auprès des magistrats, comme c'est alors la coutume. Selon Hennin, Marie-Marthe constate avec étonnement que ce sont les juges les moins dévots qui la reçoivent le plus mal : née dans une famille d'avocats, elle devrait pourtant connaître les bœufs-tigres et leurs tortueuses stratégies. Pour faire bonne mesure, Tercier démissionne de son emploi de censeur. Le 6 février 1759, arrêt du Parlement. *De l'esprit* et plusieurs publications sont condamnés à être brûlés par la main du bourreau, ce qui sera exécuté le 10 sur les marches du Palais. L'*Encyclopédie* est renvoyée devant une commission pour plus ample informé. Quant à l'auteur et au censeur, « ayant égard aux requêtes des dits Helvétius et Tercier, et *usant à leur égard d'indulgence*, leur donne acte de leur désaveu et rétractation de toutes les erreurs dont le livre *De l'esprit* est rempli, et de la déclaration dudit Tercier qu'il n'entend plus à l'avenir examiner ni approuver aucuns livres ». Helvétius et Tercier échappent à une condamnation, encore que plusieurs juges aient opiné pour les faire décréter, mais, contrairement aux assurances données par Saint-Florentin et Choiseul, ils sont bel et bien cités dans l'arrêt.

Est-ce la fin ? Point encore. La Sorbonne condamne, et

aussi le pape, ce qui va de soi. Helvétius ouvre la porte à des sanctions plus effectives. Lui qui fut d'abord si hardi, puis si soumis, le voici qui regimbe et s'insurge contre la persécution. Il n'en peut plus de l'affreuse gymnastique reptative à laquelle on le contraint depuis six mois, de ces rétractations humiliantes qu'on lui impose à répétition. Il écrit à Voltaire des lettres amères où il annonce son intention de passer en Angleterre (avec laquelle nous sommes en guerre...), puisqu'on l'empêche de « penser librement » en France. Le roi s'en irrite. Le dauphin, chef du parti dévot, réclame des sanctions. La reine oblige son maître d'hôtel à vendre sa charge. Helvétius attendra la paix pour voyager. Il ira en Angleterre, puis à Berlin où Frédéric ne pouvait manquer d'inviter un libre penseur de ce calibre. Il s'enfouira enfin dans son bel hôtel de la rue Sainte-Anne, choyé par sa délicieuse femme, mais profondément amertumé, et ne publiera plus une ligne jusqu'à sa mort, en 1771, à l'âge de cinquante-six ans. L'ami Le Roy avait décidément donné un bien mauvais conseil. Voltaire était plus malin, qui se faisait imprimer clandestinement en Hollande et dénonçait avec véhémence à la police l'arrivée prochaine d'ouvrages que ses adversaires, avec leur perfidie coutumière, ne manqueraient pas de lui attribuer.

Tercier ? Choiseul le convoque dans son bureau au matin du 27 février 1759 et lui annonce que le roi le renvoie des Affaires étrangères.

*
* *

Le prétexte invoqué était pitoyable. Selon Choiseul, Helvétius, dans ses lettres à Voltaire, présentait Tercier « comme son ami ». L'un se trouvant dans l'obligation de renoncer à sa charge de maître d'hôtel, il était naturel que l'autre, « son ami », quittât ses fonctions aux Affaires étrangères. Le ministre mentait avec aplomb. Aucune des lettres d'Helvétius à Voltaire qui nous sont parvenues ne mentionne le nom de Tercier. Sans doute certaines ont-elles pu se perdre. Si c'est le cas, et si le nom de Tercier se trouvait dans quelqu'une, l'enquête la plus rapide aurait démontré qu'Helvétius pouvait appeler l'ex-censeur « ma dupe », mais certainement pas « mon ami ». Des relations amicales entre Tercier et un philosophe quelconque relevaient du même degré de probabilité qu'une correspondance affectueuse entre Choiseul et le général des Jésuites. Le secrétaire d'État des Affaires étrangères mentait encore quand il se référait à une décision du roi. Hennin : « Cette signification fut un coup de foudre pour le premier commis. Il eut recours à la reine, qui l'assura que le roi n'avait point donné de pareils ordres à M. le duc de Choiseul. Il n'était plus temps... »

Nul doute que les collègues de Tercier au ministère n'aient vu dans l'affaire l'occasion de se débarrasser d'un rival et de se partager ses dépouilles. Ainsi Bussy remontra-t-il à Choiseul que le fait de conserver un homme cité dans un arrêt du Parlement entacherait l'honneur du corps des premiers commis. Bussy, l'agent anglais ! le premier commis dont la trahison souille la diplomatie française tout entière ! On se méfie si peu de lui que, après lui avoir confié pendant la guerre précédente la mise au point d'une opération de débarquement sur la côte anglaise, on lui fait à présent préparer son passeport dans l'éventualité de pourparlers de paix avec l'Angleterre...

Mais qu'un Bussy eût suffi à convaincre Choiseul, Charles de Broglie n'était pas assez naïf pour le croire. Dès le lendemain de la révocation, il écrit au roi qu'elle le « fait violemment soupçonner que le secret de V.M. est découvert et que pour en détruire tout l'édifice on commence par éloigner le premier instrument dont apparemment on a su qu'Elle se servait ». À quoi Louis XV répond trois jours plus tard, le 3 mars : « Depuis l'approbation que Tercier a donnée à l'ouvrage *De l'esprit*, l'on a cherché un prétexte pour le renvoyer des Affaires étrangères. Le cardinal de Bernis dans ce temps-là en fut sur le point, mais se contenta de lui laver la tête. La Reine n'a pas voulu garder Helvétius dans sa maison, et M. de Choiseul a pris ce prétexte-là pour renvoyer Tercier ; moi je ne connais ni ne veux connaître que mon secrétaire d'État, ainsi je les laisse entièrement le maître de leurs commis. Voyez avec lui ce qu'il veut demander et comment continuer les affaires secrètes de la Pologne. J'ai été fâché pour lui de l'affaire où il s'est engagé, et d'autant plus que sûrement il n'avait lu ce livre de *L'Esprit* que très superficiellement. Je ne crois pas comme vous que M. le duc de Choiseul ait connaissance du secret... »

Le roi n'est donc pas dupe ; il utilise lui-même le mot « prétexte ». Tercier, revenu de sa stupeur, se rappellera certains indices révélateurs. Ainsi écrira-t-il à Durand, évoquant Choiseul : « À peine était-il en place qu'il me dit qu'il ne voulait pas entendre parler de la Pologne, savoir même si elle existait, et que cela était très clair... Lorsqu'il m'ôta ma place, il fit entrer dans ses prétendus griefs contre moi d'être dans des sentiments sur la Pologne dont il convient d'extirper jusqu'à la moindre racine. Il dit que M. le comte de Broglie y entretenait toujours la correspondance, qu'il est venu des gens de Pologne négocier avec moi. Pure fausseté ! » Toujours la Pologne... Comment ne pas voir, ici encore, la main officieuse de la Pompadour ? Le Secret, domaine réservé du roi, est le seul secteur du pouvoir échappant à ses envahissements. Faute de réussir à s'y introduire, elle s'acharne à le détruire. Elle a forcé Conti à rentrer au Temple, Broglie à quitter la diplomatie : l'élimination de Tercier achèvera de paralyser l'organisation secrète.

Sa haine pour Tercier éclate lorsqu'on en vient à discuter les conditions de sa retraite. Choiseul, simple exécuteur des basses œuvres de la marquise, avait annoncé au premier commis révoqué qu'il satisferait volontiers à ses requêtes. Le roi lui-même indiquait dans son billet à Broglie : « Voyez avec lui ce qu'il veut demander... » Ces attentions trahissaient quelque mauvaise conscience... Or, ce que souhaitait Jean-Pierre Tercier, ce n'était pas tant une bonne pension qu'un emploi et un témoignage de satisfaction ostensible « pour que le public voie qu'on n'est pas mécontent de ses services ». Broglie évoquera de son côté ce que « sa réputation et son amour-propre auraient à souffrir » si Choiseul refusait de lui donner satisfaction. Au siècle de la distinction, une catastrophe sociale ou professionnelle se lit d'abord dans le regard d'autrui. Les conséquences personnelles, pour dramatiques qu'elles soient, paraissent moins sensibles que la perte de considération. « Mépris du public », « humiliation profonde », « réputation abîmée » : ces expressions scandent en leitmotiv tout accident de carrière. Charles aura l'occasion d'en faire le plus ample usage. Tercier, pourtant si éloigné des vanités, n'échappe pas à la règle. La seule pièce de sa main concernant ses activités professionnelles conservée à son dossier des Affaires étrangères est une supplique adressée au ministre à l'occasion d'une querelle de compétence avec ses deux collègues premiers commis : elle évoque en termes véhéments l'abaissement insupportable de sa réputation aux yeux du public (« air de mépris », « humiliation ») si le conflit n'était pas réglé en sa faveur[1]. Après sa révocation et la démission forcée d'Helvétius, Barbier écrit : « Voilà des gens disgraciés et déshonorés. » Il ajoute d'ailleurs qu'« on a trouvé la punition de M. Helvétius et surtout de M. Tercier un peu rude » — Tercier qu'il qualifie d'« homme de mérite et très nécessaire dans son emploi ».

Jean-Pierre Tercier sollicite donc le titre honorifique de contrôleur général des postes et exprime le souhait de retourner au Cabinet noir, dont il a dû s'éloigner après la disgrâce du comte d'Argenson. La marquise intervient aussitôt pour décréter son veto. Elle accuse Tercier d'avoir communiqué à d'Argenson, à l'insu du roi, des informations obtenues grâce à son travail au Cabinet noir. Pure calomnie, Louis XV le savait mieux que personne. Il n'empêcha pourtant pas Choiseul, chapitré par la favorite, de refuser la grâce que sollicitait son agent. Le 11 mars, il écrivit à Tercier ce billet embarrassé : « M. le duc de Choiseul m'a proposé pour vous six mille livres, dont une partie réversible sur votre femme et vos enfants ; je veux bien ajouter trois mille livres sur le fonds extraordinaire de Pologne, ce qui, avec les six mille livres des Postes, vous fera quinze mille livres. Vu le temps, il m'est impossible d'aller

1. On a dit l'extrême maigreur de l'administration de ce temps-là. Elle va de pair avec une merveilleuse aversion pour la paperasse. Avant d'être premier commis, Tercier a servi comme secrétaire d'ambassade à Varsovie, puis, après sa longue captivité aux mains des Russes, il a joué un rôle important lors des conférences d'Aix-la-Chapelle : pas une pièce à son dossier pour marquer ces étapes. De nos jours, un huissier du Quai d'Orsay peut s'enorgueillir de posséder, après un mois de présence, un dossier plus épais que Jean-Pierre Tercier au terme de trente ans de carrière aux Affaires étrangères, dont dix au sommet de la hiérarchie du ministère.

plus loin. Comme vous êtes boiteux et que votre santé est dérangée, mon intention est que vous ne retourniez plus au cabinet [noir] ; je verrai avec Jannel si l'on pourrait vous donner le brevet que vous désirez, mais sans aucune fonction et seulement *ad honores...* » Pitoyable faiblesse de ce prince qui invoque la boiterie et la mauvaise santé de son agent pour masquer sa capitulation devant la volonté impérieuse d'une vieille maîtresse... Tercier n'aura même pas le brevet *ad honores*.

Pour sa pension, satisfaction complète : quinze mille livres par an, dont trois mille sur la caisse du Secret. Le traître Bussy, au terme de sa carrière, partira, lui, avec une pension de vingt-trois mille livres. Mais on vit fort bien avec quinze mille livres, même si le généreux Tercier, père de trois enfants, va prendre à sa charge la famille de son frère, aide-major à Philippeville, sur la frontière des Pays-Bas autrichiens, mort en cette funeste année 1759 en laissant une veuve et trois enfants. Il quitte Versailles et installe tout son monde à Paris, dans une maison sise cul-de-sac Saint-Hyacinthe, paroisse Saint-Roch, qu'il loue aux jacobins de la rue Saint-Honoré. Jean-Pierre Samoyault, archiviste-paléographe, qui a retrouvé l'inventaire des lieux, décrit un appartement témoignant d'une large aisance : « La "salle de compagnie" comprend plusieurs tables à jeu, un canapé, six fauteuils cabriolets et dix autres fauteuils de bois doré. La tenture de la pièce et la garniture des sièges est de damas de Lyon trois couleurs. Le parquet est recouvert d'un tapis de la Savonnerie, la cheminée est surmontée d'un beau trumeau "avec ornements dorés" et garnie de bras et d'une pendule "à œil-de-bœuf" portée par une figure d'Hercule en bronze. L'ensemble est prisé plus de cinq mille livres. Dans la chambre à coucher, on trouve entre autres une pendule de Baillon sur pied de marqueterie à fleurs, "une commode de bois satiné et marqueté à fleurs forme de Régence à deux grands tiroirs garnis d'une dentelle de cuivre doré" avec un dessus en marbre gris, deux lits jumeaux à colonnes et ciel à châssis impérial drapé de damas cramoisi [1]. »

1. *Les Bureaux du secrétariat d'État des Affaires étrangères sous Louis XV*, par Jean-Pierre Samoyault, « Bibliothèque de la Revue d'histoire diplomatique », Pédone, Paris, 1971.

Nous connaissons trop Tercier pour imaginer qu'il s'assiéra souvent à l'une des six tables de jeu de la salle de compagnie. Son séjour préféré restera son cabinet, car la catastrophe de la révocation n'a pas entamé sa boulimie de travail. Choiseul, bon bougre au fond, contraint d'obéir au doigt et à l'œil à la Pompadour mais très étranger à ses inextinguibles haines, va fournir en besogne un ex-premier commis dont il estime la compétence. A peine l'a-t-il congédié qu'il lui confie la tâche de rédiger une étude approfondie des relations franco-espagnoles depuis la Quadruple Alliance en 1718. L'ouvrage servira à la formation politique du dauphin, mais Choiseul compte bien l'utiliser pour le rapprochement qu'il projette entre la France et l'Espagne. Tercier se met à l'ouvrage avec tant d'enthousiasme qu'il rend son premier mémoire le 2 octobre 1759. Au total, il fournira *quarante volumes* (et il n'a pas encore terminé qu'il propose d'écrire une histoire politique du règne de Louis XIV !...). Plusieurs de ces gros ouvrages reliés dorment encore aux archives des Affaires étrangères. Après la mort de l'auteur, le responsable des archives découvrira avec douleur que les exemplaires recopiés par des commis à bonne plume ont disparu et que seuls restent au dépôt les originaux rédigés de la main de Tercier, « dont la lecture est presque impossible ». Comme nous le comprenons... Quoique aimant Jean-Pierre Tercier, nous devenions Pompadour face à son illisible écriture ; cet homme avait à peine besoin de chiffrer ses lettres. Un mot encore à propos des mémoires sur l'Espagne. La passion polonaise habite si fort l'auteur qu'elle fait irruption jusque dans un sujet pourtant bien éloigné de Varsovie. Trouvant l'occasion de glisser dans son exposé un plaidoyer pour la Pologne, il consulte Broglie : ne serait-ce pas forcer la note ? Une autre fois, il découvre qu'en 1733, année de la seconde élection de Stanislas, la reine d'Espagne, acharnée à caser ses enfants, envisageait une candidature de don Philippe ou de don Carlos. Tercier s'inquiète : la reine passait pour avoir l'esprit dérangé et il redoute, écrit-il à Broglie, que Choiseul voie dans le projet « une suite de toutes les chimères que l'on a imputées à la reine d'Espagne, et que, sur ce principe, il ne se confirmât de plus en plus dans l'idée où il est d'abandonner ce royaume comme quelque chose qui ne peut exciter [que] l'attention des gens à projets romanesques ». Ne vaut-il pas mieux passer l'épisode sous silence ? Consulté sur cette grave question, le roi répond : « S'il est parlé dans les négociations avec l'Espagne des démarches que la Reine d'Espagne avait faites en 1733 pour la Couronne de Pologne en faveur de l'infant don Philippe, vous ne pouvez vous dispenser d'en parler dans l'ouvrage que vous faites, mais sans réflexion qui ait lieu à la circonstance présente en Pologne. » Ils font tous trois penser à des maniaques redoutant d'être surpris en train de s'abandonner à leur folie douce...

*

* *

Le renvoi de Tercier devrait sonner le glas du Secret. Charles de Broglie, au lendemain de sa révocation, écrit au roi à propos des affaires secrètes : « J'avoue, Sire, que je ne conçois pas comment il sera possible de les suivre après la retraite de M. Tercier... » Son rôle était essentiel. Chargé de la correspondance ministérielle avec les ambassadeurs de France à Varsovie, Saint-Pétersbourg et Constantinople, il s'efforçait dans la mesure du possible de rapprocher diplomaties officielle et secrète, quitte à « interpréter » les instructions du secrétaire d'État. Mais le poste clef de premier commis présentait une utilité plus vitale encore : grâce à Tercier, le roi et le comte de Broglie avaient connaissance de toutes les dépêches échangées entre le ministère et les ambassadeurs ; ainsi pouvaient-ils se former une idée précise des intentions et instructions du secrétaire d'État, et adapter rapidement, le cas échéant, leurs propres directives à l'évolution de la situation. Tercier chassé de son emploi, le Secret se retrouvait aveugle.

Charles de Broglie imagina en une semaine une solution de rechange, mise au point par Tercier et acceptée par Louis XV. Les ambassadeurs et agents initiés devront désormais adresser à Tercier, par la voie secrète, copie de toutes les dépêches officielles échangées entre le ministère et eux. L'arrangement rend des yeux au Secret mais usera ceux de l'ancien premier commis : à Versailles, les spécialistes lui remettaient les dépêches des ambassadeurs déchiffrées et chiffraient les dépêches du ministre ; Tercier devra désormais procéder lui-même au déchiffrement de la double correspondance (par exemple Constantinople-Versailles, mais aussi Versailles-Constantinople). Fardeau écrasant, même pour celui que Broglie juge « plus laborieux qu'aucun homme que j'aie vu » et doué en vérité d'une extraordinaire puissance de travail. Il continuera comme par le passé à établir les codes de tous les agents du Secret, à opérer les virements financiers, à tenir les comptes, à rédiger les extraits de dépêches mis sous les yeux du roi et à préparer les réponses aux agents, mais consacrera désormais plusieurs heures par jour au déchiffrement. Le roi, toujours réticent à recruter un nouvel agent, ne l'autorisera à engager un secrétaire initié que sept ans plus tard... Au prix d'un gonflement de correspondance dangereux pour la sécurité et de retards déplorables (deux mois en moyenne pour que la copie d'une dépêche partie de Versailles revienne cul-de-sac Saint-Hyacinthe), mais grâce au dévouement de Tercier, le Secret peut continuer.

Pour quoi faire ? Réponse difficile, tant sont évidentes la débâcle du parti patriote et la décision de Choiseul d'abandonner la Pologne. Mais c'est la volonté du roi. Déconcertant monarque... Aux heures chaudes, quand son impulsion eût été nécessaire, nous l'avons vu inerte. À présent que le Secret paraît avoir perdu objectifs et moyens, que Tercier se retrouve à l'écart et que Broglie lui-même paraît très disposé à déposer le bilan, c'est le roi qui entend continuer contre vents et marées. Il l'affirme avec une netteté rare. À Tercier, le 22 mars, moins d'un mois après la révocation : « Je vous charge, Tercier, de continuer l'expédition de mes ordres secrets à mes ministres en Pologne, pour la négociation dont vous avez connaissance, ainsi que des autres parties qui peuvent y avoir rapport ; vous communiquerez le tout au comte de Broglie et vous vous concerterez avec lui sur les projets de réponse à leur faire. Je vous ordonne d'observer le plus grand secret sur toute cette affaire. » À Broglie, le lendemain : « Monsieur le comte de Broglie, mon intention étant de continuer en Pologne la négociation secrète que vous y aviez suivie pendant votre ambassade avec zèle et succès, je veux que vous en ayez la principale direction. En conséquence, j'ordonne au sieur Tercier, que j'ai chargé de l'expédition de mes ordres secrets à mes différents ministres qui peuvent concourir à cette affaire, de vous communiquer exactement tout ce qu'il recevra de relatif à cette négociation et de se concerter avec vous sur les projets de réponse à y faire, pour, après que je les aurai approuvés, en faire l'expédition. Votre attachement à ma personne m'assure que vous ferez un usage utile des connaissances que vous avez acquises dans cette partie, et que vous continuerez à observer le plus exact secret comme vous avez fait par le passé. »

Cette fois, les choses sont claires : Charles de Broglie reçoit la direction principale, avec Tercier pour adjoint. Le roi avait laissé du flou dans la hiérarchie après la première crise qui avait failli emporter le Secret — le retrait de Conti —, et l'équivoque aurait pu entraîner les pires conséquences si Broglie et Tercier n'avaient travaillé en parfaite harmonie, sans se soucier un seul instant de problèmes de subordination. Le roi, par son intervention, remet le Secret en ordre de bataille.

Le service, pourtant, a reçu une blessure intime dont il ne guérira pas. Louis XV a lâché Tercier. Sachant qu'on le renvoyait sur un mauvais prétexte, il a laissé faire. Un mot de lui, et Choiseul reculait. C'eût été vendre la mèche ? Peut-être, sans doute, mais si le roi s'obstine à penser que Choiseul ignore tout du Secret, comment peut-il croire que la marquise se trouve dans le même cas ? Son tenace travail de démolition s'explique-t-il autrement ? Prétexte pour prétexte, Louis XV pouvait invoquer les éminents services rendus par Tercier à son beau-père Stanislas (lequel, du fond de sa Lorraine, est intervenu vigoureusement pour son protégé en difficulté) ; il aurait eu l'appui inconditionnel de la reine, du dauphin, et Paris, s'il faut en croire Barbier, estimait assez le premier commis pour regretter sa révocation : cela faisait un fort parti pour s'opposer à la Pompadour. Le roi ne l'a pas voulu. « Moi, je ne connais ni ne veux connaître que mon secrétaire d'État ; ainsi je les laisse entièrement le maître de leurs commis. » Doctrine indiscutable : un premier commis est à la discrétion du ministre, qui peut nommer et renvoyer à son gré. Mais ce premier commis était le rouage essentiel du Secret.

Un agent exposé à tous risques ne peut tenir que s'il se

sait défendu bec et ongles par son chef. Charles de Broglie l'a compris d'emblée. Il n'y manque pas plus pour Tercier que pour aucun autre. Au roi, le lendemain du renvoi : « Il ne m'appartient pas d'ajouter à ceci aucune réflexion. Je dois seulement me contenter, Sire, de rappeler à V.M. le zèle avec lequel j'ai toujours été témoin que M. Tercier a eu l'honneur de la servir et de le recommander ainsi que toute sa famille à ses bontés. » Broglie joue son rôle. On peut considérer que le roi joue le sien en laissant sanctionner un agent fourvoyé dans une méchante affaire : partout et toujours, le pouvoir politique doit avoir le dernier mot sur les services. Mais l'ambiguïté qui fragilisera jusqu'à la fin le Secret réside dans le fait que Louis XV cumule les fonctions de chef véritable du service et d'autorité politique suprême. Broglie ne dispose d'aucune autonomie, même marginale. Il ne lui sera jamais permis de prendre une initiative sans en référer au roi. Il ne peut recruter qui que ce soit sans l'accord du roi. Pour augmenter de quelques centaines de livres le traitement d'un agent méritant, il doit supplier Sa Majesté d'avoir la bonté, etc. Aucun service secret ne peut agir ainsi ligoté. Il lui faut une marge de manœuvre pour ses opérations officieuses, tout en sachant que la foudre officielle le sanctionnera s'il commet la maladresse de se faire prendre la main dans le sac. C.I.A. et Maison-Blanche fonctionnent de nos jours selon la règle du « démenti plausible », c'est-à-dire que le service est libre d'engager toutes les opérations qu'il souhaite à condition de laisser au pouvoir politique la possibilité, en cas de malheur, de démentir de manière plausible sa participation à l'affaire.

Cinq mois avant la révocation, le 31 juillet 1758, rapportant à Louis XV l'état dépressif de Tercier, Broglie ajoutait qu'il avait sermonné le premier commis sur ce manque de confiance envers le roi, l'assurant qu'« il pouvait compter sur sa justice et sur sa bonté » et que Louis XV « ne le laisserait pas accabler par ses supérieurs, quand même ils découvriraient la confiance secrète et particulière dont il a le bonheur de jouir ». Prédiction infirmée. Après le renvoi, d'Éon écrit de Saint-Pétersbourg à Tercier : « Je ne puis vous dissimuler que votre retraite des Affaires étrangères avait cruellement affligé mon cœur et troublé mon esprit... » Chaque agent, et Broglie le premier, tout directeur qu'il est, sait désormais qu'en cas de coup dur le roi, vrai patron du Secret, ne lèvera pas le petit doigt pour le protéger.

*
*   *

Au plus fort de la tourmente, Charles de Broglie négocie une affaire délicate : son mariage avec Louise-Augustine de Montmorency-Logny. « On dit dans notre pays, écrit-il au grand-général Branicki, qu'il faut faire une fin : si cela est nécessaire, ce dont je n'étais pas trop persuadé, je n'en pourrais pas faire une meilleure, puisque je trouve en biens et en naissance tout ce que je pourrais désirer. » Superbe mariage en effet que celui-là, très supérieur à celui de son frère avec l'héritière Crozat, car Louise-Augustine, âgée de vingt-trois ans, est à la fois très noble et très riche. Elle appartient à une branche établie en Flandre de l'antique famille des Montmorency. Si beau mariage que la Pompadour, décidément inlassable, s'employa de son mieux à le torpiller. Charles, de son côté, éprouvant qu'un Broglie faisait petite figure auprès d'une Montmorency, utilisa sa liaison directe avec le roi pour solliciter les grâces susceptibles de rééquilibrer l'union. Le 3 février 1759, avec une exquise pudeur, il indique à Louis XV que la fiancée et sa famille « exigent jusqu'à présent deux conditions, dont l'une surtout, qui serait d'obtenir le même titre dont M. de Villequier vient d'être décoré... ». Villequier, à l'occasion de son mariage, a été créé duc à brevet, c'est-à-dire non héréditaire. Pourquoi pas ? Le fait que Victor-François, l'aîné, porte déjà le titre le plus élevé de la hiérarchie nobiliaire, ne vaut pas empêchement. Choiseul, duc tout récent, fera incessamment attribuer la même dignité à son cousin le comte de Choiseul, créé duc de Praslin, qui entrera grâce à lui au Conseil et deviendra secrétaire d'État. Mais rien ne sera refusé à Choiseul et à sa parentèle — distinctions, avancements, fabuleuses prébendes —, tandis qu'un Broglie... Le roi ne répond même pas à la première requête de Charles. La seconde exigence présentée par la demoiselle de Montmorency « consiste de faire passer sur sa tête pour son douaire les dix mille livres de pension que V.M. a eu la bonté de me donner à mon dernier retour de Pologne[1]... ». Il ne s'agit donc que d'autoriser la future épouse à percevoir la pension de Charles au cas où celui-ci viendrait à disparaître. Le roi, le 3 mars, répond assez rudement : « À l'égard de votre mariage, je n'assure les droits par une pension que dans le cas où le bien [la fortune] ne le peut pas, et le vôtre le peut, mais si vous veniez à être tué à mon service, j'aurais autant de soins de vos enfants que j'ai eu de vous autres. » Charles, le 6 mars : « Il ne me reste, Sire, qu'à mettre aux pieds de V.M. mes très sincères et très respectueux remerciements des nouvelles marques de bonté qu'Elle daigne me témoigner personnellement. »

Le mariage se fera quand même et sera célébré le 21 mars. Louise-Augustine rejoint Charles dans l'hôtel particulier, aujourd'hui disparu, qu'il a hérité de son père, entre les rues Saint-Dominique et de l'Université. Homme d'affaires avisé, le comte lotira le terrain d'un hectare et construira au fil des ans plusieurs hôtels qu'il louera ou vendra. Sa vie conjugale sera à l'image de celle de Victor-François : heureuse, sereine, sans histoire, et prolifique. Les enfants naissent en succession rapide : Louise, 1760 ; Philippine, 1762 ; Charlotte, 1763 ; Joseph, 1765 ; Amédée, 1766 ; Ferdinand, 1768.

La lune de miel fut courte : les opérations militaires reprenaient avec le printemps et Charles rejoignit l'armée dès le mois d'avril. Le maréchal de Belle-Isle lui interdisait toujours de rejoindre son aîné. Physiquement séparés, les deux frères n'en restaient pas moins étroitement solidaires. Avec sa nomination à l'ambassade de Pologne, puis son cordon bleu, Charles avait quelque peu pris le pas sur Victor-François. Ses difficultés présentes faisaient repasser sur l'aîné les espérances familiales, et Charles, faute de pouvoir servir sous ses ordres, était en mesure de le bien servir

1. Le lecteur a compris que le mot « pension » peut désigner le traitement d'un « fonctionnaire » en exercice ou le montant de sa retraite lorsqu'il cesse son activité. Les pensions de cette espèce ne doivent pas être confondues avec les prébendes répandues sur les courtisans sans autre justification que le bon plaisir du roi, qui contribuèrent largement à épuiser le Trésor et discréditèrent la monarchie dans l'opinion publique.

grâce à son lien direct avec le roi. S'il s'accroche au Secret malgré l'abandon de la Pologne, ses déboires personnels, ceux de Tercier, c'est sans doute grâce à sa formidable énergie et parce qu'il gardera toujours l'espoir chevillé au corps ; c'est aussi que la correspondance secrète peut aider à pousser son frère vers les sommets de la hiérarchie militaire. Affecté à l'armée de Clermont, il a lancé, après le désastre de Krefeld, un ballon d'essai en glissant dans une lettre au roi que l'armée vaincue souhaitait voir remplacer le « général des bénédictins » par le maréchal d'Estrées, si fâcheusement limogé après sa victoire d'Hastenbeck, et voulait conserver Saint-Germain, qui avait tenu bon tant à Rosbach qu'à Krefeld, dont on annonçait le départ. Broglie terminait prudemment : « Il ne me reste, Sire, qu'à faire des excuses à V.M. de la liberté que je prends de l'entretenir sur des sujets qui ne me regardent pas directement, mais je me suis toujours persuadé qu'un sujet devait servir son maître en tout ce qui pouvait dépendre de lui et je crois que, dans cette occasion, il ne saurait rien y avoir de plus important que d'envoyer très promptement à l'armée M. le maréchal d'Estrées et d'y faire rester M. le comte de Saint-Germain. » Le roi n'avait pas cru devoir lui ordonner de se renfermer dans des questions intéressant le seul Secret.

La correspondance de Charles, de retour aux armées, roulera sans contrainte sur les chefs militaires en général et sur Victor-François de Broglie en particulier.

XXVIII

Bernis chassé du ministère pour cause de défaitisme et d'affaissement nerveux, Choiseul présenta aussitôt le contraste le plus roboratif. Il commença par signer avec l'Autriche un troisième traité dont le seul intérêt pour la France était de reporter après la guerre le paiement de l'arriéré de subsides. Pour le reste, les clauses ne pouvaient que satisfaire Marie-Thérèse : versement de deux cent quatre-vingt-huit mille florins par mois à l'Autriche, subsides à la Suède et au Danemark, mise en action d'une armée de cent mille Français en Allemagne. Il n'était plus question de céder les Pays-Bas autrichiens à l'infante de Parme, de sorte que la France, contrairement aux autres puissances engagées sur le continent, combattait sans aucun but de guerre effectif.

Pour Choiseul, le seul ennemi qui comptât était l'Angleterre. Sous la poigne de fer de William Pitt, celle-ci était presque asphyxiée par la pression fiscale, mais ne relâchait pas son effort et accumulait les succès outre-mer. Choiseul résolut de la frapper au cœur en procédant à un double débarquement en Écosse et dans le bassin de Londres. Le quitte ou double déciderait du sort de la guerre. « Si cinquante mille hommes périssent à la première expédition, écrira-t-il au comte Bernstorff, le Roi a signé la résolution d'en envoyer cinquante mille autres, et nous ne nous rebuterons pas, tant que nous aurons des hommes en France. » On était loin des gémissements de Bernis. Mais le langage le plus martial n'a pas la vertu d'assécher la mer, et le problème consisterait à amener jusqu'aux côtes britanniques les vaillantes cohortes dont le sacrifice était consenti avec ce bel enthousiasme. Le temps de rassembler l'armada nécessaire à l'opération, la campagne 1759 se jouerait comme les précédentes sur le continent.

Le duc de Broglie, dans une guerre presque toujours malheureuse, avait été l'un des artisans des rares succès et s'était montré exemplaire à Rosbach comme à Krefeld. Le soldat, qui se trompe rarement, car sa vie dépend de la valeur du chef, n'aimait que lui, Saint-Germain et Chevert — trois hommes à l'écart des coteries versaillaises. D'Estrées aussi, mais il était malade et ruminait amèrement son limogeage. Le maréchal de Contades, un médiocre, mais protégé par Pompadour, avait remplacé Clermont. Malgré Rosbach, Soubise gardait son armée puisqu'il était aimé du roi et de la marquise. Broglie servait sous lui en qualité de premier lieutenant-général. Ses bons services avaient été récompensés par le commandement de l'Alsace. Nul doute qu'il lui fut doux de récupérer une place que la disgrâce avait naguère ôtée à son père.

En avril 1759, Brunswick marche derechef sur le Rhin.

Grâce aux subsides anglais et aux renforts envoyés par Frédéric, il dispose cette fois d'une armée suffisante pour passer le fleuve en force et exploiter son succès. Soubise, qui n'a décidément pas le nez militaire, est en congé à Versailles. Le duc de Broglie commande par intérim. Il saisit aux cheveux l'occasion tant attendue et ne balance pas à se porter à la rencontre de l'ennemi. Décision risquée : les Français, qui se font habituellement étriller à deux contre un, se battront à peu près à un contre deux. Mais un Broglie ne doute de rien, et surtout pas de lui-même. Le petit duc dispose son armée autour du village de Bergen, tout près de Francfort, et attend le choc adverse. Il ne s'agira plus d'un engagement accessoire, car Brunswick, le meilleur général du roi de Prusse, arrive avec toutes ses forces.

La bataille eut un témoin indirect qu'on se permettra de citer un peu longuement, non point à cause de sa science militaire, car il n'avait que dix ans, mais parce qu'il s'appelle Goethe. Le jeune Johann Wolfgang prenait un intérêt d'autant plus vif aux événements qu'ils dressaient l'un contre l'autre ses parents, par ailleurs fort unis : son père ne jurait que par Frédéric, tandis que sa mère soutenait Marie-Thérèse avec fanatisme. Un officier supérieur français, le comte de Thorane, avait son billet de logement chez les Goethe, où le va-et-vient était incessant. « Je me rappelle, écrira Goethe trente ans plus tard, je me rappelle le prince de Soubise comme un grand seigneur d'une belle figure et du meilleur air. Mais le plus remarquable était le duc (plus tard maréchal) de Broglie, qui m'apparaît encore comme un homme jeune, de petite taille mais bien prise, d'une physionomie pleine de vivacité, et qui lançait tout autour de lui un regard étincelant d'esprit. Il venait souvent chez le lieutenant royal et on remarquait bien qu'il était question entre eux de choses importantes... Bientôt la nouvelle se répandit sourdement que les alliés [Hanovriens, Hessois et Prussiens] avançaient et que le prince Ferdinand de Brunswick venait pousser les Français de l'autre côté du Main. On n'avait pas grande idée des Français, qui ne pouvaient se vanter d'aucun succès dans cette guerre, et depuis la bataille de Rosbach, on croyait pouvoir les mépriser. On plaçait, au contraire, la plus grande confiance dans le prince Ferdinand, et tous les amis de la Prusse attendaient de lui avec impatience leur affranchissement du fardeau qu'ils supportaient. Mon père devenait plus serein, mais les soucis de ma mère s'accroissaient... Des troupes, de jour en jour plus nombreuses, ne cessaient de traverser la ville ; on apprit qu'elles se massaient à Bergen. Les allées et venues d'hommes, de chevaux et de voitures se multipliaient et notre maison était jour et nuit en rumeur. J'ai vu alors le maréchal de Broglie y venir constamment, toujours serein, avec sa physionomie ordinaire, et j'ai été heureux depuis de retrouver l'homme dont l'attitude avait fait sur moi une si durable et si favorable impression, environné dans l'histoire d'une véritable renommée. Enfin arriva, après une semaine très agitée, le vendredi saint de l'année 1759. Un grand calme annonça que l'orage approchait. On nous interdit, à nous autres enfants, de quitter la maison, mais mon père ne put tenir en repos et sortit seul. Le combat commença ; je montai à l'étage le plus élevé d'où je ne pouvais à la vérité voir la contrée, mais d'où je pouvais très bien entendre le grondement du canon et le bruit de la fusillade. »

Frédéric II, dans un style plus aride, raconte la suite dans ses Mémoires : « En approchant de Bergen, il [Ferdinand] crut n'y trouver que quelques bataillons qui, trop faibles pour lui résister, seraient obligés de se retirer, ou de mettre les armes bas s'ils étaient assez téméraires pour l'attendre. Dans le temps qu'il les faisait charger, M. de Broglie parut sur la hauteur derrière ce village, avec les brigades qu'il avait rassemblées des quartiers les plus voisins. L'attaque des alliés fut repoussée. Le prince d'Ysembourg, qui la commandait, y perdit la vie. Le prince Ferdinand se trouva dans la nécessité de soutenir une affaire qui était engagée ; il emporta, à la vérité, le bas du village de Bergen, mais la partie supérieure bien fortifiée lui opposa des obstacles insurmontables. Les troupes françaises chargèrent en même temps les alliés à propos et les contraignirent à lâcher prise. »

Victor-François avait sa gauche appuyée à des bois et couverte par une redoute. Sa cavalerie était au centre, protégée par un chemin creux. Le point faible était le village de Bergen, devant lequel s'alignait sa droite. Il massa derrière lui une réserve de quinze bataillons, invisibles de l'ennemi.

Ferdinand, comme prévu, lança son aile gauche, d'Ysembourg à sa tête, contre Bergen. Deux attaques échouèrent ; à la troisième, les alliés repoussèrent les défenseurs dans le haut du village et entamaient déjà leur conversion pour prendre de flanc la cavalerie française, lorsque Broglie lança sur eux la masse compacte de sa réserve. Son apparition inattendue les mit en débandade. Le prince Ferdinand, « voyant que son coup était manqué », écrit Frédéric, retraita à la nuit ; il laissait six mille morts sur le terrain.

Le duc de Broglie envoya le soir même au roi cette sobre dépêche : « Sire, rien ne doit être plus flatteur pour un des sujets de Votre Majesté que d'être assez heureux de lui apprendre le succès que ses troupes ont remporté aujourd'hui sur l'armée hanovrienne et hessoise, commandée par M. le prince Ferdinand. On ne peut rien ajouter à la valeur qu'elles ont témoignée. »

La journée désola M. Goethe, enchanta sa femme et son fils, et enthousiasma la France. Enfin un succès ! Barbier : « Cette victoire est d'autant plus importante qu'elle déconcerte tous les projets de l'armée des alliés pour la campagne, qui étaient de s'emparer de Francfort et de nous faire repasser le Rhin. » *Te Deum* à Notre-Dame, feu d'artifice à l'Hôtel de Ville, illuminations dans Paris, gravures célébrant « le vainqueur de Bergen », titre qui accompagnera Victor-François jusqu'au tombeau. Quatre canons de plus ornent l'entrée du château familial.

Bergen est du 13 avril. Dès la première semaine de mai, Barbier note dans son journal : « On a fait aussi courir le bruit que M. le duc de Broglie était disgracié, qu'il allait aux eaux d'Aix-la-Chapelle depuis sa victoire ; cela ne peut venir que de gens mal intentionnés. » Son incrédulité honore l'honnête chroniqueur, mais l'information n'est pas fausse. Le duc de Broglie n'a pour lui que ses succès, la confiance de la troupe, celle de l'opinion publique ; et contre lui Versailles. Le 19 avril, Belle-Isle lui reproche de s'être fait enlever un hôpital militaire et de n'en avoir pas rendu compte. Pure calomnie : aucun hôpital n'a été pris. La duchesse de Broglie présente au ministre un mémoire sollicitant le bâton de maréchal pour son mari ; elle est éconduite. Belle-Isle n'accorde même pas toutes les décorations et promotions demandées, selon l'usage, par le général pour les officiers qui s'étaient distingués à Bergen. Les victoires agacent et ennuient quand elles sont signées Broglie. Rien ne le démontre mieux que la très étonnante lettre écrite le 6 mai par la marquise de Pompadour à Mme de Lutzelbourg : « La bataille m'a fait grand plaisir. M. de Soubise avait si bien placé ses quartiers et choisi un si bon champ de bataille à Bergen que nous ne pouvions être battus. Mon seul regret est qu'il n'y ait pas été, le Roi l'ayant retenu auprès de sa personne. » Fallait-il que sa haine des Broglie fût aveugle pour que cette femme intelligente se donnât le ridicule d'attribuer la victoire à un homme qui était à cent lieues du champ de bataille...

*

* *

Vienne se comporte mieux que Versailles. Le 28 mai, l'empereur François, époux de Marie-Thérèse, crée Victor-François prince du Saint-Empire romain germanique. Ce titre magnifique était à la fois très recherché et un peu moqué. Il se transmettait en ligne directe aux descendants des deux sexes, contrairement à la règle française réservant la succession nobiliaire aux mâles. Toute la descendance de Victor-François aura donc droit au titre de prince et de princesse [1], et les chancelleries autrichiennes les appelleront « illustrissimes », « bien-aimés » et « chers cousins ». En France, les rigoristes réservaient cependant le titre aux seuls princes du sang. Le protocole de la cour refusait les grandes entrées aux princes à titre étranger et laissait leur femme debout. Le titre de duc valait bien davantage, et il faut avoir oublié ces principes fondamentaux, brouillés par la démocratie, pour croire qu'un prince de Broglie se situe plus haut qu'un duc de Broglie, quand c'est évidemment l'inverse. Tout de même, on acceptait très volontiers la distinction conférée par l'empereur et son superbe diplôme manuscrit, relié en velours rouge relevé d'or.

La rigueur généalogique de Vienne étant proverbiale, les considérants du diplôme tombaient comme rosée céleste sur

1. C'est le cas des Broglie vivant aujourd'hui, puisqu'ils descendent tous, sans exception, de Victor-François.

les cœurs brogliens ulcérés depuis si longtemps par la mise en doute de la noblesse familiale : « Considérant donc de quel sang illustre, de quelle ancienne famille du Piémont est né le magnifique et bien aimé Victor-François, duc de Broglie ; certain, par des pièces authentiques, que non seulement cette illustre maison est l'une des sept familles d'antique noblesse qui fondèrent jadis la ville de Chieri, etc. », et le diplôme d'évoquer Aimonet de Castromonte de Brozzio, qui, l'an 1340, reçut de l'empereur Henri VII l'investiture de différents châteaux ; Ceccolo Broglia, autrefois souverain d'Assise ; maintes autres illustrations familiales ; sans oublier en fin de parcours « Charles, comte de Broglie, connu pour son ambassade en Pologne » et qui s'est « distingué pour sa valeur et la conduite prudente et courageuse qu'il a tenue dans les troubles qui agitent aujourd'hui l'Allemagne ». Du coup, Victor-François expédiera en Piémont l'abbé de Reverdis avec mission de « rechercher les documents relatifs à l'origine de sa famille ». (N'avaient-ils donc pas été remis à la chancellerie impériale, qui déclare se fonder sur « des pièces authentiques » ?) Les recherches dureront un an, lui coûteront vingt-deux mille lires, et le butin sera confié au généalogiste du roi pour qu'il écrive l'histoire de la famille, ce dont il ne s'acquitta pas.

*

* *

Barbier était bien informé : le vainqueur de Bergen et prince du Saint-Empire romain germanique prend les eaux d'Ober-Ingelheim. Il allègue sa fatigue. Au vrai, il est furieux. Contades, désireux d'encaisser les dividendes de Bergen, veut marcher sus à Brunswick, toutes forces réunies. Il obtient de la Pompadour et de Belle-Isle la fusion, sous son commandement, de l'armée de Soubise et de la sienne. Victor-François se voit proposer le commandement d'une réserve de dix-huit bataillons... Charles écrit coup sur coup trois longues lettres au roi pour protester contre l'injustice. Louis XV répond à la première par un billet reprochant au duc de vouloir lui forcer la main pour obtenir le bâton de maréchal. C'est ce que répandent la Pompadour et Belle-Isle dans les galeries de Versailles. Charles : « Je supplie V.M. de daigner nous prendre sous sa respectable protection et de ne pas ajouter foi à tout ce que le mensonge ne cesse d'inventer contre nous. La maladie du duc de Broglie n'est que trop réelle : le chagrin y a autant de part que les fatigues énormes de corps et d'esprit qu'il a eu à soutenir. Il ne tiendrait qu'à V.M. de détruire la cause principale de ses maux et j'ose lui avancer avec la plus grande vérité que c'est le vœu général de toutes les troupes et de tous les citoyens. » Sentant malgré tout le vent du boulet, il fait le voyage d'Ober-Ingelheim et convainc son frère d'accepter. « J'ose prendre la liberté d'avouer à V.M. que ce n'est pas sans peine que j'ai obtenu cette démarche de mon frère, parce qu'il est intimement convaincu qu'on ne cherche à lui donner cette réserve incapable de rien opérer de bon que dans l'espérance qu'il y recevra quelque échec. » Il faut admettre qu'on peut difficilement espérer gagner une guerre lorsque les rares généraux heureux sont limogés, comme d'Estrées, ou exposés, comme Broglie, à payer pour leur victoire comme s'il s'agissait d'une défaite. La bonne volonté de Charles lui vaut au moins la permission de rejoindre son frère, auquel il est adjoint en qualité de maréchal-général-des-logis, c'est-à-dire de chef d'état-major.

Brunswick recule devant des forces françaises supérieures du double — fâcheux présage. Le 1er août, il fait front et offre la bataille à Minden, sur les bords de la Weser. Broglie commande l'aile droite, chargée de lancer l'attaque. Contre toute attente, le prince Ferdinand prend les devants et lâche ses hommes sur le centre et la gauche, commandés par Contades, qui n'a pas eu le temps de mettre son infanterie en ligne et dont la cavalerie est aussitôt enfoncée. Broglie, isolé, bat en retraite en bon ordre. Brunswick regagne en quelques jours tout le terrain perdu.

L'armée maudissait Contades et réclamait Broglie. Paris ne pense pas autrement. Barbier : « Tout le monde attribue la perte de cette bataille à l'ignorance de M. le maréchal de Contades, en qui les troupes n'ont point de confiance, et qui n'a pas suivi les conseils de M. le duc de Broglie, lequel était éloigné avec sa division, et que l'on dit cependant s'être avancé à la nouvelle du combat, a conduit la retraite et a sauvé le reste de l'armée. » Battu par Brunswick sur le champ de bataille, Contades s'emploie à gagner contre Broglie sur le tapis vert. Dans un mémoire féroce, il accuse son subordonné d'avoir sciemment retardé l'attaque qu'il devait déclencher et de l'avoir laissé écraser sans lui porter secours. Broglie réplique par un mémoire également venimeux. Imagine-t-on cela chez Frédéric — dans n'importe quelle armée bien tenue ? Le Conseil se réunit le 12 août à Bellevue — chez la Pompadour... — pour trancher entre les deux généraux. Il paraît que les voix des ministres se répartirent à égalité entre Contades et Broglie, et que le roi fit pencher la balance en faveur du second. Le contraire eût révolté l'armée, indigné l'opinion. Barbier encore : « Le maréchal de Belle-Isle, dans ce Conseil, a parlé fortement pour M. le maréchal de Contades, qui est son homme. Mais le public et même les militaires regardent M. le maréchal de Contades comme fort mauvais général. On l'appelle en Cour *l'apothicaire*, parce qu'il en a la mine. Tout le monde a grande confiance au duc de Broglie, que l'on dit toujours avoir fait la retraite et avoir sauvé le reste de l'armée après la perte de la bataille. Ç'a été le bruit général. » L'opinion se durcit en septembre : « Il y a bien des mécontents, et l'on crie fort, tant contre Mme la marquise que contre M. le maréchal de Belle-Isle, qui déclare pourtant hautement qu'il ne connaît point particulièrement M. de Contades et qu'il n'a jamais servi avec lui. En sorte que M. de Contades est donc, dans le fait, le protégé de Mme la marquise de Pompadour, auprès duquel elle a engagé et déterminé M. le maréchal d'Estrées à se rendre, non pour lui ôter le commandement, mais pour l'aider de ses conseils, et, le tout, pour contenter le public. » Dérisoire manœuvre : le vieux et glorieux d'Estrées arrive à l'armée, applaudi par la troupe, mais refroidit son monde en annonçant qu'il ne vient que pour conseiller Contades, et achève de se perdre en imputant la défaite non pas au chef, mais à ses officiers et soldats... La moitié des officiers manquent au banquet offert en son honneur. « Cette grande considération pour le maréchal d'Estrées a dégénéré en murmures et en mépris. » Et Barbier de conclure : « L'on dit que Mme la marquise lui a fait faire cette démarche par politique, pour faire tomber la grande idée et la confiance que le public avait dans le maréchal d'Estrées. » Le meilleur lieutenant du roi de Prusse s'appelle décidément Pompadour.

Armée, public : tout pousse le vainqueur de Bergen au commandement suprême. Soubise, général malheureux mais citoyen lucide, et bon camarade, charge le vieux abbé, toujours trottant dans les couloirs de Versailles, de demander à Victor-François si, moyennant le bâton de maréchal, il accepterait de commander l'armée sous lui-même, Soubise, ou bien sous le jeune prince de Condé, voire en chef. Nul doute que les deux frères ont associé leurs lumières et leurs tempéraments pour rédiger la réponse, signée naturellement du seul Victor-François. Il était de notoriété publique que le comte, mieux au fait de la cour, conseillait le duc dans ses démarches et tenait volontiers la plume pour lui. De l'aîné, le prince de Montbarrey écrira dans ses Mémoires : « Il avait beaucoup plus de coup d'œil militaire que d'esprit ; admirable à la tête des troupes et le cul dans la selle, il s'en fallait qu'il eût autant de talent dans une discussion. » Ma foi, que demander de plus à un chef de guerre que d'être admirable à la tête de l'armée et le cul dans la selle ? L'ennemi, visiblement, restait insensible à la « politesse Rohan ». Mais de même que la fougue de Charles avait plus d'une fois froissé l'onction diplomatique, de même la dureté sarcastique de Victor-François lui vaut bien des antipathies. Si l'on ose cette image, le cadet vous prend aux épaules et vous secoue comme un prunier en essayant passionnément de vous convaincre ; l'aîné, à bonne distance, vous crie de sa voix de fausset (car il a une voix de fausset) vos quatre vérités, puis tourne le dos. Le feu et la glace.

L'entrée en matière est assurément de Victor-François. Rappelant Minden et ses lamentables suites, il enchaîne : « D'après cela, et d'après tout ce que j'ai vu depuis que je sers, de ce qu'a éprouvé mon père de tracasseries, de friponneries et d'obstacles, de ceux que j'éprouve moi-même, des vices de notre militaire, et des difficultés presque insurmontables pour y remédier, vous ne serez pas étonné, mon cher oncle, du peu d'empressement que je puis avoir de me trouver porté au commandement des armées. » Il continue par une analyse sévère de l'armée française, dont la principale faiblesse réside dans « l'ignorance totale, depuis le sous-lieutenant jusqu'aux lieutenants généraux, des devoirs de leur état ». Il rejoint ici toutes les têtes militaires un peu sérieuses du temps. Belle-Isle lui-même disait : « Je ne suis pas en peine du soldat, dont on fera toujours ce qu'on voudra. Ce sont les officiers particuliers qui ont contracté l'esprit d'indiscipline et d'insubordination. » Broglie stigmatise les capitaines qui prétendent savoir mieux la stratégie que le général, mais sont incapables de faire manœuvrer leur compagnie. En face, constate-t-il, la faveur ne décide pas de l'avancement et chaque officier connaît son métier. « Aussi, dès qu'on leur a indiqué le lieu où ils doivent se mettre en bataille et les points sur lesquels ils doivent se ligner, cela est exécuté en un clin d'œil ; pendant qu'il nous faut pour y parvenir des heures entières. » Réformer les vices de l'armée ? Travail de longue haleine qui ne se fera pas en temps de guerre. C'est dire si le duc souhaite peu l'honneur du commandement suprême. Au reste, « je suis persuadé que je n'aurai nul combat à soutenir pour m'en défendre, et qu'on ne pensera pas seulement à m'en charger ; et je tiendrais le royaume en grand danger s'il ne pouvait être sauvé que par moi » : voilà qui est du comte.

Commander sous Soubise ? Aucun problème avec Soubise, le plus honnête homme du monde. « Mais il a sa cour, ses amis à l'armée, et ses créatures à Paris. Je sais de quoi tout ce monde est capable ; je n'ignore pas tout ce qu'on a fait à l'armée pour me brouiller avec lui ; et je sais tout l'acharnement avec lequel on a travaillé, à Paris, à dénigrer les succès de Sonderhausen et de Bergen. » Cette phrase qui vise évidemment Belle-Isle : « Vous savez que de pareils personnages ont poussé l'horreur en Bohême jusqu'à chercher à faire périr l'armée pour perdre mon père. Il en est encore de tels, malheureusement pour l'État. » On n'a pas la mémoire courte, chez les Broglie... Servir sous Condé ? « Les mêmes raisons militent pour faire le même refus sous M. le prince de Condé. J'y en ajouterai encore plusieurs : l'incertitude du caractère de ce prince, sa jeunesse, les *espèces* qui entourent toujours les princes. Vous entendez tout cela à demi-mot ; ainsi je ne m'étendrai pas davantage. » Commander en chef ? Il a dit son peu de goût pour cette responsabilité. « Mais si j'y suis condamné, je ne vois de façon d'accepter le commandement qu'en l'ayant seul ; et comme je sens tout le poids de cette charge, je ne m'en chargerais sous aucun prétexte, qu'on ne me donne ce que je croirais me mettre en état de la moins mal remplir, et de suppléer à toutes les lumières qui me manquent. » La moindre condition est la liberté de choisir son état-major et ses officiers généraux. « Vous sentez bien aussi que, malgré tout cela, tant que le maréchal de Belle-Isle serait en place, il serait fol à moi de me charger du commandement d'une armée. Il a fait ses preuves de l'envie qu'il a de me perdre et du dessein où il est de perdre l'État, s'il le faut, pour y parvenir. Autant qu'il est mauvais général et malhabile ministre, autant est-il profond dans les intrigues. Je lui cède cet avantage, et jamais je ne me commettrai avec lui à ce genre d'escrime. » Pour finir, ces lignes dignes d'un vieillard revenu de toutes les illusions, mais surprenantes sous la plume d'un homme de quarante et un ans : « Je conclus de là que Dieu m'appelle au repos ; j'y ferai des vœux très ardents pour la prospérité du Roi, auquel je suis aussi attaché que vous, et je verrai avec bien de la joie que quelque autre, plus habile et moins contrarié que moi, rétablisse les affaires, et procure au royaume une paix qui lui est si nécessaire. »

S'agissant de ses neveux, le vieux abbé était partagé entre l'affection et l'irritation. Il s'affligeait de la roideur du caractère de l'aîné, et s'il appréciait la vivacité d'esprit du cadet, il ne lui pardonnait pas d'avoir gâché une carrière prometteuse dans la diplomatie en se passionnant sottement pour une Pologne qui n'intéressait personne. La lettre de Victor-François dut plonger dans la plus profonde perplexité cet homme rompu depuis si longtemps aux intrigues de cour. Il savait bien qu'on le chargeait d'en faire bon usage, car les longues considérations militaires n'avaient pas été écrites pour son édification personnelle, mais le vénérable Belle-Isle, ministre du roi, accusé froidement de vouloir perdre l'État pour assouvir une vengeance... Soubise et ses créatures à Paris... Les espèces dont s'entourent les princes du sang (dans le langage de l'époque, « espèces » signifie putains)... Le favoritisme, la gabegie et l'impéritie dénoncés à chaque ligne... Victor-François avait sans doute raison de considérer la guerre comme une affaire sérieuse, mais sa façon de le dire sentait plus son militaire que son courtisan. Comment le vieux abbé oserait-il mettre pareil brûlot sous les yeux du roi ?

Le roi avait vu la lettre avant l'abbé. Charles s'y était pris habilement. Excipant de l'impossibilité de risquer à l'aventure une lettre aussi importante que celle de son frère à son oncle, il avait annoncé à Louis XV qu'il prenait la liberté de la faire passer par la voie secrète en la chiffrant selon le code dont il usait avec son secrétaire Linau. Comme le roi, à qui Jannel ferait remettre le paquet, voudrait sans doute en connaître le contenu, Charles ordonnait à Linau de communiquer son chiffre à Tercier. Seule une prudence indispensable justifiait donc ce détour par le roi. « Je La [V.M.] supplie cependant, concluait Charles, de vouloir bien observer que mon frère écrit en toute confiance à son oncle, sans pouvoir se douter que cela sera vu de son maître, et qu'il lui parle avec liberté sur bien des points très délicats ; mais comme il parle en citoyen et comme un des plus fidèles sujets de V.M., j'ose espérer qu'Elle excusera ce que de pareils sentiments pourront lui faire dire de trop libre en faveur d'un zèle qui nous animera l'un et l'autre jusqu'au dernier soupir. »

Le 16 décembre, à Friedberg, Victor-François était à table avec son état-major quand on annonça un courrier de Versailles. Un convive : « Ce général, après avoir lu la dépêche, la remettait tranquillement dans sa poche, sans rien dire à personne, mais le chevalier Pelletier, lieutenant général et commandant de l'artillerie, qui était à côté de lui et qui s'était aperçu qu'il y avait sur l'adresse “À mon cousin le maréchal duc de Broglie”, ne put s'empêcher de se lever pour lui en faire son compliment. Toutes les personnes qui étaient à table en firent aussitôt autant, et cette agréable nouvelle ne tardant pas à se répandre dans toute l'armée, le nouveau maréchal reçut le soir même, à ce sujet, la visite des corps qui étaient le plus à portée de son quartier général. »

Bien joué. Le coup eût été périlleux si Louis XV n'avait été capable d'entendre les plus dures vérités. Avec tous les défauts qu'on voudra, il est intelligent et lucide, et accepte volontiers le langage le plus franc, du moment qu'il reste confidentiel. Ce qu'il abhorre, ce sont les mémoires largement diffusés, l'éclat public, tout ce qui trouble une opinion qu'il redoute parce qu'il n'en saisit pas les ressorts. Les frères Broglie devraient bien s'en souvenir. Malgré Pompadour et Belle-Isle, voici donc Victor-François maréchal de France. Le cri public a étouffé les intrigues versaillaises. Barbier constate : « Il y a apparence que l'armée française aura fait de grandes réjouissances à cette nouvelle du duc de Broglie. » Voltaire écrit à un ami : « Le maréchal de Broglie nous donnera des *Te Deum* et le plus beau de tous sera celui de la paix. » Le plus jeune maréchal depuis Gassion, mort en 1647. Et le troisième bâton, de père en fils, pour les Broglie ; le quatrième même, si l'on considère que seule la mort au combat a empêché François-Marie Broglia, le premier à servir la France, de recevoir celui qui lui avait été promis. Deux maisons françaises seulement peuvent se prévaloir de trois maréchalats successifs : les Montmorency et les d'Estrées. Joli palmarès pour une famille qui souffre d'un complexe de persécution et qui proteste sans arrêt qu'on l'humilie...

La nouvelle requinque les agents du Secret, qui en avaient bien besoin. Tercier avait approuvé l'épître fraternelle mise sous les yeux du roi : « Il ne se peut rien de plus digne, de plus modeste et de plus sensé que la lettre de M. le duc de Broglie. Que le Roi serait heureux et ferait de grandes choses, si tous ceux qui le servent pensaient et agissaient de la sorte ! » Et quelles perspectives la promotion n'ouvre-t-elle pas aux frères Broglie !... Tercier rapporte à Charles qu'un homme important lui a dit que « si M. le maréchal avait des succès, vous gouverneriez tous deux la France ». Pourquoi pas ? Victor-François à la tête du militaire, et Charles en charge de la diplomatie française. Les Affaires étrangères ? « Plus je me suis appliqué à cette besogne, répond Charles à son confident, plus j'en connais la difficulté : elle ne m'empêcherait cependant pas de la prendre, si le Roi me l'ordonnait, parce que je sais qu'on peut trouver de grands secours, et qu'avec de la bonne volonté et un travail continuel on vient à bout de bien des choses... » Châteaux en Espagne ? L'épée du maréchal tranchera.

*
* *

Tout va mal. Tandis que les armées françaises s'engluent sur le continent, l'Angleterre rafle la mise outre-mer, accomplissant la prédiction de Pitt : « L'Amérique sera gagnée en Allemagne. » Au Canada, où Londres jette renfort sur renfort, l'héroïque Montcalm tombe au combat ; ses troupes se battent à un contre huit ; Québec est prise ; Montréal devra capituler dans un an. La chute de Québec exalte l'Angleterre et lui fait oublier les extraordinaires sacrifices qu'elle s'impose depuis le début de la guerre. Guadeloupe, Dominique et Marie-Galante passent sous contrôle anglais. La Martinique suivra. Aux Indes, la flotte française, intimidée par la marine adverse, s'éloigne pour ne plus revenir, condamnant à brève échéance la poignée de Français qui se battent en désespérés.

Le débarquement en Angleterre ? Pitt lâche ses marins sur les flottes françaises. Boscawen échoue à empêcher l'amiral La Clue de sortir de Toulon, puis de franchir le détroit de Gibraltar, mais il l'attaque au large de Lagos, sur la côte portugaise, et le bat sans rémission. Conflans, sorti de Brest, rencontre Hawke, fait demi-tour, s'empêtre dans les récifs des Cardinaux et, attaqué par l'Anglais, s'enfuit après avoir perdu six vaisseaux. Plus que la supériorité numérique de l'adversaire, la nullité et la pleutrerie du commandement français ont déterminé la défaite. Avec une perte de vingt-neuf vaisseaux de ligne et trente-cinq frégates, la France n'a plus de marine opérationnelle. C'est le moment que choisit le gouvernement pour faire distribuer dans Paris une chanson, imprimée avant la catastrophe, célébrant la prochaine invasion de l'Angleterre :

Touchez tambours, sonnez trompettes,
Brave Français, aux armements,
Le Roi le veut, et qu'on s'apprête !
Il faut faire un embarquement.
Avec joie les drapeaux volants
Aux plus alertes,
Il faut voguer au gré du vent
En conquérant.

Que dira le roi d'Angleterre,
Que dira son fils Cumberland,
Quand ils verront tant de corsaires
Et tant d'illustres combattants ?
Leurs tambours battront aux champs,
Car dans la guerre
Ils avancent ordinairement
En reculant.

Dix couplets de cette veine cocardière. En même temps que la chanson, on vend un imprimé donnant le détail du corps expéditionnaire, avec description des régiments, énumération des pièces d'artillerie, et jusqu'au nombre d'apothicaires et d'aumôniers embarqués, ce qui constitue une innovation réellement sensationnelle, car on s'efforce habituellement d'envelopper de mystère une opération de débarquement. Et le tout quinze jours après que la flotte de Conflans s'est fait étriller ! « On ne conçoit pas, s'indigne Barbier, comment on a permis d'imprimer une pareille pièce, et encore moins de crier et vendre deux liards cette chanson, qui est indécente dans les circonstances de la nouvelle de l'échec qui est arrivé, le 17 de ce mois dernier [novembre], à la flotte de Brest... » On imagine l'énorme ricanement de Paris. Pitt lui-même n'aurait pas imaginé mieux pour dégoûter les Français de la guerre et de leur gouvernement.

Le trésor royal est à sec. Le mois de la catastrophe navale est aussi celui où le roi exhorte « ses bons sujets et les bons citoyens à porter leur vaisselle d'argent, soit plate, soit montée, à l'hôtel de la Monnaie ». La rumeur s'en était répandue, mais on refusait d'y croire, « un pareil expédient étant ordinairement la dernière ressource dans les calamités de l'État ». On en est là. L'injustice fiscale rend l'imposition toujours croissante insupportable à ceux qu'elle frappe. Des affiches anonymes annoncent que trois cent mille hommes, « avec un chef », sont prêts à prendre les armes si le clergé de France n'est pas imposé de cinquante millions. Rodomontades, mais qui indiquent un état d'esprit. La guerre parlementaire, menée avec un entrain, une imagination et une audace dont devraient bien s'inspirer les chefs militaires, paralyse le pouvoir. Cette année 1759, c'est le tour du parlement de Besançon de connaître l'exil pour s'être opposé par la force à la perception d'une nouvelle taxe sur les villes, mais il est soutenu par les autres au nom de l'« union des classes ». Pour apaiser les bœufs-tigres, Choiseul s'apprête à leur jeter en pâture les jésuites, dont les malheurs, conclus par l'expulsion finale, fourniront à l'opinion un feuilleton distrayant. Le duc de Croÿ, pourtant peu enclin au pessimisme, dresse de la situation « un tableau effrayant » : opérations militaires difficiles, déficit « prodigieux », cabale parlementaire, commerce extérieur anéanti par la guerre, commerce intérieur paralysé ; « les choses étaient au point que, pour la meilleure affaire, le Roi n'aurait pas trouvé un million sur son crédit ». Louis XV chasse imperturbablement, « n'est pas trois jours à Versailles dans la semaine », mais doit dix mois de gages aux gens de son écurie et de son équipage de chasse.

En somme, l'Angleterre exceptée, tout va mal pour tout le monde, mais celui qui va le plus mal est encore Frédéric. 1759 le met une fois de plus au bord de l'abîme. Le 12 août, l'armée russe de Soltikov l'écrase à Kunensdorf, près de Francfort-sur-l'Oder. Comme toujours, il est au cœur de la mêlée : deux chevaux tués sous lui, deux balles dans son uniforme. Point de retraite organisée, à la prussienne, car ses troupes se débandent. Il saisit un drapeau et crie : « Que tout brave soldat me suive ! » Le flot des fuyards l'emporte. Les Prussiens, qui se battaient à un contre deux, ont vingt mille hommes hors de combat. Frédéric reste quarante-huit heures dans un état de prostration totale, incapable de donner un ordre. Quand il se reprend, c'est pour écrire : « Cruel malheur, je n'y survivrai pas. Les suites de la bataille sont pires que la bataille. Je ne vois plus aucune ressource et, pour dire la vérité, je considère que tout est perdu. » Le prince Henri, son frère, évacue la Saxe, envahie par l'armée des Cercles. L'Autrichien Daun attaque en novembre. Le squelette d'armée de Frédéric manque de tout ; on y meurt de faim et de froid. Il détache Finck avec quinze mille hommes pour menacer Daun sur ses arrières et l'obliger à la retraite. Daun manœuvre Finck, l'encercle à Maxen et capture la totalité de son corps.

Frédéric n'en peut plus. Ses nerfs le lâchent. L'insomnie

l'épuise. Quand il parvient enfin à s'endormir, les scènes de sa jeunesse cauchemardesque hantent son sommeil. Il crache le sang. La goutte le ronge. Il évoque sans cesse son suicide et porte sur lui, attachée à son cou par un ruban, une petite boîte d'or contenant dix-huit pilules d'opium, « dose très suffisante pour s'en aller vers ces sombres bords d'où l'on ne revient plus ». Dans le livre qu'il lui a consacré, Pierre Gaxotte évoque en dix pages magnifiques ce Frédéric naufragé de l'espérance, parlant suicide et se battant toujours, héroïque au feu mais sanglotant dans la défaite, ouvrant d'une main tremblante la dépêche qui peut lui annoncer la nouvelle fatale, celle du « coup de grâce » qu'il attend à chaque instant, et se plongeant pendant ses quartiers d'hiver dans des programmes de lecture d'étudiant, faisant plus de vers qu'au beau temps de sa jeunesse. La poésie est le seul remède à ses angoisses. Elle lui restitue l'énergie. Il oublie alors les petites pilules accrochées à son cou et lance à l'Europe des défis insensés : « Il faut bon gré, mal gré, se jeter dans les grandes aventures et jouer à quitte ou double. » Curieux bonhomme.

*

* *

Voltaire, bien obligé, lui tire son chapeau : « Je vous le redirai jusqu'à la mort, content ou mécontent de Votre Majesté, vous êtes le plus rare homme que la nature ait jamais formé. Vous pleurez d'un œil et vous riez de l'autre ; vous donnez des batailles, vous faites des élégies : vous enseignez les peuples et les rois... » Le patriarche de Ferney (soixante-six ans), qui n'oublie pas l'humiliation de Francfort, fait profession de détester le roi de Prusse. Il tient en cage un aigle déplumé et, montrant à ses innombrables visiteurs l'animal héraldique de la Prusse, leur dit : « Voyez ce bec, voyez ces serres : *comme l'autre*. » Il possède aussi un singe très méchant qu'il appelle Luc, surnom qu'il donne à Frédéric, et quand ses correspondants se plaignent des confusions possibles, il précise : « Quand "Luc" désigne Frédéric, il faut lire à l'envers pour m'entendre. » Ainsi, chaque printemps, jubilation de voir tant de puissantes armées se mettre en marche pour châtier l'offenseur de

Francfort. Et puis, chaque automne, quand Frédéric est au fond du trou, remuement de l'âme à l'idée de voir disparaître le prince qui, un soir à Potsdam, baisa la main d'un poète. Entre eux, prestation de services réciproque, cynisme proclamé pour la galerie, trahison continuelle et fiel répandu à foison, mais leur liaison n'aurait pas survécu à tous ces assassinats si l'admiration et une vraie passion ne l'avaient point tramée. Criant hautement sa haine de Frédéric, Voltaire le veut vivant et roi. Il est convaincu que, s'il est capturé, on lui fera son procès de rebelle à l'empire et qu'il aura la tête tranchée. Potsdam l'emportant alors sur Francfort, il s'entremet pour un sauvetage. « Sire, écrit-il à Frédéric, il y avait autrefois un lion et un rat ; le rat fut amoureux du lion et alla lui faire sa cour. Le lion lui donna un petit coup de patte. Le rat s'en alla dans sa tanière, mais il aima toujours le lion ; et voyant un jour un filet qu'on tendait pour attraper le lion et le tuer, il en rongea une maille. »

Première tentative dès 1757. Kolin, où le roi de Prusse subit sa première défaite, fait danser de joie Voltaire. Mais, après la victoire des Russes à Grosz-Jaegersdorf et celle des Français au Hanovre, il tente de nouer une négociation entre Frédéric et son ami Richelieu. Versailles, convaincu d'avoir la victoire définitive à portée de main, refuse de suivre. Voltaire prend alors langue avec le cardinal de Tencin, archevêque de Lyon, ministre d'État sans en exercer les fonctions. Il faut que l'écrivain veuille sauver Frédéric, car Tencin, chez qui il s'est présenté après Francfort, l'a renvoyé sèchement : « Vous n'êtes pas bien avec la Cour, je ne peux vous garder à dîner. » Le cardinal forme avec sa sœur, religieuse défroquée, maîtresse, entre autres, du cardinal Dubois, Premier ministre du Régent, un couple équivoque dont Saint-Simon a laissé un immortel portrait. Voltaire partageait avec la Tencin de vieux et chauds souvenirs, puisqu'ils avaient été enfermés ensemble à la Bastille trente ans plus tôt : lui, après son aventure avec Rohan-Chabot ; elle, parce qu'on avait découvert à son domicile le cadavre d'un amant suicidé dans des circonstances bizarres. Mais Mme de Tencin avait fait au moins une bonne chose dans sa vie : d'Alembert, fruit d'une liaison avec le commissaire d'artillerie Destouches, dit Destouches-Canon, abandonné par elle à sa naissance sur les marches d'une église parisienne. Voltaire laisse entrevoir à Tencin la gloire, s'il réussit, de présider le congrès de la paix. Le prélat juge le plan admirable, s'ouvre à Versailles des propositions de Frédéric, transmises via la margrave de Bayreuth et Voltaire, mais reçoit de Bernis une lettre en forme de désaveu : « Votre Éminence répondra ce que sa sagesse et son expérience lui inspireront ; mais elle voudra bien ne pas oublier l'usage qui pourra être fait de sa réponse. » C'est que Rosbach est intervenu entre-temps et que Versailles, qui n'a pas voulu négocier dans la victoire, refuse de le faire dans la défaite. « On n'accommode guère les procès, commente Voltaire, que quand les deux parties n'ont plus d'argent pour plaider. »

En 1759, la situation de Frédéric apparaissant plus que jamais désespérée et ses adversaires épuisés n'ayant plus guère d'argent pour plaider, Voltaire se croise de nouveau pour la paix. Il la veut parce que la guerre dérange ses affaires, toujours plus considérables. La ruine du commerce l'atteint comme les autres. Le 5 janvier 1759, il écrit à un correspondant : « Les peuples seront-ils encore longtemps ruinés pour aller se faire bafouer, abhorrer et égorger en Germanie, et pour enrichir Marquet et compagnie, *et Pâris, et fratres, et qui rapuere sub illis*[1] ? » C'est oublier avec désinvolture l'origine de sa fortune, fondée grâce à Duverney sur les fournitures de guerre. Mais Voltaire écrit à présent des lettres comme celle-ci, du 17 mars 1759, au « département des finances du Palatinat » : « Lorsque j'eus l'honneur de placer cent trente mille livres argent de France sur les caisses de Son Altesse Sérénissime Électorale, elle eut la bonté de vouloir bien permettre que je fusse toujours payé des arrérages en argent de France, etc. ». (Ces lettres-là, il les signe volontiers : Voltaire, comte de Tournay [l'une de ses terres], gentilhomme de la chambre du roi ».) En temps de guerre, les Altesses Sérénissimes montrent de la réticence à rembourser... Il serait pourtant injuste de le réduire à ces inquiétudes d'argent. L'effusion de sang le bouleverse. L'horreur qu'elle suscite en lui imprègne toutes

1. « Et Pâris, et ses frères, et ceux qui ont volé sous leurs ordres » ; jeu de mot sur Pâris, héros de l'Antiquité, et Pâris-Duverney.

ses lettres. Gazettes, mémoires et journaux ne parlent que des heurs et malheurs des maréchaux, généraux, amiraux (et nous n'échappons pas à la règle) ; il voit, lui, les foules de pauvres diables tomber dans la boucherie machinale. Cette guerre coûtera à l'Europe un million d'hommes. L'émotion se double d'un scandale pour l'esprit. Comme presque tous les Français, il condamne une guerre conduite en dépit du bon sens. À son ami d'Argental (neveu de Tencin) : « Si vous avez de quoi bien faire la guerre, faites-la ; sinon la paix. » Leitmotiv de sa correspondance en 1759, relevée par le condiment d'un humour grinçant : « C'est l'*Encyclopédie* qui attire visiblement la colère céleste sur nous. Il faut que M. le maréchal de Contades et M. de La Clue aient fourni quelques articles à Diderot. » Au reste, il a tout prévu : la chute de Québec, l'échec de la descente en Angleterre, le désastre final aux Indes...

En avril, il reçoit un gros paquet contenant la production qui a distrait les sombres quartiers d'hiver du roi de Prusse — lettre affectueuse, oraison funèbre pour rire d'un maître cordonnier, épître en vers, et une ode sanglante intitulée *La Fuite des Français*, où se trouve cette strophe :

Quoi ! votre faible monarque,
Jouet de la Pompadour,
Flétri par plus d'une marque
Des opprobres de l'amour,
Lui qui, détestant les peines,
Au hasard remet les rênes
De son empire aux abois,
Cet esclave parle en maître !
Ce Céladon sous un hêtre
Croit dicter le sort des rois !

Voltaire panique. Le résident de France à Genève, Chauvelin, qui lui apporte le paquet, affirme qu'il a été ouvert. (Mœurs du temps : un diplomate français porte à un écrivain sentant le soufre le courrier du prince qui taille des croupières à nos armées... De même Voltaire reçoit-il à Ferney la visite d'Anglais circulant librement en France.) Il n'est pas question de corriger ces vers-là, qui lui feraient une nouvelle affaire avec la cour, et cette fois impardonnable pour un Louis XV si cruellement moqué. D'accord avec Chauvelin, Voltaire décide de se couvrir en envoyant le tout à Choiseul. Il répond à Frédéric que pour écrire des choses de cette force, « il ne faut pas seulement du génie, il faut être à la tête de cent cinquante mille hommes », et lui déclare qu'il a brûlé ses vers. En guise de consolation, un poème susceptible de plaire au roi de Prusse par plus d'un côté :

Héros du Nord, je savais bien
Que vous avez vu les derrières
Des guerriers du roi très-chrétien, etc.

Faute de pouvoir vaincre Frédéric avec l'épée, Choiseul décide de le tenir en échec la plume à la main. Il commande à un poète parisien quelques couplets vengeurs dont il s'attribuera la paternité. Les derniers vers donnent la tonalité générale :

Jusque-là, censeur moins sauvage
Souffre l'innocent badinage
De la nature et des amours.
Peux-tu condamner la tendresse
Toi qui n'en as connu l'ivresse
Que dans les bras de tes tambours ?

Si le roi de Prusse s'aventure à publier ses horreurs contre le roi de France et ses amours, on inondera l'Europe de la réplique et l'on verra si l'on ne rit pas plus des tambours que de la Pompadour. Voltaire applaudit. Il aime Choiseul, « homme de beaucoup d'esprit ». Il l'aime d'aimer les philosophes en général et le plus grand d'entre eux en particulier. Il le harcèle, comme tous les ministres, de demandes de grâces, faveurs, passe-droit, exemptions de taxes et d'impôts pour ses terres et ses entreprises. Le royaume de Ferney doit occuper le ministère français autant, sinon davantage, que celui de Naples ou de Danemark. Choiseul, de son côté, lui fait une cour assidue. Plus vif et plus clairvoyant qu'aucun de ses collègues, et que le roi surtout, il a compris que la maîtrise de l'opinion passe par « les philosophes ». Il se les concilie avec habileté, jouant délibérément — c'est une première dans l'histoire du gouvernement français — la carte de la popularité ; la suppression des Jésuites s'inscrit aussi dans cette démarche.

Rassuré sur son sort, Voltaire pousse ses pions : « Pour rendre la plaisanterie complète, j'imaginai de poser les premiers fondements de la paix de l'Europe sur ces deux pièces [de poésie] qui devaient perpétuer la guerre jusqu'à ce que Frédéric fût écrasé. » Le 6 novembre, à Frédéric : « Je vous ai trahi ; voici le fait. Vous m'avez écrit une lettre moitié dans le goût de Marc Aurèle, votre patron, moitié dans le goût de Martial ou de Juvénal, votre autre patron. Je la montrai d'abord à une petite Française minaudière de la cour de France, qui est venue, comme les autres, à Genève, au temple d'Esculape, pour se faire guérir par le grand Tronchin... Cette minaudière est la bonne amie d'un certain duc, d'un certain ministre... Elle fut enchantée, elle baisa votre lettre, et vous aurait fait pis si vous aviez été là. » Bref, Voltaire a transmis à Mme de Robecq, maîtresse de Choiseul, la lettre où Frédéric parlait politique. Quelques jours plus tard, grande missive à l'ami d'Argental. On la pourrait croire écrite trente ans plus tôt par le Voltaire si ardent à obtenir une mission secrète : même fougue de jeune homme, lestée par le poids de la maturité. « Mon cher ange, il faut la paix à présent, ou des victoires complètes sur mer et sur terre. Ces victoires complètes ne sont pas certaines, et la paix vaut mieux qu'une guerre si ruineuse... Le passé, le présent, et l'avenir, font frémir... On touche au temps de vérifier ce qui a été dit, qu'il y avait une puissance qui donnerait la paix, et que cette puissance était la misère... » Comment procéder ? « Quelquefois, quand on veut, sans compromettre la dignité de la couronne, parvenir à un but désiré, on se sert d'un capucin, d'un abbé Gauthier[1], ou même d'un homme obscur comme moi... Je ne dis pas que j'ose me proposer, que je me fasse de fête, que je prévienne les vues du ministère, que je me croie même digne de les exécuter ; je dis seulement que vous pourriez hasarder ces idées, et les échauffer dans le cœur de M. le duc de Choiseul. Je lui répondrais sur ma tête qu'il ne serait

1. L'abbé Gauthier s'était entremis en 1711 pour nouer des négociations de paix entre la France et l'Angleterre.

jamais compromis ; que je ne ferais jamais un pas ni en deçà ni en delà de ce qu'il me prescrirait. » Et de rappeler ses innombrables contacts en Europe, y compris en Angleterre, sa mission heureuse à Berlin en 1743 : « Toutes ces liaisons [me] mettent en droit de voyager partout, sans causer le moindre soupçon, et de rendre service sans conséquence. »

Frédéric accepte une correspondance secrète ; Choiseul aussi, mais en recommandant la prudence à Voltaire : « Prenez garde de ne rien mettre dans vos lettres qui puisse être communiqué ; car j'ai des certitudes physiques que cet honnête homme de Luc fait une gazette des confidences les plus intimes qu'il cherche à se procurer. » Aucun contact direct : toutes les lettres seront adressées à Voltaire, qui les communiquera à l'un et à l'autre. Comme le primesautier patriarche de Ferney veut de la fantaisie partout, il est convenu que Frédéric signera ses lettres « Mlle Pestris » — source d'innombrables plaisanteries sur les caprices de « la belle coquette » : « Je sais bien qu'elle est faite pour séduire, et qu'avec tant de beauté on n'attend pas d'elle beaucoup de bonne foi, etc. » Frédéric reste dans ce ton. Choiseul fait preuve de son habituelle franchise : « Il faut que Luc soit fol à mettre aux petites maisons de Vienne, s'il ne fait pas l'impossible pour engager l'Angleterre à faire la paix cet hiver ; car, sans cette paix, qu'arrivera-t-il ? Que la France fera la guerre, que, la faisant avec désavantage sur mer, elle tâchera de s'en dédommager par des efforts sur terre, qu'elle sera forcée de se lier plus fortement pour cet objet avec la Russie et Vienne, que Luc sera anéanti parce que sa puissance n'est pas une puissance de consistance... » Bien sûr, la correspondance subit les perfidies habituelles à Frédéric, qui transmet une lettre de Choiseul à Pitt, lequel se dépêche de la communiquer à Élisabeth, d'où un incident diplomatique entre Saint-Pétersbourg et Versailles...

Le plus épineux est ailleurs : comment contraindre à la négociation un roi de Prusse qui, au tombeau chaque automne, renaît chaque printemps de ses cendres ?

XXIX

À Saint-Pétersbourg, depuis que Bestoutchev méditait en Sibérie sur les dangers du double jeu, le marquis de L'Hôpital coulait des jours paisibles. Il cultivait l'amitié d'Élisabeth, se tenait à l'écart de la jeune cour de Catherine et de son mari imbécile, menait un train somptueux dont gémissaient ses ministres, soignait la goutte dont il était perclus, et se félicitait de posséder en Charles d'Éon le meilleur des secrétaires d'ambassade. L'intelligent jeune homme avait si bien conquis la cour impériale qu'elle voulut s'attacher ses services. L'Hôpital transmis la demande avec affliction, et Versailles y accéda à regret pour ne point contrarier la czarine, mais l'intéressé réconforta son monde en refusant tout net la proposition. « Je vous le dis, Monsieur, comme je le pense, écrivit-il à Tercier, navré de perdre un si bon agent, j'aime mieux ne posséder que de quoi vivre en France que d'avoir cent mille livres de rente à manger dans la crainte et l'esclavage... » Et au secrétaire d'État des Affaires étrangères : « Depuis que je suis à Saint-Pétersbourg, ma maxime est d'avoir toujours le dos tourné à la Sibérie, trop heureux que je suis de l'avoir échappée. » Le Secret ouvrait à la carrière de d'Éon de si brillantes perspectives qu'il eût été fou de les sacrifier au service d'une czarine dont la mauvaise santé inquiétait ses fidèles. Le chevalier vivait sur un grand pied et, toujours généreux, comblait de présents les femmes de ses protecteurs. La nouvelle maréchale de Broglie et la récente comtesse de Broglie, tout comme Marie-Marthe Tercier, recevaient de lui fourrures et paquets de thé de Chine venus par la caravane de Moscou ; et le vin de Bourgogne continuait de couler à flots sur les tables moscovites. C'était une bonne vie, même si les plaisanteries pénibles de l'ambassadeur sur les faiblesses de la « *terza gamba*[1] » de d'Éon devaient prodigieusement agacer ce garçon peu commode ; elles nous gâchent un peu la physionomie du vieux gentilhomme. Un autre inconvénient était

1. Troisième jambe.

la rudesse du climat : d'Éon affirmait que sa santé s'en ressentait.

Choiseul bouscula la quiétude de l'ambassade de France. Un an au ministère avait suffi pour dégonfler la baudruche guerrière. Lui aussi veut désormais la paix. Et comme il ne compte guère sur son badinage voltairien avec Frédéric pour y parvenir, comme les pourparlers secrets ouverts à La Haye avec l'Angleterre ne progressent pas et seront bientôt interrompus, il tente d'avancer du côté de Saint-Pétersbourg. Il n'a que méfiance pour la Russie, et certaines de ses dépêches à L'Hôpital, où il exprime le fond de sa pensée sur cet empire, pourraient être signées Broglie, mais pourquoi ne pas l'utiliser pour parvenir à la paix ? Le 8 juillet 1759, il envoie à L'Hôpital une longue dépêche exposant son plan : « La maison d'Autriche a beaucoup à espérer de la cour de Pétersbourg, et la Russie n'a rien à craindre et peu de choses à espérer de la cour de Vienne. C'est dans cet état que l'impératrice de Russie peut entreprendre, si réellement elle désire la paix, de jouer le rôle de médiatrice entre l'Impératrice-Reine et le roi de Prusse. C'est elle qui peut, sans crainte, faire connaître ses sentiments pour la paix, en même temps qu'en menaçant de ses armes elle fera parvenir ses sentiments au roi de Prusse. » Autrement dit, il compte sur Élisabeth pour modérer la fureur silésienne de Marie-Thérèse. Parallèlement, L'Hôpital devra se rapprocher de la grande-duchesse Catherine, qui n'a donné que trop de preuves de son anglophilie : on pourrait, par son intermédiaire, rechercher une ouverture à Londres.

Le comte de Broglie, informé par d'Éon de l'initiative ministérielle, y vit un nouveau danger pour l'affaire secrète. Seuls le renvoi de Tercier et son ascension personnelle à la direction complète du Secret lui avaient valu la révélation de la partie concernant la Russie, avec l'initiation vieille de quatre ans de Douglas, puis de d'Éon, et la décision d'entamer une correspondance confidentielle, gérée par Tercier et Vorontsov, entre Louis XV et la czarine. S'il accepta sans mauvaise humeur d'avoir été tenu à l'écart, en homme averti des nécessités du cloisonnement, et ne témoigna aucun dépit à Tercier d'avoir observé son devoir en gardant bouche cousue, toute espèce de rapprochement avec la Russie ne pouvait que l'alarmer pour sa chère Pologne. Il écrivit au roi dès le 2 avril 1759 : « Connaissant, comme je fais, le génie de la nation russe, le système du ministère de la cour de Pétersbourg, sa désunion, les intrigues qui l'occupent et les révolutions dont ce gouvernement est plus susceptible qu'aucun autre, j'avoue que je ne laisse pas d'entrevoir quelques inconvénients dans la confiance que V.M. pourrait accorder à M. le comte de Vorontsov et que les avantages qui en peuvent résulter, quoique considérables, me paraîtraient compenser à peine les risques qu'il y aurait à courir si la prudence et les lumières de V.M. ne dirigeaient pas cette correspondance dans laquelle, selon moi, on ne saurait apporter trop de précaution et de dextérité. » Sur sa suggestion, le roi accepte que Tercier rédige un mémoire à ce propos. Malheureusement pour la renommée posthume de l'ancien premier commis, plusieurs spécialistes de politique étrangère le jugeront sur ce mémoire et le trouveront incapable de vues d'envergure, paralysé par une prudence de rond-de-cuir. On y trouve en effet des phrases de cet acabit : « Cette correspondance ne peut être trop circonspecte et trop réservée ; on doit avoir les plus grandes attentions à ne pas s'avancer en employant cependant les expressions les plus affectueuses » ; ou encore : « Il serait bien avantageux d'engager les choses de manière à avoir le secret des autres sans donner le sien. » Pardi ! Le mémoire est l'œuvre d'un homme qui garde dans sa chair le souvenir d'une dure captivité aux mains des Russes, et qui, comme son inspirateur Broglie, ne vibre que pour la Pologne : comment attendre de ces deux-là un mouvement d'enthousiasme pour « le génie de la nation russe » ?

D'Éon reçoit du Secret mission d'entraver l'initiative de Choiseul, qui revient à faire de Pétersbourg l'arbitre de la paix et de la guerre. La chose ne lui est point trop difficile, car L'Hôpital ne se hasarde à rien sans prendre son avis. La patience n'étant pas le fort de Choiseul, l'inaction de L'Hôpital lui vaut, le 2 octobre, une lettre où s'exprime le tempérament de son ministre, dépourvu de toute hypocrisie diplomatique, et le cynisme jovial qui fait une grande partie de son charme : « Permettez-moi, mon cher marquis, de vous dire que vous vous amusez un peu trop à l'apparence de l'ambassade, et que vous ne vous occupez pas assez de la solidité. » Si L'Hôpital a des réserves sur les instructions reçues, « vous êtes trop bon serviteur du Roi pour ne pas l'avouer, et en ce cas, il vaudrait mieux que, sous prétexte de maladie, vous quittassiez l'ambassade que d'y être employé à une besogne de la bonté de laquelle vous ne seriez pas persuadé ; cet aveu de votre part ferait, je vous assure, autant votre cour au Roi que la réussite de ce que nous espérons de vos négociations. Madame la marquise de L'Hôpital m'a parlé du désir que vous auriez d'être duc ; je voudrais de tout mon cœur pouvoir vous servir. Mettez-vous à même, par les obligations que le Roi vous aura, de solliciter cette grâce. Je vous dirai simplement : il n'y a que deux moyens, ou de remplir les vues de la dépêche n° 48 [celle du 8 juillet] et de cette lettre particulière, ou de revenir. J'aimerais mieux le premier que l'autre. Mais le deuxième réussira aussi, si vous abandonnez promptement le premier, parce que certainement je représenterai que vous ne pouvez pas revenir sans récompense marquée. » On ne pouvait être plus clair ni plus complaisant.

Le cher marquis ne broncha pas. Il prévoyait de rester encore un an à son poste. L'espérance d'un titre de duc ne l'en fit pas démordre ; peut-être savait-il d'expérience le crédit qu'il faut accorder à une promesse de ministre. Un rappel était concevable, mais eût risqué d'indisposer la czarine, qui le traitait en ami. Fertile en expédients, Choiseul imagina de lui adjoindre une sorte de coadjuteur, un ambassadeur bis qui travaillerait avec lui plutôt que sous lui, et le remplacerait lorsqu'il demanderait son congé. Cela s'était déjà vu. Mais le choix du coadjuteur et les critères de sa sélection, sans précédent connu dans l'histoire de la diplomatie française, attestent la réelle originalité d'un ministre à nul autre pareil. Choiseul voyait en Catherine l'astre montant de la politique russe. Il rêvait d'un Poniatowski français. Son âge et ses infirmités rendaient L'Hôpital impropre à ce rôle ; le peu de goût de d'Éon pour les choses du sexe ne l'y prédisposait pas. Avec le même soin qu'il aurait mis à sélectionner un étalon pour son haras, Choiseul choisit le baron Louis-Auguste de Breteuil, cousin d'Émilie du Châtelet que Voltaire avait tant aimée. Son expérience diplomatique se résumait à une courte ambassade à Cologne, poste de troisième ordre, mais il était beau, grand, fort, colonel de cavalerie, et il avait vingt-neuf ans.

Choiseul lui expliqua sans ambages le rôle qu'il lui destinait. Breteuil venait d'épouser une ravissante jeune fille, qu'il semblait aimer beaucoup, mais s'il osa présenter l'objection, l'autre dut la balayer d'un revers de main. Le rappel de Poniatowski, imposé par la France, avait d'ailleurs été, selon le ministre, une erreur. Il connaissait trop le cœur humain pour ne pas savoir qu'une séparation forcée entretient l'amour au lieu de le détruire. Catherine, qui avait déjà fait la preuve d'un gros appétit sexuel, se serait lassée du Polonais comme des autres. Il avait donc décidé d'informer la cour de Saint-Pétersbourg que la France ne voyait plus d'inconvénient au retour de Stanislas-Auguste. Après le feu de paille des retrouvailles, la désaffection prévisible de la grande-duchesse donnerait à Breteuil toutes ses chances.

L'Hôpital, par son inertie, avait fait l'unanimité contre lui. Broglie, qui souhaitait le faire remplacer par un homme du Secret, écrivit à Tercier : « Il ne faut pas balancer à accorder à M. de L'Hôpital la permission de revenir, s'il la demande, et même il serait bon de la lui faire désirer. » Quant au roi, il confiait au même Tercier : « M. de L'Hôpital est bien cher à Saint-Pétersbourg. Il serait à désirer qu'il en fût déjà revenu ; mais l'embarras serait son successeur. » Choiseul le délivre de cet embarras. Broglie tente bien d'imposer Durand, « le meilleur instrument politique qu'on pût employer en Russie », écrit-il à Tercier, mais Choiseul était trop malin pour se laisser surprendre : il n'allait pas envoyer Durand à Pétersbourg dans le moment même où il avait décidé de l'évincer de Varsovie. Comme d'Éon demandait son rappel au motif d'une santé défaillante, qu'il comptait curieusement rétablir en allant guerroyer en Allemagne sous l'uniforme de lieutenant de dragons, Charles de Broglie tira la conclusion qui s'imposait : il fallait recruter Breteuil. Il le connaissait bien et l'appréciait pour d'autres qualités que celles qui intéressaient Choiseul.

Le beau baron reçut avec la surprise habituelle l'ordre du roi, en date du 26 février 1760 : « Monsieur le baron de Breteuil, sur les comptes avantageux qui m'ont été rendus de vous, je me suis déterminé à vous nommer mon ministre plénipotentiaire en Russie et à vous admettre à une correspondance secrète avec moi, que je n'ai jamais voulu qui passât par mes ministres des Affaires étrangères. Le comte de Broglie qui vous remettra cette lettre et le sieur Tercier en ont seuls la direction, et vous ajouterez foi à ce qu'ils vous diront de ma part. » Après avoir indiqué à Breteuil qu'il aurait à leur confier ses instructions officielles pour les mettre en mesure de dresser les secrètes, le roi concluait avec sa rigueur coutumière sur la sécurité : « Je vous recommande le secret sous les plus grandes peines envers qui que ce soit au monde, excepté le comte de Broglie et le sieur Tercier, et je compte sur votre fidélité et sur votre obéissance. » Le bonheur de Breteuil ne fut pas sans mélange. Il était ambitieux. La faveur de Choiseul lui valait une promotion éclatante. Choiseul lui-même grimpait avec vélocité au sommet du pouvoir. Broglie et Tercier jouissaient assurément de la confiance du roi et du privilège considérable d'une correspondance secrète avec lui, mais l'un avait été contraint de quitter la diplomatie et l'autre venait de se voir révoquer de sa place de premier commis. Le Secret, pour ses agents les plus éminents, faisait office de toboggan plutôt que de tremplin. Breteuil n'aura pas le dévouement absolu d'un Durand.

Il commença par rendre compte de ses instructions verbales, qui concernaient surtout Catherine. Broglie et Tercier furent à la fois effarés et choqués. Il y aura donc eu dans l'histoire deux chefs de service secret épris de moralité. « Qui sait d'ailleurs si ce projet réussira ? se demande l'honnête Tercier. Inspire-t-on de l'amour quand on veut en inspirer ? M. de Breteuil a une femme qu'il paraît aimer. Prendra-t-il une commission dont le principal point sera d'en aimer une autre ? S'il le tente et qu'il réussisse, l'Impératrice en sera piquée. S'il ne réussit pas, il sera méprisé par la grande-duchesse... » Charles lui répond en vitupérant Choiseul : « Je ne conçois pas comment une pareille idée peut entrer dans la tête d'un homme d'esprit, raisonnable et instruit. » On ne voit pas bien ce que l'instruction vient faire ici.

*

* *

Le marquis de Paulmy sera-t-il initié ? Paulmy, fils de l'ancien secrétaire d'État des Affaires étrangères d'Argenson la Bête, dont nous ne citerons plus le journal : il est mort en 1757 ; Paulmy, *ma petite horreur* pour la Pompadour, éphémère ministre de la Guerre, démissionnaire à la satisfaction générale, y compris la sienne, parce qu'il était si médiocre que même ses collègues s'en étaient aperçu. Choiseul l'a choisi pour l'ambassade de Pologne justement en raison de sa nullité. Point de tracas avec un Paulmy, grand seigneur paresseux, de santé précaire, cultivé mais incapable d'énergie.

Faut-il initier Paulmy ? Charles de Broglie servant en Allemagne, Tercier eut l'idée de soumettre le problème au prince de Conti. Le 9 juillet 1759, il rend compte à Broglie de la conversation. Le prince a tenu un discours démoralisant. Impossible de ne pas initier l'ambassadeur si l'on veut que l'affaire secrète continue de vivoter. Mais le recruter, c'est la certitude de voir découvrir le Secret. Paulmy a été ministre. Il sera scandalisé d'apprendre qu'on trompe le Conseil. D'une manière ou d'une autre, il avertira Choiseul, qui donnera sa démission. « Si on a besoin de ce ministre et qu'il soit soutenu, vous serez sacrifié ainsi que le comte de Broglie, qui se tirera toujours d'affaire d'une certaine manière ; mais pour vous il n'y a point de ressource. Le duc de Choiseul demandera qu'on vous exile sous le prétexte que ne pouvant pas mettre dans la gazette la découverte du secret et voulant instruire les Polonais qu'il n'y en a plus, on le leur apprendra de cette manière ; ainsi, ayant le plus joli état du monde, vous courrez risque de tout perdre et d'être malheureux le reste de vos jours pour avoir bien servi. » Le plus joli état du monde ? La formule se voulait peut-être ironique, s'agissant d'un homme tout juste révoqué. Jean-Pierre Tercier, stoïque, écrivit à Broglie : « Les réflexions de M. le prince de Conti sont bonnes mais elles ne m'effrayent pas. Il en arrivera ce qui pourra. Je servirai fidèlement S.M. Elle est juste et ne pourra pas me punir de l'avoir servie. »

Ici, un incident révélateur du fonctionnement du Secret et de la qualité des relations entre Broglie et Tercier. Dans sa lettre, ce dernier signale au comte qu'il a vu Conti sans en avertir le roi et lui demande de ne pas évoquer cette rencontre dans sa correspondance avec Louis XV. La réponse de Broglie, en date du 29 juillet, comporte ce post-scriptum : « Je vous avouerai, Monsieur, que j'ai été un peu étonné de savoir que M. le prince de Conti vous a envoyé chercher, de la conversation qu'il a eue avec vous, et de ce que vous n'en avez rien mandé au Roi. Je pense que vous ne pouvez vous dispenser de le faire afin que S.M. puisse juger du motif qui l'a engagé à vouloir vous parler, et vous envoyer les ordres en conséquence... Il faut observer une prudence à toute épreuve et ne faire aucune démarche sans l'approbation et la connaissance du Roi. » Tercier se justifie aussitôt : « C'est que, comme j'ai ordre de vous communiquer tout, ainsi que cela doit être, j'ai commencé par vous en informer afin de savoir vos sentiments, que j'attends pour former ensuite les mémoires que j'ai eu l'honneur d'annoncer à S.M. ; dans ce mémoire j'insérerai que c'est à l'occasion de cette conversation avec M. le prince de Conti, dont j'ai pris la liberté de différer de rendre compte jusqu'à ce moment. Je n'ai pas vu M. le prince de Conti depuis sa retraite que je n'en aie eu la permission de S.M. ou que je ne lui en aie rendu compte comme je le dois, ce qui n'a pas été, je crois, plus de quatre fois, au sujet des affaires de Courlande dont vous êtes informé. C'est ce que j'observerai toujours. »

Aucune initiative ni démarche à l'insu du maître. L'envie n'en doit pourtant pas manquer avec un roi parfois si détaché des choses. Quant au rappel à l'ordre adressé à Tercier, il ne signifie pas que Broglie prend avec lui le ton de la supériorité. Il ne le fera jamais. Il s'efforce au contraire, après le renvoi, de le réconforter par le sentiment de son importance occulte. Tercier à Durand : « M. le comte de Broglie prétend... que je suis une espèce de cinquième secrétaire d'État inconnu et que ceux qui ont voulu m'expulser mourraient de douleur et de rage s'ils en étaient instruits. » En vérité, les deux chefs du Secret, trop échaudés pour ne pas avoir une conscience aiguë des risques qu'ils courent, ne cessent de s'exhorter l'un l'autre à une stricte observance des règles de sécurité. C'est un peu « Ami, gardez-vous à gauche, gardez-vous à droite ». Ainsi Tercier, obsédé par les risques que les aléas d'une campagne militaire font courir aux papiers du Secret, harcèle-t-il le comte de conseils de prudence. Sa capture et celle de ses papiers seraient catastrophiques. Comme Tercier lui envoie des extraits des dépêches de Stockholm, Constantinople et Varsovie, les diplomates affiliés seraient compromis aux yeux de l'Europe. Broglie doit absolument brûler les lettres. La prise par l'ennemi des bagages du prince Xavier de Saxe, qui sert dans l'armée française, accroît encore ses alarmes : « Au nom de Dieu, Monsieur, brûlez toutes mes lettres après en avoir fait, si vous le voulez, des extraits, mais de manière qu'on ne voie pas qu'elles viennent de moi. La prise de la cassette du prince Xavier me fait toujours trembler. »

Initier Paulmy ? Le roi est contre, comme toujours. Broglie hésite, connaissant l'homme. Il écrit à Tercier : « Je crains cependant que celui-ci, dont la santé est très délicate, dont le caractère penche à la vie sédentaire et un peu philosophique, et dont la figure n'annonce rien de noble ni de militaire, n'ait besoin de beaucoup d'autres talents pour remédier à ces défauts naturels. » Il redoute surtout le goût de l'intrigue de cour que Paulmy a pris de son oncle, le comte d'Argenson. Tercier, quoi qu'il en ait, doit ruminer les sombres prophéties de la Cassandre du Temple. Par bonheur, Choiseul les tire d'embarras en donnant Pierre-Michel Hennin pour premier secrétaire d'ambassade à Paulmy. Il a joué le même rôle, mais en second, sous le comte de Broglie de 1752 à 1754. Grand voyageur, il a ensuite obtenu du comte un congé de deux ans mis à profit pour visiter Berlin, Hambourg, Copenhague, Stockholm et Dantzig. Rentré précipitamment à Dresde dès le début des hostilités, il a vécu les heures chaudes de l'invasion prussienne. Charles, contraint au départ, l'a laissé sur place ; il s'est bien tenu face aux autorités d'occupation, jusqu'à son inévitable expulsion. Voyages en Hollande, en Italie, en Suisse. Il a trente et un ans. Fils d'avocat, avocat lui-même avant d'entrer comme commis aux Affaires étrangères, il est cultivé, grand liseur, en correspondance avec Voltaire, lié à tout ce qui philosophe, comme on l'a vu au moment de l'affaire Helvétius. De là peut-être son choix par Choiseul : il n'a pas le genre Broglie. Le duc se trompe. Quand Charles juge un homme digne d'être recruté, il se soucie peu de connaître son sentiment sur l'existence de Dieu. Avec un Hennin initié, « on aurait, confie Broglie à Tercier, la copie de tout et on pourrait même abreuver l'ambassadeur de maximes qu'il est désirable de lui voir adopter ». Du camp de Wolfhausen, où il se trouve à l'automne 1759, il écrit à Hennin : « Pendant le temps que vous avez été auprès de moi, Monsieur, pendant mon ambassade en Pologne, vous avez pu vous apercevoir d'une correspondance particulière à laquelle vous n'aviez aucune part. Je vous connaissais trop peu, alors, et vous étiez trop jeune pour vous donner la préférence sur des personnes d'un âge plus avancé. Mais la prudence que j'ai reconnue en vous depuis ce temps-là, et les principes d'honneur et de probité dont je sais que vous êtes rempli, m'ont engagé à proposer à S.M. de vous honorer d'une marque de confiance la plus distinguée en vous chargeant personnellement de cette même correspondance secrète qui m'était confiée, dont l'objet subsiste toujours ; des motifs particuliers empêchent de la faire passer par M. le marquis de Paulmy, dont la principale [*sic*] est la crainte que sa mauvaise santé ne lui permette pas de rester longtemps chargé de l'ambassade de Pologne, moyennant quoi S.M. a regardé comme inutile d'admettre une personne de plus au secret, et elle est persuadée, sur les comptes que j'ai eu l'honneur de lui rendre, que vous pourriez, en vous concertant avec M. Durand, remplir sa volonté comme M. le marquis de Paulmy pourrait le faire lui-même. » Hennin doit s'appuyer sur Durand, « que vous devez regarder comme un ami, et comme le meilleur modèle et conseil que vous puissiez prendre ». Tercier lui remettra « l'ordre de S.M. pour ne parler à qui que ce soit qu'aux personnes indiquées du secret que [S.M.] daigne vous confier. Je n'ai pas besoin de vous représenter, Monsieur, toute l'étendue de votre devoir dans cette occasion. Je suis sûr que vous en serez pénétré ainsi que de la plus respectueuse reconnaissance, et que rien au monde ne sera capable de vous faire commettre sur ce point la plus légère indiscrétion. Je dois cependant vous prévenir que le secret de S.M. fait depuis longtemps l'objet de la curiosité de bien des personnes, même de ses propres ministres, que quelques-uns en ont du soupçon, ce qui fait qu'ils prennent souvent des tournures pour le découvrir... »

Pierre-Michel Hennin, à l'image de Durand, sera d'une fidélité inébranlable.

*
* *

Durand ? Le 3 avril 1760, étant à table avec Broglie, Choiseul lui annonce tout à trac, guettant sa réaction, qu'il a décidé de le rappeler. Charles ne bronche pas. Il sentait venir le coup depuis des mois et en avait averti le roi dès le 12 février. Les dépêches de Choiseul exprimaient clairement sa volonté de neutraliser Durand : « Le Roi vous demande d'éviter avec le plus grand scrupule de prendre aucun parti et m'a chargé de vous ordonner de sa part de jouer un rôle purement spéculateur et passif... L'intention de S.M. n'est point que vous donniez au comte de Brühl aucun sujet de se plaindre. » Le ministre interdisait à Durand « toute correspondance avec les ministres du Roi en pays étranger », preuve qu'il nourrissait au moins des soupçons sur l'objet de la correspondance entre Varsovie, Stockholm et Constantinople. Le résident s'était incliné, avertissant simplement Choiseul de « ne point lui imputer les suites qui pourraient en résulter ». Grâce à Hennin, Charles de Broglie sait les confidences de Choiseul à Paulmy. Choiseul a confié « qu'il croyait apercevoir dans la conduite de M. Durand une continuation des principes du comte de Broglie, et ajoutant qu'il fallait couper le fil de cette trame ». Broglie commente amèrement pour le roi : « Ce fil n'est malheureusement que trop coupé, et je crains bien qu'incessamment il ne soit absolument impossible de le renouer... » Louis XV, par un billet du 5 avril, se justifie par son obsession de la sécurité : « Si j'avais contredit le retour de Durand, cela aurait donné du soupçon à M. de Choiseul, et mis sur les voies de découvrir ce qu'il ne sait certainement pas. » Certitude justifiée ou politique de l'autruche ? Ni Broglie ni Tercier ne partagent sa confiance. Si Choiseul ne se doutait de rien, pourquoi rappellerait-il Durand ? Comme d'habitude, Broglie soutient ses agents ; il demande au roi une lettre ordonnant à Durand de remettre les papiers du Secret à Hennin, et ajoute : « Je La supplie de trouver bon qu'il se trouve dans cette lettre quelque marque particulière de la bonté de V.M. pour lui et de la satisfaction qu'elle a de ses services : outre qu'il s'est conduit de façon à s'en rendre digne, rien n'est plus propre à exciter le zèle et à soutenir la fidélité de ceux qu'il Lui plaît d'employer dans le même genre et qui se trouvent exposés aux mêmes inconvénients. » Le roi s'exécutera.

Lors du même repas du 3 avril, Choiseul avait annoncé à Broglie qu'il venait de lire au Conseil les instructions données au marquis de Paulmy. Le roi commente dans son billet du 5 : « Il est très vrai que M. de Choiseul a lu au dernier Conseil les instructions pour M. de Paulmy. Elles promettent protection aux Polonais pour la liberté du choix de leur roi, et peu d'argent, et en cela je ne puis le désapprouver, car le temps ne le permet pas. »

Louis XV se moque du monde. Caractériser les instructions données à Paulmy par le souci des libertés polonaises relève de la plaisanterie de mauvais goût. Il faut citer ces instructions mémorables, et même historiques, car elles sonnent le glas d'une nation. Choiseul écrit : « On a suivi par le passé à l'égard de ce royaume une conduite très coûteuse à la France, et qui n'avait d'autre fondement que le préjugé d'un ancien usage. On a traité avec la couronne de Pologne comme avec les puissances qui ont un gouvernement réglé, et dont on peut craindre ou espérer quelque influence dans le corps politique de l'Europe, ce qui est une erreur manifeste. » Puis des développements à la vérité justifiés sur les infirmités de la Constitution, l'impuissance du roi de Pologne, l'éloignement géographique de la France. « D'après ces réflexions, il est constant que la conduite passée de la France en Pologne a été très inconséquente vis-à-vis d'un gouvernement qui ne peut être considéré que comme une anarchie ; mais comme cette anarchie convient aux intérêts de la France, toute sa politique à l'égard de ce royaume doit se réduire aujourd'hui à la maintenir, et à empêcher qu'aucune puissance n'accroisse son domaine aux dépens de la Pologne. »

Pourquoi la France a-t-elle soutenu « une faction » ? « À cause des différentes circonstances que l'alliance de S.M. avec le roi Stanislas avait fait naître, et encore plus parce que chaque ministre français en Pologne avait trouvé plus agréable de faire de son ministère une petite souveraineté. » Cette pierre jetée dans le jardin de Broglie, il indique à Paulmy la conduite à tenir avec les Polonais : « Le sieur marquis de Paulmy ne pourra trop les exhorter en général, et particulièrement ceux qui se donnent le nom de patriotes, au parti de la modération, nommément sur tout ce qui concerne la Russie. » L'anarchie est-elle au moins une fatalité dont on prend acte avec chagrin ? Point du tout. Évoquant l'éventualité d'une confédération, seul moyen de sortir de la paralysie entraînée par le *liberum veto*, Choiseul prévoit qu'elle pourrait « détruire l'aveuglement du gouvernement et lui donner de la consistance ; or comme le premier point d'instruction qui doit être la base de la conduite de l'ambassadeur du Roi est de maintenir l'anarchie », Paulmy s'opposera par tous les moyens à la formation d'une confédération !

Tournant historique. Il y avait la guerre et les « nécessités de l'heure ». Elles avaient imposé à Bernis de mettre Varsovie entre parenthèses. Même un partisan aussi fanatique que Charles de Broglie en avait pleinement conscience. Il écrira bientôt à Tercier : « Je crois pouvoir conclure que nous n'avons rien de mieux à faire relativement à l'affaire secrète que d'entretenir les choses sur le pied où elles sont, le défaut des moyens, la nécessité de faire la paix nous prescrivant une conduite purement passive jusqu'à sa conclusion. » Choiseul définit une politique débordant ces contingences : l'abandon accepté, programmé, de la Pologne. Les faiblesses de sa Constitution ne doivent pas être réformées, comme le souhaiterait Broglie, mais cultivées, car il est de l'intérêt de la France que la Pologne reste anarchique. Où va-t-il chercher cela ? Nul ne le sait. Ce pays a toujours été aux côtés de la France, avec la Suède et la Turquie. Sa disparition créerait un vide nuisible à nos intérêts stratégiques. C'était vrai au temps de l'hégémonie autrichienne. Cela le reste alors que Prusse et Russie montent en puissance. Les ministres français les plus clairvoyants pouvaient bien gémir sur les vices du gouvernement polonais et déplorer que la géographie empêchât l'alliance de fonctionner pleinement : ils n'oubliaient jamais ces évidences. Avec une frivolité gamine, le duc de Choiseul tourne le dos à la politique suivie depuis deux siècles.

Charles de Broglie, si prompt à s'enflammer, ne commente les instructions communiquées par Hennin qu'en quelques lignes d'une gravité désespérée. Que répond le roi ? Il écrit à Tercier : « Je trouve aussi les réflexions du comte de Broglie sur les instructions données à M. de Paulmy très justes. » Autre phrase mémorable : le roi applaudit aux critiques de Broglie sur des instructions qu'il a lui-même approuvées en présidant son Conseil...

Le marquis de Paulmy, faible mais point idiot, comprit parfaitement qu'on le désignait pour conduire le convoi funèbre de la Pologne. Hennin, qui ne le quittait plus, le vit au bord des larmes. L'ambassade dont il s'enorgueillissait si fort risquait de se terminer à son déshonneur. Hennin, qui avait vu fonctionner Broglie à Dresde, suggéra qu'un ambassadeur pouvait toujours trouver sur place une marge de manœuvre, mais le marquis ne se sentait pas de force à jouer ce jeu périlleux. Il s'efforça d'atténuer la rigueur de ses instructions en posant par écrit à Choiseul une série de questions ; les réponses du duc furent encore plus brutales. Paulmy décida alors de mettre sa responsabilité à couvert en adressant un mémoire au dauphin. Pourquoi pas au roi ? demanda Hennin. « Je sais qu'on déplaît toujours au Roi en paraissant attaquer ses ministres. » Il comptait bien que le dauphin garderait secret son mémoire... Petites âmes courtisanes, comme vous nous faites aimer Charles de Broglie ! Paulmy rédigea donc un texte dénonçant ses instructions comme « vicieuses et imparfaites », mais assurant qu'il les exécuterait « avec une exactitude scrupuleuse ». Le dauphin, qui savait d'expérience que son père n'aimait pas trop le voir se mêler des affaires de l'État, se borna à commenter « que le nouveau système était apparemment un essai dont on ne tarderait pas à s'apercevoir qu'il n'y avait rien de bon à attendre ».

L'autruche prospérait à Versailles.

*

* *

Le marquis de Paulmy, accompagné de sa femme, célèbre pour son mauvais caractère, et de Hennin, partit au mois de juin pour Varsovie. Les deux premières années de son ambassade furent comme les souhaitait Choiseul : ternes et sans histoire. « Il flotte comme un vaisseau sans voiles, rapportait Hennin, causant avec tout le monde sans obtenir la confiance de personne. » Paulmy occupa son temps à soutenir de terribles guerres d'étiquette contre l'ambassadeur d'Espagne et le nonce apostolique, qui refusaient de lui céder le pas. Il se rendit aussi très ridicule en vouant à la comtesse Mniszech, fille du comte Brühl, épouse du grand-maréchal de la Couronne, une passion non partagée ; il lui faisait des scènes consternantes lorsqu'il la voyait entrer dans un salon au bras d'un autre. Quant à l'intérêt des dépêches ministérielles expédiées par Versailles, on se bornera à citer ce paragraphe de la plume du duc de Praslin, cousin de Choiseul, que celui-ci avait installé à sa place aux Affaires étrangères, lui-même prenant la Guerre : « Je vous envoie les papiers originaux d'une créance du sieur Fontenilliat, mon bourrelier, sur M. le comte Branicki ; si vous pouvez lui en procurer le remboursement, je vous en serai obligé. » Noyé dans ces futilités, Paulmy gardait pourtant un esprit lucide. Il écrira en 1763 à Hennin, devenu résident à Varsovie, que le démembrement de la Pologne lui paraissait inéluctable, ajoutant même : « Il est étonnant que cela ne soit pas encore arrivé. »

L'ambassade du baron de Breteuil allait être plus délicate. Il lui suffisait, pour s'en convaincre, de comparer ses instructions officielles avec les secrètes. Choiseul l'envoyait à Pétersbourg pour encourager la cour impériale à jouer un rôle décisif dans la recherche de la paix. Ses ordres secrets, rédigés par Broglie et Tercier, approuvés par le roi, lui prescrivaient une démarche exactement inverse. Si la Pologne n'était même pas mentionnée dans les instructions du secrétaire d'État, elle était au cœur de celles des chefs du Secret. Pour eux, l'alliance avec Élisabeth n'a d'autre intérêt que « de veiller auprès de cette princesse aux intérêts de la Pologne, de profiter de notre réunion avec son empire pour procurer les avantages de la république, et pour détourner ce qui pourrait lui être nuisible tant pour le présent que pour l'avenir ». Breteuil devra « être en quelque sorte l'avocat à Saint-Pétersbourg » de la Pologne. Si Auguste III vient à disparaître, Louis XV souhaite « que le prince Xavier obtienne la couronne de Pologne, préférablement à tout autre prince de sa maison, posant toujours pour principe le libre choix des Polonais ». Sur la Russie elle-même, les divergences sont totales. Alors que Choiseul compte sur des succès militaires russes pour contraindre Frédéric à la négociation, le Secret donne mission au baron de « *ralentir, si les circonstances le permettent, les opérations des Russes*, pour qu'ils ne puissent mettre leurs services et leurs succès à un trop haut prix, et qu'au contraire les armes de S.M. lui donnent la principale part à la négociation de la paix ». Étonnante prescription... Vendre la peau de Frédéric avant de l'avoir abattu, c'était encore admissible en 1757, après Kolin, mais il donne depuis trois ans trop de preuves de sa capacité à survivre aux pires catastrophes pour que la démarche ne s'apparente pas à un pari risqué. Sans doute Charles pense-t-il que les armes de Sa Majesté vont voler de victoire en victoire, puisqu'elles sont à présent dans les mains du maréchal de Broglie... Mais la diplomatie française va décidément à hue et à dia. Tandis que Choiseul immole d'un trait de plume la Pologne et mise sur la Russie, Broglie et Tercier sacrifient l'issue de la guerre à leur russophobie ; et le roi de signer d'une main imperturbable les deux politiques...

Pour Broglie, le départ de Breteuil présentait l'avantage de mettre un terme à la correspondance secrète entre Louis XV et Élisabeth : à quoi bon la poursuivre dès lors que l'ambassadeur de France jouissait de la confiance particulière du roi et pouvait transmettre ses souhaits directement à Vorontsov ? À dire vrai, la correspondance allait un train si ralenti par la distance et les impératifs de sécurité que les questions posées par l'un étaient dépassées par les événements lorsqu'il recevait les réponses de l'autre. À la première lettre de Tercier apportée à Pétersbourg par d'Éon en novembre 1757, Vorontsov répond un an plus tard... À une nouvelle missive de Tercier du 26 juin 1759, le chancelier répond le 20 octobre et sa lettre n'arrive à Paris que le 21 décembre. Cette fois, le contenu du message alarme le Secret. Élisabeth, rappelant les lourds sacrifices consentis par la Russie, annonce des ambitions sur Dantzig, place nécessaire à son armée, et « espère avec confiance que Sa Majesté très-chrétienne lui procurera à la prochaine pacification, aux dépens de l'ennemi commun, un juste dédommagement des dépenses énormes que la présente guerre lui coûte ». Broglie fait répondre par Tercier que de tels sujets ne peuvent être traités que par le canal officiel et non par la voie secrète. Le roi approuve. Vorontsov dut en rester perplexe. Une correspondance secrète permet en principe de faire avancer à la souterraine une négociation qu'il serait délicat de conduire au grand jour. Louis XV et ses agents ont une autre conception de la chose : la correspondance avec Élisabeth est faite pour répandre le baume de phrases affectueuses sur les rebuffades qu'on est bien décidé à opposer à toute exigence russe. Avec des nuances, ministères officiel et secret sont d'accord pour penser que la Russie, admise à l'honneur de verser son sang pour la cause commune, ne doit pas en attendre une quelconque gratification.

Breteuil arrive à Pétersbourg pour écoper de son premier incident diplomatique. Il n'y est pour rien. Ses instructions officielles lui réservaient d'annoncer à Catherine que la France ne s'opposerait plus au retour de son amant polonais, Choiseul précisant : « Le baron de Breteuil a trop d'usage du monde pour ne pas s'expliquer sur cette matière avec la plus grande circonspection, de façon à ménager scrupuleusement la délicatesse et l'amour-propre de la grande-duchesse. » Mais le pétulant ministre, trop impatient, a chargé Durand, en instance de départ de Varsovie, de communiquer la même nouvelle au comte Brühl, lequel la transmet à la cour impériale. Élisabeth, qui déteste Poniatowski, fait écrire par Vorontsov sa « surprise » et son « déplaisir extrême » d'une démarche à la vérité outrageante pour elle : est-ce au roi de France de donner son veto ou son visa à la désignation d'un ambassadeur de la cour de Saxe à Saint-Pétersbourg ? Lettres de Tercier à Vorontsov et de Louis XV à Breteuil, démarches de ce dernier auprès de la czarine ; l'incident s'apaise. Quand même, l'ambassade commence mal. Au moins Catherine, touchée, reçoit-elle gracieusement le baron, le chargeant d'exprimer sa gratitude au roi. Mais Breteuil ne deviendra pas son amant. Il doit aimer sa femme, que Choiseul avait omis de lui interdire d'emmener en Russie.

Comme à tout ambassadeur nouvellement initié, Broglie et Tercier avaient révélé au baron les noms de ses collègues travaillant pour le Secret, et lui avaient confié un chiffre particulier pour correspondre avec chacun d'eux, afin qu'une parfaite coordination réglât les démarches des uns et des autres. Une initiative prise par l'agent en poste à Pétersbourg ne devait pas contrarier la politique secrète conduite par ceux de Constantinople ou de Stockholm. Aux liaisons verticales du réseau, qui aboutissaient à Broglie et à Tercier, puis au roi, se superposaient donc des liaisons transversales évidemment contrôlées par les chefs du Secret.

D'Éon, en poste depuis maintenant quatre ans, met le nouvel ambassadeur au fait des tours et des détours de la cour impériale. Une lettre du Secret, signée de Louis XV, lui avait annoncé l'initiation de Breteuil. Elle se terminait ainsi : « Cette marque de confiance que je donne au baron de Breteuil est une preuve de la persuasion où je suis qu'il exécutera mes ordres avec autant de zèle que de capacité. Malgré la sincérité de ses intentions, dont je ne doute nullement, il peut cependant arriver qu'il se trompe sur le choix des moyens de remplir l'objet de mes instructions secrètes, vous lui exposerez avec déférence votre sentiment. » Juste hommage aux qualités dont d'Éon fait preuve depuis son recrutement. Broglie et Tercier ne cessent de s'en féliciter. Mais quel enivrant sentiment de puissance pour « le petit d'Éon » !... Sorti du tonneau familial, chevalier improbable, d'Éon à particule hypothétique, il a tiré sous L'Hôpital les ficelles de l'ambassade, seul à être investi de la confiance particulière du maître, et voici que le roi le charge confidentiellement de guider les pas de ce grand seigneur de Breteuil...

Le 30 juillet 1760, Tercier, un peu effaré, écrit à Broglie, aux armées : « M. d'Éon prévoit que la Russie peut un jour, et peut-être bientôt, se brouiller avec nous ; en ce cas, il dit qu'"il prépare à cette puissance de quoi lui faire souvenir longtemps qu'un nommé d'Éon a résidé dans son empire". Jugeriez-vous à propos, Monsieur, de lui mander de me faire savoir par une voie bien sûre ce qu'il me dit, car il me faut l'arrêter ou le laisser aller selon que le projet sera bon ou mauvais. Je mets cet article sur une feuille séparée afin qu'il puisse être brûlé et ne jamais venir au jour, M. d'Éon serait brûlé. »

Partout et toujours, le service secret est un terreau fertile pour la paranoïa.

XXX

Si l'armée française prenait chaque fin d'année ses quartiers d'hiver, un théâtre d'opérations non moins mouvementé s'ouvrait alors à ses chefs, avec Versailles et Paris pour champ de bataille où s'affrontaient les coteries se partageant la cour et la ville. Le succès ou l'insuccès de la campagne suivante dépendait largement de l'issue de ces opérations hivernales.

Le maréchal de Broglie avait clairement marqué qu'il n'accepterait le commandement de l'armée qu'à la condition d'avoir les mains libres. Il voulait constituer à sa convenance son état-major, décider des affectations et promotions, organiser l'intendance, mais sut assez vite que son bâton de maréchal ne serait pas une baguette magique.

Il est resté à Francfort, où l'a rejoint sa femme, qu'on appelle désormais la maréchale jeune. À l'hôtel de Broglie règne la maréchale douairière. Le comte de Broglie a pris une permission pour venir soutenir le bon combat, mais le vieux abbé le supporte mal. Sa préférence pour Charles s'est changée en animosité. Il le tient, avec son tempérament trop emporté, pour le mauvais génie de son aîné. « Quand il est à l'armée, je voudrais le voir à la cour, et quand il est à la cour, je voudrais le voir à l'armée. » L'adversaire, c'est naturellement Belle-Isle et la Pompadour. Pâris-Duverney, dont dépendent tant de choses, fait en principe partie de leur clan, mais il n'est pas homme à sacrifier une armée à une vengeance de cour. Victor-François et Charles campent sur leurs positions, considérant comme une humiliation intolérable toute démarche en direction de ceux qui ne les aiment pas. Ils évoquent au moindre prétexte les injustices faites à leur père. Leur mère estime qu'une conversation avec Belle-Isle relève de la trahison. Le vieux abbé, soixante-six ans, désolé par tant de roideur, s'efforce de la compenser par son infatigable entregent. Curieux homme qui, s'il possède sans doute quelques vertus brogliennes, a tout ce qui manque aux autres : l'échine souple, le goût de l'intrigue, l'hypocrisie mondaine, la flatterie efficace. Ses lettres sont alertes, drôles, toujours intelligentes. Il abreuve Victor-François de bons conseils : « Évitez d'écrire au Roi, c'est une tentation du malin. Le Roi connaîtra toujours votre zèle, aussi bien que votre caractère doux, qui mettrait hors des gonds la patience d'un capucin. » Et encore : « Vous m'avez dit souvent, et vous l'avez toujours pratiqué, que quand vous trouvez l'ennemi dans un poste bien retranché et trop avantageux, vous vous gardez bien de l'attaquer de front, mais que vous tournez la position de votre ennemi et que vous en venez à bout par ce moyen. C'est ainsi que je me conduis, et ma démarche est réglée sur vos principes. » Mais il se décourage : « Je vous crois le plus grand guerrier qui soit au monde, le plus poli et le plus adroit des négociateurs avec toutes les puissances de l'Empire, le plus exact et le plus admirable dans toutes vos dépêches ; mais en même temps aussi gauche et aussi maladroit qu'un prêtre normand pour vos affaires personnelles. » C'est juger avec légèreté les prêtres normands. Alors, désespérant d'assouplir le jeune maréchal, il s'efforce de gagner la maréchale jeune aux bons principes : « Il faut être ferme avec douceur. Il faut être poli sans bassesse. Il faut être au comble de la gloire sans orgueil. Il ne suffit pas de vaincre l'ennemi, il faut vaincre ses passions. Il faut prendre le monde comme il est et ne pas se dépiter quand il n'est pas tel qu'on le souhaite. On peut dissimuler sans être faux. » Et cette jolie histoire : « Il y avait un homme qui, dans un bal, dansait fort mal et de très mauvaise grâce. Un quidam s'écria tout haut : "Voilà un bien mauvais danseur !" Le danseur prit le quidam par le bouton et lui dit : "Si je danse mal, je me bats bien." Le quidam répondit au censeur : "Battez-vous donc toujours, et ne dansez jamais." Toute l'Europe est persuadée que mon neveu se bat à merveille, mais on trouve qu'il danse mal. »

Victor-François avait choisi le chevalier du Muy pour premier lieutenant-général. À quarante-neuf ans, Louis du Muy ne s'était pas acquis une gloire militaire bien considérable, et le maréchal l'admettait volontiers : « On dit, je le sais, que M. du Muy n'a pas beaucoup d'acquis et qu'aucune action n'a encore roulé sur lui ; la réponse est bien simple : il n'est pas donné à tout le monde de gagner des batailles. » Mais le chevalier, fort honnête homme, appartenait à la maison du dauphin, protecteur des Broglie, de sorte que Victor-François pourrait mettre toute sa confiance dans son adjoint. On savait que d'Estrées avait failli perdre la bataille d'Hastenbeck par les conseils perfides d'un chef d'état-major qui ne souhaitait pas la lui voir gagner. Or le maréchal apprit bientôt qu'on lui imposait à la place de du Muy un certain Dumesnil, créature de la Pompadour. Ce Dumesnil reconnaissait avec franchise que la première partie de sa vie avait été infâme et remplie d'escroqueries, mais il assurait avoir changé. Victor-François écrivit à son oncle : « Prenne le commandement qui voudra avec de pareils ramassis. » Il préférait quitter l'armée plutôt que de servir avec un Dumesnil pour bras droit. « Ma conscience serait chargée de la perte de tous les hommes que l'incapacité de M. Dumesnil pourra occasionner, si je n'avertissais pas. »

Le vieux abbé entre aussitôt en campagne. Belle-Isle, Pâris-Duverney, Pâris-Montmartel, Choiseul : il est reçu partout, les portes les plus hostiles s'entrouvrent pour sa soutane. Avertissement donné par les moins sectaires : « C'est un piège qu'on tend à votre neveu. Connaissant son caractère, on veut lui créer avec Dumesnil une affaire qui tournera au procès public et entraînera sa chute. » Bien vu, marquise. Duverney recommande la plus grande prudence et va jusqu'à avertir que le maréchal ne doit surtout pas offrir une démission qui risquerait d'être aussitôt acceptée.

Résultat de cette chaude campagne, où l'on voit l'abbé lire au dauphin une lettre de la maréchale jeune à son père, qu'il a forgée de toutes pièces sans en avertir l'intéressée, et prédire à la dauphine que le prince Xavier, son frère chéri, sera tué par la faute de Dumesnil : Belle-Isle signe une lettre maintenant le premier lieutenant-général dans ses fonctions, mais autorisant le maréchal de Broglie à en faire le peu d'usage qu'il voudra, et même à le laisser à Francfort...

Les frères Broglie ont assurément raison de vouloir se donner les moyens de la victoire, mais leurs procédés prennent à rebrousse-poil jusqu'à ceux qui ne leur veulent que du bien. Ainsi de De Croÿ, qui a choisi de servir sous Victor-François. Il trouve dans la famille « le fond de bon militaire que j'y avais toujours connu, n'ayant rien à craindre que le trop de feu qui avait perdu le pauvre Revel, qui, d'ailleurs, était excellent ». Victor-François ? « Tout le monde accordait les grands talents de la guerre au maréchal de Broglie. On lui reprochait, comme à son père, de trop parler devant le monde, trop librement de la cour, mais on reprochait au comte de Broglie une tête trop chaude, et on rejetait sur lui les torts de son frère qui, souvent, ne suivait pourtant pas ses projets. » Et toujours ce complexe de persécution : « Ils croyaient qu'on voulait leur nuire, peut-être même quand on n'y songeait pas. » La manière du maréchal de brandir sans cesse sa démission lui paraît peu convenable : « Il criait et mettait toujours le marché à la main, et plaisait aux troupes en frondant avec eux [*sic*], car toute la nation ne faisait alors que cela, comme il arrive dans les gouvernements faibles, et lorsque toute subordination et principe manquent. » Même la campagne d'hiver du vieux abbé ne trouve pas grâce à ses yeux : « [Il] donna un démenti si sec, chez le Roi, au maréchal d'Estrées, que celui-ci le traita militairement, et ce fut beaucoup de choses outrées et de chiffonnage qui faisaient croire M. de Broglie rappelé. »

Les deux frères exaspèrent d'autant plus que le climat politique est sinistre. De Croÿ mesure la montée de la tension sociale. Le 17 février, « arrêté terrible » du Parlement, qui refuse les impôts et exige que le roi rende compte des dépenses secrètes. On dit au duc que le parlement de Paris veut être, comme celui d'Angleterre, maître du roi, maître de tout. Selon de Croÿ, Louis XV « parut très changé » et « les têtes chaudes du Conseil proposèrent les partis les plus violents ». Il observe cependant que les troupes, non payées, n'auraient pas obéi aux ordres et qu'elles se trouvaient de toute façon sur les côtes ou hors du royaume. C'est dire l'état des esprits.

Le printemps est là, il faut partir en campagne. Voltaire écrit à un jeune homme désireux de servir :

Qui vous retient ? Allez : déjà l'hiver
A disparu, déjà gronde dans l'air

L'airain bruyant, ce rival du tonnerre.
Du duc de Broglie, osez suivre les pas ;
Sage en projet et vif dans les combats,
Il a transmis sa valeur aux soldats.
Il va venger les malheurs de la France.
Sous ses drapeaux servez avec vaillance,
Et méritez d'être aperçu de lui.

À supposer qu'il soit bon pour un soldat d'être aperçu de son chef, ce que l'expérience dément à satiété, le maréchal doit savoir que plus d'un œil versaillais surveillera la moindre de ses actions.

*
* *

Éternel bougon, Charles de Broglie ? Toujours vindicatif et râleur à répétition ? Lisez Saint-Priest. François-Emmanuel, chevalier de Saint-Priest, rejeton d'une famille de vieille souche, neveu du cardinal de Tencin, sera un jour recruté par le Secret. Officier des gardes du corps, il a dû, comme tout chevalier de Malte, faire ses caravanes, c'est-à-dire les patrouilles en Méditerranée contre les pirates barbaresques ; Breteuil commandait sa galère. Il a ensuite repris son service à Versailles (c'est à son retour de Malte que Louis XV, le revoyant après trois ans, se borne à constater avec sa convivialité habituelle : « Vous n'êtes pas embelli »), mais souhaite guerroyer en Allemagne. Il a vingt-cinq ans. Attaché au dauphin, il se fait recommander par lui auprès du maréchal de Broglie. Il est pris comme aide-maréchal des logis. Le comte de Broglie, qui part rejoindre son frère, lui propose une place dans sa berline. Ils iront à Francfort par Gand et Cologne. Avec eux, le comte d'Ennery, adjoint de Charles. « Je n'ai jamais fait un voyage plus agréable, écrira Saint-Priest longtemps après. La conversation fut constamment animée, instructive, et même des plus gaies. Le comte de Broglie était inépuisable à cet égard ; d'Ennery, homme d'esprit, y mettait à propos du sien ; quant à moi, je ne m'en mêlais guère si je n'en trouvais l'occasion propice. À la vérité, la supériorité de grade du comte sur le mien ne s'exerçait pas encore et il ne nous la faisait jamais sentir. C'était un des hommes les plus aimables que j'aie jamais rencontrés dans ma vie, malgré tout son feu ; à la vérité, il se rendait redoutable à ceux qu'il croyait ses ennemis, mais aussi était-il très chaud pour ses amis. » Le portrait vaut d'autant plus que Saint-Priest ne sera jamais un ami de Charles et qu'il pose sur ses contemporains un regard généralement dénué de bienveillance.

La campagne démarre allègrement. Le maréchal de Broglie fait franchir à son armée le Main, puis la Lahn, et déboule sur le prince Ferdinand, campé sur les rives de l'Ohm. Engagement le 1er juillet à Corbach. Ferdinand, qui croyait avoir affaire à une avant-garde, se retire dès qu'il comprend que le gros de l'armée française l'attaque. Goettingen et Kassel tombent sans coup férir. Grand mouvement de joie à Paris. « L'activité du maréchal de Broglie est surprenante », écrit Barbier. Même Belle-Isle avoue : « Voilà une marche qui ferait honneur aux plus grands généraux des temps passés. » Quant à Pâris-Duverney, il écrit à Charles : « Qu'on dise maintenant que le Français est indisciplinable. Envoyez-moi sur-le-champ cent exemplaires de la dernière instruction de M. le maréchal à son armée ; ce sera une bonne pâture pour nos enfants des écoles militaires. » L'opinion admirait Victor-François d'avoir affermi l'armée par une stricte discipline qui n'ôtait rien à sa popularité parmi la troupe.

Et puis le maréchal s'arrête.

Ses partisans diront qu'il ne pouvait courir le risque d'entrer en Hanovre ou de marcher sur la Prusse si proche, alors que Frédéric étrillait Autrichiens et Russes. La chronologie infirme le plaidoyer. Dès le début de la campagne, un général prussien, Fouqué, s'était fait prendre avec douze mille hommes. Corbach est du 1er juillet. Ce n'est que le 15 août que Frédéric bat à Leignitz l'Autrichien Daun, qu'il défait une nouvelle fois, le 3 novembre, à Torgau. Encore les Austro-Russes occupent-ils Berlin en octobre, levant contribution, pillant et détruisant les fabriques d'armes avant de déguerpir (cette teigne de Voltaire écrit à Grimm, parlant de Frédéric, que « les Russes sont en possession de son beau poème sur la culotte du feu maréchal de Broglie... »). Victor-François avait six semaines pour attaquer avant la première victoire de Frédéric sur Daun. Il ne bouge pas. Avons-nous dit que les historiens militaires, à la quasi-unanimité, le désignent comme le meilleur général français de cette guerre, et souvent comme le seul ? Ils constatent aussi que la stratégie française s'empâte. Turenne avait fait courir des colonnes légères sur ces mêmes routes allemandes. L'armée napoléonienne les zébrera comme l'éclair. Broglie, dont les forces surclassent numériquement celles de l'adversaire, compte ses magasins, comme ses collègues autrichiens et russes, envisage les places fortes auxquelles s'adosser, s'inquiète pour les convois de ravitaillement. Frédéric est le seul à jouer le tout pour le tout, et c'est ce qui le préserve de perdre, même si le rapport de forces lui interdit de gagner. La prudence paralyse les autres. Clermont avait écrit à Versailles qu'il refusait la bataille « pour conserver son armée au Roi ». Mais si Frédéric, défait dix fois, reste le roi de Prusse, maître incontesté de ses troupes, Broglie, comme ses prédécesseurs, sait qu'un échec lui coûterait son commandement. La déception fut cependant à la mesure de l'espérance qu'avait fait naître son élévation au commandement suprême.

Puis la discorde se met dans l'armée. Tout au long de cette guerre, trois chefs émergent de la médiocrité ambiante : Broglie, Chevert, Saint-Germain. Trois caractères de chien. Le vieux et magnifique Chevert sera toujours privé d'un commandement en chef : ses perpétuelles récriminations insupportent le ministère. Saint-Germain passe pour bizarre, un peu fou. On connaît la réputation de Broglie. Comment ne pas les comprendre ? Sachant leur métier, exacts aux détails, soucieux de discipline, entièrement voués à leur affaire, ils voient se succéder à la tête de l'armée des Clermont, des Contades, des Soubise, et doivent borner leur gloire à réparer les fautes de ces incapables... Qui n'en deviendrait enragé ? Hélas, il leur arrive de se mordre entre eux.

Saint-Germain, qui a sous ses ordres une réserve quand il espérait commander en chef, ne supporte plus Broglie. Il le lui écrit : « J'ai fait tout ce que j'ai pu pour exécuter ponctuellement vos ordres et pour m'accoutumer au style amer, ironique et plein de mépris qui caractérise toutes vos lettres. » Il demande à la cour son rappel. Le maréchal répond de la manière la plus apaisante. Rien n'y fait. Un jour, Saint-Germain montre à ses officiers le quartier général de Broglie et lance : « Voilà l'ennemi ! » C'était exagéré : les autres se contentaient de le penser. Le maréchal dut se résigner à laisser partir un homme qui annonçait partout qu'il déserterait plutôt que de continuer à servir sous ses ordres. Saint-Germain désertera en effet, d'une certaine façon, puisqu'il quittera la France pour aller réorganiser l'armée danoise. Mais la troupe l'aimait, comme elle aime Broglie et Chevert, et son départ crée un malaise.

Le chevalier du Muy remplacera le démissionnaire. Réaction de Saint-Priest lorsque Charles lui annonce la décision de son frère : « J'avoue que je frémis de voir succéder à un officier général tel que Saint-Germain un homme qui n'avait eu jusque-là aucun commandement et dans lequel l'armée n'avait nulle confiance... Mais il était favori de M. le Dauphin, le protecteur des Broglie, et c'était un moyen de faire leur cour au prince. » Pour une fois qu'un Broglie joue les courtisans, pas de chance : du Muy, à la tête de sa réserve, se laisse pincer dans une embuscade près de Warburg, et perd six mille de ses dix-huit mille hommes. Charles-François Dumouriez compte parmi les rescapés.

Le jeune Dumouriez s'était engagé à vingt ans en déclarant à son père : « Comme j'entre tard au service, je ne perdrai pas de temps. Je vous jure que je serai tué, ou chevalier de Saint-Louis[1], dans quatre ans. » Le père ne put veiller sur ses premières armes : intendant de l'armée, il se brouilla avec Charles de Broglie dès que celui-ci fut nommé auprès de Victor-François. « Tous deux ardents et altiers, commente Dumouriez fils, le chef de l'état-major et l'intendant ne purent s'accorder. » Charles-François sert dans la cavalerie. Il est touché par une balle de carabine à la hanche au combat d'Emsdetten. Pris dans la sale affaire de Warburg, alors que la panique éparpille les Français, il rallie deux cents cavaliers appartenant à plusieurs régiments, sauve une batterie de cinq canons, a un cheval blessé sous lui, est meurtri à la tête et au genou par deux balles en bout de course. Il reçoit une gratification de cent écus,

1. La croix de Saint-Louis récompensait les officiers valeureux au feu.

dont il donne la moitié à sa compagnie, mais point de croix de Saint-Louis : les défaites déclenchent rarement une manne de décorations.

Le seul à ne pas s'en rendre compte est du Muy. Saint-Priest : « Je me trouvais peu de jours après à Kassel dans le cabinet du maréchal de Broglie avec son frère et le chevalier du Muy. Ce dernier lut dans une gazette qu'on venait de recevoir, que l'Impératrice-Reine avait écrit une lettre au général Laudon pour le remercier d'avoir défendu jusqu'à l'extrémité un poste important où il lui avait été ordonné de tenir à tout risque, et où cependant l'ennemi l'avait forcé. "Voilà une princesse, dit le chevalier, qui mérite d'être servie ; elle remercie Laudon d'avoir essuyé une défaite, pendant que notre Cour ne m'écrit pas un mot sur l'affaire de Warburg !" Nous nous regardâmes, le comte et moi, et lorsque le chevalier fut parti, nous ne sûmes comment qualifier la vanité ou la sottise de cette comparaison. Mon opinion fut que l'orgueilleuse ignorance de cet homme le trompait lui-même. »

Tercier écrit à Charles, qu'il informe ponctuellement des réactions de la cour et de la ville : « L'affaire de M. du Muy a fait une impression bien fâcheuse ; on la porte jusqu'à dix mille hommes perdus de manière ou d'autre. » Il ajoute que les lettres des officiers rapportent toutes un mot cruel : « La retraite de M. de Saint-Germain a coûté bien des larmes et celle de M. du Muy bien du sang. » Versailles se le répète avec ravissement.

*

* *

Warburg imputé au mauvais choix du maréchal de Broglie, qu'en sera-t-il de Klostercamp ?

En octobre, le prince Ferdinand reprend l'offensive. Il envoie son neveu, le prince héréditaire de Brunswick, attaquer la citadelle de Weser, sur le Rhin. Broglie détache contre lui le marquis de Castries avec trente mille hommes. Castries bat Brunswick à Klostercamp, engagement célèbre par le sacrifice du chevalier d'Assas.

Cette fois, Dumouriez, qui aurait dû en être, a manqué la bataille.

Il sert comme officier d'ordonnance du maréchal de

camp Thiars. La veille de Klostercamp, Thiars le dépêche à la tête des colonnes en mouvement. Une vingtaine de hussards ennemis l'enveloppent. Il appelle à l'aide des grenadiers et des dragons français à portée de voix, mais les lascars s'enfuient. Que faire, sinon vendre sa peau aussi cher que possible ? Il abat deux hussards. Son cheval, tué, s'écroule, lui bloquant la jambe gauche coincée dans l'étrier. À coups de sabre, il blesse encore trois assaillants et s'adosse à une haie, le pied toujours bloqué. Les autres, se tenant hors de portée de son sabre, le fusillent à coups de carabine et de pistolet. Une balle lui coupe le majeur de la main droite. Une décharge lui farcit le visage de deux cents grains de poudre. Il n'y voit plus que de l'œil gauche : la peau de son front, fendu par un coup de sabre, lui pend sur l'œil droit. Une balle dans un bras fait éclater le radius. Une autre, qui aurait dû le tuer, est stoppée par l'exemplaire des *Provinciales* de Pascal qu'il a fourré dans une poche (il fera cadeau du livre à un père jésuite en lui disant que c'est un miracle de Port-Royal). L'arrivée — elle aussi miraculeuse — du baron Behr, aide de camp du prince héréditaire, le sauve du massacre. Behr doit disperser les hussards à coups de sabre pour empêcher la mise à mort. Dégagé de son étrier, Dumouriez est transporté dans le camp ennemi et soigné. Six blessures graves, treize fortes contusions. Il a perdu provisoirement l'usage de ses deux bras. Quelques jours plus tard, le prince de Brunswick le renvoie chez les siens avec, adressée à Castries, une lettre des plus flatteuses pour son jeune prisonnier. L'époque sait vivre. Castries envoie la lettre au ministre de la Guerre, Belle-Isle. La croix de Saint-Louis est dans la poche.

Dumouriez et Castries se retrouveront face à face trente-deux ans plus tard, à Valmy.

Klostercamp gardera la signature exclusive de Castries. Et si le maréchal de Broglie lui a offert l'occasion de s'illustrer pour amadouer son oncle, Belle-Isle, le coup est manqué : le neveu fait l'espion pour le compte de l'oncle et rapporte avec diligence tout ce qui peut nuire au chef de l'armée. Belle-Isle entretient son zèle par des lettres assez misérables : « Vous ne serez jamais compromis, lui répète-t-il, en mettant une double enveloppe, la lettre ne sera vue que de moi. » Mais il lui indique à plusieurs reprises que la Pompadour a lu le rapport quasi quotidien envoyé à Paris. La marquise devait apprécier le surnom par lequel l'oncle et le neveu désignaient Charles de Broglie : *l'aspic venimeux*. Cette belle correspondance n'empêche pas Belle-Isle de semoncer vertement le maréchal au motif que ses courriers déposent à Paris, chez des particuliers, des lettres qui arrivent ainsi avant les dépêches officielles. « Dorénavant, avertit Belle-Isle comme s'il tançait un sous-lieutenant, je ferai venir le courrier chez moi, et lorsque le Roi aura été averti, je lui laisserai [au courrier] la liberté d'aller porter vos lettres et vos paquets où il lui plaira, sans m'informer seulement à qui elles [*sic*] sont destinées. » Victor-François proteste de son innocence avec d'autant plus d'amertume qu'il n'est en effet au courant de rien : les lettres officieuses, glissées à son insu dans le sac du courrier, relèvent de la correspondance secrète échangée entre son frère Charles et Tercier...

Morne fin de campagne. Barbier écrit en novembre : « À l'égard de la guerre, comme il n'y a rien de décidé en Allemagne, que le roi de Prusse se soutient toujours, que les Anglais se sont emparé de toutes nos possessions en Amérique, il n'y a pas d'apparence que la paix se fasse cette année ; c'est-à-dire cet hiver. Dieu soit loué ! il n'y a pas eu apparemment encore assez de tués, suivant le calcul de la Providence. » Il faut que la lassitude soit bien forte pour qu'un Barbier se hasarde à faire de l'humour noir sur la Providence...

Voltaire, à qui le printemps avait inspiré des vers si martiaux, n'écrira pas de poème pour célébrer la gloire automnale du maréchal de Broglie.

Cette année 1760, toute martelée par les bottes militaires, Beaumarchais fait la connaissance du « général des farines ». Rencontre décisive. Plus tard, devenu très riche et très célèbre, Beaumarchais se fera bâtir un petit palais juste en face de la Bastille et érigera dans le jardin un buste de Duverney avec ces deux vers inscrits sur le socle :

Il m'instruisit par ses travaux
Je lui dois le peu que je vaux.

Selon Beaumarchais, il fut sollicité et non solliciteur. « En 1760, M. Duverney, au désespoir d'avoir tout employé, depuis neuf ans, pour engager la famille royale à honorer de sa présence l'École militaire, souhaita de me connaître ; il m'offrit son cœur, ses secours et son crédit, si j'avais celui de faire réussir ce que tout le monde avait en vain essayé depuis neuf ans. » L'École végète. Les fonds manquent. Le contrôleur général des finances éprouve trop de peine à couvrir les énormes dépenses de la guerre en cours pour consacrer des fonds à la formation des générations d'officiers susceptibles de gagner les suivantes. Seule une visite marquant l'intérêt du souverain donnerait à l'établissement l'éclat indispensable. Mais Louis XV rechigne à venir. La Pompadour ne l'y encourage pas. Pourquoi ? On l'ignore. La puissance de Pâris restait si grande, et sa passion pour son École si évidente, qu'on lui faisait peut-être payer la première en le mortifiant sur la seconde. Aucune coterie n'est homogène. Duverney se désespère ; il écrit à Bernis, avec qui il continue d'entretenir une correspondance fidèle : « Si nous n'avons la vie que sous la condition d'y être contrariés, je puis dire que je remplis bien ma tâche. »

Beaumarchais ne dispose pas du roi, mais il exerce une influence certaine sur ses filles, accessoirement sur le dauphin, qui vient souvent les écouter jouer de la musique. Pour Adélaïde et ses sœurs, Pâris-Duverney appartient au clan de « maman putain ». Elles surmontent leurs réticences pour complaire à leur maître de musique et dévoué factotum. Accompagnées du dauphin, elles visitent l'École, assistent à des prises d'armes, applaudissent aux parades données par les élèves, prennent une collation offerte par Duverney. Deuxième temps de l'offensive : Mesdames font le siège de leur père pour le convaincre de les imiter. Louis XV a trop à se faire pardonner pour leur résister bien longtemps. Le 12 août 1760, il va à son tour au Champ-de-Mars. Carrousel donné par les élèves, feu d'artifice, nouvelle collation. Joseph Pâris-Duverney sait l'œuvre de sa vie désormais sauvée. Il inscrit Beaumarchais sur ses comptes pour un versement fictif de soixante mille livres qui lui vaudra une rente annuelle de six mille livres. Service rendu, service payé.

Mais il y eut coup de foudre entre le vieux financier de soixante-seize ans et le jeune ambitieux qui en avait vingt-huit. On en ignore les ressorts. On ne sait à peu près rien de leurs rapports ni même de leurs affaires communes. Il faut se borner à en constater les effets. Duverney, puissant et solitaire, vivant éloigné de la cour, aimait à coup sûr les hommes de la trempe de Beaumarchais. Il avait distingué naguère le jeune Voltaire et avait fait sa fortune. Il recommence avec l'horloger. Voltaire et Beaumarchais : deux hommes qui, tout en acceptant avec enthousiasme les règles du jeu social, car ils se sentent de taille à réussir, portent à la société, sans le vouloir vraiment, les coups les plus rudes. Duverney Pygmalion ? Il existe trop pour éprouver la nécessité de vivre à travers un autre. Un très vieux roi de Suède de notre temps faisait coucher chaque soir dans son lit un jeune soldat de sa garde pour réchauffer son corps à sa chaleur : l'ardente aspiration de Beaumarchais à parvenir devait vivifier le vieillard revenu de tout en lui évoquant le jeune homme qu'il avait été. Leur correspondance est aussi bien codée que les lettres de Tercier à Broglie ; ainsi, de Beaumarchais à Duverney : « Comment se porte la chère petite ? Il y a longtemps que nous ne nous sommes embrassés. Nous sommes de drôles d'amants ! Nous n'osons nous voir parce que nous avons des parents qui font la mine : mais nous nous aimons toujours. » Ou encore : « Comment se porte la chère petite ? Je voudrais qu'elle me contât fleurette sur l'article de la balance et de la grande pancarte, et qu'elle m'en composât un beau bouquet. Les fleurs jaunes sont d'un usage plus commode. » Cela, qui concerne de mystérieuses affaires, ne signifie ni plus ni moins que les galanteries de Voltaire à « Mlle Pestris ».

« Il m'initia, écrira Beaumarchais, dans les affaires de finance où tout le monde sait qu'il était consommé ; je travaillais à ma fortune sous sa direction, et je fis par ses avis plusieurs entreprises ; dans quelques-unes, il m'aida de ses fonds ou de son crédit ; dans toutes de ses conseils. »

Un instant stoppée par la mort malencontreuse de sa femme et par l'insouciance du notaire qui a négligé de faire enregistrer son testament, l'ascension sociale reprend.

D'abord, une charge anoblissante, une savonnette à vilain, pour rendre plus consistants la particule et le Beaumarchais. Mais le père Caron tient toujours échoppe d'horloger rue Saint-Denis, et son nom s'étale fâcheusement sur l'enseigne. Lettre du 2 janvier 1761 au père : « S'il m'était libre de choisir les étrennes que je désire recevoir de vous, je souhaiterais par-dessus tout que vous voulussiez bien vous souvenir d'une promesse tant différée, de changer l'énoncé de votre plafond : une affaire que je vais terminer n'éprouvera peut-être que cette seule difficulté que vous faites le commerce, puisque vous en instruisez le public par une inscription sans réplique. » Évoquant « la manière imbécile dont on envisage les choses dans ce pays », Beaumarchais conclut : « Ne pouvant changer le préjugé, il faut donc que je m'y soumette, puisque je n'ai pas d'autre voie ouverte à l'avancement que je désire pour notre bonheur commun et celui de toute ma famille. » Le père, contraint en son jeune âge de renier sa religion, accepta volontiers de renier son état pour satisfaire son fils ; on mit sur l'enseigne — ou plafond — le nom d'un gendre.

Achat d'une charge anoblissante de secrétaire du roi moyennant cinquante-cinq mille livres payées par Duverney. Il est pour de bon Caron de Beaumarchais.

Le barreau suivant devait être une charge enrichissante, celle de contrôleur clerc d'office ne méritant pas ce nom. Une maîtrise des eaux et forêts vient à vaquer. Elle vaut très cher : plus de cinq cent mille livres. Duverney avance les fonds. Beaumarchais présente sa candidature, aussitôt agréée par le contrôleur général. Mais les dix-sept grands maîtres en exercice font bloc pour rejeter le candidat, rappelant « que le père de celui-ci était artisan, et que, quelque célèbre qu'on puisse être dans cet art, cet état est incompatible avec les honneurs attachés à la grande maîtrise. » Pétition collective au contrôleur général, qui revient sur sa décision. Tout dépend du roi. Beaumarchais mobilise Mesdames, Pâris-Duverney, La Châtaigneraie, écuyer de la reine. Sur ses instances, Adélaïde et ses sœurs en font un peu trop, ce qui agace le roi et inquiète Duverney. Le financier lui écrira : « Je n'ai point compromis des noms aussi respectables que ceux de Mesdames lorsque j'ai agi pour vous faire obtenir les choses dont les circonstances ont empêché le succès, du moins en grande partie. »

Son affaire perdue, Beaumarchais tire à boulets rouges sur ses adversaires pour ne pas couler tout seul. Il rédige un mémoire adressé au contrôleur général. Après s'être inventé, selon l'usage, quelques ancêtres distingués, il passe au jeu de massacre :

« M. d'Arbonnes, grand maître d'Orléans et un de mes plus chauds antagonistes, s'appelle Hervé, et est fils d'Hervé, perruquier. Je puis citer dix personnes vivantes à qui cet Hervé a vendu et mis des perruques sur la tête ; ces messieurs répondent qu'Hervé était marchand de cheveux. Quelle distinction ! Elle est ridicule dans le droit et fausse dans le fait, parce qu'on ne peut vendre des cheveux à Paris sans être reçu perruquier, ou l'on n'est qu'un vendeur furtif ; mais il était perruquier. Cependant Hervé d'Arbonnes a été reçu grand maître sans opposition, quoiqu'il eût peut-être suivi dans sa jeunesse les errements de son père pour le même état.

« M. de Marizy, reçu grand maître de Bourgogne depuis cinq ou six ans, s'appelle Legrand, et est fils de Legrand, apprêteur, cardeur de laine au faubourg Saint-Marceau, qui leva ensuite une petite boutique de couvertures près la foire Saint-Laurent, et y a gagné quelques biens. Son fils a épousé la fille de Lafontaine, sellier, a pris le nom de Marizy et a été reçu grand maître sans opposition.

« M. Tellès, grand maître de Châlons, est fils d'un juif nommé Tellès Dacosta, d'abord bijoutier-brocanteur, et que MM. Pâris ont ensuite porté à la fortune ; il a été reçu sans opposition, et ensuite exclu, dit-on, des assemblées, parce qu'il a été taxé de reprendre l'état de son père, ce que j'ignore.

« M. Duvaucel, grand maître de Paris, est fils d'un Duvaucel, fils d'un boutonnier, ensuite garçon chez son frère établi dans la petite rue aux Fers, puis associé à son commerce, et enfin maître de la boutique. M. Duvaucel n'a rencontré nul obstacle à sa réception. »

Après cette diatribe fondée sur un excellent travail d'investigation, il ne sera jamais grand maître des eaux et forêts, mais s'est offert le plaisir d'humilier ceux qui l'humilient. En général, les hommes de son espèce peuvent se faufiler, passer la ligne en douce, se caser dans le flou social ; les noms sont à prendre dans cette société sans papiers d'identité, et les particules à ramasser ou à acheter ; puis le temps s'écoule, qui gomme les souvenirs et fait disparaître les témoins. Beaumarchais, lui, doit passer en force. Même si le nom de Caron a disparu de l'enseigne de la rue Saint-Denis, tout Paris sait son état premier et Versailles n'oubliera jamais qu'il s'est introduit à la cour grâce à son habileté horlogère. Décidé à jouer le jeu social (« Ne pouvant changer le préjugé, il faut donc que je m'y soumette »), il combat l'exclusion en retournant contre le système ses propres règles. En 1773, à la veille de s'immerger dans les affaires secrètes, il répondra aux attaques contre sa prétendue noblesse : « Savez-vous bien que je prouve déjà près de vingt ans de noblesse, que cette noblesse est bien à moi, en bon parchemin scellé du grand sceau de cire jaune ; qu'elle n'est pas, comme celle de beaucoup de gens, incertaine et sur parole, et que personne n'oserait me la disputer, car j'en ai la quittance ? » Phrase révolutionnaire sous ses airs badins, car elle fait voler en éclats le système de la distinction : qu'est-ce qu'une noblesse dont on peut montrer la quittance ? Beaumarchais, ou l'art de détruire une société en jouant son jeu et en appliquant strictement ses règles, de même que les douaniers ne paralysent jamais mieux le service qu'en respectant le règlement à la lettre.

Lieutenant général des chasses aux bailliages et capitaineries de la Varenne du Louvre. Chaque quinzaine, revêtu d'une robe de magistrat, il juge au Louvre les délits de chasse, qui à l'époque n'étaient point tenus pour mineurs ; le braconnage pouvait valoir la mort. Ainsi devient-il le premier officier de La Vallière, duc et pair, capitaine général des chasses et grand fauconnier du roi. Son âge empêchant souvent La Vallière de siéger, Beaumarchais préside à sa place ; il a pour assesseurs les comtes de Rochechouart et de Marcouville, qui ne possèdent pas la quittance de leur très ancienne noblesse.

Toujours grâce à Duverney, il acquiert un hôtel particulier au 26, rue de Condé. Trois étages sur rez-de-chaussée, écuries, remise pour le carrosse, nombreuse domesticité[1].

1. Cette maison est depuis 1889 le siège du *Mercure de France*.

Il se réserve le premier étage et installe au-dessus de lui sa remuante famille. Le père Caron reste Caron, mais Julie devient Mlle de Beaumarchais, et Tonton, Mlle de Beaugarnier.

Ça avance.

XXXI

Les yeux brogliens restèrent secs lorsque Belle-Isle mourut, le 26 janvier 1761. Dumouriez regretta au contraire le vieux maréchal qui lui avait promis la croix de Saint-Louis et le commandement d'une compagnie, mais était décédé avant d'avoir fait signer les grâces au roi (« car alors les récompenses s'appelaient des *grâces* », note Dumouriez). Il se présenta donc, la tête bandée et les deux bras en écharpe, au nouveau secrétaire d'État de la Guerre, Choiseul, qui conservait provisoirement les Affaires étrangères avant de les repasser à son tout dévoué cousin, Praslin, réalisant ainsi dans sa propre famille le cumul dont Charles de Broglie rêvait pour la sienne ; Choiseul, décidément, passait toujours devant. La rencontre entre Dumouriez et le ministre, première d'une tumultueuse série, fut décevante pour le premier, car le second expliqua que c'était trop que deux grâces à la fois et qu'il fallait choisir. Choiseul suggérait la croix. Dumouriez prit la compagnie en assurant qu'on serait bientôt obligé de le décorer.

Le prince Ferdinand montra de l'empressement à lui en fournir l'occasion en rompant la traditionnelle trêve hivernale et en marchant sur Kassel à la tête de cinquante mille hommes. Le maréchal de Broglie avait déjà renvoyé une partie de son armée sur Francfort. Il évacua précipitamment Kassel avec le gros de ses forces, que la ville n'aurait pu nourrir, et laissa à Charles le soin de soutenir le siège. C'était la première fois que le cadet assumait seul un commandement de cette importance. Il le prenait dans les pires conditions. Paris tenait déjà la ville pour perdue. Barbier : « Le prince Ferdinand fait faire le siège de Kassel, où nous avons huit mille hommes de garnison, dit-on, qui sont autant de troupes perdues. Cette ville doit être prise à présent. » C'était compter sans l'énergie de Charles de Broglie et le courage de ses soldats. Bien loin de s'enfermer derrière ses fortifications, le comte multiplia les sorties, dérangeant par son activité les travaux des assiégeants. Certes, son nom n'est même pas cité dans les Mémoires de guerre de Frédéric, qui, rappelant que Ferdinand mit cet hiver-là le siège devant trois places, dont Kassel était de loin la plus importante, se borne à constater que « l'inexpérience des généraux et des ingénieurs, le retardement des munitions, les chemins mauvais et rompus, qui abîmaient les chariots, les lui firent manquer toutes trois ». Le roi de Prusse ne varie pas : lorsque ses troupes triomphent, c'est en vertu du crétinisme des généraux adverses ; si ces derniers l'emportent, c'est grâce aux chemins rompus... Sa correspondance de l'époque témoigne pourtant des tourments que lui causait la résistance opiniâtre du comte de Broglie. À son ami d'Argens, qui, revenu en France, lui écrivait force lettres sur le feuilleton de la suppression des Jésuites, Frédéric répond : « Je suis plus en peine de Kassel que de tous les jésuites de l'univers. »

Victor-François, dès qu'il eut rassemblé ses forces, marcha sur la ville assiégée. Il rencontra à Gruenberg, le 22 mars, le prince héréditaire de Brunswick, dépêché par Ferdinand pour lui barrer la route. Broglie le battit en lui prenant vingt canons et dix-huit drapeaux. Ce 22 mars était le vendredi saint. Comme le maréchal avait triomphé à Bergen, deux ans plus tôt, un autre vendredi saint, le général autrichien Wurmser lui écrivit : « Vous avez une manière de faire vos Pâques qui édifie beaucoup votre armée. » Six jours après Gruenberg, Ferdinand était contraint de lever le siège de Kassel. *Te Deum* à Notre-Dame et grands éloges du roi « de son cousin M. le maréchal de Broglie ». Sous un portrait de Victor-François, ce quatrain :

La France craignait pour sa gloire,
Ses lauriers étaient sans vigueur,
Quand ce héros par sa valeur,
Dans son camp fixa la victoire.

En récompense de sa conduite, Charles de Broglie fut nommé gouverneur de Kassel, avec pension de douze mille livres. Mais les succès des deux frères étaient assombris par la mort du comte de Lameth, époux de leur sœur cadette Marie-Thérèse. Lameth, que Charles avait vainement tenté de faire nommer ambassadeur en Pologne à sa place, décéda à Francfort le 12 mars. Les deux aînés allaient devoir prendre en charge leur sœur et ses quatre enfants.

Le 21 avril, Charles quitte provisoirement l'armée sur ordre du roi : le Secret exige sa présence à Paris.

*

* *

Déjà consternés par l'abandon où les laissait leur protecteur, les patriotes polonais ne pouvaient qu'éprouver un désarroi exaspéré en voyant l'ambassadeur de France jouer les amoureux éconduits avec la jeune comtesse Mniszech, fille du comte Brühl. Ils envoyèrent à Paris le pilier du parti, André Mokronowski. Sa mission officielle consistait à tenter d'intéresser Choiseul à la Pologne ; entreprise si illusoire qu'elle servait en réalité de couverture à la mission secrète, qui était de reprendre contact avec le prince de Conti pour lui proposer derechef le trône de Pologne. On revenait dix-sept ans en arrière, lorsque Castéra était venu de Varsovie faire au prince la même offre, mais beaucoup d'eau avait coulé sous les ponts. Mokronowski séjourna plusieurs jours chez le prince, à L'Isle-Adam, et informa Tercier de leurs conversations, mais Charles, à peine arrivé à Paris, voulut sonder lui-même Conti. Le roi le lui permit par un billet du 3 mai. Ni Broglie ni Tercier ne s'étaient résignés de bon cœur à abandonner le premier objectif du Secret, et ils entretenaient l'espoir qu'une réconciliation entre le roi et son cousin permettrait de le reprendre. Las ! Louis XV n'était pas d'humeur à faire la paix avec l'homme qui appuyait en sous-main l'opposition parlementaire. Un billet très sec du 11 juin mit un terme définitif à la tentative de réanimation ; évoquant une nouvelle conversation entre Conti et Mokronowski, le roi écrit : « ... en voilà assez de dit. Je n'ai rien à faire dire ni à l'un ni à l'autre. » Il ordonna que Mokronowski retournât dans son pays, « sa présence nous y étant plus utile qu'ici ». Charles obtint pour son ami une lettre l'assurant de la protection royale et une gratification de deux mille quatre cents ducats. Il avait lui-même suggéré le départ du Polonais à la lecture des dernières dépêches, fort inquiétantes, venues de Varsovie. Les ambassadeurs d'Angleterre, de Prusse et du Danemark, arguant du désintérêt de la France, démarchaient les seigneurs polonais pour les rallier à une candidature du frère de Frédéric II...

Les nouvelles reçues de Pétersbourg n'étaient pas plus satisfaisantes pour le Secret. Élisabeth, sentant venir la paix, ne voulait pas qu'elle fût pour la Russie aussi bête que pour la France à l'issue de la guerre précédente. Pour sauver Dantzig, une fois de plus revendiquée, le roi avait écrit à Breteuil une lettre vigoureuse : « Faites connaître au comte Vorontsov que s'il m'est aussi véritablement attaché qu'il me le dit, il agirait d'une manière bien opposée à ces sentiments, non seulement s'il se prêtait à un pareil dessein, mais même s'il ne l'empêchait. Quand la remise de ce qu'il me doit ne servirait qu'à parer ce coup, je croirais cet argent bien employé. » La dernière phrase, tournée avec tact, se référait à une somme de cent cinquante mille écus « prêtée » par le roi au chancelier russe. Les écus épaulant les bons sentiments, Dantzig fut sauvée. Tercier, pour consoler Élisabeth de sa déception, lui écrivit par la voie secrète une lettre lui renouvelant les assurances de la tendre amitié du roi de France.

Choiseul croit le moment propice pour relancer son offensive de paix *via* Pétersbourg. Breteuil reçoit instruction de mener bon train la négociation que L'Hôpital avait laissée en plan ; pour plus de sûreté, le ministre dépêche à Pétersbourg un émissaire, Favier, chargé de stimuler le zèle de l'ambassadeur. Ce Favier, personnage complexe, intelligent mais perdu de vices, jouera plus tard un rôle fatal dans le Secret. Lors des conversations confidentielles de La Haye, l'Angleterre avait proposé un congrès réunissant tous les belligérants. Choiseul propose deux congrès, l'un pour parvenir à la paix entre la France et l'Angleterre, l'autre pour mettre un terme aux hostilités sur le continent. Ainsi espère-t-il rassurer Marie-Thérèse, qui redoute qu'on laisse la Silésie à Frédéric en échange de restitutions anglaises à la France. Non seulement la Russie accepte les deux congrès, mais elle annonce qu'elle renoncera à toute prétention sur la Prusse-Orientale si Londres accepte de mettre fin à la guerre maritime et coloniale. Pour prix de sa bonne volonté, Pétersbourg ne demande qu'une « rectification de frontières » du côté de l'Ukraine polonaise... Et Élisabeth, inlassable, proposait une fois de plus à la France une belle et bonne alliance.

Choiseul accepte. « Nous sommes disposés, écrit-il à Breteuil, à sacrifier au prompt rétablissement de la paix les considérations moins essentielles qui, dans d'autres circonstances, exciteraient notre attention et blesseraient peut-être notre amour-propre. » Ses raisons sont évidentes. La Martinique est encore française. Pondichéry assiégée tient toujours. Si quelques miettes de l'empire colonial peuvent encore être sauvées, c'est maintenant ou jamais. Pour ceux-là mêmes qui s'intéressent à la Pologne depuis des décennies, le moment n'est-il pas venu de privilégier l'intérêt national ? La déliquescence de notre influence à Varsovie et l'affaissement du parti patriote permettent-ils de sacrifier à un avenir polonais incertain le présent français déjà si désastreux ? Pour Choiseul, la question ne se pose même pas. Breteuil se trouve dans les mêmes dispositions d'esprit.

Charles de Broglie reste inébranlable. Au roi, le 8 juin : « Quant à la Russie, il me paraît que M. le baron de Breteuil a perdu quelquefois de vue, dans l'exécution des ordres qui lui viennent par M. le duc de Choiseul, ceux qui sont contenus dans l'instruction particulière que V.M. lui a fait remettre, et je penserais qu'il serait essentiel et pressant de les lui rappeler. C'est dans cette vue que j'ose prendre la liberté de proposer à V.M. de lui écrire une lettre dont j'ai cru nécessaire de dresser la minute pour la mettre sous les yeux de V.M... Je la supplie de lire avec attention cette minute et d'y changer ce qu'elle ne trouverait pas digne de son approbation. »

La lettre, approuvée et signée par le roi le jour même, rappelle vertement à Breteuil que les Russes ne seront jamais de véritables alliés, et lui reproche avec sévérité ses concessions. Il ne doit rien céder sur l'Ukraine. « Je paierais trop cher dans ce cas une alliance contractée avec un État où l'intrigue prend tous les jours une nouvelle force, jusqu'au point de rendre infructueux les ordres les plus précis de la souveraine, et où l'incertitude de la succession ne permet pas qu'on puisse donner de la confiance aux engagements les plus solennels. » Le dernier argument témoigne pour la clairvoyance de Broglie, véritable auteur de la lettre.

La fin de la missive royale dut plonger Breteuil dans une insondable perplexité : « Je sens la difficulté à concilier les instructions que je vous envoie avec celles que vous recevez du duc de Choiseul, mais j'exige de vous que vous fassiez tous vos efforts pour ramener mon ministre à des principes plus favorables à la Pologne que ceux qu'il peut avoir, sans cependant trop l'effaroucher ni lui donner de suspicion, et je compte que vous emploierez dans cette occasion l'adresse dont vous êtes capable, et que vous mériterez par là de plus en plus les sentiments que j'ai pour vous. » C'était à lui, Breteuil, qu'il revenait de diriger depuis Pétersbourg un ministre que Louis XV rencontrait tous les jours à Versailles, et qu'un mot tombé des lèvres royales eût suffi à ramener dans le droit chemin... Qu'un agent ne tienne pas tous les fils et avance à l'obscur, c'est la règle du jeu. Encore faut-il que la direction donne le sentiment de garder le cap. On ignore ce qu'en pensait Breteuil, mais son camarade de galère Saint-Priest, lorsqu'il sera initié, trouvera bien futiles ces subtilités incompréhensibles. Louis XV n'est-il qu'un mur renvoyant avec indifférence les arguments lancés successivement par le chef de sa diplomatie officielle et celui de son Secret ?

Breteuil obéit. La guerre continue.

*

* *

Pour la gagner, la Pompadour a son homme : Soubise. Elle brûle de lui offrir l'occasion d'une revanche. Choiseul, qui ne peut refuser un caprice à la femme à laquelle il doit sa fortune, décide de scinder en deux corps l'armée de Broglie et confie le plus important au héros de Rosbach. Barbier : « Cela a surpris et indisposé le public, ainsi que les officiers qui seraient de cette armée ; ce qui a donné lieu à un bon mot : "Que le prince de Soubise commencerait la campagne avec de grandes forces, parce que toute la France est *à l'armée.*" » Choiseul, trop intelligent pour ne pas savoir qu'il fait une sottise, donne à Soubise une armée supérieure en nombre à celle du prince Ferdinand pour qu'il puisse le battre sans le concours de Broglie. Selon Besenval, lieutenant général dans l'armée Soubise, le ministre recommande au prince de n'avoir, « pour sa gloire particulière autant que pour le bien de la chose, rien de commun avec M. de Broglie, attendu que, s'il faisait la faute de se joindre à lui, tout irait mal par l'incompatibilité de M. de Broglie ». Puis, convoquant Charles, Choiseul lui demande en grâce d'apaiser son frère et l'autorise à lui écrire s'il voit se lever quelque orage entre les deux généraux. Un pacificateur neutre ne prendrait pas plus de précautions pour séparer deux armées ennemies afin de les empêcher d'en découdre. De fait, si Ferdinand n'existait pas, la campagne 1761 pourrait, grâce aux sages précautions de Choiseul, se terminer sans effusion de sang.

C'est donc un frère tout encoléré que Charles part rejoindre le 10 juin. Victor-François ne digère pas le coup qu'on lui assène. Quand il perd, la moitié de Versailles applaudit ; s'il gagne, on lui vole ses troupes. Stratégiquement, la décision de Choiseul est absurde. Les forces françaises rassemblées ont trop de mal à vaincre pour qu'on offre à Ferdinand l'occasion de les battre séparément. Le maréchal ne s'est incliné qu'après avoir reçu une lettre par laquelle le dauphin lui confirmait que son père savait son opposition à la nouvelle organisation, mais ajoutait, selon Charles de Broglie, « que S.M. exigeait de son zèle et de son obéissance de s'y soumettre, lui promettant de ne jamais le rendre responsable des événements malheureux qui en pourraient résulter ». Déconcertant Louis XV ! On dirait d'un arbitre un peu las qui, se désintéressant de la partie, promet au moins aux joueurs de ne pas infliger de sanctions... Nous connaissons assez Charles pour prévoir que sa présence auprès de son frère ne sera pas facteur d'apaisement. Il est lui-même exaspéré, mais aussi inquiet. Dans son billet du 3 mai, le roi lui écrivait : « Il serait difficile que je ne fusse pas content de la conduite du maréchal et du comte de Broglie, dans ce qui s'est passé dernièrement en Hesse ; qu'ils continuent de même *en se garant des mau-*

vais conseils et entours, et ils pourront être sûrs de toute ma protection et satisfaction. » Les mots soulignés gâchent le compliment. La maréchale jeune, préposée par la famille à la sollicitation des grâces, a demandé à Choiseul la pairie pour son mari. Le ministre a répondu qu'il avait essuyé un échec, le roi voulant, selon lui, garder en main des faveurs propres à aiguillonner le zèle du maréchal, car il « comptait moins sur sa reconnaissance que sur son désir d'obtenir de nouvelles grâces ». Faut-il croire Choiseul ? « J'ose me flatter, Sire, écrivait le comte, que V.M. en sera convaincue [de notre zèle, attachement et amour] en jetant les yeux sur notre conduite depuis vingt-sept ans que nous avons le bonheur de la servir. Elle peut se rappeler que nous avons toujours été en butte à la critique et à l'intrigue et qu'il n'y a que ses bontés qui nous aient soutenu dans tous les orages qui nous menaçaient. La confiance que j'ose y mettre m'est nécessaire pour dissiper les craintes que j'aurais sans cela qu'il ne s'en formât de nouveau, d'après ce qu'elle me fait l'honneur de me marquer que nous devons nous préserver des mauvais conseils et des entours... » Louis XV n'a pas daigné répondre. Il est clair que le climat se détériore.

Le petit d'Éon rejoint l'armée en même temps que Charles. Il a quitté Pétersbourg avec une escorte de louanges. Le marquis de L'Hôpital à Choiseul : « Il a travaillé sous moi avec autant de zèle que d'activité et d'intelligence ; de pareils sujets sont dignes de la protection d'un ministre tel que vous. » Le même L'Hôpital à Belle-Isle, ministre de la Guerre : « Le sujet est excellent... Vous aimez les sujets de cette trempe. » De retour en France, d'Éon a eu l'infortune d'attraper la petite vérole, qui laisse sur son joli visage les cicatrices indélébiles des boutons. Tant pis ! à la guerre comme à la guerre... Car il veut se battre. Charles de Broglie au roi, le 27 mai : « Le S. d'Éon, qui était employé dans l'affaire secrète à Pétersbourg et qui est de retour ici depuis quelque temps, m'a demandé de venir faire la campagne avec moi, et M. de Choiseul y a consenti en le faisant passer du régiment Colonel-Général dragons à celui d'Autichamp. Je supplie V.M. de me marquer si elle n'aurait pas d'autre ordre à lui donner. » Le roi, le 31 mai : « Je ne sache point que nous ayons présentement besoin du sieur d'Éon, ainsi vous pourrez le prendre pour aide de camp, et d'autant mieux que nous saurons où le prendre si cela était nécessaire. » À son retour, d'Éon a reçu une pension de deux mille livres et le grade de capitaine de dragons. Sa fonction d'aide de camp réduira les inconvénients de sa totale inexpérience en matière militaire.

Une sinistre nouvelle ouvre la campagne : les Anglais, débarqués à Belle-Ile, obtiennent le 7 juin la capitulation de la garnison. L'inexistence de la flotte n'a pas permis de faire passer des renforts. Aucune côte française ne se trouve à l'abri d'une descente. La nécessité d'un grand succès en Allemagne s'en impose d'autant plus.

Deux armées. L'état-major de Soubise garni de tous ceux qui n'aiment point Broglie, en tête Castries et Dumesnil. Et le bon sens produit ce que la prudence voulait éviter : la réunion des deux corps. Ensemble, ils font cent cinquante mille hommes. C'est la défaite de Ferdinand assurée. Le maréchal de Broglie plaide pour une action commune, ce qui est méritoire de sa part, car il sait que Soubise, plus ancien que lui dans la dignité de maréchal, commandera automatiquement l'armée rassemblée. Soubise, tellement chapitré par Choiseul, se fait un peu tirer l'oreille, puis accepte sur les instances de Castries. Son armée s'ébranle pour rejoindre celle de Broglie à Souart, à la frontière de la Westphalie et de la Hesse. Marche lamentable aux yeux mêmes de ses officiers. Besenval, lieutenant général chez lui : « À plusieurs reprises, les officiers inférieurs durent réparer comme par miracle les fautes de leur commandant. » Lorsque l'armée arrive enfin au point de rendez-vous, Victor-François sort de son quartier général pour l'accueillir. Besenval : « J'ai déjà dit que M. de Broglie était l'idole des officiers particuliers, et il s'en fallait bien que M. de Soubise pût compter sur l'attachement de son armée... Dans ces dispositions, M. de Broglie parut à notre armée, et il se fit un certain brouhaha parmi les troupes dont il fut aperçu, ce qui désignait de reste que tous les vœux se tournaient de son côté. La chose fut poussée plus loin. Lorsqu'il passa devant la Maison du Roi, M. le chevalier Danfreville, chef de brigade des gardes du corps, extrêmement attaché à MM. de Broglie, s'avisa de battre des mains, et toute la troupe lui répondit. M. de Soubise se tira mieux d'un événement aussi mortifiant pour lui que peut-être tout autre n'aurait fait à sa place. Il reçut M. de Broglie au pied d'un petit tertre où il avait établi son quartier général ; et sitôt qu'il en fut joint : "Monsieur, lui dit-il, vous voyez avec quel applaudissement mon armée vous reçoit : vous lui devez de vous faire voir à ceux dont vous n'avez pas encore été aperçu" ; et sur cela, il l'entraîna sur le tertre, où l'on discuta sur ce qu'il y avait à faire... »

Le baron de Besenval, témoin de cette nouvelle manifestation de la « politesse Rohan », aurait pu entrer plus tôt dans notre histoire, non pas parce que sa sœur porte le nom de Broglie (elle a épousé un cousin des nôtres), mais à cause de son père, d'origine suisse, qui fut ambassadeur de France en Pologne de 1713 à 1721 et y épousa Catherine Bienlinska, cousine de Marie Leszczynska et fille d'un grand-maréchal de la couronne fidèle à Stanislas jusqu'à Dantzig inclusivement. Jean-Jacques Rousseau raconte dans ses *Confessions* comment cette femme de qualité, en grande faveur à Versailles depuis l'élévation de sa cousine Marie, l'invita à rester dîner chez elle, mais à l'office. Seule l'intervention discrète de la marquise de Broglie, sa fille, sauva l'écrivain de l'humiliation. Besenval, qui fait comme son père carrière dans les gardes suisses, consacre quelques lignes à Charles de Broglie : « Le comte de Broglie a de l'esprit ; sa petite taille, son air crêté, sa facilité à se mettre en colère, le rendent piquant pour les femmes, qui aiment à le tourmenter ; il en a quelques-unes pour amies, et pas un homme, à l'exception d'un ou deux, qui cependant le voient tel qu'il est, c'est-à-dire ayant quelques défauts du maréchal son frère. » Sur Victor-François, Besenval se montre plus prolixe, et il faut le citer car il exprime l'opinion régnant à la cour, dont le baron est et restera l'un des ornements les plus brillants : « Le maréchal de Broglie a peu d'esprit. Élevé par son père, qui n'en avait pas plus que lui, dans les armées ou les places frontières, il n'a même pas acquis le ton que donne la bonne compagnie ; il est mieux dans un camp que dans un salon, où il parle trop de lui. Élevé, comme je l'ai dit, au milieu des troupes, il y a acquis des talents militaires : il connaît bien un terrain, il donne et reçoit une bataille avec intelligence et valeur ; il est capable de prendre un parti vigoureux ; et certainement on peut dire de lui que c'est un excellent général. » Portrait qui, sans le vouloir, fait coup double car il nous dépeint Soubise en même temps que Broglie. Le prince, qui n'a pas eu la disgrâce de grandir dans les camps, possède au plus haut point tout ce qui manque au petit duc : le ton de la bonne compagnie, l'aisance dans un salon, le tact de ne pas assommer son monde en racontant inlassablement sa défaite de Rosbach, tandis que Victor-François n'épargne à la société aucun détail de sa victoire de Bergen. Il est vrai que les talents militaires du duc manquent absolument au prince, et que nous sommes sur un champ de bataille, mais Besenval exprime le sentiment régnant à Versailles : qu'est-ce qu'un général qui n'est bon qu'à remporter des victoires sans posséder le ton de la bonne compagnie ?

Saint-Priest rend visite à Soubise à son quartier général : « Il me reçut fort bien, me retint à dîner, me fit placer à côté de lui, et, me regardant comme attaché aux Broglie, il me témoigna le plus vif désir d'entrer avec eux en parfaite intelligence pour les opérations de la campagne. “Je sais bien, ajouta-t-il, que si nous obtenons des succès, la meilleure part leur sera attribuée, mais n'importe, je serai très content de ce qui me restera.” Je ne manquais pas de tâcher de le maintenir dans de si bons sentiments, mais avec peu d'espoir en moi-même qu'on fût aussi bien disposé de l'autre côté. Soubise était l'ennemi du maréchal, et Broglie n'ayant aucune disposition à l'obéissance, on pouvait dire de lui, comme disait le duc de Laval de lui-même, qu'il aimait la subordination en dessous. »

Conseil de guerre entre les deux maréchaux, leurs chefs d'état-major — Charles de Broglie et Castries —, le prince de Condé, qui commande une division chez Soubise, et un petit lieutenant dont la seule qualité pour se trouver là est que son frère s'appelle Choiseul. Le prince Ferdinand a mis son armée en ordre de bataille. Il est convenu que Broglie attaquera la droite ennemie, commandée par Ferdinand, qui se trouve adossée aux hauteurs de Fillingshausen, tandis que Soubise s'en prendra à l'aile gauche, placée sous les ordres du prince héréditaire de Brunswick ; Condé agira au centre.

L'attaque est fixée à l'aube du 16 juillet.

*
* *

Le 15 juillet dans l'après-midi, Soubise entend tirer le canon du côté de Broglie. Il ne s'étonne pas, car le maréchal doit s'emparer d'un château qui pourrait gêner son attaque du lendemain. Mais les tirs continuent à la nuit tombée, avec un feu nourri de mousqueterie. Inquiet, Soubise dépêche des aides de camp à Broglie ; ils se perdent ou reviennent de peur d'être capturés en pleine obscurité dans un pays inconnu. Entre deux et trois heures du matin, une estafette de Soubise vient chercher Castries. Besenval le suit chez le prince. Soubise leur donne lecture d'un message de Broglie. Il y annonce qu'il a attaqué et pris le village d'Altrop, mais que Ferdinand contre-attaque avec toutes ses forces et que Soubise doit passer à l'offensive pour le soulager. Selon Besenval, le prince fait réveiller ses hommes, endormis sous la tente. Ils enlèvent facilement le village de Scheidigen mais butent sur un ruisseau. On perd beaucoup de temps à jeter un pont. Broglie, submergé, annonce sa retraite. Soubise décide de l'imiter.

Dumouriez avait rejoint l'armée la veille de la bataille. Il revenait d'Aix-la-Chapelle, où il avait dû faire une cure d'un mois pour soigner son bras gauche, attaqué soudain par la gangrène. Le chirurgien avait oublié dans les plaies des bouts de chemise et de manche de veste... Il se bat avec l'usage d'un seul bras, handicap sérieux pour un officier de cavalerie. Sa compagnie, dépendant de Soubise, se trouve à la jointure avec les troupes de Broglie. Il découvre tout soudain que les deux armées sont parties chacune de leur côté en l'oubliant. Avec ses cent cinquante hommes, il rejoint le corps de Broglie et demande les ordres du maréchal. « On lui répond brusquement de sa part qu'on n'a pas d'ordres à lui donner, et qu'il tâche de rejoindre son armée. » Pourquoi aiderait-on un homme de Soubise ?

Fillingshausen n'est ni un désastre ni une déroute — peu de sang versé et une double retraite en bon ordre : c'est une honte. Ferdinand, avec des forces très inférieures, l'emporte une nouvelle fois grâce à la discorde des généraux français.

Des batailles, Napoléon dira : « On s'engage, et puis on voit. » Le maréchal de Broglie pouvait invoquer le fait qu'une bataille ne se monte pas à l'avance comme un mécanisme d'horlogerie. Selon toute vraisemblance, il avait prévu que Ferdinand, surclassé numériquement, profiterait de la nuit pour s'esquiver ; il voulait le pincer au passage de la Lippe. Pari perdu. Ses responsabilités sont écrasantes. N'a-t-il pas retenu la leçon de Minden ? On l'avait accusé alors de n'avoir pas soutenu à temps Contades : le voici qui devance Soubise. L'état de ses relations avec le prince l'obligeait à un respect scrupuleux des décisions prises en commun. Les officiers les mieux disposés à son égard penseront qu'en attaquant prématurément, et sans en prévenir Soubise, il a voulu accaparer les lauriers de la victoire. On jugera aussi que Soubise n'a pas déployé de grands efforts pour venir à son secours. Dumouriez n'exprime pourtant pas le sentiment général lorsqu'il écrit : « Cette bataille est perdue par l'ambitieuse précipitation du maréchal de Broglie qui attaque un jour trop tôt pour la gagner tout seul, et par la coupable jalousie du prince de Soubise qui sacrifie l'honneur de la France au plaisir criminel de donner une mortification à son rival, en lui laissant recevoir un échec sous ses yeux. » Soubise n'était qu'incapable.

Il manifesta aussitôt qu'il n'était pas homme à se brouiller pour une bataille perdue. Ses troupes repliées, il écrivit au duc de Broglie une lettre réduisant l'affaire à une péripétie sans conséquences stratégiques sérieuses, en quoi il n'avait pas tort, et proposant un rendez-vous pour rédiger de concert le compte rendu à envoyer à la cour. Il précisait qu'il s'abstiendrait d'expédier un courrier à Versailles avant la rencontre. Le propos était clair : il fallait se mettre d'accord pour assoupir une affaire dont l'éclat ne pouvait que leur causer du tort.

Victor-François de Broglie n'avait pas attendu le coucher du soleil pour envoyer à Choiseul sa version personnelle des faits. Charles, quoique épuisé par « trois fois vingt-quatre heures à cheval, sans boire ni manger », sauta lui aussi sur sa plume le soir même de la défaite. « Nous avions tout gagné hier au soir, écrivit-il à Choiseul, il est douloureux d'avoir été obligé de rendre aujourd'hui... Je m'attends bien que vous me direz qu'il est malheureux qu'une armée de cent quarante mille hommes ne combatte qu'avec trente mille au plus ; je répondrai à cela que ce n'est pas à celui qui obéit, ou du moins qui ne peut ordonner, à répondre de ces événements. » Tout en rassurant le ministre (« Ne craignez pas que ceci altère la bonne harmonie entre les généraux »), Charles ajoutait cette phrase annonciatrice de tracas : « Cela n'empêchera pas même de dire en honnêtes gens notre avis, quoique nous dussions bien en être corrigés, mais notre conduite sera toujours invariable. »

Choiseul sentait trop ses responsabilités dans l'affaire pour vouloir un éclat. Il pensa l'étouffer en douceur en distribuant équitablement le blâme : Broglie avait attaqué trop tôt ; Soubise, trop tard. Le prince, qui savait sa cour sur le bout du doigt, accepta la réprimande avec modestie. « Je reçois, écrivit-il au maréchal de Broglie, un courrier de la Cour dont les dépêches vous feront autant de peine qu'à moi. Nous nous sommes écartés tous deux des volontés du Roi : nous nous sommes trompés, j'en suis désolé. » Le maréchal lui répondit de son ton le plus pète-sec qu'il n'avait pas l'habitude de se tromper. Charles protesta de son côté auprès de Choiseul contre un arbitrage trop commode (« M. de Soubise, qui n'a attaqué ni trop tôt ni trop tard, car il n'a pas attaqué du tout... ») et expliqua la défaite par la division de l'armée, ce qui mettait en cause Choiseul. Les deux frères voulaient décidément la guerre. Ils ne la feraient plus seulement au prince de Soubise, mais aussi à un ministre tout-puissant que leur opiniâtreté à en découdre rangeait par force dans le camp adverse.

L'opinion, comme l'armée, tenait pour Broglie. Les généraux français attaquaient si peu qu'on trouvait difficile de reprocher à celui-là d'attaquer trop tôt. Soubise traînait l'opprobre de Rosbach. Lorsque Broglie demanda trente mille hommes à prendre sur l'armée du prince pour poursuivre les opérations contre Ferdinand, Choiseul ne les lui refusa pas. Mais c'était de la part du maréchal un pari dangereux. Il fallait démontrer par des succès éclatants que Fillingshausen eût été une victoire s'il avait commandé en chef. Ferdinand s'abstint prudemment de lui en procurer l'occasion. Il avait, cette campagne encore, rempli l'objectif assigné par Frédéric : tenir les Français à distance pour les empêcher de lui donner le coup de grâce. Tandis que le prince héréditaire, son neveu, manœuvrait Soubise et son armée amaigrie, Ferdinand occupa le reste de la bonne saison à tourner autour de Broglie en évitant soigneusement de se laisser accrocher. Les dépêches de Choiseul ne tardèrent pas à questionner aigrement le maréchal sur le peu de résultat de ses opérations.

Si l'ennemi évitait la bataille sur le front extérieur, les Broglie ne témoignaient pas de la même timidité sur le front intérieur et s'employaient au contraire, avec une ardeur et un aveuglement également stupéfiants, à renforcer le camp de leurs ennemis. Ils ajoutèrent à la liste un prince du sang, Condé, et sa puissante parentèle. Condé aurait dû commander le corps de trente mille hommes prélevé sur l'armée Soubise. Victor-François s'y opposa, de même qu'il refusa tous les officiers généraux venus de chez Soubise, préférant mettre à la tête du corps un simple brigadier de sa confiance. Le jeune Condé regimba et reprocha au maréchal de « jeter du louche » sur sa conduite. Victor-François, qui lui tenait rigueur de sa passivité à Fillingshausen, répondit avec son habileté coutumière que, ayant « à peine nommé » Condé dans ses dépêches, le reproche tombait de lui-même. Il ajoutait que ses façons ne péchaient pas par hypocrisie, car il s'exprimait toujours « avec la vérité de mon caractère, qui ne s'est point démentie depuis que je suis dans le monde, qu'on m'a reprochée souvent comme un tort, mais dont je ne me corrigerai certainement pas ». Il écrivit aussi au dauphin pour se plaindre de l'irruption de Condé dans une querelle où il n'avait que faire, constatant avec résignation : « Il y a vingt ans que je vois éprouver les mêmes choses à mon père et à moi, ainsi je suis blasé. » Le jeune prince en appela au ministre et au roi. La Pompadour répondit pour Louis XV, trop absorbé pour consacrer un quart d'heure à régler des problèmes de commandement : « Les chasses continuelles du Roi l'ont empêché, Monseigneur, de répondre plus tôt à votre lettre. Je conçois très bien l'impatience que doit vous causer un procédé auquel vous ne deviez vous attendre en aucune espèce de façon ; mais je ne reviens pas de l'inquiétude que vous avez prise. Comment, avec la réputation que vous vous êtes faite à la guerre, avez-vous pu craindre d'être condamné ici ? N'êtes-vous pas instruit particulièrement de la connaissance que l'on a du caractère à qui vous avez affaire, et ne savez-vous pas que le plus grand des malheurs est d'être forcé à se servir d'un pareil homme ? En vérité, Monseigneur, permettez-moi de vous dire, vous avez rendu trop peu de justice à la Cour, et personnellement à moi, qui vous suis attachée invinciblement pour toute ma vie. » Choiseul faisait chorus : « S.M. pense que vous êtes infiniment au-dessus des tracasseries souterraines... Vous devez avoir bien loin de vous les misères de M. de Broglie... » Ces phrases enfin, surprenantes et très misérables : « L'intérêt de son service [du roi] exige qu'on dissimule jusqu'à la fin de la campagne et que surtout on évite les procès par écrit qui augmenteraient la division dans les esprits. D'ailleurs, si les malheurs publics pouvaient vous venger, les opérations de l'armée du haut Rhin parlent plus évidemment que tout ce que vous pouvez dire. » De la part d'un ministre de la Guerre en exercice, c'est pousser loin le goût de l'intrigue de cour que de se réjouir des malheurs d'un général qu'on pourrait révoquer à tout instant, mais qu'on maintient en place pour le mieux perdre.

Jean-Pierre Tercier, antenne parisienne du comte de Broglie, voyait trop de noirs nuages s'amonceler sur la tête des deux frères pour ne pas tirer la sonnette d'alarme. Charles écrivit de longues lettres à Choiseul — non au ministre, mais à l'ami qui lui avait demandé de « parler et écrire toujours à cœur ouvert ». Il posait le problème avec bon sens : « Si ce général était infidèle ou désobéissant, il mériterait d'être puni ; s'il est malhabile, rien ne saurait dispenser de lui donner un successeur, fût-il votre meilleur ami ou votre plus proche parent. Mais tant que le Roi le laisse dans un poste où l'autorité et l'approbation de son maître sont si nécessaires, passez-moi la liberté que je prends de vous dire qu'il est bien nécessaire aussi qu'il ne soit pas vilipendé. » L'ami Choiseul éluda l'ouverture. Charles en appela donc au roi, suprême recours. Deux lettres touchantes par la certitude qu'un examen équitable ne peut qu'aboutir à la justification de son aîné, désolantes par l'aveuglement qui les dicte. Le comte marque la responsabilité essentielle de Choiseul, « auteur du projet d'avoir deux armées indépendantes — projet fatal que mon frère a combattu autant qu'il lui a été possible et qui est la seule cause du manque de succès de nos opérations ». Mais le roi, quoique désapprouvant « l'arrangement », selon le dauphin, n'a-t-il pas laissé faire Choiseul, qu'il continue de soutenir ? Quand Charles rappelle que Soubise n'a été porté au commandement en chef « que par complaisance », il met en cause la favorite. Lorsqu'il écrit cette phrase que Frédéric approuverait sans doute : « Nous voilà à la fin de la cinquième campagne de cette guerre : il n'y aurait eu que la première si les intérêts particuliers n'avaient pas dirigé les choix et les opérations », ne porte-t-il pas le plus rude jugement sur la conduite de la guerre par le roi ? Cet homme raisonne toujours comme si la vertu, siégeant par principe à la tête de l'État, peut parfois s'égarer ou se trouver abusée, mais qu'il suffit alors de lui montrer le droit chemin pour qu'elle s'y précipite avec reconnaissance.

Tercier, bien informé de l'état d'esprit régnant à la cour, avait recommandé au comte : « Surtout, que M. le maréchal ne vienne pas ; on profiterait de sa présence pour le renvoyer. » Judicieux conseil, que les deux entêtés rejettent avec superbe puisqu'ils sont sûrs d'avoir raison et comptent que le roi leur rendra justice. Charles sollicite de Louis XV la permission pour son frère de venir « ne fût-ce qu'un mois à Paris, et d'y mettre à ses pieds le compte de sa conduite ».

On les attend.

*
* *

Victor-François arrive à Paris le 8 janvier 1762, fort de deux invitations délivrées par l'obligeant Choiseul, et précédé par une lettre de son frère suppliant le roi de le bien recevoir. Charles croyait devoir préciser : « Toute la France aura les yeux ouverts sur cet événement. »

Le maréchal a dans son portefeuille huit pièces ou mémoires justificatifs démontrant péremptoirement la justesse de ses décisions. Le dauphin, après les avoir lus, l'encourage à les soumettre à son père. Le 23 janvier, il subit l'affront public de ne pas être invité au souper du roi, ce qui suscite une lettre de Charles remplie de déplorations. Sans prendre garde à ce signal d'alarme, le maréchal remet le dossier au roi le 26 janvier. La pièce maîtresse est un mémoire sur Fillingshausen dont le manuscrit est presque tout entier de la main du comte. Choiseul en reçoit copie, ainsi que tous ses collègues. Le 2 février, à la cérémonie traditionnelle de l'ordre du Saint-Esprit, de Croÿ trouve le maréchal « bourrelé », sans aucun doute parce que « son mémoire, qui prenait mal dans le public, pouvait bien faire que ce fût sa fin ». Soubise, malheureux de ce rebondissement inattendu, travaille, bien obligé, à un mémoire en réponse. Il a toute la cour avec lui, le dauphin excepté, qui ne compte guère. Au premier rang, ceux qui se frottent les mains de voir les deux frères donner tête baissée dans la toile d'araignée. La plupart jugent que la conduite des Broglie ressortit à la faute de goût. Le reste s'ébahit de la candeur d'une démarche qui consiste à attendre du roi qu'en donnant raison au maréchal il condamne tout ensemble la femme qui règne sur lui depuis près de vingt ans, son ami d'enfance et le ministre qui a sa préférence.

Le Conseil se réunit à Marly le 18 février pour trancher entre les mémoires de Broglie et de Soubise. Avec le roi et le dauphin, les participants sont d'Estrées, qui déteste Victor-François, et quatre ministres tout dévoués à la marquise : Choiseul et son cousin Praslin, Berryer, Saint-Florentin. La séance fut longue. Il paraît que Choiseul parla beaucoup, et en procureur.

Le soir même, Victor-François reçoit une lettre écrite de la main du roi : « Mon cousin, ayant jugé que la forme et le fond de la démarche que vous avez faite en me présentant un mémoire sur les événements de la campagne dernière étaient aussi contraires au bien de mon service que d'un mauvais exemple dans mon royaume, je vous en marque mon mécontentement en vous ôtant le commandement de ma province d'Alsace et en vous ordonnant de partir pour votre terre de Broglie dans la journée de samedi, où vous resterez jusqu'à nouvel ordre de ma part. Sur ce, je prie Dieu qu'Il vous ait, mon cousin, en sa sainte et digne garde. À Marly, ce 18 février 1762, Louis. »

Charles n'a droit qu'à un billet laconique que le roi s'est contenté de signer : « Monsieur le comte de Broglie, étant mal satisfait de votre conduite, je vous ôte le gouvernement de la ville de Kassel dont vous étiez pourvu et vous ordonne d'être rendu samedi dans la journée au château de Broglie pour y demeurer jusqu'à nouvel ordre de ma part. Sur ce, etc. » Une lettre d'accompagnement de Choiseul précisait que le comte ne devait voir que sa famille jusqu'à son départ de Paris.

L'exil, cette autre Bastille. Il faudrait citer longuement Saint-Simon et vingt auteurs pour donner idée de la catastrophe. C'est passer de la lumière aux ténèbres, entrer dans un hiver sans fin. Anéantissement social foudroyant. Les relations, même les amis, qui s'écartent du pestiféré. L'ennui mortel d'une existence désormais privée de sens. On en mourait aisément. Le lendemain de la sentence royale, l'octogénaire maréchal de Noailles confie à de Croÿ : « Les voilà perdus pour toujours, car le Roi ne revient jamais. » « Il avait, là-dessus, bien de l'expérience, commente de Croÿ, et, en effet, le Roi n'est jamais revenu pour aucun des exilés. » Chauvelin, disgracié en 1737, vit en exil depuis exactement un quart de siècle et va mourir cette année sans avoir revu Versailles. Maurepas, exilé depuis treize ans, attendra encore douze ans, et la mort de Louis XV, pour venir réchauffer ses vieux os au soleil de la cour. Le duc de Châtillon se survit dans ses terres depuis dix-huit ans en punition de la faute d'avoir conduit à Metz le dauphin, dont il était le gouverneur, lors de la fameuse maladie du roi. De Croÿ peut à bon droit écrire pour les Broglie cette manière d'épitaphe : « Suivant les apparences, c'étaient des gens finis, et bien jeunes, le maréchal n'ayant que quarante-deux ans. »

Le surlendemain de l'ordre d'exil, la Comédie-Française donne *Tancrède*, de Voltaire. La Clairon, célèbre actrice du temps, s'approche de la rampe et, face à la salle, lance en les chargeant de sens les vers du rôle d'Amenaïde :

On dépouille Tancrède, on l'exile, on l'outrage,
C'est le sort d'un héros d'être persécuté.
Je sens que c'est le mien de l'aimer davantage.
Écoute : dans ces murs, Tancrède est regretté :
Le peuple le chérit !

L'assistance, électrisée, applaudit pendant un quart d'heure. « Le public assemblé ne respecte rien, constate Barbier, et cela est bien flatteur pour le maréchal de Broglie. Il y a eu défense de représenter la pièce. » Voltaire interdit pour cause de Broglie ! Ce pouvoir réussissait des amalgames plus détonants que ceux des chimériques cherchant dans leurs cornues le secret de la pierre philosophale. La cour, qui vivait sur Sirius, fut une fois de plus déconcertée par la réaction de l'opinion. Le journal de l'honnête de Croÿ traduit bien l'évolution des esprits. De Croÿ, qui servait à Fillingshausen sous Soubise, est tout acquis au prince. Il lui donne son témoignage pour la rédaction de son mémoire en défense. Il note avec satisfaction que « le public était pour lui » — mais ce public, c'est la cour. Les acclamations de la Comédie-Française le laissent indifférent, mais cet homme d'affaires avisé commence de s'émouvoir lorsque la disgrâce du maréchal « fait tomber les fonds publics ». Il redécouvre des évidences que seules les haines et les intrigues de cour pouvaient nier : « On gémissait pour l'État, personne ne pouvant refuser au maréchal de Broglie de grands talents militaires, et d'avoir remis la discipline dans nos troupes, et c'était le seul général qui eût gagné plusieurs batailles. » Le roi place à la tête des armées d'Estrées et l'inévitable Soubise. Son amitié pour les deux hommes, surtout pour Soubise, n'empêche pas de Croÿ de se livrer à de judicieuses réflexions : « Il était difficile de succéder au maréchal de Broglie, qui, en tout, avait du talent, connaissait cette guerre comme sa chambre, et avait toute la confiance et estime de l'Allemagne et de cette armée-là. Dans ces circonstances, quoique ami des deux, il n'était pas à désirer, à ce qu'il paraissait, de suivre leur sort ; aussi je désirais fort de ne pas y aller. »

Ainsi le maréchal de Broglie était-il regretté et plaint, d'autant que la privation du commandement de l'Alsace le réduisait à la gêne financière (« n'ayant jamais volé », précise de Croÿ) ; mais on cherche en vain l'expression d'un regret ou d'une sympathie pour Charles, foudroyé avec lui. « Son frère, écrit de Croÿ, à qui on attribuait tout avec raison, ne fut plaint de personne. » Besenval considérait aussi que le cadet avait été le mauvais génie de l'aîné. L'écho en parvient jusqu'à Barbier : « Le maréchal de Broglie, bon homme de guerre, bon citoyen et fort doux [*sic*], se laisse, dit-on, conduire par le comte de Broglie, qui est un homme très vif et une tête chaude. »

Charles voyait une autre explication à sa disgrâce. Le lendemain de l'ordre d'exil, il écrit au roi : « Sire, M. le duc de Choiseul m'a adressé hier au soir les ordres de V.M. auxquels je vais me conformer en partant ce soir pour me rendre à Broglie. J'y porterai la douleur d'avoir eu le malheur extrême de déplaire à un maître que je sers depuis vingt-huit ans avec un attachement, une fidélité, j'ose dire un amour sans bornes. V.M. peut se rappeler qu'il y a plusieurs années que je vois se former l'orage qui tombe aujourd'hui sur moi. Ce sont ses marques de bonté même qui l'ont rassemblé en excitant l'envie de mes ennemis. Quelque cruel qu'il soit, j'espère qu'il ne m'accablera pas et que j'aurai encore un jour le bonheur de donner à V.M. des preuves d'un zèle qui ne s'éteindra qu'avec ma vie... »

À l'instant même où les deux frères étaient foudroyés, Soubise était donc remis à la tête de l'armée. Dix jours plus tard, Choiseul recevait la charge de colonel-général des Suisses et Grisons, somptueuse prébende rapportant plus de cent mille livres par an ; en juillet le roi lui donnera le grand bailliage de Haguenau, représentant cinquante-cinq mille livres de rentes.

Paris chansonnait Soubise :

Je suis un pauvre maréchal
Et je redeviens général
Depuis que Broglie, en son village,
Est renvoyé par Pompadour.

Le 20 février, maréchal et maréchale jeune, comte et comtesse, leur nombreuse progéniture, accompagnés de Marie-Thérèse de Lameth et de ses quatre enfants, prennent le chemin de l'exil pour aller s'ensevelir au château de Broglie, qui est à l'image de l'humeur familiale : point gai.

XXXII

À l'automne 1761, tandis que le maréchal de Broglie mettait au point ses mémoires justificatifs, Frédéric voyait l'étau se refermer sur lui. Trop faible pour livrer une bataille dont la perte eût signifié sa fin, il avait, depuis la reprise printanière des opérations, employé son talent à éviter tout engagement décisif. Mais les Autrichiens se sont emparés de la place forte de Schweidnitz, qui commande la Silésie, et les Russes ont conquis Colberg, sur la Baltique. Il s'est retiré à Breslau sans en oser bouger. S'il existe encore, c'est grâce à ce qu'il appelle la « divine ânerie » de ses adversaires, incapables de conjuguer leurs forces, sans quoi, écrit-il à d'Argens, « vous n'auriez eu qu'à faire mon épitaphe ». Mais il est au bout du rouleau. La plus grande partie de ses États est occupée. Il ne parvient plus à reconstituer son armée saignée à blanc. Cent vingt de ses généraux ont été tués au combat. Les recrues qu'il lève à grand mal sont « un ramas de drôles, des larrons, des décrotteurs, des ramoneurs de cheminée » qui se débandent au premier boulet. Il incorpore de force des déserteurs ennemis et même des prisonniers de guerre, triste chair à canon. La rébellion couve. Ses frères dénoncent son orgueil criminel. À Breslau même, il déjoue de justesse un complot tramé pour le livrer à l'ennemi. La prochaine campagne sera la dernière. Il songe à rassembler toutes ses forces pour les jeter dans une ultime bataille, histoire de finir en beauté : « Après tout, périr en détail ou périr en masse, n'est-ce pas la même chose ? »

Le 5 janvier 1762, Élisabeth meurt et le débile grand-duc Pierre monte sur le trône des czars sous le nom de Pierre III. Mort et avènement miraculeux pour Frédéric, qui ne croit pas aux miracles. À une czarine acharnée à sa perte succède l'homme dont l'ambition serait de commander un régiment dans l'armée du grand Frédéric — lequel se hâte de lui expédier un brevet de général-major prussien. Pierre III, le jour même de son avènement, ordonne à l'armée russe d'arrêter ses opérations. Il restitue toutes ses conquêtes à son idole. Encore cinq mois et il signera avec Frédéric un traité d'alliance offensive. « Si le roi m'en donne l'ordre, répète-t-il, j'irai faire la guerre à l'enfer avec tout mon empire. » La Suède, découragée, se retire du conflit, bientôt suivie par la Saxe. Le roi de Prusse se sent Lazare sortant du tombeau. Il inonde Pierre de lettres dans le ton de celles qu'il écrivait naguère à Voltaire : le czar est un homme divin auquel il voudrait ériger un temple et des autels[1].

Charles de Broglie apprit la mort d'Élisabeth au plus fort de l'affaire des mémoires. Il considérait la guerre comme perdue, de sorte que le renversement d'alliance qu'annonçait la prussomanie de Pierre III ne l'émouvait pas outre mesure. L'événement justifiait sa russophobie viscérale : n'avait-on pas sacrifié la Pologne, et dans une large mesure la Turquie, à une alliance dont le peu de fond se vérifiait spectaculairement ? La rupture avec Pétersbourg imposait si clairement un réalignement de la politique française sur ses axes traditionnels que le ministère ne pourrait qu'y coopérer. C'était la possibilité tant attendue d'une relance de l'affaire secrète. Broglie et Tercier avaient eu raison d'exhorter leurs agents à la patience : après des années remplies de déceptions, l'heure de la contre-offensive sonnait pour le Secret.

Charles, à quelques jours du Conseil fatal, écrit au roi deux lettres frémissantes d'ardeur retrouvée. L'avenir familial en balance est bien loin d'accaparer sa pensée et son temps. Il a demandé au précieux d'Éon un mémoire sur les perspectives ouvertes par l'avènement de Pierre III. Il faut remuer Breteuil, décidément bien mou. Le roi doit imposer à Choiseul le retour immédiat de Durand à Varsovie, car on ne peut compter sur Paulmy pour faire preuve de l'énergie à présent nécessaire. Si Breteuil, comme cela se murmure, quitte Pétersbourg pour aller à Stockholm, il conviendrait

1. En avril 1945, Hitler et ses fidèles, enfermés dans leurs bunkers berlinois vers lesquels convergeaient les armées alliées, accueillirent la nouvelle de la mort de Roosevelt, survenue le 12, par le cri : « C'est le miracle de la czarine ! » L'écho s'en trouve notamment dans le journal de Goebbels. On ne pouvait attendre d'esprits de cette espèce, au surplus affolés d'angoisse, qu'ils fissent la différence entre autocratie et démocratie, pas plus qu'entre le grand-duc Pierre et Harry Truman, personnalités pourtant peu comparables.

de le remplacer par d'Havrincourt, vieil agent du Secret, auquel le roi donnerait le cordon bleu pour suppléer « le manque d'illustration de sa famille ». D'Éon, dans tous les cas, devra être adjoint au nouvel ambassadeur. Avec ses meilleurs agents réimplantés aux points stratégiques, le Secret peut reconquérir rapidement le terrain perdu.

Là-dessus, l'exil.

*
* *

Le coup assomma la communauté du Secret. De loin, il était incompréhensible. Pourquoi la querelle du maréchal de Broglie avec Soubise entraînait-elle la disgrâce de son frère ? Comment le roi pouvait-il frapper l'homme qu'il avait placé à la tête de sa diplomatie occulte ? Chaque agent, au moment de son recrutement, avait été averti de l'honneur exceptionnel que lui faisait le roi en l'admettant dans sa confiance intime : beau privilège, en vérité, dont les résultats tangibles étaient le renvoi de Tercier des Affaires étrangères et l'exil de Broglie... Le Secret, qui avait résisté tant bien que mal à la disgrâce de Conti et à celle de Tercier, pouvait-il survivre à cette ultime catastrophe ? Le coup que lui portait Louis XV avec tant de désinvolture ne traduisait-il pas sa volonté de fermer boutique ?

Charles, que ces questions devaient tarauder, n'était plus en mesure d'obtenir les réponses. La tribu broglienne s'était repliée sur ses terres normandes en laissant aux avant-postes parisiens la maréchale douairière et le vieux abbé, chargés de veiller aux intérêts de la famille, ou à ce qu'il en restait. Le château de Broglie, qui n'offrira jamais une physionomie bien souriante, était alors un assemblage tarabiscoté où se mêlaient sans s'harmoniser vestiges du vieux château fort féodal et agrandissements commencés au siècle précédent, poursuivis par le feu maréchal et par Victor-François. Ni l'un ni l'autre n'avait une aspiration d'ordre esthétique à se reprocher. Militaires, ils avaient normalement conçu un château-caserne. Les communs, bâtis en brique et couverts de chaume, mettaient une note de fraîche ruralité dans ces laideurs austères.

La vie s'organisa, implacablement morne, sous la férule

du maréchal, qui avait conduit assez de retraites pour savoir que ce n'est surtout pas le moment de se relâcher sur la discipline. Au moins l'amour fraternel résistait-il à tout. De Croÿ, en apprenant la disgrâce : « Ce que je craignais pour eux, c'est qu'étant seuls à Broglie, à se reprocher mutuellement, ils ne se brouillassent, ce qui rendrait alors cet exil un enfer... » Rien de tel. Bien loin de s'accuser l'un l'autre, chacun s'accusait *in petto* d'avoir entraîné son frère dans la catastrophe. Victor-François refusait avec indignation l'hypothèse que son cadet eût été puni à cause de sa mauvaise influence, estimant que lui-même n'avait pas attendu l'âge de quarante-deux ans pour savoir ce qu'il avait à faire. Si quelqu'un devait être puni, c'était lui et lui seul. Quant à Charles, convaincu que l'objectif du clan Pompadour-Choiseul était la destruction du Secret, il pensait que la disgrâce de son frère n'avait servi qu'à dérober aux yeux du public le but véritable de l'opération. Il ne pouvait même pas s'en ouvrir à Victor-François, car, avec un respect scrupuleux des règles de sécurité, il ne lui avait jamais fait la moindre confidence et s'y refusait encore dans les chagrins de l'exil, alors même que, selon toute apparence, le Secret avait cessé d'exister.

Jean-Pierre Tercier, qui avait sauvé le service du naufrage de Conti, reçut en avril une dépêche désemparée d'Hennin : « Que vais-je faire, puisque c'est à M. de Broglie principalement que j'avais ordre de rendre compte de ce que je vois ? Je me tairai jusqu'à nouvel ordre. » Le roi n'avait pas réagi aux extraits de dépêches communiqués depuis la disgrâce des Broglie, mais la décision compréhensible prise par Hennin posait un problème qui ne pouvait être tranché que par lui. Tercier obtint une audience. Connaissant son homme, et sachant chez lui la force de l'habitude, il proposa benoîtement de répondre à Hennin que tout devait continuer comme devant tant sur le fond que dans la forme. Le roi resta un instant silencieux, puis répondit : « Faites. » Il ajouta en grommelant : « Que voulez-vous ? le comte de Broglie m'a forcé à ce que j'ai fait ; c'est sa ténacité à expliquer sa conduite et celle de son frère qui m'a extorqué ce qui est arrivé. »

L'excellent Tercier, aux anges, courut chez lui écrire à Charles une exégèse de la parole royale : « *Forcée*, voilà le mot dont S.M. s'est servie. Je n'examine point si c'est vous qui l'avez forcée, et passons condamnation sur le mot, sans chercher s'il n'a pas été *forcé* par d'autres. Nous pensons que le mot vous est favorable. Trop persuadé de la justice de votre cause, vous avez voulu la faire prévaloir, sans égard pour les considérations particulières. Vous avez mis S.M. dans le cas de faire ce qu'elle a fait, mais à regret, vous l'y avez *forcée*. Elle ne voulait pas, son cœur était pour vous. Voilà le sens de la phrase... » Tercier en concluait que le malheur n'était que passager puisque le roi conservait sa confiance au comte : « Ceci est un orage qui passera. »

L'horreur du roi pour les éclats publics devait lui faire trouver détestable le spectacle de deux maréchaux de France se jetant à la tête la responsabilité d'une défaite. L'acharnement de Broglie à plaider son dossier, et surtout la large diffusion de ce dossier, ne pouvait qu'attirer sur lui les foudres royales. Mais si l'affaire se réduisait à la punition d'un militaire sorti de ses gonds, pourquoi celui-ci n'avait-il pas été exilé après Minden ? Le processus avait été le même — accusations réciproques, production d'un mémoire en forme de réquisitoire, mémoire en défense, examen du tout par le Conseil —, mais avec une issue bien différente dans le cas de Minden puisque Broglie, justifié par le Conseil, avait accédé ensuite au commandement en chef de l'armée. L'explication était simple : après Minden, il n'avait affaire qu'à Contades ; tandis qu'après Fillingshausen, il affrontait Soubise et le parti Pompadour. Inconscient de la modification du rapport de forces, Broglie pouvait en tout cas se croire autorisé à marcher par le précédent de Minden. À tout moment, un mot du roi eût d'ailleurs suffi à bloquer l'engrenage. Dix fois, vingt fois, Louis XV avait tenté d'imposer aux jansénistes comme aux évêques le silence sur la bulle *Unigenitus*. Il eût été mieux obéi en ordonnant à Victor-François de brûler ses mémoires. Quant à envelopper le cadet dans la disgrâce de l'aîné, c'était injuste pour le premier, quelque peu injurieux pour le second, considéré comme un homme qui se laissait mener par le bout du nez, et en tout cas déplorable pour le Secret. Le roi savait trop à quelles puissantes pressions il avait cédé pour ne pas saisir la perche opportunément tendue par Tercier.

Aux complications et aux lenteurs imposées par l'exclusion du premier commis de son poste, le séjour forcé du chef du Secret en Normandie ajoutait une difficulté nouvelle : « Comment faire ? lui écrivait Tercier. Un homme à pied, à cheval, ou de quelque manière que ce soit, est arrêté aux barrières et fouillé ; les lettres qu'on trouve sur lui sont censées de contrebande pour la ferme des postes ; elles sont prises et quelquefois celui qui en est chargé est conduit en prison... Le petit homme que vous avez envoyé, il y a deux mois, arrêté à La Barre [1], ne s'est sauvé qu'à la faveur de ses jambes et du monde qui l'entourait. » Mais comment utiliser la poste sans mettre le Cabinet noir dans le secret, puisque la correspondance de tout exilé était étroitement surveillée ? On adopta une cote mal taillée : Jannel, intendant général des postes, reçut du roi l'ordre de laisser passer sans l'ouvrir le courrier adressé à un certain Montaut, résidant à Montreuil-L'Argillé, capitaine d'artillerie en retraite jugé assez sûr pour servir de boîte à lettres. Montreuil-L'Argillé se trouve à quelques kilomètres de Broglie. Pour un homme aussi perspicace que Jannel, la couverture était mince, et l'on murmurait qu'il était acquis à la Pompadour... Charles laissait enfin à Paris son secrétaire Jean Drouet, recruté à Dresde, qui déchargerait Tercier d'une partie de ses besognes de déchiffrement et assurerait, en cas d'urgence, la liaison Paris-Broglie.

Cahin-caha, le Secret continuait.

*

* *

Pierre III et ses extravagances eurent tôt fait de lasser un peuple pourtant patient. Petit-fils de Pierre le Grand par sa mère, il s'ingéniait à se différencier des Russes, et jusqu'à abjurer publiquement la religion orthodoxe pour revenir au luthéranisme paternel. Dès 1757, le clairvoyant marquis de L'Hôpital avait annoncé à Bernis que, si Élisabeth venait à mourir, « on verrait alors des révolutions subites. Jamais on

1. À proximité de Broglie.

ne laisserait le grand-duc sur le trône, et on s'en déferait assurément ». Pierre était tombé amoureux de l'une des nièces du chancelier Vorontsov ; elle n'était ni borgne ni bossue, mais Breteuil la dépeignait ainsi : « Elle ressemble en tout point à une servante d'auberge de mauvais aloi », ce qui la rendait adéquate. Catherine, sans cesse humiliée par son mari, bientôt menacée de répudiation, songea à accomplir la prédiction de L'Hôpital. Tout allemande par le sang, elle se fit plus russe que personne, donnant le spectacle d'un zèle ardent pour le culte orthodoxe, flattant les préjugés populaires autant que Pierre les prenait à rebrousse-poil. Un coup d'État exigeait des moyens plus décisifs. Elle fit approcher Breteuil et lui demanda une aide de soixante mille roubles.

Le baron de Breteuil n'avait pas l'âme aventureuse de La Chétardie. Il n'aspirait qu'à quitter un pays dont le nouveau maître l'abreuvait d'avanies puisqu'il y représentait une puissance ennemie du grand Frédéric. Choiseul, le 30 mars, lui avait promis l'ambassade de Stockholm. La proposition de Catherine le surprit au moment de boucler ses bagages. Tout observateur lucide devait apercevoir la facilité de renverser un czar qui avait fait en cinq mois l'unanimité contre lui. Breteuil était intelligent mais prudent. Il commença par objecter à l'émissaire de Catherine, un Piémontais nommé Odard, que « le Roi avait pour principe de n'entrer dans aucune affaire domestique ». Sur l'insistance d'Odard, il argua de la nécessité d'informer Versailles et, pour se couvrir, exigea une demande écrite de la main même de Catherine. On convint qu'elle serait rédigée ainsi : « J'ai chargé le porteur du présent de vous faire mes adieux et de vous prier de me faire quelques petites commissions, que je vous prie de me rapporter le plus rapidement possible. » Breteuil décampa dès le lendemain, laissant à un secrétaire sans pouvoir le soin de suivre l'affaire. Le secrétaire, Béranger, reçut de Catherine un billet sec : « L'emplette que nous devions faire se fera sûrement bientôt, mais à beaucoup meilleur marché ; ainsi on n'a pas besoin d'autres fonds. » La chance de se gagner l'amitié de la future czarine était manquée.

Il faut comprendre Breteuil, diplomate à peu près novice, écartelé depuis le début de son ambassade entre des instructions officielles et secrètes rigoureusement contradictoires. La disgrâce du comte de Broglie devait poser question à sa jeune ambition. Son seul souhait était de se tirer du guêpier le plus rapidement possible. Pour plus de sûreté, il n'informa même pas Versailles des ouvertures de Catherine. La nouvelle du coup d'État le rattrapa à Varsovie. Imperturbablement, il poursuivit sur Vienne. Catherine s'était contentée de rejouer, le 10 juillet 1762, le scénario écrit vingt et un ans plus tôt par Élisabeth : appel aux soldats, séduits par sa beauté et sa hardiesse, soulèvement des casernes, marche sur le palais, occupé sans résistance. Pierre III résidait dans sa maison de campagne. Bien loin d'imiter le courage de son modèle, il prit la fuite, offrit son abdication, fut rattrapé, emprisonné, assassiné enfin dans sa cellule par les frères Orlov, officiers aux gardes, qui étaient quatre, et dont l'un, Alexis, avait été pris pour amant par Catherine. On sut que le règne naissant serait énergique.

Le coup d'État dérangeait les plans du comte de Broglie. Il jugeait très satisfaisante l'imbécillité du czar : « La Russie, écrivait-il à Tercier, doit être regardée comme une puissance ennemie... Je pense qu'on ne doit rien négliger pour la détruire. Le meilleur moyen d'y réussir est de l'éloigner de toutes les occasions qui pourraient lui faire jouer un rôle en Europe... Il faut donc ne faire jamais aucun traité avec cette Cour, la laisser tomber dans le sommeil le plus léthargique et ne l'en retirer que par des convulsions que des mouvements intérieurs préparés de longue main peuvent lui occasionner. En les renouvelant fréquemment, on empêchera le gouvernement moscovite de songer au dehors. » Quoi de mieux qu'un Pierre III pour réaliser ce programme ? Charles, poussant obstinément ses pions, se voyait sur le point de réussir. Choiseul se faisait tirer l'oreille pour renvoyer Durand à Varsovie, mais l'efficace Hennin arrivait à Versailles avec le plan d'action pour la Pologne qu'il avait littéralement dicté à Paulmy. Choiseul, d'abord enclin à remplacer Breteuil par d'Havrincourt, conformément au vœu de Charles, en avait finalement écarté l'idée pour ne pas exposer un ambassadeur du premier rang aux avanies du czar : on enverrait à Pétersbourg un représentant de plus modeste stature. Charles songea immédiatement à d'Éon.

Le chevalier avait combattu peu de temps — huit mois — mais de belle manière sous les ordres des deux frères Broglie. Un certificat du maréchal énumère ses actions : évacuation, sous le feu ennemi, d'un dépôt de munitions d'une rive à l'autre de la Weser ; blessure à la tête et à la cuisse au combat d'Ultrop ; capture à Osterwick d'un bataillon prussien à la suite d'une charge de quatre-vingts dragons qu'il commandait en second sous Saint-Victor. « Il a donné, attestait le maréchal, des preuves de la plus grande valeur. » Il donnait aussi des preuves de la plus grande fidélité aux Broglie. Sachant son courrier ouvert, il ne craignait pas de leur écrire dans leur exil des lettres où Victor-François n'était jamais nommé que Tancrède, en souvenir de l'ovation de la Comédie-Française, tandis que Soubise empruntait l'identité du prince Orbassant, vilain personnage de la tragédie de Voltaire. D'Éon, présent à Fillingshausen, considérait que la victoire n'avait été manquée que par l'inertie du prince, et l'on trouvera dans ses papiers, après sa mort, une relation détaillée de la bataille annotée de la main même du maréchal.

Choiseul, comme tout le monde, appréciait d'Éon, mais les liens du chevalier avec les proscrits risquaient de poser problème. Charles fit intervenir en sous-main deux amis du chevalier qui se trouvaient être proches collaborateurs de Choiseul, le président de La Vergne et Sainte-Foy. Ils furent efficaces, et, le 1er juin, le roi pouvait écrire à Tercier : « M. de Choiseul m'a dit qu'il me proposerait le sieur d'Éon pour envoyer à Pétersbourg, lorsque le retour de M. de Breteuil serait certain. » Le 19 juin, Louis XV confirmait : « J'approuve entièrement la façon de penser du comte de Broglie par rapport à la Russie et à l'envoi du sieur d'Éon ; il connaît notre pénurie sur les dépenses d'argent, il faut lui recommander d'en être bien avare. » (En cette septième année de la guerre, ses finances épuisées, le roi ne cesse de prêcher l'économie dans ses billets à Tercier...) D'Éon à Pétersbourg, avec le double caractère de résident et de consul, c'était pour Charles de Broglie l'assurance de disposer au cœur de l'empire ennemi d'un agent d'une fidélité à toute épreuve, souple et audacieux, aussi efficace dans un salon qu'à la tête d'une compagnie de dragons. Pour d'Éon, c'était atteindre à trente-quatre ans des sommets inespérés. Pour le Secret, c'eût été s'épargner la plus grave crise de son histoire.

Catherine chamboulait tout.

*
* *

Breteuil reçut l'ordre de retourner dare-dare à Pétersbourg. Les événements faisaient de son départ précipité une manière de désertion. Les regrets qu'il présenta lui valurent l'absolution royale, mais ne lui épargnèrent pas les dures remontrances du comte de Broglie. Le 10 août, Charles lui écrivit une lettre qu'on ne peut lire sans émotion, car, envoyée du fond de l'exil à un ambassadeur en place, elle exprime ce que cet homme a de meilleur en lui : le sacrifice consenti de son intérêt personnel à celui du service. Après avoir annoncé qu'il parlerait « avec l'ancienne amitié que vous me connaissez et la franchise dont vous savez que j'ai toujours fait profession : aucune circonstance de ma vie n'a altéré en moi ce style, et aucune, je l'espère, ne l'altérera » (mais qui diable eût songé à reprocher aux frères Broglie de manquer de franchise ?), Charles morigénait Breteuil sur sa timidité à exécuter les instructions du Secret, fustigeait son départ de Pétersbourg sans qu'il eût même cru devoir avertir des avances de Catherine, et, sentant sans doute ce qu'avait d'incongru une telle semonce de la part d'un homme en disgrâce, poursuivait : « Des motifs qu'il ne nous appartient pas de pénétrer peuvent quelquefois obliger S.M. de permettre des arrangements assez contraires au but où elle tend ; mais je ne puis douter qu'elle soit fort attachée au succès de l'affaire qu'elle prend la peine de diriger elle-même depuis près de vingt ans, et tous ceux qu'il lui a plu d'y employer doivent s'y sacrifier. Je ne vous soupçonne pas d'avoir craint, en paraissant y être attaché, d'encourir la disgrâce de ceux pour qui elle aurait été cachée, moins encore de vous faire un mérite inestimable auprès d'eux en la leur découvrant. Tout ce que je connais de vous exclut une pareille opinion, et c'est en conséquence que j'avais eu l'honneur de vous proposer à S.M. comme la personne la plus remplie de ses devoirs et dont je pouvais le plus lui répondre. Justifiez,

Monsieur le Baron, ce que j'ai avancé, et soyez sûr que la faveur des gens les plus puissants et tous les avantages qui en peuvent résulter ne valent pas la satisfaction intérieure d'avoir toujours sacrifié son intérêt à son devoir et la sûreté d'être connu de son maître comme un homme qui ne sert que lui. Je sais que ce n'est pas la route ordinaire et qu'il peut s'y rencontrer des épines, mais c'est celle que l'honneur dicte et que je veux que mes amis suivent. »

Pour le cas où Breteuil eût tenu pour négligeable la leçon donnée par un proscrit, il reçut un mois plus tard une lettre signée du roi, mais évidemment rédigée par le comte, car elle reprenait presque mot pour mot ses propos. Breteuil devait observer comment la czarine allait assurer un pouvoir encore branlant, surveiller ses amours (« Si cette princesse a l'âme haute, elle a le cœur sensible »), découvrir le parti qu'elle prendrait dans la guerre. Pour le reste, la vieille antienne du Secret : « Vous savez déjà, et je le répéterai ici bien clairement, que *l'objet de ma politique avec la Russie est de l'éloigner autant qu'il sera possible des affaires de l'Europe... Vous savez que la Pologne est le principal objet de la correspondance secrète*, et que, par conséquent, tout ce qui concerne ce pays doit l'être de même de votre attention. »

Pour la Pologne, l'éclaircie entrevue par Broglie n'avait pas survécu au coup d'État de Catherine. Choiseul avait renvoyé Hennin sans approuver son plan. Quant au précieux Durand, le ministre, bien loin de le vouloir nommer à Varsovie, lui destinait la place de garde du dépôt des Affaires étrangères, autrement dit directeur des archives — un placard.

Breteuil eut tôt fait d'éclairer Versailles. Catherine régnerait, et sans partage, le robuste Orlov n'étant là que pour « la satisfaction des sens ». Quant à ses alliances, elle avait choisi de n'en avoir aucune et de se tenir dans une stricte neutralité jusqu'à la fin de la guerre.

*
* *

Il ne restait donc plus qu'à faire la paix. L'Autriche et la France, incapables d'écraser la Prusse avec l'aide de la

Russie, ne pouvaient espérer y parvenir sans elle. D'Estrées et Soubise reculaient devant Ferdinand de Brunswick tandis que Frédéric obtenait ses succès habituels contre l'armée autrichienne. L'Angleterre avait achevé sa rafle outre-mer et la destruction de la marine française garantissait ses conquêtes. L'habile Choiseul, par une diplomatie active, avait réussi, avec le « pacte de famille », à faire entrer dans la guerre, en janvier 1762, une Espagne qui avait de très anciens griefs contre l'Angleterre, mais l'armée espagnole lancée contre le Portugal, fidèle partenaire de Londres, s'enlisait dans des opérations stériles. À Londres, George III avait succédé à son père en octobre 1760, et l'implacable Pitt était remplacé par lord Bute. La nouvelle équipe, que l'alliance franco-espagnole inquiétait, craignait par-dessus tout de perdre ce que Pitt avait gagné. La pression fiscale atteignait en Angleterre la limite du tolérable. Choiseul et Bute décidèrent d'échanger des ambassadeurs pour reprendre et mener à terme les pourparlers infructueux conduits, côté français, par le traître Bussy.

Tandis que le duc de Bedford arrivait à Versailles, le duc de Nivernais partait pour Londres. À cet aimable grand seigneur, que nous avons vu, à la veille de la guerre, si tristement dupé par Frédéric, Choiseul donna pour secrétaires d'Éon et Durand, ce dernier provisoirement sauvé des archives. Charles de Broglie apprécia la présence de Durand dans la délégation française — il y serait l'œil et l'oreille du Secret — mais se battit tant qu'il put, avec l'aide de Tercier et de d'Éon lui-même, pour empêcher le départ du chevalier outre-Manche : il venait d'ordonner à Breteuil de demander son envoi à Pétersbourg avec le double caractère de résident et de consul. Choiseul s'obstina, et d'Éon partit comme les autres, le 2 septembre, avec l'ordre du roi, transmis par Tercier, d'informer le Secret de tout ce qu'il pourrait apprendre en Angleterre. Deux extraordinaires succès anglais scandèrent les conversations. On apprit à Londres, le 29 septembre, qu'un corps expéditionnaire avait conquis La Havane sur les Espagnols ; plus tard tombèrent Manille et les Philippines. Ces nouvelles rendaient la paix plus urgente encore pour la partie franco-espagnole, mais paradoxalement plus difficile pour lord Bute et son ministère : la prise inattendue de La Havane déclencha un raz de marée d'enthousiasme belliciste dans le peuple anglais, qui voyait s'ouvrir la possibilité de dépecer l'empire colonial espagnol comme il venait de faire du français. La volonté d'en finir l'emporta.

On ne parla pas de Durand, qui ne faisait jamais parler de lui, mais d'Éon défraya naturellement la chronique. Il avait charmé Nivernais, qui ne l'appelait que « mon cher petit » ou « mon cher enfant ». Un jour de négociation difficile, le sous-secrétaire d'État Wood leur révèle qu'il a dans son portefeuille les instructions destinées par le secrétaire d'État, lord Egremont, au duc de Bedford, négociateur à Versailles. Nivernais et d'Éon échangent un regard. Ils savent Wood gros buveur. Nivernais l'invite à dîner. Tandis que Wood vide force bouteilles, d'Éon subtilise son portefeuille et recopie la dépêche, aussitôt expédiée à Versailles. Nivernais, plus tard, aura l'imprudence de raconter l'anecdote à qui voudra l'entendre, ce qui ne sera pas sans conséquence.

Les préliminaires de la paix furent signés à Fontainebleau, le 3 novembre 1762 ; le traité définitif, passé dans l'histoire sous le nom de traité de Paris, suivit le 10 février 1763. Cinq jours plus tard, le traité d'Hubertsburg mettait fin aux hostilités entre puissances continentales.

Nivernais annonça à Versailles que d'Éon y apporterait la ratification du roi d'Angleterre. Praslin, secrétaire d'État des Affaires étrangères, lui écrivit aussitôt : « Il n'est pas possible, mon cher ami, que vous envoyiez M. d'Éon porter la ratification du traité de paix. Le ministre anglais ne la confierait sûrement pas à un étranger ; cela serait contre toute règle et contre tout usage, et n'ayant pas ce prétexte, il n'y aurait nulle raison pour envoyer ici M. d'Éon. » Quelques jours plus tard, le chevalier arrivait à Versailles avec la ratification et une lettre de Nivernais pour Praslin : « Je suis bien aise que vous ayez été une bête en croyant, mon cher ami, qu'il était inexécutable de faire porter la ratification du roi d'Angleterre par le secrétaire de France, mon petit d'Éon. C'est que vous ne savez pas à quel point va la bonté et l'estime que l'on a ici pour nous, Monseigneur, et il n'y a pas de mal que vous l'ayez touché au doigt en cette occasion, car, sans cela, vous auriez été homme à nous mépriser toute votre vie, au lieu qu'à présent vous nous considérez sans doute un peu. »

D'Éon reçut la croix de Saint-Louis des mains du roi. Il paraît qu'en le voyant Louis XV dit : « Il me porte bonheur. »

Bonheur n'était pas le mot adéquat, même si la prolongation de la guerre ne pouvait apporter que des malheurs supplémentaires à la France. En Europe, les choses étaient remises en l'état, et Marie-Thérèse devait faire définitivement son deuil de la Silésie. On s'était battu pendant sept ans, au prix d'un million de morts, pour ce beau résultat. Frédéric dressait son bilan personnel : « Sept campagnes qui avaient produit dix-sept batailles rangées et presque autant de combats non moins sanglants, trois sièges entrepris par l'armée et cinq à soutenir, sans compter des entreprises sur des quartiers d'hiver de l'ennemi, etc. » Il sortait de la guerre avec une gloire sans égale en son siècle. Son jugement sur la France était sévère. Il reprochait aux Français d'avoir méconnu que leur combat était sur mer — et ils l'avaient bien entamé avec la prise de Minorque, « mais dès que leur attention fut distraite par la guerre de terre ferme, dès que les armées d'Allemagne absorbèrent tous les fonds qu'ils auraient dû employer à augmenter leurs flottes, leur marine vint à manquer des choses nécessaires, et les Anglais gagnèrent un ascendant qui les rendit vainqueurs dans les quatre parties du monde... Et pour comble d'humiliation, les généraux dont la Cour fit choix pour commander ses armées, et qui se croyaient des Turenne, firent des fautes qu'on n'eût pas pardonnées à des écoliers. »

Aussi la France est-elle la grande vaincue de la guerre. Elle restitue Minorque à l'Angleterre. Elle perd le Canada tout entier, la vallée de l'Ohio, la rive gauche du Mississippi. Elle récupère Guadeloupe, Martinique et Sainte-Lucie, mais abandonne Marie-Galante, Tobago et la Désirade. Aux Indes, elle se trouve réduite aux cinq comptoirs traditionnels, perdant toutes ses acquisitions postérieures à 1749. Le Sénégal passait sous souveraineté anglaise, à la seule exception de l'île de Gorée. De son côté, l'Espagne, pour récupérer Cuba, devait céder la Floride à l'Angleterre. Louis XV, qui se jugeait coupable d'avoir entraîné le Bourbon de Madrid dans la guerre, lui offrit avec une désinvolture vraiment royale la Louisiane en compensation de la Floride, de sorte que d'aucuns purent dire que, dans cette guerre, nos alliés nous coûtaient aussi cher que nos ennemis.

Il fallait remonter loin dans l'histoire de France pour trouver un désastre de cette dimension.

La perte du Canada fit peu d'impression. Une longue cohorte d'historiens de sensibilité royaliste attribuera cette paix à la néfaste influence des philosophes — les fameux « arpents de neige » de Voltaire —, reprenant plaisamment le refrain « C'est la faute à Voltaire, c'est la faute à Rousseau ». Choiseul, assez bon royaliste lui-même, voyait plus clair, qui tenait depuis le début que le rapport de forces démographique excluait d'avance toute possibilité de victoire militaire. Soixante mille Français ne pouvaient résister à longue échéance à deux millions de colons britanniques. Il eût mieux valu se prêter aux délimitations de frontières prévues à Aix-la-Chapelle, renoncer à l'Ohio, et tenir fortement le Québec. La Martinique et la Guadeloupe, les riches « isles à sucre », comptaient infiniment plus, pour les contemporains, que des possessions aléatoires et coûteuses sur le continent américain.

L'opinion publique française accueillit le traité de Paris avec soulagement et écœurement. Soulagement de voir se terminer enfin une guerre de sept années qui n'avait apporté que ruine, défaites, humiliations. Écœurement devant l'incapacité du pouvoir à la conduire avec efficacité. C'était « la guerre de Pompadour ». Sans doute le roi pouvait-il invoquer la guérilla parlementaire permanente, les impôts refusés quand l'Angleterre se saignait aux quatre veines. Mais la rébellion de la magistrature eût été vite matée si le trône avait été respecté.

Avec son sens très particulier des relations publiques, le pouvoir laissa ériger la statue équestre de Louis XV, sur la place de Paris portant son nom (future place de la Concorde), le jour même — 23 février 1763 — où il mettait sa signature au bas du traité de Paris. La Pompadour, Choiseul et Soubise assistaient à l'érection. Quatre figures allégoriques sculptées par Pigalle entouraient le roi à cheval ; elles représentaient la Force, la Prudence, la Justice et l'amour de la Paix. Un matin, on trouva ces deux vers sur le socle :

Grotesque monument, infâme piédestal !
Les vertus sont à pied, le vice est à cheval.

Les vers effacés par la police, deux autres leur succédèrent :

Il est ici comme à Versailles ;
Il est sans cœur et sans entrailles !

Le pire fut sans doute les deux mots écrits par un inconnu sur un papier collé sur le socle : *Statua Statuae* — Image d'une image.

XXXIII

Honte et fureur habitaient le comte de Broglie. Son tempérament, il est vrai, le portait aux extrémités. Mais Tercier à Paris, Durand à Londres, hommes pondérés s'il en fut, vivaient la même souffrance, et avec eux la communauté du Secret.

Charles et son frère démentaient tous les clichés de l'exil. Bien loin de se laisser entamer par la déréliction, étrangers à la neurasthénie qui en avait ravagé tant d'autres, ils gardaient une énergie intacte. L'expérience familiale les y aidait peut-être. Après tout, leur grand-père était resté vingt-cinq ans inemployé sur ses terres, en disgrâce officieuse, et leur père avait ruminé son exil dans ces mêmes allées qu'ils arpentaient côte à côte. Leur énorme certitude d'avoir raison devait aussi les soutenir. Ces Normands d'adoption savaient depuis toujours la phrase têtue que les gens d'ici répètent encore aujourd'hui : « C'est mon drêt et j'y tis » (C'est mon droit et j'y tiens). Ni l'un ni l'autre n'était certes exempt d'ambition et ils participaient de bon cœur à la course aux honneurs et à la fortune, mais la passion apportée par Charles à ses projets lui faisait ressentir l'exil non pas tant comme l'anéantissement de ses espérances personnelles que comme un frein enrageant à une action nécessaire ; ainsi s'exaspérait-il sans se déliter, le souci du général remisant bien loin celui du particulier.

Il lui paraissait invraisemblable que l'équipe qui avait mené la France à la faillite demeurât aux affaires. Réflexion pour nous raisonnable, mais qui n'était pas dans l'air du temps. On arrivait au pouvoir par la faveur du roi ; on le quittait sur son bon plaisir. Charles imagina de renverser les Choiseul. Le comte était hardi, courageux, parfois irréaliste. De la part d'un homme disgracié, reclus au fond d'une province, le projet n'avait pas de précédent. Avec quel levier délogerait-il le clan des Lorrains, appuyé sur la Pompadour ? Conti. Le problème de Charles sera toujours de dépendre de personnages dont la détermination n'égalait pas la sienne. Dans onze ans, après la mort de Louis XV, il écrira à son petit-fils Louis XVI ces lignes sur le feu roi : « Sa sagacité, qui lui faisait en toute occasion apercevoir les meilleurs partis, n'était malheureusement pas, si on ose le dire, toujours accompagnée du caractère qui les exécute. »

D'accord avec lui, Jean-Pierre Tercier rendit visite au prince dans les premiers jours de janvier, sous le prétexte de lui présenter ses vœux. Conti, en disgrâce depuis sept ans, menait une vie agréable entre le Temple et L'Isle-Adam, frondait avec le Parlement, critiquait les généraux, fréquentait les philosophes et protégeait Rousseau. Tercier lui représenta qu'il pouvait être le sauveur de la France. Il n'y fallait qu'une réconciliation avec son cousin. Conti montra du scepticisme. Certes, la situation était catastrophique sur tous les plans — politique, économique, militaire —, mais comment espérer que le clan au pouvoir se laissât déloger de bonne grâce ? Il ne fallait pas compter sur un appui effectif du roi. Conti, homme à femmes lui-même, pensait que seule une femme pouvait prendre un ascendant durable sur l'esprit de son cousin. La Pompadour en faisait la démonstration depuis près de vingt ans. Partagé entre la crainte d'être rebuté et le désir de jouer un rôle, le prince n'avança qu'un pied précautionneux : Broglie et

Tercier sonderaient le roi avec le plus grand tact, et il aviserait en fonction de sa réaction.

Charles piaffa d'impatience : « Faut-il, écrivit-il à Tercier, que de si faibles considérations donnent aux ennemis l'avantage de rester toujours maîtres du champ de bataille, et de voir tranquillement perdre le royaume dans toutes ses parties ? Je conviens que la besogne n'est pas aisée, et qu'elle ne peut se faire si on n'a pas ce qu'on appelle la *grande main* ; je sens aussi qu'on ne saurait l'avoir en conservant les personnages qui sont en possession. Mais je soutiens que si M. d'Arbo[1] reprenait le fil des affaires, le renvoi de ceux qui y sont deviendrait une suite nécessaire... Il serait facile de faire sentir la nécessité de faire maison nette tant parce que ce n'est pas les auteurs du mal qui peuvent le réparer, que parce que, certainement, les ouvriers actuels n'en ont pas la volonté et que par le changement il faut rétablir la confiance. » Il affirmait sa certitude que le prince saurait trouver l'ouvrier capable de rebâtir sur les ruines : « D'ailleurs, quand quelqu'un de l'étoffe de M. d'Arbo étaiera un homme qui aimerait le travail et qui n'aurait pas peur des cris, celui-ci serait à son aise. Mais il est inutile de s'étendre sur cette matière ; quand on en sera là, on trouvera ce qu'il faut. » Selon toute vraisemblance, Charles pensait qu'il ne faudrait pas chercher bien loin cet homme idoine : il le voyait chaque matin dans sa glace en se débarbouillant.

Il écrivit la lettre convenue, que Tercier montra au roi. Elle dressait un tableau sombre mais réaliste de la situation du royaume et parait Conti de toutes les vertus d'un sauveur. Le roi ne réagit pas.

Une nouvelle venue de Varsovie relança le vieux rêve : Auguste III, malade, avait subi une opération qui avait révélé l'usure de son organisme. Les chirurgiens ne lui accordaient qu'un bref sursis. L'échéance attendue depuis si longtemps, et pour laquelle avait été créé le Secret, allait enfin se réaliser. Pourquoi Conti ne serait-il pas le candidat de la France ? Les patriotes polonais, Mokronowski en tête, n'avaient jamais rompu avec lui, même après sa disgrâce.

1. Nom de code utilisé par Broglie et Tercier pour désigner Conti dans leur correspondance.

Le roi répondit à Tercier, le 17 mars, qu'il voulait avant tout la liberté de choix pour les Polonais, « ensuite un des frères de Madame la Dauphine, Xavier préféré aux autres, l'aîné exclu de lui-même sans que nous y paraissions. S'ils prennent le prince de Conti, je ne m'y opposerai pas ». Broglie et Tercier pouvaient se féliciter de voir marquer une préférence pour Xavier de Saxe, qu'ils poussaient depuis longtemps, mais Conti devait trouver plutôt réfrigérante la petite phrase le concernant.

Charles, insensible comme toujours au découragement, imagina alors une nouvelle ouverture : le prince renoncerait à la couronne de Pologne en faveur de Xavier pour complaire au roi et démontrer sa volonté de tout sacrifier au redressement de la France. Conti fit la grimace : c'était lâcher le possible, même incertain, pour le très improbable. La réponse du roi fut cette fois sèche et définitive : « Je ne veux aucun sacrifice de la part de M. le prince de Conti, ni ne veux plus qu'on lui reparle de rien. S'il est élu, j'en serai charmé. Le comte de Broglie le sera aussi, car il me paraît l'aimer beaucoup. » Les derniers mots trahissaient un agacement.

Le recours à Conti était une erreur. Se peut-il que Broglie, même aux armées, n'ait point su le rôle joué par le prince dans les coulisses d'une opposition parlementaire qui empoisonnait la vie du roi depuis le début de la guerre et continuait de le faire la paix revenue ? Chaque fois que la cour hasardait un édit fiscal, il s'y opposait au Parlement avec une éloquence rare. Broglie et Tercier proposaient pour sauveur un homme que le roi devait considérer comme l'un des artisans du malheur. Conti avait d'ailleurs donné trop de preuves de son indécision pour qu'on pût espérer le voir monter à l'assaut du pouvoir. Intelligent comme son cousin, apte autant que lui à concevoir des projets de grande envergure, il lui manquait aussi le « caractère qui les exécute ».

*
* *

Le vieux abbé n'était pas le seul à s'agiter à Versailles pour les exilés. Un essaim de grandes dames, dont une

Rohan, Mme de Brionne, souhaitait mener campagne en leur faveur. Le prince de Soubise lui-même, mauvais général mais bon cœur, déplorait l'infortune de son rival et se déclarait prêt à agir pour l'adoucir. La bonne volonté ainsi manifestée, qui pour certains devait se teinter de remords, se brisait net sur la rigueur inflexible du maréchal. Muré dans ses certitudes, Victor-François refusait de devoir quoi que ce fût à qui que ce fût, et surtout à un Soubise. « Je ne vous dirai pas, écrivait-il à son jeune frère — l'abbé de Broglie, qu'on appelait naturellement le « jeune abbé » —, je ne vous dirai pas que je suis insensible sur ma situation. Je connais ce qu'elle a de fâcheux, tant par le désagrément d'être maltraité quand on ne l'a pas mérité que par la modicité de ma fortune. Et ce que j'y trouve de pis, c'est que mon éloignement des moyens d'éducation m'empêcheront [*sic*], si cela dure, de donner à mon fils celle qu'il serait convenable qu'il eût. Aussi, je ne veux pas paraître plus philosophe que je ne le suis, mais comme il y a bien longtemps que je me suis fait une loi de préférer toujours l'honnête à l'utile, et, si je suis malheureux, d'être du moins estimable à mes propres yeux, etc. » Des interventions en sa faveur auprès de Pompadour et de Choiseul ? Au chevalier du Muy, triste héros de l'embuscade de Warburg, qui les lui proposait, il répondit : « Ce qui en résulterait infailliblement serait l'interprétation de bassesse que toutes ces personnes donneraient aux démarches qu'on ferait auprès d'elles, et un vernis de ridicule et de mépris sur nous. »

Charles, trop heureux de garder permission d'écrire au roi, n'en usait qu'avec circonspection. Pour les affaires du Secret, il préférait, comme on l'a vu, passer par l'intermédiaire de Tercier. Deux lettres seulement à Louis XV pendant la première année d'exil, toutes deux consacrées à des problèmes familiaux. Auguste III, pour remercier Charles de Broglie de son action à Vienne, au début de la guerre, qui avait redressé le moral autrichien défaillant et permis en partie la victoire de Kolin, lui avait promis un chapeau de cardinal pour le jeune abbé. Les évêques polonais restaient assez indifférents au cardinalat, de sorte que le roi de Pologne pouvait disposer de chapeaux pour des étrangers en fonction de ses intérêts diplomatiques. Après la disgrâce des deux frères, le comte Brühl avait évidemment freiné des quatre fers. Charles écrivit à Louis XV, le 15 avril, pour demander son intercession. Il terminait par des regrets (« Nous ne chercherons point, Sire, à excuser auprès de V.M. une démarche que nous regretterons éternellement, puisque nous avons eu par là le malheur de déplaire à V.M... »), mais des regrets présentés à la mode broglienne, c'est-à-dire barbelés d'indignation contre « nos ennemis » et avec la certitude réitérée que le Secret était cause de son infortune : sa seule faute s'appelait fidélité. Le roi ne répondit pas.

Deuxième lettre huit mois plus tard, le 11 décembre 1762. Cette fois, il s'agissait de l'achat d'un domaine. Le contrat de mariage de Charles et de Louise-Augustine de Montmorency prévoyait que la dot de cette dernière devrait être investie dans l'achat d'une terre. Les deux époux firent choix de Ruffec, en Poitou, et Charles signa l'acte d'achat, le 6 décembre, pour un prix de six cent mille livres, dont deux cent mille comptant et le solde payable en quatre ans. Or le contrôleur général des finances Bertin s'intéressait à Ruffec et Charles apprit qu'il comptait demander au roi d'user en sa faveur du droit de préemption appartenant au souverain. Le procédé était raide. Tout en exprimant sa confusion de l'importuner « d'aussi misérables détails », le comte demandait au roi de lui conserver Ruffec, mais ajoutait — signe que la disgrâce lui faisait malgré tout découvrir la résignation — qu'au cas où il s'y refuserait il voulût bien l'en prévenir pour qu'il s'attirât la reconnaissance du ministre en lui rétrocédant sa terre comme de son propre mouvement... Le roi répondit par un billet à Tercier : « Je n'ai point ouï parler de l'acquisition de la terre de Ruffec, ni du droit de prélation [préemption]. C'est une affaire de particulier, dont je ne me mêle pas ni ne veux me mêler. C'est au comte de Broglie de voir ce qu'il doit faire. » Même si Ruffec n'apparaissait plus menacé, le ton de cette réponse indirecte n'était guère revigorant.

Après une année d'exil, Victor-François consentit à une démarche à laquelle il eût été, à la vérité, difficile de s'opposer. Le dauphin s'estimait en partie responsable de la disgrâce de ses protégés, car, ayant lu le premier les mémoires du maréchal, il n'avait pas déconseillé de les mettre sous les yeux du roi. Le 16 mars 1763, un mois après la signature de la paix, il prit son courage à deux mains et se présenta devant son père, qui l'intimidait beaucoup. Louis, étonné, écouta son début, mais l'interrompit très vite avec un sec : « C'est bien près après ! » et s'éloigna. Il paraît qu'il se rendit ensuite chez la marquise, qui lui reprocha de n'avoir pas signifié à son fils un refus plus catégorique. Toujours est-il que, deux jours plus tard, le dauphin reçut cette lettre de son père : « J'ai été surpris, mon cher fils, que vous m'ayez si tôt demandé le retour du maréchal de Broglie. Pour ne pas refuser sèchement, j'ai pris une réponse dilatoire, ne m'y étant point du tout attendu. La paix qui ramène tous les prisonniers de guerre ne fait pas pour cela revenir ceux d'État. Il m'a manqué essentiellement en me voulant forcer la main par la démarche qu'il a faite et que vous n'avez pas empêchée. Attendez donc encore longtemps, peut-être même quelques années. »

Prisonniers d'État. Quelques années.

Le chevalier du Muy, transmettant au maréchal la lettre par laquelle le dauphin exprimait sa mortification d'avoir échoué, ajoutait quelques commentaires personnels tirés de sa longue pratique de la cour. Selon lui, il eût fallu avant toute démarche se concilier Choiseul. Un rappel des exilés obtenu en dehors de ce puissant ministre aurait été interprété comme sa défaite et celle de son clan. Il n'avait pu que s'y opposer. Marie-Thérèse de Lameth devait justement rendre visite à Choiseul pour le règlement de sa pension de veuve. Elle quitta Broglie plus chargée de mises en garde qu'une patrouille légère aventurée en pays ennemi. Victor-François avertissait à l'avance qu'il désavouerait hautement tout propos susceptible de donner au ministre, « entièrement avantageux et léger en propos », le sentiment qu'on pliait le genou devant lui.

Marie-Thérèse entendit de Choiseul une étrange histoire. Le maréchal, « qui s'est bien mal conduit en tout, excepté la guerre, qu'il entend à merveille », avait exaspéré par son obstination à se faire rendre raison. « Sans cela, il avait l'armée, oui, l'armée... » Mais le plus grave n'était pas là. « Ce qui l'a plus perdu que son mémoire, qui a ulcéré le Roi, c'est son affection pour Desforges... » Desforges ! Le clerc de procureur condamné pour avoir écrit, au lendemain de l'arrestation devant l'Opéra du jeune et vaillant Stuart, les vers qui avaient ému la France : « *Peuple jadis si fier, aujourd'hui si servile/Des princes malheureux vous n'êtes plus l'asile...* » Transféré au Mont-Saint-Michel, enfermé dans la terrible cage de fer suspendue en l'air, il en avait été libéré trois ans plus tard grâce au vieux abbé, qui lui avait donné son abbaye pour prison. L'ecclésiastique, dont les courtisans de Versailles ne voyaient que l'échine souple, avait aussi un cœur charitable. Il s'intéressa à Desforges, enquêta, découvrit que beaucoup d'intrigues louches avaient entouré la diffusion du poème, se démena enfin si bien qu'il obtint la libération de son protégé en 1756, après six ans de captivité. Victor-François, soumis aux obsédantes instances de son oncle, avait fini par engager Desforges comme secrétaire. Il lui trouva des qualités, car il voulut, en 1760, le faire nommer commissaire des guerres, ce à quoi s'opposa Belle-Isle. « Vous, Madame, affirmait Choiseul, ne savez pas qu'alors le Roi n'avait pas vu les vers de Desforges ; que ç'a été dans le temps du mémoire qu'on les lui a fait lire, en envenimant la démarche d'avoir voulu s'attacher un homme qui était criminel de lèse-majesté... Je vous répète, cela a fait pis que cent mémoires. »

Où Choiseul allait-il chercher cette vieille histoire, dont Louis XV ne faisait nulle mention dans sa lettre au dauphin ? Victor-François écrivit au ministre qu'il n'avait pris Desforges à son service qu'après s'être assuré que le roi et la marquise de Pompadour lui avaient pardonné. Mais bon, il renvoya aussitôt son secrétaire. Choiseul, dont on attendait une éclaircie, n'avait fait qu'un malheureux de plus.

Le baron Crozat de Thiers, beau-père du maréchal et oncle de la femme de Choiseul, intercéda à son tour auprès du ministre sans demander la permission au Cincinnatus normand. Trois conversations successives. Le bilan en était accablant. Qu'il ait servi ou non de modèle au *Méchant* de Gresset, Choiseul savait à merveille verser le fiel sur les blessures à vif. Pour augmenter le regret des exilés, il réaffirma que le roi, avant la remise du fatal mémoire, était décidé à donner le commandement de l'armée au maréchal, mais dans des termes qui dévastaient l'espérance : « M. de Soubise est mon ami, aurait dit Louis XV, et je hais le maréchal de Broglie, mais il est meilleur général que l'autre, et dans l'intérêt c'est lui qui doit commander. »

Charles, atterré, demanda à Tercier, dont la correspondance avec le roi grossissait dans la mesure même où la sienne s'étiolait, de s'informer s'il était bien vrai que Louis XV avait exprimé de la haine envers son frère. Réponse glaçante à Tercier : « Un roi ne se sert point du mot haïr avec ses sujets, mais quand il a eu sujet d'en exiler un, il ne le fait pas souvent revenir. Le compte de Broglie n'était pas dans ce cas, mais il n'était pas possible de le séparer de son frère. »

Quelques années, avait-il écrit au dauphin. Cette fois, l'éventualité même du rappel était mise en doute.

*

* *

Le premier hiver avait été interminable. « À Pâques, le 11 avril, écrit de Croÿ, les marronniers ne disaient encore rien, et les jacinthes ne faisaient que commencer. » Le second fut glacial. À Paris, la Seine était entièrement prise par les glaces. Il ne devait pas faire bon vivre dans les enfilades de pièces du château de Broglie.

Le matin, Victor-François chasse. L'après-midi est consacré au domaine. Il ouvre des allées dans ses bois, qu'il augmente considérablement en faisant planter des terres peu productives. Le bois du Buisson-Cornilafre devient forêt de Broglie. Levant les yeux, le maréchal voit, dominant la vallée, les huit pièces d'artillerie offertes par le roi au lendemain de Sonderhausen et de Bergen. À Sonderhausen est tombé son neveu à la mode de Bretagne, Achille de Broglie, fauché à dix-huit ans. À Rosbach, son frère François. Deux morts, deux exilés, et huit canons de bronze pour témoigner de la gloire passée. Charles ne bouge pas du château, rivé à sa correspondance secrète. Vivant dans la hantise d'être découvert par les siens, il s'organise aussi minutieusement qu'un agent implanté en territoire hostile. Il faut relever sans attirer l'attention la boîte à lettres Montaut, au village voisin ; justifier les nuits occupées à écrire, les veilles de courriers ; diriger en somme un réseau de dimension européenne sous les yeux d'une maisonnée qui vous croit légitimement désoccupé.

La part faite à leur caractère de cochon, quel gâchis !...

Victor-François, le seul chef capable de nous faire gagner la guerre continentale. Au roi, qui se plaignait devant lui de l'irascibilité du duc de Broglie, le maréchal de Noailles répondit : « Cet homme-là n'est bon qu'à la tête de ses armées ; je vous conseille de l'y renvoyer. » Toujours ce discret mépris pour un général tout juste capable de commander et de gagner des batailles. Noailles, qui détestait Broglie, avait pourtant raison : il fallait le mettre à la tête de l'armée, lui laisser les coudées franches, le juger aux résultats, au lieu de lui lancer sans cesse dans les jambes de gracieux courtisans bons à tout sauf à commander. Après deux campagnes, on aurait su à quoi s'en tenir.

Charles, dévoué depuis si longtemps au Secret... L'échéance approche, Auguste III s'éteint rapidement, le destin de la Pologne va se jouer dans les mois à venir, et le patron de l'affaire secrète reste englué dans l'exil. À quoi bon dix-huit ans d'efforts et les considérables subsides versés au parti patriote ? La situation s'est assurément détériorée, avec une France discréditée, une Prusse triomphante, une Russie rassemblant ses forces sous la poigne de Catherine, mais Charles n'a-t-il pas donné la preuve, à la diète de Grodno comme lors de l'affaire d'Ostrog, sans parler des chaudes heures de Dresde et de Vienne, qu'il était capable de gagner les paris les moins assurés ? La Pologne compte-t-elle si peu pour le roi qu'il la prive, au moment crucial, de celui qui, mieux que tout autre, peut tenter d'assurer sa survie ? Et Charles ne se trouve réduit à la paralysie que parce qu'« il n'était pas possible de le séparer de son frère » !

Il aime la Pologne pour elle-même. Elle n'est pas à ses yeux un simple pion sur l'échiquier diplomatique européen. Il ne la souhaite pas, comme tant d'autres, impuissante pour la mieux maintenir dans la dépendance de la France : il croit que l'amitié d'une nation ne vaut que si elle est libre et forte. Il veut la réforme des institutions, car elle conditionne la liberté polonaise. Un homme passionné pour la liberté d'un peuple nous est forcément fraternel. C'est par là qu'il me touche, c'est pour cela que je l'aime, cet homme qui, par quelques côtés, n'est pas exactement mon genre.

Temps cruel dont les jours s'égrènent dans la douleur de l'impuissance.

Mais Louis-François de La Rozière prépare sa mission secrète en Angleterre.

Tout commence avec une lettre de Durand à Charles de Broglie, malheureusement perdue, mais dont nous connaissons la teneur. À Londres, Durand observe l'indignation du peuple anglais, qui, exalté par la conquête de Cuba et des Philippines après le dépeçage de l'empire colonial français, s'estime frustré de la victoire totale par le traité de Paris. Durand ne doute pas d'une reprise des hostilités à plus ou moins long terme. Il ne s'agit donc pas tant de préparer la revanche que de se mettre en mesure de jouer la seconde manche qu'imposera l'impérialisme anglais. La guerre qui se termine, conclue par le plus humiliant des traités, a montré ce qu'on ne doit plus faire : abandonner l'initiative à l'ennemi, lui permettre de saisir sans coup férir des centaines de nos navires, se laisser entraîner enfin dans de vaines campagnes sur le continent ou dans des combats périphériques où nous avons toujours le dessous. Il faudra frapper les premiers, et frapper l'ennemi au cœur, chez lui, en Angleterre.

Charles est sur-le-champ convaincu. L'amertume pessimiste de son agent l'impressionne. « Sa lettre, écrit-il à Tercier le 19 février, m'a fait singulièrement de peine, parce que je connais son extrême prudence et que je présume que, puisqu'il s'exprime ainsi, il faut qu'il ait été très affecté de tout ce qu'il a vu. » Il demande à Tercier de mettre la lettre sous les yeux du roi, ainsi qu'un projet de réponse qu'il a rédigé pour Durand. Le 26 février, le roi répond à Tercier : « Vous pouvez envoyer la lettre du comte de Broglie à Durand. Ce dernier témoigne un peu trop que la paix que nous venons de faire n'est pas bonne ni glorieuse ; personne ne le sent mieux que moi. Mais, dans les circonstances malheureuses, elle ne pouvait être meilleure, et je vous réponds bien que si nous avions continué la guerre, nous en aurions fait encore une pire l'année prochaine... Raccommodons-nous avec ce que nous avons, pour ne pas être englouti par nos vrais ennemis. Pour cela, il ne faut pas recommencer une guerre. »

Échange de lettres entre Londres, Paris et Broglie. Le projet prend forme. Charles s'enthousiasme. Il connaît et comprend le pacifisme du roi, mais Durand n'annonce-t-il pas la résolution anglaise de rouvrir tôt ou tard les hostilités ? Et Durand a raison ; il faudra attaquer « corps à corps, au lieu de se consumer en expéditions lointaines et morcelées ». Un débarquement en Angleterre suppose une reconnaissance préalable des côtes. Le 8 mars, Charles écrit à Tercier qu'il a sous la main l'homme idoine : La Rozière.

Le marquis de La Rozière est un fidèle entre les fidèles, tel d'Éon, avec lequel il est d'ailleurs vaguement allié, sa sœur venant de se marier avec un homme dont le cousin a épousé une d'Éon, parente du chevalier. Âgé de trente ans, La Rozière présente un parcours comme les aiment les frères Broglie, parce qu'il ressemble au leur. Volontaire au régiment de Conti à douze ans, école du génie de Mézières, affectation à l'île de France (aujourd'hui Maurice), aide-maréchal des logis. Pendant la guerre, il a toujours servi sous un Broglie. À Rosbach, il a vu mourir François de Revel, dont il était l'aide de camp. À Bergen, il commandait quatre cents dragons envoyés en reconnaissance. Il est entré le premier à Kassel et a soutenu le siège aux côtés de Charles. C'est enfin l'un des rares officiers français auquel le grand Frédéric ait rendu hommage ; comme un parti ennemi l'avait capturé et que ses chefs proposaient un échange, le roi de Prusse avait refusé avec ce commentaire : « Quand on a pris un officier aussi distingué, on le garde aussi longtemps que possible. » Pour couronner le tout, il va épouser dans six ans une Jeanne Locquet de Granville, parente éloignée de la maréchale douairière.

Tercier soumet au roi la candidature de La Rozière. Louis XV, jamais en reste pour adhérer à une initiative nouvelle (hélas, c'est la constance à la soutenir qui manque...), répond le 17 mars : « Je trouve la lettre de Durand au comte de Broglie très juste et j'approuve l'idée de ce dernier sur l'envoi de cet homme en Angleterre, pourvu qu'il agisse dans ce qu'il se propose avec les plus grandes précautions et le plus grand secret. » Le 31 mars, La Rozière arrive à Broglie pour de longues promenades en compagnie du comte dans les allées du parc.

Ils seront cinq à être au courant de l'opération. En France, Broglie, Tercier et Durand, rentré de Londres — le noyau dur du Secret. En Angleterre, La Rozière, bien sûr, et d'Éon, dont la position à l'ambassade de France assurera à l'officier une base opérationnelle.

« Je ferai en grand, écrit le comte à Durand, ce que nous avons fait en très petit en Pologne. »

Charles de Broglie, ou l'increvable espérance.

BIBLIOGRAPHIE

I. Sur le Secret

ANTOINE (Michel) et OZANAM (Didier), *Correspondance secrète du comte de Broglie avec Louis XV*, Paris, 1956-1961.

—, « Le secret du Roi et la Russie », in *Annuaire-Bulletin de la Société de l'histoire de France*, Paris, 1954-1955.

—, « Correspondance secrète inédite de Louis XV et du général Monet, 1767-1772 », in Actes du 80e congrès des sociétés savantes, Paris, 1955.

BLAGA (Cornélius), *L'Évolution de la technique diplomatique au XVIIIe siècle*, Paris, 1937.

BOUTARIC (Edgar), *Correspondance secrète inédite de Louis XV sur la politique étrangère avec le comte de Broglie, Tercier, etc., et autres documents relatifs au ministère secret...*, Paris, 1866.

BROGLIE (duc de), *Le Secret du Roi. Correspondance secrète de Louis XV avec ses agents diplomatiques*, 1752-1774, Paris, 1878.

OZANAM (Didier), « La disgrâce d'un premier commis : Tercier et l'affaire de l'*Esprit*, 1758-1759 », in *Bibliothèque de l'École des chartes*, Paris, 1955.

Éloge funèbre de M. Tercier, in Histoire de l'Académie royale des inscriptions et belles-lettres, t. XXXVI, Paris, 1767.

Recueil des Instructions données aux ambassadeurs et ministres de France depuis le traité de Westphalie jusqu'à la Révolution française, Paris, 1888.

PICCIONI (Camille), *Les Premiers Commis des Affaires étrangères aux XVIIe et XVIIIe siècles*, Paris, 1928.

PRZEZDZIECKI (Renaud), *Diplomatie et protocole à la cour de Pologne*, Paris, 1934.

SAMOYAULT (Jean-Pierre), *Les Bureaux du secrétariat*

d'État des Affaires étrangères sous Louis XV, Paris, 1971.
VANDAL (Albert), *Louis XV et Élisabeth de Russie*, Paris, 1896.

Les sources essentielles du Secret se trouvent naturellement aux archives du ministère des Affaires étrangères, dans les gros volumes collationnant les correspondances, tant officielles que secrètes, ainsi que dans les dossiers du personnel. Un certain nombre de pièces sont conservées aux Archives nationales, à la Bibliothèque nationale et aux Archives historiques de la Guerre.

II. *Journaux et Mémoires*

Journal et Mémoires du marquis d'Argenson, Paris, 1859.
Chronique de la Régence et du règne de Louis XV, journal de Barbier, Paris, 1857.
Mémoires de la margrave de Bayreuth, Paris, 1967.
Mémoires du cardinal de Bernis, Paris, 1980.
Mémoires du baron de Besenval, Paris, 1821.
Histoire de ma vie, par Casanova, Paris, 1960.
Mémoires du comte de Cheverny, Paris, 1886.
Mémoires du duc de Choiseul, Paris, 1982.
Journal inédit du duc de Croÿ, Paris, 1807.
Mémoires de la princesse Daschkoff, dame d'honneur de Catherine II, Paris, 1966.
La Vie et les Mémoires du général Dumouriez, Paris, 1882.
Mémoires de Frédéric II, roi de Prusse, Paris, 1866.
Mémoires du président Hénault, Paris, 1911.
Mémoires, lettres et pensées du prince de Ligne, Paris, 1989.
Mémoires du duc de Luynes, Paris, 1860.
Journal et Mémoires de Mathieu Marais, Paris, 1863.
Mémoires du duc de Lauzun, général Biron, Paris, 1986.
Mémoires de Saint-Simon, Paris, 1977.
Mémoires du comte de Saint-Priest, Paris, 1929.
Récit du départ du roi Stanislas de Dantzig, écrit par lui-même à sa fille Marie Leczinska, Paris, 1895.

Mémoires sur le XVIIIe siècle, souvenirs du marquis de Valfons, Paris, 1906.
Mémoires pour servir à la vie de M. de Voltaire, écrits par lui-même, Paris, 1965.

III. Ouvrages généraux

On se bornera à mentionner quelques ouvrages permettant de mieux saisir l'environnement politique, économique, social et intellectuel du Secret.

BAILLOU (Jean) [dir.], *Les Affaires étrangères et le corps diplomatique français*, t. I, Paris, 1984.
BLUCHE (François), *Le Despotisme éclairé*, Paris, 1968.
BRAUDEL (Fernand) et LABROUSSE (Ernest), *Histoire économique et sociale de la France*, t. II, Paris, 1970.
CASSIRER (Ernest), *La Philosophie des Lumières*, Paris, 1970.
CHAUNU (Pierre), *La Civilisation de l'Europe des Lumières*, Paris, 1971.
CHAUSSINAND-NOGARET (Guy), *Gens de finance au XVIIIe siècle*, Paris, 1972.
—, *La Noblesse au XVIIIe siècle*, Paris, 1976.
DARNTON (Robert), *Bohème littéraire et révolution. Le Monde des livres au XVIIIe siècle*, Paris, 1988.
DESSERT (Daniel), *Argent, pouvoir et société au Grand Siècle*, Paris, 1984.
DURAND (Yves), *Finance et mécénat, les fermiers généraux au XVIIIe siècle*, Paris, 1976.
FARGE (Arlette), *Dire et mal dire, l'opinion publique au XVIIIe siècle*, Paris, 1992.
FARGE (Arlette) et REVEL (Jacques), *Logique de la foule*, Paris, 1988.
FLASSAN, *Histoire générale et raisonnée de la diplomatie française*, Paris, 1811.
GAXOTTE (Pierre), *Le Siècle de Louis XV*, Paris, 1958.
GERSHOY (Léo), *L'Europe des princes éclairés*, Paris, 1968.
GOUBERT (Pierre) et ROCHE (Daniel), *Les Français de l'Ancien Régime*, Paris, 1952.

HAZARD (Paul), *La Pensée européenne au XVIIIe siècle*, Paris, 1968.
MERCIER (Louis-Sébastien), *Le Tableau de Paris*, Paris, 1982.
MEYER (Jean), *Noblesses et pouvoirs dans l'Europe de l'Ancien Régime*, Paris, 1976.
POMEAU (René), *L'Europe des Lumières*, Paris, 1966.
RULHIÈRE (Claude-Carloman de), *Histoire de l'anarchie polonaise*, Paris, 1807.
SOBOUL (Albert), *La Civilisation et la Révolution française*, t. I : « La Crise de l'Ancien Régime », Paris, 1970.
VOLTAIRE, *Précis du siècle de Louis XV*, Paris, 1826.
—, *Correspondance*, Genève, 1953 *et seq.*

IV. Sur quelques personnages évoqués

ANTOINE (Michel), *Louis XV*, Paris, 1989.
BADINTER (Élisabeth), *Émilie, Émilie*, Paris, 1983.
BAILLY (Auguste), *Beaumarchais*, Paris, 1945.
BROGLIE (Dominique de), *Les Broglie et leur histoire*, Paris, 1972.
BROGLIE (Jacques de), *Le Vainqueur de Bergen et le « Secret du Roi »* , Paris, 1957.
CABOURDIN (Guy), *Quand Stanislas régnait en Lorraine*, Paris, 1980.
CHEVALLIER (Pierre), *Henri III*, Paris, 1990.
CLÉMENT (Pierre), *Portraits historiques [les Pâris]*, Paris, 1855.
DELAYE (Jacques), *Louis XV et Damiens*, Paris, 1986.
DESNOIRESTERRES (Gustave), *Voltaire et la société au XVIIIe siècle*, Paris, 1869 *et seq.*
ERLANGER (PHILIPPE), *Henri III*, Paris, 1971.
FAŸ (Bernard), *Beaumarchais ou les fredaines de Figaro*, Paris, 1971.
GAXOTTE (Pierre), *Louis XV*, Paris, 1980.
GALLET (Dominique), *Madame de Pompadour ou le pouvoir féminin*, Paris, 1984.
GRENDEL (Frédéric), *Beaumarchais*, Paris, 1974.
GUDIN DE LA BRENELLERIE, *Histoire de Beaumarchais*, Paris, 1888.

LA VARENDE (Jean de), *Les Broglie*, Paris, 1950.
LOMÉNIE (Louis de), *Beaumarchais et son temps*, Paris, 1873.
LUCHET, *Histoire de Messieurs Pâris*, Lausanne, 1776.
MASSON (Frédéric), *Le Cardinal de Bernis depuis son ministère*, Paris, 1877.
MIQUEL (Pierre), *Les Guerres de Religion*, Paris, 1980.
MNÉNON (Stanislas), *La Franc-maçonnerie et Stanislas Poniatowski*, Cracovie, 1909.
NOLHAC (Pierre de), *Louis XV et Madame de Pompadour*, Paris, 1903.
ORIEUX (Jean), *Voltaire*, Paris, 1966.
POMEAU (René), *Beaumarchais*, Paris, 1967.
—, *Politique de Voltaire*, Paris, 1970.
—, *Voltaire*, Paris, 1977.
RATHERY, *Le Comte de Plélo*, Paris, 1876.
Marquise DE RÉAUX, *Le Roi Stanislas et Marie Leczinska*, Paris, 1895.
RIVES CHILDS, *Casanova*, Paris, 1962.
SAINTE-BEUVE (Charles Augustin), *Nouveaux Lundis [la comtesse de Boufflers]*, Paris, 1869.
SAMARAN (Charles), *Jacques Casanova, Vénitien, une vie d'aventurier au* XVIIIe *siècle*, Paris, 1914.
SAREIL (Jean), *Voltaire et les grands*, Genève-Paris, 1978.
VAILLOT (René), *Le Cardinal de Bernis*, Paris, 1985.
VOLTAIRE, *Histoire de Charles XII, roi de Suède*, Paris, 1947.
Casanova Gleanings, revue internationale d'études casanoviennes, Nice, depuis 1958.
Correspondance du maréchal duc de Richelieu avec M. Pâris-Duverney, conseiller d'État, Paris, 1789.
Correspondance du cardinal de Bernis avec M. Pâris-Duverney, Paris, 1790.
L'Intermédiaire des casanovistes, Rome, depuis 1984.

Indiquons, pour mémoire, la surabondante littérature consacrée à d'Éon. Elle verse presque unanimement dans le romanesque le plus échevelé. On mentionnera dans le second tome, où le chevalier donnera toute la mesure de ses incontestables mais déplorables talents, les deux ou trois ouvrages qui, tant bien que mal, échappent au vertige.

INDEX DES NOMS CITÉS [1]

1. Établi par Sophie Grandjean.

A

B

C

D

E

F

G

H

I-J

K

L

M

N

O

P

Q-R

S

T

U-V

W

Z

Table

IMPRIMÉ EN FRANCE PAR BRODARD ET TAUPIN
Usine de La Flèche (Sarthe).
LIBRAIRIE GÉNÉRALE FRANÇAISE - 43, quai de Grenelle - 75015 Paris.

ISBN : 2 - 253 - 13703 - 0 31/3703/1